U0136387

傳說、故事.

一定有人物、一定有情節.

中國民間文學

高國藩 著

臺灣學生書局印行

自 序

自從我1956年進入北京大學文學研究所民間文學研究室正式研究中國民間文學以來，已經過去了35個年頭，至今才拿出這一部專著來，獻給我的祖國——中國。

我的生命經過了曲折而坎坷的歷程。一直到1979年才登上南京大學的講壇，執教中國民間文學之課程。我給七八級到八八級這十一屆大學生，和1985年至1990年給各國留學生都講過這門課。現在，呈現在讀者面前的這部《中國民間文學》，便是這十餘年教學與研究中寫成的一部書稿。

這十餘年來，我一共帶大學生和各國留學生下鄉採風16次，共640多人，先後到過許多僻野山村，有鄂西神農架原始森林之邊，有皖南古黟縣與古歙縣，有大運河流經的24個縣市，有長江下游古瓜州渡，有徐福出海東渡的海洲，有蘇東坡客死的常州，有太湖之濱無錫，有秀麗無比的蘇州，有著名的《西石城風俗志》記載的鎮江西石城村，有道教聖地茅山，有黃海邊的如東，有長詩《魏兒郎》的故鄉南通縣，有洪澤湖、鄱陽湖、太湖漁船上等處。

我帶著一群一群年輕人，都懷著探討的心情，走進了中華民間文學的園地。他們來到高山頂、森林中、大湖畔，進了農家新舍、或上了飄搖的漁船、或蹲在魚塘邊、或在稻田旁，聽農民講故事、唱民歌、猜謎語、道風俗、演小戲、說講唱，置身於蛙鳴田間、鴨鵝滿塘、竹樹成蔭、泥土芳香的民間廣闊的天地。在這裏，他們受

到了民間文學初步的薰陶，產生了濃厚的興趣，並決定對家鄉的民
間文學來加以搜集、研究和弘揚。各國留學生們也都是群情興奮，
細心聽故事簍子講故事，跟歌手學唱山歌，並且錄音照相，帶回世
界各地。

　　年輕人加入中國民間文學與民俗學研究的行列，這是我們民俗
文化興旺發達的標誌。民間文學中蘊藏著人民的智慧，而我國人民
的智慧又有著上下五千年的文明史，既有深度、又有廣度、還有高
度。中國民間文學資料的採集，大量的田野作業，它只是提供了研
究的條件和起點，而且是必須的。但是，中國民間文學的研究並不
只是下鄉採集來的資料的縮寫和綜述，也就是說，並不能簡單地理
解它只是錄音機和擴大器。對我國這樣一個有悠久歷史和卓越文化
的國度而言，中國民間文學是有浩瀚的古典文獻作為它的基礎的。
研究中國民間文學不能厚今薄古，更不能只今不古。每個故事，每
首民歌，每部史詩，每齣小戲，甚至每條諺語，有時候都有流變
史，而且是曲折多變的，弄清其來由，探索其思想藝術之衍化，是
十分重要而不可少的。

　　同時，民間文學有國際性。中外民間文學有諸多相似之處，存
在著廣泛的可比性，因此，研究中國民間文學也必須中外比較、對
照、交流。狼外婆與德國的小紅帽、棗核娃與日本的一寸法師、格
薩爾與希臘的伊利亞特和奧德賽、白蛇傳與英國的蕾米亞、甚至中
外情歌，都有驚人相似之處，都能引發有特色的研究。事實上我的
許多外國學生，從比較文學角度，已經寫出了一批較精彩的中國民
間文學之文章，呈上作答卷，現選擇要目如下：

　　芬蘭高芳梅（Marta Peltomaa）《中國〈白蛇傳〉之我見》。

西德滿碧濤（Bratta Manske）《孟姜女傳說與達維德國王》。

荷蘭施矗姐（A.M.Schimmep Enninck）《我在瓜洲采風——談中國民歌》。

奧地利李莉娜（Regina Stuubreiter）《中國與奧地利民間文學隨感》。

吉爾吉斯坦沙里巴·阿漫諾娃（Aripa Amanova）《中國儺戲——金湖觀儺感想》。

韓國金金南《敦煌曲子詞中同心結風俗考辨》。

日本內田千穗《談日本故事〈報恩的鶴〉》。

澳大利亞江桂貞（Kang Kue Kim）《淺談中國和澳大利亞的神話》。

法國高麗娜（Corinne Ondina）《《狼外婆》《小紅帽》民間童話的分析》。

加拿大麥翠霞（Patricia Ann Macleod）《論秘密社會的文學作品與民間文學的關係》。

英國戴希夢（Desmond SkeeL）《中國民間文學的探索和體會》。

美國韓瑞婭（Rania Ann Huntington）《談聊齋〈蓮香〉故事》。

朝鮮張成國《談古朝鮮的建國和檀君神話》。

西德羅溪薇（Silvia Roelcke）《關於婚姻的歌謠——幾首歌的東方與西方之比較和分析》。❶

---

❶ 請參見高國藩主編《心靈的傳通（Spiritual and Mental Intercommunication）——南京大學外國留學生談中外民間文學》，江蘇文藝出版社，1994年12月第一版。

外國來的留學生，有些是大學生、研究生，也有訪問學者，在課堂內外，對中國民間文學，我們作廣泛的比較與探討，中國民間故事，一經與《一千零一夜》、《格林童話》、《竹取物語》、《尼卜龍根之歌》……等相比較，立顯內容之耳目一新。因此比較法是研究中國民間文學重要的方法。

還需指出，中國民間文學與文人文學也有密切之關係，互相影響，互有補充。研究中國民間文學也不能夠只管〝民間的〞不問〝文人的〞，或重民輕文，或輕民重文，都不對。從十三經、二十四史到先秦神話、漢賦、魏晉南北朝小說、唐詩、宋詞、元曲、明傳奇、直到明清小說，都有中國民間文學因素，都值得研究，凡屬相關問題都必須進行探討。

總而言之，中國民間文學與古今中外都有關連，它是一門深厚的學問。這是研讀這門課首先要了解的。

我寄望於中外年輕的一代中國民間文學愛好者。中國民間文學豐饒的泥土正散發著迷人的芳香，年輕人，揮起你們青春的筆，辛勤地耕耘吧！在中國遼闊與美麗的土地上，充實的民間文學寶庫正等待你們去開掘和研究。

高國藩

1990年8月20日

序于南京大學青島路寓所〝苦舟齋〞中。

前　言

本書是供給碩士生博士生研修中國民間文學課的專著。

〝中國民間文學〞課程，在綜合性大學中文系研究生班是一門專業基礎課。開設中國民間文學課的主要任務是：系統講授古今民間文學的基本知識，培養同學對民間文學的興趣，從而認識民間文學的性質和特徵，認識民間文學在我國社會中的作用、文化上的價值和意義，認識民間文學在中國文學史上的地位，認識民間文學各種體裁不同的特點，閱讀一些古今民間文學作品，掌握一些搜集、整理的原則和方法，具有獨立從事民間文學工作的能力。

我們學習民間文學，並不是為了學習而學習，學習民間文學有以下幾個目的。

第一，為了更好地了解我國人民的歷史、民俗、生活和心理。不知道民間口頭和書面的文學，就不可能懂得人民真正的歷史，民間文學中有真實的人民思想感情的記載。現在，我們的社會要講究文明，可是，若要到民間文學作品中去查一查，我們就會發現人民自古以來便具備這種傳統的高尚的道德情操，我們可愛的祖國自古以來便是具有燦爛文化和高度文明的國家，學習民間文學必然能加深我們對祖國和民眾的熱愛。同時，學習這種真實的民間文學，不僅能陶冶情操，而且對於我們研究民眾心理的時候，也是非常必須和重要的，由此可見研究民間文學的重要意義了。

　　第二，學習我國民間文學也是為了從人民的心理和知識中吸取營養，推陳出新，開展有益於民眾身心健康的文化活動。我們搜集來的民間文學，並不是純粹為了當作藝術品來欣賞，甚至奉為偶像來崇拜的，而主要是去尋找它的優點來學習的。學習民間文學中對待民眾謙遜的態度和滿腔的熱誠，也有利於繁榮民眾的文化活動，並促進民眾的文化活動向前發展。民眾在學習之餘，工作之遐，不能總去玩電子遊戲機，或看些沒有意思的電視，設若去聽優美的故事，唱動人的民歌，觀迷人的戲曲，欣賞民間的說唱，豈不是使生活更為充實？民間文學也是知識的百科全書，它長期積累了人民多方面的知識，既包括耕耘、選種、水利、施肥、除草等專業知識；又包括天文、氣象、地理等知識；更包括社會、歷史、教育、哲學、民俗、民族、道德、倫理等許多方面知識，這些是民間文學中的內容精華，是民間文化發展的一種基礎，具有深厚的學問。

　　第三，學習我國民間文學也是為了更好地搜集整理在人民中流傳的口傳文學，搶救和保存這一筆巨大的文學寶藏。民間文學是藝術品，從民間文學的魅力中可以充分估計民間文學的藝術價值。自古以來，人民創造了歷史，也創造了多種多樣的民間文學，但是它卻經常被自稱高雅的文士鄙視，認為它〝土裡土氣〞、〝俗不可醫〞，直到今天，也仍然有許多人瞧不起民間文學，棄之不顧。我們學習它，就在於提高對它的價值之認識，趕快搶救出這些在人民的口中和記憶中逐漸消逝的作品，不然，我們上對不起祖宗，下對不起子孫。

　　第四，學習我國民間文學的目的，也是為了更好了解我國豐富的具有民族特色的民間口傳文學，它們不見或少見於中國文學史，學習它能補充學習中國文學史的不足，開闊我們的眼界，擴大我們對於中國民間文學史的知識，拓寬我們研究中國文學的學術領域。例如，學習這些我國民族獨有的民間文學種類：敦煌民間文學、寶卷、道情、子弟書、民間對聯、謎格謎語等等，就可了解到原來我國民間文學和外國民間文學不可能劃等號，拿外國民間文學理論硬套在中國民間文學頭上並不合適，等於小帽子戴在大頭上，戴也戴不住，因為中國民間文學的樣式原來比外國民間文學的樣式豐富充實得多，它有異於別國的獨特的內容和形式，各種不同的特點，漫長而複雜的流變史，這是我們學習中國文學史或其他國家民間文學所不可能了解到的，因而它對於我們深入了解我國民俗文化是很必須的。

　　總之，學習我國民間文學有利於我們社會文明的建設，讓我們大家都來培養這朵紮根於我國民間土壤中的鮮花吧！

中國民間文學

目　錄

堅強決心。

—叫果子—崖詞—談經。

元代民間説唱：説唱貨郎兒—詞話—蓮花落—馭説—琵琶詞。

明清民間説唱：陶真——彈詞—木魚歌—打談—門詞。

第一章 民間文學的概念、範圍、特點和文學意義

第一節 什麼是中國民間文學？

中國民間文學是從我國遠古以來就已經產生的，在廣大人民群眾中流傳的不知名的文學創作。它們有的是在廣大人民群眾口頭上流傳著；有的是在遼闊的農村，和城鎮普通民眾中間，在民間唱本、故事小書、民間手抄本上流傳著，這就是民間文學。人民群眾在文藝範疇活動的領域是極為廣泛的，在勞動時，他們呼吼著各種號子；在娛樂時，他們彈起樂器，說說唱唱；在求偶時，他們又唱起了山歌野曲；在休息時，又有人讀唱本、講故事、猜謎語；在傍晚，工作和勞動完畢，便坐到場頭或屋裏去聽說書、看演戲，借以消愁去悶和解除疲勞；在彼此交談中間，人們又專愛講些俚語俗話或成語民諺；在社會上，人們愛到城鎮裏的瓦肆遊樂場所去聽藝人說唱；在鄉村裏，遇到頭上盤著髻的道士，愛聽他們敲魚鼓、竹杈唱起那道情；到寺廟裏去，求神拜佛之後，又愛聽那些和尚、尼姑唱些變文寶卷因緣之類的文學，而那些喪失了勞動能力的盲人歌手，為了要生存和養家活口，招徠聽眾，便專門把民間流傳的傳說故事，編成長歌和小調，在農村和城鎮到處賣唱……等等，人民群眾進行的這一切文學活動，都是民間文學活動，民間文學的學問便從這裏產生。

　　這樣，民間文學作者，便是包括了廣大的人民群眾。人民這個概念，在不同國家和每個國家不同的歷史時期，是有著不同的內容的。在各國社會裡，人民主要是指一般老百姓。如在我國古代，勞動民眾是人民的主要部分，非勞動民眾和市民也是人民的一部分。所以民間文學並不是勞動民眾獨有的文學。勞動民眾（或稱勞動人民）和人民是兩個範圍廣窄不同的概念，不能混為一談。由於農民占中國人口絕大部分，因此我們可以說民間文學是以勞動民眾口傳文學為主的文學。因為這一切民間文學活動，絕大部分是勞動民眾本身直接參加的，但是，也有一部分非勞動群眾，他們在農村鄉鎮賣唱、演戲、獻藝、獻技，取得衣食溫飽，這種下層民眾或市民的文學活動，自然而然的與勞動民眾的文學活動，融合為一個整體，構成中國民間文學的主體。在我國古時候，產生和流傳在市民社會中間的廣大不知道具體作者是誰的作品，我們理所當然的把它們包括在民間文學中，因為在市民作品裏，有許多包含有豐富內容，例如敦煌民間文學，便是我國民間文學寶庫中區別於世界民間文學的獨有的珍品，我們不應當排斥它，而把這個領域恭手讓給外國的民間文學家去研究。我們也應當對它加強研究，以發揚光大我們中華古國具有自己民族特色的民間文學。這樣，在我們漫長的歷史長河中，民間文學就是以勞動民眾為主，以非勞動民眾與市民為輔的不知名作者的口頭或書面創作。它們普遍深入地在人民中間流傳，經過世世代代的加工修改：1.口頭的加工修改；2.書面的加工修改；3.口頭到書面再回到口頭的加工修改；4.書面到口頭再回到書面的加工修改。總之，通過多種多樣的加工修改的渠道，使民間文學作品大受人民群眾喜愛，人們口耳或口書傳播，具有很高的藝術魅力，感染著千萬聽眾，產生了巨大教育作用。

中國民間文學的概念，應當與下面三種民間文學的概念有所不同：

第一，在國際上，民間文學通用的國際學術名稱是Folk-Lore（Folk——民族，Lore——經驗知識，中文譯作〝弗克洛爾〞），這個術語從十九世紀中葉使用以來，在範圍上有個擴大化的傾向，在英美被確定為〝民俗學〞的含義，範圍比民間文學廣泛得多，民俗學研究的範圍是農耕、技藝、信仰、季節、節日、產育、生肖、婚姻、喪葬、社交、村制、族制、家規、居住、飲食、服飾、交通、歲時、民間文學、民間藝術、民間遊戲、民間體育、民間語言等。至今Folk-Lore的含義多半如此。在法國還被確定為〝民族學〞的含義，在德國又被確定為〝地方志〞的概念。中國民間文學的概念，正是與這種擴大化的傾向相區別，只是民俗學中民間文學的部分。

第二，在蘇聯，民間文學一般採用（YctHaЯ HapoдHaЯ CлoBecHocTb）（人民口頭創作），中國大陸，在五十年代初，由於大力推廣蘇聯的經驗，中國民間文學界遂有一種全盤蘇化的傾向，在學術界和高等院校文學專業的教學大綱中，毫無保留的採用了〝人民口頭創作〞的概念。但是，蘇聯的民間文學概念，一、有個多頭化的毛病，除使用〝人民口頭創作〞一詞外，還使用著〝人民口頭文學〞、〝人民創作〞、〝人民文學〞、〝口頭文學〞、〝民間創作〞、〝人民詩歌〞等詞，而這些詞意，又與〝文學是屬於人民的〞等概念相混，使用的結果，反倒引起了混亂。我認為，我們犯不著一定要把別國這種多頭的欠科學性的術語全盤照搬過來。二、有個縮小化的缺點。與國際上的Folk-Lore的擴大化傾向相對照，蘇聯的概念在相當大的範圍內是縮小了。1.在作者範圍上，他們指的〝人民〞是專指從事物質財富生產的勞動人民，這與我們所理解的〝人民〞的概念完全是兩回事，實際上他們使用〝人民口頭創作〞這個概念，並不完全切合他們所指的民間文學作者的範圍，更科學更準確的說，應當使用〝勞動人民口頭創作〞這個概念才符合於他們所指的〝人民〞這個概念。再加上他們的〝人民口頭創作〞還有一個〝人民性〞的思想標準，即使是〝人民口頭創作〞也要用〝人民性〞這個〝照妖鏡〞照一照，看看有沒有〝糟粕〞，總要來個篩篩選選。可是，由於採用了蘇聯這個概念，按照這種模式，篩了又篩，選了又選，我國民間文學界就把我國民間文學中相當大一部分〝市民文學〞、〝廟堂民間文學〞（包括〝敦煌民間文學〞）排除在外，把和尚、道士、尼姑、小市民等階層的作品全部驅逐於民間文學之外，大大縮小了我國民間文學的作者範圍。2.在作品範圍上，還不止強調〝人民性〞，民間文學他們專指的是口頭上的作品，排除任何民間書面作品。我認為，我們不一定完全採用〝口頭創作〞這個概念，因為我國有太多的無名氏抄寫的小唱本、石印本、刻印本，它們最初是不是在口頭上先流傳而後被搜集整理上來，是很難斷定的。自然，現在活在人民口頭上的作品，可以使用〝口頭文學→搜集整理→民間文學作品〞這樣的公式；但是我國古代民間文學作品，很難說這個公式便適用，沒有必要一定要用這個公式在我國古代民間文學作品頭上亂套硬套。我國古代民間文學也存在著另一種公式即〝無名氏作品→口頭作品→民間文學作品〞。至於標準問題，也應當擴大認識其民間文學的文化性，不必採用什思想標準，因為採用思想標準便可能導致為了達到思想標準，而不惜篡改民間文學的真實面目，從文化性角度才能對民間文學作用和意義有更寬廣的了解，增進對民間文學價值的認識，從而擴大收錄範圍。總之，從上述分析看來，我認為，我們必須揚棄蘇聯學者那一套人民口頭創作概念中的名稱多變化、範圍縮小化及主觀定標準的缺點。

第三，中國民間文學概念，還必須同我國學者在三十年代提出的〝俗文學〞概念相區別。我國著名學者鄭振鐸先生在《中國俗文學史》中把我國市民文學和廟堂民間文學，以及一部分古代民間文學，起名為〝俗文學〞。他認為〝俗文學就是通俗的文學，就是民間的文學，也是就大眾的文學〞。他以〝俗文學〞概念代替了〝民間文學〞概念，得到國內外學者廣泛的認可與支持。提出〝俗文學〞概念最大的成就，在於恢復了我國具有民族化特色的傳統民間文學的地位，堅決的把變文、敦煌曲子詞、寶卷、諸宮調、子弟書、鼓子詞、彈詞、山歌、掛枝兒等等發掘出來，列入中國民間文學寶庫中，這個功績是巨大的，在國內外引起了熱烈的反響，響應他的學者頗多，可以說已經形成了一個中國民間文學新的學派——〝俗文學〞學派。俗文學學派雖有巨大的成就，但是它也有頗大的片面化的缺點，片面化表現在下列兩點：一、捨主求次，肯定了非勞動民眾的作品，特別是和尚、道士、市民無名氏作品，但是卻把中國民間文學主要部分丟棄不管，即遺棄了勞動民眾的民間傳說、故事、號子、諺語、謎語、小戲、史詩、古歌等類。二、範圍過寬。在他所肯定的俗文學中，又沒有堅持無名性、階層性的特點，把一大批古代著名作家的作品,例如:在第九章元代的散曲部分,他把《錄鬼簿》中所載作家,《陽春白雪》卷首的〝古今姓氏〞所列入的作家,全部加入他的〝民間文學〞行列,連宋代的蘇東坡、南宋的辛棄疾、元代的關漢卿等等著名的文學家寫的散曲,也算是民間文學作品,更有甚者,他更把古代皇帝劉邦的《大風歌》等,也算為民間文學,這樣便表現了俗文學學派明顯的片面化。自然,完全抹殺俗文學學派的成就是錯誤的。

綜上所述,中國民間文學的概念,既要避免Folk-Lore的擴大化,也要避免蘇聯式的縮小化,又要克服我國俗文學學派的片面化。總之,要包括勞動民眾與非勞動民眾的口頭與書面的無名氏作品,這就是中國民間文學新的全面的概念。

第二節　中國民間文學的範圍

中國民間文學的範圍包括古代民間文學和現代民間文學兩大部分。我國古代民間文學,在中國文學史上占有重要地位,在某些朝代來説,有的還成了中國文學史的中心。如《詩經》,產生在西周時代,它是中國文學史中最初燦爛的篇章,我國最初的文學史便是以它為主。我國現代民間文學,由於人類文明高度發展,文盲日趨消亡,文人優秀文學作品大量產生,於是現代民間文學不能再成為文學史上的中心,它只能在有限範圍內給文人作品以某些有益影響。就古代民間文學而言,由於它流傳長久,思想與藝術兩方面磨練得比較成熟,許多作品具有不可磨滅的文學意義,學術價值相對來説就比現代民間文學大些,因為它必竟經過了人民和歷史兩方面長期的考驗,證明它是流傳萬古的無價之寶,也是中國人民世世代代的精神文明的基石，但現代民間文學其價值還不能就與之等同。當然，現代民間文學也是我國人民寶貴的民族文化遺產，它有令人難忘的優美魔法故事、古代名人與風俗古跡傳說、規模宏大世界罕見的史詩、多姿多態的長篇民間敘事詩、各地有特色的情歌等等，但是，也無容諱言，其中有相當大一部分作品，由於流傳時間短，還很粗糙，質量低，有些籠罩著濃厚的政治氣氛，具備激烈戰鬥作用，只是起臨時性的工具作用，如太平軍歌謠、捻軍傳說等等，由於事過境遷，武器作用消失，便也無意義了。

現在，把這兩類民間文學作品統一分類如下。

中國民間文學作品分為五大類：

一、散文類：

㈠古代神話。中國古代神話十大系統。

㈡民間傳說。

    1.歷史鬥爭傳說   4.民間風俗傳說

    2.古代名人傳說   5.各地物產傳說

    3.地方在跡傳說   6.八仙傳說

㈢民間童話。

㈣民間笑話。

㈤世俗故事。

㈥動物故事。

㈦植物故事。

二、韻文類：

古代韻文：

    1.易經民歌群   6.敦煌曲子詞

2.詩經民歌群　　　　　7.敦煌民間小調

3.漢魏南北朝樂府民歌群8.敦煌四言、五言、六言民謠

4.隋唐民歌群　　　　　9.敦煌唐人詩

5.宋元明清民歌群　　　10.敦煌民間詞文

短篇民歌：

1.勞動號子　　　　　4.風俗歌

2.兒歌　　　　　　　5.反抗歌

3.情歌

長篇民歌：

1.長篇敍事民歌　　　3.史詩

2.長篇抒情民歌　　　4.古歌

三、說唱類：

古代說唱：

1.敦煌民間故事賦　　　9.宋代唱賺、小說、鼓子詞

2.敦煌民間話本　　　　10.宋代轉踏、講史、叫果子

3.敦煌民間變文　　　　11.宋代崖詞、談經

4.敦煌講經文　　　　　12.元代說唱貨郎兒、詞話、蓮花
　　　　　　　　　　　　落

5.寶卷　　　　　　　　13.元代馭說、琵琶詞

6.諸宮調　　　　　　　14.明清的陶真、彈詞、木魚歌

7.道情　　　　　　　　15.明代打談、門詞

8.子弟書

民間曲藝：

1.評書、評話　　　　　3.相聲、滑稽

　　2.鼓書、彈詞　　　　4.快板、快書

四、語言類：

　　㈠謎語。

　　㈡諺語。

　　㈢歇後語。

　　㈣對聯。

五、戲劇類。

對以上分類有下列幾點要說明：

　　第一、民間曲藝。現當代作品，凡屬個人創作者均不屬於民間文學範圍而屬於曲藝研究會研究範圍。民間曲藝是指流傳在藝人口頭，經別人搜集整理而發表，才是民間文學作品。現在報刊發表的鼓詞、相聲、快板等，均是個人通俗文藝創作，有名有姓，不具備民間文學特點，這是應當區分清楚的。

　　第二、民間戲劇。凡是個人創作劇團演出，這部分腳本也沒有民間文學特點，不是民間文學研究範圍。民間戲劇是指那些流傳在民眾或藝人口頭，憑記憶保存的民間小戲，又經別人搜集整理而發表的，才是民間戲劇的作品。

　　第三、散文類的神話、傳說、童話、笑話、世俗等故事，古代文獻與現代文獻都有，寓言則只有古代寓言，夾雜於諸子書中，很少獨立成篇，是為中國文學史研究範圍，而現代寓言則屬於文藝創作，有名有姓，報刊發表，無口頭流傳性，也不屬於民間文學研究範圍。口頭流傳的現代民間寓言，由於均採用動、植物之藝術結構，故分入動、植物故事類中。

　　第四、古代講唱類作品，都與現代民間曲藝有聯繫。敦煌民間文學因內容特別豐富，已單獨研討。本書語言類所分幾類，古代和現代都有。史詩和長篇民間敘事詩在我國也有充實的內容，是韻文研究之重點。

　　中國民間文學是祖國文學寶庫中重要的組成部分。它的眾多的文學樣式，組成了我國民間文學百花盛開的大花園。雖然它們有很多是處於藝術性萌芽狀態的作品，思想也不夠成熟，有些還是被包裹在迷信的外殼裏，更有甚者，我們也不要否認民間文學當中有糟粕部分，特別是那些什麼屁的笑話、屎的故事、葷的歌謠，確有這種庸俗的東西。但是，我國民間文學從其內容的主流來看是優秀的，有許多民間文學作品經過了長期的流傳，它集中了民眾集體的智慧，達到了深刻的思想性和高度的藝術性完美的統一，形神兼備，思想感情和諧融洽，有永久的魅力，成為我國民族文化的寶藏，有著巨大文化價值。

　　確是的，〝要研究民間文學某一體制，得先經過一番搜集與整理〞❶，整理好後又有分類問題，即如民間故事分類便是個複雜的難題，三十年代德裔美籍學者愛伯哈德（W. Eberhard）寫有《中國民間故事類型》一書，很為可惜，他的研究後來受到政治觀點干擾，沒有正確認識大陸在五十年代以後搜集的大量民間故事之價值，對於他原用德文寫出的書，就不可能修改訂正和補充。中國民間故事數量是極多的，因為我國有十一億人口，農民有八、九億，故事太多了，現在大陸遍及全國城鄉在編《民間故事集成》、《民間歌謠集成》、《民間諺語集成》，這就是所謂的〝中國民間文學三套

---

　　❶　見曾永義著《說俗文學》臺靜農先生〝序〞。臺北聯經出版事業公司，1980年版，第一頁。

集成＂，鄉有鄉卷本，鎮有鎮卷本，縣有縣卷本，市有市卷本，省有省卷本。故事之多，還沒有人精確統計它究竟有多少個？有人說十萬，又有人說二十萬，如此龐大數字的民間故事，必須要採用科學的方法來分類。

但直到目前為止，中國民間文學界還沒有現成的科學的民間故事分類法，世界民間文學界的AT分類法是可以借鑒的。什麼是AT分類法？1910年芬蘭學派代表人物安·阿·阿爾奈（A. Aarne, 1867-1925）發表了《故事類型索引》（《FFC》N03），這是現在流行的〝AT分類法〞的始祖。他把故事情節相似者歸於一個類型（Type），然後根據其內容來分為幾個大類。他把民間故事分為三大類：1.動物故事；2.普通故事；3.笑話。並做了統一編號；1—299為動物故事；300—1199為普通故事；1200—1999為笑話。在這三大類中，按照情節的不同，一共歸納了540個類型的故事。1928年，美國著名民間文學家斯蒂斯·湯普森（Stith Thompson, 1885-）受芬蘭學派創始人之一卡爾·克倫（K. Krohn）之委託，把阿爾奈的索引譯成了英文，並做了重要的補充和修改後出版了《民間故事類型索引》（《FFC》No74），經過三十年積累資料和不斷修改，擴充增訂，於1961年刊行了《民間故事類型》第二版（《FFC》No184），這個類型索引更加詳實和完備，受到國際學術界廣泛的好評和推崇，人們以阿爾奈和湯普森的名字第一字母命名這個民間故事科學的分類索引，稱為〝AT分類法〞或稱〝AT類型索引〞，並且通稱他們的類型索引之編排方法為〝阿爾奈——湯普森體系〞。

怎樣看待AT分類法呢？湯普森在1932年至1936年，根據他的

認識，認為民間文學作品的共同之點，主要表現在母題的不同而不
是整篇故事，並編了六卷本《民間文學母題索引》，此書和以上《民
間故事類型》第二版，已成為民間文學研究者世界性的重要工具
書，由AT分類法掀起了一股世界性的故事類型研究熱潮，已風行
了半個世紀。在中國，六、七十年代基本上仍處於閉塞的學術狀態
中，因而對AT分類法不僅不夠了解，而有些學者還持否定態度。
出版於80年代初的《中國民間故事初探》認為：〝以情節為主體來分
類：這是近代資產階級的形式主義的派別的分類法，它的代表是歷
史地理學派（即芬蘭學派）。〞〝這個學派在當代資本主義世界中還很
占優勢，如美國的芬蘭學派的首領斯梯夫・湯普遜就出了多卷集的
關於｀母題索引´的書：《民間文學母題索引》I—V卷。像這類所
謂｀母題´型式的編製，還有很多人在做。這種分類法，是完全形
式主義的，它除了無窮無盡的故事情節編排外，不能概括任何故事
的思想內容。〞❷以上看法卻值得商榷。研究民間故事，故事情節
與思想內容密切而不可分割，AT分類法以少量字數勾勒出故事情
節，並用相同故事加以對照，這樣就極大的為研究故事思想內容提
供了方便，不僅能概括故事的思想內容，而且為進一步研究故事內
容作了比較，故這種分類法不能認為是〝完全形式主義〞的。美籍
學者丁乃通教授曾以AT分類法來對中國民間故事進行分類，寫成
專著《中國民間故事類型索引》❸，這本書填補了我國民間故事研究
中的空白點，它概括了我國50多個民族的大量民間故事並且分類編
纂而成，極具學術價值。如排出的老虎外婆故事有110多個，便

❷　天鷹著《中國民間故事初探》47頁，上海文藝，1981年版。
❸　本書1978年由芬蘭科學院在赫爾辛基出英文版。1986年北京中國民間文藝出
　　版社譯爲中文出版。

於查閱。我們不妨參考他分類的優點，探索出另一個符合我國民間故事實際的分類法來，總原則是不必固步自封，吸收一切有益經驗。

在中國文學的總體中，儘管民間文學類提供了眾多的文學品種，但研究工作可以說還是比較荒蕪的，可以說是冷門，問津的人並不多。其原因可能是多方面的。傳統偏見影響，認為它〝不登大雅之堂〞；只研究口頭作品，不與書面結合，學問膚淺；瞎編〝新〞故事、〝新〞民歌，民間文學是〝工具〞；〝教條〞理論，思想性一二三，藝術性一二三……等等，如此研究民間文學，不僅別人不愛讀，到後來連自己也不願寫了，真的沒有什麼研究頭，到後來，為數稀少的老一代研究者衰老了，年輕研究者較少有人跟上去。因此現在需要撥開迷霧，使大家逐漸認識民間文學寶藏的無比豐富性，提起大家的興趣，增加耕耘者，擴大民間文學的愛好者，以後才能增加研究者。

最後，要指出一點，現在有些民間文學概論著述，認為民間文學只是勞動民眾口頭的文學，對我國傳統的〝俗文學〞部分，是一概不予理會的，這不能說不是一種缺陷，考慮到這種不足，我們在分類時便把它們分別列入各個專題項目了，可能並不完全，還有待於研究工作的深入探討。

第三節　中國民間文學的基本特點

民間文學的特點問題，是理論中的根本問題。我們要了解民間文學的本質，首先便要了解特點，唯有如此，才能夠與作家的純粹的書面文學有一個明顯的區分。我們唯有明確了解特點，才能夠在實際工作中把握這些特點，並依據其特點來進行理論研究和實踐活動。簡言之，民間文學特點是劃分民間文學的標準。

民間文學在內容上最主要的特點是它的階層性，即它是屬於下層老百姓的文學，而非屬於上層貴族的文學。我們在前面已指出，民間文學是在廣大人民群眾中流傳的不知名的文學，雖說〝人民〞的概念，既包括勞動民眾也包括非勞動民眾，但是，我國自古以來就是一個以農業為主的國家，勞動民眾（主要是魯迅指出的農民和手工業工人）佔人口的絕大部分，因而儘管民間文學中也包括了非勞動民眾的作品在內，但他們的作品較少，改變不了民間文學的下層民眾性，主要還是勞動民眾的創作，決定民間文學的階層性。民間文學主要是廣大勞動民眾現實生活的反映，主要是勞動民眾表現了他們的思想情操、倫理道德、勞作意志、崇高理想和美學觀。這樣它與文人文學有著明顯的區別。民間文學與勞動民眾的生活、鬥爭、勞作等等緊密相連，而且是最直接的反映，其精神面貌也與之相適應。自從人類社會貧富懸殊以後，文字基本上被貴族階層所壟斷，勞動民眾只有極少數人能通過文字寫作。這樣，民間文學通常只能主要是口傳性質的文學了，一直靠口傳和記憶保存方式，來反映自己的思想感情，來教育下一代。自然，在古代，民間文學作者較複雜，有許多宗教信徒參加了民間文學創作，正像敦煌民間文學中所表現的那樣，但是，能不能就認為這些宗教信徒的無名氏作品，主要是〝為富人說教〞或〝為酒醉飯飽的貴族尋開心的〞？或武斷地說它們主要是〝貴族思想和趣味的反映〞呢？我並不同意這種絕對化的偏激之說法，要知道我國古代社會並不是比現代社會還富有的社會，從敦煌寫卷中可見，我國的宗教信徒們——和尚、道士、尼姑等，即使在大歲日、燃燈節等重大節日，其糧食的消費水準都是不高的，他們並不是像民國年間那些喝著牛奶、吃著牛油夾麵包，生活優裕的外國傳教士，特別是那些在寺廟裏表演說唱的樂工和藝人，他們地位低，而經濟生活水準與勞動民眾也好不到哪裏去，再說，他們在寺廟裏講唱〝變文〞、〝因緣〞等等，主要是給前來的勞動民眾中的善男信女聽的，即使作品中有些貴族思想、宗教意識、時代之局限，在所難免，但是也有反映勞動民眾思想感情之處。如變文、寶卷、彈詞中便有許多民間故事，反映民間生活和思想。因此我認為，把宗教信徒無名氏作品排除在民間文學之外是錯誤的。民間文學內容的階層性特點，緊緊聯繫著民間文學流傳中內含的一系列特點，唯有將這兩方面結合起來，才能斷定一篇作品是不是民間文學，流傳中包含的特點有六個：

第一，自發性。作家創作與民間文學創作不能夠劃一個等號。作家創作有所謂〝遵命文學〞之說，作家們可以為了一個預定的政治目的運用筆來揭露或歌唱。三、四十年代在西南大後方興起〝抗日文學〞、〝國防文學〞，在政府的領導下有組織的進行宣傳抗日的創作，那是自覺的創作。但是民間文學創作則與之相反，它可以不受統治者的指示的約束，它永遠是自發性的人民自由的創作。民間文學是真正地道的在人民中長期流傳和自然形成的。民間文學的產生和發展並不是種莊稼，春天去栽秧（好比：由政府發一個創作號召），秋天去收割（創作寫好，交給官方出版物去發表），民間文學發展決不會這麼簡單，它既有口耳相傳性，也有長期流傳性，這是民間文學發展真正的規律。民間文學發展規律，我們只能夠認識它、利用它，而不可能任意左右它、指揮它。民間的輿論是民眾的聲音和民眾的心理之反映，只服從於人民的意志、真理與正義，只服從於真善美，只服從於健康、進步、積極向上、愛國與人道的思想精神，而絕不會跟著任何人的指揮棒轉。請看民眾怎麼諷刺做官當老爺的人，下面是一組《諷刺歌謠》：1.〝書記ˋ關心ˊ漁業隊，常來常往懷碰懷，妻子高興兒女笑，一日三餐有魚味。〞諷刺做官多吃多沾；2.〝部長、部長，沙發一躺，上有書記，下有科長。〞諷刺部長省心不幹事；3.〝和尚多了水缸乾，艄公多了船易翻，頭頭多了事難辦。〞諷刺官多不管事；4.〝三個公章，不頂一個老鄉；公章碗口大，不如熟人說句話。〞諷刺以權謀私；5.〝八點上班九點到，一碗泡茶一張報，時針剛到十點整，回到家裏吃小灶。〞諷刺當官的怠職風。6.下面這首諷刺〝大躍進〞：〝劈了桌子當柴燒，砸了瓢盆吃大灶；磕了水缸砌高爐，摔了飯鍋爐中拋。〞7.下面這首諷刺〝文化大革命〞：〝走資派，到處有，大的領著小的走，ˋ吹氧ˊˋ開刀動手術ˊ，外加改造臭老九。〞（以上歌謠均錄自《民間文學》）。可見，民間文學不是琴鍵可以供人隨音彈唱的；也不是輪船，隨意叫它到哪裏靠岸，它就到哪裏靠岸。民間文學有它獨立的品格和作風，各時代皆然。民間文學反映人民的心聲，是社會生活的一面鏡子。民眾百姓愛憎分明，對什麼是光明與黑暗，看得很清楚；對什麼該諷刺該歌唱，自有分寸。民間文學總是具有獨立性，自發的發展的。

　　第二，集體性。民間文學本質特點中，有一個集體性。作家寫作，總是個人獨立完成，但民間文學卻總是集體完成的。築堤農工在集體打夯時，唱起了《打夯號子》，那歌詞都是大家你一句我一句湊成功的。民間諺語也是老百姓在口頭你一句我一句在聊天時説出來的。在中國大陸，許多農村中都曾流行過賽歌的風俗，於是大量的山歌，便是在集體賽歌時被百姓你一首我一首唱出來的。在集體場合，農民們坐在一起，也會你一句我一句的編湊笑話故事，什麼三個女婿賽詩，三個女兒競巧女，大伙互相補充著談起，發展成故事。這就説明民間文學作品往往在集體場合當著集體的面與集體一起創作出來。這種集體性，與口耳或傳抄流佈彼此緊密的聯繫在一起，又經過集體的加工、琢磨才能成為集體共同的精神財富。

民間文學創作的集體性還表現在：有些創作最初並不是集體作出來的，而是個人寫成，但由於得到民眾喜愛而逐漸流傳起來。在流傳中，不斷被傳播者不自覺的加工，最後永遠流傳於民間了。中外都有許多作家的作品轉變為民間文學作品，這種例子已經屢見不鮮。白居易與蘇東坡的詩句，有些轉變成民間諺語，如〝野火燒不盡，春風吹又生。〞〝但願人長久，千里共蟬娟〞；在國外，俄國的普希金、匈牙利的裴多菲、德國的哥德和海涅等等，他們的詩，轉變成民歌，永遠流傳民間，這些例子説明，個人作品在流傳中被集體融合，最終成為體現集性的民間文學作品。

民間文學集體性特點，説明民間文學作品總在改變，每一個傳播者、演唱者，他都要把別人的藝術構思化為己有，他都要對原來的民間作品進行再創作、再琢磨、再發展，最終使之成為集體藝術的產品。儘管經過了多少世紀的集體修改，雖然民間作品形成以後也有相對的穩定性，但是，再加工還是沒完沒了的進行，這種集體性就決定了，我們對民間文學作品要在四面八方沒完沒了的去搜集整理。

　　第三，匿名性。由於是集體創作，因此我們不知道民間作品的
作者是誰。民間文學反映了人民的生活和思想，集中了人民的聰明
和才智，為人民集體所承認和保存，並不屬於任何私人所有。有史
以前，人們雖勞動唱歌，求愛也唱歌，但他並不打草稿和留底稿，
因為人們做夢也想不到賣詩稿出專集這類事，何況古時也沒有報館
書鋪，文字於民沒有用處。據《漢書‧藝文志》說最初來整理民間作
品的，那是〝稗官〞了。有史以前民間文學產生，根本還沒有著作
權問題，這是私有財產產生以後才出現的問題。從《詩經》或者從更
早的《易經》裏的民歌開始。幾千年過去，民間文學作品仍然沒有作
者的名字，其根本原因在於它的集體性，無法署上自己的名字，因
為是集體創作再修改的。同時，人民在從事民間文學創作中，一不
為名，二不為利，他們只是把內心深處的喜怒哀樂通過口語或樸素
的文字，以及通俗的文藝形式反映出來，因而有真情實感，和那些
無病呻吟的貴族文人作品完全不同。明代的馮夢龍針對人民的山歌
創作寫道：〝山歌雖俚甚矣，獨非鄭、衛之遺賦？且今雖季世（末
世），而但有假斯文，無假山歌，則以山歌不與詩文爭名，故不屑
假。〞（《序山歌》）他正確指出勞動人民唱山歌〝不與詩文爭名〞的
特點，因為它是集體的文化財富，任何人都可以傳播演唱，加工修
改，來反映千百萬人民的心聲，有時，民間文學作者的署名，不是
個人的名字，而是只記某某地區的名稱，這決不是抹殺原民間文學
作者的功勞，相反，這正是對原作者功勞最崇高的評價。

　　判斷一件民間文學作品是否真正出於民間，除了看它內容是不

是反映下層人民生活思想感情，匿名性也是一項重要條件。匿名性，是在長期歷史中形成的民間文學固有的本質，任何時候這特徵都沒有改變，在遠古之神話創作便無名可查，至商周之詩經也依然無作者姓名可查，漢代之《孔雀東南飛》、南北朝之《木蘭詞》皆無作者名可知；敦煌民間文學中之《雲謠集雜曲子》，是唐代編選的一部民間詞集，也沒有留下作者的名字，從其內容題材的豐富，語言的俚俗口碑，我們只能斷定它是民間流傳之作品。敦煌民間話本，是民間〝說話〞藝人講說故事的底本，《唐太宗入冥記》就是借鬼故事反映出人民要求對有罪的皇帝加以懲辦的思想，即使生前不可能實現，死後入了地獄也要由閻羅王對他加以審判，後來由於判官徇私枉法，唐太宗才生還，此話本反映出唐代貪贓枉法、營私舞弊的官場現實，這部作品也是沒有作者名字的。總之，匿名性是基本特點之一。

第四，口傳性。民間文學大多數作者由於貧窮被剝奪了識字讀書的權利，因而口傳性是它又一個主要特徵。它們從這一個人口裏傳到那一個人口裏，起初往往沒有寫下來，而是口耳相傳，記憶保存。這樣，它就與作家書面文學有了明顯區別，口傳性特點為民間文學所獨具。正由於它靠口傳、靠記憶，才能流傳、保存，它就能像風一樣，來無影、去無蹤，我們要去採集它，就必須〝採風〞，如果不去及時採集，它便會像風一樣消逝了。

口傳性的特點，使民間文學具有了抨擊一切壓迫、剝削和反民眾罪惡的有利條件。因為它只在口傳，不留痕跡，神出神沒，使統治者奈何人民不得。江蘇有個〝正月十五為什麼家家掛芝麻稭〞的故事，說朱元璋當了皇帝，亂殺忠臣，搞得百姓怨恨，人人皆罵；
朱皇帝一心享樂，弄得鳳陽十年倒有九年荒，人人皆恨。一天朱元
璋微服私訪到了鄉下，聽到有個農民在唱罵他的《鳳陽歌》，說什麼
朱元璋治國一團糟，大戶人家賣田地，小戶人家賣兒郎，聽後氣得
不得了，叫手下人去打聽這首歌何人所作，手下人說：人人都在
唱，都會唱，朱元璋奈何不得，便心生一計，叫手下人在這農民家
門口插一芝麻稭，明天是正月十五日，派人來殺他滿門不留。手下
人也是窮苦百姓出身，便把這消息告訴了當地人。第二天朱元璋果
然派人來找插芝麻稭這家農民，進了村一看，家家戶戶門口都插了
芝麻稭，不知到底要殺誰家，只得回宮了，從此百姓慶賀吉利，每
年此時掛芝麻稭。這個故事發人深省。說明統治者可以嚴密控制一
切輿論陣地，為自己統治說話，也禁止人民出書、印報和寫作，但
是，歷史上還沒有任何一個殘酷的暴君，可以封閉了人民的嘴，不
准人民說話的，只要世界上還有壓迫和剝削存在，民間文學口傳性
便會存在，有時民眾把民間文學作為武器來加以運用了，用它來鼓
舞、教育、團結自己，並用它來譴責、揭露、打擊欺壓者。自古以
來，在某個特定的歷史時期，在查到書面文字便會誅連九族、人被
定罪的情況下，民間文學口傳形式便成了唯一形式，人民在口頭上
用諷刺歌謠、笑話、寓言等等來抨擊暴政，此時，口傳性便上升到
民間文學特徵的第一性，因此民間文學口傳性，將會隨歷史起伏而
起伏、發展而發展，不分國家、民族、時代，永遠曲折的發展著。

民間文學口傳性特點，在我國古代學者中也是一致認可的。明
人《詩藪》中說，上古時代的民歌如《擊壤歌》、《南山》，都是〝矢口
成言〞的。李開先在《詞謔》中也說：〝十五國風，出諸里巷婦女之

口者，情詞婉曲，自非後世詩人操觚染翰，刻骨流血所能及者〞。清朝杜文瀾在《古謠諺》凡例中也説：〝謠諺之興，其始止發乎語言、未著于文字，其去取界限，總以初作之時，是否著于文字為斷。〞清朝沈德潛在《古詩源·例言》中稱〝康衢擊壤、肇開聲詩。〞説古民歌是〝聲詩〞、〝韻語〞。因此民間文學口傳性是我國民間文學界傳統的理論總結。

必須指出，所謂〝口傳性〞，就是説作品被一個人或許多人編出，要經過其他人的口頭傳播，並不光是自己個人口頭傳播，再經過第三者從民眾中搜集整理出來，才能算是民間文學作品。六十年代初，大陸時興〝新民歌〞，那是由個人寫了民歌體的歌謠，便直接在報上發表，然後編為〝新民歌集〞，這些〝新民歌〞因不具口傳性，也就不能算是〝民歌〞了。很顯然，口傳性是不能假造的，不是任何一個勞動民眾寫了任何一件作品，不經口傳，它就能成為民間文學作品的。

第五，變動性。 民間文學又具有變動性特點，它是和集體性、匿名性、口傳性緊密聯繫在一起的，因為它是集體口傳的，便會從這一個地方傳到那一個地方，有人加進一點內容，又有人修改一下形式，在民眾口頭上永遠變動著沒完沒了，這種特點便是變動性。不像作家的文學作品那樣，一經作成，印成書，便不再變動了，呈固定樣子。

民間文學變動性，有時因為人的具體情況不同而變動它的詞句。陝北《信天游》中有首情歌一共三段，分別為三對情人所唱：

1.人人呀都説咱們倆個有，直到如今沒開口。

2.人人呀都說咱們倆個有，自幼沒有拉過你的手。

3.人人呀都說咱們倆個好，阿彌呀陀佛只有天知道。

以上三段，分別為三個小伙子對三個姑娘所唱，第一句都差不多，第二句則根據個人情況不同而加以變動。

民間文學變動性，有時又因為地點的變換而變動了它的詞句。如陝北《信天游》情歌：

1.你在牆，我在溝，探不見拉話招一招手。

2.你在山上我在溝，夠不著說話擺擺手。

這就是由於兩對情人站的地點不同，一對是在牆上和溝裏，另一對是在山上和溝裏，由於變動了地點，也就變動了詞句。

總之，歷史變遷、時代轉換、環境不同、歲月差異、人物有別，還有記憶的消逝，種種因素，都能構成民間文學的變動性。這種變動因民間文學體裁的不同，變化很大，可以說千變萬化。民歌多半表現在具體詞句的變化，民間傳說故事則不僅有具體情節的變化，例如梁祝故事結尾至少有三種，一是化蝶，二是化鳥，三是化虹；孟姜女故事結尾也有兩種，一是悲劇結尾，二是孟姜女萬喜良雙雙復活的喜劇結尾。而且有的整個改變了故事的結構，例如，有的狼外婆故事可以和蛇郎故事合璧，牛郎織女故事又可以和西王母神話，以及倆兄弟故事合璧，所以，變動性形成了民間文學內容的複雜性。

第六，沿襲性。連接於變動性特點的，還有一個沿襲性的特點。即民間文學作品並不是只有變動性，而不具有一些穩定的成份，民間文學穩定性成份便是它還具有沿襲性的特點。主要表現在民間文學創作的表現手法和格式上。例如《京本通俗小說》中《馮玉梅團圓》一篇裏有首吳歌：

月子彎彎照九洲，幾家歡樂幾家愁；

幾家夫婦同羅帳，幾家飄散在他洲。

在南宋初年，金兵占領了北中國，人民流離失所，這首民歌便從北國唱到江南，無疑是一首歌唱人民悲痛離亂的民歌。三、四十年代中國民眾八年抗戰，由於離亂的相似點便使此歌又流行開了。但是，在明朝末年，馮夢龍在《山歌》中又搜集到一首《月子彎彎》，只有前兩句相同，後面連同整個主題都變化了，變成了一首諷刺民歌了，請讀下面原詞：

月子彎彎照九洲，幾家歡樂幾家愁，

幾家賞子紅緞子，幾家打得血流流，

只有我里官人考得好，也無歡樂也無愁。

馮夢龍注云：〝一秀才考三等，其僕作歌嘲之。〞主題完全是嘲弄富家子弟考了末等秀才。

這〝月子彎彎照九洲，幾家歡樂幾家愁〞兩句完全相同，這種比喻手法的沿襲運用，就是民間文學固定的沿襲性特點的表現。在民歌中，這種沿襲性詞句，可以因為主題的不同有所增減。例如，這首民歌傳到現代，沿襲性詞句，已減至一句〝月兒彎彎照九洲〞。可見《月子彎彎》這首民歌影響的深遠。《月兒彎彎》竟變為一種固定的模式，任何主題都可以這個模式套用。

民間文學的沿襲性，也表現在典型形象的塑造上，這多半表現在民間傳說故事中。例如魯班的傳說❹這一個工匠的典型形象便是

---

❹　參見《魯班和老君》，甄茂棞搜集整理，中國民間文藝出版社，1982年版。

固定沿襲性的表現，產生了許許多多有關他做工勤勞智慧事跡的故事，都串連在這同一個典型形象上。我國少數民族的機智人物故事，不管是藏族的阿古登巴故事、蒙古族的巴拉根倉故事，還是維吾爾族的阿凡提故事、哈薩克族的和加納斯爾故事，都是採取一個固定主人翁，串連許多故事的形式，這説明沿襲性特徵在民間傳説故事中也有著廣泛的聯繫。

總之，通過沿襲性特徵分析，不難理解《詩經》和樂府中，為什麼許多民間比喻的範例，一直為後世所沿用，山歌的頭尾在古今都有相同固定的詞語，還有故事開頭固定套語和起句的運用，這些方面都是民間文學沿襲性特徵的作用。

以上民間文學的六個特點，都是互相密切聯繫的，它們都不是孤立存在的。這六個特點是我們區分是文藝創作還是民間文學的標誌，不可能想像，沒有這六個特點而還能算是民間文學作品的。自然，判斷一篇民間文學作品，首先要看它的實際內容，是否真體現出了勞動人民的生活思想和感情，但是這六個特徵都是缺一不可，這兩者都不可偏廢，誰缺了誰，都不可能是民間文學作品。

第四節　中國民間文學的文學意義

民間文學是民眾社會生活的反映。下層人民的生活是民間文學取之不盡的源泉。由於民間文學來自人民生活的底層，是比較接近生活中自然形態的藝術反映，它們中有許多是優美的藝術品。民間文學對於文學創作具有重大的實踐意義，在我國文學史上，一直占有顯著的地位。如果我們回顧一下中國文學的發展史，就會發現中國文學遺產中那些最基本、最生動、最豐富的就是民間文學或是經過加工的民間文學作品。民間文學對歷代文學創作的重大意義可以概括為以下四點：

　　1.民間文學給文學創作提供了眾多的藝術形象。大家也許已經注意到了，最深刻、最鮮明，在藝術上十分完美的令人難忘的典型形象，往往是民謠等民間文學作品中所創造的，牛郎織女的神話傳說，便是首先出現在《詩經》中。許多完美的形象，是補天的女媧、偷息壤而被罰死去的鯀、世上能工巧匠魯班、智慧的阿凡提、最後戰勝了法海的白蛇娘娘，甚至愛情也戰勝了死亡，梁山伯與祝英台最後化為蝴蝶飛入天空，這一切形象都是理性與直覺、思想與感情和諧結合在一起被創造出來的。我國傑出作家的優秀作品有許多都是取材於民間集體創作寶藏的，自古以來民間文學寶藏就曾提供給文學創作一切富於詩意的概括，一切有名的形象和典型。我國文學史眾多事實說明了這一點，《西遊記》中的孫悟空、唐僧、豬八戒、龍馬；《水滸》中的李逵、武松、魯智深；《三國演義》中的諸葛亮、關羽、張飛、趙雲；《聊齋志異》中的花神、狐仙以及眾多鬼神；《封神演義》中的千里眼、順風耳、地行孫等等；還有孟姜女與萬喜良，劉蘭芝與焦仲卿，目連與青堤夫人，楊家將與穆桂英，韓朋與貞夫，秋胡戲妻，柳毅傳書，吒哪鬧海，董永賣身，西施捐軀，《琵琶記》中趙五娘，《漢宮秋》中王昭君等等形象都是來自民間文學，是中國文學中的瑰寶，得到全體中國人的熱愛。

　　2.我國文學創作中各種文體的興起都可以在民間文學中找到來源。《詩經》中的四言詩，就是起源於古代的勞動歌；《楚辭》中的騷體詩，也是起源於楚國的民歌；五言詩首先見於先秦的民間童謠；七言詩的前身也是起源於民間歌謠，如《上邪歌》；詞體也是來源於民間，如在敦煌發現的民間曲子詞。所以魯迅說過："詩、詞、歌、曲我以為原是民間的。"❺他還說過："唐朝的竹枝詞和`柳枝詞'之類，原都是無名氏的創作。"❻他又說過："民間文學偶有一點為文人所見，往往倒吃驚，吸入自己的作品，做為新的養料。舊文學衰頹時，因為攝取民間文學或外國文學而起一個新的轉變，這例子是常見於文學史上的。"❼這些論斷都是很有事實根據的。

3.民間文學的語言是文學創作必要的也是最好的借鑒。人民群眾的語言生動活潑，在口頭經過了長期的選擇和提煉，已經變得通俗而藝術。學習民間文學中民間歌謠、民間故事、民間諺語等類中的生動語言，乃是接受人民集體智慧的成果。在我國古代，就有許多作家把民間文學中的語言，吸收入自己的作品，而使自己的作品增添了奪目的光輝。白居易雖然在唐代，但是他的詩歌有些真如現在的白話詩一樣易讀易懂，閃耀著生動的人民語言的光彩。在宋元時期說話藝人總結出來的一條重要的藝術經驗，便是"話須通俗方傳遠"，因此而使得宋元話本小說在語言運用上，多採用當時民間通俗生動的口語，這是我國古典小說創作上在語言方面的一場巨大的變革。在明代，水滸故事既來源於民間，為了使當時勞動人民包括市民能聽懂和讀懂，作者便注意吸收民間俗語方言、民歌等，所

---

❺ 見《致姚克》，1934年2月20日。
❻ 《且介亭雜文·門外文談七》。
❼ 《且介亭雜文·門外文談七》。

以作品中的語言，既準確精練，又豐富多彩。如白勝唱的〝赤日炎炎似火燒，野田禾苗半枯焦，農夫心內如湯煮，公子王孫把扇搖。〞這首民歌，不僅反映了當時貧富懸殊的社會狀況，而且和主人翁智取生辰綱時的精神面貌合拍。清代曹雪芹的《紅樓夢》，採集了大量清代民間諺語俗話入書，而使他所刻劃的人物極為生動感人❽。由此可見民間語言是文學創作的寶藏。

　　4.歷代作家個人由於多方面向民間文學學習，汲取民間文學的養料，才創作出了不朽的文學作品。在我國文學史上，從先秦到現在有著數不清的例證。屈原的《楚辭》、《離騷》詩體便是脱胎於民間文學——楚國的民歌；《九歌》也充滿浪漫主義色彩，就是根據民間祭神樂歌的再創作；《天問》也包括許多遠古神話，如宇宙形成、天地開闢、萬物發生，以及后羿、嫦娥、女媧、大禹等都成為他的詩的題材，屈原攝取了我國古代神話中的人物和故事，譜寫出了燦爛的浪漫主義詩篇。漢魏以來的建安文學，曹氏父子三人的詩篇都汲取過民間文學作為他們作品的養料，樂府歌行、巴山民歌、小調等都培育過他們文學藝術之花，使他們的作品增添了藝術的魅力。李白的詩，之所以顯得想像豐富、氣勢狀闊、格調豪放、比興繁多，讀起來就好像看到千萬匹駿馬奔騰而來，很大一部分原因是由於全面地受到過唐代或以前民間文學的影響。他的代表作《蜀道難》便受到過古代神話強烈的感染，《秋浦歌》、《子夜吳歌》、《烏夜啼》、《長干行》、《關山月》等都充滿樂府歌行的風韻。白居易的詩，婦孺皆知，他的《新樂府》和《秦中吟》等都具有濃郁的民歌味，特別是在

---

❽　參見拙文《論紅樓夢中的民間諺語》，載於《紅樓夢學刊》1983：3。

語言上，詩人向民間學習的成績更為顯著，所謂元白體開了現代白話詩的先河，使他的現實主義詩篇大大接近了人民。柳宗元的散文其所以別具一格，就是因為它直接汲取了民間寓言和動物故事為養料，寫出了《三戒》（麇驢鼠）、《黔之驢》、《咏某氏之鼠》、《羆說》等等散文，突出了民間寓言和動物故事的特點，深刻地觸及時弊，諷刺黑暗現實，因而傳揚於後世。元明戲劇小說更是民間文學孕育而成，無論是關漢卿、王實甫、湯顯祖等人的現實主義劇作，還是羅貫中、施耐庵、吳承恩等人的小說，受民間文學影響很明顯，不僅是題材取於民間文學，就是語言形式、表現手法上也都和當時的民間說唱文學以及傳說有著十分緊密的聯繫。在清朝運用民間文學來創作的例子也不少，蒲松齡的《聊齋》就是民間文學的再創作。他在〝自志〞中說：〝才非干寶，雅愛搜神，情類黃州，喜人談鬼，聞則命筆，遂以成篇。久之，四方同人，又以郵筒相寄，因而物以好聚，所積益伙。〞說明《聊齋志異》的題材，是他緣於個人愛好的民間故事傳說和親友提供的民間奇聞軼事中搜集得來的。蒲松齡又說：〝集腋為裘，妄讀幽冥之錄，浮白載筆，僅成孤憤之書。寄托如此，亦足悲矣！〞這說明他的創作不單純是為了搜集民間故事之怪和抉擇民間傳說之怪，而是有感而發，借以寄托〝孤憤〞，因而他能把握民間文學醒世的實質。吳敬梓的《儒林外史》之諷刺藝術在很大程度上得力於生動、準確、自然、質樸的民間語言。尤其是運用民間語言來作為人物性格表現的方法，吳敬梓運用得特別成功，例如十四回馬二先生與差人的爭論，他運用民間口語把兩個人的身份、性格描寫得極為逼真。當然他的成就決不僅學習了民間語言，也在於他深入了解了民間風俗，如二十一回描寫卜老爹與牛家結親的場面，二十回寫和尚為牛布衣治喪的場面，生活氣息其所以顯得極濃，正是由於他異常熟悉市民的風俗，才使他出色運用民間語言的藝術技巧獲得極佳的發揮。總之，民間文學對於文學創作的影響是深刻的，從思想到藝術，從內容到形式，從創作方法到語言風格都有鮮明的脈絡可尋。

綜上所述，文學上無數例證說明，作家和民間文學的深刻聯繫，正是使他們的作品從思想到藝術取得光輝成就的重要原因之一，受民間文學影響將會使他們的作品具有通俗性和民族化的特色，增加藝術魅力，而為民眾所喜聞樂見。

第二章 古代神話

第一節 什麼是神話？

　　神話是原始社會人民敍述的關於神的古老的故事，這是一種有濃厚浪漫主義性質的故事。構成神話必須有以下幾個條件：

　　㈠它必須是真正的人類孩童時代的口傳作品。一個大人是不能再變成小孩的，除非他變得孩子氣了，神話便是人類兒童時代的作品，現在我們人類已經進入了智慧高度發達的成年人時代，已經失去了人類那種兒童的天真，因此也就不可能再把小孩的真實的本質再現出來而產生神話，這是第一個條件。

　　㈡它必須是人類早期真正不自覺的口傳作品。希臘藝術的前提是希臘神話，即在人民幻想中經過不自覺的藝術方式所加工的自然界和社會形態。神話便是自然和社會在人類幻想中不自覺創造出來的作品。現在我們人類已經進入高度文明的社會，對於人類所生活的自然界和社會界，人們都在進行著自覺的建設與改造，因此也就不可能再產生以不自覺的藝術方式創造的神話，這是第二個條件。

　　㈢它必須是人類在生產力極不發達的社會早期，不能征服與支配自然力時產生的關於神的故事。任何神話都是在想像裏並借助想像來征服自然力和支配自然力，並把自然力加以形象化，因此，隨著這些自然力的實際上被人類所支配，神話也就消失了。神話便是用浪漫的幻想來支配自然力的藝術作品，現在我們人類的科學水準已經飛躍發展，大自然和社會，已經用人的力量來支配，如今燒飯已用起了煤氣灶，鑽木取火的神話便不能同它相比了；如今人類已知道使用避雷針，《山海經》上說的雷神〝鼓其腹，在吳西〞，也不能同它相比了；如今男女之間已經可以通過電話、寫信、乘飛機、汽車等來進行交往，那希臘神話中的丘比特的箭，射在誰身上誰就會著了情魔找戀人，也不能同它相比了。總之，人類已經能支配控制自然和社會，用想像來支配自然力的神話便不可能產生了，這是第三個條件。

從上面敍述可知，神話有它嚴格的時代範圍。它是原始社會人民的口傳作品，也就是說，不是任何時代都能產生神話的，產生神話的上面三個條件消失以後，便不能再有神話產生。因此，我們不能在現在的民間故事中隨便取出一個帶幻想性的魔法故事，就能說它是〝神話〞。我們也不能在後世的民間故事中隨便選出一個花神、貓神、海神、山神、會吐金幣的驢子、在蝸牛殼裏睡覺的小人等等，就能說它是神話中的〝神〞，只有在原始社會神話中的神，才是真正的神，一旦離開了人類原始時代，神便失去了任何候選神了，便不再產生神了，神話中的神不能增多，也不能減少，有多少個就是多少個。上面三個條件是互相統一在一起的，並不是孤立存在的。

中國大陸神話學界曾有一次〝廣義神話〞爭論，現予一提。袁珂《從狹義的神話到廣義的神話》❶，提出〝廣義神話〞概念，他的廣義神話分為以下九類：1.無爭議的中國遠古神話；2.傳說，〝神話裏有傳說，傳說裏有神話〞；3.歷史，〝神話因素的歷史，歷史

---

❶　此文載於《民間文學論壇》1983：2。

化了的神話。″；4.仙話，如八仙過海；5.怪異，孤鬼變人、江郎神、天公狗、太歲、螻蛄神；6.童話意味的民間傳說，如中山狼、吳洞金履；7.佛經的神話人物和神話故事，善財龍女、哪吒鬧海、析肉還母、析骨還父、觀音菩薩；8.關於節日、法術、寶物、風習和地方風物等的神話傳說，如七夕、端午、重九、照妖鏡、搖錢樹；9.少數民族的神話傳說，格薩爾王、望夫雲、百鳥衣、阿詩瑪、召樹屯、劉三姐、日月潭等。此文認為，中國神話實際是妖魔鬼怪話，它包括了神話、傳說、童話、史詩、敍事詩、說話幾乎民間文學的全部內容。

在了解了構成神話的三個條件以後，我們就可以對神話作這樣的解釋：神話是人類在孩童時代，與自然的鬥爭和社會的發展的最初階段形成的。當時在低下生產力水準之下，人們並不能夠控制自然，又由於在遠古科學很不發達的時候，勞動人民對大自然萬物的變化、四季的輪迴、日月的運行、風雨雷電的形成、森林中的大火不滅、原野裏的洪水不斷種種現象，雖然驚奇，但是都不能作出科學的解釋，於是便把自然界解釋作是由神來主宰的；只能在想像當中征服自然，把它人格化、神化，然後控制它、戰勝它，於是便產生了許多天真浪漫的故事，這種故事全是關於神的事情，它是原始社會人民用不自覺的幻想藝術的方式加工過的自然和社會形式本身。這樣，神話的思想內容便可以概括成下面三個部分。

第一個部分，解釋自然的神話。如上所說，遠古勞動人民不能支配自然力，也不能對它作科學解釋，只能把它神化或人格化，認為它是由什麼〝神″在支配，所以就產生了許多解釋自然的神話，例如盤古開天闢地的神話，便是解釋宇宙的起源；牛郎織女神話，便是解釋了星空的某些現象；女媧造人的神話，便是解釋了人的產生和由來。在我國少數民族當中解釋自然的神話是很豐富的。如廣西僮族的《陸馱公公》神話，便解釋了鳥獸為什麼住在森林，不會說話，草木為什麼不會走動，畜生為什麼幫人做工等。西藏藏族的《西藏王統記》中的神話，便解釋了人類的起源。雲南納西族在東巴經中記載下來的《創世紀》，也是解釋人類起源的神話。

第二個部分，征服自然的神話。原始社會的勞動人民並不滿足於單純的在神話中解釋大自然的各種來源，他們在強大的自然力面前並沒有退縮與畏懼，為了表明他們毫不妥協的態度，便通過神話，來顯示他們壓倒自然的強大精神力量，所以便產生了許多征服自然的神話。例如我國著名的女媧補天、后羿射日、夸父逐日，便是征服自然的神話。在我國少數民族中征服自然的神話也是很豐富的。例如藏族《七兄弟星》神話，便是表現七兄弟是向大自然災害進行反抗的先鋒的神話。僮族的《卜伯》和《射太陽》，也是表現人類如何戰勝雷神、烈日。征服自然神話和解釋自然神話，有時兩者結合在一個神話故事中，如苗族古歌《創世紀》神話中，〝開天闢地〞、〝兄妹開親〞，便是解釋天地與人類由來的，但〝鑄撐天柱〞、〝鍛造日月〞諸篇，則多為征服自然神話的性質。

第三個部分，反抗鬥爭的神話。原始社會的人與人之間也有矛盾與鬥爭，許多部落的首領，被人們抬到天上去做了整個宇宙的統治者，勞動人民不滿意於這些統治者的所作所為，於是，他們便創

造了許多反抗神來對抗神王的統治，或編造神話故事來反映原始社
會中人與人之間的社會鬥爭，把地上的鬥爭說成是天上神與神的鬥
爭，所以便產生了許多反抗鬥爭的神話。例如〝刑天斷首〞神話裏
寫的刑天，便是和天帝爭神座，被天帝斬斷了頭，他還手拿盾斧，
以臍為口，以奶為目，戰鬥不息，便是典型的反抗神。再如黃帝與
蚩尤大戰的神話，便是典型的社會鬥爭的神話。又如鯀偷取天上的
神土〝息壤〞到下方來替人民治理洪水，使他的祖父黃帝神很惱
怒，被認為是大逆不道的事，就把鯀殺死在羽山之下，鯀的屍首三
年不腐。反抗鬥爭的神話總結了原始社會人民的社會生活。

　　總之，神話是原始社會人們的口傳文學，是遠古人們為了表達
他們勞動和鬥爭的業績，表達他們對於自然界和社會界的認識，和
表達他們的思想和感情，通過想像編織成的一系列神奇怪異的故
事，然後又經過了後人不斷的加工、修改，才成為神話，中國神話
又由於散見在各種古書中，這種散見的片段性，造成了我們整理和
研究我國神話的困難！

第二節　中國古代神話十大系統

　　中國古代神話雖然經過了散失，形成了片斷性的特色，但是，
仍然有著豐富的含量、多采的內容，形成了自己獨特的神話系統。
中國古代神話有十大系統。

　　㈠盤古神話系統。典型情節保留在1.《藝文類聚》卷一引《三五
曆紀》，2.《繹史》卷一引《五運歷年記》，3.《述異記》。故事是這樣：
　　最初天地黑暗混沌好像一個大雞蛋，盤古就孕育在這個大雞蛋

中，經過了一萬八千年，他突然醒來，感到悶人，便揮起鐵臂，砸開雞蛋殼出來了。那破裂的蛋殼，輕的東西，升上高空變成藍天，重的東西，沉沉下降，變為大地。這樣，天每天升高一丈，地每天加厚一丈，盤古的身子也每天增高一丈，這樣過了一萬八千年，天升起極高，地變得極厚，盤古也變成極高大的巨人，身長九萬里，在這開天闢地的艱苦勞動中，他耗盡精力，終於死去了。在他臨死的時候，周身發生了很大變化，他哭泣就變為江河，他出氣就變為風雲，他的聲音變成了天雷，他的目光變成了閃電，他喜悅時就是晴天，他發怒時便是陰天，當他死去時，他的左眼變成了太陽，他的右眼變成了月亮，四肢五體變做大地的四極和五方的名山，他的血液變做江和海，他的筋脈變成了道路，肌肉變做田土，頭髮鬍鬚變做天上的星星，皮上的汗毛變做花草樹木，齒骨變做金子和石頭，精髓變做珍珠和白玉，身上的汗水變做雨露。總之，人類老祖宗盤古，具有偉大的自我犧牲精神，用他那整個身軀，造成了這豐饒而美麗的世界。

這個開天闢地始祖神——盤古，現在有跡可循是出自我國廣西一帶的瑤族，他起初似乎既不是漢族，也不是苗族的始祖神。但由於它在我國漢字古籍上，早在公元三世紀便出現了（徐整的《三五曆紀》），更早在屈原《天問》便有了朦朧的影子，在秦漢之間《山海經》中更有燭龍神話同它類似，我們完全可以說，他是中華民族共同的始祖神。四十年代在少數民族中發現，它與苗、瑤等族的盤瓠神話、伏羲女媧神話合璧，形成了一個大系統。

㈡女媧神話系統。典型的情節保存在《楚辭·天問》、《淮南子·覽冥篇》、《風俗通》、《路史·後記二》等書中，故事是這樣：

1.女媧造人

開天闢地以後，出現了一位仁愛慈祥的女神——女媧。她感到天地間的荒涼和寂寞，便用雙手捏合了地上的黃土，仿照著自己的模樣，摻合了水，在手裏揉團著，造出了一個個會跳能蹦、會語能言、又靈敏又聰明的小東西來，這些小東西個個興高采烈，拉住女媧叫"媽媽"，於是她就給這些小傢伙取了一個名字，叫做"人"。女媧搏黃土造人，工作緊張，大地畢竟太大，要造的人太多，她自己則已疲倦不堪了，真是力不暇供應需要，後來，她想出一個妙法，把岩壁上一根枯藤拿來當繩子，引伸到泥濘當中，攪混了渾黃的泥漿，向地面上揮灑，這些泥點濺落的地方，出現了一群群的人。她想，造人太麻煩，就把人分為男人、女人，並且創造了婚姻制度，使人能子兒育女、繁殖後代。所以女媧又是婚姻之神。據說，女媧還親自造"蘆笙"，使人在春天即吹起蘆笙談情說愛，所以女媧又是愛情之神，至今苗族仍有吹笙求偶的習俗。

2.女媧補天

女媧創造了人類以後，由於新開闢的天地還不牢靠，突然半邊天空坍塌下來，天上露出了大窟窿，地上也破裂成許多大縫和深溝，這時森林燃起了大火，洪水從地底噴出來，使大地變成了海洋，而在山地裏，由於大火，惡禽猛獸到處亂竄，人類已經無法生存。這時，人類慈母——女媧神，為了人類的生活和幸福，她先在大江大河揀了五色石子，然後架起大火把它們燒成膠糊狀液體，再飛上天去，運神功，用這液體把天上窟窿堵住；她又殺了一隻巨大的神龜，斬下牠的四肢，做為天柱豎立在大地四方，使天空再也沒有坍塌的危險。這時，人間又有黑龍為害，她又殺了這隻黑龍，趕走各種惡禽猛獸；後來，她又把河邊蘆葦燒成灰，堆積起止住洪水；女媧終於用她辛勤的勞動，拯救了人類，使大地恢復了欣欣向榮的氣象。她補完天，做完一切工作，便坐下休息。這休息，就叫〝死〞。女媧死了以後，她的腸子化作十個神，在栗廣之野，守衛著人間豐饒的大地，為子孫後代造福。

這個女媧神，從先秦的古籍可以證明，她是我們中華民族共同的始祖神。這崇高的女神形象，說明了中國原始社會也是以母系制度為主，是當時的女性為人類做出了巨大貢獻的象徵。到後來，至少有下列神話與女媧神話合璧，而使女媧神化複雜化，它們是：(1)伏羲神話：先是兄妹關係，後來成了女媧的丈夫，一躍而為伏羲主宰一切；(2)共工神話：水神，是惡神，振滔洪水危害人類，女媧消滅他；(3)祝融神話：火神，是善神，他給人類帶來光明與溫暖，與共工戰，把他打敗；(4)不周山神話：天柱子，被共工撞倒，天塌下來，於是女媧補天；(5)顓頊神話：顓頊與共工大戰。女媧神話也是一個大系統，至少包含以上五個分枝。

(三)炎帝神話系統。《白虎通·五行》說：〝炎帝者·太陽也〞，說明炎帝是太陽神。《淮南子·天文訓》說：〝其帝炎帝，其佐朱明，執衡（即秤）而治夏。〞朱明即火神祝融的又名。炎帝就是祝融扶佐而治理人間炎熱的夏天。有關炎帝本人的神話，雖然也是較片段的出現在古書中，但它仍有較完整的故事情節，保存在《楚辭·九歌東君》、《山海經·大荒南經》、《淮南子·天文訓》、《初學記》、《荊楚歲時記》、《十洲記》、《神異經》等古書中。故事是這樣：

　　自從后羿射日以後，天空裏只剩下一個太陽，這個太陽時常偷懶，躲在扶桑神樹上睡覺，這樣大地變得昏黑一片，寒冷異常，人類便不能再生活下去。天帝知道以後，便派了太陽神——炎帝，到東方來督促太陽按時昇上天空光照人類。太陽神一面駕著〝六螭（chī痴）〞——六條沒有角的龍，拉著懸車，跟在太陽後面，督促它按時工作，一面還在唱歌；那歌詞是：

　　我攜帶著光明啊出現在東方，

　　照耀在我欄干前的扶桑樹上。

　　輕輕拍著我的馬啊慢慢前行，

　　漫漫長夜啊已化為一片光芒。

　　駕著龍車啊雷聲隆隆響，

　　掛起雲旗啊在空中飄揚。

　　為了使太陽按照時間醒來，天帝還派了一隻玉雞棲息在太陽躲藏的扶桑樹上，每天清晨玉雞便引頸啼鳴，玉雞一鳴，金雞就鳴，金雞一鳴，石雞就鳴，石雞鳴則天下所有的雞都啼鳴了，這時海上的潮水首先響應，把太陽托出海面。

　　炎帝每天駕起六龍懸車，趕著太陽從湯谷出發，直走到西方的崦嵫山，太陽便落下去，滾落到虞淵中去，虞淵通湯谷，第二天，仍從湯谷升起。由於太陽和太陽神炎帝的辛勞，使天下人類得到溫暖和光明，人們都很愛戴他們。

　　後來炎帝的〝六螭〞，由於每天要飲水，而經過赤水邊，赤水之神的女兒名叫聽訞，便和炎帝結為夫妻，共生了一個兒子，兩個女兒，兒子叫炎居，長女叫瑤姬，次女叫精衛。

　　炎帝神話後來至少有以下神話與它合璧，而成為炎帝神話系統的分枝：⑴神農神話，秦漢《世本》業已開始，晉代皇甫謐《帝王世紀》題為〝炎帝神農氏〞，合得更嚴密；⑵精衛填海神話；⑶瑤姬化草神話。

　　㈣黃帝神話系統。黃帝神話系統是中國神話保存得最為完整的神話，典型情節是黃帝與蚩尤戰爭的故事，保存在《韓非子·十過篇》、《太平御覽》卷七八引《龍魚河圖》、《太平御覽》卷十五引晉虞喜《志林》，還有《莊子》、《淮南子》、《山海經》、《列子》、《述異記》等等書中。故事大概是：

　　黃帝是皇天上帝，他駕駛著由大象拖的車子，有六條龍在前面開路，他出行時，風伯為他掃路、雨師為他灑道、老虎野狼為他前面行、惡鬼善神為他跟在後，在黃帝所過之處，毒蛇都伏在地上聽他指令、鳳凰也飛在他面前來問安。可是，唯獨蚩尤八十一兄弟不聽他使喚，這八十一個蚩尤神通廣大，銅頭鐵額，食的是沙和石子，他們自己會造兵杖、大刀、尖戟、大弩，黃帝要行使自己至高無上的職權，可是不能，於是黃帝與蚩尤大戰於涿鹿之野，蚩尤作大霧，瀰漫了天地有三天，黃帝受阻，後來他手下的風后研製出先進的測向儀——指南車，以分辨東西南北，終於打了勝仗，抓住了蚩尤。

　　黃帝神話也有許多神話與之合璧，極大的豐富了它的細節：⑴崑崙山神話：這是黃帝的住處，其上有神樹、神獸、三頭人、九頭虎等等；⑵刑天神話：死後以乳為目，以臍為口、操起矛盾繼續鬥爭；⑶玄珠神話：黃帝失玄珠，笨伯象罔拾到，但被震蒙氏女偷去，沉江而逃，化為馬頭龍身怪物；⑷風伯雨師神話；⑸黃帝女魃（ba，拔）神話：旱神；⑹夔（kui，葵）的神話：一足，人面猴身，皮為鼓；⑺九天玄女娘娘神話：授兵書給黃帝；⑻縲（lei，雷）祖養蠶神話；⑼夸父逐日神話；⑽愚公移山神話；⑾蠶馬神話。黃帝神話系統至少包括以上十一個神話分枝。

　　㈤后羿神話系統。典型情節保留在《楚辭·天問》王逸注、《山海經》、《淮南子》、《洞冥記》、《文選·洛神賦》、《酉陽雜俎》等書中。故事大概是這樣：

　　堯時天空出現了十個太陽，地上的禾苗都枯萎了，人民遭受了嚴重的旱災，天下鬧起了大飢荒。原來，太陽的母親羲和生了十個太陽兒子，他們每天爬到幾千丈高和一千多圍粗的扶桑神樹上，棲息著玩耍，不再按照天帝命令每天必須在天空有一個太陽環行。

　　天帝了解到這個情況，便派了一個天神后羿下凡，並給了他一張神弓，叫他為民除害。原來這十個太陽都是天帝之子，但由於他們為非作歹，天帝也只好秉公處理了。羿下凡後，接受了堯的指意，首先射太陽，他一連射下九個太陽，太陽之精靈，化為三足烏鴉落下大地，而那些爆裂的火球，則落進了東洋大海，變做〝沃焦〞，即海中巨大的礁石。后羿射日之後，堯又令后羿為民清除毒蛇猛獸的為害。於是，后羿殺鑿齒——長著五、六尺長的鋼牙的怪物在〝疇華之野〞，又殺九嬰——九頭吐火噴水妖怪在〝凶水之上〞；消滅了猰貐（yà，亞；yù雨）——人面牛身；紅毛、馬蹄妖怪；又斬斷了巴蛇——能吞象的毒蛇在洞庭畔洞；又繳（zhuó，酌）大風——吃人的猛禽在〝青丘之澤〞；又抓住封豨（fēn gxī

希）——大野豬在桑林中。英雄的后羿來到人世，為人民除盡害蟲，人民永遠懷念他。

后羿的神話最初與嫦娥的神話不是一回事，中心是射日的神話和除怪的神話，後來才合璧在一起，圍繞后羿射日神話，有一系列神話分枝：(1)帝俊神話；他有三個妻子，娥皇生三身人，羲和生十日，常羲生十月；(2)扶桑樹神話；(3)嫦娥奔月神話：包括竊藥、奔月、化蟾蜍、玉兔擣藥、吳剛伐樹；(4)后羿與洛神戀愛；(5)寒促的傳説；(6)逢蒙害死后羿的故事等。

(六)牛郎織女神話系統。典型情節保留在《月令廣義‧七月令》、《月令紀要》、《爾雅翼》、《詩經‧大東》、《古詩十九首》，起初，純粹是熱愛勞動的神話故事。故事是這樣：

織女是天帝的女兒，年年月月在天河之東，給廣漠的天空織雲錦天衣，連自己的容貌都來不及修飾，天帝愛憐她，便給她嫁給河西的牛郎，結婚後，牛郎織女日子過得美滿幸福，但是，他們都貪戀小家庭的歡樂生活，罷耕廢織，恣情縱慾，不再熱愛勞動，天上的田地荒蕪了，天上的雲也失去了彩色的錦繡，於是天帝憤怒了，便罰織女仍然回河東，牛郎仍然回河西，只許每年在七月七日這一天的夜晚相見。

這個神話故事從先秦產生以來，由於有許多故事產生並與之合璧，便使這個神話故事完全改觀，加入了濃厚的民間童話的性質。合璧進去許多神話、傳説，和童話故事：(1)西王母的神話：最後構成封建勢力的對立面；(2)烏鵲的故事：構成了無私的形象；(3)七巧的傳説：古代婦女禮拜織女娘娘勞動的節日。現代的民間故事裏，又加入了三個童話故事：(1)兩兄弟分家的故事；(2)天鵝處女故事；
(3)老牛的故事。這樣，牛郎織女神話便形成了一個大的神話系統。

(七)帝嚳（ku，庫）**神話系統。**帝嚳這個神又叫高辛氏。《大戴
禮·五帝德》説他："春夏乘龍，秋冬乘馬"。典型情節保留在《拾
遺記》、《世本》、《淮南子》、《呂氏春秋》、《詩經》、《史記》等有關
章節中。這一系統神話是由帝嚳五個妃子的神話組成。故事是這
樣：

第一個妃子鄒屠，《拾遺記》説她"行不踐地，常履風雲"，做
一個夢，吞了一個太陽，共八次，生了八個神，成為帝嚳的八個才
子。第二個妃子姜源，到野外去，見巨人足跡，高興的在足跡上
走，踐之而身動，懷孕而生后稷，后稷是周民族的始祖神。第三個
妃子簡狄，和她的姊妹在元丘之水中洗澡，帝嚳命一隻燕子去看
視，她姊妹愛而爭搏之，將燕子扣在玉筐，以後又揭開看，燕子生
了兩個蛋飛去，簡狄唱起"燕燕于飛"的歌曲。取蛋而吞之，因此
懷孕生了契，契幫助大禹治水有功，成為商民族的始祖神。第四個
妃子慶都，生了一個大名鼎鼎的堯。第五個妃子常儀，也生了著名
的帝摯（zhī，擲）。後來又有高辛氏之女嫁與盤瓠（狗頭人）的傳説
與之合璧，而形成一個大系統神話。

(八)舜的神話系統。典型情節保存在《列女傳》、《史記·五帝本
記》、《楚辭·天問》、《博物志·史補》、《水經注·湘水》、《論衡·
偶會》等處。故事是這樣：

舜的妻子是堯的兩個女兒娥皇、女英。舜父是瞎子瞽叟，舜母

早年死去，瞽叟娶後妻，生了一個弟弟叫象，象性傲又狡猾，瞽叟
卻愛這後妻的兒子，他二人想殺掉舜。

　　舜二十歲孝順父母出了名，到三十歲時，堯開始尋找他的繼承
人，四方諸侯推荐舜，堯便把兩個女兒嫁給他。

　　瞽叟和象叫舜去修穀倉，舜把此事告訴娥皇、女英，她倆給他
一件鳥紋上衣，告訴他用法，結果才上穀倉，底下便放火燒了起
來，舜穿上衣服，化為大鳥展翅飛走了。

　　瞽叟和象又叫舜去淘井，舜又把此事告訴娥皇、女英，她倆又
給他一件龍紋上衣，告訴他用法，結果剛一下井，瞽叟和象便落石
下井，並用石頭泥塊把井封死，那知舜穿上龍衣，化做一條龍從井
底潛遁出去了。

　　瞽叟和象心裏高興，以為舜已死了，他二人開始分贓。象說：
〝我只要他兩個妻子娥皇、女英，和堯送給他的一把琴，其餘全部
家產都歸父母。〞說完，便進屋去，拿下他的琴在那裏得意忘形的
彈奏著。忽然，舜從外面回來，象吃了一驚，假惺惺說：〝我惦念
你，正愁悶的彈琴呢！〞舜說：〝這麼說，你總算像個弟弟了〞，
舜侍奉瞽叟夫妻、愛弟弟，更加謹慎小心。

　　瞽叟又請舜去喝酒，舜又把此事告訴娥皇、女英，她倆又給他
一包藥，叫他到池裏洗了澡，舜便去喝酒，喝了一天也不醉，他們
陰謀又失敗了。舜的小妹妹敤（ě，柯）手，見一家人作惡多端便和
嫂子和睦了。

　　舜作了國君以後，便封象到有鼻這地方去，可是由於一再作
惡，在〝有鼻〞這地方，一有惡心便長成長長的象鼻子，象終於變
為一頭長鼻象，舜死了以後，葬九疑山下，每年都見一頭象來耕舜
的祀田，以後人們修了一個〝象鼻亭〞，在湖南省寧遠縣，就叫它

〝鼻亭神〞。

　　與舜的神話相連的，還有：⑴堯的神話；⑵堯子丹朱的傳說；⑶湘妃竹的故事；⑷舜與琴的故事；⑸伯益的神話。形成為一個大的神話系統。

　　㈨大禹治水神話系統。典型情節保留在《山海經·海內經》、《國語·晉語》、《楚辭·天問》、《淮南子·墜形訓》、《漢書·武帝本紀》、《越絕書·外傳記池》、《荀子成相》、《拾遺記》、《太平廣記》卷四六六、卷四六七、卷五六、《吳越春秋》、《左傳》等書中。大禹神話資料特別豐富，涉及的材料難以估計。主要故事是：

　　古時洪水滔天，鯀偷了天帝的息壤神土來為人民堙（yin，因）填洪水，由於未得到天帝的允許，被天帝令火神祝融殺死在羽山之下，鯀屍三年不腐，從他肚子裏跳出他兒子大禹神，於是鯀便化為黃龍入於羽淵。天帝無法，只得命大禹繼續治水。大禹首先在大越召集群神上茅山開會商議，所有神都按時到會，唯獨防風神最後才到，玩忽職守，破壞紀律，禹殺了他，並陳屍示眾；防風神是個巨大的神，他屍體被埋在會稽山下，一個骨節便能裝一部大車。大禹殺一儆百，群神和他同心協力治水，首先禹驅逐了凶惡的水神共工，最後共工被法力大的女媧殺掉，為人民除去一個大害。其二，禹改鯀父治水的堙填法而為疏導法，這時他父親化成的黃龍也支持他治水，在水前劃線給他引路，萬年龜馱著息壤土跟在後，幫他治水。禹用神斧劈開了龍門峽，每年都有無數黃鯉魚來跳龍門，跳過龍門的七十二尾魚，都有天火燒斷尾巴，變成龍。禹到了三十歲，還未娶妻，恐怕時間晚了，失掉古時男子三十而娶的制度，於是祝告説：〝我娶妻，必有徵兆吧。〞説後便有一隻九尾白狐狸來到禹面前，禹説：〝白色，我的服色，九尾，王者徵象〞。塗山民歌唱道：〝綏綏白狐，九尾龐龐，我來誰家，誰家為王，成家立業，日日盛昌，應人順天，切莫徬徨。〞這不是很明白嗎？他就娶了塗山姑娘為妻。結婚四天便去治水了，在他治水時間，在外勞作了八年，總是三過家門而不入。為了打通轘轅山，他化為熊鑽山開路，化熊前對妻子塗山氏説：〝聽見鼓聲再來送飯。〞由於鑽山時踏滾了石頭，誤中了鼓，塗山氏便來送飯，見大禹竟是一頭熊，不禁又怕又羞，回頭就跑，跑到嵩高山下，化為一座望夫石。等大禹治完水再去找塗山氏，只見她已化為石，大禹便叫道：〝還我兒來〞，石人的肚子便朝北方裂開，生出大禹的兒子——啟。

這個神話加入的神話分枝很多，情節非常豐富多采，至少有下列幾個分枝：(1)瑤姬助禹治水神話；(2)伏羲助禹玉簡神話；(3)禹擒水怪無支祁神話；(4)禹殺蛇身九頭怪物——相柳的故事；(5)禹量大地故事；(6)禹鑄九鼎故事；(7)啟的神話故事；(8)夏后氏孔甲的故事。形成一個大的神話系統。

㈩遠國異人神話系統。典型情節主要保存在《山海經·海外經》、《博物志》、《呂氏春秋》、《括地志》、《太平御覽》卷九一五、《文選·吳都賦》劉逵注等書中。

《山海經》中包括的遠國異人，一共有九十二種：

1.《山海經·海外南經》十三國：

結匈國、羽民國、讙頭國、厭火國、三苗國、載國、貫匈國、交脛國、不死國、反舌國、三首國、周饒國、長臂國。

2.《山海經·海外東經》七國：

　　大人國、君子國、青丘國、黑齒國、玄股國、毛民國、勞民國。

3.《山海經·海外北經》九國：

　　無啟國、一目國、柔利國、深目國、無腸國、聶耳國、夸父國、拘癭國、跂踵國。

4.《山海經·海外西經》十一國：

　　滅蒙鳥國、三身國、一臂國、奇肱國、丈夫國、巫咸國、女子國、軒轅國、白民國、肅慎國、長股國。

5.《山海經·海內南經》四國：

　　伯慮國、梟陽國、氐人國、匈奴開題之國。

6.《山海經·海內西經》一國：

　　流黃酆氏國。

7.《山海經·海內北經》五國：

　　犬封國、鬼國、林氏國、蓋國、射姑國。

8.《山海經·海內東經》四國：

　　大夏國、豎沙國、居繇國、月支國。

9.《山海經·大荒東經》八國：

　　少昊之國、小人國、蔿國、中容國、司幽國、玄股國、壎民國、女和月母國。

10.《山海經·大荒南經》九國：

　　季禺國、卵民國、盈民國、季釐國、載民國、蜮民國、焦僥國、顓頊國、張宏國。

11.《山海經·大荒西經》八國：

　　淑士國、白氏國、長脛國、西周國、先民國、北狄國、壽麻國、互人國。

　　12.《山海經·大荒北經》十國：

　　胡不與國、肅慎國、叔歇國、北齊國、始州國、儋耳國、深目民國、中輻國、犬戎國、牛黎國。

　　13.《山海經·海內經》四國：

　　鹽長國、朱卷國、大幽國、釘靈國。

　　在以上所列的九十二個異人遠國當中，重點講述幾國：1.穿胸國：穿胸國人在胸和背部都有洞，出門很方便，按元代周致中《異域志》說：〝穿胸國在盛海東，胸有竅，尊者去衣，令卑者以竹木實貫胸抬之〞，清代李汝珍《鏡花緣》上的穿胸國的官僚地主出門就是叫人這樣抬著走。可見這神話目的在於幻想解決人類如何不用腳走路的問題。穿胸民這胸背兩個洞怎麼來的呢？原來，他們是防風神的後代，就是開治水群神大會無故遲到而被大禹殺了的那個神。有一年，由於大禹有盛德，天上有兩條龍下凡，大禹便叫臣子駕著龍車，出外巡視，路經防風神的故居，防風氏有兩個臣子知道大禹來，心懷怨恨，見禹乘龍車，便用箭射他，頓時風電雨大作，未射中大禹，卻驚飛了兩條龍。這兩個臣子自知暗殺善神，罪大惡極，便各拿刀穿透了自己的胸背而死去。大禹可憐他們忠義，便拔去他們心中的刀，療以不死之草，這樣便有了穿胸民。通過這神話，我們除了更明白大禹神的平易近人，又了解這神話幻想解決人生不死的問題。2.奇肱國（jigong，基工）：奇肱國民全是一條膀子，三隻眼睛，有陰有陽，乘的叫〝文馬〞，這種馬白身朱鬣，目若黃金；又有一種兩頭鳥，赤黃顏色，常在他們身邊。奇肱民善於做各種機巧的車，用來獵捕百禽，又能造飛車，隨著風向飛到遠方去。成湯時颳了西風，吹了這國的飛車落到豫州，成湯國人破壞了他們的飛車，不准人民看見它，十年後東風來了，才叫人另作了一部飛車送他們回去。《淮南子·地形訓》作奇股國，即一條腿。無論是獨臂還是獨腿，都說明發明飛車神話，是為了彌補人類不能有翅膀上天這個缺陷，一臂，舉東西走路難，一足，則空身人走路難，都刺激人們盡快實現上天飛行的理想。奇肱國神話最初見於先秦古書《山海經》，可見在我國公元前就已產生了科學幻想文藝的萌芽，科學幻想文藝正是來源於神話。3.蜮（郭璞注：惑）（yù，雨）民國：什麼是〝蜮〞？〝鬼蜮〞二字是連用的，如《詩經·小雅·何人斯》說：〝為鬼為蜮，則不可得〞，《楚辭·大招》云：〝魂乎無南，蜮傷躬只〞，這些公元前的史籍說明〝蜮〞是一種可怕的東西，牠傷了人，人便會變成鬼。這種東西實際是有毒的動物，有人說牠〝蜮，短狐也〞（毛詩），陸德明釋文：〝狀為鱉，三足，一名射工，俗呼之水弩，在水中含沙射人，一曰射人影。〞《說文》十三云：〝蜮，短狐也，似鱉，三足，以氣射害人。〞《山海經·大荒南經》郭璞注也說：〝蜮……含沙射人，中之則病死。〞以氣射人，或含沙射人，更有的說〝氣射人影，隨所著發瘡，不治則殺人〞（《博物志·異蟲》），按照這種神話說法，這種可怕的有毒動物——蜮只要向你的影子噴一股氣，就會置人以死地。遠古人民出於戰勝這種有毒動物的堅強信念，出於他們戰勝困難的大無畏氣概，產生了惑民國的神話，《山海經·大荒南經》說：〝有域山者，有蜮民之國，桑姓、食黍、射蜮是食。有人方扞（音烏，意挽）弓射黃蛇，名曰蜮人。〞這說明，蜮民國人除了吃玉米，也吃這種有毒的動物——蜮，他們出去打獵，也專用弓箭射毒蛇。神話的進步性表明，凡是有違害人民的怪物出現，便有保護人民的神或異人出現，一物降一物，一人治一怪，神話總是在想像中使人能戰勝一切困難，戰勝一切威脅人民生命和幸福的妖魔鬼怪。

從遠國異人神話系統，我們可以看見以下幾個突出之要點：一是遠古人民創作這些神話時，根本沒有種族歧視的觀念，對各個國家都一視同仁，平等對待。只有人種的區分，而沒有階級的區分，這就有了大人、小人、一目、一臂之名稱。在生活上，也只有生活習性的描寫，而無貧富之渲染，如說夸父國人如何玩毒蛇，又如，說聶耳國人如何住在海中，獵取水中出入之奇物，但都無貧富說法。二是遠古人民創作這些神話時，幾乎都立足於吸收各個國家的優點，學習各種不同的勞動經驗，表揚他們戰勝困難的精神，如，長臂國，表揚他們利用手臂長在海中捕魚；惑民國，表揚他們戰勝有毒動物等等。三是遠古歷史的反映。如女子國，是母系制度的產物；丈夫國，便是母系轉到父系的產物。四是遠國異人大都是中華民族的子孫。古神話中有牢固的中華民族統一的傳統觀念，而且是根深蒂固的，不可動搖而永恆不變的。如黑齒國、白民國、司幽國，便是帝俊的子孫；戭（音秩）國是舜的子孫；毛民國是大禹的子孫；三面國是顓頊的子孫等等。

以上十個系統的神話，便是我國古代神話大概的情況。顯而易見，在這裏我們並沒有把殷、周兩代的神話包括在內，有些同仁是主張包括在內的。但我認為，這兩代的神話有傳說成分太濃、和有歷史記載這兩個缺點，不如把它說成是〝傳說〞更為準確和符合事些。另外一個原因，大禹時代以後，顯然已從原始社會進入了奴隸社會，階級社會的出現即表示神話時代的結束。基於以上兩個原因，因此我認為中國神話應概括到大禹時代為止。

第三節　神話的進步性與局限性

從上節我國神話十大系統的論述中，可以看見，我國神話內容是豐富多彩的，思想和藝術成就是光輝燦爛的，它們是原始社會的產物，反映的是我國原始社會的生活現實，主要內容是表現了我們祖先在自然（以它為主）與社會兩方面的鬥爭，從中，我們可以看出我國神話是具有高度進步性的。

第一，神話中表現了中華民族祖先勇於發明、勇於創造的進取精神。神話中的神在征服大自然中，都是具有某種卓越手藝的能手，他們也都是人們的教師和同事，而且值得人們效法，例如屬於遠國異人神話系統的〝遂明國〞鑽木取火的神話；〝遂明國不識四時盡夜，有火樹名遂木，屈盤萬頃。後世有聖人，游日月之外，至於其國，息此樹下。有鳥若鴞（xiāo 梟），啄樹則燦然火出。聖人感焉，因用小枝鑽火，號燧人。〞（《路史·發揮一》注引《拾遺記》並補《太平御覽》卷七八、八六九）這個神話說明祖先鑽木取火的經過。我國四大發明之一——指南針，最初即出於黃帝與蚩尤戰爭，蚩尤作大霧，黃帝便發明指南針，破大霧。神話還說補天造人的女媧還發明了〝笙簧〞（《世本·作篇》），〝太昊（hào，耗）（即伏羲）師蜘蛛而結網〞（《抱朴子·對俗篇》）〝伏羲氏作瑟，造《駕辯之曲》〞（《楚辭·大招》王逸注），〝（木神）句芒作羅（鳥綱）〞（張澍輯《世本·作篇》），〝神農嚐百草之滋味，

一日而過七十毒。〞(《淮南子·修務篇》)……，我國神話中許多著名
的神都是創造發明的能手。用現代的話來説，這些神都是各文化領
域的專家，都用各自的專長和技能來為原始人民的生存和希望作出
貢獻，神的智慧反映的是原始人民的聰明才智。

　　第二，神話中表現了中華民族祖先戰勝自然災害，克服一切艱
難困苦的<u>集體英雄主義精神</u>。遠古的現實條件之惡劣使人民生活無
比艱苦，正如《淮子·覽冥訓》説的：〝往古之時，四極廢，九州
裂；天不兼覆（遍蓋萬物），地不周載（普載萬物）；火爁焱（làn yan 覽焰）
而不滅，水浩洋而不息；猛獸食顓（專 zhuǎn 善良）民，鷙（zhì至）鳥攫
（jué決，以爪取物）老弱。〞人民並未屈服，他們創造了女媧神，〝於
是女媧鍊五色石以補蒼天，斷鼇足以立四極，殺黑龍以濟冀州，積
蘆灰以止淫水。〞終於戰勝了洪水地震的為害，得以生存，這具有
何等頑強戰勝天災的英雄氣概！原始社會人民經常遭到各種凶禽、
毒蛇、惡獸的侵襲，神話裏出現了許多可怕怪物，像〝猰㺄〞（yà
亞，yǔ雨）、〝鑿齒〞、〝九嬰〞、〝巴蛇〞、〝大風（鷗）〞、〝封
豨〞（gxī希）、〝相繇〞（yóu 由）等等，可以説都是原始生活現實的
反映。天災和禽獸禍害就已使生產力極為低下的原始人民難以應
付，更何況洪水地震，但是，祖先們卻堅韌不拔的與一切災難展開
了博鬥，並且得到了勝利，因而使神話中的集體英雄主義精神力透
紙背。神話中的神對自然和禽獸任何鬥爭的勝利，從實質來説，都
是古代人民這個強大的集體的勝利，而決不僅僅是意味個人的勝
利！

　　第三，神話中也表現了中華民族祖先為了偉大人民的生存和幸福，情願貢獻自己全部精力甚至於生命的高貴思想。這在許多神話中都可以找到事例。例如《山海經・海內經》和敦璞注引《歸藏・啟筮篇》，便說鯀因為見到〝滔滔洪水，無所止極〞，他便為了下界人民的安危，〝不待帝命〞而〝竊帝之息壤〞，因而觸犯神法，被天帝〝命祝融殺鯀于羽山〞之下，鯀就是為人民盜神土而犧牲。例如，大禹神話中，《孟子・滕文公上》云：〝禹八年于外，三過其門而不入〞，《史記・夏本記》甚至說他是十三年居外，過家門而不敢入，傳為千古美談，成為自古以來，先公而後私的範例，中國神話中的神，總是以人民的安危，人民的幸福為他們神格最高的宗旨；例如：(1)《山海經・海內經》云：〝帝俊賜羿彤弓素矰（zēng曾，白色帶繩之箭），以扶下國，羿是始去恤（拯救）下地之百艱。〞(2)《淮南子・本經訓》云：〝堯之時，十日並出，焦禾稼，殺草木，而民無所食。猰貐（亞，雨）鑿齒、九嬰、大風、封豨、修蛇，皆為民害。堯乃使羿誅鑿齒於疇華之野，……萬民皆喜，置堯以為天子。〞由上可見，不論是天帝、堯、后羿，他們生命的目的，都是〝以扶下國〞、〝恤下〞，為了消除〝民無所食〞和〝民害〞，這樣清潔的人生觀，出現在二千年以前的神話故事裏，它鮮明地體現了中華民族祖先傳統的〝為人民而生活著〞的高貴思想。

　　第四，神話中也表現了中華民族祖先的遠見卓識，諸神為民奮鬥著，他們要把自己生命的成果留在世界上，把幸福留給後代的子孫。讀一讀巨人夸父的神話吧！〝夸父與日逐走，入日。渴欲得飲，飲於河、渭，河、渭不足，北飲大澤，未至，道渴而死。棄其杖，化為鄧林。"（《山海經·海外北經》）夸父為了考察太陽而追趕太陽，他勝利了，他進入了太陽，以後他乾渴而死，但他死後，仍在為人民造福，他的手杖化為蔥綠的鄧林，畢沅云："鄧林即桃林也……蓋即《中山經》所云，夸父之山，北有桃林矣。"這就是說，我們吃桃子，不要忘了栽樹的夸父神！他已把自己生命的成果留給了千秋萬代，給後代那些尋求光明的人解除口渴。再如，炎帝的女兒瑤姬，"姑媱之山，帝女死焉，其名曰女屍，化為䔄草，其葉胥成、其華黃、其實如兔丘，服之媚於人"（《山海經·中次七經》）瑤姬死後，她的生命還化為䔄草，吃了以後便可為人所愛，有益於人民。再如，那位慈祥仁愛的女媧神死了，"有神十人，名曰女媧之腸，化為神，處栗廣之野。"（《山海經·大荒西經》）她的腸子還化為十個女神，看守著長滿栗樹的山野。再如，鯀死後屍體三年不腐，以後從他肚裏跳出他兒子大禹，他自己則化為黃龍，繼續為大禹治水效力。上述例證都說明，神話中的神不僅生前為人民造福，死後也仍在為人民造福，"造福於子孫萬代"，是中華民族祖先古老而優秀的傳統，這在我國神話中得到了充分體現。

第五，神話中也表現了中華民族祖先對待客觀世界一貫採取積極的態度。神話是古代勞動人民在勞動中創造出來的，神話中的英雄，正像我們智勇雙全的祖先一樣，從來不屈服於命運，也從來不相信什麼叫"命運"，他們是命運的主人，而不是命運的奴隸，在自然界和社會界，總是積極爭取擺脫奴隸的地位。我國神話中的神，他們總是用勤勞的雙手，用勞動去創造世界，為人民謀幸福，給勞動群眾的受苦命運打開一條光明的路，比方開天闢地的盤古、造人補天的女媧、追趕太陽的夸父、口嚐百草的神農、治理洪水的大禹、射日除怪的后羿等等，都是這種奮發有為、自強不息的英雄神；另外，神話也鼓勵人們在社會鬥爭中敢於反抗神的權威，反抗那些非正義的對人民有害的、假的、惡的、醜的凶神，例如，女媧殺死了振滔洪水的惡神共工。再如《楚辭·天問》王逸注說，后羿射瞎了一隻白龍的眼睛，白龍是水神河伯所化，河伯到天帝那裏去告狀，求天帝殺死羿，天帝問：〝他何故射你？〞河伯說：〝我化為白龍出游〞，天帝說：〝我叫你在水底深守，誰叫你出來跑？后羿無罪。〞神話中就是這樣，支持對不義神的反抗。

這樣神話就與迷信有顯然的區別。迷信是歷代統治階級用於欺騙、恐嚇、麻醉人民的謊言，他們說有天堂地獄、有鬼神、有因果報應，是為階級社會中統治階級的利益服務的，不像神話中的神是為人民的利益服務的。另外，迷信叫人民聽天由命，屈服於命運的擺布，人病了不治，說這是命該如此，人受到剝削者的壓迫，也不反抗，這也是命該如此，這樣，迷信便是引導人屈服於神的權威，心甘情願的當奴隸受人宰割，死心塌地相信命中注定，因而它對客觀世界完全是消極的態度，和神話中的積極精神完全不同。原始社會自然也有迷信，但與階級社會迷信不同：(1)它沒有階級意識，(2)它又沒有因果報應和宿命觀點。總之，神話能使人積極上進，而迷信則導致人消極悲觀，神話能使人精神振奮，而迷信則給人思想上套上了枷鎖。

綜上所述，從我國神話總的思想內容看來，它具有以上五個方面高度的進步性，可見，它確實表現了人性中純真的本質。那麼，為什麼人性展開的人類最美好的社會幼年時期，不應該作為一個永不復返的階段，來顯示它的不朽的魅力呢？這裏所説最美好的〝人性〞，是指我們應當努力在更高的階段上把小孩的真實的本質再現出來的那種〝人性〞，神話是在原始社會產生和成熟的，那時無貧富、無私有，依靠集體才能生存下去，因此通過它的神歌頌了勇於發明創造的進取信念；戰勝自然災害，克服一切艱難困苦的集體英雄主義精神；為了偉大人民的生存與幸福，情願貢獻自己全部精力和生命，並把生命的成果留給子孫後代；對客觀世界採取積極態度，無畏無私，純樸真實等，這些做人的最美好的人性品德才是他指的。通過學習神話，能夠使我們的性格得到陶冶，並受到應有的教育。

上面，我們敍述了古代神話思想內容上的進步性，我們對神話應全面辯證來看，對具體問題還應具體分析。上述五點中華民族祖先積極健康的思想感情，是神話的主流，也是神話為我們所欣賞的主要魅力之所在，但是，必須指出的是神話也是有局限性的。主要表現在：在當時的歷史條件下，儘管他們有我在上面指出來的那五點進步的思想感情，可是，原始人民健康積極的思想精神多半並不是自覺去做的，自然，我們也不排除古人自覺的為民除害的可能性，（例如像堯和后羿那樣，非常明確是〝為民〞的，不是為私的），但那畢竟不是主要的，而是極次要的。神話雖然表現了原始人民那種勇於發明創造的進取精神；征服自然的強烈願望，可是，他們在自然力面前是無知的，也是軟弱無力的。同時還表現了他們自己對於自然力的崇拜和恐懼心理。例如，對於惡禽猛獸的描繪，有時就流露了這種心情，而對於自然力的種種幻想，又妨礙了古人繼續清醒認識自然，這就為宗教的產生和發展創造了條件，而那些神一當成了歷史代表人物，則更容易的為統治階級所運用。

第三章　民間傳說

第一節　什麼是民間傳說？

　　什麼是民間傳說呢？〝傳説〞一詞，在我國古籍中有它自己特殊的含義。《漢書‧藝文志》云：〝建藏書之策，置寫書之官，下及諸子傳説，皆交秘府。〞這裏的〝傳説〞一詞，是特指傳述諸子以及解說經義、經籍的書，就〝傳説〞本義而言，是古人傳記談説的意思。但是，〝民間傳説〞這一詞的意思卻與我國漢代説的〝傳説〞一詞的含義是不同的，這個詞，從〝五四〞以來，在西方的民俗學裏傳來，它伴隨著我國現代民間文學新理論的發生與發展，而形成了它的特殊的含義。民間傳說就是指民間自古以來在口頭上長久流傳的與古蹟、風俗、物產、人物等等歷史情況有關的故事，它也是人民口傳文學中散文形式的作品。

　　神話與傳說是密切而不可分割的，但是，兩者卻是不同的。就人類產生較嚴格的時間範圍而言，神話是人類孩童時代最古老的散文作品，而傳說卻顯然是人類成年時代古老而又現實的記錄。它們的區別在於：

　　第一，神話是產生在原始社會它是沒有貧富性的，而傳說是產生在非原始社會中，這時已有了剝削的人和被剝削的人，因而它有了窮富之分。從神話發展到傳說，有一個過程，這樣便有一個交接期的特點。就是説，在神話的晚期，它就有了濃厚傳說的成分，而在傳說的初期，<u>它也具有濃厚的神話色彩</u>。例如，堯舜禹的神話，它是在原始社會晚期產生的，他們實際上是原始部落聯盟的大酋長。古代關於他們的資料，除神話內容外，也有許多傳說成分在內，例如以下兩條堯舜禹的傳說：

當堯之時，天下猶未平，洪水橫流，氾濫於天下。草木暢茂，禽獸繁殖，五穀不登，禽獸偪（逼）人。獸蹄鳥跡之道交於中國。堯獨憂之，舉舜而敷治焉。舜使益掌火，益烈山澤而焚之，禽獸逃匿。（《孟子·滕文公上》）

禹立，勤勞天下，日夜不懈。通大川，決壅塞，鑿龍門，降通漻（音漻）水以導河，疏三江五湖，注之東海，以利黔首。（《呂氏春秋·古樂》）

這就是沒有神話成份的傳說，但由於它是原始社會末期的歷史反映，因而它還並沒有貧富性。反之，非原始社會初期產生的傳說中，就有濃厚的神話色彩。例如〝伊尹生於空桑〞的傳說便是這樣：

有侁（shēn，申）氏女子採桑，得嬰兒於空桑之中，獻之其君，其君令烰（fú浮）人養之。察其所以然，曰：其母居伊水之上，孕，夢有神告之曰：〝臼出水而東走，毋顧。〞明日，視臼出水，告其鄰，東走十里，而顧其邑，盡爲水，身因化爲空桑。故命之曰伊尹。此伊尹生空桑之故也。

長而賢，湯聞伊尹，使人請之有侁氏，有侁氏不可。伊尹亦欲歸湯，湯於是請取婦爲婚，有侁氏喜，以伊尹媵（yìng，映）女。……

湯得伊尹，祓（fú，弗）之於廟，薰以萑（huán，環）葦，爝（jué，爵）以燵火，釁以犧猳（jiā，家），明日設朝而見之，説湯以至味。
（見《呂氏春秋‧本味篇》）

　　這就是一篇帶有濃厚神話色彩的古代傳說。伊尹是商代初期大臣，名摯（zhǐ，志），奴隸出身，原為有莘氏女陪嫁之臣，他上任後幫助商湯滅了夏桀，推動了歷史前進，除了他的出生有些神話色彩以外，其餘均無神話意味，如說給他〝薰以萑葦，燦以燵火，釁以犧猳〞，都是當時奴隸社會去除奴隸身上不祥的風俗，帶有很強的時代性，也有了階級性成份。可見，原始社會末期，神話的晚期，已有了傳說成分，而貧富性不明顯；到了非原始社會初期，傳說的早期，仍留有神話成分，而傳說已具有了貧富性。

　　第二，傳說帶有更多的歷史性，因而它是以現實主義為主的，神話則帶有更多的幻想性，因而它是以浪漫主義為主的。傳說的歷史性表現在人名（例如屈原的傳說、李白的傳說、梁紅玉的傳說等），都是歷史上實有其人；地名（例如太湖傳說、西湖傳說、岳陽樓傳說），都是歷史上實有其地；物名（例如東北人參、天津鴨梨、海南椰子等），都是歷史上實有其物。傳說故事情節以歷史事實和現實主義的描寫為主，有時也滲和著幻想性情節形成了它的特殊內容，自然，不言而喻，民間傳說並不是歷史事實單純的記錄，它是民間的歷史的文藝創作，它充滿了人民的理想和願望。神話卻帶有更多的幻想性，神話的幻想性表現在人名（如雷公、電母、玉皇大帝、王母娘娘等），都不是歷史上實有其人，地名（例如月宮廣寒、蟠桃園、南天門、仙島、神山等），都不是歷史上實有其地，物名（如王母仙桃、夸父魔杖、不死之藥、神毯神靴等），都不是現實中實有其物，神話以完全幻想的浪漫主義的情節形成了它的特殊內容，充滿了人類孩童時代的天真浪漫，一當人類跨進成年，生產力發展，科學萌芽，神話便消逝了，而被傳説代替，自然，同神話一樣充滿了人類遠古時候的理想和願望。

第二節　民間傳説的分類

　　我國地大物博、歷史悠久，又有著古老的民族文化傳統，各地的家庭、婚喪、風俗、習慣都各不相同，那些關於古代文明的歷史，傑出英雄的事跡，生產與朝代鬥爭的傳聞等等，都一起在人民口頭傳播著，使我國民間傳説有異常豐富的內容，可以概括為以下幾大類：

　　第一大類是歷史鬥爭傳説。這一類民間傳説以敍説我國歷史上各種鬥爭事件為主❶，由於這些鬥爭事件與我們國家民族命運有著密切的關係，毫無問題它會在人民口頭傳説中得到反映。首先，它有著突出的反侵略的思想內容。例如，楊家將的傳説，在北宋時期即已流行，連歐陽修在《供備庫副使楊君琪墓志銘》一文中都説，當時楊家將抗擊契丹的侵略〝天下之士，至於里兒野豎，皆能道之〞。至於民間流行的穆桂英等楊門女將的傳説，更是膾炙人口。自明代以來，在我國福建、浙江一帶，就流行著戚繼光打倭寇的故事。1840年鴉片戰爭以後，英國人打進了長江口，在江蘇省鎮江一帶，就流傳著畫圖（音垂）山抗英傳説。例如《林則徐〝賠款〞》説的是林則徐禁煙的傳説，林則徐燒了英國人的鴉片，英國人到北京去找清朝皇帝要賠款，皇帝是個軟骨頭，竟答應了，命令林則徐賠款，燒一箱鴉片賠一箱銀子。林則徐很憤怒，暗令人民大捉胡蜂裝進箱子，並且填進石子，加好封條，英國鬼子一抬上軍艦，一打

---

❶　請參見《歷代農民起義傳説故事選》（董森編，上海文藝出版社，1979年版）。《捻軍故事集》（安徽阜陽文聯編，上海文藝出版社，1979年版）。

開，飛出一箱箱胡蜂，叮得他們鼻青臉腫；他們便找林則徐算賬，林則徐說：〝一箱賠兩箱〞，鬼子便來抬，抬到空地上，心想裏面一定又是胡蜂，便架火燒，誰知裏面盡是炸藥，只聽〝轟隆〞一聲響，鬼子上了西天。像這種傳說，便充滿了反侵略的愛國主義精神。1900年義和團反帝愛國鬥爭的傳說，則反映在張士杰搜集的《托塔李天王》、《紅纓大刀》、《洪大海》等篇中，它也表現了我國人民英勇反抗帝國主義侵略的戰鬥精神。同時，它也有著突出的農民起義如何英勇鬥爭的傳說。流傳在江蘇省泰州、興化、高郵、東台乃至蘇州一帶的元末張士誠起義的傳說，就描述了張士誠傳奇性的起義事蹟。清代以來有關太平天國反對滿清的傳說，在太平軍曾經活動過的大半個中國，其傳說都在民間傳播。《蔡村江之戰》敍述了東王楊秀清設計三面埋伏，殺死了清軍頭目伊克坦布，消滅了他帶來妄圖撲滅金田起義火焰的軍隊，表現了太平軍的英勇和機智。《洪宣嬌和金雞嶺》敍述清軍把太平軍女將洪宣嬌帶領的軍隊，圍困在金雞嶺上，洪宣嬌用滾石戰打敗了清兵，又帶領大家在山區種地種菜，堅持長期鬥爭，終於挫敗了清兵的陰謀，表現了太平軍要戰勝清兵取得勝利頑強的不屈不撓的鬥志。江蘇省也有著太平天國傳說，蘊藏量也很豐富。《張大個子打退妖兵》便是記述南京郊區江寧縣湖熟鎮的桃家村上，太平天國那時有個名叫張文華的大個子跟上長毛造反，用土炮——狗頭砲，打敗了清兵的故事。宜興流傳著《假〝長毛〞》傳說，歌頌了真太平軍為民奮鬥，揭露了地主惡霸假冒太平軍殘害人民。《將計就計破六合》記述了太平天國英王陳玉成攻打江蘇六合，運用敲鑼打鼓、焚香敬神為掩護，挖通地道，炸開六合縣城牆，英勇的消滅了清朝守軍溫紹原，占領了六合城。太平

天國歷史博物館編的《太平天國傳説故事》（江蘇人民出版社1980年版），
選錄全國80多個傳説，江蘇省便有26個。全書描述了太平天國起義
最初的情況，《三訪蕭朝貴》記述洪秀全蕭朝貴初次相見不凡的經
歷。《洪秀全點六烏神》、《馮雲山寫春聯》等傳説，反映了他們在民
間進行的革命活動。全書也描寫了太平軍反抗外國侵略者，如《天
王不簽字》、《〝神火眼〞智鬥洋鬼子》、《蜈蚣橋上除〝蜈蚣〞》等
傳説反映的，便是反侵略的正義鬥爭。全書還描寫了太平軍和人民
的血肉關係和魚水之情。《竹籤的來歷》便是寫廣西桂平縣農民菜地
上習慣插竹籤，是來自太平軍紀律嚴明，不拿群眾一針一線留下的
風尚。《紅水塘》傳説記紋了當年十五個太平軍戰士為了保護老百姓
獻身，他們的血，染紅了塘水。人民支援太平軍的傳説也動人，如
《大破地道陣》顯示了農民的智慧，從莊稼無露水看出曾國藩挖地道
的路線，使太平軍打了勝仗。《炮啞失威風》描寫一個小女孩幫助太
平軍攻下敵人的陣地。

　　所有農民起義傳説，都充滿了反壓迫反剝削的思想，它們至今
仍活在人民心中，有口皆碑，既是研究農民起義補充史料，又是民
間文學寶貴遺產。總之，這些反侵略反壓迫反剝削的歷史鬥爭傳
説，鮮明體現了人民的立場觀點和愛憎思想感情。但也有例外，我
在溧陽，也聽到許多長毛殺人過多的傳説。

　　第二大類是古代名人傳説。這一類民間傳説以敍説我國歷史上
許多名人的生活為主❷。它讚頌許多名人對歷史做出的傑出貢獻，

---

❷　古代帝王將相均屬於此類，如《乾隆下江南的傳説》（浙江人民出版社，1983
　　年版），《鄭成功的傳説》（李冬青等整理，福建人民出版社，1982年版）

表現出人民對他們的崇敬和歌唱，或者嘲諷他們的倒行逆施，以引起後人的鑒戒。不論採取肯定或批判的態度，名人傳説中的事蹟，多半是與本人史實有所出入，有些甚至還帶有相當大的幻想與虛構成分。

人民群眾在口頭廣泛傳播著他們的事蹟，對他們傾注了熱愛和懷念，乃是因為他們為人民做了好事，在為人處事上總是為人民設想和站在人民一邊、站在被剝削被壓迫人民一邊。例如《包公的傳説》中，《胭脂山》是讚揚包公一到天長縣任知縣，就帶頭在城裏禿山上栽桃樹，造福於人民。《清不過包公》是讚揚包公在被削職為民以後，在瓜田摘瓜給錢；在飯館吃飯，連夾著的稻穀也嗑了殼吃；連手弄髒後也不在河裏洗手，不沾污河水。《包河藕》是讚揚包公為官清正，連皇上封給他的河壩裏的藕，他都不要，而拿來做藥引子。總之，人民讚揚了他們鄙棄權勢，不畏強暴，為官廉潔，助小扶弱，鞠躬盡瘁，為國為民的精神。

同時，人民群眾也抨擊與諷刺了某些歷史人物的醜惡行為，鞭笞他們的流氓行徑和忘恩負義。例如，《張良戲女》重點揭露了漢朝張良的流氓卑污嘴臉。張良曾隨劉邦打過天下，漢朝建立後，他去學神仙，遊山玩水。一天他走到一塊棉田邊，見到一個姑娘，不覺動心，就想娶她為妾，對她唱了一首山歌："誰家田？誰家花？誰的女兒摘棉花？你可願意陪我睡過三、四夜，冬穿綾羅夏穿紗！"這姑娘一看，原來就是她久久外出的父親，於是她唱道："張家田，張家花，張良女兒摘棉花，我娘陪你睡半生，也未見你給我娘穿羅又穿紗。"張良羞得連頭也抬不起來。又如《朱元璋的故事》，主要諷刺他一登上皇帝寶座，就只能聽阿諛奉承，不能聽如實真話。南京地區流傳著這樣的故事，朱元璋是放牛出身，當他登上王位後，有兩個放牛舊友去找他，第一個説：〝我主萬歲，當年小的隨駕東征，掃蕩蘆柴郡，打破土罐城，湯大將遁逃，抓住豆將軍。〞這是把他們當年在蘆柴村裏用土罐烹豆子吃的事編成奉承話説，朱元璋聽後很高興，封他為羽林軍總管。第二個卻是如實説的：〝嘻嘻，老弟，想當年我們在蘆柴堆放牛，有天用土罐燒偷來的豆子吃，你性急把罐子砸壞了，湯水流了，豆子撒了一地，我們便搶豆子來吃……〞朱元璋一聽大怒，〝忘八且胡説八道，信口造謠，朕乃真龍天子下凡，怎容這廝痴人説夢，推出斬了。〞上述批判，雖非實事，但是卻反映了封建統治階級與勞動人民對立的精神面貌的本質，有助於我們對這些歷史人物的批判和認識。

古代名人傳説在江蘇省也是很豐富的，有梁紅玉❸、唐伯虎❹、吳承恩❺、劉鶚、鄭板橋❻等等。它們不受史實限制，多半是〝真名假事〞式。就江蘇省的古代名人傳説來看，文學家藝術家的傳説很多，因為自古以來江蘇省是文人薈萃之地，這裏是許多文藝家的故鄉，人民在口頭上表現了他們藝術作品的卓絕，也在口頭上塑造著他們不畏強暴、正直公正的性格和形象。

第一，人民把文藝家的藝術作品最卓絕的地方，加以幻想化，形成美妙的故事。生於淮安，遊於新浦雲台山的吳承恩寫的《西遊記》最出名，人民也最喜愛那個孫悟空，於是便出現了吳承恩在雲台山寫《西遊記》的故事，故事説吳承恩在雲台山寫了兩本書，一

❸　有專集《梁紅玉擊鼓戰金山》（康新民搜集，上海文藝出版社，1988年第1版）。
❹　見《唐伯虎畫真容》（浙江人民出版社，1982年版）。
❺　見《吳承恩的傳説》（陳民牛編，江蘇人民出版社，1983年版）。
❻　見《鄭板橋的故事》（許鳳儀搜集整理，中國民間文藝出版社，1981年版）。

是《西遊記》，一是《禹鼎志》，有天他寫完這兩部書在案旁睡著了，一群猴子進了山洞，看見《西遊記》上寫的是猴子，喜得又蹦又跳直翻跟斗，看見《禹鼎志》上寫的神話，便不高興，幾個猴子搶的搶，奪的奪，有的搶書稿，有的抓硯台，有的扛毛筆，有的拿筆架，一氣跑到大海邊，把爪子上的東西往大海拋去，毛筆化作雲台山的〝文筆峰〞，筆架化作〝筆架石〞，《禹鼎志》擱在半山腰，化作巨石〝萬卷書〞，硯台被扔在洞中不遠處，化作〝仙硯石〞❼，每件東西都在古蹟裏找到了故事解釋，人民在口頭上把吳承恩最著名的小說加以幻想化，藉以表達對大文學家的愛戴。同樣，唐伯虎畫圖出名，他畫出的貓便能去捉老鼠（見華揚搜集的《神貓圖》）。顧愷之也是畫畫出名，他為瓦棺寺捐出〝一百萬〞塊錢，卻拿出來他畫的一張畫，這張如來佛的相好像活的一樣，結果真換得〝一百萬〞（見顧宜林搜集的《顧愷之畫佛》）。❽

　　第二，人民把文藝家在性格裏最突出的優點加以故事化，藉以表達對大文藝家的崇敬。鄭板橋故事便是這樣，如楊舟搜集的《半付對聯》便說了這樣一個故事：有個財主姚有財，為了巴結兩江總督唐亦賢，要鄭板橋給他寫一付對聯，鄭講好兩千元，財主硬扣了一千元，結果鄭板橋只寫了半付對聯〝鄉裏鼓兒鄉裏打〞，財主無法，只得全部付清，鄭板橋才寫了下聯〝當方土地當方靈〞，寫出了鄭板橋不聽財主任意擺布的崛強性格❾。再如潘君明搜集整理的唐伯虎《當畫》，說唐伯虎住在蘇州桃花塢那時，由於窮，畫了一張

---

❼　見薛鴻迎搜集的《文筆峰》，載《連雲港民間傳說》67—70頁，江蘇人民出版社，1981年6月版。

❽　兩例均見《江蘇民間文學》，1981年第2期。

❾　見《江蘇民間文學》，1981年第3期。

好畫去當舖典當，要二百兩，老板看出是一張絕妙的畫，壓低價錢
十兩銀當出，並想攫為己有，提高利息，十天後要交十五兩，但唐
伯虎力爭，如果有損壞，必須賠二百兩。在當票上寫明一輪滿月、
一樹桂花，十天後唐伯虎來取畫，老板把畫打開，結果大吃一驚，
畫上月亮變成了蛾眉月，桂花落光，只得賠二百兩銀子。什麼原
因？故事説，因為唐伯虎有支神筆，畫出的畫是活的，畫的景色可
以隨時節變化，寫出了唐伯虎機智的戰勝了狡猾的當舖老板。❿

　　名人傳説的故事結構，多半是一事一議式，綜合式結構不常
見。另有三國人物故事在湖北省十分著名⓫。

　　第三大類是地方古蹟傳説。多半是敍述地方名勝古蹟來源的故
事，這類傳説往往和歷史傳説與民間故事（特別是童話故事）聯繫在一
起，是它的一個主要特徵。它有很鮮明的地方性，往往從名勝古蹟
的名字引出故事情節，或者從故事發展歸結到名勝古蹟的名字。先
説和歷史傳説聯繫在一起的類型。例如，《金山民間傳説》中的《溜
馬澗》（郭維庚搜集整理）就是記述三國時劉備招親和孫權在一個懸岩上
賽馬的故事，這個懸岩就是鎮江北固山上的〝溜馬澗〞或稱〝跑馬
坡〞。這種地方古蹟名勝就是和歷史上劉備招親的傳説有聯繫。再
如，《浙江風物傳説》中的《錢清江》（陳瑋君搜集整理），是説明浙江會
稽的錢清江、錢清鎮、清水亭等名勝古蹟來源的，説的是會稽縣古
時清官劉太守公正的判處了前任王太守兒子逼婚害命的案件，平了
吳張氏母女的冤案。他臨離任時，有人誣蔑他貪污了錢財，他便把

---

❿　見《江蘇民間文學》，1981年第2期。
⓫　見《三國外傳》（江雲、韓致中主編，上海文藝出版社出版）；《三國故事傳
　　説集》（咸寧群藝館編刊，1983年版）。

十八枚大錢投入水中，水慢慢變得清澈見底，説明這錢不是貪污得來而是他的薪水供給，結果當地民眾便把這條江叫做〝錢清江〞，江邊建了一座〝水清亭〞，紀念此事，同時當地還流傳一首民謠：〝三年劉太守，遺我十八錢，過此常相憶，官清水亦明。〞這種地方古蹟傳説一般與古代名人傳説結合在一起，不帶或很少帶幻想性。第二種類型是和民間故事聯繫在一起的類型。例如《金山民間傳説》中的《玉蕊仙子》（郭維庚搜集整理），那就是從鎮江南郊招隱山上一座〝玉蕊亭〞古蹟和一個〝虎跑泉〞名勝引出了一個童話性的民間傳説，充滿魔法式的幻想。故事説在鎮江招隱山上，有一隻老虎在山腰用爪扒出一個洼塘，滲入了泉水，開出了一種仙花——玉蕊花。這仙花開出後，給一位貪官〝花霸王〞搶挖到自家花園栽種，並且拷打孤苦伶仃的老花匠，限定三天開花，花仙便給老人托夢，三天後果然開了，這時正當春三月，還在寒冷的季節裏。花開後，就枯死了，花霸王沒有辦法，便放老花匠回招隱山，聲言來年三月到招隱山看玉蕊花開，到了來年三月他來山上見花開了，竟又要見美麗的花仙本人，結果找不到花仙，便派人放火燒山，這火不向花上燒，卻反過火舌把花霸王和衙役們都燒死了。人們紀念玉蕊花仙和那隻老虎，便築了〝玉蕊亭〞，給泉水起名〝虎跑泉〞。這種地方古蹟傳説一般與魔法型的童話故事結合在一起，全具幻想性。以上兩個類型的地方古蹟傳説是常見的。顯而易見，人民在這些傳説裏表達了自己對祖國山河、家鄉故土的熱愛。地方古蹟傳説中後一種類型幻想成分很濃，具有很明顯的神話色彩，除了地名，幾乎沒有任何歷史性可言。近年來，全國各地都出版了地方古蹟傳説，形成了一個熱潮。如已出版的《金山民間傳説》、《雲台山民間傳説》、

《西湖民間故事》、《桂林山水傳説》、《浙江風物傳説》、《玉蓉花》
（江西）、《蘇州的傳説》等等，考其內容，都是以地方名勝古蹟傳説
為主的，可見這類傳説在我國蘊藏量是很豐富的，近年的搜集量，
竟然壓倒了其他任何類屬於散文的民間文學搜集量，因此深入研究
這一類傳説，是傳説研究迫切的一個課題，應該從中總結出更多的
規律性問題⑫。

　　結合考古，使我們能發現人民傳説與古代歷史説法不同。對有
關歷史人物的評價：例如，有人認為宋江是投降派，可是民間的説
法與此完全不同，在江蘇南通地區海州地方發現了〝好漢營〞這個
地名，這個地方還立了一塊石碑，碑文已漫滅，模糊不清，這裏就
是宋江起義領袖們英勇就義的地方。據人民傳説，由於宋江眾好漢
在三道岩安過營紮過寨，所以這裏叫〝好漢營〞，由於宋江等人在
這裏就義，事後百姓們把他們的屍體，安葬在一塊左青龍右白虎的
吉地上。打那以後，人們把這裏叫做〝好漢塋〞。還流傳了這麼幾
句詩：〝白壁虎山陰，墳塚草木青，問是誰家墓？梁山好漢塋
〞（見夏興仁搜集整理的《〝好漢營〞與〝好漢塋〞》）。史書上曾説宋江本是在
江蘇省南通地區的海州為張叔夜（當時的州官）所捕獲，最後當了投降
派；而當地傳説都講他們是在這裏被捕後，寧死不屈，慷慨就義
的，説法迥然不同，為我們研究宋江提供了新的珍貴資料，這就是
名勝古蹟傳説為我們提供的歷史價值。由此可見，地方古蹟傳説能
為我們提供新的研究線索，如興化的施耐庵墓、淮安的吳承恩墓、

⑫　地方古蹟傳説有些書又稱〝地方風物傳説〞，還見有下列各書：《瀟湘的傳
　　説》（黃知義等編）；《北京的傳説》（李岳南等編）；《成都的傳説》（成都
　　群藝館編）；《敦煌的傳説》（陳鈺編）以上均為上海文藝出版社出版。還有
　　《天台山傳説》、《海寧潮傳説》，均為浙江人民出版社出版。《風物傳説》（吳
　　一虹編選，四川少兒出版社版）等等。

洪澤的梁山伯祝英台墓等等，圍繞著這些古蹟都有一系列尚未被學術界所了解的人民傳説，值得我們去發掘。另外，美女類傳説經常是融合進名勝古蹟傳説的，如《西施的故事》⑬。

　　第四大類是民間風俗傳説。也有人稱它為〝民俗故事〞。這一類傳説是專門敍述各地民間風俗、年節活動的來歷。關於年的傳説：江蘇省有則傳説，説：〝年〞本來是一個大怪物，每當年三十都要到人間傷害生靈，後來有個洪鈞仙人，利用〝年〞這個怪物，消滅了違害人類的毒蛇猛獸。洪鈞告訴人們，〝年〞最怕見到紅的顏色，所以後來年三十家家門上都貼起紅紙來（見吳林森·方範·呂錦華搜集整理的《年的傳説》，載《鄉土》1981年第1期）。這則年的傳説，實際上包含了一定〝人定勝天〞以及〝紅色主吉利〞的意思在內，還包含了民間風俗傳説的一個藝術特點，就是把〝年〞這種風俗的人格化。關於灶王爺的傳説，也是把灶王人格化為一個負心忘義的張生，後來由於家敗而悔悟，吃了被他休棄的妻子丁香的東西，感到羞愧而投入灶火內化成炭，玉皇大帝見張生知錯改錯，就封他為灶王。（見《鄉土》1981年第1期吳霄、劉同祥搜集整理的《灶王爺改錯》）勞動人民運用灶王傳説故事來勸浪子回頭，並揭露生活現實中的腐敗現象。無論年的傳説還是灶王的傳説，説的是迷信的來源，其實質卻包含有反迷信的傾向，這是民間風俗傳説形式與內容的矛盾性與複雜性，因此我們不能簡單的説有關舊時代風俗習慣的傳説是宣揚〝迷信〞，應當剝開外殼看實質。

　　另外，許多民間風俗傳説，也有一種歷史化的傾向。例如郭維

---

⑬　見《西施的故事》（浙江文藝出版社，1983年版）。

庚搜集整理的《為什麼除夕門上掛芝麻秸》，它解釋這個風俗來源
時，是同朱元璋與馬娘娘的傳說有關，說朱皇帝私訪民間，聽到有
人說他出身低賤，是放牛的，他認為是不恭敬他，便要殺這個人，
於是用芝麻秸掛在門上做記號，回去派兵；但這事給馬娘娘知道
了，便將這消息通知各個大小兵丁，說＂年＂又要出來傷人，個個
手拿芝麻秸插在家家戶戶門上消災，這樣便破壞了朱皇帝無故殺人
的計劃。以後這種除夕掛芝麻秸圖吉利的風俗便流傳下來了。(見
《鄉土》1981年第1期)此傳說與第一章所述故事有別。

　　總之，民間風俗傳說具有人格化、歷史化以及反迷信的特徵和
傾向，因此，它既和我國歷史有聯繫，又和我國各民族的心理狀
態、現實生活有緊密的聯繫。

　　第五大類是各地物產傳說。我國各地都有著名的土特產品，既
有吃的又有用的，種類豐富多彩。人民在這類傳說裏，讚美自己的
勞動，反映自己的經歷。江蘇這類傳說也是很多的，例如南京就有
雲錦傳說，惠山就有泥人傳說，無錫便有年畫傳說、水蜜桃傳說等
等，這些物產傳說的地方色彩很重。鎮江有三個物產傳說最著名，
這就是傳說鎮江有＂三怪＂，麵鍋裏煮鍋蓋，香醋擺不壞，肴肉不
當菜。鎮江＂鍋蓋麵＂又叫＂伙麵＂，據說由於從前有戶人家，他
家中妻子在煮麵時，不在意，把個湯罐蓋子碰掉在鍋裏，蓋在麵上
煮，煮出的麵卻不軟不硬，十分可口，從此出名(見趙慈風搜集整理《鍋
蓋麵》，《鄉土》1981年第1期)；鎮江醋的傳說，則是說杜康的兒子黑塔把
酒糟泡上龍窩水，拿來餵馬，馬變得膘肥體胖，後來得到仙翁指
引，告訴黑塔酒糟泡水二十一天，日落酉時就能喝，於是起名為

〝醋〞，這實際是一個謎語故事的演化，因為〝醋〞字，正是二十一日旁邊加上一個〝酉〞字（見康新民，任玉祥搜集整理的《兒造醋》）；鎮江肴肉的傳說，則說從前酒海街有家夫妻酒店，有天妻子買包硝要帶回去給她父親做鞭炮，沒想到被丈夫無意間拿它當成鹽腌了豬肉，但出乎意料之外，煮出的肉卻格外鮮美可口，於是〝硝肉〞（後來改為〝肴肉〞）便出了名，（見康新民搜集整理的《肴肉不當菜》）。由上可見，這類土特產傳說，多半有一種無意性（或稱〝巧合性〞）的藝術結構，形成了這類傳說的特點。在內容上，人民則懷著輕鬆愉快的心情，讚美自己創造性的勞動。在表現手法上，有的也具有魔法性，如醋的傳說中仙翁給黑塔托夢的事。

有的物產傳說也具有歷史性。如南京的《板鴨傳說》，就與史載的梁武帝時的侯景叛亂有關（見胡才華、董志勇、達英驥搜集整理的《南京板鴨》，載《鄉土》1981年第1期）。再如《沛縣的狗肉》傳說，就與漢高祖劉邦和他手下的大將樊噲（Kuài，快）有關，劉邦是耍無賴，吃了樊噲的狗肉不給錢（見蘇汝海搜集整理的《沛縣的狗肉》，載《鄉土》1981年第4期）。這類物產傳說的歷史性是和地方性緊密結合的。

還有一類物產傳說是歷史人物故事與幻想故事結合，這種物產傳說便有很濃的趣味性。例如歐陽搜集整理的《板栗樹的傳說》便是這樣。南京郊區盛產板栗，故有此傳說，南山地區流傳俗話云：板栗樹空心也要活千年。故事說，朱元璋小時候在鄉下放牛，秋天在板栗樹下睡覺，那時的栗子還是光板栗，看見樹上栗子長得很好，想吃，話剛出口，〝篤〞地一聲，一個栗子就落進他嘴裏，第三個栗子有點壞，他吃了罵道：〝我要叫你板栗樹沒有好活，不是爛心就是爛肺。〞板栗樹竟說起話來：〝你不識好歹，我空心也要活千年，今後叫你吃不到光板栗。〃從此，板栗樹便空心了，而板栗外面就長出比鋼針還硬的刺，像刺蝟團起來一樣，把板栗藏在裏面。這種物產傳說便是歷史人物故事與幻想故事的結合。

我國人民在物產傳說裏，總是給這種傳說注入各種各樣的主題思想，引出各種各樣曲折的故事情節，使人們在讀了這些傳說後，不僅知道了各種特產的來源，也受到了高尚情操的熏陶，純正思想的教育。現以《蘇州的傳說》❹書裏蘇州的特產〝碧螺春〃、〝楊梅〃、〝牡丹花〃織綢、〝金銀手鐲〃四物為例，每一特產都有一個生動的故事，表現一樣令人感嘆的往事。《碧螺春》是寫碧螺春名茶的來歷，也就是寫碧螺姑娘發現野香茶樹的經過，說的是一個漁家姑娘碧螺，當地人傳說太湖洞庭東山的莫厘峰上有妖怪吃人，她偏要去那裏砍柴探險，看一看妖精生得啥模樣，誰知妖精沒尋到，反倒發現一棵香樹，那香氣熏得人頭都會發昏，她稱做〝嚇殺人香〃，後來葉子偶然落進水壺，泡出又清香可口、又提精神的茶來，人們為了紀念她探求的精神，將茶命名為〝碧螺春〃，又造了一座〝碧螺庵〃，莫厘峰改名〝碧螺峰〃。這個物產傳說的主題思想，顯然是表揚當地少女探求的精神。《東山楊梅的傳說》是寫楊梅的來歷，講的是一個青年農民王盛為了治母病上洞庭東山打虎，雖然射中了虎，但虎跑掉了，在地上留下了一顆顆凝固的虎血球，他母親服了它病好了。後來他把剩下的虎血球都埋在地裏，長出了楊梅樹，結出了和虎血球相似的楊梅果，用它泡酒，能治受寒肚皮痛。這個物產傳說的主題思想，是表揚勞動青年為治母病而奮不顧

---

❹《蘇州的傳說》（蘇州市文學藝術界聯合會編），上海文藝出版社，1982年1月版。

身去射猛虎的精神，這種精神是高尚的感人的。《牡丹姑娘》是寫蘇州〝牡丹織綢〞著名的來歷，這是從兩兄弟故事衍化而來，織綢工人兄弟倆，哥哥娶了惡嫂嫂，將弟弟趕出了門，弟弟便自立門戶單獨織綢，弟弟愛種牡丹花，牡丹仙子下凡與他婚配，於是使他織出了人間絕妙的蘇州牡丹花綢緞，大家都來搶著買，引起了惡嫂嫂的忌妒，一盆開水澆死了牡丹花，也痛死了牡丹姑娘，後來武則天懲辦了惡嫂嫂，仙翁救活了牡丹花和仙子，使他倆幸福的團聚。這個物產傳說的主題思想，是表現織綢工人用生命與愛情追求完美藝術品的純真的情操，愛花也是愛藝術的一種象徵，與牡丹花婚配也正是終生獻身於織綢藝術的象徵，意境優美而意義深遠。《手鐲的故事》是寫蘇州著名的金銀手飾特產的來歷，這個故事妙就妙在寫出了製手鐲的藝術大師——銀匠師傅獨特的個性。他傾心的熱愛著《水滸》這部名傳千古的藝術品，他也嘔心瀝血的雕刻著三十六位梁山好漢的英姿，他刻的水滸圖，在放大鏡下才能看清，他是刻在手鐲上細小的銀鏈條上的，其難度之大可想而知，這就突出了蘇州人民的智慧和高超的技藝。這個物產傳說的主題思想，除了表現蘇州人民的智慧，更表現了銀匠師傅剛強的骨氣和不可侵犯的藝術家的尊嚴，他雖貧窮，住在茅草棚裏，但他決不為斗米而向馮老板和他幫手阿大折腰，他憑著自己卓越的手工藝品而名震京華，使有錢人不能不向他有所求，而時時恭敬的去拜訪他。阿大由於愚蠢又狗眼看人低，將他手鐲丟在地上，這使師傅感到莫大污辱，憤然離去，而氣死在草棚裏，這充分表現了這個民間藝術家不可侮的品格。各地物產傳說正是以多種主題思想，使我們在品嚐和欣賞這些特產的時候，聽到它們，能使我們受到美好感情的激勵，也能使我們睹物思人，熱愛家鄉可親的純樸的人民。

第六大類是八仙傳說。仙話看來應當歸入傳說類，因為成仙的人，多半是歷史上實有其人，被後世仙化；又因仙話多與古蹟相連，山水相依，如果把此類併入名人、古蹟、風俗等傳說類，便覺分散，實際上這是一類非常有特色的傳說。八仙為漢鍾離、呂洞賓、張果老、鐵拐李、藍采和、何仙姑、韓湘子、曹國舅（《事物原會》）。趙景深《八仙傳說》（見東方雜誌30卷21號，1933）和浦江清《八仙考》（見《清華學報》11卷1期，1936）已有所考。

八仙傳說在我國流傳廣泛，主要有以下三個特點：

第一，唐代產生，元明形成，至今流傳。張果老，唐李冗《獨異志》卷下已記載其仙跡，云：〝玄宗朝，有張果老先生者，不知歲數，出于邢州。〞《舊唐書·方使傳》說他叫張果，武則天時成仙之人。韓湘子，《新唐書·宰相世系表》云：〝韓湘字北渚，大理丞。〞五代杜光庭《仙傳拾遺》說他是〝韓愈外甥〞，有仙伎：〝雲能染花，紅者可使碧，或一朵具五色，皆可致之。〞（《太平廣記》卷五十四）劉斧《青瑣高議》說他能〝頃刻〞間令花開，並在韓愈面前頃刻間聚土覆盆，〝舉盆見碧花兩朵〞。按韓湘子能變花色之傳說，在唐代已流行，《酉陽雜俎》前集卷十九〝草篇〞云：〝韓愈侍郎有疏從子侄自江淮來，年甚少，韓令學院中伴子弟，子弟悉為凌辱。韓知之，遂為街西假僧院令讀書。經旬，寺主綱復訴其狂率，韓遽令歸。且責曰：〝市肆賤類營衣食，尚有一事長處。汝所為如此，竟作何物？〞姪拜謝，徐曰：〝某有一藝，恨叔不知。〞因指階前牡丹曰：｀叔要此花，青、紫、黃、赤，唯命也。′韓大奇之，遂給所須，試之。乃豎箔曲，盡遮牡丹叢，不令人窺。掘棵四面，深及其根，寬容人座。唯賣紫礦、輕粉、朱紅，且墓治其根。凡七日，乃填坑，向其叔曰：｀恨較遲一月。′時冬初也。牡丹本紫，及花發，色白紅歷綠，每朵有一聯詩，字色紫分明，乃是韓出官時詩。一韻曰：｀雲橫秦嶺家何在？雪擁藍關馬不前′十四字，韓大驚異。姪且辭歸江淮，竟不願仕。″可見韓湘子仍然是唐代傳説。

呂洞賓，看來也是唐時已有之傳聞，唐代詩人施肩吾《鍾呂傳道記》，講述的就是他。《全唐詩》八五六卷｀呂巖″介紹説：｀呂巖，字洞賓，一名巖客，禮部侍郎渭之孫，河中府永樂（一云蒲版）縣人，咸通中舉進士，不第，游長安酒肆，遇鍾離權得道，不知所往，詩四卷。″呂洞賓生前果然會劍術，有詩《得火龍真人劍法》云：｀昔年曾遇火龍君，一劍相傳伴此身。天地山河從結沫，星辰日月任停輪。須知本性綿多劫，空向人間歷萬春。昨夜鍾離傳一語，六天宮殿欲成塵。″（《全唐詩》八五六卷）故宋吳曾《能改齋漫錄》卷十八引《呂洞賓傳》説他曾自述：｀世言吾賣墨飛劍取人頭，吾聞哂之。實有三劍：一斷煩惱，二斷貪嗔，三斷色慾，是吾之劍也。″實所言不虛，果有好劍術，且斷色慾，但民間仍傳説他在王母娘娘的蟠桃會上調戲了何仙姑⓯。漢鍾離，也仍然是唐代人，以上《全唐詩》中呂洞賓的詩｀昨夜鍾離傳一語，六天宮殿欲成塵″。此句中｀鍾離″即漢鍾離。《全唐詩》中呂洞賓的詩都是成仙詩，其中有一首專門為漢鍾離寫的《呈鍾離雲房》：｀生在儒家遇太

⓯　見《泰山民間故事大觀》｀七仙殿和呂祖洞″（陳玉業搜集整理），文化藝術出版社，1984年版，412頁—413頁。民間此説事出有因，呂洞賓進過妓女院，寫過《題廣陵妓屏二首》、《題東都妓館壁》等詩，（見《全唐詩》）。

平，懸纓重滯布衣輕。誰能世上爭名利，臣事玉皇歸上清。〃由此
詩推斷，他先事儒而後奉道；又可見宋人《宣和書譜》卷十九云：
〃神仙鍾離先生名權，不知何時人，而間出接物。自謂生於漢，呂
洞賓於先生執弟子禮。〃説呂洞賓是漢鍾離的〃弟子〃，與呂洞賓
《呈鍾離》詩一致，但鍾離決非漢代人，而是唐代人。詩題《呈鍾離
雲房》，〃雲房〃是其字。清黃斐然《集説詮真》云：〃漢鍾離，姓
鍾離名權，字雲房，京兆咸陽人。〃藍采和，似也是唐代仙話傳説
人物。宋初《太平廣記》卷二十二轉引到《續神仙傳》〃藍采和〃條，
《續神仙傳》即《續仙傳》，為唐代溧水令沈汾撰，沈汾在書中記述的
藍采和，同見《南唐書》(宋馬令撰)，可見藍采和是晚唐五代時人無
疑矣！何仙姑，也是唐代仙話人物。《太平廣記》卷六十二引到唐人
《廣異記》之〃何二娘〃，即其人也，云：〃唐開元中，勅令黃門使
往廣州，求何氏，得之，與使俱入京，中途，黃門使悦其色，意欲
挑之而未言，忽云：中使有如此心，不可留矣，言畢，踴身而去，
不知所之，其後絕跡不至人間矣。〃何仙姑還是盛唐傳説人物。總
之，八仙中有六仙傳説產生於唐代，另曹國舅、鐵拐李均是元代雜
劇中首倡之仙人。至今八仙傳説在中國各省農村廣泛流傳，有《八
仙的故事》(浙江文藝出版社·1983)等書。

　　第二，從民俗觀來看，民間對〃八仙〃屬誰問題，一向是靈活
多變的，從中古至近代都如此。
　　1.晉譙秀《蜀記》八仙為容成公、李耳、董仲舒、張道陵、莊君
平、李八百、范長生、爾朱先生。
　　2.唐杜甫《飲中八仙歌》八仙(酒仙)為賀知章、汝陽、李適之、

崔宗之、蘇晉、李白、張旭、焦遂❶⑥。

3.五代《野人閒話》八仙為李己、容成、董仲舒、張道陵、嚴君平、李八百、長壽、葛永瑲❶⑦。

4.宋代吳自牧《夢梁錄》卷二記有〝八仙道人〟舞隊，惜八仙無具體姓名。《武林舊事》卷三提到雜劇〝八仙故事〟，亦無具體人名。

5.元岳伯川《呂洞賓度鐵拐李岳雜劇》，又名《鐵拐李》，為〝上八洞神仙〟，有漢鍾離、呂洞賓、張四郎、曹國舅、藍采和、韓湘子、張果老、鐵拐李❶⑱。

元代八仙未列入〝何仙姑〟，則加入〝張四郎〟，似即張道陵，總的來講還是清一色的仙人；此劇呂仙云：〝貧道不是凡人，乃上八洞神仙呂洞賓是也。〟但元無名氏《漢鍾離度脫藍采和雜劇》鍾云：〝許堅，你不是凡人，乃上八仙數內藍采和是也。〟❶⑲故知〝上八洞神仙〟又稱〝上八仙〟。

6.明無名氏《賀升平群仙慶壽》為〝下八洞神仙〟有王喬、徐神翁（守信）、劉伶、陳搏、畢卓、任風子、海蟾公。

明《西洋記》八記為漢鍾離、呂洞賓、李鐵拐、風僧壽、藍采和、元壺子、曹國舅、韓湘子。

7.清汪伋《事物原會》八仙為張果、韓湘子、呂湘賓、何仙姑、曹國舅、漢鍾離、藍采何、鐵拐李。代表的意思為（依前順序）老、幼、男、女、富、貴、貧、賤。

---

⑯　《全唐詩》卷216。
⑰　《太平廣記》卷214。
⑱　明臧晉叔編《元曲選》（第二冊）中華書局版，510頁。
⑲　隋樹森編《元曲選外編》（第三冊），中華書局版，980頁。

8.清《何仙姑寶卷》〝上洞八仙〞為福星、祿星、壽星、張仙、東方朔、陳摶、彭祖、驪山老母。〝下洞八仙〞為廣成仙祖、鬼谷子、孫臏、劉海、和合二仙、李八百、麻姑女⑳。

9.清末《八仙上壽寶卷》〝上八仙〞為壽星、王母娘、全刀母、觀音娘、斗姆娘、黎山老母、聖母娘（缺一仙）。〝下八仙〞為張仙、劉伯溫、諸葛亮、苗光裕、徐茂公、魯寧秀、牛郎、織女。

由上可見，八仙的組合相當自由，可以調換不同的人，甚至不是仙人的諸葛亮也可把他變為仙人。有的八仙組合是有意義的，如《事物原會》，有的則意義不明。

第三，八仙傳說對我國文化有深遠影響，在唐詩、宋詞、元曲、明傳奇、寶卷、民間傳說、民歌繪畫等等文藝領域都有反映。對民間文學來說，尤其應注意研究數以千萬計的八仙傳說故事，其內容是十分豐富的。現在僅就所見，列出若干種以觀全貌：

1.渡人用雙手勤勞致富的。如《你舔我肚（渡）》，見《中國民間文學集成，江蘇溧陽縣資料本》。

2.有懲戒吝嗇鬼的。如《鐵拐李過渡》。同上書。

3.勸窮人戒偷摸行為。如《鐵拐李偷鍋還鍋》。同上書。

4.懲罰富人，抑富濟貧。如《岳陽樓的傳說·呂洞賓三醉岳陽樓》，《何仙姑與神仙橋》（《采風》1983：12）。

5.為民造橋。如《韓湘子造八甲石橋》（見《八仙的故事》）。

6.懲惡揚善的。如《留畫》、《無理矮三分》（見《民間文學》1983：9）、《石龜朝聖》（《楚風》1982：2）。

⑳ 見光緒十六年（1890）金陵一得齋重刊本。

7.行醫，救死扶傷。如《鐵拐李和樹德堂》_{（見《常州民間故事集》）}、
《望仙橋》_{（見《西湖民間故事》）}、《鐵拐李私訪朱養心》_{（見《山海經》1982：}
1）。

8.為民掘井。《呂洞賓和白鶴井》_{（見《湖北民間故事傳說集》〔武漢市〕}
〔下〕）。

9.怎樣成仙。《張果老成仙的傳說》_{（見《中國民間文學集成淮安縣資料}
本》）〔上冊〕）、《何仙姑故事》_{（見《民俗周刊》101）}

10.雲遊四海，與凡人鬥智，輸給凡人。《道理店》_{（見《常州民間故}
事集》）、《抬扛》_{（見《布穀鳥》1980：11）}、《鐵拐李在四明山》_{（見《四明之窗》}
1982：1）、《呂純陽二堵甌江》_{（見《山海經》1982：2）}。

總之，八仙傳說內容豐富多彩，而且有千年以上的流變史，是
民間傳說中研究的重點。

第三節　民間傳說的特點

現在，我們可以來說說民間傳說的共性和它的特點了。從以上
所述內容可以看出，各類傳說都是具有歷史性的，不是有關於唐宋
元明清或是更古的各朝代，就是有關於屈原、劉邦、李白、杜甫、
岳飛、文天祥、朱元璋、鄭板橋等各代人物的，因此可以說，具有
歷史性是民間傳說之共性，連仙話傳說，雖然幻想成份很大，也離
不開歷史性。但是，傳說還具有自己的一些特點，表現在以下幾方
面：

第一，片斷性。傳說往往不是長篇連貫，它與民間史詩那樣的
巨著長篇不同，但是，它既有幻想性，也不排斥事件的歷史真實

性。它大都選擇一個事件，一個人物組成它單篇的內容，魯班傳説這種情況十分突出，《奇怪的老頭》講的是魯班製木楔之傳説㉑；《用不完的錢》講的是魯班給兒子傳下木匠工具之傳説㉒；《魯班修黃鶴樓》講的是魯班造四十八根黃鶴樓木栓㉓；《泥瓦匠的祖師爺》講的是魯班給泥瓦匠傳藝㉔。總之，它講鋸齒、墨斗、造橋、造塔等等，都是一個片斷一個片斷講，單獨成篇，並不像史詩那樣融合為一個藝術整體。祁連休編有《魯班傳説故事集》可以參考㉕。再如風俗傳説，它講元宵節吃湯團、端午節吃粽子、中秋節吃月餅、重陽節吃喜糕，也都是具有這種片斷性的。

　　第二，綜合性。它的內容是複雜而充實的，它的藝術形式是曲折而多變的。它有時是神話與傳説相結合，如夸父神話中的有關三品石的古蹟傳説，顯然是後世發展的夸父燒飯的傳説，又如大禹神話中的望夫石傳説，也顯然是後世發展的塗山姑娘的故事。它有時又是童話與傳説相結合，如許多古蹟傳説的魔法故事結構，就很明顯。此外，它又能與動物、植物、海洋、漁類等故事相結合。這些都充分表現它與多種故事結合的綜合性，就是説，在傳説裏能冶鍊多種故事的內容，能鑄造多種多樣其他故事的藝術模式。

　　第三，聯結性。傳説的聯結性是很強的。它的事跡能與某個真實人物姓名相聯結，這樣就形成了多種人物傳説；它的事跡又能與遍及全國各地的名勝古蹟相聯結，這樣就形成了多種地方古蹟傳

　　㉑、㉒見《南陽民間文學》（河南）第二輯（1982版）。
　　㉓、㉔見《湖北民間故事傳説集》（武漢），235—237頁。1983年版。
　　㉕　見百花文藝出版社，1980年版。

說；與民間每一項風俗相聯結，便形成各種民間風俗傳說；與各式
各樣的土產特產相聯結，便形成各種土產特產傳說；與新時代的許
多事情相聯結，便形成了各種紅色革命傳說。可以明顯的看到，傳
說中的真實性、幻想性、典型性，總要和特定的姓名、名勝古蹟、
風俗、產物等等聯結在一起，才能加強傳說的完整性，獲得傳說的
可信性，增添了它的感染人的力量，顯現了勞動人民卓越的藝術創
造力。在傳說多種特點中，應當說這是一個主要的特點。聯結性還
表現了傳說的兩點基礎：⑴說明傳說生活基礎的牢固，不僅顯得生
活面廣，也顯得紮根深。⑵說明傳說感情基礎的濃厚，不僅顯得勞
動人民感情的實在，俗話說的：〝觸景生情〞，或曰：〝有感而
發〞，絕無無病呻吟，也顯得勞動人民感情的樸素，充滿了鄉土
氣。

　　第四，傳奇性。在傳說的特點中，傳奇性也是顯著的。特別是
傳播全國著名的大傳說，以其曲折的情節，奇巧的構思，而具有很
強的藝術感染力。《白蛇傳》的故事，真可以說是千迴百折、九曲八
彎，遊湖、暗害、灌酒、盜草、出塔、變臍、毀塔，情節極為豐
富，使人眼花繚亂，目不暇接。《魯班的傳說》儘管被分成各個小的
段落，但一個片斷便是一個高潮，一個片斷便是一個藝術小單元，
宛如看連環畫，不斷展開它那傳奇的情節，看《魯班造車失母》，可
見這偉大工匠為科學付出的犧牲；看《魯班木鷹上天》，可見這偉大
工匠為人類上天所作的勇敢的探索，它展開的多彩的畫卷，把傳說
傳奇性的特點充分的反映出來了㉖。

　㉖　我國白族傳說的魯班也有傳奇性，如《魯班和魯師娘的故事》，記載的魯班夫
　　　婦倆都是發明家（見《白族民間故事》，雲南人民出版社，1982年版）。

　　第五，變動性。這是傳說在流傳上的特點。許多民間傳說在不斷傳播當中，不斷加入了當地的具體事物，便形成了多種多樣的地方的色彩。例如：梁山伯與祝英台的傳說原本流傳於浙江上虞地區，後來傳播到蘇北洪澤湖地區、蘇南的宜興地區，也有梁祝傳說，甚至據說還有他倆的墓地，這種變動性便很明顯的反映出來了。其他傳說也有這種情況，《白蛇傳》浙江杭州一帶廣泛流傳，同樣，在江蘇鎮江一帶也廣泛流傳，兩地的人民都把白素貞的事蹟據為己有。《孟姜女》也是這樣，孟姜女哭長城應當說這傳說原來與北方長城穿過的省份有關，但實際上這傳說多半不在長城地區，而在我國文化發達的長江下游，和山東、河北、陝西等等省中。穿插在《孟姜女傳說》中的《孟姜女十二月調》，卻是典型的江蘇南部的民歌。由於這首孟姜女民歌的流行，現在民間再也沒有人懷疑孟姜女不是江蘇人。變動性是傳說在流傳上最鮮明的特點。

　　最後還應當指出，在民間文學百花園中，民間傳說是與文人文學聯繫得最為緊密的一個品種。歷代作家們爭先恐後的把各種民間傳說改編成小說、戲劇、敘事詩等等文學式樣，真可以說是不遺餘力。全國著名的五大優秀民間傳說，幾乎個個都被搬上了舞台，拍成了電影。像《白蛇傳》、《孟姜女》全國有二、三十個劇種，競相比賽著在舞台上展現白娘子、孟姜女的典型形象。西施的傳說在明朝就被梁辰魚搬上舞台，至今仍在台上，演了好幾百年了。人民十分喜愛民間傳說，民間傳說在民間文學中占有突出重要的地位，理所當然，應把它列為搜集整理的重點，這對於繁榮文學藝術活動是有著巨大實踐意義的事情。

第四章　民間童話

第一節　什麼是民間童話？

民間童話是充滿浪漫主義的魔法故事，因此，也有人稱之為〝幻想故事〞或〝魔術故事〞。這是民間故事中最為重要的一類故事。平常我們常說的〝民間故事〞最典型的表現就是這一類。民間童話最引人入勝的地方，便是它的情節總是曲折而複雜，奇異而驚人，它的主人翁既有農民漁夫等勞動者，更有仙女、龍王、樹精、狐狸精等等各種各樣的妖魔。有的善良、有的凶惡。並且，它的總主題總是這樣，一是善良的弱者最終總能戰勝殘暴的強者，二是忠厚樸實的勞動者最終總是壓倒不可一世的剝削者。民間童話總是採用各種各樣的魔術、法寶、變形、隱身的方法，制服和消滅一切壓在人民頭上的妖魔鬼怪。這種浪漫主義的幻想，顯然是把在現實生活中不可能產生的事件，當做現實生活中能夠發生的事件來描寫，充分體現了被剝削被壓迫人民群眾的樂觀主義、人道主義精神，和他們對壓迫者鬥爭的戰鬥性。這種總的主題和它藝術上的魔法結構的特點，儘管它的情節是千變萬化、多姿多態的，但是它們都體現了民間童話是一個統一的藝術整體。

民間童話和神話與傳說，既有區別，又有聯繫。首先民間童話與神話故事是有區別的，兩者不能混為一談。神話故事，是人類在孩童時代、在原始社會裏以不自覺的幻想形式對自然和社會本身所作的曲折的藝術反映，因此人類一旦離開了孩童時代，便自然停止了再產生神話。不僅希臘神話有它固定的神、固定的事件範圍，就是中國神話，也有它固定的神、固定的事件範圍，我們把它分成十個大系統，就是為了使人明確它的神和事件範圍，是不能隨意更動的。民間童話卻不同，它是人類在古代社會裏，以自覺幻想的形式，對自然和社會本身不可能發生的事情所作的藝術反映，借以鼓舞自己對自然與社會中妨礙生存與幸福的勢力作鬥爭，因此，只要貧富社會依然存在，民間童話故事便會不斷產生著、增加著，它故事中的神祇、妖魔鬼怪、法寶，所有內容的範圍時時在擴大著。由於神話與童話有上述不同點，便形成神話是沒有階層性的，如盤古開天闢地、女媧造人補天、夸父追趕太陽、精衛小鳥自不量力去填大海等等，都談不上有什麼階層性可言。但是，童話卻是有比較強烈的階層性的，儘管它有些故事裏的妖怪，沒有標明是人而是動物，例如狼外婆，但是人們卻能從牠那狡猾而殘暴的行為中，總結出牠是社會上那種貪婪而虛偽的壓迫者與剝削者。另外，儘管它有些故事裏是人妖同居一室，妖反倒是善者，如蛇郎，人反倒是惡者，如蛇郎中的大姐，這種人妖顛倒的童話，正是人妖顛倒的社會的反映，在壓迫者與剝削者看來，好人就是〝妖〞，壞人才是〝人〞，童話卻反其道而行之，把披著獸皮的〝妖〞寫成為人，而把披著人皮的〝人〞寫成壞蛋，這樣便在根本上否定了貴族統治階層的哲學，這是童話反映階層性突出的特點。

童話故事與傳說故事也是有區別的。傳說主要是反映那些一定的歷史生活、歷史人物、地方事物……風俗習慣等的來源的故事，因此它具有鮮明特有的區域性和姓名、地名、物名的真實性，儘管有些故事本身與民間童話一樣，是完全幻想的虛構。童話卻不是以特有的歷史人物、歷史事件、地方事物、風俗習慣等為根據，它的故事不僅沒有特有的區域性，它的人名、地名、物名也不具備歷史真實性，它有著比神話還要多的神祇和妖魔、人與妖、人與神、人與獸雜居相通。

　　民間童話和神話傳說是有相連的地方的。我國古代神話有些故事加入了民間童話的魔法性情節。例如牛郎織女神話，在後世加入了王母娘娘用神簪劃出銀河，以及喜鵲用翅膀搭成一座橋使牛郎織女相會，這樣魔法性的情節，顯然是民間童話滲入古代神話的表現，這時，我們仍稱牛郎織女故事為神話，因為它只是有民間童話的某些成分。不過，必須指出，民間童話中的〝神〞和神話中的神，往往不是一回事，如《追魚》中的魚神，與神話無關，它只能稱為民間童話故事，不能稱為古代神話，神話中的神早已固定化了，不能隨便增加幾個，不能一見故事中有〝神〞便稱它為〝神話〞。另外，民間童話與傳說之間，也往往緊密相連，構成為魔法性的傳說，這時，我們便稱它為傳說，而不稱它為童話了，如〝柳毅傳書〞故事便是這樣。還必須指出，民間童話中有時沒有〝神〞、〝妖〞等魔法結構，例如像《皇帝的新衣》、《百鳥衣》等等故事，我們仍然稱它為民間童話，這是因為它主要的故事情節是完全非現實性，純粹是幻想故事，故將它分入了魔法性的幻想故事──民間童話中去了。

第二節　中國民間童話著名的母題

　　中國的民間童話有許多著名的母題。所謂〝母題〞，就是指這種童話的原來基本結構和基本情節，這種結構和情節影響到國內乃至國外一種或幾種民間童話，形成這種〝母題〞的〝子題〞或稱為〝分枝〞。現舉出我國下列十個種類著名的民間童話母題，加以敍述，它們都是優秀的有深遠影響的童話。

　　第一種母題：狼外婆的故事。故事梗概是這樣：有個老太婆去看她的三個外孫女，在路上遇到一隻狼，這狼先裝做善良的好人，從老太婆口中詳細了解了她的外孫女情況，隨後便把這個老太婆吃掉，又化裝做一個外婆去見三個外孫女。這個狼外婆採取了一系列狡猾的手段，藏起了尾巴，偽裝了面孔，在晚上瞞過了三個天真的小姑娘，使她們開開門，迎她進去睡覺。進房後牠便假惺惺喜歡最小的外孫女，因為她最胖，便要摟著她睡覺，以便吃她。後來由於三個外孫女有警覺，只是睡一頭，沒有給牠抱著睡。夜裏，狼外婆吃起東西來，其中一個孫女向牠要東西吃，她才發現了親婆婆的一個吃剩的手指頭，於是一傳二、二傳三，三個人一個個機智的假裝解手、溜下床、跑出門、又爬到樹上，最後，三個小姑娘同心合力，用計謀吊死了這隻又狡猾又凶惡的狼外婆。這故事與德國〝小紅帽〞故事相似❶。

---

❶　見《格林童話全集》第26個故事《小紅帽》，人民文學出版社，1988年版，100——103頁。

狼外婆故事情節變化表

第一種：古代的故事情節 （約傳於清代，十八世紀末）	第二種：現代的故事情節㈠ （約傳於五十年代）河北省	第三種：現代的故事情節㈡ （約傳於六十年代）河南省
①一家人家，一個外祖母，一個男孩，一個女孩。	①一家人家，一個老奶奶，三個小姑娘。	①一家人家，一個老大娘，三個外孫女。
②	②小姑娘打傷巨蝎，老太婆養起來。有一天，小姑娘又打傷小老鼠，老太婆又養起來。又一天，小姑娘又打傷一隻狼，老太婆又養起來。	②
③	③老太婆中了蝎子毒，老鼠咬穿一箱子衣裳。蝎子、老鼠、狼傷都好了，都跑走了。	③
④男孩、女孩去看外祖母，遇到一個虎姍。	④老太婆到姥姥家去，遇到她放走的那隻狼。	④老大娘去看三個外孫女，遇到一隻狼。
⑤	⑤狼要吃老太婆，老太婆說從娘家回來給牠帶肉合子吃，狼才放她走。	⑤
⑥	⑥老太婆從娘家回來，給狼吃肉合子，狼吃完，還餓，還是把老太婆吃了。	⑥老大娘給狼吃包子、油饃，狼又問了她家的詳情，最後吃了老大娘。
⑦虎姍把男孩、女孩帶進了門。	⑦狼裝做老太婆，叫〝門吊兒，門鼻兒〞，騙了三個小姑娘進了門。	⑦狼裝做狼外婆，叫〝門搭兒、門鼻兒〞，騙了三個外孫女、進了門。
⑧虎姍抱著胖男孩睡，並把他吃了，女孩發現他有毛。虎姍吃東西，她要吃，牠丟出手指頭。	⑧小姑娘看出狼婆有毛、有尾巴，都擠在炕頭不敢動。狼婆在炕上吃老太婆骨頭，三個姑娘分別向要吃的，牠丟出手指頭、腳指頭、一條筋。	⑧三個人和牠一起睡覺，三外孫女和牠一塊睡，碰到牠的尾巴。大、二外孫女聽見牠吃東西，要吃的，牠丟出手指頭，指頭上套著頂針，知道是祖母的。
⑨女孩出去小便，虎姍用腸子紮著她的腳，她去掉腸子，爬上樹。	⑨三個小姑娘分別出去小便，溜上大樹。	⑨三人溜出大門，爬上樹。
⑩虎姍去叫另外兩隻虎來吃女孩。	⑩	⑩
⑪女孩呼救，讓過路人救走，把衣掛在樹上。	⑪	⑪
⑫三虎齊來，咬斷樹，預上前撲女孩，但發現是衣服，女孩逃走了。	⑫	⑫
⑬另外兩隻虎發現是虎姍騙牠倆，於是兩隻虎齊起來把牠咬死。	⑬三人齊心協力打死狼。	⑬三人齊心協力打死狼。
第一種情節見（清）黃承增輯《廣虞初新志》卷十九，黃之雋《虎姍傳》，嘉慶癸亥〝寄鷗閑舫〞刻本。	第二種情節見《中國民間故事選》第一輯（1985）人民文學出版社。	第三種情節見《河南民間故事》，河南人民出版社（1979）。

　　這個故事至少已流傳了二百年，在清朝黃承增輯的《廣虞初新志》卷十九裏收入的黃之雋《虎媼傳》，就已記載了這個童話的雛形，那時還不是狼外婆而是虎奶奶，後來河南、江蘇等地都發現了這種類型的故事。

　　第二種母題；田螺女故事。故事梗概是這樣，有個貧苦農民在塘裏摸螺螄，抓到一個特大的田螺，他將它放在水缸裏養著。以後他每天勞動回家，便看見桌上已放好了飯菜，他很奇怪：〝是誰這麼好心，會替我做飯燒菜呢？〞有次他便假裝到田裏勞動，而躲在暗中偷看，結果發現一個漂亮姑娘從水缸裏出來，用魔術，給他很快弄好了飯菜。他便很快進去護住缸，不讓她再變成田螺而娶她為妻。婚後，勞動的生活十分美滿幸福，後來皇帝發現了田螺女有絕色之美，便硬搶她去做妃子，於是夫妻二人經過種種磨難，堅貞的愛情經過了種種考驗，想方設法，戰勝了皇帝的迫害，終於得到團聚。❷

　　這個故事從三世紀到五世紀的魏晉南北朝時期已見端倪。在晉代，陶潛的《搜神後記》卷五裏《白水素女》一則故事，便是這個童話的雛形，主要情節是：〝（謝端）於邑下得一大螺，如三升壺。以為異物，取以歸，貯甕中。畜之十數日。端每早至野還，見其戶中有飯飲湯火，如有人為者。……後以雞鳴出去，平早潛歸，於籬外窺窺其家中，見一少女，從甕中出，至灶下燃火。端便入門，徑至

---

❷　這類故事在我國大量存在。如：鄭振鐸整理《螺殼中之女郎》（載《中國文學研究》下冊）；《田螺精》（見《無錫民間故事集》下冊472-473頁）；《田螺精》（見《常州民間故事集》370-371頁）；《田螺精》（見《武進民間故事》1971台灣商務版）。《田螺姑娘》（見《中國民間文學集成淮安縣資料本》（下）11-12頁）。

甕所視螺……（女）不能得去。答曰：`我天漢中白水素女
也´。"這與現代田螺女故事基本相同。這故事至今流行廣泛，台
灣高山族的《螺螄變人》(見《民間文學》1957年1月號)，以及內蒙古地區的
《張打鵪鶉李釣魚》(見《民間文學》1957年9月號，孫劍冰整理)，都是同一母
題。皇帝娶美女，地主破壞，都是當代附加的情節。這個故事還流
傳到柬埔寨去了，我們在它的《馬糞伕》民間故事裏，發現有《田螺
女故事》情節的影響(見《柬埔寨民間故事》，金滿成，鄭永慧選譯，新文藝出版社，
1957年版，37-42頁)，可見這個母題的童話故事流傳很遠、很廣、很
久，説明中國與柬埔寨自古以來兩國人民之間進行了文化交流。

(附表)

第三種母題：狗耕田故事。故事梗概是這樣：從前有兩兄弟分
家，哥哥分的馬，弟弟分的狗，哥哥又奸又懶，弟弟又老實又勤
勞，哥哥儘管分的馬，由於懶饞，田地還是荒蕪了。結果坐吃山
空，成了窮光蛋；而弟弟分的狗，卻很好，給他耕田，由於人很勤
勞，秋後收了糧食，有吃又有穿。哥哥就把這隻狗借去給自己耕
田，但由於他又奸又刁，狗不給他耕田，他便把狗打死了。弟弟哭
著把狗埋葬了，幾天後，墳上竟長出一棵樹來，弟弟搖樹，"搖錢
樹，聚寶盆，早落黃金晚落銀"，金銀落了一地，而哥哥來搖樹
時，卻搖下一樹毛毛蟲。哥哥又氣極，把樹砍了，弟弟哭著把樹枝
取回家編了個筐，唱道："南來的雁，北來的雁，都來我筐裏下個
蛋"，剛説完，蛋就下滿了，而哥哥來唱時，卻出現一筐鳥糞，哥
哥又氣極了，把筐燒成灰，弟弟又哭著把灰掏出來，撒在他的瓜地
裏，秋後結的南瓜，個個瓜是金瓜子，因而發了財。哥哥又弄點灰

田螺女故事情節變化表

第一種：古代的故事情節 （約傳於晉代，三至四世紀之間）	第二種：現代的故事情節 （約傳於1930年左右）	第三種：當代的故事情節 （約傳於1960年左右）
①謝端少喪父母，獨自耕田。	①一個青年農夫，獨自生活。	①兄弟倆給地主幫工，哥哥被折磨死了，爹媽俱亡，從此弟弟獨自幫工。
②	②	②地主釣了一條大鯉魚煮吃了，將頭尾給這長工吃。鯉魚托夢，她本是龍王女，用麵做好身子，復活，感他救命之恩。
③得一大螺，放入甕內。	③	③這長工被趕出地主門，一天拾到一隻大螺，就是他救過的龍女，把它放入水缸內。
④謝端每早至野，還，見其室內有飯飲湯火。	④一連數天，見有人給自己弄好飯菜，打好洗澡水。	④收工回家，見桌上有肉、魚、大米飯。
⑤鄰人告訴他，他屋內已有媳婦，不要懷疑是鄰居給他做飯。	⑤農夫和他友人感到奇怪。	⑤這長工獨自很奇怪。
⑥假出酒歸，於籬外偷窺。看見一田螺姑娘。	⑥農夫的朋友來偷看著了，這才發現有一田螺。	⑥在門後偷看，發現田螺。
⑦請她留下，終不肯，風雨中潝然而去。	⑦強留她，把飯放入她口中，又收起她的螺殼，使她變不回去。	⑦拉住她的手向她求愛，她為了報恩，歡歡喜喜做他妻子，並變了一座比地主還闊氣的房子。
⑧	⑧一年，生了一個孩子。	⑧第二年生了胖娃娃。
⑨	⑨兒子長大，拾到一個螺殼，並用釘子敲著唱，"丁丁丁，媽媽田螺精。……"	⑨地主見長工比自己還闊氣，老婆是美女，心生嫉妒，來捉他，欲置他於死地，企圖霸占螺女。
⑩	⑩媽媽聽到這歌聲，又來見到了螺殼，遂又鑽進了螺殼中。	⑩螺女早有準備，叫全家大小一齊到對門山坡躲避。
⑪	⑪	⑪四門大開，燈也點得更亮，螺女也躲進了山坡頂，地主帶著兵卒衝進屋子。
⑫	⑫	⑫螺女取出"萬變寶"搖了三下，房子轟然而倒，地主們全被壓死。
第一種情節見晉·陶潛《搜神後記》卷五。	第二種情節見1930年，廣益書局出版《民間故事》95頁。	第三種情節見布依族民間故事《螺絲姑娘》（布依族河搜集整理），載貴州人民出版社，1960年《民間故事集》（96-101頁）。

去埋瓜了，種出的瓜，一打開盡是毒蛇，把哥哥這個壞蛋咬死了。

　　這也是我國一個十分著名的民間童話故事。它幾乎在全國各地都有流傳，說法大同小異。例如浙江的《狗耕田》，最後筐子燒成灰以後，弟弟掏出一顆豆子，吃了放出香屁，結果給皇帝熏香了綢緞，得了獎賞，而哥哥吃後卻放出臭屁，熏臭了皇帝的綢緞，結果挨了官家的木板，屁股都打腫了。流傳越廣，變異性越大。

　　第四種母題：棗核娃故事。 故事梗概是這樣：有兩口子成天盼望生個小孩，妻子有次說：〝哪怕有棗核那麼大個孩子也好啊！〞過了不久，果然生了個小孩像棗核那麼大，於是兩口子給他起名叫〝棗核〞。棗核人雖小，卻敢於向腐敗的官吏挑戰，給窮人打抱不平。有年天旱，農民未收莊稼，衙門逼租未得，竟將農民群眾的牛、驢都牽走了，棗核娃就自告奮勇去搶回這批牛和驢。結果他去了，由於身體小，便躲在驢子耳朵裏，人不知鬼不覺，把牛驢在夜裏都喚回來了。縣官抓住棗核娃法辦，他便乘機跳上桌，抓著縣官的鬍子打鞦韆。縣官叫衙役快打他，棗核未打到，卻打光了縣官的下牙，棗核娃取得了全勝。

　　董均倫、江源在山東昌邑縣搜集到這故事，收入1957年出的《找姑鳥》集子中。後來在《民間文學》1965年第1期，又見到山東嶗山上臧村搜集來的〝棗核娃〞故事，竟說棗核鑽進縣官肚中去打鞦韆，結果縣官求饒了。如果這個故事情節是個古老的傳聞的話，那麼顯然是《西遊記》中孫猴子鑽進鐵扇公主肚子去豎蜻蜓打鞦韆情節的雛形，這個故事給《西遊記》受民間文學影響的研究提供了依據。還應指出，〝棗核娃〞藝術形象的構思，具有國際性。法國民間童

話中的〝豆兒子〞；德國民間童話中的〝拇指粗的故事〞❸；日本
民間童話中的〝一寸法師〞、〝桃太郎〞等等，內中主人翁都和棗
核娃一樣大。藝術形象上的一致性，充分說明這個種類的童話在世
界各國都有著廣泛的影響，因此這個童話母題應引起我們的注意。

　　第五種母題：蛇郎的故事。故事梗概是這樣：有一個老頭子，
生了三個女兒，有天他上山打柴，遇到一條菜瓜蛇要吃他，老頭很
害怕，便許諾蛇郎，把一個女兒嫁給他為妻。回去後便告訴三個女
兒，問誰願為了老父而嫁給蛇為妻，大女兒和二女兒都不肯嫁給蛇
為妻，三女兒心地善良，卻不願爹叫蛇吃掉，而願做蛇的妻子，這
樣，蛇郎便和小女兒結為夫婦。成婚後，兩口子極為恩愛。後來，
小女兒穿著華麗的衣服回家看望父親姊姊，致使兩位姐姐自愧不
如，懊悔早先沒有搶著嫁給蛇郎。這時，大姐便起了壞心，把小妹
猛然推下河去淹死了，她便裝扮做小女兒，回去做了蛇郎的妻子。
她先用花言巧語，消除了蛇郎的懷疑，取得了蛇郎的信任。有天，
大姐正在梳頭，忽見樹上有一小鳥在叫：〝梳我的梳子梳狗頭，照
我的鏡子照狗臉〞，她知道這是小妹的魂變的，便把小鳥捉到打死
了煮來吃。蛇郎吃時肉很鮮美，大姐吃時盡是骨頭，她又知是妹子
作怪，便把餘肉潑掉，次日那地方便長出一棵棗樹，不久棗樹結了
棗，蛇郎吃時盡是好棗，大姐吃時變成狗屎。她又把樹燒成灰，小
女兒便從灰中化為一個金人兒，經過叔婆的幫助，便和蛇郎重見，
蛇郎吃了大姐，而與小女兒和好如初。

---

　　❸　在《格林童話全集》中有兩個故事，1.《大拇指》；2.《大拇指的旅行》，與棗核
　　娃類似。參見中譯本37、45兩個故事，138頁、158頁。人民文學出版社版。

　　這是一個表現愛情堅貞的優秀的中國民間童話。蛇郎故事在我國許多省廣泛流傳著。1934年上海北新書局出版的林蘭編的《漁夫和情人》民間故事集中，就收有這個故事。後來，1954年6月號《説説唱唱》裏也刊載了《蛇郎》的故事。以往，以1960年貴州人民出版社出版的《民間故事集》中苗族的《蛇郎與阿宜》最為生動，情節最為曲折複雜，故事也最為引人入勝。第一，老頭並不是被蛇威脅著要吃他，而是上山砍樹，因為無力而需要人幫助，並且許願誰幫助了他就將兩個女兒許配給他，第一次是個喜鵲來幫忙，結果柴刀捆在尾巴上，尾巴扯斷了也未砍光樹，只好羞愧飛走了；第二次是一個猴子一條蛇來幫忙，結果蛇完成了砍伐的事，於是帶他們回家，大女兒阿仰嫁給了猴子，二女兒阿宜嫁給了蛇，蛇後來變成一個英俊的情郎。老頭與蛇郎的關係始終處於和諧之中。第二，苗族蛇郎故事重點描寫大女兒的醜惡品行，他父親開始發覺她的壞心，首先設防，給她破筐摘黃瓜，摘來摘去摘不滿；其次設圈，在阿仰追來時，叫她在菜園、屋檐頭、伯伯家都找不到妹妹；最後才寫她把妹妹推下河去害死，冒充蛇郎之妻。自始至終揭露著她殺人的罪行。第三，苗族蛇郎故事最後與田螺精故事合璧，妹妹變成一個螺蛳，蛇郎將她從河中摸到，放在缸裏，又變為妹妹，兩人終於團圓。姐姐惡有惡報，在躲雨時被大水沖走餵魚去了。整個蛇郎故事從情節到主題思想完全變了樣，變為一個蛇郎善有善報，阿仰惡有惡報的民間童話，苗族的蛇郎故事顯出了它那特殊的新穎情節。我國應該看重這個母題的研究價值，因為它在別的國家也廣泛傳播著。緬甸的《蛇王子》故事，毫無問題是〝蛇郎〞這一母題的反映，與我國的故事大同小異，不同的是：不是一個老頭帶三個女兒，而是一個寡婦帶三個女兒；而結局的說法有兩個，一是悲劇結束，蛇王子化成蛇遠去了，一是喜劇結束，蛇王子永遠變成人，從老鵰巨鳥處救出小女兒，重新結合（參見《緬甸民間故事》，貌陳昂編著，施咸榮譯，作家出版社，1957年版，121-132頁），這個童話之所以得到人民深深喜愛，不是由於人與異類結婚而獲得幸福的情節之離奇，而在於它的倫理道德的力量，為父親捐軀，為愛情獻身這種崇高精神的可貴。

　　第六種母題：豬哥精故事。故事梗概是這樣：有一位窮苦的老媽媽，有一天到池塘邊去洗蘿蔔，從山上下來一個黑毛的豬哥精，先是向她要蘿蔔吃，最後把她的蘿蔔都吃光了，還貪心不知足，揚言要在晚上去吃她。老媽媽回家後就坐在門前哭起來。這以後，她遇到許多好人，賣針的送她一包針，賣豆的送她一斤綠豆，賣鹽的送她一升鹽，賣栗的送她一包栗子，老媽媽就分別把針、豆、鹽、栗放在門上、院裏、缸內、灶底，豬哥精夜裏來了，一推門，針戮得他爪上滴血；一進院，滿院綠豆使他栽了幾個大跟斗；再去缸邊洗爪子，鹽巴把傷口刺得鑽心痛；再到灶邊去找火點燈，栗子崩出炸瞎了雙眼。就這樣，老媽媽最後帶來幫助她的人殺了豬哥精，給大家分豬肉吃。

　　這個民間童話，在五、六十年以前便廣為流傳在我國了。1930年上海北新書局出版的林蘭編的《菜花郎》民間故事集裏，便收入若水記錄的廣東省潮州地區的《豬哥精故事》，那個記錄本情節更為複雜性，說老媽媽在門口哭時遇到了賣針的、收豬屎的、賣毒蛇的、賣王八的、賣雞蛋的、開井的、糊紙眠床的、賣牛的等八個人，豬哥精自然是吃夠了苦頭，出足了洋相，最後跳到井裏淹死了。這個母題故事在50年後收集來的材料,例如1979年開封師範學院中文系編的《河南民間故事》中的《老大娘和黑毛猩猩》,情節雖有所簡化,但是仍保持了這個母題情節的固定性和生動性。《西遊記》中豬八戒的愚蠢可笑的形象,和這個童話中的豬哥精有共同點,因此它引起人們(特別是孩子們)的興趣乃是理所當然的。另外,如果豬哥精是個幾百年前就已有的古老的童話的話,那麼豬八戒的形象塑造,也無異有著我國民間童話的依據。

第七種母題:羽衣換人故事。湖北神農架有《百羽衣》和《趙侯穿羽衣故事》,它們不涉及神怪,但具有人世之傳奇性。這兩個故事基本故事情節是一樣的:(1)一個青年痴迷地愛著他的妻子,妨礙了勞動;(2)妻子就給他一張畫像,為了減輕對她的思念,要他一邊看畫像一邊勞動;(3)畫像被風吹走,被皇帝拾到;(4)皇帝選擇他的妻子為妃子;(5)妻子進皇宮前叫其夫製作一件百隻鳥毛製成的羽衣;(6)其夫製好百羽衣,到皇宮門口去賣;(7)妻子聽到叫賣叫皇帝去買,皇帝則為了討好美女買了百羽衣而穿在身上;(8)其夫便穿上皇袍,把穿百羽衣的皇帝關在門外。這個故事母題類似一個日本的故事。日本新瀉縣中蒲原郡流傳的《畫卷女郎》,竟與《百羽衣》十分酷似。其情節為:(1)有一個叫權兵衛的人,三、四十歲娶了一個大姐;(2)貪戀老婆,總放下活兒回家;(3)老婆給他一張畫像;(4)畫像被風吹走,落進王府;(5)王爺看中畫上的美人,把大姐搶走;(6)大姐走前交代,叫其夫在年底帶些松枝去王府叫賣;(7)王爺扮賣松枝的人;(8)權兵衛穿上王爺之衣,把王爺關在門外❹。

❹ 見《日本民間故事選》10-12頁,上海文藝出版社,1983年版。

這個故事在我國各民族中均流行。壯族詩人韋其麟利用它寫有長詩《百鳥衣》。苗族的《百鳥羽龍袍》也是此故事的衍化形態❺。在江蘇漢族中也發現與它同樣的故事,《羽毛衣》❻、《穿怪衣裳的人》❼、《百鳥衣》❽。日本也流行這個故事,說明亞洲各族對故事審美愛好的一致性。此故事的流佈,是以西南、中南、華東地區為其保存地。

第八種母題:長鼻地主故事。湖北神農架有《長鼻地主兒子》,其故事情節是:⑴地主兒子黑兒,把煮熟的高粱給長工種;⑵長工播種,只出了一棵苗;⑶長工培育它,竟被老鷹抓走;⑷長工追到岩下,鷹不見了,遇到一個仙人,送他一個寶葫蘆,要啥有啥;⑸黑兒也如法泡製,得到寶葫蘆;⑹黑兒叫仙人搖葫蘆,鼻子長成一丈二。此故事原型來自唐段成式《酉陽雜俎》中的《旁㐌兄弟》故事:

新羅國有第一貴族金哥,其遠祖名旁㐌(音㐌),有弟一人,甚有家財。其兄旁㐌因分居,乞衣食。國人有與其隙地一畝,乃求蠶穀種於弟,弟蒸而與之,㐌不知也。至蠶時,有一蠶生焉,日長寸餘,居旬大如牛,食數樹葉不足。其弟知之,伺間殺其蠶。經日,四方百里內蠶,飛集其家,國人謂之巨蠶,意其蠶之王也,四鄰共繰之,不供。穀唯一莖植焉,其穗長尺餘,旁㐌常守之,忽為鳥所折,銜去,旁㐌逐之。上山五六里,鳥入一石罅,日沒徑黑,旁㐌因止石側。至夜半月明,見群小兒赤衣共戲。一小兒云:〝爾要何

---

❺ 見《愛情傳說故事選》214-200頁,祁連休、黃伯滄編,雲南人民出版社,1981年版。
❻ 見《民間文學作品選》(1)219-220頁,上海文藝出版社,1980版。
❼ 見《中國民間文學集成溧陽縣資料本》,243-244頁。
❽ 見《如東民間故事選》71-74頁,中國民間文藝出版社,1989年版。

物？〞曰：〝要酒。〞小兒露一金錐子擊石，酒及樽悉具。一日：
〝要食。〞又擊之，餅餌羹炙羅於石上。良久，飲食而散，以金錐
插於石罅。旁㐌大喜，取其錐而還，所欲隨擊而辦，因是富侔國
力。常以珠璣贍其弟，弟方始悔其前所欺㖦穀事，仍謂旁㐌試以
㖦、穀欺我，我或如兄得金錐也。旁㐌知其愚，論之不及，乃如其
言。弟㖦之，止得一㖦如常㖦；穀種之，復一莖植焉。將熟，亦為
鳥所銜，其弟大悅，隨之入山，至鳥入處，遇群鬼，怒曰：〝是竊
予金錐者。〞乃執之，謂曰：〝爾欲為我築糠三版乎？欲爾鼻長一
丈乎？其弟請築糠三版。三日饑困，不成，求哀於鬼，乃拔其鼻，
鼻如象而歸，國人怪而聚觀之，慚恚而卒。其後子孫戲擊錐求狼
糞，因雷震，錐失所在❾。〞

　　可見這個新羅的故事已經流傳千年以上了。《酉陽雜俎》中長鼻
故事在日本也有類似的長鼻故事，它流傳於日本岩豐縣上閉伊郡的
《摘瘤子老頭》，已經有新的創造。故事說從前有兩個臉上都長著拳
頭大小的肉瘤的老頭子，夜裏遇到高鼻狗仙，狗仙叫他倆跳舞，一
個老頭跳得好，狗仙將他額上的肉瘤拔掉了，另一個老頭跳得不
好，狗仙便將肉瘤按在他鼻尖的肉瘤上，從此變成一個長鼻子老頭
❿。看來長鼻子故事現在也是以華中神農架為記憶保存地區的。

　　第九種母題：葫蘆妖魔故事。在神農架發現了一個《漁夫與葫
蘆妖》的故事。故事說神農架有個漁夫，有天打魚撒網，竟網上來
一個葫蘆。葫蘆裏生出一個娃娃，不久這娃娃就長成一個妖魔，執

❾　見《酉陽雜俎》續集〝支諾皋〞上，第199頁，中華書局，1981年版。
❿　見《日本民間故事選》上海文藝版97-99頁。

意要吃這個漁夫。漁夫求救於人，先求一老人，老人無辦法。再求一中年人，那人也無辦法。最後求到一個小孩，小孩說有法能治服妖魔，就來到漁夫家。小孩對妖魔說，你這麼大的身體，怎麼從裏面出來的？我不相信。妖魔為了要說服小孩，就變小鑽進了葫蘆，小孩就封好口，永遠不准妖魔出來了。這篇故事的思想與藝術的高度價值無容置疑，也不必多說，其故事情節與《一千零一夜》中的阿拉伯故事竟基本一樣。《一千零一夜》裏有一篇《漁翁的故事》，說漁翁從海裏網上來一個黃銅瓶，他打開瓶口，竟跑出一個魔鬼，要把漁翁殺死。漁翁想，我是堂堂的人類，非用計謀治這妖魔不可，便說：我沒有親眼看見，絕對不相信你當初是住在這個瓶裏的。魔鬼為了說服他，便化作一股青煙縮進瓶裏，漁翁便把他又禁錮在瓶中⓫。神農架葫蘆妖故事短小精悍，與之不同處是以小孩戰勝魔妖，結構波曲更大。阿拉伯《漁翁故事》則在漁翁又放了妖魔後，它報恩，又衍化出另一個漁翁與皇宮的故事。神農架是否還有連環的故事，尚待發掘，不管怎麼說神農架與阿拉伯故事是有關連的。

　　葫蘆妖魔故事，從前在日本和德國都十分流行。先來說日本，有一篇優秀的童話《魔壺》。故事說日本中部山區有位老人，有天發現屋裏不知從哪裏滾來了一只鏽跡斑斑的鐵壺。後來壺裏居然變出一隻四條腿的貉。老人有些害怕，便把壺賣給一個商人吉木，吉木發現這件魔壺的怪事後，和鄰居商量，就用這魔壺中的貉來開展覽會，觀眾很多，棚子裏擠得水泄不通，吉木因此而發了大財，便又將魔壺交給老人，老人也發了大財。日本《魔壺》顯係葫蘆妖魔故事

⓫　見《一千零一夜》（一）21-29頁，納訓譯，人民文學出版社，1978年版。

之衍化形態⑫。德國古時流傳的這個類型之故事見《格林童話全集》第99個故事《玻璃瓶裏的妖精》⑬，它的結構與構思，類似於阿拉伯的《漁翁的故事》，故事說玻璃瓶裏的妖魔出來後，又被一個學生騙進了瓶子，後來妖精答應報恩，給他提供好處，學生才放它出來，結果它出來後果然給學生許多好處，他用妖精給他的那塊橡皮膏似的布，治好一切傷口，他成了全世界最有名的醫生，這與阿拉伯漁翁所得好結局是相同的。

在我國，葫蘆妖來自《混元盒》的故事，南京圖書館藏有一本〝明末清初刊本〞無名氏之民間小說《混元盒五毒全傳》二十回，此書開端有〝出在大明永樂年間〞等語，永樂間相當於1403年至1424年，似為此時之故事，第三回〝海灘邊遇怪物偕花燭〞所述就是這一故事，公子謝白春偶至海邊戲游，值海潮上漲，得一葫蘆，將其塞拔去，一巨怪頓出，要吃白春，白春驚奔，幸遇金奶奶前來，與怪物道：我不信這怪物身軀甚大，這葫蘆甚小，如何藏得下！我叫相公與你吃了，你要鑽進葫蘆我看看，結果乃將怪物騙入葫蘆。關於這篇故事有兩點似可肯定：⑴明代流行。戴不凡《小說見聞錄》曾有所述，趙景深教授有個按語，說這類故事在明代搬演的昆劇、鼓詞、皮黃中均有流傳，說明十五世紀前已有流傳⑭。⑵流行於蘇北淮鹽地區。因這本民間故事小說，為淮鹽人所作，書中多該地方言。

這類型故事我國苗族中亦有流傳，情節更為複雜些。故事說有

---

⑫ 見《世界優秀童話選》，〔美〕《讀者文摘》編，宋久譯，新華出版社，1987年版。
⑬ 見《格林童話全集》350-353頁，魏以新譯，人民文學出版社，1988年版。
⑭ 見戴不凡《小說見聞錄》〝混元盒〞，271-273頁，浙江人民出版社，1980年版。

個獵人叫老當,聽説山裏出了一個神通廣大的老虎精,便下決心要
消滅這個老虎精,為人民除害。他進入深山中的老虎穴窠中,便要
打死老虎,這老虎見老當厲害心中膽寒,便變成一隻蒼蠅,鑽進了
葫蘆裏去,獵人就取下了葫蘆,將它扔進河中。誰知道這葫蘆竟被
人撈起,拔開蓋子便又跳出三隻老虎精要吃人,知道這事後,老當
又趕了來,對三隻老虎精説,不相信他們是從葫蘆裏出來的,〝你
們再鑽進去我看看〞,於是老虎又化為蒼蠅鑽進了葫蘆,老當這次
把蓋子蓋緊,用石頭繫上沉入河中,妖魔永出不來了⑮。這個故事
漢苗兩族有所交流,湖北、四川都有發現,它最早流行於明代的蘇
北地區,然後衍化為各種大同小異的故事。

　　第十種母題:受害遇仙故事。我在神農架采風聽到當地受害遇
仙故事比較普遍,讀到《秦長秦短》、《李張遇仙記》、《王善人的奇
遇》、《兄弟倆打賭》四個故事。基本故事梗概是:(1)甲與乙同行;
(2)甲謀害乙,推乙入井(或推下懸岩、挖出眼珠等);(3)乙未死掉,聽到
仙人或精怪致富秘;(4)乙被救起(或脫險)而致富;(5)甲知道後也
入井(或到岩下),結果被仙人懲罰而喪命。

　　這個類型故事在我國流行十分廣泛。在神農架毗鄰地區宜昌也
有發現,如《兩伙計》⑯;在其他省,也有衍化為媳婦被害遇仙的
⑰;白族《兩老友》也是受害者聽到仙獸(老虎、豹子、豺狼)傳秘方致富
⑱;普米族《本分人和狡猾人》也是聽到仙獸之秘密致富⑲;此

⑮　見《苗族民間故事選》〝獵人老當〞,上海文藝出版社,1980年版。
⑯　見《湖北民間故事傳説集》(宜昌地區專集)。
⑰　見《豐潤民間故事選》〝善有善報〞,208-210頁,1986年版。
⑱　見《雲南民族民間故事選》,151-157頁,雲南人民出版社,1981年版。
⑲　見《雲南民族民間故事》,525-529頁。

外，還有藏族的《克斯甲和勞壞》⑳；苗族的《善報與惡報》㉑；烏孜別克族的《野獸的秘密》㉒；壯族的《張三和李四》㉓；以上我國受害遇仙故事主要特徵是惡有惡報，仙者必欲置壞人於死地為止，反映了中國民間嫉惡如仇的風格。

但阿拉伯故事卻不同。《一千零一夜》中《嫉妒者和被嫉妒者的故事》也是受害遇仙故事。它的故事情節是：(1)甲推乙下一口枯井；(2)乙在枯井下遇到仙人；(3)仙人傳秘方給乙；(4)乙當上了駙馬和宰相；(5)乙又遇見甲，賞他金幣，不懲罰甲，饒恕他㉔。中國這類故事受有佛教〝善惡相報〞觀念之影響，但是阿拉伯故事卻並非如此。伊斯蘭教也主張感恩圖報，如馬沙亦黑翻譯的《天文經序》云：〝天理無象，其生人也恩厚無窮，人之感恩而報主也。〞但對惡者卻主張，〝周急解厄〞，促使其〝悔過自新〞，故泉州《重修清淨寺碑記》云：〝祝聖化民，周急解厄為多，慮悔過自新，持己接人，內外慎敕，不容毫末悖理。〞即使爭執起來，也不主張〝毆擊〞，唐杜佑《通典》記阿拉伯伊斯蘭教就有〝人相爭者，不致毆擊〞之話。所以這種精神也就融入了受害遇仙故事，改變了東方故事結尾，成為感惡相報，促使悔過了。由此可見，這個故事最初似不可能源於印度之佛教，它不是源於阿拉伯伊斯蘭教，就是源於我國本土原始宗教〝感恩圖報〞之觀念。

中阿兩國故事相同點卻在於兩者故事的重點都在被害者奇異的遭遇上，而將害人者最後的惡報（或感惡），放在極次要位置，只是

⑳　見《奴隸與龍女》，中國少兒出版社，1979年版。
㉑　見《湘西苗族調查報告》，商務印書館，1947年版。
㉒　見《烏茲別克寓言故事集》，甘肅人民出版社，1979年版。
㉓　見《廣西民間文學資料》㈠，1980年鉛印本。
㉔　見《一千零一夜》㈠中譯本，75-82頁。

一筆帶過而已。如《龍井的傳說》中害人的湯財最後下井撈財，描寫不足百字，最後害人者淹死了㉕。

第三節　民間童話的藝術特點

上述十種童話母題，都是我國著名的也是優秀的民間童話典型，可以從中概括出幾個藝術特點：

第一，幻想性上。民間童話中所具有的幻想性特點，有些從頭到尾都是，例如狗耕田，死後變為搖錢樹，樹斷了，又變為生蛋籃，籃成灰，又變成大金瓜。從這些貫穿始終的幻想性裏，人民用它來表現自己對戰勝邪惡所具有的信心、對生活具有的勇氣、對生命意義的理解，這種幻想具有全面性。有些則是只有局部性的幻想，例如豬哥精故事，基本內容是現實主義的，而後來豬哥精投入陷阱則是巧合幻想的，人民同樣用它來表達信心、勇氣和力量。

第二，藝術結構上。民間童話中經常見到的主要有這樣五種情節的模式：(1)主要依靠自己的機智和團結一致的力量化險為夷，取得勝利。像狼外婆故事，三個小朋友之所以逃出魔手，懲辦了妖怪，正由於他們的智慧和團結。民間童話中牢固的樹立著人能戰勝妖魔鬼怪、人定勝天的唯物主義思想。(2)主要依靠和異類結婚，而得到了終生的幸福，如田螺女中和田螺婚配，蛇郎故事中則是與蛇匹配，還有魚仙、龍王太子、畫中人、樹仙等等，許多大自然中可親可愛的動、植物形象，總是和善良的人們結合，表現了勞動人民對世界萬物對生活的熱愛。(3)主要依靠奇怪的動物得到幸福和成

㉕ 見《龍井的傳說》，載《中國文學集成淮安縣資料本》（下），17-19頁，1987年刊行。

功。例如狗耕田，或牛馬助人等等，在民間童話中，這類神奇的動物，總是具有超於常人的能力，馬能飛上天空，龜能載人渡海，牠們為善良的主人竭盡全力，效忠到底，人們用這種童話表達動物是人類不可缺少的伙伴的思想。⑷主要依靠奇怪的孩子來做大事並得到成功。各地都有這樣情節的童話，西藏有《青蛙騎手》，山東有《棗核娃》，甘肅有《蛤蟆姑娘》等等，人們用這種童話表達小人物一樣能幹大事戰勝困難和災難的思想。⑸主要依靠運用手中的法寶來戰勝妖魔，取得幸福的結局。例如《鯉魚姑娘》中是運用〝鯉魚跳龍門圖〞發起洪水淹死了財主（見江西民間故事集《玉蓉花》，江西人民出版社，1980年版，12-16頁），《寶珠》中的青年就是用蛤蟆神給他的寶珠，懲治了壞蛋，得到了幸福（見《甘肅民間故事選》，甘肅人民出版社，1962年版，114-118頁）。人們用這種童話表達人民一旦掌握了神奇的工具和器物，便具有無以倫比的力量，從而也表達了人民對先進工具或器物擁有的幻想和追求。以上五種情節便是我們在民間童話中經常見到的。

　　第三，藝術表現上。民間童話的藝術表現有它的特點，也就是說有它穩定的模式，我們如果不了解這些特點，在整理新搜集來的童話時，作隨心所欲的〝加工〞，那整理出的文字便會失真，便不像民間童話而像小說。

　　民間童話往往是傳記式或家史式的，它容納著較長的時間範圍，因此不應當把它整理成生活的片斷和插曲。它既然內容上是傳記式和家史式的，但又不能作為傳記和家史來寫，這樣：

　　1.它的藝術表現就要求精煉性，它的開頭便要求開門見山，簡明扼要。通常是一種抓特徵壓縮性的寫法，幾句話把家史傳記勾勒完，馬上導入主題。

《狗耕田》的開頭：

從前，弟兄三人分家！大哥分的騾子、馬，二哥分毛驢、小牛，剩下傻三沒分的，最後分了一隻狗。傻三套上狗去耕田，……。（顧昌燧記）

《十兄弟》的開頭：

有一個婆姨，養的十個兒：大的順風耳、二的千里眼、三的有氣力、四的鋼腦袋、五的鐵骨尸、六的長腿、七的大腦袋、八的大腳、九的大嘴、十的大眼。（束為記）

《老大娘和黑毛猩猩》的開頭：

也不知道是什麼時候，有一個勤勞、窮苦的老大娘，獨個兒住在山腳下。有一天，太陽剛露頭，老大娘到池塘邊去洗蘿蔔。

（木可搜集，王靜玲整理）

開頭總是這樣，用幾句話便把過去或現在的情況交待清楚。

2.導入主題以後，它的藝術結構就要求固定化。通常有幾種方式：(1)重複式。如《狼外婆》中三個小姑娘溜下床和狼外婆的對話，就重複了三次；再如《豬哥精》中老媽媽遇到八個人便重複了八次同樣的答話。在重複中將整個童話內容連綴起來。(2)對照式。如《狗耕田》中哥哥與弟弟的懶惰與勤勞，誠實與虛偽，醜與美相對照；《蛇郎》中的姐妹也是好壞相對照。從對立的兩方描述中，愛憎分明的體現主題思想。(3)歌謠連綴，也稱韻語式。就是在內容情節的遞進中，每一情節的轉換便用一首與故事有聯繫的歌謠來連綴。如《狗耕田》三次情節轉換使用了三首歌謠，第一次耕田用：〝打一鞭，走三千，扶扶犁，走四十〞；第二次編筐用：〝南來的雁，北來的雁，都來我筐裏下蛋〞；第三次吃料豆用：〝香香屁，屁屁香，我給官家熏衣裳〞。在《蛇郎》、《漁童》等故事中，也有這種韻語式的結構。這種韻語增加了故事的趣味性，集中描寫了人物的性格和心理，既使形象栩栩如生，又使思想性突出。

3.它的藝術描寫則盡量要求運用縮寫法。如《尋太陽》裏描寫這個孩子的成長：〝這孩子見風就長，一陣風吹來，孩子會說話啦；二陣風吹來，孩子會跑路啦；三陣風吹來，孩子一下就長成為一丈八尺高的大漢子啦。〞（柳浪整理）這種縮寫法避免了過多不必要的繁瑣描寫。有時這種縮寫法則運用一首歌謠來作概括，如瑤族《射月亮》中那白鬍子老子在啟示尼娥和雅拉如何完成射月亮這件事，便用了一首歌謠：〝南山有大虎，北山有高鹿，若要膀力強，吃完虎鹿肉。虎尾弓，虎筋弦，鹿角箭，射得月亮團團轉〞，（蕭甘牛整理）插進這段韻語作壓縮性的敍述，既反映了瑤族生活中吃虎鹿肉的現實，又增加了藝術性。由此可見，民間童話藝術表達方式有它自己的特點，我們不應該用寫小說、寫散文的方法去整理民間童話，而要力求去找出該童話本身固有的藝術結構，才能整理成功。

高爾基曾經針對民間童話故事說過：〝故事在我面前展開了對另一種生活的希望之光，在那種生活裏，有一種自由的、無畏的力量在活動著，幻想著更美好的生活。〞（《談故事》，《民間文學》1956年5月號，第62頁）民間童話對於人民有積極的思想意義，特別對於少年兒童，有良好的教育作用，由於它符合孩子們的心理，就有著極大的藝術感染力，使他們心靈能健康發展，因此我們應當重視民間童話的搜集工作。

另外，民間童話往往成為各個國家民間故事系統聯繫性的重要標誌，各個國家的民間童話有時是相通的，特別是自古以來和中國有聯繫的國家，民間童話交流情況是十分繁複的，這樣民間童話便具有一種國際性，因此，重視發掘我國優秀的民間童話，把它列為重點搜集對象之一，對於我們了解我國民間童話的全貌，對於我們與別國民間童話的比較研究，進行國際學術交流，都是有實際意義的。

並且，在民間故事中，民間童話尤其受到作家們的廣泛注意，因為民間童話中的有趣的幻想，是人們最喜歡欣賞的藝術，人們從中也能受到深刻的教育。德國的格林童話、丹麥的安徒生童話、法國的王爾德童話、俄國的阿·托爾斯泰的童話，都是進入了世界名著之林的著作，他們都是在原有民間童話的基礎上寫成的。因此，搜集整理和研究民間童話對於繁榮兒童文學創作，也是具有實際意義的事情，我們不應當忽視。

第四節　我國民間童話與寓言的關係

高爾基曾經評論到中國的民間童話，他在《〈一千零一夜〉序言》中指出：〝據學者專家們判明，中國人的童話故事，遠在我們的紀元之前，便已經搜集並印成書。〞總的說來，他認為中國的〝文化史家，還有藝術史家們，對於童話故事的文化影響的力量與廣泛，都講得很少，並且不清楚。〞這說明中國民間童話發源古老，在公元前已經產生，世界著名，而我們尚未很好的來研究它，也是顯而易見的。

就中國民間童話來說，它產生在我國古代寓言中。童話和寓言的關係非常密切，往往在童話和寓言中有統一性，也就是說，在同一個故事中，它既能被稱為童話，也能被稱為寓言。在我國古代寓言中，有下述幾類是與童話有統一性的，我們可以把它們並列稱為童話寓言。

　　1.**動物童話寓言**。《莊子·逍遙遊》中的〝雀笑鵬〞就是一個很著名的童話寓言，其特點是以動物為故事主人翁：

　　北方不生草木的原野以北，有個冥海，是自然形成的〝天池〞。其中有一種魚，它身子寬度有幾千里，身長有多少，從來沒有人知道。它的名字叫鯤。有一種鳥，名字叫鵬，它的背部，像泰山那樣的大，兩隻翅膀伸展開來，像雲一般的遮沒了天的一面。它拍著翅膀起飛，搧起陣陣狂風，隨風直上，飛到九萬里的高度，下臨雲氣，上負青天，然後展翅南飛，往南方的大海而去。

　　澤旁的小雀嘲笑它說：〝它要到哪裏去呢？我縱跳飛騰，不過幾丈之高，接著就在蓬蒿之間優游自在地飛來飛去，這也就盡了飛的能事了。它飛得那麼高，那麼遠，要到哪裏去呢？（《莊子·逍遙遊》譯文）

　　這則童話寓言借雀笑鵬，嘲笑了那些目光短淺，只滿足於口腹小利之一類人。動物童話寓言又稱〝動物寓言〞，與《莊子·秋水》〝埳井之蛙〞同類，參見第七章第三節。

　　2.**精靈童話寓言**。動物成了精，談起人話來，具備了民間童話特徵，可是它又是寓言，例如《莊子》裏的《乾車溝裏的鯽魚》，故事是：有天莊子在路上走，看見一條鯽魚，躺在路上的乾車溝裏，鯽魚看見他便叫起來：〝老公公，我本從東海來，不幸落在這乾車溝裏,快乾死了,請給我一桶水,救救我吧!〞莊子説:〞好,我正要到南方去看幾位國王,那裏是水鄉,我一定放西江的水來救你。〞鯽魚氣忿地説:〞這怎麼行呢?現在只要給我一桶水就能活命,如等你放西江水來,我早變成鹹魚了。〞

像《中山狼》、《葉公好龍》都是屬於這一類童話寓言。

3.魔法童話寓言。童話特徵表現在手上有法寶、點石成金等等。例如有這樣一個故事:有人在路上遇到一個神仙,這神仙原來是他的老朋友。一看他生活困難,便把路邊的一塊磚頭一指,變成了金磚,送給他。他還不滿意,神仙又把手一指,叫一尊大石獅變成金獅,一併送給他,可是他還嫌太少。神仙問他:〞怎樣你才滿意呢?〞這人支吾了一陣説:〞我想要你這個手指〞,這是馮夢龍《笑府》上的故事,魔法結構使它具有民間童話特徵,可是它又喻意人心不足,具有寓言本色。另外,又有笑話意味,説明它有三種特徵。

從以上三個方面,表現了我國古代寓言裏就孕育著民間童話的胞胎。直到今天,民間童話裏仍有著寓言的特色,優秀的童話往往也是好的寓言,意味著深刻的含義,像俄羅斯《漁夫與金魚的故事》便是這樣,也和上面〞人與神仙〞的童話寓言差不多,諷刺了人心不足的貪婪的人。

第五章　民間笑話

第一節　什麼是民間笑話？

　　民間笑話是民間口頭簡短的諷刺幽默、引人發笑的趣事或滑稽故事。如清代石天基《笑得好》書中有則笑話："有人問乞丐曰：`狗子為何看見你們就要咬呢？´乞丐説：`我若有了好衣服穿戴，這業障也敬重我了。"短短三十八個字，便勾畫出那些以衣帽取人，巴結富人的人之特徵，顯得妙不可言，趣味無比。很顯然，引人發笑只是民間笑話要達到教育人和勸誡人的一種手段，正如上面這個笑話的搜集者石天基説的，"笑話醒人"，好像一劑"猛藥"能治"沉疴痼疾"。《文心雕龍·諧隱篇》揭示過笑話的本質，他認為笑話的本質包括下面兩個方面，一方面是："辭淺會俗，皆悦笑也。"這是説笑話必須通俗易懂，引人悦笑。另方面是："會義適時，頗益諷誡。"這是説笑話又必須具有嚴肅的意義，及時的對人們進行諷刺和勸誡，具有實際的社會效果。這是一點也不錯的。由此可見，民間笑話的思想內容和它的社會效果具有反向性，它的思想內容使人輕鬆發笑，而它的社會效果卻完全相反，使人嚴肅沉思。

　　民間笑話裏諷刺了多種多樣的性格。例如懶惰、吹牛、拍馬、愛面子、書呆子等等；也諷刺了生活中腐敗的現象，例如貪污腐化、敲詐勒索、庸醫殺人等等。它既諷刺人民身上的缺點，也諷刺

上層社會許多反面人物的罪惡，就民間笑話總的內容來看，它抨擊
剝削者和壓迫者的笑話，其思想性和藝術性最高。

　　民間笑話的戰鬥性在於通過一個具體事實剝示那些諷刺對
象——剝削者和損害人民利益的人不可告人的意識，對醜惡的事物
本質作無情的揭露。例如有這樣一則《再出恭》笑話：

　　村莊農人，不知禮，來至儒學殿前撒糞一堆，學師聞之，怒送
　　縣究。縣官審問：〝因何穢觸聖人？〞村農曰：〝小人上城，
　　每日皆從學前走，一時恭急，隨便解手，非敢褻瀆聖人。〞官
　　曰：〝你願打願罰。〞村農畏打，曰：〝小人願罰。〞官曰：
　　〝該問不應，納銀一兩五錢，當堂秤下，不須庫吏收納。〞村
　　農取出銀一錠，約有三兩，稟官曰：〝待小人去剪一半來交
　　納。〞官曰：〝取來我看。〞見是紋銀一錠，就和顏悅色先將
　　銀子慌忙納入袖中，對村農曰：〝這錠銀子，不須剪開，當我
　　老爺說過，准你明日再到學殿前出一次大恭罷。〞（《笑得好初
　　集》）

　　這則笑話諷刺了貪贓枉法的縣太爺，百十百樣敲詐勒索，已經
到了不擇手段的地步。笑話就是這樣，通過揭露引起了人們的笑
聲，從笑聲中，進一步使聽笑話的人增強對是非曲直的識別能力，
用笑話這把解剖刀，畫出醜惡的靈魂，揭出無恥的勾當，所以，民
間笑話決不是低級無聊的笑料，它是匕首和投槍。

　　民間笑話對人民內部缺點錯誤的諷刺，主要是著眼於揭露某些
人的言行損害了人民的利益，由於不負責任，招至人民的厭惡和抨
擊。例如《死錯了人》，諷刺一個死讀書的教條主義的文人，別人老
丈母死了，請他寫祭文，他從古書上抄來一段老丈人的祭文交給別

人，鬧了一個張冠李戴的笑話，而他還振振有詞的説：〝我照古書抄的還能錯嗎？大概是他家死錯人了。〞人們對這種做學問、幹工作死板硬套行為的抨擊，是以笑話的形式，用一種幽默和嘲弄的語調。可見，民間笑話在諷刺人民缺點時是與諷刺剝削者和壓迫者的罪惡時，在態度上是有區別的。對人民缺點是用幽默、詼諧的諷刺；對壓迫者剝削者是用尖鋭、無情的諷刺。民間笑話是有分寸的。

我國民間笑話有漫長的歷史，在先秦諸子散文中，他們在宣傳自己的學説、思想，在反駁別人的理論時，常採用民間笑話作例。那些寓意深刻的富於哲理性的古代笑話，最終轉變成了寓言。例如《韓非子·五蠹篇》中的〝守株待兔〞，《呂氏春秋·察今篇》中的〝刻舟求劍〞，《孟子·公孫丑上》的〝揠（yà，亞）苗助長〞等等就是這樣，因此可以説，民間笑話和寓言是一起產生的，優秀的笑話就是寓言，寓言中也富有笑話的特徵。

對民間笑話中的消極成分，應當作具體分析，不應當像清代吳趼（jiǎn，檢）人那樣採取全部否定的態度，例如他對於《笑林廣記》的評價便是這樣：〝《笑林廣記》為婦孺皆知之本，惜其內容鄙俚不文，皆下流社會之惡謔，非獨無益於閱者，且適足為導淫之漸。〞（見《新笑林廣記·自序》）他認為笑話由於產生於民間，便認為〝皆下流社會之惡謔〞，作為評判笑話內容的標準，顯然是輕視勞動民眾及其民間文學的表現。我們認為民間笑話的消極成分，是其內容的次要部分，像拿人民生理缺陷或人的殘廢作調笑的對象，這是不健康的，這種民間笑話是不應當提倡的，但它們內容的大部分還是應當肯定的，《笑林廣記》同樣如此，不應當認為它是〝導淫〞的。

　　總之，民間笑話的概念，一般來說它包括兩個方面的意思。一方面，諷刺、幽默、滑稽是指它具有的喜劇性質，也就是說它諷刺的是喜劇式的反面人物。亞里斯多德在《詩學》中說：〝喜劇總是模仿比我們今天壞的人，悲劇總是模仿比我們今天好的人。〞亞里斯多德認為悲劇和喜劇是互相對立的兩個範疇，喜劇人物總是渺小的，悲劇人物總是高尚的，所以，喜劇是〝醜的一種形式〞，喜劇人物都是作品中的反面人物。他的悲喜劇的概念，已經被看作是美學理論中兩個基本範疇，而具有了普遍的美學意義。總之，喜劇只是對反面人物的模仿，其人物都是被嘲笑的對象，只能是反面人物，也只能是醜和愚蠢的一種表現形式，那麼，民間笑話裏所諷刺的也總是生活中的反面現象、反面人物，也就是不言而喻的了。當然，對勞動民眾中的正面人物，則是有當別論，而是諷刺他們的愚蠢和缺點，這又是民間笑話喜劇性質的特殊處。另一方面，笑話的概念除了具備喜劇性質還需要具有故事性質，也就是說，它們要通過一個具體的事例、典型的情節來諷刺那些反面人物，如像大百科全書給笑話下的定義中，說從歷史來看，古代笑話選擇的是〝具有特性的事件〞，後來又被選擇的是〝短小而滑稽的敘事體裁〞，現代笑話則是指〝帶有俏皮的出人意料的結尾的口頭滑稽故事〞。總之，從古至今的民間笑話中都具備強烈的故事性質，如果笑話中的故事性質不強，或沒有這種性質，它便失去了笑話所具有的那種特殊的審美效果。

第二節　民間笑話的思想性

　　民間笑話之所以可笑，就因為它還有嚴肅的一面。由於它產生於貧富懸殊的社會，因此它的內容不得不多方面涉及窮人與富人、百姓與官吏、百姓與宗教信仰等等矛盾與鬥爭。民間笑話對富人、官吏、道士、和尚等的諷刺雖是漫畫式的，但是卻是不留情面的，往往反映了民眾嫉惡如仇的態度。

　　第一，民間笑話把剝削者、壓迫者的〝威嚴〞與〝尊貴〞踩踏在腳下。勞動民眾運用笑話作為武器，揭露貴族剝削者的骯髒靈魂，他們在民眾面前個個都是貪婪可恥的醜類。例如《汗哪裏去了？》，是說一個僕人給財主搧扇子，過了一會，財主涼快了，問道：〝我的汗哪去了？〞僕人說：〝在我身上。〞這則笑話揭露了財主為了自己涼快，竟把僕人累得滿頭大汗，根本不知道別人為他付出的辛勞。人們便把這些剝削者反面的醜態展示在光天化日之下，在笑罵聲中唾棄它。同時，笑話還揭露，有些清朝的貪官在民眾面前，個個都是貪得無厭的壞蛋。例如魯迅在《華蓋集·這個與那個》一文中談過《笑林廣記》中一個〝金老鼠〞的笑話，有個貪官縣令，因他屬鼠，在他過生日時，下屬就送他一個金老鼠做為生日禮物，誰知這個昏官縣令還不知足，又說：〝明年是我內人整壽，她屬牛〞，意思是要下屬再送他一個金牛。正如魯迅諷刺的，如果有屬象的，怕他的姨太太要屬象了。這個笑話很尖銳的揭露了這個縣官的貪得無厭❶。再如馮夢龍《廣笑府》說到一個笑話："新官赴任，問吏胥曰：〝做官事體如何？〞吏曰：〝一年要清，二年半清，三年便混。〞官嘆曰：〝教我如何熬得到第三年！〞請看，這個笑話中揭示的達官顯貴，其貪贓慾望竟到了何等嚴重的程度。笑話往往把這些剝削者壓迫者作為對立面和嘲笑對象，這表明笑話實

---

　　❶　這則笑話也見於石天基《笑得好二集·夫人屬牛》。

質是民間百姓反對壓迫者的一團團怒火，它們要用憤怒的火焰，運用笑的形式，焚毀這一群群貪婪的為官者，它反映了廣大市民群眾和被剝削群眾奮起的意志、鬥爭的心聲。在民間笑話裏，那些道貌岸然、高高在上的大人先生們，都成了民眾腳下的糞土，人民在精神上總是壓倒統治者的。在民間笑話裏，人民的智慧也是壓倒了剝削者壓迫者的智慧，在這些民間笑話中，一切剝削者壓迫者都是既愚蠢又無知的笨蛋，例如明代浮白主人《笑林》中有一則笑話，名叫《拿屁》：〝官坐堂，眾人中撒一屁，官問：`甚麼響？拿過來。'皂稟云：`拿不著的。'官云：`如何作弊？定要拿來。'皂將紙包一屎塊回云：`正犯走了，拿得家屬在此。'〞笑話就是這樣，用一種極度誇張的藝術手法，把這個大官的愚蠢和蠻不講理，形象的刻劃出來。《笑林》中還有則〝借牛〞的笑話：〝有走柬借牛於富翁者，富翁方對客，諱不識字，偽啟緘視之，對曰：`知道了，少停我自來也。'〞人民用笑話來嘲笑這個文盲富翁無知和不懂裝懂的醜態。總之，把諷刺與嘲笑的矛頭對準這些貪官和笨富翁，盡情的抨擊和鞭撻這些社會蟊賊，是我國民間笑話司空見慣的主題。正如恩格斯指出的：〝再沒有更有趣的事情，比起嘲笑自己的敵人和以毒辣的嘲弄對待這些笨頭笨腦的傻瓜。〞（《致愛·伯恩施坦》）可見，笑話決不是只是毫無意義的笑料。

　　第二，民間笑話也表現對宗教迷信的反對傾向。人民通過民間笑話，徹底揭露宗教迷信是騙人的鬼把戲，他們通過對現實生活的概括，從反面說明宗教迷信欺人的本質。例如笑話中有一種反佛的傾向：〝和尚私買鱔食，鱔在熱鍋裏亂跳，乃合掌低聲，向鱔曰：

`阿彌陀佛，耐心，少時紅熟，便不疼了。´″（《笑林》），揭穿了和尚唸經自欺欺人的本質，是通過一件真實生活小事來寫出的，很令人信服。《裁縫》這則笑話，則是揭露官府搞迷信活動騙人的本質，例如：″年旱，太守令法官祈雨，雨不至，太守怒，欲責法官。法官稟云：`小道本事平常，不如某裁縫好。´太守曰：`若何？´答曰：`他要落一尺，就是一尺´″（《笑林》）不僅反官府也反道教的宗教迷信活動，以此來提高人民在生活中的覺悟，破除迷信的觀念。民間笑話還有通過看相先生來反迷信的。例如《相法不準》笑話是：″有人對看相先生說：`為什麼現在你的相法一點不靈呢？´他說道：`照我的經驗，大頭方臉，他的命一定富貴，現在可兩樣了，只有那些尖嘴猴頭，油嘴滑舌，專會鑽營的人，才往往得到富貴，這叫我怎能相得準啊！´″（《笑得好》）這則笑話通過寫看相的迷信騙人的實質，和社會只容納投機鑽營者的對比，揭露了迷信與腐敗社會並存；迷信必須以壓迫者為軸心，並為他們服務，否則什麼迷信也不靈驗。人民也編出笑話來專門對付風水先生的瞎說，例如《風水》：″有酷信風水者，動輒問陰陽家。一日，偶坐牆下，忽牆倒被壓，極呼救命。家人輩曰：`且忍著，待我去問陰陽先生，今日可動得土否？´″（《笑林》）以子之矛，攻子之盾，情節結構極為巧妙，要相信迷信就不要命，要命就不能相信迷信，事物的矛盾就這樣尖銳的提到了人們的面前，明顯的道出了人民對宗教迷信的揶揄、嘲弄和否定。

民間笑話也把道士擺在明顯被批判的地位上，表現了笑話具有強烈的反宗教唯心主義的傾向，這種傾向是通過現實主義和浪漫主義兩種藝術方法的結合體現出來的。⑴用現實主義方法把道士加以揭露的笑話。例如：〝一道士自誇法術高強，撇得好驅蚊符。有人請他畫了一張，拿去貼在室中，晚上蚊蟲更多，前去質問道士。道士說：＇待我去看看。＇道士看了說道：＇難怪，你用符不得法。＇那個人問道：＇應該如何用呢？＇道士說：＇每夜趕好蚊蟲，然後把符貼在帳子裏面。＇這則笑話的現實性就很強，它是通過使人相信的生活中可能產生的事情反映出來，運用的是一種現實主義手法。(2)也有一些笑話是立足於用浪漫主義與現實主義相結合的手法來揭露道士騙人的本質的，例如：〝一道士路過王府舊基，為鬼所迷。幸賴行人救了他，把他扶送回家去。道士說：＇感謝你救了我，無物報答，有避邪符一道，聊以奉送。＇〞（以上兩條笑話均見《笑林廣記》）世上本無鬼，道士遇鬼正由於他信鬼神的原故，是一種虛幻的表現，但是，行人救了他，他用避邪符這騙人的鬼把戲繼續騙人，則是實有其事，這種浪漫手法其基礎仍然是現實主義的。總之，抨擊道士，實質上既反的是道教的迷信，也反的是佛教的迷信。顯然，顧名思義，道士是指奉守道教經典規戒並熟習各種齋醮祭禱儀式的人，以宣傳道教為其職業，正如《宋史·吳元晟傳》說的那種人：〝乃集道人設壇，潔齋三日，百拜祈禱〞，做些迷信把戲。可是，道士有時也指佛教的和尚，例如宗密《盂蘭盆經疏》卷下說：〝佛教初傳此方，呼僧為道士。〞因此民間笑話是既反佛也反道，既反印度傳來的宗教迷信，也反中國本來的宗教迷信。

第三，民間笑話還揭露一切有形而上學觀點的蠢人，表現他們的主觀、片面、矛盾的思想和行為，使人們從笑聲中警惕起來，引以為鑒戒。笑話諷刺了不了解情況瞎指揮的人。例如，有個人拿著長竹竿進城門，橫著豎著都進不去，這時來了一個自命不凡賣弄聰明的人，他為了要顯示自己的精通一切，事事能幹，就給這個蠢人出主意，最好鋸成幾段進去。這則笑話正是諷刺那些〝歪嘴和尚〞❷的人，解決問題不很好調查研究，就來冒充內行，亂出主意瞎指揮，給果把事情弄糟了。笑話也諷刺了那些思想僵化者。例如《六條腿》的笑話，是說有個差人送公文，牽著馬他不騎，卻跟在馬後面追，別人問他為什麼不騎馬反要跟著馬跑？他說：〝騎馬走路四條腿，我跟馬走六條腿，六條腿比四條腿走得快。〞這則笑話便是諷刺那些思想片面僵化的人，自作聰明，結果自己的結論和實際情況不符，做出自討苦吃的蠢事。笑話也諷刺那些可笑蠻幹的人。例如《蒼蠅》，有個人寫字時，幾隻蒼蠅總是停在他的筆管上，他就拔出劍來砍這些蒼蠅，自然砍不到，最後他氣憤得把筆踩碎，還罵道：〝死蒼蠅，我把筆砍了，看你們還能在上面休息嗎？〞這則笑話便是諷刺那些做事情不從實際情況出發，光憑主觀主義辦事的人。俗話有〝殺雞用牛刀〞，笑話便有〝砍蒼蠅用劍〞，結果是雞飛蛋打一場空，既浪費了精力，又損失了物資財富，蠢人做了蠢事。總之，笑話用輕鬆的嘻笑的方式，揭露了某些人思想與言行之間的矛盾，這些蠢人對矛盾總的方面和它們各自的特點不去探索，並不深入到事物裏面去精細研究解決事情的辦法，僅僅粗枝大葉的看一看，或膚皮潦草的想一想，就亂出主意瞎搞，這樣做的結果，總是出亂子，笑話正是具體形象的描繪了這種有形而上學觀點的蠢人做蠢事。〝人不學而強作能事，未有不資人捧腹者。〞（明·陳禹謨《廣滑稽》），這句話是說得一點也不錯的。

---

❷　歪嘴和尚，南京俗話，是對瞎出主意的人的俗稱。此篇笑話最早見於魏邯鄲淳撰《笑林》。

總而言之，民間笑話的思想性是明顯的。正如魯迅在《玩笑只當它玩笑（上）》一文中所指出的：〝用玩笑來應付敵人，自然也是一種好戰法，但觸著之處，須是對手的致命傷，否則，玩笑終不過是一種單單的玩笑而已。〞（《花邊文學》）就民間笑話的總體而言，笑話總是觸著了某些人的痛處的，它往往是人們自己教育自己良好的手段。

第三節　民間笑話的藝術性

民間笑話一向得到人們的喜愛，是因為它具有濃郁的藝術魅力。有時，它能使人笑得噴飯、笑得捧腹、笑得睡倒、笑得喘不過氣來，既振奮了精神，又增進了人們的身心健康，笑話的藝術是一門雅俗共賞的藝術，這一朵鮮花一年四季也開不敗。民間笑話究竟有哪些藝術特徵呢？我認為包括以下幾方面。

第一，形式短小。笑話總是短小的，最短的只有幾句話，幾十個字。例如：〝財主溺水，其子呼人急救。財主於水中搖頭曰：〝是三分銀子便救，若要多，莫來！〞〞（馮夢龍《笑府》）幾句話便展示了這個財主守財奴——錢大如命的個性特徵。再如：〝父子扛酒一罈，路滑打碎。其父大怒。其子伏地大飲，抬頭向父曰：〝難道你還要等菜？〞〞（明陳皐謨《笑倒》）幾句話就把兒子貪酒、父親易怒的性格寫得栩栩如生。民間笑話運用的是一種高度的精煉，高度的壓縮法，真可以說是一粒沙子見世界，一顆水珠見大海，寫得既形象又深刻，諷刺得既令人喜笑其意義又入木三分。由於短小，對笑話往往稱〝則〞不稱〝篇〞❸。

---

❸　見《民間笑話三百則》，上海文藝出版社，1985年版。

　　第二，內容輕鬆。笑話的藝術特徵便是引人發笑，逗人樂，給人一種快慰，一種趣味的刺激，使人在笑聲中得到休息，受到教育，起到一定程度的治病救人，聞者足戒的作用。有的笑話這種逗人笑的特點非常突出，有時能令人捧腹大笑。例如《臭得更狠》便是古人用來諷刺那些專門給富翁剝削者阿諛奉承的人：〝有錢富翁於客座中偶放一屁。適有二客在傍，一客曰：＇屁雖響，不聞有一毫臭氣。＇一客曰：＇不獨不臭，還有一種異樣香味。＇富翁愁眉曰：＇我聞得屁不臭，則五臟內損，死期將近，吾其死乎？＇一客用手空招，用鼻連嗅曰：＇才臭將來了。＇一客以鼻皺起，連連大吸，又以手掩鼻蹙額曰：＇我這裏臭得更狠。＇〞（石天基《笑得好初集》）像這樣的笑話，思想性既強，又有著引人笑的突出特點，尖利地刻畫了客人對富翁那種奴顏卑膝、阿諛奉承的醜態，內容輕鬆得很顯眼。

　　第三，故事性強。每一則民間笑話都要敍述一個故事，故事的特點又是情節簡單，而且是富於概括性的，也揭露事情的本質。例如，《萬字帖》就是寫一個故事：有個不識字的財主，他請了一位先生教他的兒子，那先生寫一畫，便對他兒子說是〝一〞字，寫兩畫，是〝二〞字，寫三畫，是〝三〞字。財主兒子以為字並不難學，便叫父親把先生辭退了。第二天，財主叫兒子寫請帖請姓〝萬〞的財主，兒子高高興興去寫了，寫了半天不見送來，財主便去兒子書房看，兒子生氣說：〝世上這麼多姓，他偏姓萬，我足足寫了半天，才畫了五百畫。〞這則笑話的故事性便是很突出的，充分揭示出財主和他兒子的愚蠢無知，可笑之極，真是有其父必有其子。民間笑話總是這樣，故事性強，能吸引人，有時情節又曲折多變，引人入勝。

　　第四，一針見血。民間笑話總是揭露事情的本質，總是採用〝攻其一點〞的辦法，突出主題，使描寫的意思集中。例如，《借豬》，說的是〝從前有個財主，不識一字，但總要裝著識字有學問的樣子，一次，有人向他借一頭大肥豬，叫家人遞張條子給他，他正和家人閒談，便裝模作樣看了看，家人說：〝門外有車等著′，他對家人說道：〝不用車了，等會我自己去好啦！′〞這則笑話便具有一針見血的特點，點出了財主不懂裝懂的騙人本質。

　　總括起來說，民間笑話的藝術性，便具有形式短小、內容輕鬆、故事性強、一針見血的特徵。

　　民間笑話為了吸引人，它的藝術表現手法是多種多樣的，用藝術表現手法不斷的變化來增強它的藝術魅力，這些手法便像各種各樣的花兒，散發出各種各樣的味道，通常見到的手法有：

　　1.對調。例如《猴子》，縣官去見上司，上司問：〝聽說你們縣產猴子，個兒有多大？〞他說：〝大的有您那麼大！〞上司不悅，縣官馬上改口說：〝小的有我這麼小。〞在藝術表現手法上，縣官和上司的位置這麼一對調，便使笑料充足起來。

　　2.暗示。例如《有〝理〞》，一個貪官審理案子，原告先送他五十兩銀子，被告後送他一百兩銀子，開審那天，貪官便叫差役打原告，原告伸出五個指頭說：〝我是有理的〞，貪官指指被告，伸出十個指頭說：〝他比你更有理。〞這個笑話便是用暗示的藝術表現手法揭露出這個貪官的貪贓枉法的無恥行徑，很是成功。

　　3.雙關。例如《天無日頭》，早年有一個官，夏天要找個避暑的地方，許多人出主意，有的說那個山幽雅，有的說這個寺清涼。一個衙役說：〝細想一下，還不如在這公堂上最蔭涼〞，官問：〝何以見得？〞衙役說：〝這是天無日頭的地方。〞這則笑話便是在最後採用一語雙關的藝術表現手法，尖銳諷刺古代社會官吏統治的暗無天日的生活現狀。

　　4.對比。有些民間笑話，也採用了對比的藝術表現手法，來突出內容的思想意義。例如《人參湯》，說有個富貴公子出門，看見一個窮人倒在路邊不能起來，他問旁邊的人：〝這個人為什麼臥在地上？〞那人說：〝他窮得吃不上飯，餓倒在地上了。〞公子說：〝既然沒吃飯，為什麼不先喝一碗人參湯才出門呢？這樣也可以頂得大半天呀！〞通過窮人和富公子吃人參湯與否的貧富懸殊，尖銳對比，強烈表現出富人對窮人思想感情的隔膜，處於富有階層位置，對窮人的苦難根本不能理會，通過對比，突出了這則笑話的強烈思想意義。

　　5.擬物。笑話有時為了表答某一個意思，便把人與人之間的關係，比擬成動物與動物之間的關係，這樣來生動的表現主題。例如《吃人不吐骨頭》：貓兒眼睛半閉，口中呼呀呼呀的坐著。有二鼠遠遠望見，私謂曰：〝貓子今日改善念經，我們可以出去得了。〞鼠才出洞，貓子趕上，咬住一個，連骨俱吃完。一鼠跑脫向眾曰：〝我只說他閉著眼念經，一定是個良善好心，那知道行出來的事，竟是個吃人不吐骨頭的。〞（《笑得好初集》）這種笑話便是用擬物的藝術表現手法，來寫出統治階層的〝貓唸佛經——假裝聖人〞的騙人本質。魯迅在《准風月談·談蝙蝠》裏也揭示到這一點。

6.含蓄。有些笑話也採用含蓄的藝術表現手法，例如《睜眼瞎》，一個被冤枉的人，被帶到縣官面前受審，縣官説：〝抬起頭來！〞那人説：〝抬起頭來我也看不見你，我瞎了眼了！〞縣官問：〝看你一雙眼好好的，為什麼説瞎了？〞那人説：〝大人看我是好好的，我看大人卻是糊塗的。〞這則笑話的構思便是採用了含蓄的藝術表現手法，特別是最後一句，讀後令人回味無窮。

上述六種藝術表現手法是常見的幾種，自然還有另外一些。民間笑話由於藝術表現手法的多種多樣，便使它更能吸引人，增加了藝術魅力。

民間笑話這一種體裁，與其它民間文學體裁是有區別的，就談區別吧！它還有如下內容上的特徵值得我們注意：

第一，人物的批判性與非一致性。民間笑話中的人物總是用來作批判之用的，所以説它中間的人物形象具有批判性的特徵，它通常批判的是貪官、財主、庸醫、僧道、白痴、書呆子等等這些人。但是這些人卻都不是一個特定和固定的人物，所以説它的人物又是具有非一致性的特徵。民間笑話與各民族機智人物故事最基本的區別，在於民間笑話中並不是肯定人物在裏面出現，而總是否定的被批判的人物在裏面出現，還有另外一點不同，這就是民間笑話裏不可能有一個統一的一致的人物，它並不像各民族機智人物故事那樣，如巴拉根倉、沙格德爾、阿古登巴、聶局桑布、毛拉則丁、反江山、和納加斯爾、阿一旦等等，這些機智人物故事，往往是一個正面的肯定性的人物串連起許多諷刺故事。自然，各種機智人物故事裏，像維吾爾的阿凡提故事、彝族的沙哥克如故事、壯族佬巧故事，具有較明顯的民間笑話的特徵，在形式的短小、內容的輕鬆故事的單純、一針見血等藝術性方面差不多都有一致性，在廣義的分類上，我們可以將它納入民間笑話這一章中來談，但是，嚴格説來，由於它不具備人物的批判性和非一致性這個特點，所以少數民族的機智人物故事，只能算具有民間笑話某些藝術性質的諷刺故事，還不能和民間笑話混為一談。

第二，典型形象的非動物性。民間笑話與民間寓言最基本的區別，在於民間笑話中的典型形象，始終是人，而不是動物、植物，或神怪等等。自然，在古代民間笑話中有純粹是用擬物化手法寫出的完全是動物為主人翁的笑話，這只是個別的極少數的現象，從民間笑話史的全體看，笑話具有很明顯的典型形象的非動物性特徵。寓言則不同，像莊子裏的《井蛙與海鱉》童話寓言，《韓非子·説林上》的《水蛇裝神》童話寓言，《戰國策·燕策二》裏的﹁鷸（yù，ㄩ）蚌相持﹂童話寓言等等，典型形象是動物而不是人，正像我們在本章第一節中就已分析到的那樣，可以這樣説，古代優秀的笑話（包括純粹是動物為主體的笑話）就是寓言，民間笑話起源於古代寓言，但民間笑話大量發展的結果，一旦它具備了典型形象的非動物性特點，它便從古代寓言中分離出來，作為一種專門的民間文學體裁而出現，以至到現在，我們也不能把民間笑話和民間寓言混為一談。另外還有一種情況，民間笑話內容中在人與動物同時出現時，便具有寓言的特色，但它們之間主要區別仍然在於典型形象的非動物性，例如《讓鼠蜂》笑話；﹁鼠與蜂結為兄弟，請一秀才主監。秀才不得已而往，列之第三。人問曰：`公何以屈於鼠輩之下？´秀才答曰：`他兩個，一個會鑽，一個會刺，我只得讓他些罷！´´"（《笑得好初集》）這則笑話一針見血的尖銳諷刺了那些專門會鑽營拍馬和打擊別人抬高自己的人，具有很濃的寓言性，但由於它是以人為主，具有典型形象的非動物性特徵，我們就應仍然稱它為笑話。那些全由動物組成的笑話，只要它該諧滑稽，實際上應歸入具有笑話性的動物故事一類去的。

第三，真人真事型的民間笑話。民間笑話具有反抗剝削者與壓迫者的光榮傳統，很明顯的表現在真人真事型的笑話上，這些真人真事型的笑話歷來為人民群眾所喜聞樂見，因為它揭露與痛斥了古代與現在的社會生活和個人生活裏具有普通性的惡劣傾向和不良現象。明代馮夢龍編纂的《古今譚概》這部三十六卷的笑話集裏，就集中了許多古代真人真事型的民間笑話，例如〝拔劍砍蒼蠅〞的笑話便是出於真人真事型，《王思》篇說：〝魏王思為司農，性急，嘗書，蠅集筆端，驅去復來再三，思自起拔劍逐蠅，不得，取筆擲地踏壞之。〞這則笑話顯然紀錄了王思愚蠢的行為，而為後人笑。《急淚》這篇也是記錄了官場的醜態而為後世笑，〝宋世祖至殷貴妃墓，謂劉德願慎曰：`卿等哭妃若悲，當加厚賞。´劉應聲號慟，涕泗交橫，即拜豫州刺史。帝又令羊志哭，羊亦嗚咽甚哀。他日有問羊者：`卿那得此副急淚？´羊曰：`我爾日自哭亡妾耳。´〞劉德願一聽說〝哭妃若悲，當加厚賞〞時，為了升官發財，他便號啕大哭，哭得震天慟地，涕泗交橫，結果當上了豫州刺史這個大官；羊志也是一樣，為了當大官他也悲哀的嗚咽起來，其實這兩張哭臉都是假惺惺的，姓羊的便是在哭自己的小老婆。真人真事型的笑話對剝削者與壓迫者的揭露具有十分尖銳和十分利害的批判作用，往往使敵人十分害怕。現代民間笑話中有著名地揭露北洋軍閥的《靜等鼓掌》和《每人發一球》都是很犀利的剖析其愚蠢的笑話。當代民間笑話中揭露林彪、江青、四人幫的笑話，更是在人民中不脛而走，不翅而飛。

民間笑話以上的三個特徵，是與別的民間文學體裁相區別而存在的。特別應指出的是，民間笑話的真人真事的特徵，使笑話具有特殊強烈的戰鬥性。在十年浩劫時，在〝四人幫〞橫行時代，民間流傳了許多〝小道消息〞裏，有許多便是十足的笑話，〝四人幫〞害怕得拿它作為〝謠言〞來追查，查出的人要坐監牢或定為〝反革命〞，這些都證明了笑話的戰鬥性。

第四節　各民族機智人物笑話故事的特點

在我國各個民族的民間文學大花園裏，有一類用特定的機智人物活動貫穿著的幽默風趣的笑話故事，是民間笑話中的一個特殊的類別。我們可以稱它為〝機智人物笑話故事〞。例如藏族的阿古登巴故事，阿古登巴用漢語直譯就是〝滑稽的叔叔〞；布儂族的甲金故事，甲金用漢語直譯就是〝滑稽的孤兒〞；蒙古族的巴拉根倉，牧民們把他們周圍的一些幽默而機智的人稱為〝巴拉根倉〞。笑話性質明顯。按民族來分，它們有：

漢族

　徐文長故事❹。

蒙古族

　巴拉根倉故事、沙格德爾故事

藏族

　阿古登巴故事、聶局桑布故事

維吾爾族

　阿凡提故事、毛拉則丁故事

苗族

　反江山故事

彝族

　羅牧阿智故事、沙哥克如故事

壯族

　公頗故事、佬巧故事、老登故事、公天故事

布依族

　甲金故事

哈薩克族

　和加納斯爾故事、阿勒的爾・庫沙故事

侗族

　甫貫故事

佤族

　岩江片故事、達大故事

---

❹　漢族民眾中流傳的機智人物故事特別多。據祁連休《中國各民族機智人物故
　　事主人翁一覽表》（草稿），有250位機智人物，可見這種故事面廣量大（表
　　見《中國機智人物故事論文集》，廣西民族出版社，1985年版）江蘇機智人物
　　故事概況，請參見拙文《論江蘇的機智人物故事》（同上書）。

瑤族

　卜合故事

納西族

　阿一旦故事

烏孜別克族

　阿凡提故事

上述故事全都是以一個正面機智勇敢人物為主人翁，以他們的活動構成的笑話、趣事組成，幽默而滑稽、諷刺而潑辣，充分體現笑話詼諧的特色。上述故事的主人翁通常都是勞動人民，像阿凡提、反江山等都是僱農，羅牧阿智、沙哥克如、阿古登巴等都是奴隸，也有的是具有反抗性的古代下層的知識分子，像徐文長、李延齡等等。上述故事有的具有笑話特點，有的又具有諷刺與機智故事特點。

　反剝削與反壓迫，平民百姓與貪官污吏之間的鬥爭構成為這類故事的重要的主題。故事中的主人翁在貪官、惡霸、財主、高利貸者面前，毫無畏懼的與他們鬥爭、嘲笑、捉弄和收拾這批壞蛋，用來大長人民的志氣，大滅敵人的威風，是它內容上特點之一。從它們使用的語言和藝術結構來看，這類故事具有笑話的性質，至少可說具有部分的笑話的性質。例如《阿凡提故事》中有這樣兩則笑話：

　1.縣官和狗。縣官命令阿凡提給他找一隻性子暴烈、能咬人抓人的狗。過了幾天，阿凡提給他送來一隻老實馴順、見了人叫也不叫的狗。縣官很不滿意，生氣地對他說：〝阿凡提，你長耳朵沒有？我交代你要什麼樣的狗，都沒聽見嗎？〞

　〝怎麼沒聽見，什麼狗到了您這裏都一樣。〞阿凡提說：〝只要它跟您幾天工夫，不必說抓人咬人，就連怎麼打開人家裝錢的箱子，它也學得會呀！"

2.借鍋。有個高利貸者向阿凡提借鍋，阿凡提說："憑著你的面子是應該借給你的，可是我的鍋正在生娃娃。"高利貸者吃驚地問："銅鍋還能生娃娃嗎？"阿凡提說："怎麼不能生娃娃？你的銅錢怎麼能生娃娃呢？"

這兩條故事語言都是詼諧、滑稽的，內容都是短小精煉的，前者一針血的揭露了縣官貪財害人的本質，後者也一針見血的指出了高利貸者剝削害人的本質，說它們是民間笑話毫不為過，但和一般民間笑話不同處，就在於故事中貫穿了阿凡提這一正面的勞動人民的形象，因此我們把這一類故事稱之為"機智人物笑話故事"，機智人物笑話中的主人翁總是戲弄反動壓迫者，使他們出足醜態，使人民揚眉吐氣。例如《讓王爺下轎》中蒙古族的巴拉根倉，運用機智的語言，使王爺按照他的話下轎、上轎、停轎，結果王爺怕再上當，趕快逃跑。機智人物笑話故事總是將壓迫者隨意戲弄，使他們威風掃地。

機智人物笑話故事在內容裏也鮮明體現了人民反對宗教迷信的特點。例如藏族的阿古登巴故事裏《佛爺偷糌粑》（糌，zàn，音贊），阿古登巴把財主糌粑裝進自己口袋，又把財主口袋放在佛像兩隻手上，還抓了一把糌粑抹在佛像嘴邊，說是佛爺偷糌粑，很顯然，既有反壓迫性，又有不信神不信佛的傾向。《升天的秘密》則有力的控訴了喇嘛教的大喇嘛借口超度人升天，實則在座位下按上機關將信神者倒入黑洞砌死的暴行，阿古登巴機智的發現了喇嘛的秘密，反而把喇嘛倒入洞中讓喇嘛們自己砌死這個害了不知多少人的凶手，這篇機智笑話故事是一篇反對宗教迷信的檄文。在這一類故事裏，完全撕去了宗教偽善的外衣，堅決抨擊披著袈裟的豺狼，假借宗教名義進行罪惡活動。很顯然，反對宗教迷信的機智人物笑話故事裏，一般說笑話的成分較小，人物機智性較高，但有的還是具有較濃厚的笑話性質的，例如《死鴿子》裏阿古登巴為了嘲笑宗教迷信的騙人，請喇嘛為一隻死鴿子念經超度亡靈。

怎樣來看待機智笑話故事裏正面主人翁的傻氣呢？主人翁的傻氣呆氣，是機智笑話故事最大的藝術特點。它一般體現了雙重的意義，例如壯族《佬巧故事》中的《放蟹喝水》，說的是佬巧在街上買了一隻大螃蟹，在拿回家的途中，他見螃蟹盡吐泡泡，覺得怪可憐的，便放螃蟹到河邊去渴水，佬巧在岸上呆等，等了又等，不見螃蟹上來，他便頓足罵道：〝壞東西，我好心幫你，你倒忘恩負義了。〞這種笑話故事的正面是展示了佬巧淳樸、善良、慈厚的性格，這是一重意思，但它又從側面較含蓄的抨擊了忘恩負義的人，起到了指桑罵槐，指牆罵壁的作用，表現了雙重意義。其次，主人翁的傻氣呆氣，正相反，表現了他們的聰明與智慧，例如維吾爾《阿凡提故事》中《貓哪去啦》，說的是阿凡提買了三斤肉回家，被他妻子偷吃了，妻子反而說是貓偷吃的，阿凡提便把貓放在盤稱上稱，貓剛好三斤重，他便提出一個問題：〝妻呀，你瞧！如果這是貓的話，那麼肉呢？如果這是肉的話，那麼，貓哪裏去啦？〞事實便說明妻子說了謊。請看，阿凡提稱貓的傻氣，正表現了他的聰明才智。壯族《老登故事》中的《打官》，老登提一隻牛虻去打官爺，這種傻氣也正體現他的智慧。其三，主人翁的傻氣呆氣，表現了他是出於心不在焉，而真正地卻體現了他的好品質。例如阿凡提故事中的《買油》，他把油潑翻在地，正是由於他一心想著別人托他辦的一件事，才做出了這種為了別人的快樂而忘了自己的〝傻事〞。由此可見，機智人物笑話故事裏，主人翁的呆傻性格，表現了勞動人民講述這些故事具有的藝術匠心，也表現了勞動人民各種優良的性格、道德和情操。

該諧、滑稽與逗趣，是機智笑話故事裏另一個最大的藝術特點，通常是採取一種浪漫主義的誇張手法表現出來的。例如蒙古族《巴拉根倉故事》中的《寶驢》就是通過驢子屙金元寶這種浪漫情節，捉弄了財迷心竅的奴隸主管家老爺，採用驢子翹尾巴屙屎，老爺湊上去看，被驢子踢昏過去，這種逗趣的情節，充分展示了剝削者貪婪的性格，從而體現了這類故事的藝術魅力。例如維吾爾《阿凡提故事》中的《種金子》採取同樣〝種金得金〞的浪漫節情，表現了國王的財迷心竅，最後被阿凡提戲弄。在這種浪漫構思中，對剝削壓迫者，作漫畫式的描述，充分渲染反面人物的性格，起到很好的藝術效果。這種浪漫主義的誇張手法，在當時的現實生活中自然是不可能發生的事情，但它一旦與該諧、滑稽與逗趣的語言結合在一起，便產生了笑話藝術所允許的誇大的藝術虛構，便使它特別吸引人。

通過以上的分析，可以清楚看見機智人物笑話故事的三點要素：

第一，在機智人物笑話故事裏，正面人物和反面人物的矛盾衝突非常集中，人物性格頗為突出、鮮明，笑的因素也強烈，民眾對正義與非正義勢力的愛憎，通過笑聲爽朗的表現出來，故事單純、集中，與人物性情生動地相結合，產生了明顯的喜劇效果。每一篇故事對昏官和壞蛋的嘲笑是那樣有力，對平民百姓的智慧與勝利的讚許又是那樣的喜悅。嘲笑壞蛋，如《魔鬼》、《大賊》、《防賊》；讚許勝利，如《一物三吃》❺。

第二，在機智人物笑話故事裏，正面人物與反面人物雙方的矛盾和衝突，具有出乎意料的獨特性和新奇性，造成了很好的喜劇氣氛，產生了很好的喜劇效果。

第三，在機智人物笑話故事裏，把對反面人物失敗的諷刺的笑，和對正面力量勝利的讚美的笑很好的結合起來。把暴露黑暗勢力的醜惡的笑，與歌頌光明勢力的正義的讚美的笑也很好的結合起來。因此，在機智人物故事裏，對醜惡事物的諷刺、嘲笑、蔑視、輕視，常常是和對美好事物的讚揚的笑緊緊結合在一起的。

〝機智人物故事〞這一名稱，是祁連休先生在一九七八年編《少數民族機智人物故事選》提出來而流行，現在此名稱已為民間文學界所肯定，各刊物大都採用了這一名稱。這一類故事大都具有笑話性質，所以我又稱它為〝機智人物笑話故事〞，並將它歸在笑話類裡，但究竟歸於何類恰當，還可進行範圍界說的深入探討。

❺　見《阿凡提的故事》，中國少年兒童出版社，1979年版。

第六章　世俗故事

第一節　什麼是世俗故事？

　　世俗故事就是民間故事當中現實性強的故事。有人稱它為〝生活故事〞或〝傳統生活故事〞。這一類故事民間的生活氣息很濃郁，和具有魔法結構的童話故事正好相反，它一般來說不具有幻想性，或幻想性僅限於一種對現實生活的誇張。這一類故事多半產生於近代、現代或當代的生活中，假托古代某一個時候，實際反映的是現實的古今社會情況。

　　世俗故事第一個特點，即都是現代或當代從民間搜集整理而成，因此它都是白話文，和古代的民間故事特別是笑話有些關係。這類故事裏滲透著現在人民群眾的思想感情和心理活動的特徵，從現代的民間而來，因此很容易為人民群眾所喜愛，在民間廣泛流傳。

　　正由於它產生較晚，也就帶來它的另一個特點，即它反映的是現實社會中的人際關係，這成為世俗故事的一個重點。自古至今，我國是一個以農業人口為主的國家，因此，地主與農民的關係，官吏與農民或勞動婦女的關係，便構成了世俗故事中矛盾的焦點，而這些矛盾是通過日常生活題材反映的。

　　世俗故事第三個特點，便是它不像民間傳說和笑話那樣，有一些是真人真事型的，世俗故事沒有真人真事式的故事，它完全是以現實主義創作方法來塑造現實生活中的典型形象，沒有藝術虛構便沒有世俗故事，但藝術虛構則完全建立在嚴格的現實生活基礎上。由於有這樣一個特點，因此人名、地名、時間都是虛構的，講人，就說〝有兄弟二人〞、〝有個財主〞、〝有個老板娘〞，講地點，就說〝在高山下〞、〝在河邊〞、〝在海邊〞，講時間，就說〝很久很久以前〞、〝從前〝等等。

世俗故事中的主人翁，都是勞動人民、受虐待的人、農夫、樵夫、牧人、漁民、呆女婿、巧媳婦等等，一般說來，這些人都是世俗故事中歌頌和讚美的人；在世俗故事裏抨擊和鞭笞的人就是財主、國王、貪官、惡霸、奸商、僧道、惡姐姐、壞哥哥、狠婆婆等等。

第二節　地主與長工故事

這類故事廣泛在我國農村中流傳。因為我國以往是一個農業國，它反映了地主老爺與農民窮人的矛盾與鬥爭。以往社會，長工的生活是很苦的，尤其在經濟上，〝上無片瓦，下無寸土〞，幾乎完全依靠地主的施捨度日，地主們為了自己莊稼長得好，便千方百計逼長工早下田晚收工，整天整晚在地裏幹活，實際沒有人身自主權，同時在人格上也受到污辱。地主與長工故事便是這種現實的藝術反映。

這類故事充滿了反抗性，在表現這種反抗性時，自然貫穿了地主的凶惡、殘忍、貪婪的本質，這種反抗性便採取多種多樣的形式表現出來。第一種形式是直接以暴力形式反映出來。例如《半灣鐮刀》❶說的是山東農村一家大地主，家裏有萬畝地，長工短工有兩

❶ 《中國民間故事選》第一集，董均倫採集。

三千人，一年麥收季節，兩、三千僱工跪在他面前要求加工錢，這個大地主連審帶罵不同意，結果被大家團結起來用鐮刀砍死了，砍死後地主家找鐮刀上的血跡定罪，僱工便把鐮刀丟進水灣，擲滿了半灣鐮刀。這是一個著名的長工反抗地主的故事。第二種形式是在困難時不給地主以支持的形式，例如《元寶》❷說的是發大水時，長工有秫秫麵餅子，而地主有元寶，地主餓了想以元寶換餅子充飢，長工不肯，地主餓死了。在這種故事裏，長工與地主在地位上是平等的，長工對自己的所有東西有絕對主權，地主不能侵犯。第三種形式是以智力形式反映地主與長工的鬥爭，佔這類故事的大部分，地主的形象是愚蠢無知又可笑的，故事著重刻劃長工的機智和聰明，歌頌了農民的勇敢戰鬥精神。智力形式表現的也是多種多樣的。(1)報復型。農民受了一種方式的壓迫，用同種方式進行報復性的反抗。例如《鐵毛猴》❸說的是地主〝鐵毛猴〞吝嗇又猾頭，長工吃早飯也怕耽誤時間，叫長工拿上饃饃走著吃著，到地裏也就吃好了。到了下午長工就早早牽出地主的毛驢去下地，驢子沒吃好，不管三七二十一，拉下槽來便下地幹活，地主大叫，長工回説：〝驢子走著吃著，到地裏也就吃好了。〞氣得鐵毛猴乾瞪眼睛無話説。《天亮了》也是報復型的。天不亮地主硬説天亮，叫長工下地，長工説他正在太陽下捉虱子，地主説：〝天沒亮怎麼看得見捉虱子？〞長工反問：〝天既然未亮，你怎麼硬説天亮？〞結果地主啞口無言。《劉大和伙伙》❹故事裏的地主，叫老長工去扛大木頭，説什麼〝年紀大、骨頭硬、力氣大〞小長工便用老牛拉大車，對地主加以

---

❷ 《中國民間故事選》第一集，董均倫採集。
❸ 《山西民間故事選》（山西人民出版社，1965年版），105頁。
❹ 《湖南民間故事》（1960年版），51-53頁。

報復性的懲罰。這種故事有尖銳的針對性，〝以其人之道，還治其人之身〞。(2)互換型。模式是哥哥先給地主幫工吃了虧，後來來了一個聰明的弟弟，情況剛巧相反，地主大敗，付出雙倍工資以賠清哥哥吃的虧。互換型我們在這裏介紹江蘇著名一例。這種型式的故事各地都有，有些大同小異。周正良在《長工傳說故事》一書中搜集整理的江蘇省建湖縣《兄弟倆做長工》故事較有影響。這個故事說：有兄弟倆，哥哥很老實，他去給地主做長工，地主說：〝在我家做長工，有個規矩：我叫你做甚麼就做甚麼，一樣做不來，扣三兩銀子。〞哥哥說：〝行〞。講好了價錢，一年九兩銀子，就上工了。做到十月中，田頭場頭樣樣做到刷刷括括的，五穀雜糧全上了場，地主說：〝伙計呀，你把倉房角落放在太陽底下曬曬。〞哥哥一聽呆住了：〝倉房角落怎麼放在太陽底下曬呢？〞說：〝做不來！〞，地主說：〝好，扣你三兩銀子。〞做到冬月裏，地主又對哥哥說：〝伙計呀，你把大缸放在小缸裏，院子也寬敞些。〞哥哥一聽又呆住了：〝大缸怎能放在小缸裏呢？〞說：〝做不來！〞地主說：〝好，再扣三兩銀子。〞做到臘月裏，到了三十晚上，殺了一頭豬，地主又對哥哥說：〝伙計呀，給我割塊肉，跟我頭一樣重。〞哥哥聽了，又傻眼了：〝這個肉怎麼剁法？〞說：〝做不來！〞地主說：〝好，再扣三兩，三三見九，九兩工錢兩清。〞就這樣，哥哥白幹了一年，空手回家。第二年，弟弟來了。地主依然如此說了一遍，弟弟說：〝行，不過，我照你話做，你就不能回嘴，一回嘴，工錢就加倍。〞地主說：〝行！〞弟弟就上工了。做到十月中，五穀雜糧全上場了，地主說：〝你把倉房角落放在太陽底下曬曬。〞弟弟就上房拆房頂，地主一看急了，忙說：〝你你你！〞一想回嘴工資要加倍，便咬咬牙：〝我不回嘴〞，眼見弟弟把房頂拆光。做到冬月裏，地主説：〝你把大缸放在小缸裏。〞弟弟就拿起鎯頭砸缸，把缸砸碎了，地主氣得仍然不敢回嘴。到了三十晚上，殺了豬，地主説：〝伙計，給我割塊豬肉，跟我頭一樣重。〞弟弟便割下豬肉，地主説：〝和我頭一樣重嗎？〞弟弟説：〝一樣重，不信，我便割下你的頭試試。〞地主怕死，只得認輸，工錢加倍，掏出十八兩銀子，弟弟連哥哥的工錢都掙回來了。兄弟兩個，歡歡喜喜的過個快活年。已知互換型哥弟倆做的三件事，在各地流傳中有變異性。例如有些地方，第一件事變為拉牛到楓樹上乘涼，第二件事變為割一塊月亮肉下來，第三件事變為把常年不乾的水井搬進屋裏來❺。(3)笨地主上當型，又稱火龍衣型。最早見於1925年《京報》附設《國語周刊》第9期，程一劍搜集整理的《火龍單》，可見此類型故事比一般地主與長工故事流傳要早些。故事説長工有件破爛夾衫，名曰：〝火龍單〞，説穿在身上不冷，地主用自己皮襖換〝火龍單〞，穿在身上凍死了，他妻子有首哭喪詩：〝羔兒皮襖你不愛穿，一心愛穿火龍單。燒了一身紫疙瘩，為什麼不往水裏鑽？〞這個故事流傳也較廣泛。有的地區火龍衣型故事與屙金子的馬故事合璧，《金馬駒和火龍衣》故事説，長工有屙金子的瘦馬，火龍皮製的衫子，財主以重金買下，上了當，大叫倒霉❻。《財迷精和火龍衣》記了同類故事，財主穿火龍衣也是凍死了❼。當然，上當型不止火龍衣一種，還有《地主吃牛屎》❽、《財神》開

❺　見（貴州）《民間故事集》（1960年版），14-17頁。
❻　見《中國民間故事選》（第一集）。
❼　見施百英編《中國民間故事集》，香港南洋圖書公司，1972年版，195-201頁。
❽　見（貴州）《民間故事集》，1960年版，12-13頁。

門睡覺失財事❾等等多類。以上三個類型的故事，都緊扣住地主貪婪的本質，使他們一再上當，受捉弄，最終失敗，一般總經過兩到三次的反覆，深化了主題思想。⑷合法鬥爭型，又稱為打官司型。反映地主與長工的鬥爭，採取以官斷的合法形式來進行。通常是兩者同到縣官面前打官司，以長工取得勝利為結束。例如《長工四兄弟》❿便是以四個長工吟詩作對為條件，使縣太爺不得不認輸而判地主挨打四十大板，故事裏縣官和地主同樣屬於愚笨與嘲笑的對象。⑸魔法鬥爭型，從幻想上反映地主與長工的鬥爭。這些故事通常是長工手中有法寶而且得到仙人幫助，懲治了殘忍的財主，用類似浪漫主義與現實主義相結合的創作方法，塑造了長工們善良而勤勞的藝術形象。例如《高角地主》⓫，便是說困苦的長工趙二由於得到仙人的幫助，得到一匹寶馬，地主無緣無故搶去他的寶馬，還把他趕出大門；仙人又給地主神棗，地主貪小便宜吃了神棗，頭上長出角來，這種形式的地主與長工的故事是最為生動有趣而懲治了壞人地主使人大快。

地主與長工的故事，概括的來説便具有以上五個大類型。自然，這類故事除了突出反抗性的優點，具有強烈的戰鬥性和珍貴的思想意義以外，我們也必須看見它具備的局限性。特別是這種局限性和反抗性是交織在一起的，例如，幾乎所有故事都是在承認舊社會的制度與契約的合法性基礎上加以開展，而只是在利用契約中的漏洞與矛盾上，用偶然的巧合來捉弄住地主。另外，把地主塑造得過於愚蠢和呆笨，例如地主吃牛糞，穿〝火龍〞破衣等等，和過於

❾ 見《湖南民間故事》，1960年版，47-50頁。
❿ 見《中國民間故事選》，第二集。
⓫ 見董均倫、江源整理《找姑鳥》，1958年版，104-109頁。

愚笨的敵人相較量的長工，也就失去了他那智慧而高大的形象。

　　從民間文學史的角度來考察，地主與長工故事不見於清末民間文學園地，只有少數見於二十年代，大量見於五十年代初期，可見形成時間較晚，故從思想性和藝術性兩方面來看，地主與長工故事都是不成熟的粗糙的民間故事作品，其影響力顯然沒有民間童話那樣的深遠。

第三節　官吏與百姓故事

　　在世俗故事中，官吏與百姓總是以對立的鬥爭形式出現，正如地主與長工的對立一樣。它的重點在於暴露皇帝和髒官統治者的殘暴和愚蠢。鬥爭的結果自然是揭露了官吏的無理，表揚了勞動者或下層人民的智慧，讚揚他們取得了勝利。這類故事一般用詼諧與幽默的筆調來寫，讀起來十分輕鬆，被壓迫者的智慧令人喜悅。這類故事有兩個類型：

　　第一，繞彎子揭露官吏愚蠢。例如《縣官畫虎》的故事⑫，說的是一個縣官明明不是畫家，也要混充畫手，他畫的老虎像一隻貓，一個差人說了實話挨了打，另一個差人只有想法轉著彎子來講話，講得十分風趣。縣官問：〝你說這是啥？〞差人答：〝我不敢說。〞〝你怕啥？〞〝我怕老爺？〞〝我怕誰？〞〝老爺怕皇帝。〞〝皇帝怕誰？〞〝皇帝怕老天。〞〝老天怕誰？〞〝天怕雲。〞〝雲怕誰？〞〝雲怕風。〞〝風怕誰？〞〝風怕牆！〞〝牆怕誰？〞〝牆怕老鼠。〞〝老鼠怕什麼？〞〝就怕你畫的這張

---

⑫　《山西民間故事選》173-174頁。

畫。"用一種完全是繞著彎子對話的藝術結構,來説明這個縣官畫的不是虎而是貓,表現官吏的愚蠢和差人的聰明,形成一個強烈的對照,這類故事有笑話成分。《一顆西瓜種籽》⑬也是這種繞彎子的結構,説的是一個窮人偷了一個燒餅被皇帝關了起來,他想了個法子,拿出一顆西瓜籽説是金瓜籽,非要不自私沒有做過壞事的人種才能得到金子,叫皇帝種,皇帝幹的壞事太多,推臣子,臣子推將軍,將軍又推縣官,這樣推來推去,滿朝都是做過虧心事的人,殺人的殺人,貪污的貪污,問題又回到窮人偷的這個燒餅,是否便應下獄,結果皇帝無法,只得放了窮人。這種繞彎子的藝術結構,顯然是官吏與百姓故事的特殊點。

第二,直接揭露官吏愚蠢。例如《秧狀元》⑭説的是農民栽秧能手,用栽秧速度之快,質量之高,戰勝了州官的無理刁難,不得不為農民栽秧能手立〝石牌坊〞,通過故事直接揭露了封建統治者對農業一竅不通,愚昧無知,結果不能不在事實面前認輸。再如《一條扁擔睡三個人》⑮也是如此,城門官在夜晚只為有錢人開門,不給百姓開門進去,三個農民便用一條扁擔睡三個人的虛言,使愚蠢的門官開門來看稀奇事,門一開,農民一擁而進,通過這件事也直接揭露了官吏像豬一樣蠢笨。《皇帝和老鼠》⑯通過皇帝在皇宮中認不得鼠和貓,揭露了他的愚昧,也表明了這一類的特徵。

---

⑬ 同上書。
⑭ 《安徽故事》(人民文學出版社,1960年版)
⑮ 《龍燈》(上海文藝出版社,1960年版)。
⑯ 《甘肅民間故事選》(甘肅人民出版社,1962年版)。

　　不管是繞著彎子或直接揭露，都建立在智鬥的情形裏，是聰明與愚蠢的對比。雖然，它們採用的是一種誇張統治者愚蠢的藝術手法，但是，仍然可以看出它是建立在髒官統治者壓迫農民這一種生活真實的基礎上的，其創作方法仍然是現實主義的，因為在這些故事裏我們可以看到，高高在上的皇帝和官吏們不管怎樣耀武揚威的欺壓老百姓，而聰明的勞動民眾總能開展巧妙的鬥爭，進行卓有成效的反抗，並使這些髒官統治者醜態百出，這正是歷史真實本質的寫照。因而這類世俗故事的思想意義也就分外強烈。

　　官吏與百姓的故事在搜集整理上一直是一個薄弱環節，現在有些已經出版的故事，令人難以相信它們是民間的真品，例如江西人民出版社1980年版《玉蓉花》（民間故事集）中《秀才與縣令》，這篇〝民間故事〞使用的語言有許多是文言文，或半文不白的雜語，例如〝人言彼頗能詩，得無妄乎？〞，〝睹汝傲上之態，決非飽學之士，我若出題，汝做不來，該作何處治？〞〝聽憑尊便！〞（68頁）還有那詩句：〝食盡朝廷千鍾粟，鳳凰何少汝何多？〞這些語言都不是民間的語言，令人難以相信它會是出自真正民間故事手之口。從故事藝術結構看，它並不具備這類故事暴露官吏愚蠢性的特點，通篇是以章回體小說的寫法，因此令人懷疑是整理者杜撰的〝小說〞。這本故事集不注明搜集地點、時間、口述人等，是當今許多出版社出版的民間故事集的通病，這樣便為〝創作〞民間故事開了綠燈。

第四節　呆女婿故事

在世俗故事中，呆女婿故事也是頗為流行的一類。我國有一句俗話："呆人有呆福"，實際上呆女婿並不呆，俗話又說："吉人自有天相"，呆女婿故事是中國古代社會中勞動民眾要求結束那種"勞心者治人，勞力者治於人"的傳統舊觀念，那種輕視和鄙視勞動民眾的智慧之傾向，是勞動人民的民主主義思想和傳統的舊的封建禮教和家族觀念尖銳鬥爭的表現。

呆女婿故事起源於古代笑話。在我國公元三世紀後的魏晉南北朝時期已經發現了這一個類型的故事。魏朝邯鄲淳的《笑林》，這是我國古代第一本著名的笑話集，書中都記著古今可笑的事情。《魏志》的《王粲傳》附有他的傳，《隋唐志》並三卷，都說是邯鄲淳所撰。書中就引到呆女婿的故事："有痴婿、婦翁死、婦教以行吊禮。于路值水，乃脫襪而渡，惟遺一襪。又睹林中鳩鳴云：`嘈鴣、嘈鴣。′而私誦之，都忘吊禮。及至，乃以有襪一足立，而縮其跣者，但云：`嘈鴣，嘈鴣。′孝子皆笑。又曰：`莫笑莫笑，如拾得襪，即還我。′"這則故事的語言頗幽默，形象很滑稽，讀後引人一笑，可以說呆女婿原來的目的，是引人發一笑，而破愁解悶的，但是，發展到現代的呆女婿故事，其主題思想卻有了重大的變化。1929年林蘭編《呆女婿的故事》故事集，集中了各種不同類型的呆女婿故事。如果我們今天再把這一類故事加以搜集整理成集，當會對研究呆女婿故事提供極大的方便，是一件頗有意義的事情。

呆女婿故事通常見的有下面幾個類型：

第一個類型，思想僵化型。這個類型是諷刺與笑料相結合，抨擊的是那一種主觀片面、極不負責、思想僵化、故執己見的頑固者。例如《書呆子》⓱說的是一個書呆子，房子失火了要救火，他去借桶，桶主人在下棋，棋盤上寫著：〞看棋不語真君子〞，他便坐下靜等這盤棋下完才借桶，結果房子已燒光了，他還搬出〞看棋不語真君子〞的理由來辯解。這則故事便諷刺的是主觀主義和教條主義。再如《借布機》⓲說的是一個呆女婿向丈母娘借布機引出來的悲劇，這個呆女婿思想極為片面和僵化，妻子叫他去借布機，他看布機是四條腿，便認為一定比自己兩條腿走得快；妻子織好白布叫他去賣，他賣給廟裏的菩薩，結果白布給人偷去了，他便去找，找到出殯的，被人打了一頓，他總結教訓，是因為沒有為他們哭，於是又去找，找到辦喜事的，他就去哭，又被人揍了一頓；他想挨打原因是沒有笑，於是又去找，找到一家在失火，他就去笑，又被人打了一頓；他又想挨打原因是沒有幫人家潑幾桶水，於是又去找，找到一家打鐵的，正在生火，他便幫人家潑了幾桶水，又被人打了一頓；他又想挨打原因是沒有幫人家打幾錘，於是又去找，找到兩人打架，他便照著兩人身上打了幾捶，又被兩人合起揍了一頓；他又想挨打的原因是因為沒有去拉架，於是又去找，找到兩頭牛在抵架，他便去拉架，結果被牛角通穿了肚腸。這類型故事是把思想僵化人的主觀片面毛病，用一種誇張的藝術手法，放大與集中起來給人看，作為人們的前車之覆，後車之鑒。

⓱ 《龍燈》（華東民間故事集）上海文藝出版社，1960年版。
⓲ 林蘭編《呆女婿的故事》。

　　第二個類型，三女婿賽詩型。也可稱為〝鬥智型〞。這個類型在民間很流行，其重點在於表現窮苦的農民智慧聰明過人，最終在賽詩中戰勝了做秀才和當武舉的大女婿和二女婿。例如《聰明女婿》❶中三女婿王勤，就是一個最窮最呆，實際最聰明的人。三個女婿賽詩，實際上包括了幾種情況的賽詩：(1)過年賽詩。包括前後兩次，第一組是用〝事〞字起韻，每人四句共三首。第二組是用同一個字的偏旁起韻，也是每人四句共三首，王勤這個農民都把秀才女婿和武舉女婿臭罵一頓。(2)喝酒賽詩。也包括兩組，第一組，誰能說得最好、誰先大搖大擺進門，叫做進門賽詩，每人四句共三首。第二組誰能說得最好誰先飲酒，叫做飲酒賽詩，也是每人四句共三首。(3)拜壽賽詩。這次是老丈人和三女婿對賽。完整的三女婿賽詩故事，應該包括以上三種情況下的賽詩。如果把它編成劇來上演，便是一個很好的笑話劇。笑話劇老早就有了，明朝沈璟的《博笑記》便是完全用民間笑話為題材編成的戲，別具一格。

　　自然，三女婿賽詩型的故事，在民間流行時，通常都是以一組或兩組賽詩為主進行，可以分開獨自組成一個故事。例如《甘肅民間故事選·三女婿上壽》便是這樣，這是專門以上壽賽詩為主的故事，也多少涉及前兩種過年賽詩或喝酒賽詩，由於它只是一種情況下的賽詩，內容便短小精悍得多，茲全引證如下：

　　　　從前，有一個老漢，養下三個姑娘，大姑娘、二姑娘都配給了
　　　　讀書識字的秀才，唯有三姑娘嫁了個莊稼漢。有一次，老漢過
　　　　生日，三對女兒、女婿都來拜壽，大姑爺、二姑爺很瞧不起三
　　　　姑爺。酒席宴前，兩個秀才想在人面前顯一顯自己的才學，也

　　❶ 見《龍燈》，趙景深整理的《聰明女婿》。

想叫三姑爺出個醜。他們提出來要每人吟詩一首，誰吟不出來，就不准吃肉喝酒。大姑爺先吟道：〝二八十六，先吃一塊肉！〞吟罷，洋洋得意地吃了肥肉一塊，滿飲美酒一盅。二姑爺又接著吟道：〝二九一十八，兩塊一齊夾！〞吟罷，神氣十足地一連吃了兩塊肉，喝了兩盅酒。輪到三姑爺了，他先把菜盤子端起來，吟道：〝二七一十四，盤著盤子吃！〞吟罷，把一盤肉全吃了，又拿起酒瓶咕嘟咕嘟把一瓶酒也喝了。氣的大姑爺、二姑爺都說不出話來。可是，心裏總是不服。等到端上二道菜來，大家剛要動筷子，兩個秀子又攔擋住了，他們說：〝還要吟詩，誰吟不上就不讓誰吃。〞三姑爺說：〝吟什麼？你們出題吧！〞二姑爺說：〝這回要吟天上一種飛禽，地下一種走獸，桌上一件寶貝，桌旁一種人。〞大姑爺先吟：〝天上飛禽有鳳凰，地下走獸有羚羊，桌上放的是文章，兩旁站的是梅香。〞二姑爺後吟：〝天上飛禽有鵬鸞，地下走獸有犀牛，桌上放的是春秋，兩旁站的是丫頭。〞三姑爺不慌不忙地吟道：〝天上飛禽怕鳥槍，地下走獸有猛虎，桌上放著木炭火，兩旁站的小伙子。〞還沒等說完，兩個秀才都大笑起來，都說太俗氣，又不押韻，不准吃菜，三姑爺說：〝先不要忙，聽我說完。〞他從頭吟道：〝天上飛禽怕鳥槍，打死你那鵬鸞和鳳凰。地上走獸數猛虎，能吃掉你那犀牛和羚羊。桌上放著木炭火，能燒掉你那春秋和文章。旁邊站著小伙子，能配上你那丫頭和梅香。〞說的兩個秀才，張口結舌，無話對答了。秀才想侮辱莊稼漢，結果倒吃了虧。真是〝搬起石頭，砸了自己的腳〞——活該，活該！

原引自1955年《甘肅文藝》

再例如《溧陽民間故事選·四婿祝壽》也是這樣，全文極短：

老岳父在家做六十大壽，四個女婿都來祝壽了。做知府的大女婿說：〝岳父壽比河長〞。做縣官的二女婿：〝岳父壽比路長。〞做秀才的三女婿說：〝岳父壽高過樹。〞老岳父聽了三個女婿的祝壽詞，捋著胡鬚笑了，就對種田的四女婿問道：〝你呢？〞四女婿說道：〝岳父壽，麥子長！〞大家惱怒了，紛紛指責四女婿說話不吉利。四女婿不慌不忙地說：〝岳父請聽我說，自古來河有壩，路有缺，樹一砍，光禿禿，麥子年年播，世世代代不會絕！〞岳父聽後高興地笑道：〝還是四婿說得對。〞

不同的是，四婿做壽由賽詩變成了對詞，這樣便增加了呆女婿故事的靈活性，更適宜在人民中傳播。

很顯然，這種鬥智型的呆女婿故事中間提出了兩個問題，第一，到底是誰養活了誰？正如《聰明女婿》中三女婿王勤提出的：〝你們渾身上下，連骨頭帶肉，都是窮人們的汗珠子澆著長成的；要不是我們種田人養活你們，你們早就餓死了。〞故事中貫穿了勞力者高尚的進步思想，教育人們不要輕視勞動民眾，要培養勞動民眾的思想感情。第二，還提出判斷智慧與愚蠢的標準問題，故事中以鮮明的藝術形象，體現了〝卑賤者最聰明〞的思想和〝實踐出真知〞的思想，教育人們投入到勞動實踐和工作實踐中去！鬥智型的呆女婿故事是這類故事中思想性最強烈的。

　　第三個類型，呆子娶媳婦型。又可稱為巧合型。這個類型諷刺成分少而笑料成分足。《學話得勝》[20]就是這個類型的故事，說的是

　㉠　林蘭編《呆女婿的故事》，北新書局，1929年版。

有一個呆子娶媳婦，已經完了親，女方發現他呆裏呆氣便退了親，他自己便決定去説理。由於他什麼事也不懂，什麼話也不會説，父母給他二十兩銀子叫他到外面去見見世面，學學世俗，呆子花二十兩銀子只學到了四句話。他到女方去説理便是用這四句話，俗話説：〝瞎貓碰上了死老鼠〞，這四句話居然用對了。(1)他一進門，大家見呆子來了，便不説話。他説：〝一鶴進林，百鳥啞音〞，眾人聽了，非常驚訝！好才華。(2)入了席，大家試他呆不呆，只給他一隻筷子，他背誦道：〝雙木橋兒好過，獨木橋兒難行〞，丈母娘聽到，大為讚賞，後悔退親。(3)丈人和丈母正在商量，準備定親，他罵道：〝公牛靠母牛，母牛靠公牛〞，丈人以為他發脾氣了，準備道歉。(4)最後，呆子又背誦他在兩個打官司的人那裏學到的兩句話：〝我們有什麼話私下不用説，到城裏大堂上再説吧！〞丈人丈母聽了吃了一驚，自思無故退親，確實無理，怕他去告官，慌忙拉住他，叫〝好女婿，別走，別走。〞呆子居然巧碰上喜事了，覺得〝張飛的鬍子——滿臉〞，歡歡喜喜回家了。這種巧合型的藝術結構在世俗故事裏是獨樹一幟的，它所刻劃的〝呆〞人的形象很有特點，從用五兩銀子學一句話來看，表現了呆子的善良、老實、憨厚的性格特徵，不惜用高額代價去學幾句話，證明他向實際學習是多麼誠心。儘管這種呆子是多麼使人感到幼稚可笑，可是令人感到他真實，比那些狡猾的人好得多。自然，巧合型和鬥智型不同，它並不是勞動人民與封建剝削者之間智與愚的鬥爭，因此，根本不能認為巧合型是意識形態中兩個階級、兩種思想尖鋭鬥爭的特殊反映，巧合型故事中的呆子，除了善良、真實、憨厚，並不能説明他的智

慧，他的最後取勝只是“巧合”，主題思想比較隱蔽，重心是在表現
真誠戰勝了猶豫不決，而且是在呆子不自覺的情況下取得的。

綜上所述，呆女婿故事最大價值，我看是由於它刻劃了具有個
性的人物，儘管思想僵化型中的呆子是以悲劇結束，但故事中的呆
人多麼有個性，那種固執己見是罕見的。鬥智型故事中的呆子個性
反倒不明顯了，思想性大過了個性，但巧合型故事中的呆人則又有
強烈個性了，正由於它的個性化，才使人難忘，使人感到它有一種
特殊的美，而具有吸引力了。

第五節　巧媳婦故事

在世俗故事中，巧媳婦故事也是突出而重要的一類。俗話中
“巧媳婦”的概念在我國人民中有廣泛影響，如“巧媳婦難做無米
飯”、“巧妻常伴拙夫眠”等。巧媳婦故事塑造了我國勤勞的女性
優美、動人的形象。在漫長的封建社會和半封建半殖民地社會中，
我國婦女在政權、神權、族權、夫權的壓迫和束縛下，正如一首民
歌中唱的：“昔日社會，好比是，黑咕隆冬的枯井萬丈深，井底下
壓著咱們老百姓，婦女在最底層”，這是指勞動婦女而言。巧媳婦
故事塑造的婦女形象，正是勞動婦女的典型形象，她們用驚人的智
慧反抗了封建統治者的迫害，用勞動的汗水澆灌了幸福之花，可以
說勞動人民用現實主義的創作方法，真實的集中的再現了生活中那
些有卓越智慧的勞動婦女典型形象。

在我國民間，自古以來勞動婦女並沒有被封建禮教完全封閉，
由於我國長期封建社會以農業為主，婦女們始終起著半邊天的重要
作用，因而勞動婦女經常是和男子平起平坐，自然，在古代時候上

層社會的閨秀間，例如像劉蘭芝那樣的少女，其家庭出身還不能算是純粹的貧苦農民，因而大家閨秀就受舊禮教封閉嚴密得多，和真正的勞動婦女與男子爭強好勝形成了鮮明的對比。自古以來在民間就流傳著一些勞動的巧婦回擊與戰勝鄙視她們的男子的故事，便是理所當然了。《藝文類聚》（上）卷二十五人部九嘲戲引晉朝裴啟《語林》曰：〝劉道真於河側自牽舡（船），見一老嫗採旅，劉嘲之曰：女子何不調機利杼而採挾（即檝，gin，音沁）女答曰：丈夫何不跨馬揮鞭而牽舡？〞又曰：〝道真嘗與一人共索祥草中食，見一嫗將二兒過，並青衣，嘲之曰：青羊將兩羔，嫗答曰：兩豬共一槽㉑。〞請看，真是針尖對麥芒。勞動的巧婦回擊嘲弄她的男子，罵他們是豬，嘲笑他們的無能，封建禮教在勞動婦女間簡直視為無物，這可以說是歷史上巧婦故事的最初樣本，與男子地位同等，平起平坐。這是由於在男耕女織的農民家庭裏，男女同樣勞動，勞動婦女在家中起著重要作用，與家中人一起抗爭著封建剝削官吏的壓迫，因此勞動人民的家庭成員必然能清醒認識勞動婦女的聰明才智，而勞動婦女也必然能有條件與男子在一定程度上平起平坐，從而回擊鄙視她們的男人，和反抗反動階級對她們的壓迫和污辱。

　　巧媳婦故事表現了勞動婦女的聰明才智，這是它思想內容的鮮明特點，這種主題使巧媳婦具有很深的意義。首先，它表現了勞動婦女有高超的才能組織與教導勞動民眾與封建貴族階層的頭子——皇帝進行鬥爭。例如柯爾克孜族的巧女故事《聰明的媳婦》（張森棠搜集整理）㉒裏便記述了艾則孜王看中了美貌的聰明媳婦，千方百計想

㉑ 《藝文類聚》（上）中華書局1965年上海版，455頁。
㉒ 《民間文學》1966年，第1期103-110頁。

把她收進宮去作妃子，他出的難題都被巧婦一一攻破，最後艾則孜王竟絕滅人性的妄圖把全村的人都趕進城來，如果他們不同意聰明媳婦進宮，自然性命難逃，可是，由於聰明媳婦卓越的組織才能，堅決宰殺了皇宮的支柱：宰相、元帥和劊子手頭子，成功的領導了牧民們起義運動，最終摧毀了反動的國家機器，並把暴虐的艾則孜王處死了。這個巧媳婦故事顯然具有號召以暴力推翻王朝的高度政治意義。在苗族《聰明的媳婦》㉓裏，則採取巧媳婦智鬥國王的畫面，國王出了幾個難題，一要一匹紅布遮天，二要豬頭像山一樣大，三要公雞下蛋，都被巧媳婦打破，國王氣得頭昏，倒在地上，以合法鬥爭的形式回擊了皇帝對勞動婦女的污辱，也具有明顯的進步性。

　　同時，它也反映了勞動婦女堅決反抗好色官吏對她們的污辱與壓迫，以高超的智慧戰勝了官吏的愚蠢，這多半表現在漢族的巧媳婦故事裏。例如《巧媳婦》（周健明搜集整理）㉔中的知府，一心想娶巧姑做二房，給巧姑的公公張古老出了三個難題，一要一條公牛生小牛，二要灌滿大海的清油，三要一塊遮天黑布，都被巧姑一一解答，最後知府紅著臉逃跑了。這個類型的巧媳婦故事藝術結構上的變異性很大，例如在《聰明的四媳婦》㉕中的縣官，給巧媳婦出了四個難題，一要織一匹路那樣長的布；二要餵一隻山那樣重的豬；三要拿出一個公雞生的蛋；四要找出一個和巧媳婦同父同母同年同月同時生，又和巧媳婦同眉同眼同耳同嘴同鼻同手同腳的姑娘，給縣官當小老婆。也都被巧媳婦一一解答，最後讓縣官掉進池塘，並

㉓《中國民間故事選》（第一集）。
㉔《湖南民間故事選集》，1979年版。
㉕《藍鳥》（民間故事集），重慶人民出版社出版。

灌上一嘴糞水。布依族的巧媳婦故事《阿莉》❷（汎河搜集整理）縣官一共提出三個難題，一要一頭泰山那麼重的豬，二要一鍋海水那樣多的酒，三要一匹有天下所有的路那麼長的布，都被解決。江蘇省的巧媳婦故事一般上也大同小異，如：如東縣的《聰明的妻子》❷縣官提出兩個問題：一要送路一樣長的布，二要一頭泰山一樣重的豬。江寧縣的《巧媳婦》❷縣官提出三個問題：一要白布遮天，二要海水成油，三要公牛生小牛。對比起來看，以四川省搜集到的故事結構最完整。總之，巧媳婦反抗縣官迫害的情節，表現了勞動婦女不可侮的氣概，和純貞的節操，正像《巧姑娘》❷中巧女説的一句話那樣：〝能當天上一隻鳥，不做官家一房小〞，巧媳婦有一付勞動者可貴的硬骨頭精神，表現了〝威武不能屈〞的正義性，表現了勞動婦女尊貴的人格和骨氣。

並且，巧媳婦故事也反映了勞動婦女智鬥秀才文人的主題思想。在這一方面具有著我國民間文學特有的那種詼諧滑稽的特色，勞動婦女智鬥封建秀才，在《劉三姐》中已有表現，巧媳婦故事也涉及到這種內容。《聰明的大嫂》這個故事，便説的是秀才刁難農民，農民在巧媳婦的幫助下加以回擊的故事。秀才自不量力還要找上門來吵，他為了要貶低巧媳婦的作用，並且表現自己的本領，便把膏藥貼住自己的半個嘴，表示只要用半張嘴便可鬥過巧媳婦了，渺視勞動婦女的智慧，結果被嘲弄得大敗而逃。故事用靈活的對話藝術手法加以表現：

❷《民間文學》，1966年第1期《巧女故事》。
❷《民間文學選》1980年10月，第1集，如東縣文化館編印（油印本）。
❷《江寧民間故事》（第2集），江寧縣文化館編印（鉛印本）1980年刊行。
❷《龍河民間故事》，河北人出版社出版。

〝大嫂，你丈夫怎麼不在家？〞〝他耕田去了。〞農人的妻子説。
〝在哪裏耕田？〞〝大嫂，不好了！牛屎從灶棵頭滾下來，落到
飯鑊裏去了！〞〝不要緊，這頭牛屁股上貼了膏藥，不會隨便
拉屎的！〞一句話把秀才羞得滿面通紅。他連忙把嘴上膏藥撕
下來，丟在地上，農人的妻子見了，又説：〝秀才先生，我的
丈夫就要回來了。他是最討厭你們這種人的。你快走吧！〞秀
才莫名其妙地問：〝爲什麼現在就回來？〞農人的妻子笑著
説：〝你不知道嗎？那頭牛把屁股上的膏藥弄掉了，再耕下
去，拉起屎來怎麼辦？〞❸⓪

封建道學先生讀了這個世俗故事，一定會認為它不雅，你看，那大
嫂居然把秀才的嘴巴比成屁股，太俗了。但是，巧大嫂不這樣便不
足以回擊這位迂腐秀才對勞動人民的奚落和挑戰。難道要巧大嫂也
要變成林黛玉那樣，當薛寶釵奚落她讀了邪書時，黛玉竟去求饒
嗎？巧媳婦故事裏並沒有向封建勢力妥協之處，一點點也找不到，
這就是因為巧媳婦故事直接的反映了勞動婦女心聲的原故。

還有，巧媳婦故事，也反映了民間熱愛勞動、宣傳我國人民傳
統的勤儉持家的風俗習慣的思想和精神。《一粒豆子》（新臘梅搜集整
理）便是這樣，它講述另一個類型的巧媳婦故事，一個老漢有三個
女兒，在她們還未出嫁時，他每人給了一顆豆子，幾年以後再去查
問，大姐二姐把豆子扔掉了，三女兒卻在當年種下一粒豆子，七八
年後收穫了許多許多豆子。最後，老漢為小女兒歡歡喜喜辦了嫁
妝，讓她坐著花轎到婆家去了。《豆腐席》（鄭富生搜集整理）❸①卻講述

---

❸⓪ 引自《中國民間故事》第一集，通俗讀物出版社出版。
❸① 這兩個故事俱見《民間文學》1961年第3期《勤儉持家的故事》。

了這樣一個巧媳婦故事，一個老漢有三個兒子，娶了三房媳婦，他想把家交給最能勤儉持家的媳婦去管，便給每人三粒黃豆，三年後再去查問，大媳婦的三粒被老鼠啣走了，二媳婦的三粒放在大灶裏燒著吃掉了，三媳婦的三粒當年種在地上，三年收了一屋黃豆，他便做了一桌豆腐席，在席上把家交給最能勤儉持家的三媳婦。這兩個民間故事都是以豆子做為藝術線索，以勤勞做為主題思想，構思新穎，情節各別，都真實的體現了我國人民優秀的民俗，它教育人們勤勞是傳家寶，一刻也不能丟。巧媳婦故事通常見到的類型都是將勤儉持家和反抗官吏的壓迫兩個主題思想揉合在一起的。湖南的《巧媳婦》中的老漢張古老在四個媳婦中挑選最能勤儉持家的人，挑來挑去，還是四媳婦巧姑，美麗的巧姑最後戰勝了知府出的難題，保持了自己的尊嚴和貞節，體現了勤勞又智慧的形象。

　　另外，巧媳婦故事裏還提出來如何正確處理家庭內部婆媳關係問題。這是我國勞動人民運用民間健康的倫理道德力量，樹立的婆愛媳、媳敬婆的新的關係，以對抗焦仲卿母壓迫劉蘭芝式那種反動的封建禮教勢力。於是我們便在民間的巧媳婦故事裏，看見了兩方面情景，一方面，人民對婆婆刁難兒媳行為的譴責。苗族的《聰明的媳婦》㉜（阿泡口述，唐春芳整理）裏，便對婆婆壓迫兒媳不道德的行為提出譴責，以促使新的婆愛媳關係的形成。當然，在婆壓媳這種舊的封建家長勢態中，巧媳婦故事的作者總是站在被迫害的兒媳一邊，讓聰明的巧媳婦在這場鬥爭中取得全勝。這個故事裏便是婆婆

㉜《中國民間故事選》（第一集）325-330頁。（人民文學出版社，1980年7月版）。此版標明〝阿泡搜集〞，但是，據香港信成書局印行的《中國民間故事選》（合訂本）220-229頁，（1979年1月版），此版標明〝阿泡口述，唐春芳整理，不應抹殺整理者的勞動，今從此說。

提出了以下幾個難題，一要一種無肥無瘦無骨的豬肉；二要兒媳去做一種〝底下玉溜溜，頂上黃央央〞的活路；三要兒媳去做一種〝上面像出太陽，底下像落雪花〞的活路；四要兒媳去給一種〝好像是在過橋，但是又不走動〞的人弄飯吃；五要兒媳去量〝三斗三、四斗四、一斗一來一斗二〞的糯米弄粑粑；六要兒媳回娘家帶回三件東西給她吃：蘿蔔黃心心，團魚沒有腳，龍寶沒有叉。以上六個難題都被巧媳婦猜中並解決了，這一個個難題都是否定封建家長專斷思想的特殊手段一種藝術表現，這樣刁難兒媳的惡婆婆，故事裏還是讓她死去了，〝她病倒了，起不來了，不久，這個可恨的惡婦就死了。〞巧媳婦故事便是這樣古樸的詛咒罪惡封建家長制的死亡，不容許婆壓媳情況的存在，從而表現了它思想內容高度的進步性。

另方面，巧媳婦故事還反映了我國勞動人民教育子女照顧和侍奉老人的心理活動。樹立媳敬婆的新風。愛護、尊敬與不虐待家中的老人是我國人民傳統的道德，也是辨別巧媳婦是否賢能與善良的重要標準，因此出現照顧老人主題思想的巧媳婦故事，也是必然的情況。劉大白編《故事的罈子》裏有一個故事，說的是有個女人自己已當了婆婆還虐待她的婆婆，用貓吃的碗給老人盛飯，還說如果打碎這只貓碗便不給老人吃飯。孫子的巧媳婦極為同情她太婆婆的遭遇，指示她有意把碗打碎，衝著這個女人——她的婆婆的面，對太婆婆說：〝你把我這只可以傳代的寶貝碗打破了，將來叫我拿什麼碗給我婆婆盛飯吃呢？〞巧妙的諷刺了這個女人，也暗示如果自己的子女也對你這樣，你會怎樣想，這樣，便促使了她的婆婆醒悟過來，從此不再虐待老人了。巧媳婦故事與民間家庭內部生活結合得如此緊密，説明人民對巧媳婦典型形象的熱愛，也説明巧媳婦故事在民間具有強烈的生命力。

最後，還應指出的是，巧女選夫的故事，也應劃入巧媳婦故事的範疇之內的。這個分枝故事具有非常有趣的特點，即反對家庭包辦婚姻，主張自己找尋配偶，並且姑娘本人設下各種計策來考驗她所選中的人，具有民主主義的性質。

綜上所述，《巧媳婦故事》是具有高度思想性的，它體現了人民對婦女解放強烈的要求，也體現了對爭取婦女解放的途徑正確的認識，即不僅要採取合法鬥爭的辦法與反動政權進行鬥爭，更應在廣大勞動人民力量聯合下以暴力推翻反動國家機器，並打擊各種貪官污吏，回擊附屬於他們的文人之挑釁才能達到。同時，〝女子無才便是德〞無異是封建道學家尊奉的奴役勞動婦女的思想基礎，巧媳婦故事反其道而行之，〝女子有才便是德〞，這樣便在勞動人民中間樹立了健康的勞動人民的才德觀，抵制了封建禮教對勞動人民的毒害。必須指出的是，第一，巧媳婦故事正由於思想性比較突出，故事中封建禮教的烙印並不如某些先生所認為的那樣〝在不同程度上帶有〞，並沒有明顯見到封建禮教的痕跡，而且，正由於主人翁活動範圍，上至皇帝、宮廷、知府，下至普通勞動人民家庭，因而決不是〝這些故事一般反映著小農經濟的生活背景，主人翁的活動範圍比較狹窄，她的才智表現因此而受到限制。〞❸恰恰相反，她的才智表現不僅沒有受到限制，而是在激烈的鬥爭中大大發展著，以至有才能領導人民起來推翻舊有王朝，這是巧媳婦最大的才智。第二，巧媳婦故事也並沒有〝表現了小農的狹隘心理〞，例如

❸　《民間文學》1980年第3期《略論巧女故事》（屈育德作）。

公爹因為娶到一個巧媳婦而十分滿意，竟在門口貼上〝幾家能及我，萬事不求人〞的對聯，認為這個就是〝巧女姑事的白璧之瑕〞❸❹，是不能令人同意的，因為，⑴從藝術結構來説，這是巧媳婦故事從單純家庭倫理關係的段落轉變到反抗官吏乃至暴力推翻王朝的轉折構思，決不是表現小農狹隘心理。⑵從整個故事思想性來看，這是公爹對巧媳婦的讚美和稱頌，表現了勞動婦女在農家地位的重要，也是婦女地位提高的表現，絲毫扯不上表現了小農的狹隘心理。從歷史價值來看，巧媳婦故事在整個世俗故事這一大類中，比其他故事略高一籌。

❸❹　屈育德《略論巧女故事》。

第七章　動物故事

第一節　什麼是動物故事？

什麼是動物故事？這個問題看來簡單，實際上各學者確定的概念是有分歧的。先從一個《貓狗結仇》談起：一對窮夫妻得了一個寶貝，給貨郎偷了。狗和貓決心幫助主人把寶物找回。貨郎家住大河對岸，而貓又不會鳧水，所以狗不僅得馱著貓過河，而且在回家的路上，還得潛水下河尋找貓不小心掉到河裡去的寶貝盒子。回家以後，貓把一切功勞都記到自己帳上。從此，狗和貓就結下了冤仇。由《貓狗結仇》故事涉及到一個動物故事概念問題，這則故事雖然重點在貓狗結仇事情上，但結構卻與人的活動緊密相關，它是把人與動物按照幻想表現出來，所以這樣的民間故事實際上是民間童話，而不是動物故事。

什麼是動物故事呢？動物故事就是那一類凡是不涉及人的活動，純粹是以動物或昆蟲為主人翁的故事。例如：1.《小白兔和獅子》、2.《山羊和駱駝》、3.《蚯蚓和蝦子》、4.《猴子的經驗》、5.《狼和象》、6.《小鴿子救火》、7.《癩蛤蟆上天》、8.《雛燕與野貓》、9.《獅子》、10.《烏鴉為什麼又黑又啞？》、11.《烏鴉與狐狸》、12.《竹雞》❶等等，在民間故事中一旦人與

---

❶　以上篇名均見董森、丁汀主編《動物故事選》，北京出版社，1980年版。本集選入42個動物故事。《中國動物故事集》，上海文藝出版社，1980年再版，選入119個動物故事。另有蘭州大學中文系民間文學組編《動物故事集》，陝西人民出版社，1981年版，選入37個動物故事。《民間文學》（1982：3）選入4個。

動物作幻想性的結合，這樣的故事便是童話性質的故事。所以動物故事是在動物之間描述的故事，是與人的活動不相干的。動物故事有以下幾個特點。

第一、片段性。在藝術構思上它總是截其最精彩的一段集中表現出來，一旦將一件事講完，便立即停止。例如《老虎和松鼠》，說的是老虎在獵網裡向松鼠求救，當松鼠將網繩嚙斷幫老虎解了圍，老虎便用瓜子去捉松鼠吃，松鼠跳上樹枝說：〝老虎先生；請您想著點我的好處！〞（見1960年5月號《民間文學》）故事到這裡便嘎然停止了。它同民間笑話一樣，也有個一針見血的特點，一旦暴露出故事中那個老虎的忘恩負義本質而對於人們有了教育性便立即中斷敘述。這種片段性形成動物故事總是異常短小精幹，像《猴子摘包穀》全文就很短：〝峨眉山上有隻猴子。一天牠下山來，去到一個菜園裡，看見滿園的包穀，非常歡喜，就伸手摘了一個，背在肩膀上，很高興地往前走了。牠走到一片桃林裡，看見滿樹的大紅桃，覺得桃子很好，就丟了包穀去摘桃。摘了桃，牠又往前走，到了一個瓜園裡。滿園的大西瓜又大又圓。牠就又丟了桃子，伸手摘了個西瓜。這時候牠打算回家，就轉回身來，背著西瓜，高高興興地往回走。走著走著，恰巧遇見一隻野兔子，牠看兔子蹦蹦跳跳，怪可愛的，就把西瓜丟了，去趕兔子。結果，兔子跑進樹林不見了，猴子只好空著兩隻手回家。〞（見《說說唱唱》1952：5）這種動物故事，全文不過兩三百字。動物故事總是這樣，由於它的片段性，它絕不作過於細膩的冗長的描寫，總是取其片段在一點描寫中來概括一般，例如通過這隻猴子的所作所為概括出做事沒有恆心那些人一般的特徵。

　　第二、人性。 人類以人的形象來摹寫動物故事。現在所有的動物故事都是具有人性的，動物的世界實際是人的世界，動物的關係實際是人的關係，動物的社會生活實際是人的社會生活，只不過是披了一層動物的外皮。所以，動物故事就其外部藝術形象來說，它是動物故事，而就其思想內容來說，它都是人性的故事。例如上面說的《老虎和松鼠》、《猴子摘包穀》等都是這樣，其中的動物都是具有人性的動物。

　　在現實生活中，動物只是具有某些習性、生活生理特點，談不上具有人的性格。因此，動物故事中刻劃的故事性格實際不是動物本身的性格，而是人的性格，它只不過是運用了動物的某些習性和生理特點來加以引伸而已。例如《老蛇為什麼咬青蛙》，由於蛇有愛吃青蛙這一習性，和青蛙愛在田裡叫這一生理特點，於是構思出這則動物故事，說從前蛇有一面鼓，被青蛙騙去不還了，因此蛇恨死了青蛙，以後一見到青蛙就吃。青蛙這種欺騙的性格，正是人的性格的反映，蛇的這種報復的性格，也是人的性格的反映，都與它們的習性和生理特徵沒有關係，而只是人的發揮，藝術的創造，表現的是人的思想感情。動物性格只是講述故事者純粹的虛構。主要還是表現人本身的性格。

　　第三、時代性。 動物故事隨時代的發展而發展著。漫長的歷史歲月不可能不改變著它們古老的基礎，在現代動物故事中去尋求任何十幾世紀以前的古老基礎，都會是徒勞的，各個時代創造著各個時代的動物故事，隨著時代的進步，人類思維的日益精密和發達，動物故事也從那原始單純摹寫動物神奇的外部形態脫穎出來，不管在內容和形式上都更加藝術化和完美化。例如，《山海經》中的動

物故事可以認為是原始動物故事的反映,那些對於動物神奇外部形態的描繪,充分體現著它的原始性:

> (景山)有鳥焉,其狀如蛇,而四翼,六目,三足,名曰酸與,其鳴自詨,見則其邑有恐。郭璞注:或曰食之不醉。(北山經)
>
> (鈎吾之山)有獸焉,其狀如羊身人面,其目在腋下,虎齒人爪,其音如嬰兒,名曰狍鴞,是食人。(北山經)
>
> (章莪之山)有獸焉,其狀如赤豹,五尾一角,其音如擊石,其名如猙。(西山經)

像這些動物故事,是原始人開始探索動物知識的一種反映,在外部形態上,不可能不帶上這種一隻眼三條腿五條尾巴等等的神話性質。它縱然具有片段性,但它無人性,原始動物故事都不大反映人與人之間的關係,而著重對於動物本身進行探索,對動物外形進行幻想的勾勒。

但是,近世社會的動物故事與原始社會動物故事完全不相同,它有了各種各樣的主題思想灌輸到故事之中去。如《黃牛與水牛》是諷刺黃牛偷水牛衣服自私自利的行為的;《黃花魚和鰵魚》是諷刺黃花魚因驕傲而撞破了頭的;《烏鴉為什麼哇哇叫》是諷刺烏鴉由於糊塗輕信,幫助了狡滑的狐狸來吃自己;《鳥王做壽》是諷刺五靈子鳥由於看不起一切鳥,而被所有的鳥兒要回了羽毛而光著身子。總之,選擇各種不同的情節來讚美勤勞、誠實、助人等等好品行,來反對自私、投機、欺騙、懶惰等等壞思想。這樣,我們在現代動物故事裡便再也找不到原始動物故事中的荒誕不稽了。

第四、地域性。動物故事的地域性也是很強的,澳大利亞的袋鼠故事，來自於那個國家有袋鼠，在亞洲的動物故事裡則不可能看到。同樣，我們在北極愛斯吉摩人的動物故事裡，也不可能見到熱帶或亞熱帶的動物故事。我國關於農業的動物故事之所以眾多，是因為中國非常早就向農業過渡，並且馴養家畜家禽而放棄了狩獵，因此，雖然在中國的人口稠密地區裡，連未開墾的土地都比別國為少，森林也少，野生動物少，但家生動物種類不少，因而家生動物故事都十分發達，如關於貓、狗、兔、馬、驢、牛、羊、大象、駱駝、雞、鴨、鵝、鸚鵡等等家生動物故事，形成中國動物故事明顯的特徵。動物故事的眾多，決不是森林和狩獵所決定的。我國沿海地區，並沒有原始森林，只有海洋，因此而流傳著許多海洋魚類故事，也應劃為動物故事中去。總之，各地有各地不同的動物，因此各地便有各地不同的豐富多彩的動物故事。

總之，哪裡有動物哪裡便有動物故事，動物故事產生的關鍵在於有沒有動物本身。中國動物故事之所以多如群星，廣如瀚海，就是因為我國疆土遼闊，動物種類繁多的原故。又因為我國是多民族的國家，像蒙古族、藏族、維吾爾族、苗族、彝族、壯族、布依族、朝鮮族、瑤族、哈薩克族、佤族、高山族、納西族、土族、塔吉克族、烏孜別克族、塔塔爾族、鄂倫春族等都有動物故事❷。其餘像錫伯族、柯爾克孜族、珞巴族、羌族、保安族、東鄉族、回族、鄂溫克族、達斡爾族、赫哲族、黎族、毛難族、京族、侗族、普米族、白族、哈呢族、基諾族、拉祜族、佤族、景頗族、崩龍族、阿昌族、怒族、獨龍族等也都有動物故事❸。以上只是初步的

❷ 以上十八個少數民族的動物故事，見於董森、丁汀主編的《動物故事選》，北京出版社，1980年版。
❸ 以上二十五個少數民族的動物故事，見於中國社會科學院文學研究所編《中國少數民族文學》一書記載，湖南人民出版社，1983年版。

統計，那些沒有動物故事記載的我國民族，未必一定沒有，只不過還未去注意搜集。由此可見，我國民間動物故事的蘊藏是十分豐富的。人們將每種動物不同的外形特徵、習性本能、生理變態、生活規律，以及生活環境，憑借著自由的志趣、優美的幻想、卓越的智慧，創造出來千變萬化的動物故事。縱然，這些故事對各種動物來說，都是虛構的不可能的，但是，它對於我們人類的意識和社會現象來說，都是具有現實意義的。它們愛民眾之所愛，憎民眾所憎，因此在民眾的心中深深地紮根，並又不斷地在民眾中開花、結果。

第二節　我國動物故事的分類

我國動物故事分類的問題，是指現代動物故事而言，並不是指古代參雜在神話、寓言、笑話中那些動物故事。我們也不可能根據動物種類來進行動物故事的分類，因為許多動物同時混雜在一個動物故事裡，若要歸於某一種動物裡，那是分不清楚的。我們在未找到更適合的分類法以前，目前還是根據動物故事內容的特點來分類比較妥當。

第一、說明型。這一類動物故事主要是來說明某一種動物的生理習性特徵怎麼來的，或者來說明某一種動物的外形特徵怎麼來的。

1.說明外形特徵的，如五靈子鳥身上為什麼一根毛也沒有？那是因為他穿上百鳥花羽衣而瞧不起群鳥，又被群鳥把毛收回了（《鳥王做壽》）；蝦子兩隻眼睛為什麼總是鼓在額角兩旁？那是因為牠從蚯蚓那裡偷來的，一天到晚躲躲閃閃，連自己影子也害怕，提防被人發現（《蚯蚓和蝦子》）；烏鴉為什麼是黑的？因為牠以前是有一身五顏六色的羽毛的，後來由於牠驕傲自大，以為天下只有牠最美，並且膽敢與火比鮮艷，結果掉進火裡把毛燒成黑色了（《烏雅為什麼是黑的》）；野鴨的胸脯為什麼是黃金色的？因為蛙與兔尋到一只黃金甕，他倆比賽誰勝誰就得到它，蛙勝了，得到了黃金甕，但拿不走，叫野鴨為牠搬到山下，分一半給牠，結果野鴨把黃金磨成粉末，塗在胸脯上，這就是野鴨所以有美麗的黃金色胸脯的緣故（《野鴨的胸脯怎麼變成黃金色的》）；兔子為什麼成了豁唇呢？因為牠騙了烏鴉、狼和狐狸，見牠們都來找牠算帳，知道事情不妙，便在吃糌粑時，把嘴唇砸了一道裂口，哭著說上了喇嘛的當，結果大伙饒了兔子，從那時起，兔子輩輩代代就變成豁唇了（《兔子為什麼成了豁唇》）。從上面的例證可見，無論是五靈子毛少，蝦子有眼睛，烏鴉是黑的，野鴨胸脯是金色的，兔子是豁唇等等，都是從動物的外形特徵引起聯想，構思成故事。這樣的故事很多，再如猴子為什麼紅屁股？鹿為什麼長角？熊的尾巴為什麼是短的？白頭翁為什麼白頭？兔子尾巴為什麼也是短的等等，顯然是一個類型的動物故事。

2.說明生理習性特徵的動物故事也不少。例如，黃牛為什麼永遠不敢下水呢？因為牠騙了水牛，游水時偷穿了水牛的衣服，從此再也不敢下水了（《黃牛和水牛》）；麻雀為什麼不會走路，只能雙腳一齊向前蹦呢？因為他吃了三隻小鴿子，拆了鴿子窩，所以鳥王杜鵑命令鷂鷹給老麻雀帶上腳鐐，罰牠不能走路只能蹦（《麻雀為什麼不會走路》）；烏鴉為什麼哇哇叫呢？因為牠一再幫助狐狸，捉小母雞給狐狸吃，送泉水給狐狸喝，結果狐狸叫牠拿身體給自己吃，牠才知幫助壞人的害處，以後一想起對狐狸作的傻事總是噁心，不停地哇哇叫（《烏雅為什麼哇哇叫》）；老蛇為什麼總是咬青蛙？這是因為牠原來有一個非常美麗的鼓，打起來響咚咚非常好聽，可是被青蛙騙去了，沒有還給老蛇，現在青蛙脖子上還掛著這種鼓兒，所以直到現在老蛇總要咬青蛙（《老蛇為什麼咬青蛙》）；老虎為什麼不敢吃螃蟹？而仍然要吃山羊？那是因為牠被螃蟹狠狠夾過，牠向山羊討辦法，答應不吃山羊，山羊告訴他放走螃蟹的辦法，但老虎沒遵守諾言（《老虎和螃蟹》）。從上面的例證也可見，無論是黃牛不敢下水，麻雀只會蹦，烏鴉哇哇叫，老蛇吃青蛙，也無論是老虎不敢吃螃蟹等等，都是從動物的生理習性出發來構思成故事的，這樣的動物故事也很多，也顯然是一個類型的動物故事。

必須指出的是，說明型的動物故事其重點不在於說明動物外形來歷和生理習性本身。而在於它的主題思想裡滲透著勞動人民純樸的道德觀，表達著勞動人民的思想感情，勞動人民將這些動物的外形和習性作為一種故事趣味性的引子，把純正的善惡是非觀念灌輸到其中去。因此，說明型動物故事迷人處，正是在於它表達的真理與正義的思想感情，絕不會使人誤解它的解釋是什麼〝迷信說法〞。

第二、寓言型。現代民間寓言就是動物故事中寓言型的故事。寓言的主要特徵是通過一個哲理性故事，反映出一般典型的生活與思想。寓言型的動物故事也就是通過一個有哲理意味的動物故事，概括出一種典型的社會現實或思想感情，它具有強烈的教育作用，使人能從這哲理性的動物故事中舉一反三，而獲得生活的啟發。

寓言型的動物故事具有一種含蓄的特徵，它單純的敍述一段動物之間的故事，主題思想由讀者去想去評論，內容實質含而不露。例如《麻雀和老鼠打官司》說的是：

　　某處山上有一棵樹。樹上有隻麻雀，做了巢住著。樹下有隻老鼠，挖了洞住著。

　　一天，麻雀和老鼠吵鬧起來，老鼠說：〝麻雀，你常常屙屎，屙在我洞口，把我洞裡的食糧都弄髒了。〞麻雀說：〝老鼠，你把樹根底下挖空了，大風吹來，常把我的巢搖落。〞牠倆爭執不下，同到貓那裡告狀，請貓判斷。

　　貓說：〝我不能空著肚子給你們審案子，先把你們吃掉，免得你們以後再無理取鬧。話未說完，一口把麻雀吞了，伸手一抓，又把老鼠咬住了。（見《康藏民間故事集》）這種寓言型的動物故事便十分含蓄。這種含蓄形成了這個動物故事的永久教育性，在不同的歷史時期人們可以有不同的感受。在不同時期，雀鼠貓比喻的對象也可以有所不同，因人因事因時而異。不管怎麼說，這個動物故事概括了這樣一種主題思想，即俗話說的〝鷸蚌相爭，漁翁得利〞，在大敵當前之時，切不可堅持〝小我〞，學那雀與鼠，不然勢必步入雀鼠的後塵了。可見這種含蓄式的動物故事具有著多麼深刻的思想。

　　有的寓言型的動物故事也具有強烈的教訓意味，這種教訓意味它不是什麼含蓄的，而是直接的闡發出來的，這是寓言型動物故事中另一種情況。例如《硬殼蟲趕牛》便是這樣：

　　從前有一隻硬殼蟲、一根羊毛和一根草，商議合夥去偷一頭牛。牛偷到了。羊毛說：〝我來騎牛。〞草說：〝我在前面牽牛。〞硬殼蟲說：〝我在後面趕牛。〞牠們很得意地走到了橋邊，牛張口把草吃了，風來把羊毛吹在河裡，牛又拉一泡糞把硬殼蟲壓斃了。三個不自量力的小東西，反都被消滅了。（見《康藏民間故事集》）

俗話説："自不量力是蠢貨"，這則動物故事便是教育人莫要學硬殼蟲趕牛的，試想硬殼蟲像米粒那麼大，能有力量偷牛趕車嗎？真是太妄想了，凡是超出主觀能力之外的事硬要去做，違背了自然法則和客觀規律，終歸要失敗，可見這個動物故事雖是開放式的點出了主題，也仍然具有深刻的思想。

勞動人民通過寓言型的動物故事，來表達他們健康、樸素的審美觀，也是寓言型動物故事的突出之點。例如《公雞和鴨》便是這樣的：有天公雞和鴨到河邊去散步。公雞一邊走一邊自誇自己美麗，並譏笑鴨説："你那雙腳掌，像樹葉一樣，走起路來東搖西擺，怪難看喲！"鴨説："你有雙美麗的翅膀，一定要展翅高飛。"公雞是不肯示弱的，便蹬著腳，要飛到河對岸去，顯示一下自己的本領。他剛飛到河心上空，便掉到河裡去了；游也游不起，飛也飛不上來，急得大喊救命。鴨游到河中間，把公雞救了上來，然後對牠説："靠這雙難看的腳掌，把你救活了！"公雞啞口無言，紅著臉，感到十分羞愧。從那次起，公雞再也不敢自吹自擂了。(見《民間文學》1965：3壯族動物故事) 這則故事表達了勞動人民那種不圖外表的虛美，只圖實用的美學思想。美必須與人們的生活實踐相結合，方能顯出它真正的美，不然光是虛有其表，那是沒什麼用的。這樣的寓言型動物故事也是具有強烈教訓意味的。

寓言型動物故事在漢民族當中是比較多見的。在動物寓言故事、動物笑話故事中有大量存在，我在上面提到的《井蛙與海鱉》、《麻雀請宴》裡便是。漢民族中寓言型動物故事不僅多見，而且產生得最古老，這是它的特點。

第三、多物型。動物故事一般是兩種動物構成故事情節，如

《蚯蚓和蝦子》、《狼和鹿》、《鹿和虎》，至多是三、四種動物。如《貓和老虎、老鼠》、《狐狸、猴子、兔子和馬》，但是，還有一類是多物型的，故事情節涉及到六、七種東西或者一群動物，例如，《六個東西的活路》講的是一個黃泥罐、一個土瓶子、一根元根蒂蒂（菜根）、一隻屎頭蒼蠅、一根青稞頭子和一枚針一道開會。這六種東西都擬人化了，開會作出決議讓土瓶子去揹水、菜根去放奶子牛、蒼蠅去趕牛、青稞頭子去揚糧食、針去掃地，結果土瓶子遇水化成泥；菜根放牛被牛吃了；蒼蠅趕牛被牛糞壓死了；青稞頭子去揚糧食，讓風吹走了；針去掃地，掉進地板縫裡去了；最後黃泥罐想這五位老兄能力都很差，他去看看，一下子從擱板上跳下，忘了自己是泥做的，跌得粉碎。這六個東西自不量力的教訓，可以永遠為人們記取。這是一個有名的藏族動物故事。像這類故事與前二類的區別便在於它的多物化。藏族還有個《咕咚》也是這樣，說的是六隻兔子聽到木瓜掉進水裡〝咕咚〞一聲，嚇得逃跑，狐狸聽說〝咕咚〞來了，也嚇得逃跑，接著猴子、鹿、豬、水牛、犀牛、大象、狗熊、馬熊、豹、老虎、獅子……一個跟著一個，都跑起來了，最後碰到長毛獅子，回頭去追問一個一個動物，查明了原因，才知道是兔子的大驚小怪。這樣題材的故事在全國都流行。例如，蒙古族的《扎勒》，〝扎勒〞是秋葉落水的聲音，一隻狐狸去吃兔子，機智的兔子說〝扎勒〞來了，狐狸嚇跑，也嚇跑了狼、虎、獅這些吃人的猛獸，結尾很妙，獅、虎、狼、狐為了得到水中吃物分別撲向它們水中倒影，水上漂著四具屍體，兔子說了一句意味深長的話：〝這就是聽見一點危險就逃命，看到一點好處就鑽營的傢伙們的下場哪！〞像《扎勒》這則故事和《咕咚》，顯

然是同一母題的動物故事，儘管它們的主題思想不大一樣，前者是
寫盲目性之害，後者是諷刺膽小逃命和爭利鑽營。這種母題的動物
故事，藏族有〞咕咚〞，蒙古族有〞扎勒〞，漢族有〞屋漏〞。漢
族《屋漏》的民間動物故事，已經加入了民間童話的成份，整個故
事與〞咕咚〞、〞扎勒〞同一母題，但情節結構不同，它說的是一
個媳婦回婆家，遇見一隻虎，這虎要吃她，她講回去看過母親以後
再給牠吃，虎同意了。回家後，虎在窗外偷聽母女倆對話，女兒滿
懷心思問母親：〞你怕不怕老虎？〞母親回答說：〞不怕，我只怕
屋漏〞，老虎聽說，想必〞屋漏〞比虎更利害，就嚇得跑了，一個
小偷剛好從牆外翻進，戴著斗笠，頭比笆斗大，披著蓑衣，毛有尺
把長，虎以為他是屋漏，拔腳便逃，小偷嚇得掉在牠背上，騎著
牠，老虎跑著，引發所有動物都嚇得大跑，小偷急中生智，爬上一
棵樹逃了命，虎以為〞屋漏〞還會爬樹，沒命奔上山去，最後遇到
一隻猴子，一定要去看，又怕逃不掉，把尾巴與虎拴在一起，規定
好如果害怕便眨眼睛，不怕便不眨眼睛，結果樹上的小偷哆嗦著搖
下葉上的水珠，掉進猴子的眼睛，猴子大眨眼睛，虎看見便逃，把
猴子拖死了。這則故事情節比前兩則更為複雜而多變，趣味性十
足，巧妙的藝術偶然性，使懸念分外突出。多物型動物故事主要是
用來諷刺愚蠢和盲目跟從的現象的，現今，社會上盲目服從現象很
突出，〞咕咚〞、〞扎勒〞、〞屋漏〞這些多物型動物故事，就代
表了民間正義的輿論，提倡實事求是，反對盲目跟從，十分鮮明地
反映了人民的心理活動。

　　第四、海洋動物型。我國有漫長的海防線，海邊上絕大部分是
漢民族成為世世代代的漁民。由於中國的漢族很早便向農業過渡，

因此，有關農業的動物故事 (如雞、鴨、鵝、馬、驢、牛等) 十分發達，這是漢族動物故事特點之一。另外，由於漢族聚集在海岸四周，所以有關海洋的動物故事 (如海龜、海魚、海蚌等) 也十分發達，是其特點之二。這個類型的動物故事別具一格。雖然海洋動物故事既有說明型，如《海龜的背殼為什麼是裂的》、《墨魚為什麼又叫烏賊》，又有寓言型，如《章魚學功》，但是，海洋動物故事裡都包容有豐富的特殊海洋生物知識，它從歷經海上風浪的海上老漁民口中說出來，是勞動人民對海洋生物廣博見聞的表現。例如，俗話說：〝海蚌行走蝦當眼〞，怎麼會是這樣？故事說，原來海蚌有眼睛，後來由於烏賊用長鬚胡纏蝦姑娘，海蚌姑娘主持正義，譴責了烏賊，結果被烏賊用毒刺弄瞎了眼睛，因為海蚌是為了保護蝦子才被烏賊弄瞎眼的，從此，蝦就世世代代停在海蚌頭上，充當眼睛。像這個海洋動物故事，要是不明瞭海蚌的生活習性，和烏賊的毒刺和烏墨，以及它們和海中其他魚類的關係，是講不出這樣的海洋動物故事的。(姚定一搜集整理《海蚌行走蝦當眼》，《民間文學》1980：9) ❹。

因此，海洋動物故事的構成便有以下特點，第一，根據海洋生物的外型特徵構思成故事。例如《驕傲的黃魚》便是根據黃魚頭上有坑坑洼洼的痕跡來進行的藝術構思 (葉永福、王金煥搜集整理，《民間文學》1980：9)；《海龜的背殼為什麼是裂的》便是根據海龜的殼好像一小塊一小塊碎殼拼湊起來的，以此來進行藝術構思 (邱國鷹、劉福利搜集整理，《民間文學》1981：4) 第二，也根據海洋生物的生理習性來構思成故事。例如，《鯨魚和墨魚》，說墨魚總是棲息在大鯨魚頭頂

❹ 關於海洋動物故事並請參見邱國鷹編《海洋動物故事》，福建人民出版社，1981年版。收入35個故事。《民間文學》(1983：12) 收入4個。《民間文學》(1982：6) 收入6個。又《秦皇島海洋動物故事》(四個)，載《民間文學》1982：9，又《民間文學》(1981：4) 收入4個。

上的小洞洞裡 (邱國鷹搜集整理,《民間文學》1980：9) ；老章魚的八隻足能
夠抓住一隻烏鴉來生吞了 (六十一歲老漁民黃榮良口述的《章魚擒烏鴉》,《山海
經》1981：1) ；鯊魚每年春天都要游到淺海一帶吃海蛇和鯔魚 (南存化
搜集整理《鯊魚身上的沙哪裡來的》,《民間文學》1980：9) 。第三，根據海洋生
物的名稱來構思成故事。例如，烏賊魚，烏墨和盜賊的含義，使它
在海洋動物故事中往往扮演反面人物的角色。《墨魚為什麼又叫烏
賊》，因為墨魚偷了章魚的墨囊寶袋，便成了偷烏煙墨囊的賊──
烏賊，自然，除依據名稱外，還要結合它的生理習性。總之，它們
中間蘊藏著勞動人民在與大海作鬥爭中的積累起來的豐富知識，表
現了勞動人民的高度智慧。

　　勞動人民運用各種各樣海洋生物來表達不同的主題思想，歌頌
著善良、助人、正義之情，鞭笞著凶狠、害人、邪惡之事。《章魚
學功》歌頌了捨己救人和刻苦磨練的精神；《紅蝦跳龍門》譴責了
投機取巧；《鰣鰻是怎樣變成比目魚的》抨擊了暗地陰險害人的行
為 (以上三篇見《民間文學》1981：4) ；《鯨魚和墨魚》歌頌了弱小者能夠
戰勝龐然大物的頑強精神；《驕傲的黃魚》說明了驕者必敗；《墨
魚為什麼又叫烏賊》譴責背信棄義的思想和行為，所以海洋動物故
事不僅具有卓越藝術性，也具有高度思想性。

　　綜上所述，動物故事便可分為以上四大類，這四大類往往互相
有交叉有聯繫，並不是純粹割裂開來的。任何一類動物故事，都是
人民生活生產實踐經驗的總結，它們帶著勞動人民既深沉又強烈的
思想感情，往往是血與淚迸發的反映，充滿了勞動人民對於社會生
活的真知灼見，概括了勞動人民在改造社會改造大自然中的令人效
法的經驗和令人借鑑的教訓，這種經驗教訓又是通過一個個典型的

動物形象集中反映出來的。正如過偉教授在《毛南族、京族民間故事選〝前言〞》中説的：〝勞動人民創造的動植物故事，表現了不同歷史階段的人們對於動植物的認識與理解，也凝結著人民的智慧、思想和感情。〞❺並指出京家（族）長期過著海上生活，非常熟悉海中的生物，因此創造了許多燦爛瑰麗的海洋生物故事。《山欖採海》寫白山欖、紅山欖兄弟，受山神指示去探索大海秘密，為海洋奇景所迷，便與珊瑚姐妹結婚。《海龍王開大會》等，寫弱小水族自衛由來，對〝物種原始〞作了有趣解釋；《白牛魚》、《灰老魚》、《鸞的故事》又借海中動物，講述了人情悲歡。可見動物故事都具有浪漫主義色彩。

第三節　我國動物故事的由來

我國動物故事內容豐富，淵遠流長，世所著稱。

1962年，上海文藝出版社出版了《中國動物故事集》，1978年再版，共收入我國25個民族的動物故事119篇。《再版説明》云：〝這些動物故事只是我國各民族豐富多彩的動物故事寶藏的滄海一粟。〞這很正確，動物故事在我國確是多到數不勝數。考其來歷，十分久遠。在先秦，就可分為三類。

1.動物靈巧故事。我國在遠古神話中，就形成了描寫獸類機警靈巧的故事，那時動物靈巧故事的特點，是和我國古老的神話互相交織在一起的。例如，《楚辭・天問》云：〝應龍何畫？河海何歷？〞王逸注：〝禹治洪水時，有神龍，以尾畫地，導水所注。〞

❺　見袁鳳辰、蘇維光、蒙國榮、王弋丁、過偉編《毛南族、京族民間故事選》〝前言〞，上海文藝出版社，1987年版。

龍顯然是古代被神話了的動物，牠靈巧得按照人的意志，以尾畫地而導水。再如，夏禹治水時他得到一個萬年神龜的幫助，它馱著他涉過茫茫大水去治水，烏龜在很早的年代就已是我國動物故事中機警靈巧的象徵。我國動物故事還在遠古便在神話中萌發，並得到了廣泛發展。

2.動物寓言故事。我國在春秋戰國年代形成了動物寓言故事，它的產生與農業有關，也與狩獵有關，如《莊子·秋水》中埳井之蛙與東海之鱉，蛙原本就是與農作物有關：

埳井之蛙……謂東海之鱉曰：〝吾樂與！吾跳梁乎井幹之上，入休乎缺甃之崖 (邊)；赴水則接掖持頤，蹶泥則沒足滅跗 (足背)，還虷、蟹與科斗，莫吾能若也！且夫擅一壑之水，而跨跱埳井之樂，此亦至矣！夫子奚 (何) 不時來觀乎？〞東海之鱉左足未入，而右膝已縶 (絆住) 矣。於是逡巡而卻，告之海曰：〝夫千里之遠，不足以舉 (稱說) 其大；千仞之高，不足以極其深。禹之時，十年九潦，而水弗為加益；湯之時，八年七旱，而崖不為加損。夫不為頃久推移，不以多少進退者，此亦東海之大樂也。〞於時埳井之蛙聞之，適適然 (驚呆) 驚，規規然 (渺小) 自失也。〞

這篇古代民間寓言，嘲笑了埳井之蛙見聞狹窄而盲目自足自樂。又如《戰國策·楚策一》中著名的〝狐假虎威〞寓言：

虎求百獸而食之，得狐。狐曰：〝子無敢食我也！天帝使我長百獸。今子食我，是逆天帝命也！——子以我為不信！吾為子先行，子隨我后，觀百獸之見我而敢不走乎？〞虎以為然，故遂與之行。獸見之皆走。虎不知獸畏己而走也，以為畏狐也。

狐與虎原本就是古人狩獵的對象，它們構成了特殊的動物寓言故事類別。漢代以後，也仍有這類動物寓言故事，《説苑‧談叢》云：

> 梟逢鳩。鳩曰：〝子將安之？〞梟曰：〝我將來徙。〞鳩曰：〝何故？〞梟曰：〝鄉人皆惡我鳴，以故東徙。〞鳩曰：〝子能更鳴，可矣；不能更鳴，東徙，猶惡子之聲。〞

改本性發人深省，但較少見。

3.動物習性故事。這又是先秦動物故事特殊的類別。《山海經》中保留了許多動物習性故事的早期形態。例如《西山經》云：〝有獸焉，其狀馬身而鳥翼。人面蛇尾，是好舉人，名曰孰湖。有鳥焉，其狀如鴞而人面，蜼身犬尾，其名自號也，見則其邑大旱。〞等等。我國早期的動物習性故事，有大量的這類單純的以幻想方式描寫的動物習性故事，幻想性是顯然的，如説〝孰湖〞是〝人面蛇尾〞、〝鴞〞又是〝蜼身犬尾〞，我國動物習性故事就是這樣來構成它的趣味性，那時還談不上用它來比附人與人之間的關係，這種獨立的動物故事，可以説是與古代神話寓言同時產生的。

我國古代的動物故事，便分為動物靈巧故事，動物寓言故事，和動物習性故事這樣三類，可見即使是我國古代的動物故事，也決不是很少的。從上述故事中，有些特點值得我們重視。第一，我國動物故事的產生和發展證明，動物故事不一定非和狩獵業與農業的勞動有關，有些外國學者將動物故事的產生僅僅直接比附於狩獵業的副產品，那動物故事產生的生活基礎就真是太狹隘了。格羅塞曾認為：〝即使生在最豐富的狩獵區域，假使原始狩獵者對於許多野獸的性質和習慣沒有精確了解的知識和觀察能力，也仍舊會一無所獲的。〞（《藝術的起源》，商務印書館出版，199頁）這是指狩獵勞動，與動物故事的產生不能相提並論，動物故事並不是人類在精確了解了動物的知識和具有觀察能力以後才獲得的，而是只要有了這種動物，而人類已經發現了這種動物，動物故事便會產生，有時它可以説與狩獵業勞動與農業勞動毫無關係。我國動物習性故事產生便是這樣，把實際動物的活動完全幻想化，這是一；動物習性故事則不把這些實際動物的關係加以社會化，這是二，這是動物故事產生的初期形成的特點。第二，還有個特點須指出，古代動物寓言故事是與民間笑話不可分割的，因此，中國古代動物故事在我國歷代笑話集中也包容著一定的含量，例如在清·石成金《笑得好初集》中，便有《麻雀請宴》這樣的動物故事：

麻雀一日請翠鳥大鷹飲宴。雀對翠鳥曰：〝你穿這樣好鮮明衣服的，自然要請在上席坐。〞對鷹曰：〝你雖然大些，卻穿這樣壞衣服，只好屈你在下席坐。〞鷹怒曰：〝你這小人奴才，如何這樣勢利。〞雀曰：〝世上那一個不知道我是心腸小，眼眶淺的嗎。〞敬衣不敬人，遍地皆是，可見都是麻雀變來的。

這樣的笑話，去掉最後一句，實際上便是一個很典型的動物故事，所以我國民間笑話中，是有一些動物故事的。這是動物故事產生的後期形成的特點。

第八章　植物故事

第一節　什麼是植物故事？

　　植物故事是以各種各樣植物為主人翁，或講述植物的特點、習性和發現的經過，或借植物起源為題講說一段歷史，或以故事形式以擬人化手法講說植物功效的故事，這一類故事核心始終圍繞著植物展開，並把我國歷代的社會生活反射到植物群裡，通過藝術想像和虛構來敍述我國的各種植物。植物故事由於寫的是植物，表現植物與植物之間關係很少見，表現人與植物之間關係的多見，有些即使是表現植物與植物之間的關係，但也是反射的是人與人之間的關係，因此植物故事多半不是單純的植物故事，而是以植物為軀殼講說的故事。

　　植物對於人類有著不可估量的功用與價值，與人類關係十分密切，是人類賴以生存的必不可少的生活物資，因此人類必然產生對於植物的愛好、珍視、保護的思想感情，用植物來寄托自己的希望、熱忱與理想，這就是植物故事產生的基本原因，所以，不管藥用植物❶或觀賞植物❷，不管農業植物❸或經濟植物❹都有關於它

---

❶　如《中草藥故事》（載《民間文學》1982年第4期）、《人參故事》（載《民間文學》1982年第9期）。

❷　如《花卉的故事》（載《民間文學》1982年第11期）、《洛陽牡丹的傳說》（載《民間文學》1983年12期）。

❸　如《稻穀的來歷》（載《民間文學》1981年第1期）。

❹　如《名茶故事》（載《民間文學》1981年第4期）、《瓜果故事》（載《民間文學》1981年12期）。

們的故事。這一類故事的數量不亞於動物故事，也是我國民間故事當中十分豐富多彩的一類，這是由於植物本身對於人民的生存、健康、長壽息息相關，所以使人們更多地產生了它們與社會現實生活的廣泛聯想所致。

植物故事產生的時間很早，它是和我國古代神話一起產生的。炎帝神話中炎帝的女兒瑤姬變草的故事，夸父神話中他的手杖化為桃林的故事，羿的神話中十個太陽棲息在扶桑神樹上的故事，舜的神話中他的妻子娥皇女英哭他死去，淚水灑在竹子上變成了特殊的斑竹的故事，都是我國最初形式的植物故事。最初的植物故事是和神話交織在一起不可分割的，因此，我們把它稱作神話植物故事。顯然它的產生和神話的〞萬物有靈〞的觀念是相聯的，隨著人類逐漸的離開了孩童時代，社會科學與自然科學的發展，神話植物故事過渡到植物世俗故事階段，內容起了變化，加添了貧富成份和更廣泛的社會內容，於是植物故事便單獨成為一類，而形成為幾種不同形式的植物故事了。

植物故事並不僅僅是植物本身的故事，有一些是由植物引起的關於人的故事，這一類我們稱它為非典型的植物故事。只有那些關於植物本身的性能、特點或擬人化的故事，我們才稱它為典型的植物故事。非典型的植物故事只具有植物故事的部分成分，例如，《香椿樹》的故事，說的是一個皇帝外出打獵，要吃炒雞蛋，一位老大娘用香椿頭炒給他吃，回去後，他由於分不清香椿樹與臭椿樹，將兩種樹顛倒來稱呼，香椿樹氣得爆了肚皮，從此香椿樹皮都裂開了。這個故事實際是諷刺皇帝的愚蠢，只借植物加以發揮，只在最後具有植物故事成分，可以明顯看出它是虛構的無稽之談，因

此它是非典型的植物故事。典型的植物故事與此不同，它由於具有
一定的科學性，能使你不得不承認它是道地的傳説故事，例如藥用
植物中的《車前草》故事，説的是漢代有位名將馬武，他打了敗
仗，人馬退到一片少水的荒野，由於缺水，士兵得了膀胱〝濕熱
症〞，人尿血，戰馬也得了此病，尿血。但是一天，馬夫突然發現
有三匹馬不尿血了，一查，才知它們每天吃一種豬耳形的野草，他
也用它煎湯來喝，一連幾天，他也不尿血了，於是馬夫就把這件事
稟告了馬武，馬武便下令全軍找這種草煎湯飲，結果病全好了，由
於這種草最先在大車前邊發現，馬武大笑説：〝好個車前草〞，從
此這種藥草便叫車前草了。讀了這個故事，使我們知道了這種藥草
的基本藥用價值——治尿血，這是具備科學性的，它用現實主義表
現方法真實地再現了這種藥草發現和命名的經過，令人信服，因此
它是典型的植物故事。植物的擬人化故事，也是典型的植物故事，
例如《豆子兄弟》，説的是大豆和小豆兩兄弟打架，小豆打敗了，
羞得滿面通紅，從此變成紅豆，大豆打勝了，他一樂就把臉樂黃
了，從此變成黃豆。這類故事，用浪漫主義表現方法，具有濃厚童
話性質，它也是典型的植物故事。現在，不管它們是非典型或是典
型的，只要它們與植物來源有關，我們都稱之為植物故事，因此，
植物故事包括的內容是廣泛的。

第二節　糧食作物故事

俗話説：〝民以食為天〞，糧食作物是人們賴以生存的物質，
與人們關係密切，因此產生和流傳有相當多這個類型的植物故事，
糧食作物故事多半表現為探討糧食來源的故事，但是，在探討糧食

命名或來源的經過時，採用的藝術創作方法是不同的，有的取現實的方法，有的取浪漫的方法。取現實方法講說的糧食作物故事多附會在歷史傳說裡，取浪漫方法講說的糧食作物故事多附會在古代神話或民間童話中或民間風俗裡。

有關山芋來歷的故事便是取現實方法講說的故事，這些故事便是附會在歷史傳說裡，例如，我和南京大學中文系七八屆學生1981年11月在浦口區三河公社採風，就聽到過兩個不同的山芋故事。

1.有一次楚霸王騎馬到一片山坡地，看見馬跑得連毛都汗濕了，就下了馬，將馬放到坡地上去吃草。馬吃了一會兒草，突然用馬蹄子在地上刨起來，一刨刨出個紅疙瘩像芋頭一樣的塊根，有拳頭大，馬就吃那紅疙瘩，吃得津津有味兒。楚霸王看見馬搖著尾巴嚼著紅疙瘩，自己肚子也有一點餓，也就用劍挖了一個吃。一吃，甜絲絲的蠻好吃。楚霸王就對紅疙瘩說："逢結生根"，真是像俗話說的："英雄說話草木知"，從此，紅疙瘩就紮下了根，從結子上長出果實來，因為它長在山坡上，像芋頭，所以人們便叫它"山芋"，又因為它的皮是紅的，又有人叫它"紅薯"。（程長彬口述）

2.唐朝薛仁貴征東的時候，有一次打了敗仗，兵馬被圍困在九座山上，糧草的來路都被敵人割斷了，兵士餓得面黃飢瘦，薛仁貴沒有辦法，就準備殺馬讓兵士當糧吃。因為他和戰馬是有感情的，臨殺馬之前，便再去看一眼這些馱著他們打仗立功的伙伴。他來到馬棚前，看見馬一匹匹膘肥體壯，馬伕臉上也紅撲撲的，心就懷疑他們是不是私自屯積了糧食？於是親自拷問馬伕，馬伕慌忙跪下說："老爺息怒，讓小人慢慢說來。"有天他放馬在山谷下，窪地裡有一種碧綠鮮嫩的野藤，馬特別愛吃，吃藤葉時拉出了一些根，形狀像芋頭，但比芋頭大，馬也吃得很有滋味，這時由於自己肚子也餓得癟癟的，也就嚼了幾個，又甜又嫩，又止餓又解渴，他們這些天就都是吃的這種東西。薛仁貴聽了大喜，忙叫馬伕拿來給他嚼嚼，果然味道不錯，就下令兵士們用這些東西為糧食，個個吃得飽飽的，恢復了體力，突出重圍，打敗了侵略的敵人。因為它的形狀有點像芋頭，又長在山上，薛仁貴就給它取了一個名字叫〝山芋〞。還有一種說法，它是在山上遇到的救命的食物，因此就叫〝山遇〞，諧音為〝山芋〞。（陸學江口述，王河山、劉小峥搜集）

以上兩個山芋故事都認為山芋本是野生的，是有科學性的。先被馬偶然吃到，然後被項羽或薛仁貴發現而命名，這種糧食作物故事與現實生活雖有緊密聯繫，但它並非真實歷史的記錄，而是民間故事的藝術虛構，他們創造了生動的藝術情節。

有關稻穀來歷的故事便是取浪漫方法講說的故事，這些故事附會在古代神話或民間童話裡，魔法藝術結構非常明顯，幻想性濃郁。1.附會在古代神話以後連續的糧食作物故事，例如像藏族的《種子的起源》，這是一個情節曲折多變的有神話性的糧食作物故事，說的是開天闢地以後，地上還沒有種子，人們在岩洞裡靠打獵為生，有一天天上突然出來九個太陽，地上各處都冒出烈火，把人們都燒死了，只剩下一個少年，他在太陽落下去後，跋涉長途去尋找水源和糧食，一找找到了天地盡頭的天泉，在天泉邊他遇見天神的三個女兒，於是他將金指環吊在無花果樹上，誰套上這指環誰就會成為他的妻子，其中只有三女兒與他有緣，套上了這金指環，於是與這少年私定終身。這件婚事天神知道後，便要考驗這個少年，實際是想方設法阻擋他倆的結合，他在仙女幫助下，一連過了五關，一是一天砍完種四斗青稞種子那樣寬的地，二是一天內把這塊地耕好，三是一天內種完四斗油菜籽，四是把四斗撒在地裡的菜籽又集中起來，五是集中的菜籽少了三合，被三隻仙鴿的第二隻吃了，結果射中它，從它嗉囊中得到了失去的油菜籽，仙女一一教他克服了這些阻礙，於是天神允許他倆成親，結為夫妻。後來，這少年思念人間，經過種種曲折的磨難，終於把仙女帶到人間，天神為了不許他倆帶種子下凡，只允許女兒光著身子去和母親和姐妹告別，在告別時，姐姐們只有想法把一顆青稞和一顆麥子叫她含在嘴裡，選了兩顆蠶豆當耳環，選了一顆豌豆藏在鼻孔裡，選了一顆蕎麥藏在指甲裡，然後和天后、姐姐們告別，仙女就是這樣將種子帶到了人間。❺這個類型的植物故事，是從天上升起九個太陽的神話連續成的植物故事，在漢族當中也有，1981年我在浦口採風時，也聽到一個麻菜（一種野菜）與十日的植物故事，也是從天上有許多太陽的神話來加以構思的：

　　遠古時候，天上有十個太陽。十個太陽一齊出來，曬得河底子都裂了指頭寬的縫，莊稼都枯死了。後來，出了一個后羿射太陽，一連射落九個太陽，最後一個太陽嚇得從天上逃下來，躲到麻菜根下，后羿找來找去沒有找到，就收起了弓箭，從此天上就剩下一個太陽了。太陽念麻菜救它的恩情，因此從來不把麻菜曬枯曬死，不信，你鏟一棵麻菜放在太陽底下曬曬看，曬它幾天還不會枯死呢。

（鮑良楷口述，王清、戚庚生記錄）

　　所不同的是，一個將十日神話連續在稻穀起源故事上，而另一

---

❺　《種子的起源》蕭崇素搜集整理，《民間文學》1961：2。

個則連續在野菜起源故事上，但都是植物故事，取浪漫方法加以表現。彝族《稻穀的來歷》，雖然也取浪漫方法講說故事，但不是採取魔法結構，而是採取動物與植物故事相結合的藝術構思。故事說，很早以前，人不會種莊稼，那時狗和豬都同人生活在一起，狗同豬商量，要幫人類找尋稻穀，在狗的幫助和帶領下，狗與豬同去找稻種，找到稻種後由於狗會翹尾游水，在河水裡未被淹沒，保存了一些稻穀在尾巴上，交給了可靠的朋友——人，人們才把稻穀種植起來，至此每年農曆八月初一，彝族人吃新穀時，首先便會舀一碗給狗嚐新，以此表彰狗給人們帶回稻穀的功績。而豬由於懶，又無毅力，丟失了稻種，只好躲在牆腳唉聲嘆氣，人們也念他和狗一起去尋種子出了腳力，就賞給它一點殘湯剩飯洗鍋水❻。稻穀為什麼是狗傳下來的？對現在的人說是不可思議的，但如果我們了解了彝族的祖先是以狗作圖騰崇拜的對象的話，便會了解這種浪漫的構思，實是出於深厚彝族民俗的生活基礎。

第三節　經濟作物故事

經濟作物有關於人民生活的需要，由於這一類植物供作工業原料，引起人們極大的注意和愛好，因此也流傳有不少經濟作物故事。這一類故事中最著名的是茶葉的故事，中國以產茶著名。因此茶葉故事也豐富多彩，它強調茶葉對人的巨大的功效。1.茶能治病。許多故事強調這一點，例如《白茶》（畲族民間故事）❼說的是浙

❻《稻穀的來歷》（彝族）楚雄民間文學小組搜集，羅桂森、姜士英整理，載《民間文學》1981：1。
❼《白茶》（畲族民間故事）盧彬搜集，陳瑋君整理，載《民間文學》1981：4。

江省雲和縣藍二嬸嬸用山泉水救活了一位飢渴的老瘩和尚，老瘩和
尚在她房前房後種上一種茶樹，藍二嬸嬸的孩子山明突然發病，
〝身燙眼紅肚皮疼〞，躺在床上直打滾沒命的叫。這和尚便用刀劃
開掌心，讓血一滴一滴滴在樹根上，綠茶葉突然都變白了，用來給
山明泡茶喝，一喝便止住痛，後來這和尚傷口由於受細菌感染而死
亡，從此白茶樹便留下了，藍二嬸嬸用白茶給人們飲，被稱為〝白
茶仙姑〞。這白茶又叫〝雲霧茶〞，有醒腦、明目、清胃、潤肺、
洗腸、通氣作用，紅火眼、氣喘犬哮百治百驗。這故事通過具體情
節將茶葉功效敍述出來。《茶姐畫眉》❽講的是河南省信陽縣毛尖
茶的故事，也強調茶能治病，說很久以前神農氏傳下茶葉，有個春
姑為了解救人們〝疲勞痧〞的瘟病上山尋找，神農以神鞭將她變成
一隻尖嘴、大眼的黃雀，叫它銜著茶籽回來，不准笑，笑就會再變
不成人，它笑了，於是再也變不成人，永遠變成小鳥，在茶林裡給
茶樹捉害蟲，而她傳下的茶樹，人們飲後便神清目爽、積勞頓消，
治好了人們的病。《嶗山茶》❾說的是山東省青島嶗山茶的故事，
也強調能治病，說從前嶗山下有個小茶館，店中雇了一個小伙計鄭
山，上山十年採茶不歸，歸而見他的母親已盼瞎了眼，他便把他採
的茶給母親喝，喝了三口眼前就光明雪亮了，治好了瞎眼。〝碧螺
春〞也強調有能治病的是作用，這種故事在江蘇省蘇州很著名，說
有個碧螺姑娘為了治婆婆病在山上採到了野茶，泡水給婆婆喝，治
好了她的病，人們以後也用它來治一些病，很有效，於是為了紀念
她，命名茶為〝碧螺春〞，還建〝碧螺庵〞供養她❿。幾乎所有的

❽　《茶姐畫眉》祝凱搜集整理，同上。
❾　《嶗山茶》臧秀藝搜集，劉思志整理，《民間文學》1981：4。
❿　見《碧螺姑娘》蘆向陽搜集整理，載《鄉土》第二期。又見《蘇州的傳説》
　　中李洲芳、袁震搜集整理的《碧螺春》。

茶葉故事都強調茶有治病的功效，這構成了它的顯著的特點。2.茶能幫助消化。我在浦口採風時聽到的茶葉故事別具一格，把茶葉解葷作用講得神乎其神，名為《五片茶葉》，説的是這樣一個故事：

從前有個客商姓刁，專會出刁主意。他販了一批貨，僱了五條船運貨，在一條船的艙裡看見一個漂亮的少女，一問，是船工王二的老婆，便起了壞心。王二正當二十六、七歲，身強力壯，個大膀粗，有個特點，非常愛吃肉，客商便心生一條毒計，上船對王二説：〝船家，看來你很能吃肉，是嗎？〞〝嗯，我能吃。〞〝五斤肉你能吃得下嗎？〞〝能〞，客商説：〝我看你吃不下。〞王二不肯示弱：〝我吃的下。〞客商説：〝我們打個賭吧！我買五斤肉，你要能一頓都吃下去，我把這五條船上的貨物都送給你，你要不能一次吃下，就把你老婆輸給我。〞王二不敢答應，回來問妻子，一進門説明原因，吵著鬧著要拿老婆作賭注，老婆不願意，説：〝你萬一吃不下五斤肉，真的把我輸了怎麼辦？〞王二對天發誓他一定能吃下五斤肉，求錢心切，一定要他老婆答應，老婆最後不得不同意了。於是王二與客商立了個打賭的字據，請了兩個船家當中人，雙方各自簽了字畫了押。

客商一心想贏得王二的老婆，買肉時，盡揀最肥的肉買，一點瘦肉都不要，買來後，不放油鹽和蔥薑蒜，只是白水清煮，王二一吃到嘴裡，心裡就想：壞了，一點鹽沒放，這肉真難吃，老婆保不住了。壓住噁心，一塊一塊朝嘴裡送，他老婆也焦急看著他在受罪。到最後三塊肉，填到嘴裡就昏倒了，客商就準備帶王二老婆走，王二老婆堅決不肯，説王二心口還有熱，還沒死呢！她要把昏死的王二帶上岸，客商心想，反正他死定了，就同意她帶上岸。

　　所以，她就把王二拖到岸上，暫由人看管，這女子的娘家正在碼頭上，她飛奔回家，找父親幫忙，她父親就叫她一起去找茶葉店陸先生，這陸先生自小採茶焙茶，人稱〝神茶手〞，深識神茶妙用。但一問店內伙計，說陸先生出門，王二老婆一聽便急的哭起來，叫救命，這一叫，把正在裡面專心寫《茶經》的陸先生給叫出來了。

　　問明情況後，他拿出五片茶葉交給女子，說：〝先給他吃三片，過個一時三刻，如果他肚裡咕嚕咕嚕響了，那就有救了，你再把剩下的兩片放進去。如果一點動靜沒有，這兩片乾脆也就不用放了，那就沒有救了。〞王二老婆拿著五片茶葉奔回來。客商一見她回來，後面無幫手，而且只是帶回兩只拳頭，冷笑一聲，料想這小小女子也無什麼起死回生之力，根本不在意，看都不屑一看。

　　女子見客商不在意，在替丈夫擦口水的機會，快速把三片茶葉塞進丈夫嘴裡，便提心吊膽地等著，過一會兒，只聽見丈夫肚子裡咕嚕咕嚕直響，心中大喜，急忙又把剩下的兩片茶葉塞進他嘴裡，不一會兒，她丈夫便坐了起來，嘴裡的三塊肉沒用牙齒咬就都被茶葉化了，五斤肥肉統統吃了下去。客商想抵賴，白紙寫黑字，再賴也賴不掉，不僅沒得到王二的老婆，乖乖地把五船貨物交給了船工，灰溜溜上岸去了。（曾庚林口述）

　　茶的神效，再沒有比這故事講得更具體更形象的了，民間故事通過這件事情，將茶葉的妙用集中地表現出來，使人警覺難忘。這五片茶葉的神效，雖然是被誇張的，但是它是建立在茶能解葷和興奮心臟這種常理的基礎上，因此這種誇張的藝術構思便能被人們所接受。

　　經濟作物故事除茶葉故事外，煙草故事也很著名，它除了講述煙草的功用還附會在優美的民間童話中，我在浦口區採風時，便聽到一個關於煙草來歷的優美童話故事《煙小姐》，故事梗概是這樣：

　　很久很久以前，徐州東莊有一個李關保，父親是個秀才，關保是他的獨子，家裡還有個書僮叫李安。李安給關保出了個主意，正月十三到揚州去看花燈，關保就吵鬧著要去，最後父親不得不同意了。

　　到了揚州住在一座樓後，由於關保長得很英俊，被樓上的一個叫煙小姐的姑娘看中，從樓上丟了一包二十兩銀子下來，便關上窗子。關保在鄰居〝貨郎〞王大媽的幫助下，化裝成姑娘，與大媽賣繡花針，一同上了煙小姐的繡樓，兩人便私定了終身。

　　可是關保由於住在樓上太久，長了鬍子，上街理髮，被書僮李安找到，便把他拖回徐州去了。古時交通不便，等關保回到徐州，再設法與父母吵鬧再出來而返回揚州，早已過了好幾個月，煙小姐由於失去了關保，思念成疾，一病不起，早已命入黃泉。關保從王大媽處知道煙小姐死去，埋在樓後花園中，便買了香燭銀箔去哭墳。這香燭和銀箔有三麻袋，燒完後在灰盡中拾到一塊化石，晶瑩透亮，上面閃現了九個美女，中間就有煙小姐。關保將化石帶回了家中。

　　帶回家中以後，這晶瑩的寶石被關保的兩個妹妹發現搶來玩，這時正逢關保外出。姐妹搶時不小心，化石落了地，叫旁邊一條狗吞吃了。關保回來後，發現化石失去，當追問起來，才知石入狗腹，便殺了狗準備取石。

晚上，關保正哭煙小姐，煙小姐給他托了一個夢，叫他不用取石，就把狗埋在花園墳邊。沒過多久，長出了一株金黃的煙草。關保把金黃煙草葉摘下，曬曬，一想煙小姐了，就把煙葉拿來燒了吸，一吸就不想了。所以人家說，這煙葉子是〝移心草〞，有了啥心事，一吃煙葉就不想了。這就是煙葉子來歷的童話。（張銀銹老大娘口述）

像以上煙茶等等經濟作物故事在我國民間是很多的，有許多尚未去搜集上來，在植物故事中還是空白點，需要我們將它們搜集整理出來，公之於眾。已見發表有《名茶故事》(三個)⓫

第四節　中草藥故事

有關中草藥的民間故事都屬於藥用植物故事。遠在我國原始社會，人類便有了探索醫療活動的傳說故事，有關神農嚐百草的事便有了記載，例如〝神農嚐百草之滋味，一日而遇七十毒。〞（《淮南子·修務訓》）我們可敬佩的炎黃祖先經過勇敢地親身實踐，在漫長的歲月裡，才發現了藥草的各種性質，因而產生了中草藥神話，例如〝神農以赭鞭鞭百草，盡知其平、毒、寒、溫之性，臭味所主，以播百穀，故天下號神農也。〞（《搜神記》卷一）神農氏，他首先是一個醫藥之神，其次才是一個農業之神。隨著遠古人們對自然界不斷的征服，從尋找藥物時期更發展到炮製藥物時期，於是便有了炮製藥物古蹟的民間神話傳說故事出現，《述異記》云：〝太原神釜岡中，有神農嘗藥之鼎存焉。成陽山中，有神農鞭藥處，一名神農原，亦名藥草山。山上紫陽觀，世傳神農於此辨百藥，中有千年龍腦。〞（卷一）所謂〝神農鞭藥處〞，便是神農炮製藥物的地方，

⓫ 見《民間文學》1981年第4期，爲畲族民間故事，彬搜集，陳瑋君整理。

〝紫陽觀〞實際便是中草藥神話時代的〝製藥廠〞，〝千年龍腦〞便是炮製出來的中藥之一。可見，經過長期的探索，祖先對中草藥知識日漸加多了，那時必然是文字還並不發達，通過口耳相傳，通過藝術虛構和藝術想像，許多神話中草藥植物故事便產生了。例如，據《說郛》弓三十一元·陳芬《芸窗私誌》記載的中草藥故事說：神農時白民國進奉了一隻能辨別百草的藥獸來，人們如果生了病，就要按照白民國人規定的言語告訴它，並且撫摸著這隻藥獸的背，向它悄聲敍述，藥獸理解了以後，便會自動跑到荒野去，選擇人們需要的那種藥草銜回來，人們便把這草藥鞭成泥漿，濾成汁水，喝了便治好了病。古代這種有神話色彩的中草藥故事是多麼的美妙啊。（原文請見《說郛三種》，上海古籍出版社影印本㈣，1457頁）

　　現代中草藥故事最主要的特徵，是它正確解釋藥物用途和藥物性能。通過這些中草藥故事，我們很快而且很容易便記住了各種各樣中草藥的用途和它們的使用方法。例如：十四歲的童養媳為什麼在痢疾拉得快死時，突然好轉，也治好了她的二嫂？因為她們吃了馬齒莧煮的湯，我們便了解了馬齒莧是治痢疾的（《馬齒莧》）；放豬娃馬勃和幾個孩子到荒山打豬草，有個孩子腿肚子劃破鮮血直流，他用一種植物上乾燥了的呈灰褐色的果實，按在傷口上止住了血，這果實便叫馬勃，讀後我們便了解了馬勃是外用止血的（《馬勃》）；秦舉人鼻孔流膿，他去到南方一個夷族人居住的地區，夷家醫生用一種叫辛夷的草藥治好了他鼻孔流膿，我們便了解了辛夷是治鼻病的（《辛夷》）；從前江南山區有個要飯花子，見一家窮苦的孩子發高燒，他便叫他把水塘邊鮮蘆根挖回煎湯飲，治好了孩子的高燒，我們便知道蘆根對退高燒有效用（《蘆根》）；從前有個老頭，他的兒子得了癆病，老頭子叫他兒子拿梨當飯吃，因梨有潤肺作用，他兒子的病便好了，後來許多人便拿〝梨膏〞當藥治肺病（《梨》）；從前有個晚娘，要害前妻生的兒子，叫他去看山林，弄了些半生不熟的飯給兒子吃，結果他得了胃病，後來，兒子餓時便摘林中的山楂吃，竟治好了胃病，他父親回來，才知道山楂有健脾和胃的作用（《山楂》）。我們固然不能把這些故事便當作藥物起源的真實的憑據，但它們對藥物通俗的用法和性能的介紹，卻有科學性而合乎藥理，反映了某些客觀規律，很顯然，這些中草藥故事雖是人民群眾口頭集體藝術構思的作品，但都是人民醫學生活實踐經驗的產物，像農諺傳達了人們農業或氣象的普通常識一樣，中草藥故事也傳達了人們有關使用中草藥的普通常識，是民間一種中藥知識啟蒙的口頭文學作品。

當然，中草藥故事大量流行於我國古代社會中，便不能不體現它的時代精神，從它那積極進步的思想中，反映了民間文學中美學的巨大力量。

第一、對藥霸、剝削壓迫者的反抗鬥爭。像《威靈仙》中的老和尚便是一個藥霸和壓迫人的人，他打罵小和尚給他採集治療獸骨卡喉的草藥——威靈仙，卻以此說是佛爺顯靈，招搖撞騙，壓迫小和尚的結果，是小和尚反抗了，他以普通藥草代替威靈仙，使凶惡的老和尚當場出醜，而在幕後直接以威靈仙為群眾治獸骨卡喉，最後老和尚一憋氣，從台階上跌下摔死了，小和尚才能大種治風濕和化獸骨的威靈仙，分文不取為群眾治病。像這個故事裡便顯然貫穿了反對打罵和騙人的思想。有些中草藥故事裡雖無明顯反抗舉動，但卻在客觀上反映過去社會人民的苦難歲月，對不講道義者的罪惡起一種揭露作用，也能教育人。例如《烏風蛇》，烏風蛇泡酒可以治風濕和治疥癬，故事說，從前酒廠裡有一個青年工人，在鍋爐房燒鍋受了濕氣，頭上生癬，全身長癩，四肢痠疼，快要癱瘓，壞老板見他骨頭裡壓不出油來了，便把他趕出了大門。這故事便揭露了酒廠老板為利是圖的罪惡本質，對人們認識無道義者的黑良心有啟發作用。這工人最後無法便跳進一缸陳酒裡要求自殺，俗話說：善有善報，因禍得福，這缸陳酒裡淹死了一條烏風蛇，他被人救起後，換了一層新皮病就好了。酒是植物作的，所以藥酒故事也屬於藥用植物故事類。此外如《柴胡》中的地主把生寒熱瘟病的長工二慢趕出大門，二慢只好挖柴胡根充飢，卻治好了病；又如《蘆根》中的窮人發了高燒，惡霸地主壟斷了退燒藥羚角，窮人便以蘆根代替來治好了病；再如《黃精》中的丫環不堪壓迫逃進荒山，跑得飛快，那是吃了一種開白綠色花兒的野草根，像雞似的草藥——黃精，養身補氣，潤肺生津，吃魚吃肉的地主狗腿子都逮不住這個三年不吃飯的丫環等等。像這些故事群莫不反映了古代的社會中人民受奴役受壓迫的生活，具有反抗性。

第二、對藥農和民間醫生的愛戴尊敬。古時社會，人民處於缺醫少藥的境地，因此人們對於藥農和民間醫生為解除大家的疾病和苦難所作的種種努力，倍加尊敬和愛護，在中草藥故事中便貫徹了人們對他們的熱愛之情。華佗的故事便是這一類型故事的典型反映，《茵陳》表揚的是華佗鑽研醫學的認真精神。他從一個黃癆病人不治而癒的事實，總結了他吃青蒿的治黃病的效果，他勇於實踐，在把青蒿給病人吃後，又總結出只有三月青蒿有藥性，取名茵陳。留下〝三月茵陳能治病，四月青蒿當柴燒〞的經驗。《綠苔》

表揚的是華佗在研究工作中的精細入微、明察分毫，説的是華佗看見一位婦女半邊臉被馬蜂螫腫，他叫她用房後綠苔貼在臉上被螫處，真讓綠苔把腫臉治好了，徒弟問他出處，他便説了個故事：〝有年夏天，華佗看見一隻大馬蜂被黏在蛛網上，蜘蛛爬過來想把馬蜂纏死再吃，不料，卻被馬蜂螫了一下，蜘蛛肚子腫了起來，從蛛網上掉下來，正好落在房下綠苔上，只見蜘蛛在綠苔上滾了幾下，肚皮就消腫了。它又爬到蛛網上，再用絲纏馬蜂。馬蜂又螫它一下，它肚皮又腫了，就又掉在綠苔上，滾了一陣，肚皮又消腫了……就這樣，蜘蛛與馬蜂搏鬥了好幾次，終於把馬蜂吃掉了。〞名醫華佗極為精細的觀察到這一切，總結成醫方，人民在敍述這一故事時，毫不掩飾對華佗科學精神的敬佩、讚頌。《白前》主要是表揚華佗不畏艱難困苦，為了人民的孩子的病轉危為安，在深夜大雨中，打著燈籠找來藥草治病，走時也未留下姓名，讚頌他救死扶傷的崇高精神。《金櫻子》則是歌頌了為拯救病人而不惜犧牲自己生命的挖藥老人。《蒲公英》中則讚揚了那位跳入河中救出落水的少女，又用草藥治好了她的奶瘡的漁家姑娘。《白頭翁》中則歌頌了那位用一種長著白毛的藥草治好了病人的肚子痛而又不留姓名便離去的有高尚精神的〝白頭翁〞醫生，為了紀念他，取名〝白頭翁〞。上述故事都閃耀著人民所崇敬的理想的醫生、藥農的光輝形象。

第三、對戰勝疾病災害的堅強決心。中草藥故事還表現了人民為認識病魔戰勝病魔所具有的戰鬥精神，例如：《蛇床子》故事便是講述村民們得了一種汗毛孔長雞皮疙瘩的病，癢得鑽心難受，為了尋找治方，他們不怕犧牲的去蛇島上採藥，前仆後繼，英勇奮鬥，接連死了兩個人都不怕，第三位青年終於採到在毒蛇身下的羽葉傘花狀的藥草——蛇床子，為人們解除了病痛。又如《瓜蔞》這個故事，講的是樵夫得了一個能治咳嗽痰喘的〝瓜蔞〞，他夢見兩個神仙談話而得到了金瓜種子，表現出人民對珍貴藥材的夢昧以求和美好的願望。《當歸》故事也是，說的是一個青年為了尋求珍貴藥材上山，離別了新婚的妻子，三年沒有回來，有言在先，三年不回妻子改嫁，果然三年過去了他未歸，妻子哭得血虛氣虧得了婦女病，後來改嫁了別人，可是正當改嫁時，他又突然帶著珍貴藥材回來了，因此後人留下兩句詩：〝丈夫當歸而不歸，鬧得老婆改嫁人〞。這女人吃了這藥材，婦女病竟然好了，因此名為〝當歸〞。這故事的主題思想便是讚揚藥農不怕困難排除萬難和尋藥棄家的戰鬥精神。《苦爹菜》中則讚揚了那位〝苦爹〞，他到處尋找醫治他那從路邊拾來的苦孩子的上吐下瀉的病，結果在陽間未找到，〝我死後，到陰間一定要尋到草藥醫好你的病。〞死後他墳上長出〝八月白〞草（苦爹草），專治拉肚，從而表現了人民即使死後也要戰勝病魔的願望。

總之，中草藥故事中貫穿了戰鬥精神，對剝削壓迫者的反抗鬥爭，對藥農和民間醫生的愛戴尊敬，對戰勝疾病災害的堅強決心，組成了它的進步思想的核心，具有無限的美意，和迷人的藝術魅力。⑫

第五節　　花卉故事

這一類主要是包括各種各樣的花卉故事。在中國的大地上，自

---

⑫　本節中的故事大都見繆文渭《中草藥的故事》，中國民間文藝出版社，1981年版。另見《民間文學》1982年第4期（4個故事）；1981年第7期，《西施見》等6個故事。

古以來，春風春雨都在滋潤著百花的盛開，花朵裝點了人們的生活，也把祖國的河山打扮得更加美麗，因此，我們祖先不僅培育了阿娜多姿的鮮花，也給後世留下了各種各樣的花卉傳說故事，在植物故事中是別具一格的作品。花卉故事有一個特點是它的神話化，鮮花的艷麗迷人使人往往用美麗的神仙來與它對比和聯想，因此花卉故事往往和古代神話有關係而形成為它的分枝，例如：《水仙花》故事和王母娘娘神話有關，傳說是王母娘娘的凌波仙子下凡變成的花⓭；《花神》故事則與盤古神話有關，傳說：盤古有兩個兒子一個女兒，大兒子稱玉帝，二兒子稱黃帝，他的女兒便是育出百花給天地增美的花神，花的故事便從此而來⓮；《迎春花》故事則是與大禹治水神話有關，傳說迎春花是大禹妻思念大禹死後而變成⓯，花卉故事的神話化，使它具有了鮮明的民族特色。花卉故事又一個特點是它的文人化，它與古代詩人有密切關係，這便形成了它有時是文人故事的分枝，例如《李花怒放一樹白》（呂西去搜集整理）便說的是李白起名字的故事，說李白小時候過周歲抓抓周，不抓雞蛋、糖糕、尺子、算盤，單抓《詩經》，他父親便知他有詩才；七歲入學前為了給李白起名，叫他對對子，父親命題，母親作了上對〝火燒杏林紅霞落〞，李白對了下句〝李花怒放一樹白〞，他父親便用首末字給他命名。《杏梅對》（楊東來搜集整理）則談的是宋代女詞人李清照改嫁的故事，以著《漱玉集》著稱於世的李清照，在其

⓭ 見青新、丹桔搜集整理《水仙花》，《榕樹文學叢刊》1980：1。
⓮ 見楊東來搜集整理的《花神》，河南省社旗縣文化館刊印《花卉故事》，P1—2。內部鉛印本。
⓯ 姜書華搜集整理，同上書。

前夫著名金石家趙明城死後那年冬天寫了一句〝獨梅隆冬遺霜戶〞，有個老秀才巧對了〝杏林春暖第一家〞，李清照至此認識他而最終改嫁給他。這樣的花卉故事是很多的，因為古代詩人大都愛詠花，因此花與詩人的故事便有許多傳聞。花卉故事最大的特點，便是它故事情節的虛構性，這一點與中草藥故事的現實性不一樣，自然，虛構性本是文學作品乃至一切民間文學散文作品共同點，但它具有特殊優美的特點，是浪漫主義的藝術構思賦予它這種特殊的美的，它往往在幻想中將美與醜作尖銳對比，而更加突出了美，例如《薔薇花》⓰，薔薇姑娘公然對抗古代皇帝選她進宮，和情人阿康雙雙跳下懸崖身亡，看來故事要結束了，但卻展開驚心動魄的情節，皇帝露出更猙獰的嘴臉，下令把屍首用火燒、用刀剁、沉下海，但他們屍首不腐不沉不焦，最後在舉國人民的譴責下，皇帝不得不將他倆合葬，不久他們變成美麗的有刺的薔薇花。這裡，醜與美尖銳對立著，有著鮮明地對醜的否定和對美的肯定，這樣便使得薔薇姑娘和阿康堅貞的愛，灌輸了為自由幸福生活而英勇鬥爭的思想，而放射著奪目的光輝，整個薔薇故事的幻想性與傳奇性緊密交織在一起了。花卉故事更有一種形象比喻的藝術特點。《紅梅和白梅》⓱中的財主的女兒愛上了窮苦的牧童，被老地主趕出了家門，他們在紛紛大雪中逃進了荒山的古廟，最後他倆凍死了，化作了兩棵梅花樹，一株是白梅，一株是紅梅，顯然，這裡紅梅與白梅是比喻做在冰雪中熱戀的情侶，正如《薔薇花》中花朵的鮮紅，比喻做薔薇姑娘和阿康火熱的愛，花桿上的刺，比喻做以身軀保護自己的

⓰　《薔薇花》趙潮水搜集，載《民間文學》1959年10月號。
⓱　引自林蘭編《相思樹》。

愛一樣。這些比喻與思想性水乳交融，作為觀賞植物的花卉，人們並未以閑適的心情來對待，而灌輸以進步的意義使它獲得人們的深愛，具有強烈的生命力。

在花卉故事中，典型而大量存在的自然仍是花卉來源的故事。上面説的《薔薇花》、《紅梅與白梅》便是。花卉來源故事包括了豐富而廣泛的社會內容，具有高度的思想教育意義。第一、以花為象徵，歌頌了為了人民的利益不屈不撓的進行鬥爭，直到獻出了自己寶貴生命的英雄人物。例如《山丹丹花》⑱老礦工劉萬昌為了給礦工贏得生存的權利，不准窯主使用鞭子，不准無故解雇工人，不准窯主借口給窯神做壽扣發工錢，他最終被窯工暗殺了，在他死去的地方，長起了茂盛的鮮艷的山丹丹花，這是他不屈的英魂萬古長青的象徵，這樣的花卉故事又有詩意又感人。《金銀花》中的金銀花姑娘為了給人民治上嘔下瀉瘟疫，日吃不香，夜睡不著，精心配製了一種專治瘟疫的〝避瘟丸〞，不分白天黑夜地給人們診病配藥，這樣一個好姑娘在黑暗舊社會被地痞流氓害死了，在她墳上，長出了金黃色和銀白色的花，人們紀念她，為花鋤草澆水，並給它取了個名字叫〝金銀花〞⑲。《水仙花的傳説》中歌頌了金盞和百葉為了給百姓尋找水源而獻出生命，化為水仙花。在這些有關英雄的花卉故事中，人民把自己所追求的理想的靈魂，以及崇高的道德準則，熔鑄在故事情節之中，這些人民理想中的人物，無私而勤勞，替窮苦人民謀幸福，英勇獻身。第二、用花的形象，歌頌優美的忠貞的愛情。《鳳仙與龍爪》中的窮書生周成龍與民間所唾棄的

⑱　《山丹丹花》王學慧搜集，載《民間文學》1959：4。
⑲　《金銀花》郭正記錄，載《湖南民間故事選集》。

陳世美是一個明顯強烈的對比，他狀元中榜真的成了龍以後，拒絕了當朝丞相以酒色和官祿的引誘，忠貞的愛著結髮的妻子鳳仙，最後，兩人都被老丞相害死了，直到死後周成龍還是變成一株龍爪草，緊緊附在愛妻變成的鳳仙花花莖上，永在一起⑳。這故事與《薔薇花》、《紅梅與白梅》一樣，反映了人民真摯的高尚的愛情觀。第三、運用花的故事，抨擊人間的迫害、殘忍的惡行，這是民間文學中傳統的主題，在花卉故事裡也得到廣泛的別具一格的發展。例如：《蘭花草》抨擊了財主婆害死了窮人的女孩小蘭，使人們詛咒那惡毒的財主婆㉑；再如《向日葵》，也是表現少女死的事情，抨擊繼母虐待前妻的女兒明姑，繼母名叫〝女霸王〞，殘酷地用鐮刀把明姑的眼睛挖了，明姑死去了，變成一株向日葵，花盤朝著太陽，這是因為明姑感到黑暗的痛苦，她很想找到光明，所以太陽移動，花盤也跟著移動㉒；再如《夜來紅》，表現死去的童養媳，抨擊家婆的心腸毒辣，虐待女孩童養媳，給她吃的是剩飯剩粥，穿的是破衣爛衫，用竹板子抽，用腳踢，晚上織麻到三更，太陽未出就幹活，女孩看見田陌旁有幾枝花，聯想到自己連一朵花也不如。後來她不堪迫害死去了，變成花，每當黑夜開放，名為夜來紅㉓。婦女在舊社會生活在最底層，受壓迫很深，人們對少女往往用花作比喻，所以以此產生聯想，用花卉故事譴責凶暴，給予弱女以無限的珍視與同情，表現了人民鮮明的愛憎與是非觀，揭露了一切醜惡勢力的虛偽、陰險、貪婪、刻薄。總之，花卉來源故事的思

⑳　見《安徽民間故事》。
㉑　張逢辰整理，見《安徽民間故事》。
㉒　見林蘭編《想思樹》。
㉓　同上書。

想內容是豐富多彩的，它反映了古代社會特定歷史條件下的社會生活和複雜的意識形態，對我們認識古代社會，陶冶美好思想感情都為有益。

　　中國植物故事是一類非常有民族特點的民間文學作品，反映了我國廣闊的自然界與社會界，通過糧食作物故事、經濟作物故事、中草藥故事、花卉故事，對我們了解我國的民俗、社會、歷史、人民的心理都具有明顯的價值，我們應當重視中國植物故事的探討和研究。

第九章　中國古代民歌群

提起中國民歌，當然也要從古代談起。中國古代民歌並不是只有少量存在，相反，它是大量存在著，十分豐富，是民間文學中珍貴的寶藏。中國古代民歌構成的特點，即它是一個群體一個群體存在著，每個群體都有它們各自的名稱，這些名稱都是多少代中國人習慣的稱呼，因此我們也用不著在這些名稱上標新立異。

第一節　《周易》民歌群

《周易》中有中國最早見的一個民歌群體。《周易》是中國最古的書，也是西周初年出現的一本卜筮的書。它好像一座神秘的寶庫，那八卦，就好像它那莫測的支柱，一直到現在，它都在我們眼前，閃耀著幽靈似的光芒。西周初年，中國還是一個奴隸制的國家，在各方面還存在有原始社會殘跡，很明顯，在這種環境裡產生的書——《周易》，其中必然保存著中國公元前一千多年以前的民間文學作品，並具有一定民間文學價值，這本書中的民歌應引起注意。

《周易》簡稱《易》，內容包括《經》（也叫《易經》），和《傳》（也叫《易傳》或《大傳》）兩部分。《經》包括64卦，384爻（yào，肴），爻是構成八卦的長短橫道，"—"為陽爻，"--"為陰爻。卦爻各有說明，叫卦辭、爻辭，作為占卜之用；卦辭包括卦形、卦名，爻辭包括爻題。舊傳伏羲畫卦，文王作辭，這當然是

一個問題。伏羲是古代神話中的始祖神，他畫的卦自然和神話是有
關係的。一般認為《易經》反映殷周的現實，主要是商代生活民俗
_(公元前十六至十一世紀)。《大傳》是第一部解釋《易經》的著作，包
括解釋卦辭爻辭的七種文辭：1.彖_(上、下)；2.象_(上、下)；3.、文
言；4.繫辭_(上、下)；5.說卦；6.序卦7.雜卦。七種文辭共十篇，漢
朝人把它稱為〝十翼〞_(見《易乾鑿度》)，說它好像《易經》的羽
翅。這十翼實際產生在公元前五世紀的戰國時代，比《易經》產生
的時代晚了大約十到五個世紀，一般認為那時已經是封建制時代
了。這樣，《大傳》顯然是以封建社會的思想來解釋奴隸社會的
書——《易經》。因此，談《周易》主要指《易經》的部分，但也
要談《大傳》。

　　《周易》通過八卦形式（象徵天、地、雷、風、水、火、山、
澤八種自然現象），推測自然和社會的變化，認為陰陽兩種勢力的
相互作用是產生萬物的根源，這種說法雖然看來是虛幻的，但是它
提出的〝剛柔相推，變在其中〞_(《繫辭》下)，具有樸素辯證法原
則。《易經》是商代占卜之書，當時的人，不論上層或下層，在卜
吉凶時都用了許多韻文來寫卦爻辭，而這些韻文實際是民謠、民間
寓言詩、民間格言詩，這樣，《周易》具有了明顯的民間文學價
值，成為我國民間文學中民歌類最初的豐碑。

　　《周易》中的卦爻辭多半是用當時的民間歌謠表達出來的。郭
沫若先生在《周易時代的社會生活》一文中，全面扼要分析了《周
易》的思想內容，他把這部筮書所反映的社會生活分做三大類：1.
生活的基礎，有漁獵、牧畜、商旅_(交通)、耕種、工藝_(器用)五
項；2.社會的結構，有家族關係、政治組織、行政事項、階級四

項；3.精神的生產，有宗教、藝術、思想三項 (見《中國古代社會研究》一書)。這一切內容，就民間文學觀點來看，則多半是通過民歌韻文形式反映的，從而反映出《周易》產生的那個時代相當廣闊的社會生活。

《周易》中的民謠，我們將它概括為四類，一類為生活民謠，二類為婚俗民謠，三類為格言民謠，四類為寓言民謠。可以說內容豐富多彩。

《周易》中的生活民謠，描寫了當時人各種生活場景。有勞動的生活：〝女承筐，無實；士刲羊，無血。〞(《歸妹》上六) (少女拿筐裝羊毛，彷彿無實在東西；男士來剪下羊毛，沒見血沒傷羊身。) 顯然這是男女牧人剪羊毛的民謠。有行旅的生活：〝明夷於飛，垂其翼。君子於行，三日不食。〞(《明夷》初九) (鵜鶘飛在天上，因飢餓垂其翼；貴人外出旅行，三天沒有吃的。) 這是描寫〝君子〞(貴族) 行旅艱難之民謠。它採用比興手法，水鳥飛在天上捉不到魚，自然餓肚子；貴族離開了自己的領地，往投人家乞食，竟遭主人譴責，只有忍飢三日。

生活民謠還有寫商代的監獄的，寫得頗為形象，民謠是這樣來敘述的：〝繫用徽纆，寘於叢棘，三歲不得。〞(《坎》上六) (用繩捆起來，丟進荊棘中，三年不得回。) 那荊棘叢，自然是最古老的監獄。有些民謠描寫暴徒行凶的：〝突如其來，焚如，死如，棄如。〞(《離》九四) (暴徒突然來，焚燒了房子，殺死了人，棄屍一旁。) 這首民謠反映出人們無安全感的狀況。〝出涕，沱若，戚，嗟若〞(《離》六五)，(只能涕泣，淚雨滂沱，悲痛懼怕，呼嚷大哭) 。以上民謠似描繪出奴隸主的殘暴以及奴隸們的痛苦，歷歷如繪。總之，《周易》中的生活民謠，廣泛反映了當時的生活。

　　《周易》中的婚俗民謠，描寫了當時人的婚姻習俗，符合其時代。婚俗民謠反映了搶婚習俗。1.賁如皤如，白馬翰如；匪寇，婚媾。（《賁》六四）；2.屯如邅如，乘馬班如；匪寇，婚媾。（《屯》六二）上例有人以為只是奴隸主〝橫行霸道地去搶掠婦女〞❶實誤矣。因為它明確寫著〝匪寇，婚媾〞（不是掠劫的寇賊，而是搶女子婚媾）。很明顯反映了掠奪婚姻的古俗。有的搶婚民謠還描寫了婦女對搶婚的反抗。〝乘馬班如，泣血漣如；匪寇，婚媾。〞（《屯》上六）（男人騎馬回還，女人掙扎，淚與血一同流淌，不是掠劫的寇賊，而是搶女子婚媾）。梁啟超先生對此早有所論，是頗有見地的，他說：〝夫寇與婚媾，截然二事，何至相混？得毋古代婚媾所取之手段，與寇無大異耶？故聞馬蹄蹴踏，有女啜泣，謂之迂寇，細審乃知其為婚媾也。〞❷這種掠奪婚自然是原始社會野蠻人之產物，多半發生在群婚間個體婚過渡階段。這些民謠無異說明了商代奴隸社會還殘存著原始社會的搶婚習俗。

　　《周易》中婚俗民謠還反映了老少婚之習俗。〝枯楊生稊，老夫得妻女妻。〞（《大過》九二）（枯楊樹枝長嫩芽，老頭娶了女嬌娃。）這是反映老頭娶少女的。〝枯楊生華，老婦得其士夫。〞（《大過》九五）（枯楊樹枝開鮮花，老婦嫁了少年郎。）這是反映老太嫁少男的。這兩首商代民謠以生動的比興，寫出了老頭老太（似為老奴隸主）娶年青配偶出現的歡欣。然而《周易》是把它列在〝大過〞卦裡的，可見，即使是在商代，還是對老少婚持否定態度的。

　　《周易》中的格言民謠也是別有風味的。通常只有三、四句，短

---

❶　見北京師範大學中文系五五級《中國民間文學史》（上冊），69頁。
❷　見梁啟超《中國婚姻風俗的檢討》，載於《文化建設月刊》一卷七期。

小精幹的說明一個道理。〝鼓之以雷霆，潤之以風雨。日月運行，一寒一暑。〞（《繫辭》上）電閃電鳴就必然要有風雨，四季日月輪迴就必然要有一個冬天和一個夏天。這四句韻文，實際是概括大自然普遍規律的格言民謠。〝二人同心，其利斷金。同心之言，其臭如蘭。〞（《繫辭》上）二人同心，像刀之鋒利可以斬斷金屬；人與人之間，彼此互助同心，其氣味像蘭草一樣芳香。這四句韻文，實言二人同心，無往不勝，是格言民謠無疑。以上是《大傳》裡有民謠的明證，《大傳》具有民間文學價值也顯而易見。當然，《易經》裡也是有格言民謠的。〝無平不陂，無往不復，艱貞無咎。〞（《泰》九三）這首格言民謠是說：沒有平坦中沒有坎坷，沒有往來中沒有反覆，只要去克服艱難，總會否極泰來。這首格言民謠具有明顯辯證法因素，即使拿到今天來使用，也是無可非議的。

　　《周易》中還有寓言民謠。寓言民謠概括了當時的現實生活，並從中預測了人的禍福。它們既具有一定思想意義，又具有精巧的藝術構思，是中國民間文學中難得的珍品。〝見輿曳，其牛掣，其人天且劓。〞（《睽》六三），有個人趕牛車，想要牛車後退，這個人本應緊抓韁繩，把牛穩穩的率向後退才行，可是這個人並沒有這樣，反而拉車後退，讓牛硬向前挣，結果便招來了割鼻的酷刑。這首簡短的寓言民謠，從當時生活中殘酷的割鼻刑罰中總結了道理，曲折地反映了奴隸悲慘的失鼻命運，但歸咎於由於奴隸違背了客觀規律而招了災殃。〝困於石，據於蒺藜，入於其宮，不見其妻。〞（《困》六三）這首寓言民謠說，有個人被困於石山裡做苦役，由於自己粗心大意，手攀附上蒺藜般險惡之小人，走進他的房間，從此再也見不到自己的老婆。這首寓言民謠反映了奴隸謹小慎微的恐懼心理，教育人小心，不要投靠險惡的小人而失去自己的家和妻子。"往來井，井汔至（堙），亦未繘井，羸其瓶。"（《井》）意思是說，人們只知道來來往往到井邊汲水，而當井被杜塞的時候，又不去挖井，卻緊緊纏繞著自己的水瓶不放。這首寓言民謠說，當人們生活中一種必需的東西斷絕了來源時，不去著力於開源，反而一味強調節流，這是捨本求末的做法。以上三首，具備故事情節，主題思想突出，寓有一定深意，說明一定道理，藝術上精煉簡短，基本採取三、四字句，符合寓言民謠的條件。寓言民謠竟然在《周易》這樣的卜筮書中出現，這在當時出現的其他古書裡（如《簡書》），是罕見的。這樣帶有寓言性的短篇民謠，已產生在商周年間，是民間文學研究領域不可忽視的現象。

綜上所述，《周易》民歌群是以眾多內容存在著。從這一民歌群體可以知道，《周易》在寫定之前，有一個民間口頭流傳階段，而且經歷過一個漫長的口頭傳承過程，才經過筮官們搜集整理起來，並且將它們分別納入卦爻辭之中；所以，這些民謠雖說是集體智慧的結晶品，但它們終必被嵌入了宗教貴族們外加的思想意識，使樸素的唯物的現實的內容外，又加入了神秘與迷信的成分。《周易》"經"的部分是如此，"大傳"中民謠也是經過記錄採擷成篇的。吾師高亨先生在《周易大傳今注》中云："以余觀之，此兩篇長文（指繫辭上下兩篇），結構不甚謹嚴，在文句前後相重者，有文意前後相複者，又有似隨意記錄或簡篇錯亂者。如選釋《易經》爻辭共十九條，分置三處（上篇兩處，下篇一處），皆與上下文不相聯，此其顯著者也。" ❸ "隨意記錄"，自然採擷自民間文學，這是沒有問

---

❸ 《周易大傳今注》卷五繫辭上，503—504頁，齊魯書社，1979年版。

題的，只要看一看〝大傳〞裡有那樣多謠諺，就可以確認高亨的發現是有根據的，我認為繫辭結構不甚謹嚴，甚至於文中有重複處，插進了民間謠諺之類民間文學作品是其原因之一。古代謠諺本不分，《周易》中謠諺也如此，因為謠諺有一個共同點，就是韻律、謠諺的韻語，形成了民間文學作品的民間藝術語言有著自然的旋律，強烈的音樂性和精粹的詞意。所以《周易》中不僅有民謠，還有大量的諺語值得研究。

第二節　《詩經》民歌群

《詩經》是我國最早的一部民歌集。它保存下來305篇詩歌，比《周易》民歌群出現略晚，大約產生於西周初年 (公元前十一世紀) 至春秋中葉 (公元前六世紀) 左右的五、六百年之間。除少數作品為當時統治階層和知識者文人所寫的以外，大多數可以從內容上明顯看出是〝飢者歌其食，勞者歌其事〞的勞動民眾文學創作，是周代地道的民間文學作品。

據古文獻記載，周代有專管音樂的官叫〝太師〞，和專門搜集民間言論的下層官吏〝行人〞。《周禮、春官》有太師小師，列國皆有其官。《論語·八佾》有〝子語魯太師樂〞之說，《荀子·樂論》云：〝使夷俗邪音不敢亂雅，太師之事也。〞故太師實為樂官之長。而行人，周代有大行人、小行人，屬秋官，其中小行人有採下情將〝禮俗政事教治刑禁之逆順為一書〞(《周禮》卷三十七) 之任務，正如唐賈公彥疏云：〝小行人使適四方所採風俗善惡之事，各各條錄別為一書，以報上也。〞由這兩種人來專門從事於收集民歌和民謠，向統治者獻壽諷諫、讚功頌德、辦理禮樂。統治者一方面要聽民歌〝以觀民風〞，另一方面在朝會、外交、宴饗、祭祀、遊獵、出兵等重大聚會慶典之時，要用民間詩歌和音樂配合起來伴舞禮神、娛樂欣賞。可見在周代，民歌成了宮廷樂章，迎來了它那輝煌的歷史時期。

到了春秋中期，有史官、太師等人把這些作品編輯整理，於是這些從民間搜集來的樂章的詞被保存下來了，而民間樂章的曲調都散失不存了。孔子說：〝不學詩，無以言。〞（《論語·季氏》），他所說的〝詩〞，是指《詩經》中的民歌，他的意思是說：不把《詩經》溫習熟了，事理不通達，心氣不和平，便不能從容應對說話。因此，進入春秋以後，孔子倡導利用民歌來進行〝詩教〞，開課講詩，把〝詩〞（民歌）作為一門必修課。到了西漢，詩居然列入經典，稱為《詩經》。因此這部民歌集兩千年來廣泛的流傳。

《詩經》分為風、雅、頌三部分。民歌主要保存在〝風〞和〝小雅〞當中，這是最有民間文學價值的作品，是《詩經》的主要部分。這些民歌真實地、具體地、深刻地反映了下層社會歷史面貌。〝大雅〞、〝頌〞雖然出自統治階層之手，但也不能認為它們都是雜夾著糟粕。〝頌〞詩是統治階層的宗廟祭祀的樂舞歌辭，歌頌和平，拜天告祖，是民歌的改作，反映著中華民族的追求幸福的願望。〝大雅〞中那些專為宴饗、朝會、祭祀、遊獵、出兵而作的讚詩，雖多為反映上層社會生活，但融合了民間風俗與傳說，也有顯然的文學與歷史之價值。總之，《詩經》305篇都是千古流傳之精華，世所罕見之佳作。

《詩經》民歌群之內容十分豐富，幾乎反映了西周社會上所有重大問題。大致有以下五個方面：

　　1.反映勞動的生活。詩歌本來起源於勞動與宗教。民歌既然是勞動民眾自己的創作，反映民眾的勞動生活當然就成為民歌的重要主題。從《詩經》這類民歌中，我們可以看到遭受剝削的奴隸生活，也可以看到勞動民眾熱愛勞動的優秀品質和在勞動中積極奮發的精神。

　　《豳❹風·七月》是一首優秀的農事民歌，它寫出了奴隸們全年的勞動過程和為奴隸主服役的辛酸悲痛的生活：

七月流火，	七月火星向西偏，
九月授衣。	九月主人授冬衣。
一之日觱發，	十一月呼啦啦北風起，
二之日栗烈。	十二月裡凜冽天地寒。
天衣無褐，	我們棉衣粗衫都沒有啊！
何以卒歲？	怎麼挨過寒冬度年關？
三之日於耜，	來年正月修農具，
四之日舉趾，	二月赤腳忙下田。
同我婦子，	女人娃娃都不閒，
饁彼南畝，	天天送飯到田間。
田畯至喜！	管家見了很喜歡。

以上一段描寫奴隸為主人耕田，以下數段還描寫其他繁重的雜務差役。

　　《魏風·十畝之間》是一首勞動短歌。採桑的農民以歌聲互相招呼收工回家。全詩六句：

十畝之間兮，	十畝桑園裡面，

❹　豳（Bin，彬）。

桑者閑閑兮，　　　採桑人歇工了舒舒緩緩，

行與子還兮。　　　我和你一起回家轉。

十畝之外兮，　　　十畝桑園外面，

桑者泄泄兮，　　　採桑人收工了悠悠散散。

行與子逝兮。　　　我和你一起往家走。

歌辭簡單明朗的表現了愉快地勞動，短小復沓，正是民謠樸素本色。

《周南·芣苢❺》，雖是一首表現婦女們採摘芣苢的歡樂歌曲，卻充分地表現出勞動民眾熱愛勞動的優秀品質和他們樂觀積極的進取精神。讀了這首輕快樸實的勞動之歌：

采采芣苢，　　　大家來採車前草啊，

薄言采之。　　　快來採呀快來採。

采采芣苢，　　　大家來採車前草啊，

薄言有之。　　　採起來呀採起來。

恍如身臨其境，感染了他們那愉快的勞動和開朗的感情。

2.反映人民對壓迫者的憤恨和抗議。在周代那樣奴隸社會裡，大部分勞動民眾是奴隸，他們對於壓迫者，是反抗的，連帶他們的民歌，也是有反抗性的。這類民歌有無情的揭露，也有辛辣的諷刺。

《魏風·伐壇》可以說是一首奴隸們唱出的憤怒的歌。反映了伐木的奴隸反抗奴隸主以繁重的勞役來壓榨他們：

坎坎伐檀兮，　　　砍伐檀樹啊坎坎聲聲，

寘之河之干兮，　　將樹木放在河岸上啊，

❺ 芣苢（fu yi，音浮以）。

河水清且漣猗。	河水清清水紋細啊。
不稼不穡，	你不種莊稼不收割，
胡取禾三百廛兮？	憑什麼三百頃莊稼入你倉？
不狩不獵，	你不捕野獸不打獵，
胡瞻爾庭有縣貆兮？	憑什麼豬狟掛滿你院牆？
彼君子兮，	那些大人先生，
不素餐兮！	可不是白白吃閒飯。

這首民歌一開始便描繪了奴隸在河邊伐木的勞動場面。然後用一個接另一個提問，把奴隸主喝奴隸血汗而養肥自己的罪惡事實揭露了出來。〝彼君子兮，不素餐兮。〞這是以反語為諷刺手法，表現了奴隸對奴隸主的憤恨。這種憤恨之情，從《碩鼠》、《黃鳥》、《鴟鴞》三首同樣可見。例如：

碩鼠碩鼠，	大田鼠，大田鼠，
無食我黍！	不要再吃我的穀！
三歲貫女，	三年將你養肥了，
莫我肯顧，	你卻不把我照顧。《魏風·碩鼠》

把他們比作可憎的大田鼠，進行尖銳的諷刺！《黃鳥》則是憤怒控訴那慘絕人寰的活人殉葬風習的：

交交黃鳥，	黃鳥啾啾鳴，
止于棘。	荊棘刺上停。
誰從穆公？	誰和穆公一起死？
子車奄息。	子車奄息殉活葬。
維此奄息，	就是這位好奄息，
百夫之特。	百夫之中最優秀，

臨其穴，	人們身臨墓穴邊，
惴惴其慄。	心驚膽顫渾身抖。
彼蒼者天！	老天爺啊老天爺，
殲我良人。	竟使好人被活埋。
如可贖兮，	如果可以贖他身啊，
人百其身。	百條性命願來換。（《秦風·黃鳥》）

據載，公元前621年秦穆公死，竟將177人慘無人道的活埋，作為殉葬，其中有子車奄息、子車仲行、子車鍼虎，民眾同情這三個良人及所有無辜被殺害者而唱出了這民歌，表達對活人殉葬這野蠻風俗的痛恨和憤怒。

《鴟鴞》則是借用一隻雌鳥哀訴苦難的遭遇，來痛斥統治者使民眾家破人亡：

鴟鴞鴟鴞！	貓頭鷹啊貓頭鷹！
既取我子，	你抓走了我的兒，
無毀我室。	不要再毀我的家。
恩斯勤斯，	家人恩愛又勞碌，
鬻子之閔斯！	撫育的孩子我疼愛。（《豳風·鴟鴞》）

這首民歌把統治者比喻成凶惡的鴟鴞，表達民間憤恨的心情，這種以鳥喻人的藝術手法，在《詩經》中頗為突出。

3.反映徭役、兵役給人民帶來的痛苦及人民對戰爭、徭役的反抗。在奴隸社會裡，奴隸不僅沒有任何生產資料，甚至沒有人身自由，徭役就成為奴隸主對他們進行最殘酷的剝削方式之一。如《式微》、《東方未明》、《采薇》，就是屬於這一類的民歌。

《邶風·式微》是一首服徭役人之民歌：

式微，式微！	黃昏啦！日暮啦！
胡不歸？	為啥不能回家安宿？
微君之故，	要不是服侍你們貴人，
胡爲乎中露。	我為啥總在露水中受苦。

表現了當時服勞役的人，整年累月，日夜不停，在風吹雨露中所受之苦，全首民歌以長短句和重疊歌調，唱出了他們滿腔憤懣。

　　《齊風·東方未明》則是反映小官吏，為了差役紛繁，日夜忙碌，得不到安定的生活：

東方未明，	東方還沒有發亮，
顛倒衣裳。	顛倒穿錯了衣裳。
顛之倒之，	慌慌張張穿顛倒，
自公召之。	公爺催得太急忙。

以上民歌抒發徭役帶來的痛苦，發出怨言和詛咒。

　　《小雅·何草不黃》則是反戰的。這首民歌寫了從軍行役的兵士對於用兵不息的哀怨之情：

何草不黃，	從春幹到秋，什麼草不發黃？
何日不行。	從夏幹到冬，哪一天不跑路？
何人不將，	哪一個人不跑來又跑去啊。
經營四方。	從軍行役去到四面八方。

民歌中描寫了他們終年奔走四方，離鄉背井，後面還提出既不是野牛，又不是老虎，為何總叫人奔走在荒野，由此可見哀怨之深。

　　《王風·君子于役》是描寫女子對出征在外的丈夫懷念的民歌，表現了人民痛恨兵役的心情：

君子于役，	我的丈夫服兵役，

不日不月，	已經記不清日月，
曷其有佸！	何時才能回家來？
雞棲于桀，	群雞跳到木椿宿，
日之夕矣，	太陽已經落了山，
羊牛下括。	牛羊叫著下了坡，
君子于役，	我的丈夫服兵役，
苟無飢渴	但願他沒受飢渴！

在太陽下山、牛羊回圈之時，最易引起她的愁情，通過怨婦孤獨之苦，深刻反映了統治者與被奴役民眾之間的尖銳矛盾。

《豳風‧東山》也是反戰的民歌。

我徂東山，	我到東山去打仗，
慆慆不歸。	久久不能返家鄉。
我來自東，	我來自遙遠東方，
零雨其濛。	小雨啊迷迷茫茫。
鸛鳴于垤，	鸛鳥叫在土堆上，
婦嘆于室	我妻在家自悲傷。

它從士兵對家鄉、妻子的懷念，表達了人民對戰爭的不滿和抗議。

4.描寫婦女的悲慘命運及她們的反抗精神。在周代，勞動民眾受著殘酷的剝削和壓迫；而婦女身上，則又多了一層大山。宗法禮教束縛著她們，不允許她們有婚姻自由愛情自由的權利。〝父母之命〞成為決定婦女命運的法規，同時，還處於〝男尊女卑〞的壓力下，她們便用詩歌表現自己痛苦的生活，進行強烈的反抗。

《將仲子》是一首反映婚姻不能自主的民歌：

將仲子兮，	請求仲子心愛的人啊，

無踰我里，　　　　　莫要把我家院牆跨，

無折我樹杞。　　　　莫要踩折了杞樹枝，

豈敢愛之？　　　　　豈是我只愛惜樹枝？

畏我父母。　　　　　我是害怕我的爹媽，

仲可懷也，　　　　　仲子我可想念你呀，

父母之言亦可畏也。　爹媽說話也可怕呀！（《鄭風·將仲子》）

　　這首民歌描寫了一個熱情真純的姑娘，切望與心愛的人相會，但又害怕被父母覺察，它寫出了姑娘交織著矛盾的心理，反映了她對當時社會禮教對婚姻自由的束縛不滿的心情。

　　《柏舟》表現了少女對愛情的忠貞、對宗法禮教的反抗。

泛彼柏舟，　　　　蕩漾水中的柏木舟，

在彼中河。　　　　在那河中央飄流。

髧彼兩髦，　　　　長髮齊眉的小伙子，

實維我儀，　　　　正是我挑中的好朋友。

之死矢靡它。　　　我和他誓死心不變，

母也天只，　　　　我的媽呀我的天，

不諒人只！　　　　不體諒人怎麼辦。（《鄘風·柏舟》）

　　這首民歌描寫了一個女子已有了心上人，卻受到父母的阻力與壓力，生出怨恨，矢志相愛，至死不變，表現對婚姻自主的決心，對封建禮教的反叛。此外，《衛風·氓》則是被遺棄婦女的控訴，充滿了悔恨和憤怒，訴說了她們悲慘的遭遇。

　　5.歌頌愛情的民歌。這一類民歌是專門歌唱愛情，與前一類涉及反抗禮教有所不同。這一類民歌從各個方面，用不同的藝術表現手法歌頌了下層民眾真摯、熱烈、樸素、健康、大膽、直率的愛情。

《靜女》即是從一對青年男女的幽會、饋贈、體現了戀人之間純真的愛情。

靜女其姝，	姑娘溫柔又美麗，
俟我于城隅。	等我在城上角樓中。
愛而不見，	故意躲著不見面，
搔首踟躕。	引我抓頭來回去。（《邶風·靜女》）

這首民歌帶有敍事性，戀人相約在樓上幽會，姑娘卻先躲起來引他著急。他們的愛情是純真的健康的。

《出其東門》則是寫一個青年對少女愛情的專一：

出其東門，	走出了東面的城門，
有女如雲，	美女成群有如彩雲，
雖則如雲，	雖然是美女如彩雲，
匪我思存。	都不是我的心上人。
縞衣綦巾，	素絹衣裙佩綠巾，
聊樂我員。	唯有她是我意中人。（《鄭風·出其東門》）

雖說是外面有如雲美麗的少女，但卻不能打動他的心，只有那位〝縞（gǎo，搞）衣綦（gi，其）巾〞的少女，才是他唯一的心上人。

總之，我們可以明顯的看出，人民大眾在他們自己創作的民歌中，充分抒發了自己的思想、感情、呼聲和願望。這些民歌，煥發出強烈的現實主義精神和積極的浪漫主義精神，成為我國古代民間文學作品中優秀傳統的代表，它比《周易》中的民歌成熟得多，著名得多，是我國民歌第一個高峰。同時，《詩經》民歌群在藝術上也有很高的成就。《詩經》民歌群大都感情真摯，風格清新剛健，語言樸素自然。在結構上又多採用回環重疊的形式，反覆詠唱。賦、比、興藝術手法得到高度運用與發展；四言句式達到了完善的境地；並且《詩經》民歌群也音韻和諧，節奏明快，它是中國詩歌有完整語言句式與優美意境的一個里程碑。

第三節　漢代樂府民歌群

何謂《樂府》？在漢代，樂是指音樂，府自然是指官府，它原是漢朝的音樂機關之名稱。但到了魏晉南北朝時期，卻把樂府所採的民歌叫做樂府（漢人原叫〝歌詩〞），這樣它就成為一種詩體的名稱了，又叫〝樂府詩〞，但實際上它是民歌，俗稱為漢代樂府民歌。

在漢武帝時，開始立樂府機關，擔任搜集民歌俗曲的任務，故《漢書·禮樂志》云：〝至武帝定郊祀之禮，乃立樂府，採詩夜誦。有趙、代、秦、楚之謳。以李延年為協律都尉。〞這裡所謂〝謳〞，就是民間歌謠，又稱〝謳謠〞，《隋書·音樂志》就說：〝武帝裁音律之響，定郊丘之祭，頗雜謳謠，非全雅什。〞民歌當然就並不〝全雅〞，因為它還有〝俗〞的一面。採集民歌的工作，一直保持到東漢的末年。漢代採集民歌有它的目的，《漢書·藝文志》云：〝自孝武立樂府而採歌謠，於是有趙、代之謳，秦、楚之風，皆感於哀樂，緣事而發，亦可以觀風俗，知薄厚云。〞簡言之，其目的有二：一為娛樂，〝感於哀樂〞等；二為知民情，〝觀風俗，知薄厚〞。這樣，它使民歌得以記錄、整理、集中、流傳、保存。

《漢書·藝文志》著錄了西漢樂府民歌共138首，但只是篇目。沈約《宋書·樂志》保存了一部分兩漢樂府民歌。但宋人郭茂倩編《樂府詩集》中搜羅得最為完備，他把漢至唐的樂府詩分為十二類：(1)郊廟歌辭，(2)燕射歌辭，(3)鼓吹曲辭，(4)橫吹曲辭，(5)相和歌辭，(6)清商曲辭，(7)舞曲歌辭，(8)琴曲歌辭，(9)雜曲歌辭，(10)近代曲辭，(11)雜歌謠辭，(12)新樂府辭。這個分類雖然很全面，也系統，但並不科學，也不實用。

這是因為，我們認為由古相傳的樂府詩的含義是指漢代樂府民歌，它是一個群體，樂府詩重點是民歌，這一點已無容置疑，但漢代樂府民歌只保存在以上十二類的〝相和歌辭〞〝鼓吹曲辭〞、〝雜曲歌辭〞三部分，有些文人作品不是真正的樂府民歌。

即拿唐代的新樂府來說。〝新樂府就是從漢樂府演變革新、因事立題的一種新詩體。白居易的新樂府詩是典型體制。〞❻所以它是唐代詩人根據漢代樂府民歌衍化出來的新詩體，它本身不屬於民間文學範圍，實際是諷喻詩，故把它劃入漢代樂府民歌的範圍，那可說是樂府一詞的濫用，唐代實際上已沒有樂府民歌了，只有文人的新樂府，那已是另外一個文體的概念。

兩漢樂府民歌三類之中，內容各有其特色。

第一，鼓吹曲辭。其中《鐃歌十八曲》是西漢的民歌，這十八首西漢民歌題目，《古今樂錄》云：〝漢鼓吹鐃歌十八曲，字多訛誤。一曰《朱鷺》，二曰《思悲翁》，三曰《艾如張》，四曰《上之回》，五曰《擁離》，六曰《戰城南》，七曰《巫山高》，八曰《上陵》，九曰《將進酒》，十曰《君馬黃》，十一曰《芳樹》，

---

❻　參見高國藩《略論白居易的新樂府詩》，載於《南京大學學報》（哲學·人文·社會科學版），1990年第1期。

十二曰《有所思》，十三曰《雉子班》，十四曰《聖人出》，十五曰《上邪》，十六曰《臨高台》，十七曰《遠如期》，十八曰《石留》。又有《務成》、《玄云》、《黃爵》、《釣竿》亦漢曲也。其辭亡。或云：漢鐃歌二十一無《釣竿》、《擁離》，亦曰《翁離》。〞〝鼓吹曲〞是武帝時吸收北方民族新聲而成。

《鐃歌十八曲》不論思想性與藝術性都頗為優秀。《戰城南》是一首哀悼陣亡士兵的民歌：

戰城南，死郭北，野死不葬烏可食。為我謂烏：〝且為客豪（嚎），野死諒不葬，腐肉安能去子逃？〞水深激激，蒲葦冥冥。梟騎戰鬥死，駑馬徘徊鳴。梁築室，何以南？何以北？禾黍不獲君何食？願為忠臣安可得？思子良臣，良臣誠可思！朝行出攻，暮不夜歸。

這首民歌充滿了悲憤的思想感情。漢朝從漢武帝時之後，相當長久的對外戰爭，給民眾帶來了深重的災難，《戰城南》就是通過陣亡士卒的現身説法，來揭露戰場上的慘狀，抨擊統治者的昏庸，表達強烈和平的意志和願望。《有所思》則是一首描寫受騙少女堅決和不忠實的男子斷絕關係之戀歌：

有所思，乃在大海南。何用問遺君？雙珠瑇瑁簪，用玉紹繚（纏繞）之。聞君有他心，拉雜摧燒之。摧燒之，當風揚其灰。從今以往，勿復相思！想思與君絕！雞鳴狗吠，兄嫂當知之。妃呼豨！秋風肅肅晨風颸（思），東方須臾高知之。

從〝雞鳴狗吠，兄嫂當知之〞可見，歌中之少女有火一樣的熱情，這種實際的大膽的行動，衝破了故有禮教的束縛。有所深愛，在受騙後，才有所深恨，才會將紀念品定情物等〝摧燒之，當風揚其灰〞。和《詩經‧氓》中〝及爾偕老，老使我怨〞異曲同工。

《上邪》寫得更為精彩，是以詩的形式，寫少女對所戀的男子表示堅貞的誓言：〝上邪！我欲與君相知，長命無絕衰。山無陵，江水為竭，冬雷震震，夏雨雪，天地合，乃敢與君絕！〞〝上邪〞，是少女呼天以為誓。它用了五件不可能的事情來表現自己永遠不變的堅貞，奇想標志的深情，歷來被喻為〝短章中神品〞，敦煌曲子詞中《菩薩蠻》中之〝發願詞〞，與此民歌極為相似❼。

第二，相和歌辭。什麼是〝相和〞？《宋書‧樂志》云：〝相和，漢舊曲也，絲竹更相和，執節者歌。〞故相和是演唱時以絲竹相和伴奏之意。相和歌中的〝古辭〞，多是東漢的民歌，《晉書‧樂志》云：〝凡樂章古辭存者，並漢世街陌謳謠，《江南可採蓮》、《烏生十五子》、《白頭吟》之屬。〞相和歌實際便是〝漢世街陌謳謠〞。收入《樂府詩集》〝相和歌辭〞中的〝古辭〞（東漢樂府民歌），共有三十二首之多。

《江南》是一首優美的江南風景民歌。〝江南可採蓮，蓮葉何田田，魚戲蓮葉間，魚戲蓮葉東，魚戲蓮葉西，魚戲蓮葉南，魚戲蓮葉北。〞〝田田〞是形容蓮葉挺出水面茂盛碧綠的狀態。這也是一首歌唱江南勞動民眾採蓮時愉快情景的民歌。《樂府解題》云：〝江南古辭，蓋美芳晨麗景嬉遊得時。〞最早見於《宋書‧樂志》。

《陌上桑》則是敍述一個五馬太守（使君）調戲採桑少女而嚴遭拒絕之故事。全詩分三解，一解是從旁觀者眼中描寫羅敷之美。二

---

❼ 參見高國藩著《敦煌曲子詞欣賞》，第1頁至第7頁，南京大學出版社，1989年版。

解是寫使君的要挾和羅敷的拒絕。三解是羅敷誇説好丈夫，在眾言稱讚其夫與眾不同中結束，反擊了使君的調戲。塑造了一個〞採桑城南隅〞、〞頭上倭墮髻，耳中明月珠〞美麗勤勞、機智堅貞少女的形象。

《婦病行》則是敍述一個貧困的父親，因生活艱難，不得不違背妻子臨終前的叮囑，賣去幼子的故事。《漢書·禹貢傳》云：〞武帝征伐四夷，重斂於民，民產三子，則出口錢，故民困重，至於生子輒殺，甚可悲痛。〞可見漢武帝時為了征伐四夷，採取節制人口政策，夫妻只准有兩個孩子，如〞民產三子〞便要罰款，即〞出口錢〞，因民間對巨額罰款不堪負擔，導致了賣子甚至殺子的悲劇產生。

《孤兒行》則是敍述一個失去雙親的孤兒，按古俗，兄嫂獨占家產從而壓迫弟弟的故事。兄嫂將弟弟視為奴隸，不是叫他外出當小販，就是在家挑水、燒飯、看馬、養蠶、種瓜，啥都得幹，儘量役使他，必欲置之死地而後快，冬天連雙草鞋也不給他穿。最後弟弟發出了這樣血淚的呼吼：〞願欲寄尺書，將與地下父母，兄嫂難與久居！〞這是對繼承遺產長子決定權的社會習俗的揭露與批判。

第三，雜曲歌辭。 所謂〞雜曲歌辭〞，宋郭茂倩《樂府詩集》卷第六十一指出：〞雜曲者，歷代有之，或心志之所存，或情思之所感，或宴遊歡樂之所發，或憂愁憤怨之所興，或敍離別悲傷之懷，或言征戰行役之苦，或緣於佛老，或出自夷虜。兼收備戰，故總謂之雜曲。〞雜曲產生的年代晚於前兩類，約於東漢至南北朝；這類民歌是指〞古辭〞和〞無名氏〞，一共有十六首，題目為：蛺蝶行、傷歌行、悲歌行、前緩聲歌、東飛伯勞歌、西洲曲、長干

曲、焦仲卿妻 (孔雀東南飛) 、楊白花、于闐採花、枯魚過河泣、冉冉
孤生竹、沐浴子、夜夜曲、樂府古辭、阿那瓌。焦仲卿妻為漢末建
安民歌。傷歌行，《玉台新詠》疑為魏明帝作，實為魏時民歌。東
飛伯勞歌，《文苑英華》疑為梁武帝作，實為南北朝時民歌。阿那
瓌，《北史》中有記載：〝阿那瓌，蠕蠕國主也。〞故亦為南北朝
時民歌。由此可見，三類中，此類民歌產生最晚。

《焦仲卿妻》是漢代樂府民歌敘事詩的優秀之作。標誌著我國
民間文學史的發展高峰，它有深刻的思想意義和巨大的社會意義，
揭露了舊禮教的罪惡，歌頌了劉蘭芝夫婦忠於愛情的鬥爭精神，表
達了民眾爭取婚姻自由不屈服的意志和必勝的信念，成功地塑造了
焦仲卿、焦母、太守和劉蘭芝栩栩如生的形象。

《枯魚過河泣》是古代民間寓言詩之佳作：〝枯魚過河泣，何
時悔復及。作書與魴鱮，相教慎出入。〞詩中有奇特之想像，枯乾
的魚還會哭泣，它還會寫信給〝魴鱮〞(鰱魚)，告誡它出入要慎
重，言外之意，世界太亂，隨時有變為枯魚的危險。借詩反映了民
眾朝不保夕的心態，表現了現實的苦難。

《悲歌行》這首民歌也反映了民間的悲苦：〝悲歌可以當泣，
遠望可以當歸。思念故鄉，鬱鬱纍纍。欲歸家無人，欲渡河無船。
心思不能言，腸中車輪轉。〞它用格言式的永雋的詩句，表現了民
眾有家不能回，有苦不能說的悲傷與苦痛。每句詩都概括了典型的
意思，類似成語。

綜上所說，漢代樂府民歌群總的特點是〝感於哀樂，緣事而
發〞，它繼承並且發展了《詩經》的〝飢者歌其食，勞者歌其事〞
的優秀傳統，深刻的表現了漢代民眾的思想感情和現實生活，並對

後世文人創作有廣泛而深遠的影響。建安文學的〝借古題寫時事〞,再推及杜甫的〝即事名篇,無復依傍〞,再後白居易倡導的諷諭現實的新樂府運動,莫不是皆緣漢代樂府民歌〝緣事而發〞的正確軌跡的再發展,由此可見它對古代文學的發展是何等重要了。

第四節 南北朝樂府民歌群

繼《周易》、《詩經》及漢樂府三種民歌群以後,又有一批民歌,帶著創新的藝術形式與風格出現,這便是南北朝樂府民歌群。由於當時的南北方,不僅自然環境不同,就是政治、經濟、文化和民族風尚也不同,這就造成南北民歌的內容與風格相異。《樂府詩集》卷第六十一〝雜曲歌辭一〞認為造成不同之因在於〝作者才思之淺深,與其風俗之薄厚〞,強調風俗不同的基因,也是頗具慧眼的。故郭茂倩認為南北民歌之基本不同,即〝艷曲興於南朝,胡音生於北俗。〞

南朝樂府民歌收錄於《樂府詩集》的〝清商曲辭〞中,包括兩部分,即〝吳聲歌曲〞與〝西曲歌〞。〝吳聲歌曲〞除去皇帝與文人擬作,還有民歌327首。〝西曲歌〞除皇帝、文人之作外,還有民歌142首。〝吳聲歌曲〞起於建業(現江蘇南京)一帶,包括有東晉與劉宋之作品。〝西曲歌〞則起於荊州(現湖北江陵)一帶,包括有宋、齊、梁之作品。

南朝民歌中有許多優美的情歌。有些表達了火熱的戀情,如《讀曲歌》之一:〝打殺長鳴雞,彈去烏臼鳥,願得連冥不復曙,一年都一曉。〞一對情人殺了雞彈走鳥,以便不驚醒他倆的美夢,最好一夜長如一年。

　　有些則表達了生死不渝的愛情，佳作有《華山畿》：〝華山
畿，君既為儂死，獨活為誰施？歡若見憐時，棺木為儂開。〞這首
情歌內含一個悲痛的愛情故事。據《古今樂錄》云：有位青年在華
山畿 (今江蘇鎮江) 客舍見到一位十八九歲的姑娘，深深愛上了她，由
於得不到她，得相思病而死，葬時牛車經過姑娘門口，牛突然不肯
行，打拍不動。姑娘叫牛等一會兒，只見她妝點沐浴走出門，唱起
上面這首情歌，棺材應聲而開，她跳入殉情而亡，成為梁祝前奏。

　　但是，南朝民歌並不能說它們是清一色的情歌，因為它們的主
題是多種多樣的，並不單純是歌唱愛情。

　　鴻雁塞南去，家燕指北飛。征人難爲思，願逐秋風歸。

(秋歌) ——這是歌唱征人思念家鄉的。

　　白露朝夕生，秋風淒長夜。憶郎須寒服，乘月擣白素。

(秋歌) ——這是歌唱妻子給遠方親人製寒衣的。

　　駛風何曜曜，帆上牛渚磯。帆作纜子張，船如侶馬馳。

(歡聞變歌) ——這是歌唱船工張帆行船的。

　　碧玉小家女，不敢攀貴德。感郎千金意，慚無傾城色。

(碧玉歌) ——這是歌唱窮家女嫁富家兒的擔心。

　　泛舟採菱葉，過摘芙蓉花。扣檝命童侶，齊聲採蓮歌。

(採蓮童曲) ——這是媽媽在採菱，叫岸上童子唱歌。

　　東湖扶菰童，西湖採菱芰，不持歌作樂，爲持解愁思。

(採蓮童曲) ——這是表現婦女勞動時唱歌解悶。

　　歲月如流邁，行已及素秋。蟋蟀鳴空堂，感悵令人憂。

(同生曲) ——這是感嘆歲月如流，教人愛惜光陰。

　　爲家不鑿井，檐瓶下前溪。開穿亂漫下，但聞林鳥啼。

（前溪歌）——這是寫景詩，表現江南幽靜、甜美的景緻。

長河起秋雲，漢渚風涼發。含欣出宵路，可笑向明月。

（七日夜女歌）——這也是寫景，表現秋雲、風涼，少女的歡欣與微笑。

恃愛如欲進，含羞出不前。朱口發艷歌，玉指弄嬌弦。

（子夜警歌）——這是描寫江南少女彈琴唱歌之神態。

南朝民歌唱花，也顯得特別絢爛多彩：

杜鵑竹裡鳴，梅花落滿道。（春歌）

春園花就黃，陽池水方綠。（春歌）

乘月採芙蓉，夜夜得蓮子。（夏歌）

青荷蓋綠水，芙蓉葩紅鮮。（夏歌）

仰頭看桐樹，桐花特可憐。（秋歌）

葵藿生谷底，傾心不蒙照。（冬歌）

以上用花來表現人民感情的世界，使生活的魅力更具吸引力，使花的世界裝點的藝術世界更加迷人。

南朝民歌也有歌唱勞動的，《採桑度》是寫採桑養蠶：〝蠶生春三月，春蠶正含綠。女兒採春桑，歌吹當春曲。蠶桑盛陽月，綠葉何翩翩。攀條上樹表，牽壞紫羅裙。〞三月暖和天，少女們採桑唱歌，還攀上枝條摘，鉤破了紫羅裙，具有濃郁的生活氣息。

南朝民歌群的《西洲曲》也是非常著名的作品：

憶梅下西洲，折梅寄江北。單衫杏子紅，雙鬢雅雛色。

西洲在何處？兩槳橋頭渡。日暮伯勞飛，風吹烏臼樹。

樹下即門前，門中露翠鈿。開門郎不至，出門採紅蓮。

採蓮南塘秋，蓮花過人頭。低頭弄蓮子，蓮子青如水。

置蓮懷袖中，蓮心徹底紅。憶郎郎不至，仰首望飛鴻。

鴻飛滿西洲，望郎上青樓。樓高望不見，盡日欄杆頭。

欄杆十二曲，垂手明如玉。捲簾天自高，海水搖空綠。

海水夢悠悠，君愁我亦愁。南風知我意，吹夢到西洲。

這首雖是抒情民歌，但它刻劃了一位少女對遠方情人的思念之情，她在家想，採蓮想，上樓也想，從春想到秋，最後還希望一陣南風吹他們到西洲去相戀。此民歌景情交融，渾然一體，十分有特色。

總的看來，南朝民歌形式短小，其重點特色是在民歌中使用雙關語。例如：

合散無黃連，此事復何苦？（讀曲歌）——用〝散〞雙關聚散的散。

燃燈不下炷，有油那得明？（讀曲歌）——用油雙關〝由〞。

春蠶不應老，晝夜常懷絲。（作蠶絲）——用絲諧音雙關〝思〞。

北朝民歌群主要保存在〝梁鼓角橫吹曲〞中，個別收於〝雜歌謠辭〞一共有七十餘首。是當時北方各民族的民歌，反映了廣闊的生活面。具有雄健武勇的氣概，使人看到了北方民眾特有生活情調：

敕勒川，陰山下，天似穹廬，籠蓋四野。天蒼蒼，野茫茫，風吹草低見牛羊。（敕勒歌）——這是一幅北方草原游牧圖。

新買五尺刀，懸著中梁柱。一日三摩娑，劇於十五女。

（琅琊王歌）——這表現了北方民族尚武的精神。

男兒可憐蟲，出門懷死憂。屍喪狹谷口，白骨無人收。

（企喻歌）——這控訴了戰爭的罪惡。

隴頭流水，鳴聲幽咽。遠望秦川，心肝斷絕。

（隴頭歌）——這描寫了離鄉背井的痛苦。

快馬常苦瘦，剿兒常苦貧。黃禾起羸馬，有錢始作人。

（幽州馬客吟）——這歌詠了馬夫走卒之貧困。

驅羊入谷，白羊在前。老女不嫁，蹋地喚天。

（地驅樂歌）——這表現了婦女婚姻過期的悲傷。

側側力力，念君無極。枕郎左臂，隨郎轉側。

摩捋郎鬚，看郎顏色。郎不念女，不可與力。

（地驅樂歌）——這刻劃了北方女子溫柔的愛情。

門前一株棗，歲歲不知老。阿婆不嫁女，那得孫兒抱。

（折楊柳歌）——這反映了老人欲嫁女的迫切心情。

高高山頭樹，風吹葉落去。一去數千里，何當還故處。

（紫騮馬歌）——這是被虜掠遠徙的懷土思鄉之作。

　　總之，北朝民歌群內容很豐富，藝術上頗為獨創，語言則樸實通俗，風格又很豪放而剛健，感情上悲壯激烈，體裁也各式各樣，也是中國民歌中的瑰寶。

　　北朝民歌代表作是敘事民歌《木蘭詩》。它和《孔雀東南飛》是我國民歌中的〝雙璧〞。明·胡應麟《詩藪》云：〝五言之贍，極於焦仲卿妻，雜言之贍，極於木蘭。〞木蘭從軍的故事在我國是家喻戶曉的。她從一個勤勞織布的姑娘，在戰爭到來之時，女扮男裝，替父去從軍，成為人民理想的化身。她突破了舊有那種重男輕女之傾向，歌頌了婦女的勇敢與機智，這是一個英雄的形象，在古代有不平凡的意義。

第五節　隋唐民歌群

　　隋唐也有大量民歌出現，特別是在唐代的敦煌，關於唐代的敦煌民歌，由於豐富異常，都已寫入《敦煌民間文學》一書中，此不贅述。本節所述，均為隋唐兩代之民歌群，它們散見於古代各種不同的著作中，因此只能深入到浩瀚的古典文獻之海中去勾沉。

　　㈠**隋代民歌**。隋代最著名的民歌是《隋煬帝時挽舟者歌》，全詞云：

　　　我兄征遼東，餓死青山下。

　　　今我挽龍舟，又困隋堤道。

　　　方今天下飢，路糧無些少。

　　　前去三千程，此身安可保。

　　　寒骨枕荒沙，幽魂泣煙草。

　　　悲損閨內妻，望斷吾家老。

　　　安得義男兒，憫此無主屍。

　　　引其孤魂回，負其白骨歸。❽

隋煬帝曾集中了幾百萬民工，為他開通濟渠與江南河，並廣建行宮，帶著美女三次巡遊揚州。他的龍舟和船隊有五千多艘，徵集縴夫八、九萬人。如此的腐化淫佚，民眾被逼得家破人亡。這首民歌便控訴了他的罪惡統治。民歌中的〝我〞是縴夫，其兄已在戰場上餓死，自己掙扎在死亡線上，似已生還無望，想起父母妻子，心中無限悲痛！寫得形象生動，扣人心弦。

　　隋煬帝高壓統治的結果，造成了民眾的反抗，各地農民不斷起義，《隋大業長白山謠》便是描寫農民起義的：

　　　長白山前知世郎，　　　純著紅羅錦背襠。

　　　長矟侵天半，　　　　　輪刀耀日光。

　　　上山吃獐鹿，　　　　　下山吃牛羊。

---

　　❽ 引自宋劉斧《青瑣高議·隋煬帝海山記》。

> 忽聞官軍至，　　　　　提刀向前蕩。
>
> 譬如遼東死，　　　　　斬頭何所傷！❾

這是描寫隋代大業年間山東省的王薄起義的。農民義軍威武雄壯，手拿長矛，肩揹大刀，與其被抓去在遼東送死，不如造反，爭取生路。寫出了農民義軍的英勇氣概。

隋代還有首《綿州巴歌》也是有名的，它熱情的讚美了祖國的大好河山：

> 豆子山，打瓦鼓；揚平山，撒白雨。下白雨，娶龍女。織得絹，二丈五。一半屬羅江，一半屬玄武。❿

這是寫四川綿陽一帶壯觀的瀑布的，形容瀑布像〝打瓦鼓〞那樣響，水花四濺，像〝撒白雨〞一樣；從打瓦鼓聯想到姑娘出嫁，從下雨又聯想到娶龍女，聯想到瀑布是龍女製成的白絹嫁妝。比喻具體、想像奇妙。

(二)唐代民歌。唐代民歌揭露了貴族不法的行為。如《朝野僉載》中有首《王法曹歌》：〝前得尹佛子，後得王癲獺。判事驢咬瓜，喚人牛嚼沫，見錢滿面喜，無鑰從頭喝。常逢餓夜叉，百姓不可法。〞抨擊了他們〝見錢滿面喜〞的貪贓枉法。用〝驢咬瓜〞、〝牛嚼沫〞來形容他們做事說話的醜態。

民間運用童謠的形式來諷刺貴族們的叛逆朝廷的行為。《廣神異錄》引《兩京童謠》云：〝不怕上藍單，唯愁答辯難。無錢求案典，生死任都官。〞在安史之亂後，有些貴族〝投身於胡庭〞的懷抱，受到三司的審問，這首童謠嘲笑了他們。

---

❾　引自明楊慎《古今風謠》。
❿　引自宋釋慧明《五燈會元》卷十九。

　　唐代民歌也歌詠了人民的苦難。《新唐書·五行志》就記載有
這樣一首民謠："新禾不入箱，新麥不登場。迨及八九月，狗吠空
垣牆。"這是初唐高宗時代的民歌，它被統治者稱為"詩妖"。
《新唐書·五行志二》云："永淳元年 (682) 七月，東都大雨，人
多殍殕。"由於天災造成人多餓死，故而"狗吠空垣牆"。它描寫
了千村薜荔，萬戶蕭疏的慘狀。

　　又嘲諷了貴族中鬥雞的遊戲。唐陳鴻《東城父老傳》有首《神
雞童謠》：

生兒不用識文字，鬥雞走馬勝讀書。

賈家小兒年十三，富貴榮華代不如。

能令金距期勝負，白羅繡衫隨軟輿。

父死長安千里外，差夫治道挽喪車。

唐代貴族中流行鬥雞風俗。唐玄宗還專門設立鬥雞坊，其中有五百
人專門飼養和訓練鬥雞。十三歲的賈昌（即這首民歌中所稱的"賈家小
兒"），由於擅長訓練鬥雞成為鬥雞坊的坊長，深得唐玄宗喜愛。
賈昌父親名賈忠，由於隨從唐玄宗到泰山去祭天地，不幸病死路
上，賈昌送喪回鄉，沿路有民伏為其修路與服役，儀式隆重。這首
民歌以此為題材，對"鬥雞走馬勝讀書"的怪現象進行了辛辣諷
刺。對比李白《古風》："路逢鬥雞者，冠蓋何輝赫，鼻息千虹
蜺，行人皆怵惕。"兩者可說異典同工。

　　唐代民歌也歌詠中華好男兒為國保衛邊疆的英雄行為。《新唐
書·薛仁貴傳》有兩句詠薛仁貴軍中之歌："將軍三箭定天山，壯
士長歌入漢關。"雖短短兩句，但概括了一次著名的邊塞戰鬥，顯
得別具一格。《全唐詩》卷七百九十七收入一首宮女的《戰袍

詩》：

> 沙場征戍客，寒苦若爲眠。
>
> 戰袍經手作，知落阿誰邊？
>
> 蓄意多添線，含情更著綿。
>
> 今生已過也，願作後生緣。

　　這首民間歌詩，是唐玄宗的宮女在縫出征士兵戰袍中流傳到民間的。宮女表達了對這些戍邊士兵淒苦生活無限的同情，對出征士兵含情脈脈，厚意深情，同出於受苦人彼此憐愛，讀來催人淚下。同以上《戰袍詩》比美的還有宣宗時宮人的《紅葉》詩：

> 流水何太急，深宮盡日閒。
>
> 殷勤謝紅葉，好去到人間。

　　這首詩借紅葉隨流水飄入民間流傳，終必融入了民間短小精幹的民謠之中，表現了宮女寂寞的心靈對人間自由的生活無限的嚮往。

　　總之，隋唐民歌群在反映現實以及民間心理方面，各自出新，並展示民眾的卓越的才華。

第六節　宋元民歌群

　　宋代與元代也有許多民歌流傳，它們也是散見於我國大量的古典文獻之中，它們都具有短小精幹的特點，內容也具有現實性。先來談宋代之民歌。

　　有描寫採桑女的。例如：杜文瀾《古謠諺》卷九十引《沖波傳》云：

> 南枝窈窕北枝長，　　夫子游陳必絕糧。

九曲明珠穿不得，　　著來問我採桑娘。

歌詞意味深長，孔夫子有問題也要請教聰明的採桑女。據馬驌《繹史》卷八十六云，孔子游於陳，有一個民間傳說：陳國大夫一定要他用絲線穿九曲明珠才能放他走，孔子不會穿，便去請教採桑女，採桑女教他用油脂塗孔，並把絲線拴在螞蟻身上，後面再用煙薰，結果把螞蟻驅過了九曲孔，也穿過了絲線。這首民歌縮寫了一個民間傳說，使民眾喜聞樂見，為宋代民歌之佳作。

有描寫酒商的。例如《江湖紀聞》引《行香子》云：

浙右華亭，物價廉平，一道會（當時的紙幣叫會子）買個三升，打開瓶後，滑辣光馨。教君霎時飲，霎時醉，霎時醒。

聽得淵明，說與劉伶，這一瓶約送三升，君還不信，把秤來秤，有一斤水、一斤瓶。

這首民歌諷刺了酒商在酒裡加水，弄虛作假騙顧客，通篇不說一騙字，而騙意即在詞中矣！諷刺有針對性。宋代民歌的針對性為其最明顯的特點，多半為觸及時弊而發。

1.諷刺王將明的。朱弁《曲洧舊聞》云：〝三千索，直秘閣；五百貫，擢通判。〞注云：〝王將明當國時，公然受賄賂，賣官鬻爵，至有定價。〞這首民歌便是諷刺北宋時之腐敗現象的，買個秘閣三千索，買個通判五百貫。

2.諷刺童貫、蔡京奸臣。吳曾《能改齋漫錄》云：〝打破筒（童），潑了菜（蔡），便是人間好世界。〞巧妙運用了諧音的手法。

3.諷刺高俅等奸臣的。曾敏行《獨醒雜志》云：〝殺了穜蒿（童貫）割了菜（蔡京），吃了羔兒（高俅）荷葉（何執中）在。〞暗喻對禍國的奸臣之憤恨。

　　4.諷刺昏庸的將軍張俊。莊季裕《雞肋編》云：〝張家寨裡沒來由，使它花腿抬石頭，二聖猶自救不得，行在蓋起太平樓。〞諷刺張俊在國家危難時還大修太平樓。

　　這些民歌都對壞人壞事進行抨擊，非常具體，一針見血，具有共同性。

　　也有歌頌為國盡忠的將領的。例如孔平仲《談苑》引《邊上謠》云：〝軍中有一韓，西賊聞之心骨寒；軍中有一范，西賊聞之驚破膽。〞韓指韓琦，范指范仲淹。

　　宋代民歌由於為民間表達政治鬥爭與民族鬥爭之現實，與具體的人和事作了過於具體的聯繫，因而時過境遷以後便被後代的民眾所遺忘。各代民歌多半如此自生自滅。

　　元代民歌中最為著名的便是施耐庵《水滸傳》第十六回引述到的那首《赤日炎炎》了：〝赤日炎炎似火燒，野田禾苗半枯焦。農夫心內如湯煮，公子王孫把扇搖。〞這首民歌通過對農夫和公子對比描寫，揭示了農夫的艱辛、公子的安樂。

　　還有歌頌農民造反的。元代的上海松江，便出現過以下山歌：〝滿城都是火，官府四散躲。城裡無一人，紅軍府上坐。〞（《古今風謠拾遺》卷四）《輟耕錄》卷九《松江官號》條對這首民歌記載說：〝至正丙申（1356）正月，常熟州陷，松江府印造官號（即袖標）給散吏兵佩帶，以妨奸偽，號之製作，劃為圓圈，繞圈皆火焰，圈之內一〝府〞字，以府印印〝府〞字上。圈子外四角，府官花押，民間謠云云。〞可見這首民歌是公元1356年流傳，其時正當元末，紅巾軍攻占常熟，松江元軍印了特製的符號給士兵佩帶，以防備紅巾軍潛入，人民唱出這首民歌，表達了對紅巾軍的愛戴，抒發了必勝信念，後來不到兩個月，紅巾軍便占領了松江。

元代民間為了表達對元蒙統治不滿而有以下民歌。太倉民謠云：

打碗花子開，今搬州縣來。

黃狼屋上走，州來住不久。 （《古今風謠拾遺》卷四）

據《平江紀事》載：〝元貞初 (1280) 升崑山縣為州，州治去府城七十二里，延佑中移治太倉。未移之先，太倉江口，打碗花子遍地盛開，民謠云云。遷移之後，常有鼠郎出沒廳事上，民復謠云云。至正間 (1341) 果復移回玉峰舊治。〞這首民歌暗指元代統治〝住不久〞，表達民眾對元蒙統治之憤恨。

元代由於大小官員之貪贓枉法，弄得生靈塗炭，以至怨聲載道。元陶宗儀《輟耕錄》卷十九引的《奉使謠》三首對此有形象的揭露。

其 一

九重丹詔頒恩至，萬兩黃金奉使回。

其 二

奉使來時，驚天動地；奉使去時，烏天黑地；
官吏都歡天喜地，百姓卻啼天哭地。

其 三

官吏黑漆皮燈籠，奉使來時添一重。

以上第一首抨擊奉使們〝頒恩〞出巡，回時腰纏萬貫。第二首是對比，官樂而民哭。第三首比喻官吏像黑漆皮燈籠，他們來時天日更黑一重。物極而必反，於是眾多的民歌詠唱人民之流離和人民的反抗。《元史·五行志》云：

> 葦生成旗，民皆流離。
>
> 葦生成槍，殺伐遭殃。
>
> 李生黃瓜，民皆無家。

這首民歌巧妙的把民間的苦難與反抗融於一個藝術畫面來寫。此時的民歌，也預示了元朝之將亡："天雨線，民起怨；中原地，事必變。"（《元史·五行志》）並預示漢民族必將代替元蒙的統治，故有以下民歌："塔兒白，北人是主南人客；塔兒紅，南人來作主人公。"（楊慎之《古今風謠》）歷史往往證實了民歌的預言。

第七節　明代民歌群

明代民歌出現了空前繁榮的景象，這在當時的文人中是有口皆碑的。

陳宏緒《寒夜錄》云："我明詩讓唐，詞讓宋，曲又讓元，庶幾吳歌，掛枝兒、羅江怨、打棗竿、銀絞絲之類，為我明一絕。"

李開先《詞謔》卷二十七引何景明云："（民歌時調）如十五國風，出諸里巷婦女之口者，情詞婉曲，自非後世詩人墨客操觚染翰刻骨流血所能及。"

沈德符《野獲篇》云：打棗竿、掛枝兒等民歌："其腔調約略相似，則不問南北，不問男女，不問老幼良賤，人人習之，人人喜聽之，以至刊布成帙，舉世傳誦，沁人心腑，其譜不知從何而來，真可駭嘆！"

明代民歌群是豐富多彩的。最早見的是成化間（1465—1487）金台魯氏刊本四種，都是小本民歌，但內容卻充實，值得一讀。(1)《新編〈西廂記〉）詠十二目賽駐雲飛》、⑵《新編四季五更駐雲飛》、⑶《太平時賽駐雲飛》、⑷《新編寡婦烈女詩曲》。內容多為表現男女之間真實美滿的愛情，如以上《四季五更》冊。

1.富貴榮華，奴奴身軀錯配他。有色金銀價，惹的傍人罵。嗏，紅粉牡丹花，綠葉青枝又被嚴霜打，便做尼僧不嫁他！

2.月下星前，拜罷燒香只靠天。但得重相見，稱了半生願。嗏，動歲又經年，淚漣漣，若得成雙，方稱于飛願，早早團圓答謝天。

3.側耳聽聲，卻是郎均手打門。我這裡將言問，他那裡低低應。嗏，不由我笑欣欣，去相迎。準備著萬語千言，見了都無論，今日相逢可意人。

以上第一首便否定了金錢決定女孩兒的一生，第二首表現忠實的生死戀，第三首則表現幸福的愛情。

明刊本陳所聞編的《南宮詞記》裡，也有美好的情歌，如《汴省時曲·鎖南枝》：

傻俊角，我的哥！和塊黃泥兒捏咱兩個。捏一個兒你，捏一個兒我，捏的來一似活托，捏的來同在牀上歇臥。將泥人兒摔破，著水兒重和過，再捏一個你，再捏一個我，哥哥身上也有妹妹，妹妹身上也有哥哥。（《南宮詞記》卷六）

這首民歌的藝術構思頗為精巧，宛如一顆珍珠，靈氣十足，形象地表現了痴迷的愛情！是從女媧用黃土造人神話中衍化出來的，因此而有靈氣。

在萬曆間（1573—1620）有刊本《玉谷調簧》，其中《時尚古人劈破玉歌》，其中有情歌是以民間盤歌（問答體）形式出現的，十分別緻可愛。

娘罵女

小賤人生得自輕自賤。娘叫你怎的不在跟前？

原何諕得篩糠戰？因甚的紅了臉？

因甚的吊了簪？爲甚的緣由？

甚的緣由兒？揉亂青絲篹？

女回娘

苦娘親非是我自賤。娘叫我一時不在跟前，

因此上走將來得心驚戰，搽胭脂紅了臉，

耍鞦韆吊了簪，牆角上攀花，

牆角上攀花，娘，掛亂了青絲篹。

娘復罵

小賤人休得胡爭辯。爲娘的幼年間比你更會轉彎。

你被情人扯住心驚戰，爲害羞紅了臉，

做表記去了簪，雲雨偷情，

雲雨偷情，兒，弄亂青絲篹。

女自招

小女兒非敢胡爭辯，告娘親恕孩兒實不相瞞。

俏哥哥扯住諕得心驚戰，吃交杯紅了臉，

俏冤家搶去簪，一陣昏迷，

一陣昏迷，娘，我也顧不得青絲篹。

古代民間盤歌著名者有敦煌曲子詞《南歌子》 (相思問答) ❶，此首

---

❶ 參見高國藩著《敦煌曲子詞欣賞》，123頁—125頁，南京大學出版社，1989
年4月版。

明代情歌與之相仿，所不同者，前者為男女問答，而此首為母女問答，寫得更為俏皮與活潑。另外，《玉谷調簧》中還有一類帶有故事性的較短的敘事民歌，如《琵琶記》是唱蔡伯喈和趙五娘故事的，一共只有六小段，全文如下：

一、蔡伯喈悶在書房內，叫一聲牛小姐我的嬌婆。

　　你令尊強贅爲門婿，家中親又老，三載遇飢荒。

　　欲待與你同歸，你同歸，妻，令尊捨不得了你。

二、蔡伯喈一去求名利，抛撇下趙五娘受盡孤恓。

　　三年荒旱難存濟，公婆雙棄世，獨自築墳台。

　　自背琵琶，背琵琶，夫，京都來尋你。

三、趙五娘借問京城路，罵一聲蔡伯喈薄倖夫。

　　堂上雙親全不顧，麻裙兜了土，剪髮葬公姑。

　　身背琵琶，身背琵琶，夫，訴不盡離情苦。

四、張太公祝付賢哉婦，到京都尋丈夫。

　　見郎謾說雙親故，謾說裙包土，謾說剪香雲。

　　只把你這琵琶，你這琵琶，訴出心中苦。

五、蔡伯喈一向留都下，戀新婚招贅丞相家。

　　家中撇下爹和媽，戀著榮華富，全然不轉家。

　　趙五娘糟糠，娘糟糠，孤墳獨造也。

六、蔡伯喈入贅牛相府，苦只苦趙五娘侍奉公姑。

　　荒年自把糠來度，剪頭髮葬二親，背琵琶往帝都。

　　書館相逢，書館相逢，夫，訴出十般苦。

蔡伯喈負心故事是我國民間傳說中著名者。這首民歌敘述較完整，對趙五娘的同情與歌頌，表明民間對婦女命運的關注，並且表揚婦女的美德，譴責男子的負心，反映了民間健康的風俗觀。

萬曆間還有刊本《詞林一枝》，其中《羅江怨》十三首情歌，全為多情女對其戀人的相思，寫得感情十分濃烈。其中如〝紗窗外月影西，淨手焚香禱告神祇。雙膝跪在塵埃地，保佑我情人早早回歸。〞和敦煌詞中妻子燒香為戌邊的丈夫跪下禱告如出一轍。其中也有《劈破玉歌》。

《劈破玉歌》中的《分離》：〝要分離除非天做了地！要分離除非東做了西！要分離除非官做了吏！你要分時分不得我，我要離時離不得你，就死在黃泉也做不得分離鬼。〞雖不如漢樂府民歌《上邪》，和敦煌詞《發願》那麼形象與高超，但在明代民歌中也屬佳作之列。

容肇祖《明馮夢龍的生平及其著述續考》中，考出在萬曆三十七年 (1609) 左右，開始流行馮夢龍採集的《山歌》及《掛枝兒》的民歌。鄭振鐸《中國俗文學史》則認為它們是天啟至崇禎年間的作品(見該書第十章《明代的民歌》)，但總的說來，馮夢龍採集的民歌可以肯定是十七世紀的吳歌。讀了馮夢龍採集的吳歌，可感到，它和現在我們在蘇州鄉間聽到的民間情歌，是有聯繫的，請看下面的比較，可看出現在的吳歌是前者直接的繼續：

1979年《吳歌新集》124頁：

約郎約在月上時，等郎等到月斜西。

不知是儂處上低月上早？還是郎處山高月山遲？⑫

（按此歌也見顧頡剛編《吳歌甲集》）

---

⑫　《吳歌新集》（蘇州文聯編）1979年10月刊行，參加搜集者有江蘇省民間文藝家袁震、朱海容、張舫瀾等，並由馬漢民等編輯。後來於1985年改名《吳歌》，由中國民間文藝出版社出版。

1609年《山歌》卷一，第5頁：

約郎約到月上時，邪了月上子山頭弗見渠。

咦弗知奴處山低月上得早，咦弗知郎處山高月上得遲。⓭

（按此歌也見馮夢龍編《黃山謎》第6頁）

1979年《吳歌新集》127頁：

小妹妹推窗望星星，姆媽一口說我有私情。

姆媽爲啥都曉得，莫非姆媽也是過來人？

1609年《山歌》卷一，第8頁：

姐兒推窗看箇天上星，阿娘咦認道約私情。

好似漂白布衫落在油缸裡，曉夜淋灰洗弗清。

又

小阿奴奴推窗只做看箇天上星，

阿娘就說道結私情；

便是肚裡箇蚯蟲無介得知得快，

想阿娘也是過來人。（按此歌也見馮夢龍編《黃山謎》第9頁）

從上面的例證對照可見，雖然二者相距四百餘年，但前後吳歌均有傳承性，結構、比喻、句子都有一致處。這並不奇怪，像南宋時的《月子彎彎照九洲》，和明末清初流傳下來的《孟姜女十二月歌》，在如今民眾口頭仍然流傳一樣，健康和優秀的情歌也具有永恆的魅力，以及不朽的生命力。

研究明代民歌還需注意，不論是馮夢龍編的《山歌》還是醉月子輯的《吳歌》，都必須有所鑒別。一是除去馮夢龍、蘇子忠、張伯起、松江傳等四人擬作的作品（見關德棟教授《〈山歌〉序》），因為它

⓭　本節所引明代情歌均引自馮夢龍編《山歌》（1962年上海古籍出版社版）。

們是文人的作品，不是民歌。二是區分不同的地區之民歌，像《山歌》卷十中的《桐城時興歌》，據傅惜華《乾隆時代之時調小曲》之考定，《桐城歌》是起源於安徽桐城地方的一種民間曲調。另外，馮夢龍編的《掛枝兒》則是屬於北方民歌。

吳歌中的情歌古來著名。馮夢龍編的《山歌》便是吳歌的代表，它是從南朝的吳聲民歌發展而來。應當特別指出的是，明代的吳歌中詠私情，使清代以後的中國統治者感到震驚與恐嚇。因為它對當時中國嚴酷封建倫理與封閉的現實，像一枚炸彈一樣，進行了徹底的爆破。明代情歌中那種濃烈男女戀情的描寫，赤裸裸地模擬性行為與性慾的描寫，是針對當時中國統治者，利用宋明理學，結合了宗教推行禁慾主義而發，它反其道而行之，是徹底反禁慾主義的。清朝皇帝視它為洪水猛獸，列為淫書禁止，以後的統治者也效法之，一直列為淫書。吳歌中那種民間少女主動要求性愛，那種反禮教感情之強烈，世所罕見，突出表現在婦女爭取性自由即婚姻自由這一方面。對於追求愛情的自由無所畏懼，從南朝的吳聲民歌，再到明代吳歌，直到現代的吳歌，都是這樣的。像過去男女愛情交往，總是男方主動，吳歌卻不同，反過來，女方為主動。南朝吳歌中就有："塗澀無人行，冒寒往相覓，若不信儂時，但看雪上跡。"（《子夜四時歌·冬歌》明代的《山歌》中也有，例如：

1.姐兒梳箇頭來漆梳能介光，猛人頭裡腳撩郎。

當初只道郎偷姐，如今新泛頭世界姐偷郎。

2.結識私情弗要慌，捉著子奸情奴自去當。

拼得到官雙膝饅頭跪子從實說，咬釘嚼鐵我偷郎。

（見《山歌·偷》）

　　現代的吳歌中也有：

　　1.打也不怕罵勿愁，前門打來後門溜。

　　　打得皮滾筋也爛，我死也不願把情歌丟。

　　2.風吹楊柳水上飄，郎唱山歌姐來找，

　　　姐來找啊姐來找，手攀楊柳走過獨木橋。

　　　　（見《吳歌新集》）

可見，一千五百年來，吳歌中反禮教的主題興盛不衰，這點也表現了吳歌反封建特色，那種十分大膽、奔放、熱情的性愛情歌，也是一個必要的組成部分，不應該與明代吳歌整體割裂開來認識。

　　由上可見，明代雖說是情歌占了壓倒的優勢，但絕不意味著當時就沒有帶有反抗性的反映現實的民歌，我們仍然能從古代文獻中發現它們，從而可以推斷它們在明代曾經大量流行和廣泛傳播。《古謠諺》卷六五便有一首名叫《蘇州為蟋蟀語》的明代民歌，其中有〝促織瞿瞿叫，宣德皇帝要。〞〝宣德〞是明代宣宗（朱瞻基）年號，公元1426至1435年在位，據《野獲編》記載：〝聞牛鬥最為奇觀，然未見之。想虎鬥必更奇，但無大膽人能看耳。最微為蟋蟀鬥……我朝宣宗最嫺此戲。曾密詔蘇州知府況鍾進千個。一時語云：〝促織瞿瞿叫，宣德皇帝要〞，此語至今猶傳。蘇州衛中武弁，聞尚有以捕蟋蟀比首虜功得世職者。今宣窯蟋蟀盆甚珍重，其價不減宣和盆也。近日吳越浪子，有酷愛此戲，每賭勝負輒數百金，至有破家者……〞另外在《明史通俗演義》（第三十三回）中也有諸如此類的記載。可見這首民謠，通過皇帝鬥蟋蟀這一側面，來揭露皇帝的貪圖玩樂，不勤理國政。

　　明代民歌《鳳陽花鼓》也是非常著名的，抨擊朝政：

説鳳陽，道鳳陽，鳳陽本是好地方。

自從出了朱皇帝，十年倒有九年荒。

大户人家賣騾馬，小户人家賣兒郎，

奴家沒有兒郎賣，身背花鼓走四方。

明李開先《詞謔》採集的民歌《醉太平》則是諷刺土豪劣紳和奸商的：〝奪泥燕口，削鐵針頭，刮金佛面細搜求，無中覓有。鵪鶉嗉裡尋豌豆，鷺鷥腿上劈精肉，蚊子腹內剜脂油，虧老先生下手。〞寫得形象，諷刺入木三分。

《掛枝兒》中的《山人》，則是諷刺幫閒文人的：〝問山人，並不在中山住，止無過老著臉，寫幾句歪詩，帶方中，稱治民，到處去投刺。京中某老先，近有書到治民處；鄉中某老先生，他與治民最相知；臨別有舍親一事幹求也，只説為公道，沒銀子。〞

明朱國禎《涌幢小品》卷九《京師人為嚴嵩語》則是諷刺奸臣嚴嵩的：〝可笑嚴介溪，金銀如山積，刀鋸信手施。嘗將冷眼觀螃蟹，看你橫行得幾時。〞

明代浙江民間《富陽謠》也十分著名，它反映民間的苦難生活：

富陽江之魚，富陽山之茶。魚肥賣我子，茶香破我家。採茶婦，捕魚夫，官府拷掠無完膚。昊天何不仁？此地亦何辜！魚胡不生別縣？茶胡不生別都？富陽山何日催？富陽江何日枯？山推茶亦死，江枯魚始無。于戲！山難摧，江難枯，我民不可蘇。

（見明談遷《棗林雜俎·智集》）

根據談遷記載，正德（公元1506—1521）時浙江按察僉事（即司法官）

韓邦奇在奏疏中引用了這首民謠，被誣為〝怨謗〞而革職查辦。這是一首抨擊〝官符拷掠〞壓迫民眾的憤怒的民歌。

《沅湘耆舊集》中的《里老謠》則是抨擊明朝〝里老〞(地保)壓迫民眾的：〝一案牽十起，一案飛十里，貧民供鞭箠，富民吸骨髓。票(傳票)上一點墨，民間千點血。〞(又見《古今諺》)揭露官府敲詐勒索，鞭笞民眾，衙門刀筆，殘害無辜。

明末則又流傳民眾擁護李自成闖王進京起義之民歌，它反映了當時民眾的心聲：

1.明張岱《石匱書後集》卷六十三引民歌：〝殺牛羊，備酒漿，開了城門迎闖王，闖王來了不納糧。〞

2.《明史·李自成傳》引民歌：〝金江山，銀江山，闖王江山不納捐。〞

3.明吳麟征《寄棃伯兄秋圃》引民歌：〝吃他娘，著他娘，吃著不夠有闖王。不當差，不納糧，大家快活過一場。〞(見《乾坤正氣集》卷三百七十四)

4.清計六奇《明季北略》卷二十三引民歌：〝朝求升，暮求合，近來貧漢難存活。早早開門拜闖王，管教大小都歡悦。〞

綜上所述，明代民歌群都具有大膽活潑，語言形象之特點。它不僅有著名的情歌，也有眾多反映各種現實畫面的民歌。明代的吳歌、明傳奇、明代擬話本，可謂明代文藝之〝三絕〞。特別是明代民歌，它登上了宋代以後民歌又一高峰，一般〝君子〞都蔑視和迴避它那火熱的情慾民歌。

第八節　清代民歌群

清代民歌究其數量來說比明代還要多，這是因為清代中期以後編輯民歌的風氣大盛，因此民間小唱本多不勝數。僅劉復、李家瑞編《中國俗曲總目稿》已收入6,044種民間唱本，不過是當時總數的九牛一毛而已。又鄭振鐸《中國俗文學史》説他〝曾搜集各地單刊歌曲近一萬二千餘種〞。至今仍未完全匯總，不能不説一大憾事。

　　現在將清代民歌著名的集子舉隅如下。

　　《時尚南北雅調萬花小曲》，據鄭振鐸考定，它是乾隆年間的刊本。雖然是情歌居多，但它也反映了清代民間的風俗觀與痛苦之情。例如清代男女相愛，大都極講究有無緣分，此書其中《小曲》云：

1.河那邊一隻鳳，我怎麼叫他不應。大端是我親人少緣分，僱一隻小船兒把我來撐。撐到那河邊問他一聲，他若是不應承，轉回身來跳在水中，你教我有名無實終何用。

2.大端是前世前緣少緣分，晝夜家牽連不閉眼。愁只愁心事難全，慮只慮恩人不得到頭真可嘆。我怎麼自是相與個人兒乍會新鮮，乍會情濃比蜜兒還甜。哄的我托心和他好，腳蹉著這山眼又望著那山。又怎麼來幾番家決斷則是決不斷。

　　由上可見，清代男女相戀講究有無緣分，特別是女子，講究前世絪緣。所謂〝緣分〞即因緣定分，也就是命中注定的機遇。講究因緣是東漢隨佛教傳入我國所興起的民俗觀，如佛經《四十二章經》卷十三：〝沙門問佛，以何因緣，得知宿命，會其至道。〞自漢樂府《孔雀東南飛》中已開始講緣分，故云：〝下官奉使命，言談大有緣。〞以後南朝宋謝靈運《還舊園作見顏范二中書》詩云：

〝長與懵愛別，永絕平生緣。〞再後宋代呂南公《奉答顧言見寄新句》詩云：〝更使襟靈憎市井，足知緣分在雲山。〞說明講緣分風俗觀由來已久，而清代婚姻緣分觀特別有研究價值。

此書《西調鼓兒天》中的〝五更調〞對研究民間小調中的五更調，可與敦煌本五更調參照研究，也甚有價值：

一更鼓兒天，又我男征西不見回還，早回還與奴重相見。了呀叫了一聲天，哭了一聲天，滿斗焚香祝告蒼天，老天爺保佑他早回還，早回還，奴把豬羊獻了呀！

二更鼓兒多，又我男征西無其奈何！沒奈何叫奴實難過。了呀叫了一聲哥，哭了一聲哥。我想我哥哥淚如梭，淚如梭，不敢把兩腳錯了呀！

三更鼓兒催，又月照南樓奴好傷悲。一張象牙牀教奴獨自睡。了呀獨守孤幃，又南來孤雁，一聲一聲催，雁兒你落下來，奴與你成雙對了呀！

四更鼓兒生，又我男征西在路徑。在路徑，叫奴身懷孕。了呀你好狠心，又是男是女早離了娘的身。山高路又遠，誰人捎書信了呀！

五更鼓兒發，又夢兒裡夢見我的冤家，手攪手說了幾句衷腸話。了呀夢裡夢見他，又架上金雞叫喳喳，驚醒來忽聽見人說話了呀！

這種閨怨主題的五更調，比純粹唱佛理的五更調要有趣得多，它完全是中國的情調，和中國女子心態的表現。

　　《霓裳續譜》也是著名的唱本⑭，刊於乾隆六十年 (1795)。其中的民歌風俗性也引人注目。例如卷四裡有一首《寄生草》，它唱的是當時男女相戀，有互贈含有深意物品的風俗，贈折扇，其畫面便是含有永遠相愛的深意的：

> 情人送奴一把扇，一面是水，一面是山，畫的山，層層疊疊真好看。畫的水，曲曲彎彎流不斷。山靠水來水靠山，山要離別，除非山崩水流斷。

　　這是中國情人們的風俗習慣。它雅致、高尚、脫俗。這種文化因素特別能感動中國民眾，使人愛讀愛聽。

　　讀清代民歌，觀情人們的風俗，是極為有趣的一件事，以下舉出《霓裳續譜》中的幾例來看看。

　　1.男子遠去，有贈戀人一顆印章之俗，這顆印就叫〝相思印〞。於是民歌便唱道：

> 得了一顆相思印，領了一張相思憑。相思人走馬去，到相思任，相思城盡都害的相思病。

　　2.預兆風俗。燈花起爆，茶棍立著，均為情人回來的前兆。於是民歌便唱道：

> 昨夜晚上燈花兒爆，今日喝茶，茶棍兒立著，想必是疼奴的人兒今日到。慌的奴拿起菱花我照一照，玉簪兒在鬢邊上戴著。忽聽的把門敲，忽聽的把門敲，放下菱花我去瞧瞧。開門卻是情人到，喜上眉梢。〝情人你來了，你今來的真真的湊巧，昨夜晚卻是燈花兒爆，入羅幃嗒倆且去貪觀笑！〞

---

⑭ 搜集者為顏曲師（天津人），編訂者為南京人王廷紹。故本書南北民歌都有。

3.思念情人，有彈琵琶之俗。民歌這樣唱：

一面琵琶在牆上掛，猛抬頭看見了他。叫丫環摘下琵琶彈幾下。未定絃，淚珠兒先流下。彈起了琵琶，想起冤家，琵琶好，不如冤家會説話。

《白雪遺音》也是清代民歌集。編訂者華廣生，濟南人，故集中均以山東民歌為多，搜集於嘉慶甲子（1804），刊行於道光八年（1828）。此集中收的清代民歌，反映當時青年男女民俗也是十分豐富的。

1.反映裝扮風俗與居家風俗。有《變一面》：

變一面青銅鏡，常對姐兒照。變一條江巾兒，常繫姐兒腰。變一個竹夫人，常被姐兒抱。變一根紫竹簫，常對姐櫻桃。到晚來品一曲，才把相思了，才把想思了。

2.反映情人贈物風俗。有《繡荷包》：

越思越想好難丟，情人只在奴心頭。我為情人才把荷包繡。快快的給他罷喲，喝喝咳咳，方算把情留。

另有《繡汗巾》。

3.反映情人食品風俗。有《小金刀》：

小小金刀，帶在奴的腰裡。又削甘蔗，又削梨，又削南荸薺。哎喲，又削南荸薺。削一段甘蔗，遞在郎的手。削一個荸薺，送在郎的口裡。甜如蜂蜜，哎喲，甜如蜂蜜。郎問姐兒：因何不把秋梨喲？你我相與，忌一個字，梨子兒不要提。哎喲，怕的是分離。

4.反映少女遊玩風俗。有《撲蝴蝶》：

姐兒房中自徘徊，一對蝴蝶兒，過粉牆飛將過來，哎喲！姐兒一見，心中歡喜，用手拿著紈扇將他撲。繞花階，穿花徑，撲下去，飛起來。眼望著蝴蝶兒飛去了，只是個發獃。我可是為什麼發獃？

總之，《白雪遺音》中一首首民歌，便是一幅幅風俗畫。

另外，李調元編有《粵風》，他是以清初吳淇編的《粵風續九》為底本編加而成。也有不少好的清代民歌，例如《粵風》卷一有〝妹相思，妹有真心弟也知。蜘蛛結網三江口，水推不斷是真絲。〞語言清新，感情真純是其特點。

黃遵憲也編有《山歌》，他說：〝土俗好為歌，男女贈答，頗有《子夜》、《讀曲》遺意。採其能筆於書者，得數首。〞也有一些好的清代民歌。

1.人人要結後生緣，儂只今生結目前。

一十二時不離別，郎行郎坐總隨肩。

2.一家女兒做新郎，十家女兒看鏡光。

街頭銅鼓聲聲打，打著中心只說郎。

3.第一香櫞第二蓮，第三檳榔個個圓。

第四夫容五棗子，送郎都要得郎憐。

總之，清代民歌反映了當時農村、城市、酒樓、茶館等處風俗生活值得細緻的研究。另外《時調小曲叢鈔》，《時興呀呀呦》等中之民歌，鄭旭旦《天籟集》、悟痴生《廣天籟集》等兒歌，都有很好的清代民歌可以一讀。

第十章　短篇民歌

第一節　勞動號子

　　勞動是一切歌謠的源泉。正如大家所説的：〝勞動創造了人類本身。〞魯迅先生在《門外文談》中説的杭育杭育派，正表明勞動歌是起源於勞動時的呼聲。從《呂氏春秋·古樂篇》看來：〝昔葛天氏之樂，三人操牛尾，投足以歌八闋。〞説明古代勞動歌的產生，是同音樂和舞蹈三者結合在一起的。《吳越春秋》裡記載了一首相傳是上古神話裡黃帝時期唱的《彈歌》：〝斷竹，續竹，飛土，逐肉〞，説明古代勞動歌的產生和勞動生活有密切的關係。民歌既然起源於勞動，伴隨著勞動而產生，那麼這一部分專門歌唱勞動動作的民歌，它在我國究竟叫什麼名字呢？細致考察起來，現在民間一般的稱呼是：〝喊號子〞、〝吆號子〞，我們可以給它命名為〝勞動號子〞。勞動號子也可以説是民歌的最初形態。最早在公元前634年(襄公十七年)就有〝〞板築役夫，歌以應杵〞的情況出現，就如像〝今人舉重出力者，一人倡，則為`號頭´，眾皆和之曰`打號´〞(均見高承《事物紀原》)；《禮記》裡也説：〝古人勞役必謳歌，舉大木者呼邪許〞(見鄭注)；《淮南子·道應訓》裡也説：〝今夫舉大木者，前呼邪許，後亦應之，此舉重勸力之歌也。〞《禮記》和《淮南子》裡説的〝邪許〞，就是勞動的吼聲，類似於現在的〝咳喲杭育〞之類。這是古代有關舉木打夯號子在勞動中的應用。可見我國在兩千年前就有了勞動號子出現。這種勞動號子自然是笨重而低級體力勞動的表現，由於我國勞動工具千年來大都一個樣子，所以在現在，我們也仍然能從民間勞動場地，聽到許許多多的號子。就拿我們江蘇省來説，就有許多不同類型的勞動號子。

1.**板車號子**。蘇南一帶時興拖大板車，於是便有了板車號子，一人掌頭，一人管扎，七、八個人拖拉，在上坡時勞動強度很大，一人領著喊號子，眾人相和，聲音堅實有力。下面是一首流傳在南京、鎮江一帶的〝板車號子〞：

$$\underline{2\ 2}\ \underline{1\ 2\ 3}\ |\ 5\cdot\ \overset{3}{\underline{5}}\ |\ \dot{1}\cdot\dot{1}\ \underline{6\ 3}\ |\ 5\cdot\overset{3}{\underline{0}}\ |\ \underline{6\ 6\ 6}\ \underline{1\ 6\ 5}\ |$$

(領)大家麼 用力 拉(喲)(合) 哎咳 哎咳　喲，(領)拉呀麼 拉起

同志們 拉起　來(喲)(合) 哎咳 哎咳　喲，(領)大家要 加油

$$\underline{4\cdot\underline{5}}\ \overset{3}{\underline{6}}\ |\ 5\cdot\underline{3}\ |2\ \overset{3}{\underline{0}}|\ \underline{5\ 5\ 5}\ \underline{5\ 3\ 2}\ |5\cdot\overset{3}{\underline{6}}|\ \dot{1}\cdot\underline{2}\ |1\ \overset{3}{\underline{0}}\ ||$$

來　喲，(合)哎咳 喲，(領)再加上 一　把 勁(啦)，(合)哎咳　喲。

幹　啦，(合)哎咳 喲，(領)大家要 彎　下 腰(啦)，(合)哎咳　喲。

領唱的人有指揮作用，選用的詞句根據實情有所增加，或有所減少，整個情緒是活躍的，體現出體力拉車時勞動的熱情，強拍弱拍交替出現。板車號子在江南很普遍，連小娃娃也會唱。

2.**挑擔號子**。蘇北農村則時興挑擔號子，在鄉下搜集到的挑擔號子，都有一種歡快的氣氛，大都是小伙子和姑娘們挑著擔子，你追我趕時唱，並伴隨著陣陣笑聲。

```
3 3̲2̲  1̲1̲2̲ │3̲3̲5̲  3̲3̲ │3·2̲  2·1̲ │6‿1·1̲2̲ │
```
稲苗　　長勢　　真個　好喲　喲哇嗬　　來，那個
不愁　　吃來　　不愁　穿喲　喲哇嗬　　來，那個

```
3̲3̲2̲ 1̲2̲│1̲2̲ 1̲2̲│2̲1̲6̲ 5̲5̲│1·1̲2̲│1̲2̲ 1̲2̲│3·2̲ 2̲1̲│6‿1─:‖
```
糧食　産量節節高麼喲哇　嗬味，那個好來多咧喲嗬嗬　味。
幸福的生活萬年長麼喲哇　嗬味，那個好來多咧喲嗬嗬　味。

　　音樂的節奏有一種挑擔子〝忽閃忽閃〞的風韻，彷彿就在眼前一般。另外，還有和著腳步的快慢拍子的感覺。整個號子有一種主人翁的歡樂感情，因而顯得輕快。整個過程都是群唱，沒有領唱，體現了完全集體性的特點。

　　3.車水號子。腳踏水車，在我國已使用了好幾百年了，在明代就有〝水車〞謎語出現了，七十年代在我國一部分地區，仍在使用這種落後的生産工具，先進地區則已使用電力排灌，邊遠落後地區，仍有用這種東西的。下面是蘇北靖江縣的〝車水號子〞，是七十年代搜集的。

```
6̲6̲ 1  5̲5̲│1‿1̲2̲ 5̲5̲3̲│2̲1̲6̲│5·3̲ 2̲3̲1̲6̲│6·3‿│
```
(眾)哼哪子　喲哇　咳咳　喲嗬　咳喲　咳　咳　　嗬

```
5̲3̲2̲1̲│2̲2̲ 0│3̲5̲5̲ 5̲3̲3̲2̲│2̲1̲6̲ 1̲1̲2̲6̲│
```
(領)嚜嚜　不打　　號子麼不起勁　哎，打起這個

```
6̲6̲3̲5̲│6──│2·3̲ 5̲6̲5̲│5̲3̲ 3̲2̲ 2̲1̲6̲│1̲1̲ 2̲3̲│5̲6̲‿5̲3̲3̲1̲│
```
號啊子啊，(眾)咳　喲　咳　咳喲，真哎精神哎

2 <u>1 6</u>|<u>5 5 5</u> 6|<u>2 3 2</u> <u>2 1 6</u>|1——‖

咳　喲，哼哪子喲，咳　　喲　咳！

顯而易見，這種車水號子是為了踏水車的人更好的配合協作而唱，還為了鼓勵，因此也有一種歡快的情緒，為了配合好勞動而具有踏車的節奏感。

4.梿枷號子。在六十年代初期，江蘇農村還時興用落後的梿枷來集體打麥脫粒。七十年代到八十年代初，則完全採用了脫粒機，梿枷號子快要失傳。梿枷號子在蘇南、蘇北農村都很流行，往往由一個愛唱歌的婦女領唱，詞句由她隨口瞎編，大家一邊揮梿枷打麥，一邊隨她哼，隨她唱，自然姑娘們跟著唱得最起勁。打麥子一般是婦女幹的活，梿枷號子一般是婦女唱，男子們不打也不唱，思想開通一點的小伙子跟在一邊哼。下面是江蘇丹徒縣梿枷號子：

<u>i̊ i̊ 2 2</u>|<u>3 i 2</u> 2̇|6　i̊|<u>2 2 3</u>|<u>2 1 6</u>|3·2　i 3|2̇—|

1.(領)小麥青來大麥黃，　　喵　來喵　咳　來，號子　來咳來！
2.(領)麥子收得堆滿場，　　喵　來喵　咳　來，號子　來咳來！
3.(領)爭取豐收靠勞動，　　喵　來喵　咳　來，號子　來咳來！

<u>i̊ i̊ 2 6 6</u>|<u>i·i̊ 6</u>|<u>6 i 5</u>　6̌|<u>6 3 5</u>|<u>i̊ i̊ 2 1 6</u>|<u>5 6 5</u>

(領)男女　老少　下田忙，(眾)號號來，下田忙，人人都是　喜洋洋，
　　一季　收了　一年糧，號號來，一年糧，富裕不忘　窮時光，
　　組織　起來　力量強，號號來，力量強，秋收再叫它　稻滿倉，

<u>5 6</u> 5|0̇ 0̇‖

喵喵喲，咳咳！

嗬嗬喲，咳咳！

嗬嗬喲，咳咳！

領唱的這位婦女，應當帶頭唱出一些吉慶的話，如這首歌裡的
〝一季收了一年糧〞，〝秋收再叫它稻滿倉〞等，給大家鼓勵，而
不是洩氣！洩氣便破壞了打樏枷的集體性，這是樏枷號子形成的風
氣。現在農村一般中年以上的婦女仍會唱，但如今已是脫粒機時
代，農村小姑娘已經不會唱了，這部分號子應快些搶救搜集。

5.蘇州宣卷號子，又叫〞打夯調〞。 所謂〝宣卷〞，就是說，
唐代的變文，到了宋代變成了寶卷，四百年前傳到南方的蘇州，便
稱為〝宣卷〞，即宣唱寶卷的意思。宣卷最初在寺院庵觀裡宣唱，
以宗教經卷中〝因果報應〞故事為主，後傳入民間，逐漸加入許多
民間故事和傳說的內容，蘇州宣卷藝人為了吸引聽眾，又把民歌中
的曲調和詞句，編入宣卷中，這樣便把蘇州民間的打夯號子，變成
了〝蘇州宣卷號子〞。

這個民歌本來是吳江縣農民在打夯時唱的號子，宣卷藝人將它直接採入宣卷裡，儘管是它被加上了絲弦伴奏，顯得更加藝術化，但是它原有勞動節奏和樸素風格仍然是沒有改變。現在我們倒要感謝這些宣卷藝人，他們為民間歌謠保存了一朵鮮花！

6.白茆搖船歌。這也是屬於勞動號子一類的民歌，因為它們多半是一邊搖著小船一邊唱，歌聲伴著槳聲。搖船歌，可以稱為江南水鄉特有的勞動號子。詞如：

> 解纜開船撐一篙，　　　　　艄公便把櫓來搖。
> 生絲櫓栩搖得寸寸斷，　　　櫓人頭出汗水來澆。

有的搖船人為了消除旅途搖船的單調乏味，特地加上一些有趣的旅途見聞在搖船號子裡，使整個民歌顯得詼諧而輕鬆。如：

> 搖一櫓，側一繃，　　　　　　小河兩岸踏車場，
> 踏車娘子腳腳踏在木榔頭上，　車前頭起水白洋洋。

江蘇省的勞動號子自然不止以上六種，凡是在有笨重體力勞動的地方就有勞動號子。有的搜集者由於不懂音樂，搜集來的勞動歌就有缺點，光記了詞沒有附曲譜。勞動號子都是詞曲合一的，絕不是案頭文學，也不是寫出來只供閱讀的。〝白茆搖船歌〞便是只記了詞而略去了譜和勞動號子裡特有的〝咳喲〞等勞動吼聲而顯得不完整。

就全國範圍而言，也有許多著名的勞動號子，各種類型都有，在搬運號子中有裝卸號子、抬工號子等等；在工程號子中有打夯號子、打硪號子、採石號子、打樁號子等等；在林區號子中有伐木號子、運木號子、抬木號子等等；在農區號子中，有打水號子、碾磨

號子、車水號子等等；在鹽場裡有鹽場號子，在長江中有行船號子，在魚船上有捕魚號子、拉網號子，各行各業，在從事笨重體力勞動中都有勞動號子，在號子裡就有許多優秀的民歌歌詞，我們應當注意去搜集整理。隨著時代不斷向前發展，笨重體力勞動將逐漸被科學機器所代替，這種在笨重而落後的體力勞動中產生的勞動號子，估計將逐漸在人民群眾中消亡和被遺忘，作為一種過去人民生活和頑強勞動的見證，作為文學遺產和音樂遺產，我們應當將它從快要消亡中搶救出來，加以搜集整理，以供文藝和各門學科的利用。

現舉出幾個在全國比較有影響的勞動號子如下：

1.黃河船夫號子。這在全國勞動號子裡是很著名的，它也是一首優秀的民間歌詞。黃河是中華民族古文化的象徵，李白的名句："黃河之水天上來，奔流到海不復回"，早已口耳相傳。人民音樂家冼星海的《黃河大合唱》大家也是頗熟悉的："朋友，你到過黃河嗎？你還記得河上的船夫拼著性命和那驚濤駭浪搏鬥的情景嗎？……"黃河，是我們中華民族的搖籃，它哺育了我們偉大民族的成長。下面這首船夫號子就是這條偉大的河上具有渾厚氣魄的全國聞名的民歌：

$$\widehat{2\,5}\,\widehat{1\,6}\,5 - |\,2\,5\,2\,5\,|\,\widehat{2\,5}\,\widehat{2\,1}\,6\,\widehat{5\,6}\,|\,\widehat{1} - 2\,\ 0\,|\,\widehat{2\,5}\,\widehat{2\,1}\,6\,\widehat{5\,6}\,|\,\widehat{1} - 2\,0\,|$$

你曉得　天下黃河幾十幾道 灣 哎，幾 十 幾道 灣上，
你曉得　天下黃河九十九道 灣 哎，九 十 九道 灣上，

$$25\ \overset{\frown}{21}\ 6\ \overset{\frown}{56}\ |\ \dot{1} - \dot{2}\ 0\ |\ \overset{\frown}{25}\ \overset{\frown}{21}\ 6\ \overset{\frown}{56}\ |\ \dot{1} - \dot{2}\ 0\ |\ \overset{\frown}{25}\ \overset{\frown}{21}\ 6\ \overset{\frown}{56}\ |$$

幾 十 幾 隻 船 哎，幾 十 幾 隻 船 上，幾 十 幾 根

九 十 九 隻 船 哎，九 十 九 隻 船 上，九 十 九 根

$$\dot{1} - \dot{2}\ ^3 0\ |\ \dot{2} \cdot \overset{\frown}{2}\ 6\ 5\ |\ \overset{\frown}{24}\ \overset{\frown}{21}\ \dot{1} \cdot \dot{2}\ \overset{\frown}{42}\ |\ \dot{1} - - -\ |\ |$$

杆 哎，幾十幾個 艄公喲嗬 來把 船來 搬。

杆 哎，九十九個 艄公喲嗬 來把 船來 搬。

這首號子很樸素，詞句和樂聲都有生活的特徵，節奏波浪式進行，引起人一種起伏、搖蕩的感覺，但並不輕鬆愉快，而是充滿勞動激情。這首歌是民間文學的珍品。唱了這首民歌，在那千山萬壑、峰巒重疊之間，黃河奔騰而來，我們宛如看見，那經歷了河上千變萬化的老船工，雖然蒼顏白髮，但他有力的號子聲，卻振蕩著兩岸群山峭壁，聽後，我們會對他頑強克服困難的勞動肅然起敬，對我們中華民族的堅強而不可侮，受到深刻教育。這是1942年在60歲黃河船工李思命口中記錄。

2.**東北工人號子。**在全國勞動號子裡，它是頗有特色的，有許多著名的音樂工作者，如馬可、張魯、安娥、呂驥等，曾親自參加搜集它的詞曲，有些儘管是片段，就詞上看不出價值，但曲調卻珍貴。如呂驥記的〝運木號子〞：

$$\overset{\frown}{2}\ 2\ |\ \overset{\frown}{3}\ 2\ 2\ |\ \overset{\frown}{2}\ 2\ |\ 3\ 2\ 2\ |\ \overset{\frown}{5}\ 2\ |\ 3\ 2\ 1\ |\ \overset{\frown}{2}\ 5\ 2\ |\ 3\ 2\ 1\ |\ |$$

嗬咳 咳 哎，嗬咳 咳 哎，嗬咳 咳 哎，嗬咳 咳哎。

民間的音樂語言，每一個音符都是寶貴的，值得搜集的。搜集民歌，往往連著曲譜一起記，才能得到優秀的民間文學作品。下面是

一首工人號子。

i—|i̇ 6 6| 5 5 0| 6 6 6 i̇ 5̇| 6 6 0| 5 3 3|

(領)用　　勁來,(合)幹來,(領)一齊的努力 幹 哪 (合)咳 喲嗬

2 2 0| 1 1 1 6̇ 1̇| 2 3 5 0| i̇ 6·3̇| 5 5 0|

咳啊,(領)人多　力量　大呀咳,(合)咳 喲嗬　咳 咳,(領)

i̇ i̇ i̇ i̇ 5̇| 6 6 0| 5 3 3| 2 2 0| 1 1 1 6̇ 1̇|

誰要是 不使勁 呀,(合) 咳 喲嗬 咳 呀,(領)就是個 王八

2 3 5 0| i̇ 6·3̇| 5 5 0| 6 6 6 5 2| 3 3 0|

蛋那 咳,(合)咳 喲嗬咳 咳,(領)快要那 下班 了 哇,(合)

6 5 3| 2 2 0| 1 1 1 6̇ 1̇| 2 3 5 0| i̇ 6·3̇|

咳 喲嗬 咳 咳,(領)一定　把它　來幹　完,(合)咳 喲嗬

5 5 0‖

咳 咳。

　　這種工人號子是很靈活多變的,都可以隨時視現場工作情況而變化它的詞曲。詞中多半體現團結戰鬥、譴責偷懶不負責任的特色。曲裡則體現鮮明的勞動節奏。東北有許多這種打路基號子、〝磨古頭〞號子(搬運木頭)、〝摔大繩〞號子(木頭上車)、〝上大楞〞號子(抬木)。記號(推木)等等。這些是我國工人階級勞動中的創造。

　　3.拉縴號子。我國內河是很多的,屬於全國性的有長江、黃河,還有一條隋朝開闢的古老的運河,此外各地還有一些小的河流,這些河流裡的船隻,它的動力距離全部機器化,還遠遠沒有完成,還要依靠風帆,和最古老的落後的拉縴活動,於是,在有些的

河流兩岸，還可聽見勞苦的縴夫唱的拉縴號子，下面便是一首大運河邊的〝拉縴號子〞。

$$\overset{6}{5}-\mid\overset{6}{5}-\mid 6\ 4\mid 5-\parallel:\underline{5\ 1}\ \underline{7\ 6}\mid\underline{5\ 5}\ 0\mid\underline{7\ 6}\ 4\mid$$

(領)嘿　嘿(合)咻嘿咻,(領)拉起我的 繩啊,(合)咻咻嗨

　　　　　(領)不怕船頂 水啊,(合)咻咻嗨

$$\underline{5\ 5}\ 0\mid\underline{\dot2\dot2}\underline{\dot2}\underline{7\ 6}\mid\underline{6\ 5}\ 5\mid\underline{7\ 7}\ \underline{6\ 4}\mid\underline{5\ 5}\ 0\mid\underline{6\ 5}\ \underline{5\ 6\ 6}\mid$$

咻呀,(領)順河咻的那往前去(合)咻咻咻的嗨呀,往上往上的

咻呀,　不怕咻的那船頂風,咻咻咻的嗨呀,人多力量

$$7\ \overset{\frown}{\underline{7\ 6}}\mid\overset{\frown}{\underline{7\ 6}}\ \underline{5\ 6}\mid7-\mid\underline{7\ 6}\ \overset{\frown}{\underline{5\ 6}}\mid7-\mid\underline{7\ 7}\ \underline{6\ 4}\mid\underline{5\ 5}\ 0\mid$$

拉啊,　咻　咻嗨嗨,(合)咻咻嗨　嗨,　往呀往前行呀。

大啊,　咻　咻嗨嗨,(合)咻咻嗨　嗨,　力量大無窮呀。

$$\overset{6}{7}-\mid\overset{\overset{3}{\frown}}{\underline{6\ 5\ 4}}\ \overset{4}{5}\mid\overset{\overset{3}{\frown}}{\underline{5\ 4\ 5}}\ \ \underline{5}:\parallel$$

(合)哦　哇喲喲　嚛 喔喲喲 嗨。

哦　哇喲喲　嚛 喔喲喲 嗨。

縴夫是很辛苦的，冬天喝的是西北風，春天吃的是泥沙，夏天又是頭頂著烈日，每人的皮膚都曬成了古銅色。上面這首縴夫們團結奮戰的歌，生動的顯現出縴夫們那種大氣磅礴，堅韌不拔的剛毅形象。這會使民歌搜集者動感情的。拉縴號子帶有天然的混聲合唱的性質，最便於錄音，它的指揮者就是那位領唱人，詞句精煉概括也樸素優美。

4.撈魚號子。我國有漫長的海岸線，東海、南海、北海都有遼闊的漁場，因而漁民號子是很多的。在岸上整網時有漁網號子，將

漁網往船上搬有上網號子，撐篷時有篷號，出海時有櫓號，打到魚往上拖時有撈魚號子，豐收之後返航時又有艇舵號子、蓮魚號子等等，漁民一套號子可以有十五、六支之多。漁民號子帶有生產性，與漁員號子有區別，儘管兩者拉錨、拔棹、撐篷、推磨等活兒有一致性，但詞曲全不同，漁民號子粗獷。下面是山東撈魚號子。曲子是快速、歡騰的。

$$\times\times\times | \quad \times\times\times | \quad \underline{1\,1}\ \underline{2\,3}| \quad \underline{1\,6}\ 5 | 1\,2 | \underline{1\,6}\ 5 |$$
(領)叮叮噹，(合)裝大倉，(領)裝倉起呀(合)嗨呀嗨，嗨呀 嗨呀嗨。

$$\underline{\times\times\times}\ \underline{\times\times} | \quad \underline{\times\times\times}\ \underline{\times\times} | \quad \underline{1\,1}\ \underline{1\,2}| \quad \underline{1\,6}\ 5 |$$
(領)水多麼 深哪，(合)水多麼深哪(領)萬丈深哪，(合)萬丈深，

$$\underline{1\,5}\ \underline{1\,6}| \underline{5\,6}\ 5 | 1\,2 | \underline{1\,6}\ 5 | \quad \times\times\times | \quad \times\times\times |$$
(領)裝倉起呀 嗨呀嗨，嗨呀 嗨呀嗨，(領)叮叮噹，(合)裝大倉，

$$\times\times\times | \underline{1\,6}\ 5 | \quad \underline{1\,1}\ \underline{2\,2}| \underline{1\,6}\ 5 | \quad 1\,2 | \underline{1\,6}\ 5 |$$
(領)裝倉起 嗨呀嗨，(領)裝了前倉 裝後倉。(合)嗨呀嗨呀嗨。

$$\overset{6\dot1}{5}— | \quad 5— \|$$
(領)划哞 (合)噢！

快速勞動的節奏，表現出漁民對豐收興奮而喜悅的心情，〝嗨呀，嗨呀〞的吼聲，則表現了漁民戰勝大自然的決心和信心。

從上面例證說明，勞動號子這類民歌在表現上有它自己的特點。㈠一般說，大都採用〝一領眾合〞的形式，這種形式的好處是能鼓舞情緒，領與合之間有時間間歇，這就便於喘氣和編詞，使勞動與曲譜密切結合；一般是領唱在先而和唱在後，也有的是分兩部

合唱，交替進行。㈡大都是以勞動的呼聲形成大部分內容或全部內容，這既反映了勞動的沉重，又鼓動了勞動的情緒。因此，勞動號子這類民歌是曲譜的重要性，往往大於歌詞的內容思想，即使是全部用〝嗨喲〞或〝唷嗬〞組成它的內容，勞動號子也能成立。這樣，勞動號子往往是詞與曲二者緊密結合而不能分開的。㈢勞動的節奏形成了勞動號子音樂的節奏。貫穿在它的每一個音節裡，打魚拉網往往是急促的行為，勞動節奏快，便形成了撈魚號子的快速性。腳夫們緩慢而悠遠的長途跋涉，勞動節奏慢，便形成了陝北腳夫調的緩慢性。㈣由勞動節奏限制著的勞動號子，它的優美性往往是慢的勞動號子的歌聲比快的勞動號子的歌聲優美動聽，其原因不難理解，快的勞動號子受著猛烈而笨重的體力勞動的限制，無法顧及詞曲的好聽不好聽，只要喊出來鼓動大家完成勞動的難題就了事，慢的勞動號子則不同，勞動者可以在緩慢的勞動中，有時間來考慮他的詞曲的優美動聽，並且盡情的展開他豐富的想像翅膀，任他的思想情感在藝術的高空飛翔。例如，黃河船夫調，老船工可以穩重的掌著舵，瞭望著兩岸的陡峭山岩，有充分時間使這位勞動人民藝術家，以高亢而富有民族特色的歌聲，抒發他對於祖國山河的實際感受，對於祖國勞動人民的熱愛。〝你曉得，天下黃河九十九道灣〞，第一段以提問式道出他對於黃河的深情，第二段的決定思想是〝九十九個艄公來把船搬〞，便貫穿了他的勞動人民主宰一切的思想深情。

總之，勞動號子是中國民歌中具有很大生產實踐性的一類民歌，它也具有鮮明的民族風格。

第二節 兒 歌

兒歌是兒童唱的歌謠。在我國古代把兒童唱的歌謠稱做童謠。現代則把它們稱做兒歌。兒歌從孩子們二、三歲起，就開始牙牙學語唱起來，多半是母親或奶奶或婆婆教的，一直唱到十歲至十一歲，有些是孩子們之間互相傳唱，兒童天性愛唱歌，兒歌便在孩子們中間十分流行。

兒歌的種類很多，我們大致將它們分成以下幾類。

一、滑稽兒歌。這類兒歌十分突出的表現著兒童的樂觀、天真、活潑的特性。在這一類兒歌中，〝倒唱歌〞型的兒歌很多，如〝反唱歌，倒起頭，我家園裡菜吃牛，蘆花公雞咬毛狗，姐在房中頭梳手，老鼠刁著狸貓走，李家廚子殺螃蟹，鮮血淹死王三姐。〞(江蘇)又如〝倒唱歌，順唱歌，河裡石頭滾上坡。先養我，後生哥，爹討媽，我打鑼；家公抓週我棒盒，我走舅舅門前過，看見舅舅搖外婆。〞(湖北)這種反唱歌，要求孩子們思索，一邊唱一邊想，不能把反的唱成正的。這類滑稽兒歌有時以虛構的手法，諷刺有生理缺陷或人的病態的，如罵禿子癩利頭的，〝禿子禿，蓋房屋，房屋倒，嚇得禿子兩頭跑，跑不及，尿滴滴，跑不掃❶，屎冒冒。〞(南京)還有罵麻子的，〝麻子麻，上天爬，爬上天，狗顛屁股光。〞還有笑矮子的，〝矮子矮，摸螃蟹，螃蟹上了坡，矮子還在河裡摸，螃蟹上了岸，矮子還在河裡站。〞(湖北)這些雖然是諷刺別人生理缺點的，不甚可取，但是旨在遊戲，沒有什麼關係，不

---

❶ 南京土話，將〝快〞說成〝掃〞。

必禁止。

　　二、遊戲兒歌。這類兒歌主要是伴隨著兒童遊戲時所唱，特別在進行文體活動時，有踢健歌、跳繩歌、捉迷藏歌、拉鋸歌、跳猴皮筋歌等等。拉鋸歌如〝拉大鋸，扯大鋸，姥姥門口唱大戲，接姑娘，請女婿，小外外，你也去，不去不去也要去。〞(北京)〝拉大鋸，扯大鋸，鋸木頭，蓋房子。蓋上房子，要娘子；搭大棚，掛大彩，羊肉飽子，往上擺，豬肉片，好大塊兒，羊肉打滷過水面兒，不吃不吃兩碗半兒。〞(北京)這是由兩個兒童，對坐著學拉鋸子的樣子時所唱。鑼鼓歌如〝什不間的鼓，什不間的鑼，一群小孩唱秧歌，唱的好來別說好，唱的不好聽打鑼。鑿，鑿鑿鑿。〞這是由幾個孩子玩打鑼鼓時所唱。打嘎兒歌如，〝小孩小孩，咱倆人玩兒，踢球打嘎兒，逛二閘兒，吃你的飯兒，喝我的茶兒，問你攻嘎兒，不攻嘎兒。〞(北京)這是玩打嘎兒，一種棒球戲時所唱。賽跑歌如〝哥哥妹妹來賽跑，誰先跑到誰先好，不過我們年紀小，哥哥一定先跑到，還是大家努力跑，誰快誰遲不計較，跑、跑、跑！〞這是賽跑前大孩子領著小孩子唱。打門對歌如〝彭彭彭，開門來，誰呀！張果老哇。你怎麼不進來呀？怕狗咬哇。你兜著什麼呀？大酸棗哇。你怎麼不吃呀？怕牙倒哇。你胳肢窩夾著什麼呀？破皮襖哇。你怎麼不穿上呀？怕虱子咬哇。你怎麼不讓你老伴拿拿？老伴死啦。你怎麼不哭她哇？盆兒呀，罐兒呀！我的老蔥拌兒呀！〞(北京)這是由兩小孩兒，一邊拍門一邊對話。腳戲歌如〝點點腳，鞋不落，烏龍麥，種蕎麥，蕎麥開花一望白。金腳、銀腳。蓮蓬，骨頸。蔥花、皮條。叫大哥，叫三哥，拿手來，砍小腳！〞(湖北漢陽)這是由一群兒童伸腳列坐，一人手持竹條，唱一句點一句腳，直到砍小腳句末，則該砍腳的兒童就屈起腳不能遊戲一次，或該砍腳者被罰，將他雙目掩住叫他捉人。我國遊戲兒歌的種類非常多，它們充分發揮了孩子們活潑、好動、愛玩的天性，大人來讀它，也會感染一點童心！

　　三、**繞口令**。這一類兒歌主要是訓練孩子說話能力的，因此，它們總將語音相同或相近的詞句構成簡短的韻語來唱，也有較長的，那除了訓練孩子說話，也起一種訓練記憶力的作用。

　　1.〝我有一隻鵝〞型：

　　我有一隻鵝，放在羅家籮，不知我個鵝，羅個鵝。

　　我有一隻狗，狗尾拖個斗，不知狗拖斗，斗拖狗。

　　我有一條鍊，鍊上繫條線，不知鍊繫線，線繫鍊。

　　我有一個鵝，你有一個鵝，鵝生鵝蛋鵝變鵝。

　　2.〝東門一個鼓〞型：

　　東門一個鼓，西門一個鼓，耳聾打破鼓，找塊布來補，不知是布補鼓，還是鼓補布。

　　三帝廟個鼓，打爛布來補，不知鼓補布，布補鼓。

　　3.長段繞口令。

　　六合縣兒童繞口令：

　　六合縣有個六十六歲的陸老頭，蓋了六十六間樓，買了六十六簍油，栽了六十六棵垂楊柳，養了六十六頭牛，扣在六十六棵垂楊柳。遇了一陣狂風起，吹倒了六十六間樓，翻了六十六簍油，斷了六十六棵垂楊柳，打死了六十六頭牛，急煞

了六合縣的六十六歲的陸老頭。(江蘇六合)

浙江杭縣繞口令：

駝子挑了一擔螺螄，鬍子騎了一匹騾子，駝子的螺螄撞啦鬍
子的騾子，鬍子的騾子踏啦駝子的螺螄，駝子要鬍子賠駝子
的螺螄，鬍子又要駝子賠鬍子的騾子。

總之，長短繞口令，都是訓練兒童發音的，為了避免枯燥無
味，因此繞口令富於趣味性，也有文學味，又迎合了兒童的心理和
他們愛學說話的習性，長繞口令還編排一個有趣的故事。

四、歲時兒歌。這類兒歌主要是給孩子們正確的年月季節的知
識，每一個月都有節日，都編進了歲時兒歌中。這一類兒歌中，
〝張打鐵〞型最為著名：

張打鐵、李打鐵，打把剪刀送姐姐，姐姐留我歇，我不歇，我
要回張門去打鐵；打鐵打到正月正，正月十五看龍燈；打鐵打
到二月二，家家戶戶接女兒，打鐵打到三月三，薺菜花兒賽牡
丹；打鐵打到四月四，一個銅錢四個字；打鐵打到五月五，洋
糖粽子送丈母；打鐵打到六月六，蚊子叮來扇子撲；打鐵打到
七月七，七根羊毛做支筆；打鐵打到八月八，八個娃娃堆寶
塔；打鐵打到九月九，重陽吃糕又喝酒；打鐵打到十月朝，家
家門前把紙燒；打鐵打到十一月，又是雨來又是雪；打鐵打到
十二月，又過年來又過節。

張打鐵型兒歌之所以著名而流行全國，因為它既培養孩子們一年四
季熱愛勞動，又教育孩子們知曉人情世故、民間風俗，有進步的思
想意義，在藝術性上也別具一格，以十二個月貫穿始終，還略具故

事性，音韻流暢，適於上口。

五、動物兒歌。這類兒歌以動物為母題展開其內容，通常是以孩子們喜聞樂見的弱小動物、禽類、水族等為它們的主人翁，而以引起孩子們逗愛和詠誦。約有下述幾類：

1.小巴狗類，如〝小巴狗，上南山；割金條，編筐籃；挑大米，做乾飯；老頭吃，老媽看；急的小狗團團轉。〞 (江蘇碭山) 有的這類型的兒歌還有個尾巴，〝巴狗巴狗你莫急，剩了鍋巴是你的。〞 (沛縣) 這類型的特點是把小巴狗擬人化，讓它變做一個懂事的孩子。

2.小兔子類，如〝小兔子，朝那跑；往南跑，往西跑；吃什麼，巴根草；甜不甜，也罷了。〞 (東海灌雲) 這類是孩子們對兔子的戲歌，讚揚它只吃巴根草，讚美家兔的易養。

3.小老鼠類，這類兒歌特別有趣，不僅故事性強，而且擬人化，把整個動物世界都擬人化，例如：

(1)小老鼠，爬燈角，掉下來，腿摔跛，不敢高聲來叫苦，又怕狸貓捉住我；進洞門，淚汪汪，叫丫環，架著我，爹看見，拍拍手，娘看見，跺跺腳；哥嫂看見眼淚落，姐妹看著下繡閣，請名醫，把骨脫，問單方，熬膏藥；誰能治好我的眼，修橋補路人好過，烏獵白羊敬臘月，散了一鍋又一鍋。 (江蘇蕭縣)

(2)禾上一顆星，地下一個釘，叮叮噹噹掛油瓶，油瓶破，兩半個；獅子草，狗磨磨，猴子打水井上坐，雞淘米，貓燒鍋，老鼠開門笑呵呵。 (江蘇江寧)

(3)小老鼠，上燈台，偷油喝，不下來；咪咪咪，貓來了，看你

下來不下來。（江蘇沛縣）

(4)小耗子，上缸沿，拿小瓢，搶白麵；烙白餅，卷瓜菜，不吃不吃，吃兩筷。（江蘇豐縣）

(5)唧唧唧，啾啾啾，老鼠做菜，紅布做裙；忙仔一夜，忘記回門。（蘇州）

(6)小老鼠，上穀穗，摔下來，沒了氣兒。大老鼠哭，小老鼠叫；黃蛤蟆米吊孝。給他吊孝牠不要，一蹲一蹲又跑了。（北京）

小老鼠類兒歌特別豐富，以上六類是略舉的幾類，特別豐富的原因，來源於明清我國驅逐老鼠的風俗，每年正月半據說是〝老鼠成親〞的日子，在三十年代雲南省還有正月廿六逐鼠風俗，這晚，各家都要做逐鼠的事，其法是，一人左手拿葫蘆，右手拿刀子，遍屋子隨走隨鋸，或放在地上拖，一面口裡唱著：〝葫蘆拖一拖，老鼠死一窩，葫蘆鋸一鋸，鼠兒不成器。〞另有一人，手拿鞋子一雙，跟隨在後，一面走，一面拍地，也唱：〝鞋兒摜一摜，鼠兒死一萬；鞋兒拍一拍，鼠兒死一百。〞做畢，各人須早睡，意思是，這天晚上老鼠成親，我們不去吵老鼠，這一年，老鼠也不來吵我們！❷

4.小老虎類，如〝小老虎，上板浦，買花布，做花鼓，拍咚拍咚二十五。〞，（江蘇沭陽）

5.小貓類，如〝小貓咪，上河西，扯花布，做花衣。〞（江蘇睢寧）

6.小豬類，如〝月孃孃，亮光光，那有小豬不吃糠？吃白芋，滲粉漿？〞（江蘇睢寧）

❷ 詳見拙文《老鼠娶親綜論》，載北京《民俗》，1992：2。

　　總之，動物兒歌利用孩子們愛馴良小動物的心理，寫出了孩子們對這些小動物熱愛的感情。

　　六、植物兒歌。這類兒歌，有的以植物為起興，寄托著孩子們和社會上的風俗人情，寄托著怨恨和哀愁。在北方和蘇北最著名的是〝小白菜謠〞：〝小白菜呀！地裡黃呀！三歲兩歲，沒有娘呀！跟著爹爹還好過呀，就怕爹爹娶後娘呀！〞連《白毛女》的〝北風吹〞都是根據它的曲調改編的。還有的單純傳播有關植物的知識，(1)〝扁豆葉，扁豆花，扁豆莢兒滿棚掛；高的高，下的下，一簇一簇真好耍。左手提籃籃，右手將藤拉，既揀肥，且揀大，一把一把又一把。〞（江蘇泰興）這是單純傳授怎樣採摘扁豆。(2)〝二月十二百花生，我問桃花幾個根？一根朝上長，一根朝下生，三月裡開花四月裡結，五月裡採桃送上門，六月裡吃的蟠桃子，七月裡吃的秋半斤。〞（江蘇泰興）這是單純傳播桃子生長季節的知識，這些都能增進孩子們的知識。也的有借植物，培養孩子們愛勞動的感情，如，〝紅蘿蔔，白蘿蔔，片子豆腐炒蘿蔔，寶寶吃的搖棉紗，弟弟吃的踏水車。水車溝裡一條蛇，游來游去捉蝦蟆，蝦蟆捉不著，捉著一隻小喜鵲。〞（上海金山）以蘿蔔起興、引伸，而有教育意義。

　　七、蟲鳥兒歌。這類兒歌也是很多的，唱螢火蟲、蜻蜓、飛鳥，凡是孩子們喜愛的小生物，都歌詠了。螢火蟲最逗孩子們喜愛，〝螢火蟲，夜夜紅，飛到西，飛到東，好像一盞小燈籠。〞（海門松江）這是單純歌唱螢火蟲的。在蘇南一帶還流傳著另一類〝螢火蟲〞謠，〝火螢蟲，亮亮紅，公公挑水賣胡蔥，婆婆打漿糊

燈籠，兒子打掛做郎中，媳婦背包捉牙蟲。〞（溧陽）揚中、丹陽這
類歌謠與此相彷彿，借一隻螢火蟲閃閃的銀光展現了舊時社會民間
風俗畫。〝蜻蜓〞謠則是寄托了孩子童年的歡悅，〝蜻蜓飛去又飛
來，蝴蝶花間密徘徊，我把葵扇撲一撲，他們一去不再來。〞（廣
東台山）全國最著名的蟲鳥兒歌之一是〝花喜鵲〞謠：〝花喜鵲，尾
巴長，娶了媳婦忘了娘，烙白餅，捲砂糖，媳婦媳婦你先嚐。〞
（蘇北）借孩子們的口，造成了強烈的輿論力量，譴責不敬養老人的
不道德行為。在孩子們口中，〝燕子〞謠也頗流行：〝燕子仔，尾
叉叉；年年來我家，不怕冷水不怕砂，飛出四遊口啞啞，雄雌出外
銜泥花，建築新巢似人家，即此狂風也不怕！〞（廣東台山）燕子艱苦
築巢的習性，贏得孩子們的喜愛和深深的尊敬，於是製歌以唱之。

　　八、懷抱兒歌。這類兒歌主要是母親們在抱嬰兒時唱的歌，這
時孩子一、二歲，還在牙牙學語。以〝搖搖搖〞最為著名，蘇州的
如〝搖搖搖，搖到外婆橋，外婆對我眯眯笑；買條魚燒燒，頭勿
熟，尾巴焦，盛勒碗裡蹦蹦跳；貓吃仔，眯眯笑，狗吃仔，瞎虎
跳，〞充滿了對孩子的熱愛，也充滿對和平生活讚美之情。常州、
宜興的如〝搖搖搖，搖到橋，搖到啥樣橋？搖到外婆橋，外婆叫我
好寶寶，糖一包，菓一包，多吃滋味少，少吃滋味好。〞唱這類兒
歌，在蘇南都是讓小孩騎膝上，作出搖船樣子唱這首兒歌。〝蟲蟲
飛〞則是先抓著孩子手，用食指來點，如〝斗斗蟲，蟲蟲飛，飛到
哪裡去？飛到高山吃白米，吱吱哉。〞（北京）還有哄睡歌，母親以
柔軟語音唸之，催眠，〝我兒子睡覺了，我花兒睏覺了，我花兒把
卜了，我花兒是個乖兒子，我花兒是個哄人精。〞（北京）還有一種

〝點五官謠〞，〝排門兒，見人兒，聞味兒，聽聲兒，食飯兒，下巴殼兒，胳肢窩兒。〞（北京）一邊唱一邊用手點前額、眼、鼻、耳、口、下巴，最後呵癢，引小兒大笑即達到了目的。

　　綜上所説，兒歌表現了生活中寬廣的領域，大抵包括了以上八類，兒歌中廣泛的牽涉到民間的風俗習慣，具有強烈的地方色彩，是中國民歌中數量極多，十分重要的類別。

第三節　情　歌

　　情歌是我國短篇民歌中歷史悠久而內容豐富、影響廣泛的種類之一。它在勞動人民口頭上流傳，像奔騰的長江一樣，永流不息。情歌之所以得到人們喜愛，原因是多方面的。其中有一個重要原因，就是在民間情歌中，表現了來自勞動群眾高尚而質樸的情操，給我們以良好品德的熏陶，促使人們向上，因此人民喜愛。

　　提起中國的情歌，以《詩經‧國風》最為著名。《國風》是遠古民間情歌的結集。《詩經》如果除去《國風》這一部分，它的價值便要大為降低了。六朝時期也有不少好的情歌，有不少〝吳聲歌曲〞被採集流傳了下來。到明朝，馮夢龍搜集整理成一本《山歌》、一本《掛枝兒》，中有相當部分反映了青年男女的愛情生活，抒發了悲歡離合之情。一定程度上表現了封建社會制度的黑暗，以及對不合理的封建婚姻制度的怨恨和抗爭。

　　民間情歌中的高尚情操之美，具體表現在哪些方面呢？第一，它給我們一種樸素的美。由於相當長時期內，剝削階級思想影響，有些青年總認為擦脂抹粉、奇裝異服、打扮得妖裡妖氣才算〝美〞。但是，情歌中卻體現出來另一種美。〝青蓮衫子藕荷裳，不裝門面淡淡裝，標緻阿妹不擦粉，大白藕出勒烏泥塘"（吳縣）；"豆花棚棚高又高，妹妹生來比花俏，不擦胭脂不抹粉，一路香風飄勒飄"（蘇州）。這種美，是本色美。什麼本色？勞動人民的本色。這種美又是樸素優雅的，最明顯不過的體現了勞動人民的審美觀。

第二，它給我們一種勞動的美。情歌中唱的姑娘，通常是，她們選擇對象，不只是重視青年的外貌，更重要的是以勞動的好壞作為鑒別的標準。例如"大田栽秧稗草多，小妹愛我我愛她，小妹愛我會勞動，我愛小妹會繡花"。（無錫）情歌中還唱道，只有在勞動中建立的愛情才是最甜蜜的；"芝麻開花肩並肩，扁豆花開面對面，妹割牛草哥蒔秧，唱支山歌心裡甜。"（吳縣）勞動又是孕育愛情之花的土壤："郎卷水草在湖中，來如潮水去如龍，有心勸他歇歇勁，又怕誤了他的工。"（吳縣）把工作和勞動的位置，放在愛情之上，決不妨礙他的勞動和工作，這才是愛情的真正基礎。

第三，它給我們一種真誠的美。馮夢龍搜集整理山歌的實際體會中，得出結論說："但有假詩文，無假山歌"（《敍山歌》）。因為情歌一向是人民真情的流露，所以才"足以存真"而不假。例如情歌中歌詠的愛情，從來不是以金錢多少為標準的，"梨花開放像木樨，看牛郎結識好姐妮，私情勿講窮和富，好花勿論樹高低。"（無錫）這種真誠的愛毫無銅臭味。情歌裡歌詠的愛情，是開誠相見，不三心二意，也不朝秦暮楚，"小小蘭花五瓣開，三瓣正來二瓣歪，要歪你就歪過去，要正你就正過來。"（吳縣）並譴責喜新厭舊的不道德行為："正月梅花白洋洋，私情阿哥勿久長，身上搨起松子漿，頭上有點菜油香，小後生，小後生，儂為啥掉落熟市換陌生？"（蘇州）這種真誠的愛情要求，實際上也是對假惡醜的否定。

　　第四，它也給我們一種忠貞的美。真誠的愛情離不開男女雙方的忠貞。〝一年去，一年來，又見梅花帶雪開，梅花落地成雪片，姐妮開窗等郎來。〞（蘇州）還有等了三年的，〝轉眼分別三年多，姐妹殺雞待情哥，心肝腸肺燒一碗，全心全意待情哥。〞（吳縣）意思是説，能經得起時間考驗的才是忠貞的心，才能給人以美，正像雪中的梅花一樣。這種愛情的忠貞也體現經得起生死的考驗。〝郎是清河水，妹是水中魚，情願水乾魚也死，勿願水存死了魚〞；〝青石磨刀不用水，真心實意不用媒，你有情來我有意，那怕頭頂擊五雷。〞（吳縣）吳歌中詠唱的這種真誠而忠貞的愛情，是以男女雙方在共同勞動中建立起來的生死不渝的感情為前提，因而屬於勞動人民優美的道德規範，從而也是對扼煞男女愛情自由的封建道德的嚴正批判。

　　上述四個方面，概括起來，就是樸素的美，勞動的美，真誠的美和忠貞的美。這是情歌中詠唱的愛情開出的四朵鮮花。這四朵鮮花，對於今天的青年一代，不正是心靈美的重要內容嗎？

　　如果説，中國民間情歌詠唱的愛情內容，反映了我國勞動人民特有的情操美；那麼，中國民間情歌所表現的青年男女相愛的言行舉止，則是以中華民族所特有的方式表現的，因而歷來為廣大群眾所喜聞樂見。第一，這種愛是含蓄而深沉的。〝郎想姐來姐想郎，同勒浪一片場上乘風涼；姐肚裡勿曉得郎來，郎肚裡勿曉得姐，同看仔一個螢火蟲，飄飄蕩蕩過池塘〞（無錫），借螢火蟲的微光抒發兩人脈脈含情，充滿了詩情畫意。〝儂阿看見水裡格游魚對挨著對？儂阿看見濱頭浪格楊柳頭碰頭？儂阿看見水裡格影子孤零零？儂阿看見水浪圈圈一幌一幌成兩個人？〞（無錫），借水中之影，抒寫相愛時的內心活動，無一個〝愛〞字，而愛字充滿字裡行間。第二，這種愛是輕彩禮而重情意的。例如〝南天落雨北天晴，白手巾包塊青糖餅，糖餅雖粗情意在，請阿哥吃仔點心長精神〞（吳縣昆山）；〝大伏裡日頭像蒸籠，阿哥熱得昏冬冬，十七八隻喜鵲來報信，俏妹妹手抄竹籃香茶送，羞嗒嗒一把陽傘遮面孔，顫悠悠一路小跑快如風，太陽不曬穀不結仔，情不碰頭意不攏〞（吳縣），禮雖輕，不過一塊糠餅，一壺香茶；但是，它是在對方極需的情景下，出人意外地送來的，猶如下了一場〝及時雨〞，使枯苗得以復活一樣。相愛的感情最珍貴的是在對方極需解救和幫助時，你解救了他，幫助了他。這兩首情歌就體現出這樣的情操。同時，吳歌中的農民青年男女，在用輕禮表達感情時，一般是不給第三者知道的，這也是不炫耀自己給對方如何如何關心的良好品德的流露。例如有首蘇州情歌說：〝太陽走來雲偏西，小姐妮送飯像雲飛，飯上面一把生鹹菜，飯底下一塊白斬雞。〞表現了一個農村姑娘關心自己的對象，從不表露在口上，也從不表露在使人見到的外表，而體現在日常的勞動生活中。第三，這種愛情，往往又是以某種勞動來加以表現的，最常見的便是用刺繡縫織來表達姑娘的情絲萬縷。例如情歌《十二月花開望郎來》就有：〝臘梅花含蕾十二月開，小妹姑娘繡花剪刀攔勒八仙台，千百樣花名，百萬樣鳥名，只落我奴奴剪刀頭上去，小妹繡出這枝櫻桃望郎來。〞（吳江）還有納鞋底的，如〝鞋繩線兒兩丈長，手納鞋底思才郎，三月三日分了手，思思想想面皮黃〞（吳縣），通過為郎納鞋底來把感情表達出來。也有用繡荷包來表達深情的，如：〝新繡荷包分兩邊，一面獅子一面龍，獅子上山龍下海，勿知那日才相逢〞（吳縣）；或以繡香袋來表達深情的，如

《十只香袋歌》：〝十只香袋送私情，小妹姑娘香袋頭上總要繡花名，上頭要繡一對鯉魚放在龍門跳，下頭繡得仙鶴蟠桃結私情〞（吳縣）。如此等等，一針一線體現了她們豐富的感情，高尚的情操。

還應當指出，情歌中對於男女雙方體格的描寫，決無書生氣和脂粉氣，充分表現著健康與強壯的體魄和旺盛與活躍的精力，給人以向上的精神力量。例如1982年發表的長篇敍事情歌《五姑娘》中對於長工徐阿天體格的描繪便是：〝手大腳大身大力大一個種田好手〞；短篇情歌中也是如此的，例如〝郎喊山歌山河動，走路好比虎出洞，泥擔如同走馬燈，肩上扁擔像面弓〞（蘇州），惟有旺盛的精力和健康的體格，才能夠挑擔如風與扁擔如弓。因此，情歌的高尚情操，既體現了在內心心靈美的描繪上，也體現在外在體格美的描繪上，兩者是結合的。這也充分說明，情歌中的情操美，是人民在過去漫長的歲月裡，通過自己的勞動與鬥爭創造的，人民把自己寶貴的美的精神保留在情歌裡，並且在生活中不斷地改進、磨練它，從而使之達到盡善盡美的境界。

情歌也體現出來勞動人民純正的愛情觀。現以江西情歌為例來說明這個問題❸，我認為情歌中所體現出來的勞動人民愛情觀，主要包括三〝不〞、三〝要〞、四幫助。

什麼是三〝不〞呢？即，第一，不以面貌、身材的美醜來作標準。例如有些情歌中唱道：〝白白瘦瘦我不貪，烏烏黑黑我不嫌，好比上山採楊梅，白的沒有黑的甜。〞這種不以面孔是否白，身材是否苗條為標準的愛情觀，對現在的青年應當有所啟發。第二，不

---

❸　以下例證均引自贛州地區文聯編《情歌三百首》，江西人民出版社，1981年版。

以衣帽代表的好壞來作標準。例如有些情歌中唱道：〝金頭蒼蠅討人厭，綢緞再好不相黏，花生殼粗仁子精，哥哥土氣妹不嫌。〞俗話說：〝狗眼看人低。〞有些人專門以衣取人，專門選〝洋〞派的對象。所謂〝土〞氣是和〝洋〞氣對立的，抵制那種〝一年土，二年洋，三年不認爹和娘〞的不正之風。第三，不以金錢財物的多少來作標準。例如有些情歌中唱道：〝鷓鴣不嫌舊窩篷，鯽魚不嫌亂石洞，只要兩人談得攏，妹子不嫌哥哥窮。〞不以家中是否有錢作條件，要求〝談得攏〞，也就是說，重要的是兩人要心心相印，思想感情要一致。這三〝不〞的愛情觀無異是十分正確的。

什麼是三〝要〞呢？即，第一，要人勤快。例如有些情歌中唱道：〝一把扇子兩面花，哥哥愛我我愛他，我愛哥哥人勤快，哥哥愛我會管家。〞男子人勤快，女人會管家，實實在在過日子。第二，要人老實。例如有些情歌中唱道：〝走路要走路中心，兩邊大樹好遮蔭，戀郎要戀老實郎，老實郎子情義真。〞〝老實〞就是不藏假、真實、做人踏實，待人誠懇。第三，要能共同勞動互助。例如有些情歌中唱道：〝作田要作大丘麻，哥邊犁來妹邊耙，哥邊耙來妹邊蒔，哥哥蒔田妹送茶。〞兩人在共同勞動中互相幫助。〝郎蒔田來妹送秧，蒔田哥哥實在忙，又要回頭看老妹，又要橫行對直行。〞不因愛情而影響勞動，將兩者結合起來。唯有互助勞動好，才能天長地久，細水長流，才能居家過好日子。這三〝要〞的愛情觀無異也是具有教育意義的。

什麼是四幫助呢？即，要幫助自己的戀人，第一是鼓勵。例如有些情歌中唱道：〝涼傘爛了骨子真，瘦馬跌倒重千斤，哥哥人窮志不窮，跟你受苦也甘心。〞鼓勵自己心上人不要因窮而氣餒，

〝人窮志不窮〞最要緊。第二是規勸。例如有些情歌中唱道：〝竹
雞叫來咯乖乖，我勸情哥莫賭牌，輸掉銅錢然則可，輸掉情妹不要
怪。〞規勸自己情人走正道，不要搞歪門邪道，不然便不要怪人不
理他了。第三是督促。例如有些情歌中唱道：〝豬古頭，馬古頭，
腦蓋活像毛芋頭，著衫衫無領，著褲褲無頭，三工不洗面，四工不
梳頭，有米燒生飯，糯米蒸酸酒，像你這樣子呀！牽到牛婆會流
胎，哇到老婆會溜走，要想立家成婚配，除非你脫胎換骨頭。〞唱
得多麼好啊！作懶漢二流子絕對不能同意，一定要把自己意中人改
造成有勞動人民本色的人；對象的嚴重缺點，絕不牽就，揭露它，
向他嚴肅指出來，要他〝脫胎換骨〞的改好，這反映出農村姑娘優
美的心靈，對待愛情多麼嚴肅。第四是檢點。從生活細節上都要細
緻檢點自己心愛者是否正確，如力求他作到戒酒戒煙，請讀下面這
首《戒煙歌》：〝心肝哥哥要戒煙，化了工夫浪費錢，肚飢食煙食
唔絕，煙壞了身子不合算，有情我的哥，勸你堅決要戒煙。〞這是
女方要求男方做到的，堅決要他戒煙；男方對女方也提出要求：
〝哥哥戀妹要顧家，成家立業靠計劃，尋錢如同刀削鐵，花錢莫像
水推沙。〞這是男方要求女方做到的，要她勤檢持家，花錢不像淌
海水那樣嘩嘩的流。勞動人民的愛情觀便是這樣渾厚、熱忱、踏
實，對心上人一是鼓勵、二是規勸、三是督促、四是互相檢點。情
歌在思想性上最突出的特點，便是它表現了勞動人民純正的愛情
觀。

　　愛情，最能表現出一個青年的靈魂的醜還是美，現在我們生活
於科學昌明的社會，尤其要堅持愛情的道德觀，講究美，民間情歌
中表現出來的高尚情操，以及它表現出來的勞動人民純正的愛情

觀，是勞動人民心靈美的一面鏡子，很值得現在的男女青年來體
會。情歌有高度的思想性，它宛如一束芳香的鮮花，開放在我國民
間文學的花圃裡。

　　情歌，作為一種民間文學作品來說，還應當有藝術性，也就是
說，它的思想性與藝術性兩者必須是緊密結合在一起的，並不是單
純抽象地理論地說教。從藝術性這方面來說，情歌無疑也是卓越
的。它有下列幾個突出的藝術特點。

　　第一，美妙的雙關語。提起情歌中的雙關語，那是我國漢魏六
朝時優秀的樂府民歌中早已有突出表現了，例如南朝民歌《子夜
歌》中就有〝前絲斷纏綿，意欲結交情；春蠶已感化，絲子已復
生。〞這裡的〝前絲〞即〝前思〞，〝絲子〞即〝思子〞；又如
〝我念歡的情，子行由豫情，霧露隱芙蓉，見蓮不分明。〞這裡
〝見蓮〞是雙關〝見憐〞。由此可見，雙關語，是詞面指此而意在
於彼，借別的詞來表達他內心的意思，最主要的特徵是兩者互相諧
音。現代民間情歌正是繼承了吳聲民歌中這種古老的優美的藝術表
現手法，請看：

　　1.黃蓮樹下把琴彈，聲聲苦來聲聲酸，浪蕩公子不回轉，枉然
等了三年半。（這裡〝琴彈〞雙關〝情談〞）

　　2.高山嵊上一棵松，樹身粗大葉又濃，只要正莖企得穩，不怕
東南西北風。（這裡〝正莖〞雙關〝正經〞）

　　3.晚禾不怕連夜雨，燈籠不怕掃地風，戀妹不怕遭風雨，風雨
一過又是晴。（這裡〝晴〞雙關〝情〞）

4.兩個五百合一千，兩個六月合半年，阿哥好似一匹布，任妹
剪裁任妹連。（這裡〝連〞雙關〝戀〞）

5.單隻筷子挑蓮藕，挑到一隻也就夠，只要哥哥眼水好，蓮藕
相通共白頭。（這裡〝蓮藕〞雙關〝戀偶〞）

總之，情歌中的藝術雙關語是經常的大量出現的，顯露出它突
出的含蓄性，感情內向，語言優美，表現出它自有著我國古老的卓
越的民歌藝術技巧。

第二，豐富的比喻語。情歌的比喻語種類繁多，姿態各別，有
顯著的農村特色，使人聞到濃鬱的泥土的芳香。

1.楊梅作比：楊梅生長在山地，枝椏招展有情意。

2.竹筍作比：竹子生筍連竹鞭，牽腸掛肚把妹戀。

3.蓮花作比：一朵蓮花在湖中，想採好花水又深。

4.松樹作比：高嶺松樹百年青，哥妹相戀百年情。

5.鷓鴣作比：一對鷓鴣叫嘰嘰，並頭落樹並頭飛。

6.柑子作比：柑子好吃樹難栽，阿哥想妹口難開。

7.青竹作比：拖尾竹子嫩又青，妹子標緻人又精。

8.映山紅作比：走了一壠又一壠，壠裡長滿映山紅。

9.撐排作心：妹子撐排打魚蝦，不知撐上是撐下？

10.鯉魚作比：河下鯉魚水靈靈，阿哥撒網打不進。

比喻之多，數不勝數。我國的大地和山野頗有特色，高山長河，急
流竹排，滿坡竹子和映山紅，林中的鷓鴣，碧綠的樹林，紅紅的柑
橘，這些令人痴迷的家鄉的壯麗河山，這些美景下襯托的樸素戀
情，都通過這些豐富的比喻而躍然紙上了，而這些情歌的比喻又是

那樣的婆娑多姿，生發出各式各樣的比喻來：

1.雙比：

千串葡萄一根藤，萬隻網眼一條繩，世上女子千千萬，單愛細妹一個人。（用藤、繩一雙比喻一個人）

2.暗比：

撐船要有好竹篙，裁衫要有好剪刀，針線相逢成衣服，過河無船要搭橋。（不說出對象，只說出比喻）

3.明比：

妹似蝴蝶滿天飛，哥似蜘蛛結網圍，有情飛進蜘蛛網，無意莫在兩邊飛。（直說出比喻對象於一句）

4.提問式比喻：

東山桃樹西山梅，幾時栽攏合一塊？南來燕子北歸雁，幾時雙飛彩雲堆？（用比喻提出問題）

5.低下的比喻：

單隻筷子難柑菜，單只郎子夜難捱，雞婆提到街上賣，提上提下誰要我？（比喻低下反襯出可憐）

6.高潔的比喻：

爛泥塘裡一枝蓮，越遠越香色澤鮮，爲人要像蓮花潔，生長污泥身不染。（比喻高潔烘托出尊貴）

情歌比喻的豐富和多姿，充分說明了它高度的藝術性，這是有才華的民間歌手們在深厚的生活基礎上陶冶成的璀璨語言的珍珠。

第三，動聽的重奏曲。重奏復沓的表現手法，也是我國古老的民歌藝術技巧典型的表現。如果光是四句頭，唱完了就算了事，太短了總覺得餘味不夠，一定要往返重奏復沓好幾遍，充分的體現出民間歌手內心的深情，方覺得趣味無窮，正由於這樣，《詩經》中的情歌，首先便採取了重奏復沓的表現手法，這已是累見不鮮了，例如：《鄘風·柏舟》這一首描寫少女要求婚姻自主，守死不改其志的情歌，就是採取重奏復沓的表現手法的：

> 汎彼柏舟， 飄來蕩去的柏木船，
>
> 在彼中河。 在那大河的中央。
>
> 髧彼兩髦， 披頭散髮的小伙子，
>
> 實維我儀。 實在是我的情郎。
>
> 之死矢靡它。 誓死相愛無二心，
>
> 母也天只！ 我的媽呀我的天，
>
> 不諒人只！ 不體諒人怎麼辦！

以上是第一段，堅決表示〝之死矢（誓）靡它（沒有二心）〞第二段略改數字，與之重奏：

> 汎彼柏舟， 飄來蕩去的柏木船，
>
> 在彼河側。 在那大河的岸旁。
>
> 髧彼兩髦， 披頭散髮的小伙子，
>
> 實維我特。 實在是我的侶伴，
>
> 之死矢靡慝。 誓死相愛無邪念，
>
> 母也天只！ 我的媽呀我的天，
>
> 不諒人只！ 不體諒人怎麼辦！

第二段只動四字，其餘未變，但〝中河〞到〝河側〞之變已是有地方遠近之不同了，而且〝儀〞、〝特〞同是匹配之意，〝靡他〞（無二心）到〝靡慝〞（無邪念）感情便顯得由淺至深，態度就更堅決了！

這是重奏復沓帶來的明顯藝術效果。反觀現代民間情歌,也是依然重視這一點的。例如:〝哥送一把桃,妹送一把棗,不是沒嚐過,是為我倆永相好。哥送一雙鞋,妹送一頂帽,不是沒見過,是為我倆永相好。哥送黃鸝聲,妹送畫眉叫,不是沒聽過,是為我倆永相好。〞這支重奏曲的情歌反覆唱了三次,第四、八、十二句完全相同,但感情顯得一次比一次強烈和深沉,這就顯得十分感人而動聽了。再如〝風嘯嘯,雨飄飄,耳朵裡只有雞在叫,盼望的人呀來到了,我心上的煩燥平息了。風在飄,雨在澆,耳朵裡只有雞在叫,盼望的人呀來到了,我心上的病根除掉了。〞在風嘯嘯的雨夜,聽到這種重奏的戀情,深沉而熱烈之感便十分突出。此外,情歌中不止是四句頭山歌,也有許多是民間詠情小調也屬於情歌範圍,如《香包歌》、《繡褡褲》,從〝一繡〞重複到〝四繡〞,直到重奏復沓到〝十二繡〞,就像琴音從低音奏到高音那樣,直到奏出愛情的最強音為止,同樣,《送郎歌》、《送妹歌》,從〝一送〞直至〝十送〞,重奏復沓的結果,便加深了感情的深度與濃度。《望郎歌》從一月一直想到十二月,都是調動起重奏復沓的表現手法,來加深了感情的動人處,凡此種種都使人可以看見民間情歌中突出的重奏藝術特色。

第四,精巧的藝術構思。 魯迅曾經高度讚揚過民歌,他在《門外文談》中說:〝現在到處還有民歌、山歌、漁歌等,這就是不識字的詩人的作品〞❹,確是〝不識字的詩人〞,現在有些初學詩歌創作的青年,瞧不起民歌,瞧不起不識字的詩人,認為民謠中沒有

❹ 《魯迅全集》㈥75—76頁。

高超的藝術技巧，這種認識是錯誤的。民間情歌中有精巧的藝術構思之作是很多的。例如《勸郎歌》便是在詩歌藝術技巧上的出新之作，全詩是：

> 哥哥想妹會想癲，　　　早晨蒙霧喊火煙，
>
> 半夜雞啼喊狗吠，　　　五月端陽喊過年，
>
> 見到舅公喊老倈，　　　見到瓦片喊花邊 (錢幣)，
>
> 手拿魚竿打雕子，　　　抓著竹篙去捅天。
>
> 奉勸阿哥快猛醒，　　　要走正道丟邪念，
>
> 你想早早成家業，　　　背起犁耙作好田。

短短十二句，多麼典型的表現出一個因愛情而妨礙了正常勞動的青年農民，藝術構思並不一般化，前八句幾乎一句一個誇張手法，但是，在誇張中又一句變換一次生活場面，這顯示出民間詩人對生活的高度藝術概括能力！前八句批評他成天成夜不務正業，談天說地，夜晚談雞叫，白天談過節；嬉皮笑臉，舅公喊老倈，瓦片喊花邊，生活態度一點不嚴肅；喜好遊手好閒，拿著魚竿、竹篙去玩。這種誇張絕沒有使人有過份的感覺！後四句是一個農村姑娘語重心長的勸勉的話，顯得義正詞嚴，一個農村姑娘語重心長的形象，便反映在我們的腦海裡。寫詩的成敗全在於藝術構思的好壞，應當從這首情歌中得到借鑒，受到啟發。

　　語句的推敲，詩行的錘鍊，從廣義範圍說，仍是屬於藝術構思的，民間情歌中也不乏好句。例如，我們如果說："山歌句句甜又甜"，便顯得抽象一般而無詩味，但民間詩人這樣寫："山歌裡面摻糖水，句句甜在妹心窩"，便顯得詩味濃郁了，也形象具體了，使人耐於咀嚼和思索。再如，如果形容一個人徒勞費心，用"枉費

心機〞這個成語來形容，便顯得一般，但民間情歌中這樣寫：〝燈草織布費心機〞，這種詩句的構思便顯得別具一格了。

總之，不論從整首情歌看，還是只從它們句句詩行、遣詞造句來推敲，情歌中的精巧的藝術構思，是值得我們廣大文藝愛好者學習的，因為情歌裡閃耀著不識字的詩人光璨的藝術才華。

綜上所說，民間情歌無論是思想性還是藝術性，都是有突出的特色的，它們絕不是庸俗的或膚淺的作品，它們是勞動人民智慧與才能、愛情與理智的結晶，它們確實是〝土〞味十足，但正是我們青年在愛情生活中需要具有的勞動人民的思想感情。

第四節　風俗歌

我國的短篇民歌裡，有一類反映各地風俗的民歌，通常是在某個特殊節日或吉慶的日子裡，舉行某種儀式時所唱，我們稱它為〝風俗歌〞，有些書上稱它為〝儀式歌〞。

我國的風俗歌起源於古代神話。遠在公元前十一世紀的西周時代，就有一種風俗，要在每年十二月份祭祀百神，叫做〝蜡〞(zhà，乍)，什麼叫做〝蜡〞呢？《禮記·郊特性》云：〝蜡者，索也，歲十二月，合聚萬物而索饗之也。〞《禮記》是秦漢以前各種禮儀論著的選集，相傳是西漢的戴聖編撰，因此關於〝蜡〞的祭神說肯定是公元前就有的傳說。這是說，每逢十二月人們向萬物索取食物舉行的儀行叫做〝蜡〞。相傳古代神話中的神農氏就舉行過〝蜡〞的儀式而有所謂《伊耆（qí，其）氏蜡辭》，《禮記·郊特性》就說：〝伊耆氏始為蜡〞，伊耆氏是誰？北齊熊安生和南朝梁·皇侃都一致說伊耆氏即神農。《伊耆氏蜡辭》云：

> 土反其宅，　　　水歸其壑，
>
> 昆蟲毋作，　　　草木歸其澤。

這就是神農傳下來的第一首儀式歌，意思是說，泥土不應當流失，給人們去造福，洪水應當流入溝壑之中，昆蟲不要作亂，草木歸根於藪澤而不生於人們耕稼的田裡。很顯然，這首最初的〝蜡辭〞是遠古的人們用來祈求農作物豐收和戰勝自然災害的。以後每逢十二月就有祭百神的風俗了。到了西周，祭祀的官也稱作〝伊耆氏〞了，《周禮·秋官》云：伊耆氏〝掌國之大祭祀〞。現在我們在大陸各地搜集到的風俗歌，第一是與當地風俗習慣有緊密的聯繫，第二是與舉行的儀式有緊密的聯繫。風俗歌通常見到的有下列幾種類型。

　　第一類：喜歌。在舉行婚禮儀式時所唱，在我國少數民族的民間風俗中，舉行婚禮時通常唱《祝婚歌》、《伴嫁歌》等等，也是風俗歌，但這些由於篇幅較長，規模較大，而應歸入長篇抒情民歌類。我們各地廣大漢族鄉間的〝喜歌〞，都是短篇民歌，篇幅都並不長，是喜歌的典型表現。

　　喜歌是在喝喜酒時，和鬧新房時所唱，因此它分為兩部分，一是〝喝喜酒歌〞，二是〝唱新房歌〞。唱喜歌時最主要的特點是配合著說喜話，穿插在喜歌中。當然唱的說的都是吉利話，有時也有些滑稽話引得大家哄堂大笑，總之，喜歌喜話都是要使大家歡天喜地的，一般是由男女賓相或年長的大嫂子朝著新人說。下面談談我在茅山聽到的喜歌。

　　1.喝喜酒歌。江蘇句容縣茅山地區，民間在辦喜事吃喜酒時，由專門人向新郎新娘唱喜歌、說喜話。敬菜時有《敬菜喜歌》：
〝象牙筷子七寸長，我拿夾菜敬新郎，新郎新娘吃下去，來年養個
狀元郎。〞還要唱《敬蛋喜歌》：〝小小雞蛋賽核桃，裡無骨頭外
無毛，哪個廚子手段高，藍布裙子綠布腰。他把雞蛋燒好了，幫忙
哥哥端桌上，我夾雞蛋敬新郎，又夾雞蛋敬新娘，新郎新娘吃下
去，下年養個小兒郎。〞一般是給一人夾半個，新郎新娘兩人合吃
一個雞蛋。敬酒時唱《敬酒喜歌》，引得大家哄堂大笑一番：〝一
杯燒酒清又清，我拿燒酒敬新人。二杯燒酒紫微微，我拿燒酒敬烏
龜，大烏龜，吃下去，下年養個小烏龜。〞在宴會上，並不單純唱
喜歌，還要配合著說喜話。特別是婚宴上敬菜時，指一個菜說兩三
句喜話：(1)勸新娘子吃菜時說的喜話，如：〝新娘子，吃塊雞，小
夫妻倆笑嘻嘻；新娘子，吃塊肉，養個兒子胖堆堆；新娘子，吃塊
菜，全村托福家家進財；新娘子，吃塊魚，家裡年年糧有餘。〞(2)
勸新郎吃菜時說的喜話，如：〝我敬新郎一塊肉，養個兒子做諸
侯；我敬新郎一塊腸，養個兒子狀元郎；我敬新郎一塊雞，養個兒
子笑嘻嘻；我敬新郎一肉圓，全家老小都團圓；我敬新郎一塊糕，
珍珠瑪瑙動擔挑。〞喜話都是押韻的順口溜，多半是即興編成的，
造成吉慶歡樂的氣氛。缺點是重男輕女現象嚴重。

2.唱新房歌：唱新房歌是在喝過喜酒以後，新婚之夜鬧新房時
所唱，配合著喜話，例如新郎新娘剛步入新房，男女賓相便說：
(男)今天夫妻來相會，脫得藍衫換紫袍。(女)明日夫妻更和愛，
牛郎織女亦團圓。然後便唱新房歌，新房歌結合著當地民間風俗來
唱，聽後使人覺得格外親切，內容也十分豐富，可以概括為幾個部
分：

⑴挑蓋頭。舊時姑娘出嫁，進新房時是用紅綢蓋著頭，拜完堂夫妻相見要有揭蓋頭的儀式，便唱《挑蓋頭》的喜歌。有二首，一是：〝小小尺桿舞扭扭，我給新娘挑蓋頭，一挑金，二挑銀，三挑鯉魚跳龍門，四挑事事都如意，五挑五子來登科，六挑路路樂通通，七挑七子來團圓，八挑八仙齊過海，九挑長命大富貴，十挑實實又砣砣。〞二是：〝蓋頭落床，兒孫滿堂，蓋頭落地，有田有地，蓋頭在床裡一拽，來年養個小乖乖。〞挑蓋頭歌充滿突出的民族風俗特色。

⑵讚新房。考究的農家，要請好幾位當地有名的民間歌手來讚新房，這種讚歌都是歌手們即興的創作，你讚你的，我讚我的，內容各不相同，但都圍繞著讚新房內豐盛的嫁妝和陳設，對幸福歲月寄予無限的想往。例如趙長龍唱的是：〝一進新人房，喜看新人好嫁妝，蘇州櫃，杭州箱，北京皮匣擺成行，大紅絲幔帳，金鉤掛兩旁，兩頭齊繡鴛鴦枕，當中又繡子孫郎。〞王國民唱的是：〝一進新房亮堂堂，水紗帳子象牙床，中間擺好紅菱被，桃花枕頭擺兩旁，新郎新娘日子好，下年養個狀元郎。〞魏村榮唱的是：〝一進新房亮堂堂，新娘房裡好嫁妝，紅漆傢俱四面擺，八步牙床放中央，床頭掛的紅鈴鐺，床下擱著紫踏板，夫妻二人床邊坐，來年抱個壯兒郎。〞魏傳民唱的是：〝一進新房樂洋洋，新房裡面好嫁妝，又有櫥子又有櫃，紫紅箱子放櫥上，蠟燭開花方桌上，雕花木床亮堂堂，帳子掛在牙床上，綠綢帳幔繡鴛鴦，中間擺著大紅被，枕頭貼著兩邊睡。〞在貧困中生活了一輩子的農民，通過一看一讚，無異能增進生活的希望和樂趣，鼓舞勞動的熱情。

⑶讚門簾。唱新房歌中還有讚門簾的風俗，通過讚門簾來讚美

新媳婦，祝福新娘生活美滿，可能是門簾對媳婦關係最密切，每天進出數她揭門簾的次數最多吧！①〝一個門簾順地拖，一對鳳凰來築窩，鳳凰窩裡百樣草，千年的媳婦萬年的婆。〞②〝小小門窗七尺長，先做媳婦後做娘，先做媳婦多孝順，後做娘娘子滿堂。〞③〝小小門簾七尺多，先做媳婦後做婆，媳婦裡外一把抓，婆婆福氣子孫多。〞讚門簾，象徵新媳婦又走進了一個新的家庭環境。

(4)撒五穀。據傳，句容茅山地區過去在鬧新房時，還有一種撒五穀的風俗，這是一種古老而優美的農村風俗，標誌著農民對五穀的熱愛與重視，認為五穀總是和喜慶與幸福聯繫在一起的。因此結婚之夜，撒五穀表示對和平安寧生活的追求。一邊撒五穀一邊唱《撒五穀喜歌》：〝進了新娘子房，新娘房亮堂堂，左邊放著紅香櫃，右邊放著是皮箱，當中還有象牙床，雪白羅帳閃銀光。這個床，做得美，四個金磚墊床腿。這個床，做得強，快拿五穀我撒床。一撒長命富貴，二撒金玉滿堂，三撒三如意，四撒四登科，五撒五團圓，六撒六子成，七撒家景強，八撒八匹馬，九撒九連燈，十撒十子團圓。〞撒幾把五穀慶賀結婚的風俗，很明顯體現了勞動人民的本色，給未來的家庭帶來對農業豐收奮力的追求，怎樣才能〝如意〞、〝團圓〞、〝家景強〞、〝金玉滿堂〞？歸結到兩個字：五穀。因此這種風俗有鼓勵勞動的作用。

喜歌在我國各地都有，但各有不同，像福州民間的喜歌在唱新房時還有《手拍房門喜歌》：〝手拍房門，福壽雙全；連生貴子，連中狀元；三元及第，五子登科。〞還有：〝手拍房門喜氣長，兩姓成婚有五常，十分恩愛如魚水，嶺上梅枝歲歲長。〞還有《十拍房門喜歌》，從一拍唱到十拍。不過像茅山喜歌這麼全面體現風俗情況的卻是罕見的，值得我們去研究。

　　第二類：節日歌。凡是我國民間風俗中應過的節日，都有相應
的民歌，這也是風俗歌中一個大類。我們民間舊時在臘月廿三、廿
四兩天祭灶，祭灶日有祭灶日的風俗歌，如〝祭灶祭葫蘆，灶公灶
媽照顧奴，元寶是奴拍，燈籠是奴糊，灶公上天講好話，灶媽落地
保佑奴；保佑奴爺多賺錢，保佑奴奶福壽長；保佑奴兒討嫂嫂，保
佑奴弟抬媳婦；保佑奴嫂半夜肚子疼，臨盆生下小孩兒。〞（福州）
表現了民間要求福壽，要求生活興旺的願望。端午節有端午節的風
俗歌：〝五月五，是龍舟，龍舟鼓響水面遊，大男細女看龍舟，龍
舟扒去又扒反。〞（浙江）反映端午節龍舟競渡盛況。新年有新年的
風俗歌：〝新年來到，糖糕祭灶，姑娘要花，小子要炮，老頭子要
戴新呢帽，老婆子要喫大花糕。〞（浙江）還有：〝月光光，照地
廊，年卅晚，吃檳榔，檳榔香，阿媽嚐，阿姐笑，阿妹搶。〞（浙
江）反映了春節的歡樂情景。元宵節也有風俗歌：〝元宵樂，元宵
樂，元宵樂樂賀新春，早晨全家吃元宵，老老少少看花燈。〞（浙
江）唱的是元宵節的快樂。中秋節也有風俗歌：〝賞月公，賞月
婆，年年賞月物又多，個個走哩唱月歌；月餅糖雞兼大果，人話吃
過好得多，月裡嫦娥下降坐，人們香燭照著過。〞（浙江）唱出了中
秋節民間和平幸福的生活。重陽節有重陽節的風俗歌：〝九月九，
是重陽，各處兒童具萊香，去到路頭齊拜跪，祈我病根隨鳶遠飛
揚。〞（浙江）還有：〝九月九，是重陽，吃糕糕，插旗玩，記得有
年閏九月，過了重陽又重陽。〞（浙江）反映了舊時重陽節風俗概
況。農曆七月七日相傳是牛郎織女相會之日，是民間的乞巧節，乞

巧節有乞巧節的風俗歌：〝乞手巧，乞美貌，乞心通，乞夫好，乞我爹娘千百歲，乞我姊妹千萬年。〞（浙江）反映了婦女們的心願。各地有各地的節日風俗歌，北京的中秋節風俗歌，是唱的中秋上供的情景，例如：〝八仙桌，金鑲邊，小小月餅往上端，左邊石榴右邊棗，當間又擺毛栗子，毛豆角，兩頭尖，小小的西瓜往上端，鋼刀切成蓮花瓣，一年四季保平安。〞（北京）反映了北京民間隆重的中秋節風俗。

總之，節日歌是民間全部節令風俗的標誌，主要是表達了人民對和平幸福歲月的追求和心願，其中充滿了對家鄉與故土的眷戀之情，落後的迷信成份固然存在，但並不占其主流。

第三類，上樑歌。 我國農民是十分看重農舍家宅建築的。中國是一個農業國，過去億萬農民無立錐之地，自然無棲身之所，因此當他們千辛萬苦掙得錢來蓋房子，這是全家很重要的大事，每當建房上樑時，便要舉行上樑儀式並且唱《上樑歌》，這幾乎是各地通行的風俗，江浙一帶的上樑歌是很普遍的，一般流行在農村的瓦木工當中。

青浦、嘉定、松江一帶民間造房屋，上正樑時要唱一種《上樑對歌》❺，瓦木工們歡欣鼓舞，邊做邊唱。上樑前匠人與東家一邊敬酒一邊唱：〝一只桌子四角方，今朝我來唱一唱；不唱東來不唱西，只唱東家造新房。〞東家接著便敬酒對唱道：〝一敬天來二敬地，三敬張、魯二先師；四敬匠人為我造新房，奉敬三杯理應當！〞匠人喝完酒便開始拋樑，又開始對唱。匠人唱：〝天地自從

---

❺　見《浙江民俗》1982：1（總五期）《上樑對歌》（王培中搜集整理）。

盤古放，匠家始祖張魯班，張班魯班坐二旁。一盤托出大公雞，鳳
凰飛過不敢啼；腳踏扶梯步步高，登上金殿按金雞。〞所謂〝一盤
托出大公雞〞，〝登上金殿按金雞〞，金雞是蓋房者（東家）在拋樑
時把饅頭、方糕分裝二只盤，饅頭盆裡把饅頭裝成寶塔型，頂上是
一只饅頭做成彩色的仙桃。方糕盤裡把方糕疊成金殿式樣，上面用
米糕製成一隻金雞，昂首站立在金殿屋脊上啼叫。匠人唱後東家
唱：〝自從杜康開糟坊，造得仙酒敬匠郎；手拿金壺提得高，白米
鋪進金玉堂。〞唱後，東家便拋樑，唱：〝拋上仙桃和金雞，多盼
匠人不讓金雞飛；求得旗桿樹二旁，（舊時中狀元門前樹旗桿）全家喜來
眾人歡。〞匠人接唱：〝日出東方紅厘厘，一接仙桃二接雞；男勤
女儉做生活，日後定能金雞啼！〞東家唱：〝匠人師傅聲聲叫好，
一家老小定記牢；忠孝節義朝朝有，全靠和氣和勤勞。〞眾人再合
唱：〝一檔饅頭一檔糕，拋進青雲變仙桃；子孫代代要勤勞，切莫
依懶去逍遙！〞匠人領唱：〝一檔饅頭一檔糕，一趟拋得比一趟
高；一家老小要和好，後生定能步步高。〞最後大家合唱：〝東家
決心下得好，千斤擔子大家挑，老老小小要勤勞，屋前屋後長珠
寶！〞從上面的上樑對歌可見，它活躍了勞動的氣氛，培養著勤勞
的精神，融合了匠人與東家的友誼，促使大家團結一致的把屋蓋
好，這是一種良好的民間建築風俗的反映。

我在1982年秋天在句容縣茅山農村采風和民俗調查聽見的《上
樑歌》也是優美的，有些還體現著進步的思想和積極的精神。

茅山上梁歌的內容是頗為完整的，很為珍貴和罕見，它大致可
以分為下列幾個部分。

1.《烘樑歌》

茅山民間蓋房子時有一種風俗，上樑前要進行烘樑。烘樑便是把大樑先用長板凳架起來，前面放著雞、魚、豬頭（三頭）等供品，下面點著芝麻桿熏。熏樑時，由主持上樑的人，通常是請當地德高望重的人來打吉利話和唱吉利歌，如《烘樑歌》便是："今天造屋曬雨露，老伯托我來烘樑。先烘四大金柱，後烘紫金高樑，望日後人，紫金龍袍。"配合了農民造屋喜氣洋洋地氣氛。

2.《澆樑歌》

茅山還有這樣的風俗，木匠在上樑前手拿一瓶酒，一邊澆樑一邊唱出澆樑歌："手拿一個寶酒瓶，又裝金來又裝銀，裝了金子無處用，留給村上，放給窮人。"表現出嚮往給村子裡所有人謀利益的思想，這是一種良好的精神。

3.《上門條石歌》

茅山民間造房子，除上樑外，還十分重視上門條石的儀式，門條石是正門進門處的額石，在上門條石時，有一種風俗，要在前面放上喜糕、饅頭、香煙等，由瓦匠邊唱邊吊，唱的自然是吉慶之歌："小小龍石上門頭，老伯來年造高樓。今天上白條玉石，明天是新屋落成。來年是二龍戲珠，年復一年上高樓。"唱完吉慶的《上門條石歌》，瓦匠方可以拿取房東家事先準備的喜糕等等食品，作為額外的報酬。

4.《爬梯上樑歌》

烘好樑、洗好樑、上門條石以後，就該爬梯子上樑了，這時候還要邊爬邊唱，古老的一般的爬梯上樑歌是這樣唱的："腳踩梯子步步高，八大神仙摘仙桃，仙桃採到花籃裡，神仙一天走幾遭。"

爬梯上樑歌唱完以後，就開始正式吊樑了。

5.《上樑歌》

吊樑就是把木樑吊上新屋頂，要唱《吊樑歌》（或稱《上樑歌》）。中國自從八十年代開放後，由於農村建設的發展，商業經濟搞活了，幾年功夫，許多農民富起來，村裡大變樣，幾乎全村每家每戶都在造新房，都在唱《上樑歌》，歌的內容有了新的內容，例如：〝拆掉千年的破草房，喜氣洋洋造新房。今年造的是新樓，來年還要造花廳。腳踏樓梯步步高，師傅來把金柱吊。今天來吊二龍戲水，來年還要吊紫金龍袍。腳踏樓梯步步高，師傅來把正樑吊，今天吊的是金龍玉柱，來年還要造走馬磚樓。〞歌頌拆掉破茅屋，農民們造了新房，家家戶戶有了安身之處；另外，今天農民生活水平已經提高了，已不滿足於只是造一般的新房，而是嚮往著熱衷於造新樓，有許多農民更嚮往著造新的花廳，我國農民要過祖先夢昧以求的富裕安定的生活了。正如另一首《上樑歌》唱的：〝一個木頭四方方，出到蕪湖帶九江，弄到此地做枕樑，新房蓋成喜洋洋，娶個媳婦會理家，養個兒子狀元郎，你做狀元我曉得，榮華富貴萬萬年。〞就是說，農民通過《上樑歌》，表達了他們蓋房、成家、養兒喜悅的心情，生活的前景無比輝煌，它唱出了我國全體農民的心願：榮華富貴萬萬年。新的《上樑歌》體現了新風俗的產生和形成，每當上樑時就要歌唱農村新的生活，例如，下面這首茅山《上樑歌》唱道：〝喜洋洋，喜洋洋，戶戶村民蓋新房。豎新柱，上新樑，雕金龍，畫鳳凰。多虧風調又雨順，多虧老天來幫忙。〞很顯然，新的風俗產生的新的《上樑歌》，具有進步思想和積極內容。

綜上所説，《風俗歌》是我國短篇民歌中很重要的一個門類，它不僅體現了古老的風尚，也體現了新的風尚，它允許即興創作，也允許突破舊有的套式加添新內容，它隨著風俗的變換而變換，發展而發展，過去儀式歌發展慢是由於我國經濟的落後和停滯不前，從《上樑歌》的快速變換可見，一旦經濟猛速發展，新風俗的快速形成，新的風俗歌必然會快速的發展。**❻**

第五節　反抗歌

近現代短篇民歌中，凡是造反歌、訴苦歌、諷刺歌等等，因為都具有鮮明反抗性的特徵，因此將這一大類短篇民歌命名為反抗歌。反抗歌通常在劇烈的社會動盪中產生，對某些黑暗的社會現象有所揭露，有些打擊的目標指向凶惡的人民之敵，有些反映深重的人民的苦難。反抗性貫穿在它的全部內容之中，像一支匕首和投槍，插入統治者的心臟，或卡在統治者的咽喉，使統治者膽寒和害怕。反抗歌思想性往往比它的藝術性更為人們所注意，它在社會鬥爭中往往起到旗幟和號角的作用。

造反歌。它反映人的覺醒和抗爭，往往把矛頭指向統治者和壓迫者。太平天國的反抗歌表現得最為明顯。太平軍打到哪裡，就把反抗的民歌寫到哪裡。1861年10月太平軍打到浙江諸暨，就在紅橋鄉的宣河街的一個民家住宅大門內側牆上，寫了下面這首反抗民歌，全文云：

---

❻　附帶説一句，有些先生認為："（儀式歌）不允許即興式創作"，"發展相當緩慢"、"千百年來一直保持著它的原始狀態"（《民間文學概論》252頁），我在茅山調查所見，與此結論相反。上樑歌千百年來已大變樣，並沒有所謂"一直保持著它的原始狀態"，請參見拙著《敦煌民俗學》第24章：《敦煌民間文學》第十二章第二節：《敦煌民俗資料導論》第8章。

雄師到來臨，爾民不須驚。　　放膽在屋內，何必據山林。

我國最愛民，只喜那雞鳴。　　財帛吾不取，婦女不奸淫。

爾等亂胡行，聚衆成匪群。　　伊乃自作禍，才得受苦行。

諭爾細細聽，休跟韃靼行。　　胡兒山河末，快爲天國民。

吾今已盡言，爾民自詳知。　　早早來投順，家業免凋零。

爾爲我國民，共享樂升平。❼

　1860年8月，太平軍進攻江蘇常熟時，由一太平軍順手在牆上寫下以下這首反抗民歌：

常熟有妖，　　如若不退，

百姓受難，　　天兵駕到。

不欺子民，　　不燒房屋。

如若團練，　　燒柬不留，

勸至百姓，　　順者爲高。❽

這首牆頭歌在1958年在常熟北郊農民顧關泉家中牆上被一個小學教員發現，後來連牆截下，陳列於太平天國歷史博物館中。這首歌謠原文有一些錯別字，如熟寫成熱，受寫成壽，欺寫成起，反映寫者文化水準不高。太平天國還有許多反抗歌，廣西的〝世間女人最受苦，三從四德把她束。天國世界真是好，共同享受平等福。〞再如南京的〝洪楊到，百姓笑，白髮公公放鞭炮。三歲孩童扶馬鞍，鄉里大哥吹角號。〞三如揚州的〝竹葉青，竹葉香，太平軍路過瓜州塘。打開壇子翻開甕，家中沒有一粒糧。太平軍，恩難忘，燒杯清茶敬遵王。〞❾這些反抗歌都擁護太平軍、擁護造反。清代捻軍反

❼、❽　均見《太平天國詩歌選》。
❾　均引自《中國歌謠選》（第一集），上海文藝出版社，1978年版。

抗歌也歌頌造反：〝石榴開花賽火紅，捻子大哥披大紅。頭上紮的包頭紅，背插鋼刀穗子紅。長長梭標纓子紅，飄飄大旗滿天紅。見了清妖眼就紅，殺的清妖遍地紅。〞⓾捻軍《防守歌》：〝看見嗎？看見囉。望見嗎？望見囉。手拿鋼刀揚著囉。遠了使槍打，近了使刀殺，不遠不近撓鈎抓。〞⓫通過哨兵對話，表現造反周密布署。捻軍的《讚魯王》：〝魯王的藍旗沒有沿（邊），魯王的人馬沒有邊。夜裡騰空走，日裡駕雲端，一天一夜三千三。〞⓬這首歌頌了捻軍領袖魯王，即捻軍後期領袖任柱。義和團有反抗歌：〝女的紅燈照，男的義和拳。趕也趕不散，捉也捉不完。〞⓭洋鬼子侵略我國，義和團便造洋鬼子的反。⑴〝還我江山還我權，刀山火海爺敢鑽。那怕皇上服了外，不殺洋人誓不完。〞⑵〝皇上問我們要糧，鬼子問我們要寶。就憑我們的大刀，糧寶倒有不交。〞⑶〝義和團，喝白水，依仗人多不怕鬼。〞⑷〝官兵多，洋兵多，義和團每人一口水，淹死官洋一大河。〞⓮造反歌揭示了人民造反的基因，哪裡有非人道壓迫哪裡就有反抗，不管你是國人還是洋人。由上近代造反歌可以說明，所謂〝造反歌〞便是屬於造反者的歌，隸屬於一個造反組織，這是最鮮明的特點。當然那些有反抗性的民謠，也屬此類，但未直接變為造反武器。

訴苦歌。既有我國農民的訴苦歌，又有少數民族人民的訴苦歌，訴苦本身便是一種揭露黑暗社會的反抗的表現。如藏族的《怨歌》：〝只因為唱了一首怨歌，頸子就被套上了枷鎖。要問我歌裡唱的什麼，──都在枷上明白地寫著。〞具體揭露了西藏奴隸主給

⓾、⓫　見《捻軍歌謠》，1960年版，流傳安徽蒙城。上海文藝出版社版。
⓬　引自安徽文化局編《安徽歌謠》。
⓭　見朱雨尊《民間歌謠全集》。
⓮　均引自劉崇豐等編《義和團歌謠》。

奴隸帶枷的暴行。瑤族的《瑤人窮》：〝瑤人窮，一日三餐苦菜根，芭蕉葉子做被蓋，龍頭葉子做斗篷。〞描寫了瑤族人民的苦難。解放前，我國邊疆殘餘的奴隸制，給各族人民帶來無窮的苦難，彝族民歌揭露道：〝遍山羊群是奴隸主的，軟軟牧鞭是奴隸主的，牧羊姑娘是奴隸主的，牧場響起了悲歌──唯有歌聲才是自己的。〞（雲南）納西族民歌揭露道：〝種一年到頭的莊稼，沒有一顆是奴隸的。〞這是真實歷史的寫照。當然，大量存在的是我國農民的傾訴痛苦的民歌。

1.陝北信天遊。〝信天遊〞是陝北普遍流行的一種山歌，它的作者和演唱的人不知有多少，歌詞既多，曲調也十分豐富，這一區域與那一區域唱的多少有差異，就是同一地區，這一帶與那一帶唱的，這一個民歌手和那一個民歌手唱的，也各不相同。甚至同一個民歌手，在唱不同歌曲時，由於感情的起伏不定，曲調便也隨感情的變化而變化。信天遊歌詞主要特點是簡短，兩句組成一首，由於這樣，很難説每個曲調固定在那幾段歌詞後面，由於它的詞和曲都是屬於兩句頭類型，所以每一段歌詞用任何信天遊的曲調來唱大致都可以配得上，而且也不失陝北山歌的風味。信天遊裡也有傾苦歌，例如有幾首專門描寫農民流浪苦情的信天遊：

```
5 1 1 2 |5——|5 1 5  2 1 2|1 1 0 0 5 | 1 1 2 5 | 2 1  2——|
我當了腳夫， 沒  有    家。   不知道他 奶 奶
2 5  2 1  6 5  6 | 5———  ‖
在     不 在 家？
```

腳夫繼續訴說心中的悲苦！

　　西北風刮的冷森森，　　什麼人留下出門人？

　　日頭出來一點紅，　　出門人兒誰心疼？

　　月苗苗出來一點明，　　出門人兒誰照應？

也可隨時變換一個曲調來唱：

　　1̇ 1̇　6 5｜³⤵5̇·6̇｜3 5　1̄6̄｜5·3̇｜

　　雷聲兒大　咳雨點兒小，　　行

　　2̲ 3̲　5̲1̲2̲｜3̲ 6̲ 1̲｜⁶⤵5——‖

　　路的　朋友不　心　焦。

腳夫也繼續訴說心中的悲苦：

　　青楊柳樹十八條川，　　出門容易回家難。

　　山羊綿羊五花羊，　　何時回到本地方？

　　正月出門樹發芽，　　樹葉落了不回家。

信天遊中的訴苦歌，聲音哀怨、悲傷、憂愁、痛楚，歌詞的語言樸實、形象、象徵，也很優美。

　　2.內蒙爬山歌。爬山歌是內蒙人民的詩歌。它的歌詞形式和陝北〝信天遊〞一樣，都是兩句式的類型，只是曲調和〝信天遊〞不一樣。內蒙草原是一個歌海，不論白天和晚上，到處都能聽到歌

聲。從前，多半是長工、佃戶、牧童、船夫、拉駱駝的、磨館、打
更的……等人，冬天圍在鍋圈烤火，一面烤，一面唱爬山歌，開頭
是輪流的唱，一個唱兩句，或多句不等，接著便是對唱，末後可能
幾個民間歌手合唱，一唱便是幾十首，依照各人的心思連貫下去，
他們最愛唱自己的經歷，因而最有真情實感。訴苦歌也很多：

$$\dot{5}\ \dot{3}\ \dot{2}\ \dot{1}\ |\ \dot{1}\ \dot{6}\ \overline{\dot{3}\ 0}\ |\ \overline{\dot{3}\ \dot{5}}\ \dot{6}\ \overline{\dot{6}\ \dot{1}}\ |\ \dot{2}\ —\ |$$

種人 家的 地呀 啊 碎 刀刀 割，

$$\dot{5}\ \dot{3}\ \dot{2}\ |\ \dot{5}\ \dot{1}\ \overset{5}{\dot{6}\ 5}\ |\ 3\ \overline{\dot{5}\ 6}\ |\ 5\ 5\ ·\ \|$$

塵世上 數不 過個 咱難 活呀（噢）！

長工繼續悲訴苦歌：

石榴榴開花滿院紅， 十六上種地到如今。

黃河流凌九層冰， 十回種地九回空！

$$\overline{6\ 5}\ \overline{6\ 5}\ |\ 4\ \overline{1\ 6}\ 5\ |\ 4\ ·\ 2\ \overline{4\ 6}\ |\ 5\ —\ |$$

難爪 那個 黃蓮 呀苦豆呀 根，

$$\overline{6\ 5}\ \overline{6\ 5}\ |\ 4\ \overline{1\ 6}\ 5\ |\ 5\ 2\ 4\ ·\ 2\ |\ 1\ —\ \|$$

苦言 那個 苦語 呀苦在 俺們 心。

爬山歌用生動的比喻手法，烘托出人的心中無限的痛苦和悲傷，唱
出了人間的災難和不幸，聽了令人心酸難受，也十分優美。

　　3.西北花兒。〝花兒〞又稱〝少年〞，是流傳在甘肅、青海、
寧夏三省廣大地區的一種民歌。由於它有悠久歷史，內容很豐富，
形式很活潑，語言很生動，曲調很高昂而優美，具有濃郁西北生活
氣息，不僅漢民族，生活在這一地區的回族、東鄉族、保安族、土

族、撒拉族民眾都深愛唱〝花兒〞。甘肅臨夏、青海的樂都、大通、民和等地,被稱為〝花兒之鄉〞,每年五月端陽前後,而且在夏收大忙之前,都要舉辦民間傳統的〝花兒〞演唱會,小規模有四五千人,大規模可以多到幾萬人。甘中蓮花山、青海瞿曇寺〝花兒〞會全國聞名,一般總達四、五萬人,男女歌手和〝好家〞(愛好者)趨之若驚,可見花兒有藝術魅力。

　　〝花兒〞的基本特點是:以生動、形象的比興起句,文詞優美,格律嚴格,曲調悠揚,長於抒情。一般總是四句、六句一首,聽起來率真、豪放、清新。〝花兒〞中也有很多訴苦歌,它是民眾以往苦難生活現實真實的紀錄和見證。〝花兒〞的農民流浪歌,稱為《腳夫令》,曲調悲傷感人:

<h1 style="text-align:center">腳 戶 令</h1>

2/4

```
1̇  1̇  6 6 1̇ | 2̇ — | 5  6̇ 2̇ | 6  5̇ 3̇ | 2̇·5̇ |
山 兒 裏麼就高  不   過  崑  崙   山,
花 兒 裏麼就俊  不   過  白  牡   丹,

2̇  2̇1̇ 6 6 1̇ | 2 0 | 5  6̇·2̇ | 6 5̇ 3̇ | 2 5 | 2̇ 2̇ 5 3̇ 2̇ |
(三三二麻拉 六, 麻呀  六六兒 三呀)腳戶 哥就
(三三二麻拉 六, 麻呀  六六兒 三呀)人裏  頭就

2̇ 6  2̇ | 1̇  6̇ 1 6 | 6 5  5 | 5 — | 5̇  0 ‖
要  下 個 (阿姐)四   (呀)川 (耶)。
好  不 過 (阿姐)少   (呀)年 (耶)。
```

　　這是腳戶出遠門，從甘肅跋涉山水上四川，思念家人唱的悲歌，也是在家等待腳戶遠歸的苦情歌。眷戀家鄉和離別親人之痛苦感情，全熔鑄在曲調中。試想在甘川的高山大河的曲折小道上，聽到這樣一個悲苦的民歌，能不使人心傷嗎？

　　4.江南吳歌。吳歌，是吳語民歌的簡稱。吳歌流行的地區，大體以蘇州、吳縣、吳江縣、無錫等為其中心，並包括太湖流域的江浙滬一帶的整個長江三角洲。吳歌，這一民歌種類在我國是非常古老的。〝五四〞以來，顧頡剛先生曾研究過，並編有《吳歌甲集》，繼他之後，王翼之先生又編過《吳歌乙集》。顧頡剛先生還寫過《吳歌小史》，指出戰國時楚國使者陳軫對秦王説的話中，就提到〝吳吟〞。既是〝吳吟〞，總算是吳地民眾擅長於吟唱的風習之表現。《楚辭·招魂》裡又有〝吳歈蔡謳〞之説。左思《吳都賦》中也提到〝吳歈越吟〞，這樣更清楚，遠在戰國，吳歌稱作〝吳歈〞明矣。因此吳歌有悠久之歷史。南北朝時《吳聲歌曲》，在宋郭茂倩編的《樂府詩集》中那是出了名的，在明代，馮夢龍在吳地搜集到的《山歌》和《掛枝兒》，那也是出了名的。吳歌在明代可以説風靡全國。近現代吳歌也著名。不純粹是訴苦歌，以下是反抗歌：

放牛山歌

江陰　陳忠良唱
徐　新　記

1=A　2/4

5　6｜6 5 6｜6 5｜6·0｜3 3 5｜3 3 5｜6 5 5 3｜

黑漆牆門　朝南開，念四個木匠　做棺

3 · 0 | 6 5 | 6 5 5 | 6 5 | 6 · 0 | 3 5 5 | 3 5 | 3 5 | 6 5 3 | 3 · 0 ‖

材， 大小棺材麼 做好仔， 叫你格 娘勒老子死 下來。

這是貧窮漢咒富人之吳歌。

吳歌中訴苦歌也很著名，下面舉出兩首以見一般。

苦長工（採用山歌調）

1=E 2/4

♩=60

昆山張文明唱
江麒、屬引記錄

i̅ i̅ 5 6 6 | 6̅ 6̅ 5 3 6 5 |³/⁴ 3 2 3 · 0 |²/⁴ 5 5 5 ⁶5̇ |

長工 苦(啊) 苦到正月 (哎嗨)中， 無柴 無米

3 6̅ 5̅ 3 2 | 3 0 5 | 6̅1 6 5 | 6̅1 6 5 | 6̅1 6 5 | 6̅1 6 5 |

手 頭 (哎嗨)空， 我 上欠 (仔格) 官(啊)糧(麼)

⁵/⁸ 2 i̅ 6̅ 5̅ 3 · 3 |²/⁴ 2 2 1 1 0 | 3 5 5̅ 5̅ 3 | 5̅ 6 5 3 2 · 3 ‖

下欠債(呀格) 苦(啊)腦子，如今落難 做 長 工

i̅ 2 3 1 5 | 1 0 ‖

眼淚(呀)落襟 胸。⑮

盤山歌

2̇ 2̇ 2̇ i̇ | i̇ 3̇ | 2̇ — — | 5̇ 5̇ 3̇ | 2̇ i̇ | i̇ 6 ⁶5̇ |

山歌好唱 口難開， 櫻桃 好吃 樹難 栽，

6 6 6 5 | 2̇ 5̇ 5̇ | 5̇ 3̇ 2̇ 3̇ 5̇ 3̇ 2̇ 3̇ | 2̇ 2̇ i̇ ¹⁶5 |

白米飯好 吃 呀 田難 種，

⑮ 見《吳歌》，中國民間文藝出版社，1984年版，247頁。

$$\underset{\frown}{\dot{2}}\ \dot{2}\ \dot{1}\ 6\cdot 5\ |\ 5\ \underset{\frown}{5\ 3}\ \dot{2}\ \|$$

鮮魚湯 好 喝 網難 張。⑯

吳歌的訴苦歌，用純粹吳語來演唱，再加上特有襯字，會更具哀怨的藝術魅力。無錫諺言云：〝真山歌，假小調。〞因為它表現了民眾的真實情感。

自然，訴苦歌決不止以上四種，單就《十二月長工歌》之《苦歌》而言，便是一個十分龐大的系統了。有些地方的訴苦歌，只有詞而無譜，即只是民歌體的詩，只能念而不能唱的，下面舉兩首：⑴《兩把刀》：〝窮人身上兩把刀，租子重，利錢高，夾在當中吃不消，窮人眼前三條道：逃荒、上吊、坐監牢。〞（遼寧）⑵《驢打滾》：〝沒有個大椒不辣人，沒有個財主不狼心，春天放下驢打滾，秋天連人一口吞。〞（江蘇淮陰）這些都是往昔下層民眾歷史悲慘情況典型的寫照。這種情況不僅農民訴苦歌是如此，婦女訴苦歌、礦工訴苦歌等等也是如此。

諷刺歌。也是反抗歌中突出的一類。它多半是民眾對某種黑暗現象和腐敗事情自發的諷刺，因此它也具有反抗性。諷刺不正之風的歌謠比較多。諷刺怠工的：〝一杯茶，一支煙，一張報紙看一天。吹牛皮，閒聊天，胡扯亂談沒有邊。〞（《上班》）⑰諷刺吃喝風：〝口裡冇得味，通知開個會。肚裡冇得油，下去碰個頭。〞（《開會與碰頭》）⑱意為借口開會可以公家報銷吃一頓。諷刺以權謀私的：〝在台上不抓，下台後白搭；兩年離任回家，早就大富大

---

⑯ 這一篇為一位已忘了姓名的朋友，1950年9月搜集於吳縣鵝湖，我至今留有採集稿。

⑰⑱ 見《民間文學》1986：6。

發。"（《在任》）⑲還有："見錢就抓，不管啥法。坑了他人，肥了自家。"（《抓錢》）⑳還有諷刺太太坐公車的："公家轎車好氣派，嘟嘟嘟嘟開過來，透過車窗往裡瞧，喲！不是書記是太太。" ㉑（《公車行》）諷刺幹"四化"說假話空話："訂規劃說假話，拿措施講大話，談行動放空話，抓改革談廢話，幹四化打哈哈。"（《'四化'中的'四話'》）㉒由上可見，諷刺歌的矛頭，經常是朝上，對著當官的。當官的腐敗，老百姓最反感，故必要用諷刺歌來刺他一刺，使他們引為鑒戒，好好來為人民辦實事。

當然，也諷刺人民內部諸多缺點問題。像諷刺重男輕女的："新娶媳婦一枝花，如今當她豆腐渣。為啥變化這般大？只因生個小女丫。"（《一枝花變豆腐渣》）諷刺高價婚的："家俱二千幾，還要重彩禮。酒宴四十桌，滿房擺電器。存款七十年，剛夠娶個妻。等到那時候，鬍子拖到地。"（《妻子娶不起》）㉓還有："姑娘戀愛條件多，就怕男家老人多。" ㉔

總之，反抗歌中，既有造反者作為武器的歌，也有以訴苦歌、諷刺歌作為揭露手段之歌，是近現代短篇民歌中重要的部分。

---

⑲、⑳ 均見《民間文學》1987：2。
㉑、㉒ 均見《民間文學》1987：2。
㉓ 見《民間文學》1987：2。
㉔ 見《民間文學》1984：11。

第十一章　長篇民歌

中國自古代起就是一個詩歌之國，在農村到處是詩歌之鄉，除了短篇民歌以外，還有許多長篇民歌。長篇民歌一般來説，包括以下三類，第一類是長篇敘事民歌，第二類是長篇抒情民歌，第三類是史詩，第四類是古歌。現在將這四類長篇民歌分別敘述如下。

第一節　長篇敘事民歌

什麼是長篇敘事民歌呢？凡是一篇長篇民歌，當它具有兩三千行較長的篇幅，較大的規模，有戲劇性的故事情節，有矛盾衝突，有人物形象，並具有一定典型化與性格化特點，用浪漫主義或現實主義的藝術創作方法，再現古代或現代的社會生活和人的命運，通過敘事來突出人物的悲歡離合，喜怒哀樂，這樣的長篇民歌便是長篇敘事民歌。很顯然，像《詩經》中的《谷風》、《氓》，還有漢樂府中的《東門行》、《十五從軍征》、《婦病行》、《孤兒行》、《上山採蘼蕪》、《陌上桑》等等，這些抒情的短篇民歌僅具有一點敘事性，並不是長篇敘事民歌，因為它們，㈠並不具備較大的規模，㈡又不具備戲劇性的故事情節，㈢也不具有典型化與性格化的人物形象，就並不存在它們是長篇敘事民歌的可能性。我國的長篇敘事民歌是在東漢末年才開始出現的，它便是著名的《孔雀東南飛》，〝序曰：漢末建安中，廬江府小吏焦仲卿妻劉氏，為仲卿母所遣，自誓不嫁。其家逼之，乃投水而死。仲卿聞之，亦自縊於庭樹。時人傷之，為詩云爾。〞它描寫了蘭芝、仲卿為爭取婚姻自主，反對封建禮教，世族家長制而殉情，這個大悲劇長篇民歌，戲劇性強烈，人物形象鮮明，並且規模超群，千秋流傳，至今仍改編為各種地方劇繼續上演它。南北朝時期又出現了著名長篇敍事民歌《木蘭辭》，花木蘭女扮男粧，替父從軍，有口皆碑，敍事長歌塑造了她〝萬里赴戎機，關山度若飛〞、〝將軍百戰死，壯士十年歸〞的英雄形象，都給人們留下了深刻的印象，它們是我國古代長篇敍事民歌不朽之作。但都不足千行，規模小。

直到近四十年，我國民間文學界在全國範圍內，大力加強對長篇民歌的搜集整理工作，取得了豐碩的成果，數十部長篇民歌，像雨後春筍那樣，在全國各地民間破土而出，被搜集整理起來，其中絕大部分是長篇敍事民歌。這在國內外產生了廣泛的影響，而且至今仍在不斷湧現，不斷從全國民間歌手口中發掘出來。

以長篇敍事民歌而論，可以又分為兩類，一為有關戀愛婚姻的長篇敍事民歌，二為有關社會鬥爭的長篇敍事民歌。

一、有關戀愛婚姻的長篇敍事民歌。這部分部數最多，內容也最為豐富多彩，這類顯然是我國長篇敍事民歌中最為重要的部分。我國是一個由各民族共同組成的偉大的國家，各民族中都有長篇敍事民歌，有關戀愛婚姻的，漢族有《五姑娘》❶、《沈七哥》、《孟姜女》、《薛六郎》、《莊大姐》、《魏二郎》、《劉二姐》、《小青青》、《林氏女望郎》、《白楊樹山歌》❷、《紅娘

---

❶ 《五姑娘》，陸阿妹等口述，張舫瀾、馬漢民、盧群搜集整理，江蘇人民出版社，1984年版。
❷ 以上十部均見《江南十大民間敍事詩》一書，上海文藝版。

子》❸、《雙合蓮》❹、《郭丁香》❺等等約有兩三百部❻。彝族有《阿詩瑪》，苗族有《哈梅》，壯族有《劉三姐》、《鴛鴦岩》，回族有《朵豆妹與馬五哥》，傣族有《娥并與桑洛》、《緬桂花》、《召樹屯》，哈薩克族有《薩里哈與薩曼》，土家族有《錦雞》，布依族有《抱摩山》（即《雙蝴蝶》），維吾爾族有《艾里浦·賽乃姆》、《塔依爾與祖赫拉》，羌族有《鬥安珠與木姐妹》，裕固族有《黃黛嬋》，東鄉族有《米拉朵黑和瑪芝璐姑娘》，鄂溫克族有《兩棵白樺》，壯族有《唱離亂》，侗族有《覃寶與引妹》、《秀銀與吉妹》、《珠郎良美》，仡佬族有《九妹與繞琬》，納西族有《金笙之歌》，白族有《鴻雁帶書》、《青姑娘》，景頗族有《臘必毛垂與羌退必波》、《恩戈弄與洛培馬扎堆》、《丁冬拉瑪石布朗與桑章盆楠》等等。每一部反映的愛情問題，都是別具一格的，不僅故事情節是千變萬化的，而且它們所塑造的人物也都是阿娜多姿的。

以下重點講述十部：

1.**《五姑娘》**❼是吳歌系統中的長篇敍事民歌，堪稱為漢族長篇敍事民歌中空前的巨作，手稿本有四千幾百行，現在被刪節出版，除了其中的性描寫，它完全能夠與彝族的《阿詩瑪》、壯族的《劉三姐》比美，是我國民間敍事詩燦爛星空升起的又一顆明亮的星。

---

❸ 《紅娘子》，陳狀姑娘、繆二銀口述，賈佩峰搜集，楊問春，賈佩峰整理，中國民間文藝出版社，1987年版。

❹ 《雙合蓮》，收於《中國民間長詩選》（第一集），上海文藝出版社，1980年版。

❺ 《郭丁香》，載《民間文學》1981：10。

❻ 據了解，單是湖北省就有未能發表的長篇敍事詩一百五十餘部。

❼ 詳見拙作《反封建的〝史詩〞──評長篇敍事民歌〈五姑娘〉》，載《初犁集》（上）（江蘇省民間文學工作者協會編印，1983年）。

　　吳歌《五姑娘》是十九世紀中葉，道光、咸豐年間〝歌王〞楊其昌所唱，已唱了整整四代人，約150年。現在的傳本，是根據第三代〝山歌女王〞陸阿妹的唱詞加以整理的，她在1981年已經79歲，家住吳江縣蘆墟鎮。會唱《五姑娘》等的第四代歌手也已年過花甲。

　　這部長詩通過四姑娘、五姑娘和長工徐阿天互相交織的悲慘命運，在廣闊的生活背景上，展現了十九世紀中葉蘇南農村的歷史畫卷。當時蘇州鄉村雖然富庶，人口稠密土地耕作精細，贏得了民諺說的〝蘇松熟，天下足〞的美名。但鴉片戰爭後，滿清政府把大量賠款和經費的支出，轉嫁到農民頭上，廣大農民又深受當地土豪劣紳和貪官污吏的殘酷壓迫和剝削。當時買賣婦女兒童頗為盛行，許多貧窮善良的婦女被拐騙販賣為妾，或淪為娼妓。吳歌《五姑娘》真實地反映了當時的農民與地主、農民與清朝官吏的尖銳矛盾和鬥爭，表現了勞動民眾的強烈反抗精神。

　　經過民間歌手的精心創造，長詩成功地塑造了幾個生動感人的人物形象。四姑娘是長詩著力塑造的一個典型。她被便宜地賣到廣東去，折磨得面黃飢瘦地回來。為了幫助五姑娘和徐阿天逃出虎口，去過自由的生活，她不惜獻出寶貴的生命，坦然地〝燒煞自家〞，讓金大夫婦看見屍身錯當五小姑娘自尋絕路，勿會再去追趕一對飛出籔籠的的好駕鴛〞。長詩不僅通過四姑娘這一藝術形象，揭示了當時農村婦女極為卑下的地位和悲慘遭遇，而且歌頌了她高貴的品質，把她塑造成一個無私無畏的勞動婦女的優美形象。四姑娘突破了那種忍辱負重的祥林嫂式的婦女形象，她克服了小農經濟帶來的狹小的心胸，在嚴酷的歲月裡，將自己磨勵成一個為了別人的幸福而能獻出自己一切的新時代的婦女先驅。長詩還通過五姑娘這個典型,展現了中國農村婦女在十九世紀努力擺脫時代枷鎖,爭取自由、平等和婚姻自主的民主主義覺醒。在農業生產上和社會鬥爭的磨練下,使她身上具有了強烈的對當時社會的叛逆的精神。她與徐阿天同處於家族與地主的壓迫和剝削下,他們的愛情悲劇,反映了勞動民眾與當地土豪劣紳的尖銳對立。因此,她的死,也並不是單純反禮教爭取婚姻自主的殉情,而是對當時土豪劣紳與家族、滿清官吏相勾結來殘害民眾的罪惡的控訴,帶有明顯的反抗性。徐阿天這個典型形象的塑造,有力地揭示了當時蘇南地主剝削長工的殘酷性。〝楊金大四更天起身喊阿天,像個催命判官催得阿天抬起籮泥家生落了船〞。同時,它還進一步揭示了蘇南女地主荒淫無恥和壓迫長工的特殊性,辣椒心企圖迫使英俊年輕的長工徐阿天做她的姘頭,這並不是在《五姑娘》長詩中首次出現,另一篇長篇敍事吳歌《沈七哥》中,就有類似的記敍。長詩深入地描寫了徐阿天與五姑娘忠貞、純潔的愛情和衝破羅網的決心,五姑娘在徐阿天被處死以後,和自己自殺以前,強烈地控訴了土豪劣紳與滿清官府相勾結,貪贓枉法,害死徐阿天的罪行。總之,《五姑娘》中的三個典型,像三尊栩栩如生的雕像,深刻地反映了當時農民與土豪劣紳、貪官污吏的鬥爭與反抗。

　　這部吳歌長詩集中吳地民俗和吳地方言土語之大成。詩中反映的蘇州民間風俗習慣,十分廣泛。古色古香的建築、清末豪華的婚禮、各種各樣的菜譜、千姿百態的戲文、全年開放的鮮花、古舊蘇州的街巷、水鄉勞動的細節,……應有盡有。長詩中還容納和改寫了豐富的蘇州諺語和方言俚語。如〝人要臉面樹要皮〞、〝無風勿起浪〞、〝黃毛丫頭十八變〞、〝勿見棺材勿肯淚紛紛〞，等等，這些生動的語彙，通俗易懂，不但對刻劃人物形象，表達思想感情起了作用，而且豐富了人們的語言知識。

長篇敘事吳歌《五姑娘》就是這樣一部思想性與藝術性結合得比較完美的作品，是一部民間現實主義傑作。這部作品自然使滿清王朝感到害怕，他們羅織罪名，硬說它是〝淫詞〞，嚴加查禁。據《江蘇省例藩政》記載，江蘇巡撫丁日昌查禁的〝淫詞小說〞名單上，就赫然列入《楊邱大山歌》之目。〝楊邱大〞就是今本《五姑娘》中的財主〝楊金大〞，《楊邱大山歌》就是《五姑娘》的原名。與它同時查禁的還有吳歌系統中另外十多部民間敘事長詩。《撫吳公牘》卷一說：〝近來兵戈浩劫（指各地農民暴動和太平天國暴動），未嘗非此等逾閑蕩檢之說，默釀其殃。〞並說這些長詩，〝犯上作亂〞。一百多年來，它一直在民間口頭流傳，可見它是埋在人們心中的一顆珍珠，現在被發掘了出來，又放出耀眼的光華了。

2.《沈七哥》❽是在江蘇省無錫縣的鄉下搜集到的一部長篇敘事吳歌。長達2500多行。據搜集者也是無錫民間文藝家朱海容先生《記長篇敘事吳歌〈沈七哥〉的搜集整理》一文說，沈七哥是無錫民間〝開天闢地人〞，是〝吳泰伯〞的化身，也是唱山歌的老祖宗，所以當地民謠唱云：〝唱山歌，對山歌，山歌成山也成河；山歌海會啥人傳？山歌老祖沈七哥。〞他又說：〝我的隔房嬸娘，既會種田，又會搖船，村里人都叫她＼牛婆＇，她一上船頭就唱山

---

❽ 詳見拙作《真善美的頌歌——評長篇敘事吳歌〈沈七哥〉》，載於《無錫縣長篇敘事吳歌集》，無錫縣民間文學《三套集成》辦公室，1987年刊印。

歌：'竹篙一點離河灘，木櫓一搖出濱灣，英雄好漢千千萬，沈七哥呀是海膽。'"從四十年代朱先生就搜集《沈七哥》，一直到八十年代初才發表。這長詩以浪漫主義的藝術手法，敍寫了這樣一個故事，青年長工沈七哥和他的情人張七娘，戰勝了張天師、張六娘、王作頭（工頭）的重重破壞，把稻穀和耕作技術帶到了太湖地區，歌頌了七哥和張七娘忠貞的愛情。整個故事，是真善美對假惡醜的鬥爭。

這篇長篇敍事吳歌，可以說是一首民間童話詩，情節引人入勝，張天師的兩個女兒——六娘和七娘同時愛上了青年長工沈七哥，而王作頭卻一心想娶六娘，生怕六娘同沈七哥好，而六娘又嫉妒七娘愛七哥，於是四人之間展開錯綜複雜的矛盾。結果，七哥和七娘戰勝了張天師、張六娘等的種種陰謀詭計，取得了勝利。這反映了勞動人民真摯、善良的願望，體現了一種積極向上的思想，鞭笞了騙人的行徑，批判了輕視勞動、糟蹋莊稼的行為。這種浪漫主義藝術手法，絕不是什麼迷信，應當同宗教的唯心主義嚴格區別開來。

這篇長歌採取的是像唐代敦煌民間文學中變文那種韻散結合的體式，但是語言顯然比變文更成熟、形象、通俗、優美；以韻文為主，但句式十分靈活自如，三字句、五字句、七字句交迭出現。藝術性有下列幾點值得注意：

(1)幻想的現實性。壞人一方的作惡與好人一方的破法，都體現了現實生活中的鬥爭。例如：張天師在王作頭和六娘挑撥下，使出毒計，放出蝗蟲、稗草、螞蝗，七娘便張開寶傘，放出雞、木鵝、鴨子來對抗而獲勝，這明顯體現了農民要求戰勝自然災害的強烈願望。這種幻想的現實性表現了高度的思想性。

(2)語言的生活氣息。這首長歌使用的都是通俗易懂的農民語言，如天師夫人懲罰王作頭時，先訴他的〝十惡〞，把他比喻成狐狸、黃狼、老鼠、毒蛇、跳蚤、坑蛆，醒齪天、雪上霜等等，形象生動，生活氣息濃郁。

(3)短篇民歌的巧妙穿插。在它的藝術結構裡，組織了一些短小的太湖民歌，如《耘稻歌》、《牽礱山歌》等，更增加了這首長歌的勞動氣息。

總之，《沈七哥》的浪漫主義是與現實主義密切結合著的。

《沈七哥》的思想性是好的。首先它體現了勞動民眾的勤勞、勇敢、樸素、忠貞、誠實的優美品德。其次，又體現了農民反抗在婚姻上受壓迫和奴役的思想傾向。張天師為了剝削沈七哥，不准他帶一粒稻子下山傳給農民，他們之間的鬥爭，又具有經濟對抗的性質。再次，它也體現了反抗家族禮教和爭取人權自主的思想。張七娘雖是張天師的小女兒，但是她不顧張天師的反對，堅決嫁給雇農沈七哥，加入了貧苦農民的行列。正由於這些原因，《沈七哥》使得滿清王朝統治者害怕了。《沈七哥》是吳歌系統中一首古老的長篇敍事民歌，十九世紀時在中國江南一帶廣泛流行，公元1868年，清朝政府曾下達江蘇省地方法令，製造《沈七哥》冤案，胡說它是〝淫歌〞，同治七年，江蘇巡撫丁日昌所謂〝查禁淫詞小說〞的名單上，也列有《沈七哥山歌》之目。但是，一百多年以來，《沈七哥》卻在勞動人民中盛唱不衰。現在也該是正確評價它的時候了。

3.《魏二郎》❾是在江蘇省南通縣收集到的一首長篇敍事民

❾　見《江南十大民間敍事詩》。湯文英唱，吳周翔記錄。

歌。約兩千多行。這篇民間敍事詩講說了這樣一個優美的故事。魏二郎是個貧窮的農民，是一個山歌能手，由於貧窮，一直娶不起妻子，為了積錢娶妻，他到海邊上去割草賣錢。他聽母親說〝東海瀛洲，料角嘴上有一個仙鶴住的大草蕩〞，他便〝轉彎抹角，跑了七天零七夜，來到東海瀛洲，料角嘴上〞，但不曾找到長著金草的大草蕩，眼前只見茫茫海水連天，又遇見一棵足有三千六百步大的黃榆樹，他便爬上樹頂、椏枝上躺，又拉開嗓子唱起山歌。他的優美山歌驚動了龍宮，使龍王三公主高興得閃了腰，龍王就叫大太子把他請到龍宮裡來治病。原來這黃榆樹，正長在龍宮的後門口，龍宮很快就走進了，他居然用歌聲醫好了龍王三公主的病。魏二郎完全是為了行善，而不是為了報酬，所以當龍王為了報答他唱歌行醫有功，請他就在龍宮共享富貴，他婉言謝絕了，還是要回家種田，持奉老母；龍王三公主也來留他，當面許婚，但他也因思母拒婚。龍王送他一個寶盒，要什麼就會有什麼，但他一回家就想到勞動過活，倒並沒有想從寶盒得到人間所有財寶。這些更加贏得龍王女兒的心，便化身為一個漁家女，稱為王三姐，經過相互了解、共同勞動、互幫合作，建立了感情。魏二郎深深愛上了王三姐，王三姐沒有很快便答應嫁給他，設置了諸多阻礙，等愛情的果實真正成熟，魏二郎完全表明心跡，才締結婚約。正當魏二郎去接親時，王三姐卻不知去向。原來她先到家中，醫好魏二郎母親的眼睛。她巧施仙法，取來各種藥，用民間秘方配製，藥敷在魏母盲眼上，使她重見光明。那裡接親的魏二郎未遇見王三姐，正怨天恨地，痛哭流涕，回到家，這才破涕為笑，但王三姐提出非要完成四件大事才正式的成婚：〝一要等到東海邊頭築擋海壩呀，二要等到南江的甜水啊流

進了村噢，三要等北頭黃金蕩裡出金穀啊，四要等到北頭野鴨墩上
出白銀哎，建造到莊子啊砌瓦房哎，海邊的窮人享太平哎。……″
但當實現四件大事後，結成良緣，卻來了京官石大老爺的干涉，硬
叫他跪下禮拜，仗勢欺人，依靠王三姐的法術，石大老爺才慘遭失
敗。魏二郎終於得到了幸福生活。這部長詩情節曲折多變，現實與
幻想結合，塑造了魏二郎與龍女栩栩如生之形象。在藝術形式上，
調式與句式都靈活多變，流動與起伏不定、句子結構也極為自由，
並有眾多疊句出現。用詞誇飾，富於豐富想像的神話色彩，使這首
長詩獲得較高的藝術成就。據説此山歌產生於明代中葉到清乾隆
前。

4.《金不換》❿是在江蘇省無錫縣收集到的一首長篇敍事民
歌。約兩千行。″浪子回頭金不換″，是江南流行的一句俗話。用
來比喻社會上一些墮落的青年，只要幡然悔悟，改邪歸正，洗心革
面，還是能夠重新創造光明前途的。但這句俗話從哪裡來？無錫民
間認為是從《金不換》這首長歌而來。這首長歌説的是民間一位傑
出的女性將淪為乞丐的丈夫改正其惡性變為好人的故事。故事説：
金家墩上有個金家村，村裡金萬良夫婦，雖然是豪富門第，但是直
到年近半百才生下一子，取名金不換。金不換從小嬌生慣養，他一
聽見摜碎金邊碗的聲音就會連聲笑，父母便摜碗、盆、盤、碟，碎
片堆得有一座山高；又愛聽燒柴聲，家裡人便拿紅木傢俱燒來給他
取樂；他一天衣服要丟棄三四套，吃食也專揀好的；從小任性，沒
有人願意上門教他讀書；長大後，三朋四友，東蕩西遊，吃喝玩樂

❿ 全文見《中國歌謠報》1986：9；及《無錫縣長篇敍事吳歌集》。唐泉根口
唱，朱海容、祝永昌搜集整理。流傳於太湖無錫一帶。

不停。父母怕他浪蕩出事，便趕緊給他娶親，妻子是袁玉娟。接著，金家遭受不幸，父母接連去世，風雨災害毀壞了莊稼，金不換決定進京趕考，爭取仕途，玉娟只有送郎走。金不換進了京城，壞人王伯旦拉他下水，進妓院花天酒地誤了考期，花光銀子回到家，不聽玉娟勸告，又拿了銀子去妓院，不到十天錢花光，被剝光衣服趕出了門，回來又賣田地又賣房，玉娟痛苦得上吊覓死，被丫環救起，回娘家去了。這之後金不換被人謊告，說他盜扇害命。被抓進了監牢，玉娟去探監，仍勸他改邪歸正，一面積極設法營救他出獄，這時金不換已有悔悟。但殊不知一禍未平又起一禍，玉娟被強盜搶走，被罰作苦工，推石磨，玉娟寧死不從，賊人逼婚失敗，玉娟家僕殺死強盜救出玉娟，玉娟終於告到巡撫，查清丈夫的冤案，金不換無罪釋放回家，夫妻團圓，最後金不換參加考試，但由於治水有功，救人救苗忘了考期又形容憔悴的回來，但玉娟卻看出他已完全變好了，於是更加愛他，從此永遠過著幸福的生活，而〝浪子回頭金不換〞的話也永遠流傳。這首長詩由於詞中提到明末清初一些情況；而當地民間故事中，普遍傳說〝明朝辰光，無錫東鄉有個金不換〞，又詞中提到〝宛（碗）山石幢〞，在無錫縣羊尖鄉宛山村，地方志記載是明嘉靖二十六年建，故此詩似在明末清初產生。四十多年前，在當地還見有《金不換寶卷》之流傳，此詩似不可能在現代才產生的。據當地傳說，金不換是實有其人的。羊尖鄉的宛山上有石碑，至今仍有顧××姓名，故民間認為金不換起先姓顧不姓金，〝宛山〞的得名正是緣於小少爺摜碎碗（宛）取笑諧音而來。此詩較好刻劃了一位農村善良婦女的形象，其題材富於深刻教育意義。

5.《六郎娶小姨》⑪是在江蘇省無錫縣收集到的一首長篇敍事民歌。約有四千行。這首長詩説的是太湖之濱陳家莊有一對絕色美貌的姐妹——六娘與七娘。在慈祥母親的支持下，長女六娘選中了農民薛六郎。薛六郎划龍船，對山歌都精通，而且身體健壯，長得很英俊，實在是才貌雙全的，所以六娘在看龍船聽山歌過程中，對這個〝身強力壯虎背龍腰格金剛漢〞已有傾慕之心，在他賽舟賽歌得了第一名時，阿娘便挖出一錠小銀交給六娘，〝交拔勒丫頭賞拔賽歌賽舟頭一名〞，六娘乘機給六郎送情報，叫他三天後仍在這裡會郎君。誰知好事多磨，父親陳百萬受〝門當戶對〞觀念影響，極力反對自己女兒嫁農民，矛盾發展到嚴重程度，六娘力爭婚姻自主：〝娘啊娘啊告訴你聽，我已經勒太湖旁邊托終身。如若娘親不答應，我只能一把剪刀一根繩。〞事情弄到了覓死自盡地步，才不得不〝拗仔老頭子貼掉私房送佳人〞。婚後，六郎和六娘的生活是幸福美滿的，生了一個男孩，即〝六娘生仔個白白胖胖、體體面面格男小人。〞六郎肚裡像吃過甜粥呷蜜湯，可是，好景不長，六娘忽然病倒。在病倒前，六娘似乎有預感似的，將自己絕代佳人之妹妹七娘介紹給六郎，七娘〝銀牙碎玉末櫻桃嘴，粉紅臉蛋末酒窩深。細皮白肉末膚色嫩，滿頭青絲末涓光滴滑烏沉沉。〞一個典型的中國江南美人。六娘竟然一病不起，她不忍心看著〝鐵打金剛〞的六郎為了她已愁得〝面容消瘦身晃搖〞，她與七娘是〝同胞姐妹親骨肉〞，便催男人〝娘家去拿小姨領〞。等六郎把小姨接來服侍她，六娘傷寒症已經不能醫治而逝世了。到了夜裡，六娘又還魂，

⑪ 全文見無錫縣《文藝》（1982）；及《無錫縣長篇敍事吳歌集》，山歌大王錢阿福口唱，祝永唱口述，朱海容搜集整理。

將六郎與兒子交給了七娘，並寫下血書〝九泉含笑謝妹情〞。六娘剛斷氣，這裡六郎就娶小姨了。按當地風俗：〝阿姨接姐夫，外甥勿吃苦。〞舊親勿斷續新親，合情又合理。〝報鈕親〞（即妻姐妹婚）是當地的古俗。〝後攔棺材前進轎，紅白喜事古來云。〞所以六郎娶小姨是風俗之必然。但是，其時支持六郎娶小姨的母親，與堅持神權、族權、夫權的父親陳百萬展開了驚心動魄的決鬥，經過較量，最後終於揭穿了族長勾結官府，挾持陳百萬，強搶七娘去做瘟官的小老婆之陰謀，陳百萬也覺悟過來，讓七娘與六郎結成了美好姻緣，了卻了六娘所寫血書的遺願。這部長詩，就是清代《江蘇省例藩政》記載的同治七年江蘇巡撫丁日昌查禁的山歌《薛六郎》。用描寫細膩的吳語唱出來，十分動人與迷人，是一部優秀的有無錫農村特色的長篇敍事吳歌。山歌大王錢阿福傳唱了這部長詩，他生長在民間音樂家瞎子阿炳的故鄉——無錫縣東亭，已80多歲，仍能唱山歌。

6.《雙合蓮》是在湖北省收集到的一首長篇敍事民歌。故事產生在清道光二十九年（公元1849年）湖北省崇陽縣，所以又稱《崇陽雙合蓮》，它通過鄭秀英和胡三保自由戀愛，爭取終成眷屬，又遭到了族長實際是惡霸鄭楚芳和地主劉宇卿還有清末封建官府無理地絕滅人性地殘害而雙雙身亡的悲劇故事，揭露了封建族權和販賣婦女的罪惡本質，表現了青年男女忠貞的愛情和永不屈服的爭取自由的意志，還有他們強烈的反抗精神。《雙合蓮》內容上最大的特點，是在於揭露清末家族制度的反動和腐朽，〝族長楚芳有錢財，住在縣內十字街，與縣大老爺稱兄弟，大小事務解得開，凡事只要嘴一歪。〞說明這種封建家族總是和清末官府相勾結來殘害人民，問題還不僅如此，家族族長又是和當地土豪劣紳和地痞流氓勾結在一起的，地主劉宇慶便是代表，這樣，此種清末家族制度便具有它雙重違害性，而對人民的生命有更大的威脅性。《雙合蓮》內容上又一特點，它反映了十九世紀中葉在中國南部販賣婦女人口這種腐爛風習的嚴重性，〝有我族長拍了胸，還有哪個不依從？〞族長有決定本族婦女人口買賣之權，説明此種販賣人口風習，一旦和反動族權制結合起來，婦女即會遭受更大的迫害，做人的權利完全被剝奪，生命得不到保障，只有被逼死了事，鄭秀英悲劇充分説明了這一點。以上特點説明，《雙合蓮》以現實主義藝術方法再現了十九世紀中葉的生活現實，而給人們以深刻的教育和令人掩卷思索。《雙合蓮》採取的形式是運用了鄂南山區廣泛流行的七言五句的〝五句子歌〞。它具有的特點是一二、四五句，即兩頭兩尾有韻腳，而以第五句為詩眼，帶有總結性，在前四句的基礎上概括主題，深化思想，因此又叫〝趕五句〞。全詩都是七字一句、五句一段，形式整齊，但又並未受到形式限制，較好的表現了內容，長詩語言也是形象、樸素的。宋祖立、呂慶庚搜集整理。

7.《阿詩瑪》（彝族）也是一部優美的長篇敍事民歌，在彝族支系撒尼人中流傳，深受撒尼人熱愛，稱為〝我們民族的歌〞。它敍述了這樣一個故事：格路日明夫妻倆在古代大理縣安了家，生下一男一女，哥哥叫阿黑，妹妹叫阿詩瑪。附近有個財主，叫熱布巴拉，有勢有錢，生了個兒子叫阿支。阿詩瑪和阿支長大後，熱布巴拉一定要為阿支娶漂亮而勤勞的阿詩瑪為妻，阿詩瑪堅決不肯做財主熱布巴拉家的媳婦，拒絕了媒人的威脅利誘。這時熱布巴拉仗著有錢有勢，使用〝九十九挑肉，九十九罐酒，一百二十個伴郎，一百二十匹牲口″，″狂風捲進屋，竹籬擋不住″，帶著強徒到了格路日明家，把阿詩瑪拉出門，搶到財主家，硬逼阿詩瑪和阿支結婚。這時她哥哥阿黑正在遠遠的地方放羊，外出放羊已經七個月，″翻過十二座大山，一直放到大江邊″，阿黑由於″半夜做怪夢″，擔心家中出事，就三天三夜趕回家門，才發現阿詩瑪被財主搶走，於是他″翻過數不清的峰巒，越過數不清的深澗″，″馬嘶震動山林，四蹄如飛不沾塵″，趕到陰森森的熱布巴拉家，通過一系列比賽戰勝了財主出的難題，又用箭射死財主暗害人的三隻老虎，終於在黑牢中救出阿詩瑪，可是不幸地是，在返家途中，″洪水滾滾來，河上起大波，阿黑游到河中，神箭忽然沉落，可愛的阿詩瑪，從此捲進漩渦″，阿詩瑪變做回聲，永遠在山林中回響。長歌的結尾交待說，阿詩瑪之死是由於熱布巴拉心不甘，商量辦法來暗算，央告″崖神發大水，要把小河變大河″，崖神心向財主家，終於把阿詩瑪淹死，崖神實際是社會黑暗勢力的代表。這部長歌，較好的表現了人民對反動壓迫者強烈反抗的心聲。它內容上最大的特點，是揭露撒尼人生活中″搶婚″風俗的弊病，這種″搶婚″習俗顯然是一種不合理的婚姻制度，由於它總是被剝削者與壓迫者掌握著，而表現出搶婚習俗實際是當地統治者剝奪勞動婦女人身自由和掌握她們命運的又一種形式。″搶婚″習俗與當地剝削者與壓迫者相結合便鮮明表露了它的反動性，與勞動人民有著不可調和的矛盾。另一特點是，長歌中用主要篇幅，重點刻劃了阿詩瑪和阿黑的優美形象，細膩的描述了他們在山野勤勞成長的全過程，既具有濃郁的生活氣息，又具有明顯的民族特色，塑造阿黑阿詩瑪的典型形象獲得了成功。《阿詩瑪》在六十年代初推出問世以來，受到國內外熱烈歡迎，被改編成京戲、滇劇、花燈劇、歌舞劇、撒尼劇，在各地演出，還拍成彩色故事電影，並有俄、英、日、法、世界語的譯本出版，事實說明它是我國長篇敘事民歌的瑰寶。⑫

8.《**娥并與桑洛**》(傣族) 也是一部優美的長篇敘事民歌。它敘述了一個愛情的悲劇，故事情節是這樣：在景多昂地方，一個因商致富的大富翁家裡，誕生了一個男孩叫桑洛，十幾年後，桑洛長成了大人，桑洛的母親是個又尖又刁的財主婆，桑洛姨媽家也是大富翁，桑洛母親便要他娶姨媽家的女兒作媳婦，桑洛堅決不同意，便要求外出經商，目的在於〝只想走進深山老林，自由自在地滿山跑〞，衝出牢籠，自由生活。桑洛母親無法，只同意兒子暫時外出經商。桑洛來到猛根城，遇見了一個〝比棉花還要潔白，比雲彩還要柔和。手指像竹筍，聲音像口弦〞的漂亮姑娘，叫娥并。桑洛與娥并一見傾心，互相愛慕，私定終身。十個月左右，娥并已懷孕，桑洛便回到景多昂，請求母親答應他與娥并成家。桑洛母親大怒：〝你是景多昂沙鐵 (富翁) 的兒子，怎麼會愛上猛根的窮姑娘？〞並且破口大罵：〝不知羞恥的畜牲，我用一滴滴水，一口口飯，白白把你餵養成人，偏偏你要跑到外鄉，幹出這種醜事情！〞堅決不同意桑洛娶已經身懷有孕的娥并。娥并由三位女友陪同，拖著即將分娩之軀來到桑洛家，桑洛正出去打魚，凶惡的婆婆給她臭鹹魚吃，苦菜吃，還在飯盒裡藏進尖刀，娥并在用手抓飯吃 (舊風俗) 時割破手指，鮮血直滴，婆婆把她們趕出家門，在鮮血流時，引起早產，孩子當即死在分娩的山林野地裡，娥并也在回家後立即

⑫ 《阿詩瑪》由雲南省人民文工團圭山工作組搜集，黃鐵、楊知勇、劉綺、公劉整理。

死亡。當桑洛回到家，從同村居民口中得知這一消息，連忙趕往猛根，到了丈母娘家，才知道娥并＂前腳踏進門，後腳還沒進，就倒下地死去了。＂桑洛至此已經完全絕望，撲上去抱起娥并的屍體痛哭，長歌著重刻劃了他此時痛苦地呼喚，十分感人。很顯然，《娥并與桑洛》內容上的特點，與以上三部有區別，它的重點並不在於揭露人壓迫人的苦難，而在於展示專制家長們的罪惡，並反映傣族青年男女為衝破封建制度婚姻所作的反抗，娥并與桑洛的叛逆行為，體現了傣族反封建的意志。同時，還必須指出另一特點，《娥并與桑洛》是濃郁現實主義的長篇敘事民歌，不是浪漫主義藝術作品，並沒有突出運用魔法結構和神奇法寶，只是在最後結尾採取象徵性的描述。《娥并與桑洛》廣泛流傳於雲南德宏、西雙版納、耿馬等傣族區，影響深廣。

　　9.《緬桂花》(傣族) ⑬是傣族又一首優美的長篇敘事民歌，它所描寫的故事情節也是別具一格的。故事是這樣：有個窮苦的傣族人家，家中只有一個白髮蒼蒼的老大娘和一個女兒月罕姑娘，這姑娘愛上一個年輕英俊的和尚叫尚堂。尚堂家也是很苦的，母親被頭人家劫走，他父親活活哭得雙目失明，養大了這獨子，竟要他終生當和尚。但是尚堂根本不想當一輩子和尚，在一個潑水節晚上，他和月罕姑娘相愛了，並且約定第二天晚上，敲兩下竹窗，在月罕姑娘竹樓窗下乘馬遠遠逃走。正當他倆幽會時，被頭人的二少爺看見，他是來企圖對月罕姑娘圖謀不軌的，他在竹樓邊專心偷聽到了他們的情話。第二天夜晚，二少爺先來了：

---

⑬　《緬桂花》思永寧翻譯，馮壽軒整理，雲南人民出版社，1979年版。

二少爺披著黃黃的袈裟，　　袈裟蓋住了光頭和短腿，
右手拉著瘦小的白花馬，　　來到了月罕姑娘家的竹樓。

二少爺輕輕地敲了兩下竹窗，窗內的燈火突然不見了，
過了不到吸一口煙時間，　　竹窗像孔雀開屏一樣張開。

月罕姑娘從窗口翻了出來，　輕輕地落在馬兒的脊背上。
二少爺彎彎地坐在馬後面，　狠狠地抽了馬兒幾鞭。

就這樣，月罕姑娘誤入了頭人少爺的魔掌，但是月罕還自以為她是
與尚堂一起在遠走高飛呢！一直到下馬時走進一座古寺廟，她才發
現上了當。正是這二少爺，三年前他和大少爺為了爭奪月罕姑娘，
將自己哥哥暗殺在月罕樓下，頭人就說大少爺是月罕姑娘父親所
殺，於是把月罕姑娘的父親捉去，用野馬活活拖死，現在仇人相見
分外眼紅，月罕便和二少爺搏鬥起來，並且跳上馬背逃走了。月罕
逃到一條大河邊，被一個漁民救回家中。且說尚堂在晚上按時到了
竹樓下已經人去樓空，但他的馬卻順著馬血往前走起來，原來二少
爺為了要使他的馬跑得快，在馬後腿上戳了幾刀，所以馬血流了一
路，結果他順著馬血找到這座古剎，二少爺還未離開，尚堂大鬧古
廟，問二少爺要人，並且發出反佛的吼聲：

尚堂心中的怒火熊熊燃燒，　　仇恨的火焰燃遍全身：
我這個受騙多年的和尚，　　　今天才把你們醜惡的靈魂看清。

金錢、寺廟、佛爺、頭上，　　　你們互相間那樣難解難分，

頭人少不了窮人血汗鑄成的金錢，佛爺離不開有權勢的頭人。

毒人的經書離不開僞裝的佛爺，　僞裝的佛爺離不開吃人的金錢，

有權勢的頭人離不開僞裝的佛爺，你們相互間的命運總是相連。

我看穿了你的這座古廟，　　　　我看穿了如今的這個世道，

你們都是我們窮苦人的對頭，　　你們的逍遙美夢再也不會長久！

尚堂狠狠的揍了二少爺一頓，並且堅決表示不再當和尚，然後便去尋找月罕姑娘。在丟包節那天（春節後若干天，傣族青年以丟包談情說愛，自由交往，叫丟包節），他又找到了月罕，並且和她結婚。最後二少爺作惡多端被另一個寨子的人打死。《緬桂花》長篇敍事民歌內容上突出的特點是它的反佛教傾向。傣族人民主要是信奉小乘佛教，在信佛的人民中，竟然出現這種以擺脫佛教束縛為主題的《緬桂花》，而且深受傣族人民喜愛，是多麼難能可貴。《緬桂花》還有濃郁的傣族風俗和鄉土氣息，月罕和尚堂的形象都刻劃得栩栩如生。據〝跋〞中記，《緬桂花》是搜集整理者在1962年傣族關門節時，在瑞麗江畔的一座佛寺裡，找到的一本較完整的經書唱本，可見已在民間流傳很久很廣了。

　　10.《召樹屯》❹是傣族第三部著名的愛情敍事民歌。它敍說了一個浪漫主義的民間童話故事。故事說古代勐板加地方有一個英

----

❹　《召樹屯》（岩疊、陳貴培、劉綺、王松翻譯整理，雲南人民出版社，1979版）。

俊的王子叫召樹屯,而在離勐板加很遠的勐董板地方的孔雀王國,國王有七個女兒,〝她們像七隻飛雁／披上孔雀的羽毛／就能在天空飛翔〞,第七個姑娘叫喃婼娜。她們每隔七天都要飛到一個金湖裡洗澡。有一天召樹屯打獵來到湖邊看見了這七個姑娘,她們驚起披著羽毛飛向了遠方。召樹屯便去問神龍,湖中神龍曾被老鷹叼入天空,是昭樹屯射死老鷹救了龍的命,因此神龍把七個姑娘的秘密告訴了他。〝召樹屯按照神龍的話／用長刀砍了許多竹子／在大樹上搭起了竹棚／他就躲在那裡等候〞,當七隻孔雀又來湖邊洗澡時,〝召樹屯悄悄爬到湖岸／拿走了喃婼娜的孔雀衣〞,喃婼娜再也飛不回去。召樹屯便向喃婼娜求愛,喃婼娜見他勇敢善良就愛上了他,然後召樹屯便帶她回到勐板加,沿路都是百姓跪在地上為他們滴水,這是傣族古老的祝福儀式。六個姐姐飛回勐董板,把消息告訴國王〝叭團〞,叭團便擊起大鼓,下令出兵向勐板加進攻。這時召樹屯和喃婼娜正過著好時光,〝芒鑼和大鼓突然齊響／竹樓都被震得搖晃／災難來到了勐板加／勐板加人心惶惶／〞,於是召樹屯傳下命令去打戰,暫別了愛妻喃婼娜,〝他帶領著八萬人馬／浩浩蕩蕩繞過田坎／穿過密密的森林／向邊界出發〞,召樹屯離開後,災難就落在喃婼娜身上,原來召樹屯阿爹做了個怪夢,孟見腸子飛出肚,以為不祥之兆,找巫師摩古拉(自稱是神與人之間的代表)來卜吉凶,摩古拉便說喃婼娜是妖怪,家裡有妖氣,非得殺了她,才能消除百姓災難。在殺她之前,她被獲准穿起孔雀衣跳一次舞,結果她悲痛飛離了這個地方,〝穿過森林和雲彩／飛回自己的家鄉〞。戰爭結束了,召樹屯回來了,不見了喃婼娜,他便去追尋,神龍給了他兩種靈藥一支神箭,幫助他去過九百九十九天艱難的歷程，來到喃婼娜的家鄉，找到喃婼娜的侍女喃新莎，並把定情的信物——金手鐲放進水桶裡，喃婼娜洗頭倒水，金手鐲落在她的手上，她知道召樹屯又來到她身邊，又經過比試本領，叭團國王和王后才又相信他，他倆終於永遠不再分離，幸福的團圓。

顯然，《召樹屯》是我國古代董永與七仙女故事在傣族民間童話中的轉化。它內容的主要特徵是在形象描畫召樹屯神奇難忘的歷程裡讚美一種崇高堅貞的戀情，給人以良好愛情情操的薰陶，它的魔法手法的運用便是圍繞著堅貞的愛情來展開。另外，這是一部民間童話詩，按照童話手法，它雖然反映了巫師摩古拉推荐的迷信：她必須死，但喃婼娜的飛去，正好用魔法結構體現一種反迷信的傾向。《召樹屯》主題思想主要之點正是在這兩方面。《召樹屯》自1959年發表後，迅速贏得了人民的喜愛，它被改編成電影《孔雀公主》，從而產生了更加廣泛的影響。

總之，從上述實例可見，愛情敍事民歌的思想性都是深刻的，它們都一致揭示了愛情婚姻問題的根源。人為壓迫往往導致愛情婚姻的破裂，要堅持忠貞便要反抗與鬥爭，有的是喜劇結束，如《沈七哥》；但主要則是悲劇結束，如《阿詩瑪》、《娥并與桑洛》。另方面，社會上買賣婚姻的盛行，是婦女地位極為卑下造成，這是古代社會重男輕女婦女壓在最底層的必然結果，《雙合蓮》中鄭秀英的慘死，便是證明。還有，在古代社會，結婚便是〝一種政治的行為，是一種借新的聯姻來擴大自己勢力的機會，起決定作用的是家世的利益，而決不是個人的意願〞⑮，正由於如此，桑洛的母親一定要把娥并害死了事，而喃婼娜的父親叭團，非得要發動戰爭

⑮ 《家庭、私有制和國家的起源》，參見《恩格斯選集》第四卷，74—75頁。

來把女兒搶回去才罷休！家世的利益放在高於一切的地步。很明顯，這些愛情敍事民歌具有教育意義，發人深省。

二、有關民族或社會鬥爭的長篇敍事民歌。這部分也是為數不少的。漢族有《鍾九鬧漕》等，傣族有《松帕敏和嘎西娜》，布依族有《伍煥林》、《爾慶爾剛》、《何東與何西》，蒙古族有《嘎達梅林》等等。反映民族社會鬥爭的，往往具有強烈的政治意義。

1.**《嘎達梅林》**[16]（蒙古族）是一部現代長篇敍事民歌，敍述了英雄嘎達梅林在二十代年舉行起義反對王爺和軍閥最後壯烈犧牲的故事。嘎達梅林，原來是王府裡的一名掌管旗兵的小軍官。他同情人民，富於正義感，他對達爾汗王爺勾結日本帝國主義的走狗、反動奉系軍閥張作霖在草原上搶劫百姓，加重差役和捐稅，進行殘酷統治，強占人民土地和牲畜，極為不滿和反對，可是他起初對王爺本質認識不足，對達爾汗抱有很大的幻想，曾企圖通過勸諫、說理等方式，使王爺能回心轉意，對人民發善心，不出賣人民，並且能出來反對軍閥張作霖，但是他向王爺及奉天省府請願又得到什麼結果呢？他被加上了許多罪名，不僅撤職查辦，還將他關進死牢，這才破除了他對反動統治者的幻想，他的妻子牡丹帶領群眾強行劫獄，才將嘎達梅林救了出來，走上了武裝起義的道路。聚集來的眾弟兄，一致推舉他為首領，他英勇鬥爭堅持了好幾年，可是由於裝備彈藥缺乏來源，又出現奸細當了嚮導，最後敵人把起義隊伍包圍在西拉木倫河畔，他在那裡壯烈犧牲。人民用悲憤的歌聲，將故事這樣收場：

---

[16] 《嘎達梅林》（蒙古族民間敍事詩）上海文藝出版社，1982年版。

烏蒙蒙的雲霧啊，	遮住了升起的太陽；
殘暴的達爾汗王啊，	奪去了嘎達的生命。
呼拉拉的風暴啊，	刮昏了晴朗的天空；
凶惡的軍閥劊子手啊，	殺害了嘎達的生命。
嚴冬的草原雖然寒冷，	接著就是溫暖的春天；
嘎達梅林啊，雖然倒下了，	他的英名永傳人間。
隆冬的草原雖然陰沉，	跟著就是明媚的春天；
嘎達梅林啊，雖然死去了，	壞人的天下不會久遠。

長詩塑造的嘎達之妻牡丹的形象很成功，她能馬上急馳，並使用雙槍，有組織能力，是女中豪傑，最成功的構思是她起義前決定先殺死自己三歲小女兒天吉良的一幕，〝心想把你帶走喲，孩子／怎能在戰場上和敵人廝殺？／看你落在敵人的手中，孩子／還不如死在親娘的手下。〞她的哭訴，撕人心肺的痛楚，最後她也壯烈犧牲。

2.《格瓦桑布》（蒙古族）這也是一個蒙古人民反抗壓迫舉行起義鬥爭的故事。故事說的是內蒙西科前旗葛根廟有一個大喇嘛，欺男霸女，無惡不作。當地的老百姓誠於喇嘛們勢力大，都敢怒不敢言，可是，正直的格瓦桑布卻說了幾句抱不平的話，於是大喇嘛懷恨在心。一天，凶惡的大喇嘛率眾闖進了格瓦桑布家，姦污了格瓦桑布的娘親並且也搶走了他家的牛馬。格瓦桑布一怒殺死大喇嘛，喇嘛和官兵遂即包圍了他的家，為好友雙龍哥哥救了出去，雙龍為救他而獻出生命，從此改名叫新要，官府定他為〝亂民匪叛〞，逼得他帶領一夥窮人舉行起義，和弟兄們轉戰在家鄉附近，每天懷念著自己的母親：

想去看看久別的母親，　　　　怕連累了街坊四鄰；
想領著十兄八弟一起前去，　　又怕人多走漏消息。

想去看看出生的家鄉，　　　　怕給朋友們帶來禍殃；
想帶著九兄十弟一塊回去，　　路途崎嶇啊，敵人又猖狂。

在一個月夜，他克服了重重困難，終於回到家鄉，站在屋外窗下，聽著母親思兒的歌聲，〝美麗的葡萄樹剛要開花喲，被鑽心的毒蟲咬死了；可愛的兒子格瓦桑布喲，被瘋狗似的官府逼走了。〞格瓦桑布推開門走進屋去跪在受難的母親身前哭訴，很快又拜別，踏鐙翻身上馬而去。長歌描寫了感人的母子之情。最後，格瓦桑布在戰鬥中犧牲，犧牲前還說著：〝戰鬥吧！英勇兄弟們，永別了，慈愛的娘親！〞長歌成功地刻劃了格瓦桑布成長、覺悟、鬥爭的全過程，塑造了他高大的英雄形象，同時具有濃郁的人情味。

3.《**英格與勒城**》（蒙古族）也是一首描寫牧民起義的長歌。它描寫二、三十年代軍閥的隊伍闖進草原，搶牲畜、燒牧場，人民生活在無邊的苦海裡，孤苦伶仃的兄妹倆，妹妹英格、哥哥勒城，相依為命生活。王府勾來了軍閥魔鬼，無恥禽獸巴達瑪丹森和謝尼瑪污辱了英格姑娘，這使勒城心如刀絞，〝眺望著科爾沁草原，心

想著百姓的災難；風吹浪打，寧折不彎，要報仇啊，只有造反。〞
勒城走上武裝反抗的道路，餵飽了馬，備好了鞍，來和妹妹告別。
長歌著重歌詠了感人的兄妹之情：

野地上落著的百靈鳥，　　　噗嚕嚕起飛十五成群呀；
父母抛下的孤兒兄妹倆，　　英格與勒城真可憐呀！

荒地上落著的白脖子鳥，　　噗嚕嚕起飛三兩有伴呀；
哥哥走後留下了英格喲，　　沒有人照顧真可憐呀！

臨行前，兄妹跪在一個牧民老媽媽面前，認乾媽，請老人家照顧孤
兒妹妹，勒城把妹妹交給乾媽後，就單搶匹馬加入了起義軍，日夜
襲擊敵人，使王府衙門受到很大損失，軍閥王府恐慌萬狀，就派大
兵〝圍剿〞，最後，勒城在戰鬥中英勇犧牲，長歌也著重歌頌了他
的殺敵勇敢精神，噩耗傳來，妹妹英格當即昏倒在地上。這首長篇
敘事民歌，藝術構思著重在刻劃兄妹的苦難，以突出的比興手法，
烘托出無比濃郁的骨肉深情，形象栩栩如生，畫面悲痛逼人，表露
著蒙古族長詩特有的粗獷風格。

　　4.《松帕敏和嘎西娜》[17]（傣族）也是社會政治鬥爭類型的長
詩，它描寫勐藏巴統治者內部矛盾。〝召勐〞[18]松帕敏很賢明，百
姓們能安居樂業。可是，殘暴淫亂的王叔召剛，發動了叛亂，圍住
勐藏巴，要殺死他哥哥松帕敏，奪取王位。松帕敏擔心〝只可惜

---

[17]　《松帕敏和嘎西娜》（傣族長篇敘事民歌）陳貴培翻譯，李喬先整理，雲南
　　人民出版社，1978年第三版。
[18]　〝召勐〞，傣族語〝地方之主〞的意思。是第二級小領主，即土司。

兩隻雁兒打架／會損害田中的禾苗／我怕戰爭損害了百姓／使我做
鬼也含羞″，便帶著王后嘎西娜和幼兒出走，讓出王位給召剛。松
帕敏在途中，又遭受妻離子散的痛苦，妻子兒子都失散了，獨自一
人逃到了勐西納地方。松帕敏賢名四傳，勐西納百姓熱烈歡迎，
″三千個頭人朝拜了松帕敏／百姓們高舉火把發出歡呼聲／頭人們
將松帕敏扶上象轎／歡天喜地轉回勐西納城″，並且擁戴他成為勐
西納的″召勐″，一個老人代表大家說道：

> 原來你就是大王松帕敏，
> 勐西納早就知道你的美名；
> 你像那天邊燦爛的朝霞，
> 照亮了我們勐西納的森林。
> 不要嫌我們的宮殿矮小，
> 不要嫌我們的頭人愚鈍；
> 請大王來管理勐西納的百姓，
> 請大王把勐西納的王位繼承。

松帕敏又被勐西納的百姓擁戴為″召勐″，按″古老的規矩管理百
姓″。召剛奪得土司位置以後，統治殘酷不仁，人民又陷入悲慘的
境地，″年年鬧飢荒″，″在眼淚水裡泡了十年″，可是，″召剛
在宮廷裡荒淫無度／享不盡的榮華，聞不厭的花香／從此宮廷裡天
天殺羊宰象／送酒送肉的人像趕街一樣″，百姓再也受不了召剛的
壓迫，群起而攻之，在松帕敏帶領下，和人民又一齊趕走了召剛，
回到勐藏巴，並向人民″告罪″，承認出走的錯誤，重又得到人民

的愛戴，而人民又重過和平幸福的生活。《松帕敏和嘎西娜》內容上的特點，是通過賢君與暴君的對比，揭示為百姓的賢君必勝，害百姓的暴君必敗的主題思想，它雖然是描寫勐藏巴統治階級內部的矛盾鬥爭，但是它顯然對歷代的百姓和統治者都具有教育作用。長歌的內容還表明，既然是賢君，就不應當離開他的人民，而應當同百姓共度甘苦患難，共同來消除造成災難的根源，不應像松帕敏那樣〝獨自到他鄉流浪〞。長歌通過嘎西娜的形象，讚美了傣族婦女對愛情忠貞，對幼子慈愛的美德。在江邊當她被商人搶劫以後，拒絕了商人甜言蜜語的引誘，表現了高尚的節操。據有的學者考定，這本長篇民歌是十六世紀的作品，已經流傳了四、五百年⑲，可見它是傣族人民喜愛的作品之一。

　　總之，從上述實例可見，這類長詩是直接表現社會鬥爭、民族鬥爭或政治鬥爭的。表現自然鬥爭的除壯族《布伯》外很少見到。這類長篇民歌主要特點是通過描述英雄人物的悲壯事蹟，塑造人們可以學習的榜樣。像蒙古族的《嘎達梅林》、《格瓦桑布》、《英格與勒城》更體現著內蒙人民革命的傳統精神，閃耀著英雄為民獻身的光輝。這自然不止蒙古族有這類民歌，漢族也有，如《鍾九鬧漕》（《抗糧傳》）是湖北長篇民歌，反映的是清末農民暴動在鍾人杰、金太和、金瑞生、蔡德章等人帶領下，由反官抗糧直到起義的全部過程，充滿反抗性與革命性，揭露並打擊了貪官惡霸、熱烈歌頌了農民起義的領袖，這種作品在民間有著深遠的影響。

第二節　長篇抒情民歌

　　什麼是長篇抒情民歌呢？凡是一篇長篇民歌，它雖然具有較長

⑲　全荃〝《松帕敏和嘎西娜》的思想性與藝術性及其產生的時代、地點問題〞。

的篇幅、較大的規模，但是它沒有或較少有戲劇性的故事情節，沒有矛盾衝突、沒有人物形象，一句話，它不是敍事的，而只是抒發自己心中的愛戀、歡樂或悲傷的感情，這樣的長篇民歌便是長篇抒情民歌。它有下述幾類。

一、長篇喜歌。表現得最有代表性的是結婚歌，很像敦煌寫本《下女夫詞》這樣古老的結婚儀式歌。它雖然也能算成儀式歌，但是它是長篇儀式歌，它不像普通儀式歌那樣短（只有幾十句），它能唱幾個鐘點，或唱幾天。行數由幾百句到幾千句。蒙古族的《婚禮歌》、藏族的《婚禮酒歌》、門巴族的《酒歌》、納西族的《祝婚歌》、侗族的《伴緣歌》、瑤族的《説親詞》、漢族的《喜歌》等等，都是這種長篇抒情喜歌[20]。

蒙古族《婚禮歌》是在進行婚禮程序時唱的套曲，因此由各個小的喜歌共同組成一套大的喜歌。開頭自然是《勸嫁歌》：〝南湖裡的蓮花喲，長成了十九節的藕，湖邊出生的姑娘喲，長到了出的嫁時候。……你若是男兒的話喲，讓你佩劍去參加軍伍，你是個佩戴鐲環的人，設婚宴把你嫁出。〞在歌詞裡還要對新郎提出很高的要求：〝要對詩呵要對歌，要比箭呵要賽馬，詩、歌、箭、馬輸給咱，休想把姑娘娶回家。〞要求新郎文武雙全，既會寫詩唱歌，又會射箭賽馬，這是蒙古族婚俗勤勞智慧的象徵。此外，隨著婚禮的進行，還要唱《迎親歌》，按民族傳統習慣還要贈給新郎一張弓

---

[20] 蒙古族《婚禮歌》，載《民間文學》1980：11；納西族《祝婚歌》，載《民間文學》1982：7；侗族《伴嫁歌》，載《民間文學》1982：1；瑤族《説親詞》，載《民間文學》1982：11。漢族《喜歌》，我在句容縣茅山採風所聽見。

箭，男方的祝詞家便要唱《祝箭詞》：

> 罕山的藤條做的弓背，麒麟的筋條做的弓弦，
> 能射穿十二層雲天的弓箭，能把鬼蜮陰雲全沖散。
> 這支箭——能振作萎靡的精神；
> 這支箭——能消滅遠近的敵人；
> 這支箭——是豺狼的鎮器；
> 這支箭——保護興盛的牧群……

這表現了蒙古族強悍、英武的民風。唱了《祝箭詞》還要唱《讚馬詞》，還有《祝刀歌》、《獻茶歌》、《盤古歌》、《姑娘的歌》、《額莫 (媽媽) 的歌》、《報時歌》、《送親歌》、《荷包歌》長篇抒情《婚儀歌》、《祝願歌》……等等，這些小段《喜歌》組成了一大套婚禮歌。㉑ 這與漢族的《喜歌》唱的方式一樣，例如，我去江蘇句容縣茅山採風聽到的《喜歌》也是由各種套曲組成，農村娶媳婦時，喝喜酒時歌手要唱一系列小段喜歌，開首要先唱新婚姻法好，以後還要唱十道菜等，已經形成了新的內容的長篇喜歌。

　　二、**長篇怨歌**。這是《哭嫁歌》類型的長篇抒情民歌，在我國各地，例如華南、華東、中南及西南地區廣泛流傳，上海郊區奉賢、南江等縣，便搜集過一部長篇《哭出嫁》。是由許多段曲組成，它的藝術特點是大都兩人對歌：

㉑　參見蘇赫巴魯《介紹蒙古族〈婚禮歌〉》，民間文學1980：11。

1. 填箱 (隔夜謝娘)，母女對唱。

2. 誡訓 (謝娘)，母女對唱。

3. 陪嫁 (謝爺娘)，女兒唱。

4. 嫁妝 (謝嫂嫂)，姑嫂對唱。

5. 謝姊姊，姊妹對唱。

6. 謝娘舅，甥女唱。

7. 總謝，新娘唱。

8. 紮包頭，姑嫂對唱。

9. 謝端盤，母女對唱。

10. 催上轎 (謝媒之一)，新娘與媒人對唱。

11. 上轎飯 (謝嫂嫂)，姑嫂對唱。

12. 抱上轎 (謝哥哥)，新娘唱。

13. 挽轎 (謝哥哥)，新娘唱。

它的思想內容特點便是感情的悲痛和哀怨。盡情地抒發和敍説自己在封建社會裡的不幸命運，對不合理的婚姻制度，男女不平等，對媒人的欺騙，進行公開的譴責。它唱出了舊社會婦女們共同的命運，結婚就等於走進墳墓。正如詩中姑娘唱的：〝姆媽呀！我到他家去，雙腳跳在苦井裡，雙手揪在苦鹵裡，一跤跌在苦海裡，尖刀山上偷飯吃，老虎頭上捉虱吃，頭一要吃槍頭飯，第二要吃尖刀飯，第三要吃血拌飯，十粒米飯九梭角，肉湯淘飯咽勿落。〞多麼形象的勾勒了舊社會姑娘出嫁後的苦難。姑娘在《哭嫁歌》中還要把媒人罵得狗血噴頭，來表示自己的怨憤，所謂謝媒人實際是罵媒人：〝你媒人是貪用媒禮貪吃酒，拿我姑娘墊刀頭。你要用洋鈿白紙包，要尋銅鈿白紙燒。你前腳吃了後腳走，拿我姑嫂死活丟在腦後頭。吃得好，話得恩，蛇蟲百腳咬媒人，你盤香肚腸曲曲彎，死了無人送羹飯。〞為什麼〝蛇蟲百腳咬媒人？〞因為他〝生吃硬做配成親〞、〝拿他們一百金來一百銀，死鬼說來像仙人〞，譴責她的欺騙，〝你貪吃媒酒做媒人，害了我小小女囡一個人。〞因此要痛痛快快地把媒人咒罵一頓：

你貪做媒人貪吃酒，　　　　　貪用洋鈿貪受頭（貪受禮），

貪吃他們線粉滑溜溜，　　　　鑽斷你媒人肚腸頭；

貪吃他們肉圓滾繡球，　　　　滾到你媒人洞口頭（喉嚨口），

勿出勿進吃苦頭；　　　　　　貪吃他們東海洋裡鰣魚頭，

割碎你媒人骷顱頭。　　　　　你貪吃他們小炒羊肉白煤雞，

跑在路上屙皮皮。　　　　　　你貪吃他們牛屙浦（煮）蹄子，

你貪吃他們鴨屙蛋皮絲，　　　你貪吃他們曲蟮炒肉絲，

跑在路上一步三搖嚇勢勢　　　你貪吃他們八樣酒水淡洋洋，

　　　　（使人害怕）。

跑路上軟擋擋，　　　　　　　一身爛痧刮來紅堂堂。

這些都是很形象很藝術的罵人語，用這種罵來表現姑娘心中無比的怨恨。和《哭嫁歌》大致相仿的民間長篇怨歌，還有彝族《我的么表妹》、《媽媽的女兒》，土家的《哭嫁歌》，還有納西族的《游悲》等，它們內容上的特徵正是我在上面指出的：傾訴哀怨與憤恨。彝族《我的么表妹》抨擊了奴隸制社會買賣婚姻的罪惡。這種

長篇怨歌不是婚歌而是情歌，悲訴著奴隸社會婦女的苦難，詩中控訴：〝提親的人剛進門，舅父、舅母就把表妹賣給了人〞，她遭受了非人道的待遇：〝我的么表妹呀，空著兩隻手，被攆出來了；雙腳不沾地，被拖著走了；披散著頭髮，被賣給人了。〞這說明被賣少女完全喪失人身自由，像賣牲口，拖著就走，壓迫造成反抗，〝我的么表妹啊，被賣進了有錢人家裡，三天不吃一餐飯，三天不喝一口水，仇在心上，恨在眼裡。有錢的人，用金碗盛飯給表妹吃，表妹把金碗甩下地；有錢的人，拿錦繡被氈給表妹披，表妹把被氈全撕碎。〞這種反抗造成奴隸主對她的恫嚇和威脅，〝在地下挖了一個坑，在樑上吊了一根繩；坑有九條牛樣大，繩有九根麻秆粗，坑裡舖毒草，繩上纏毒蛇；有錢的黑心人，要害死我的表妹啊！〞就這樣姑娘還是不屈服，不願在有錢人家度月，結果被奴隸主活埋：〝九根麻纖粗的繩子，套緊了表妹的雙手；九條牛一般大的土坑，埋住了表妹的身子〞，表妹終於被殘酷地害死，奴隸制的罪惡是駭人聽聞的，這種長篇怨歌噴射著勞動人民對奴隸制社會憤怒的火焰，這是彝族優秀的長篇怨歌，在舊社會，奴隸發出這等反抗的吼聲，已是把生命置之度外，十分難能可貴了。

　　三、長篇喪歌。這是民間在辦喪事時唱的長篇抒情民歌。上海的《哭喪歌》有兩三千行歌詞❷，《哭喪歌》用長篇民歌的規模，表現舊時代的喪葬習俗，也反映出當時家庭關係中的人與人之間的關係。它分為三個部分：

　　一部分是散哭。有的哭丈夫，有的哭娘，有的哭爺，有的哭婆

---

❷ 見《民間文藝集刊》第一集、第二集。任嘉禾、王仿、周進祥記錄《哭喪歌》（上）、（下）上海文藝出版社，1981—2年版。

婆,有的哭大大(祖父),有的哭自己家死去的囡囡。有的哭孫子、哭哥哥、哭嫂嫂、哭娘舅、哭舅媽、哭外甥、哭寄爺、哭寄娘、哭鄰居,由此可見,作為長篇喪歌,包括著一大套對不同死去的人的哀號痛哭。在親人死去以後,有些會唱哭喪歌的人,能一口氣哭出三、四百句歌詞來,實在是一門大藝術,比方說哭娘:

> 親娘啊,儂養我小小小女啥用場, 　　白費心思白養我,
> 要養阿哥兄才有用處, 　　養我小小小女吃仔別人家飯末,
> 吃仔黃連官法定呀, 　　吃仔漕米官法定呀,
> 不好自發立興自作主, 　　我青紗羅帳不來撩一撩,
> 左手不曾拿仔油盞火, 　　右手不曾拿仔小茶壺,
> 困著三年陪伴儂, 　　十年八年告淘儂。……

哭自己在重男輕女社會裡,不能像兒子成日侍奉親娘,嫁出門的女兒潑出門的水,自己不能作主而吃著別人家的飯,因此越哭越傷心,在哭喪過程中還需有人去拖,如阿嫂拖、舅媽拖、小姐妹拖、隔壁鄰舍拖,這麼一拖,就又拖出許多哭喪歌的歌詞來;比方說隔壁鄰居嬸嬸來拖她不要坐在地上哭喪,她便唱:

> 嬸嬸啊!儂勿要拖來勿要拽, 　　我格苦末儂還曉得,
> 長生果開花彎節生, 　　我勒堂生來勒堂養,
> 也勿有啥特別花頭新時樣, 　　我光古百千是格迪兩聲。
> 我勿哭花名勿哭經, 　　我死仔親娘最傷心。
> 儂腳長手短陪淘我, 　　鰻鯉肚腸軟心人,

兩滴眼淚落得撒珠能。

哭喪歌最主要的目的，自然是為了舉行喪禮前的客觀需要，但是它都反映出了在舊社會勞動人民親人之間那種親昵地魚水關係，有著比資本主義社會人與人之間漠視冷淡的關係之更為動人的感情，這種良好地風俗人情，正是勞動人民團結性的一種反映，糟粕是次要的。值得注意的是，詞中唱的〝我勿哭花名勿哭經〞，這就説明還有下面兩部分內容。

二部分叫〝套頭〞。就是在哭喪之前或插在哭喪中間唱出的哀歌，像《十二月花名》、《十苦惱》、《十二只藥方》等等，用悲傷的歌詞造成哭喪現場一種悲傷的氣氛。例如《十二月花名》的十月，就是唱〝牛頭馬面進房門〞抓寄媽，〝一拖拖到閻王門〞，閻王聽到説，她在陽間是種田的，又沒有做〝凶人〞，便免她的罪，這樣氣氛又悲傷，活人心裡也覺寬慰。由於哭喪歌多半是農村婦女唱，因此在唱套頭時也唱婦女的苦，表達怨情，例如《十苦惱》中就唱婦女苦，用許多比喻來烘托出苦情，十分形象、藝術：〝菜瓜苦勒瓜籽裡，黃瓜苦勒瓜蒂裡，人家苦來浮腳淺，我格苦苦勒心膽裡，石灰漿焊餅翻轉調轉苦，石灰漿搛麵條條苦，三斤蘿蔔四斤醋，又介酸來又介苦。〞這種比喻有濃厚的詩意。

三部分是人喪生到埋葬唱的各種經。例如：死者心臟停止跳動要唱《斷氣經》，給死者穿老衣要唱《著衣經》，給死者妝扮要唱《梳頭經》，給死者裝棺要唱《壽材經》，給死者設牌位要唱《靈台經》，給死者出材要唱《出材經》等等。

長篇喪歌從人死時起一直要唱到出殯埋葬為止，能斷續唱十天至半月之久，是一種大型的喪葬伴唱系統化的民歌，在民間文學與民俗學上均有研究價值。

四、長篇對歌。在長篇抒情民歌中，還有一類長篇對歌也是頗為引人注目的，因為從全國範圍來看，它所流傳的地帶是十分廣闊的。例如傈僳族的《菜花歌》、毛難族的《旱晴歌》、傣族的《串姑娘的歌》、彝族的《打歌》、回族的《宴席曲》、甘肅藏族的《採花謠》、福州僑鄉漢族的《南洋記》等等❷。它們在形式上有一致的特徵。(1)它們都是在節日裡，或者一個非常的日子裡所唱。例如毛難族的《旱晴歌》，按毛難語直譯，即〝大旱大晴的歌〞，毛難族居住在廣西大石山區，這裡自古以來都是〝十年九旱七無收〞的乾旱地方，每當乾旱時，他們便唱起《乾旱歌》彼此鼓勵努力生產勞動和抗旱。又如彝族的《打歌》，是雲南哀牢山地區彝族每逢喜慶節日，特別是新春佳節和火把節便唱〝打歌〞。〝打歌〞的人數不受限制，男女老少都可參加，一般場合有上百人之多，〝打歌〞，彝族話叫〝歌開〞。在彝族話裡，〝歌〞是唱，〝開〞是舞蹈、跳樂，〝打歌〞就是邊舞、邊唱之意。再如回族的《宴席曲》，是在舉行宴會的時候所唱。再如甘肅藏族的《採花謠》，每年古曆五月五日，總要歡度富有獨特風格的採花節，這時便唱《採花謠》。從這些例子說明，在節日或非常日子唱長篇對歌，乃是共同的特點。(2)，它們都是二人分段對歌，或在特定節日裡許多人你

❷　傈僳族《菜花歌》，載《民間文學》1981：1，毛難族《旱晴歌》，載《民間文學》1981：8；傣族《串姑娘的歌》，1981：7；彝族《打歌》，載《民間文學》1981：4；回族《宴席曲》，載《民間文學》1981：9；甘肅藏族《採花謠》，載《民間文學》1982：3；僑鄉《南洋記》，載《民間文學》1981：11。

一首我一首（分首）對歌。例如毛難族《旱晴歌》、彝族《打歌》、
傣族《串姑娘的歌》、傈傈族《菜花歌》等等，都是男女分段對
歌；而甘肅藏族《採花謠》、回族《宴席曲》，都是分首對歌。僑
鄉漢族《南洋記》是男女分段對歌的改寫。因此，對歌也是共同的
特點。

　　長篇對歌的抒情範圍非常廣泛。⑴反映舊社會的苦難生活。例
如僑鄉窮人的《南洋記》，就是反映了民國初年僑鄉窮人抛妻別子
走番邦的苦難生活。〝民國世界莫相干，窮人餓死成堆山，逼得有
腳行沒路，只好出外走番邦。〞〝哥你決心走番邦，小妹就是心不
安；要走也要擇日子，順風順水保平安。〞接著，長歌以男華工口
氣，寫出華工在外國的奴隸生活，〝可恨紅毛無天理，剋扣伙食剋
扣工；三頓吃飯搶拍奪，半吃半餓腹佬空。雞叫頭更就起床，鬼叫
半盲才收工，做牛做馬也有歇，華工比牛馬還不如。水土不合得病
症，集中一間小土棚；三成病症加七成，人苟落架（人被虐待到皮包
骨）一命傾。華工有苦向誰言，鴻雁傳書也無權，出外搜身脫塔塔
（脫光光），私存家信罰銀元。〞長歌揭露了洋鬼子壓迫中國人駭人
聽聞的也是絕滅人性的事實，真是罪惡滔天，是外國資本家製造的
新的奴隸制典型反映，現在讀起來依然令人不寒而慄，有深刻教育
意義。⑵用對歌來彼此鼓舞和促進勞動生產。毛難族《旱晴歌》便
是如此，姑娘批評小伙子不好好勞動，〝大旱無糧罪在哪一個？一
半在人一半天；哪個真心求雨勤耕種，大雨落在他家田。求雨那天
人家禁野火，你在坡頂抽生煙，雨季未到你先罵，玉皇旱你誰可
憐！〞並且鼓勵他：〝人勤有種必有收，五穀六糧樣樣養得人。勤
阿哥，千祈莫拗性，勤快人，月月都是春。〞傣族《串姑娘的歌》

雖然是傳統情歌，但是對起歌來也是鼓舞勞動，例如：〝俊俏的妹妹呀，妹妹向哥哥要紡車，妹妹向哥哥要織機，哥哥就做，哥哥就給！哥哥要把紡車鑲上金子，哥哥要把織機嵌上寶石。哥哥扛上斧頭，上山找龍竹，給妹妹做紡車；哥哥挎上長刀，上山砍棕竹，給妹妹做梭子。〞愛情促進了勞動，體現勞動人民良好的愛情觀。(3)
長篇對歌有些是短篇情歌的擴大和延伸，單純是歌唱男女之間的戀情的。彝族的《打歌》便是如此的，例如彝族男女青年，用傑出的比喻藝術手法來彼此讚美：

女：山林裡松樹千棵萬棵，
　　就數直青松長得又標又高，
　　滿山松樹就數直青松最好。
　　哀牢山村寨有數不清的小伙子，
　　千千萬萬的小伙子我見過，
　　數來數去最好數阿哥。

男：山林裡的鮮花千朵萬朵，
　　只有山茶花開得鮮艷又灑脫，
　　阿妹是最鮮的那一朵。
　　天上的星星顆顆明亮，
　　最明亮的要算北斗七星，
　　阿妹好比北斗星那一顆。

像這樣愛情的對歌，從相見、讚美、盤歌、愛戀到送別，能夠一唱

四、五十段。

由此可見，長篇對歌的內容是豐富多彩的，並不單純是長篇情歌。它的形式靈活自如，段落和首數可多可少，唱的時間也有長、有較長、有更長。

總之，長篇抒情民歌，一般來說就包括長篇喜歌、長篇怨歌、長篇喪歌、長篇對歌這樣幾個大類。結構一般來說均較鬆散自由，可以多幾段，又可少幾段；同時，它們都與民間風俗結合緊密，而且是從婚俗與喪俗中衍化出來的。

第三節 史 詩

什麼是史詩呢？史詩是特指古代長篇民歌中具有巨大的規模，描寫重要的戰爭，塑造英雄的形象，充滿神話幻想的敍事作品；它概括的是整個民族在野蠻時代到文明時代的歷史情況。正像恩格斯說的：〝……荷馬的史詩以及全部神話──這就是希臘人由野蠻時代帶入文明時代的主要遺產。〞❷❹ 由此可見，史詩一般說來是奴隸社會的產品。

史詩必須具備下列四個標準才能稱其為史詩。第一個標準是巨大的規模。世界民間文學寶庫中的史詩，總是具有一萬行以上的篇幅，才是配稱為史詩的。希臘史詩《伊利亞特》24卷是15,693行；希臘史詩《奧德賽》是12,105行；亞美尼亞史詩《沙遜的大衛》是11,000多行。我國史詩巨大的規模居於世界史詩之林的首位，我國藏族的史詩《格薩爾王傳》〝按已搜集到的各部，如以詩行估計，原詩約在百萬行以上〞❷❺，比《伊利亞特》、《奧德賽》的規模大

---

❷❹ 《家庭私有制和國家的起源》，人民出版社，1957年版，26頁。
❷❺ 《藏族史詩〈格薩爾王傳〉》（徐國瓊）載《文學評論》1959：6。

一百倍；我國柯爾克孜族史詩《瑪納斯》〝共搜集到《瑪納斯》的各種變體異文約50餘萬詩行〞❻，根據最後統計也有20萬行；我國蒙古族史詩《江格爾》也有14000行；我國赫哲族史詩《伊瑪堪》，也在兩萬行左右。這些事實說明，凡是史詩總得有萬行以上巨大的規模，才夠條件稱為史詩。

第二個標準是描寫重要的戰爭。因為史詩總是表現具有重大意義的歷史事件，必然的要描寫到戰爭，這種戰爭對古代種族的生死存亡往往具有決定的意義。例如：《伊利亞特》具體描寫了希臘半島上的許多部落聯合起來進攻特洛亞的戰爭；《奧德賽》也寫的是特洛亞戰後的故事。這種描寫戰爭的特點，在我國史詩中也有明顯體現。藏族史詩《格薩爾王傳》便是以描寫〝霍嶺大戰〞最為著名，格薩爾的主要故事情節便是描寫遠征北方和霍爾的戰爭。蒙古族史詩《江格爾》便是通過反侵略戰爭的描述，來反映蒙古族人民保衛國家和打敗侵略者的強烈願望。這些事實也說明，凡是史詩總得描寫到奴隸社會特有的大規模戰爭的現象，才夠條件稱為史詩。

第三個標準是塑造英雄的形象。這一標準在各國史詩中都是顯而易見的。例如：《伊利亞特》塑造了希臘英雄阿喀琉斯等人的形象，《奧德賽》則塑造了希臘英雄奧德修斯等人的形象，借阿喀琉斯殺死特洛伊主將赫克托爾英勇事跡，穿插著反映希臘人廣泛的生活面；而借奧德修斯在特洛伊戰後飄流十年，終於返回祖國、夫妻團圓、奪取財產的故事來反映希臘社會從氏族社會向奴隸社會過渡的生活現實。我國史詩的情況依然如此。《瑪納斯》這一部柯爾克

❻ 《中國民間長詩選》第一集《瑪納斯》第四部一章前言。《瑪納斯》也流傳於蘇聯和阿富汗，但蘇聯出版的《瑪納斯》只有一至三部，我國的有一至八部，最為完整。

孜族規模宏偉的英雄史詩，便是通過瑪納斯一家八代英雄們的經歷，來描述柯族人民為擺脫異族統治者的奴役、消滅殘害人民的暴汗和妖魔，以及對出賣民族利益的叛徒做鬥爭，反映了古代柯族人民的精神風貌和生活習俗。如《瑪納斯》第四部便是借為民除害故事來塑造第四代英雄凱耐尼木的形象，歌頌了他對暴汗克斯萊提鬥爭的英勇氣概和熱愛人民的崇高品德，表達人民追求自由幸福的願望。

第四個標準，即史詩必須充滿神話幻想。因為它誕生在世界各族歷史的早期，無論哪一部史詩均穿插入魔法的手法，貫穿了各種各樣的神話傳說浪漫的幻想性很強的故事，而形成了史詩特殊迷人的藝術魅力。一個民族的史詩與這個民族的神話傳說是緊密相連的。

總之，只有具備了以上四個標準，才有資格進入世界史詩之林，才配稱做史詩。史詩是民間文學韻文中的巨人，其他韻文作品均是它的小弟弟，凡是不具備以上幾個標準而被稱為〝史詩〞的民間文學作品，都是糟蹋了史詩這一崇高的藝術稱號，不會被史詩研究者們所通過。我們不應當把一首普通的民間敍事長詩不加區分的稱之為〝史詩〞，這樣便把史詩庸俗化了。

我國史詩《格薩爾王傳》是一部世界史詩中具有空前規模的民間巨著。它廣泛流傳於我國西藏、青海、四川、甘肅、雲南等省藏族民間，蒙古族及青海撒拉族民間也有流傳。自1716年北京用蒙文刻版了七章本《格薩爾王傳》以後，引起了國內學者注意，先後有了俄、英、法、德、蒙、印等多種部分譯本流傳國外。據王沂暖教授在《格薩爾王傳》譯者前言所說，這部史詩手抄本很多，藏文本共有兩個系統的本子，一種是分章本，分為若干章，例如從貴德帶來的分章本，便把全部格薩爾王一生主要事蹟分編為五章：第一章在天國裡，第二章投生下界，第三章納妃稱王，第四章降伏妖魔，第五章征服霍爾。另一種是分部本，是把分章本中的一個情節，擴充成獨立的一部，並且在分章本情節以外，另講新的情節，自然所有分部本中心人物都是格薩爾王。這樣看來，分部本顯然從分章本發展而來，分章本規模較小（貴德分章本大約一萬多行），分部本情節大大發展並且複雜化了，補充到36部，規模更超群，擴大到一百萬行，總字數約有五、六百萬字（據徐國瓊《藏族史詩〈格薩爾王傳〉》的估計）。

　　現據王沂暖、華甲譯的《格薩爾王傳》（貴德分章本）❷❼講述如下。據說格薩爾王生前本是天國裡白梵天王的三兒子頓珠尕（gǎ）爾保。他聰明英俊，膂力過人，諸般武藝，樣樣精通，這時下界正當混亂時期，妖魔橫行於世，無辜人民受害，白梵天王便派頓珠尕爾保去拯救人間災難，降伏妖魔。頓珠便化成一隻金鳥飛到人間，僧唐王的妻子尕擦拉毛看見了，很喜歡，擠了一點奶向鳥兒灑去，鳥兒吃到一滴奶，就想：她就是我下界投生的媽媽呀！尕擦拉毛真的懷上了孕，但她受到僧唐王的妾那提悶的暗害，吃了瘋癲藥，僧唐王便把尕擦拉毛送回了破爛的帳篷，只有一隻瘸腿老母狗陪伴，但腹中嬰兒卻在肚中唱起來，而且剛生下來便會說話。這個孩子一生下便遭到叔叔超同達和妾那提悶的暗害，拿來活埋了，但孩子隨即從土坑裡站起來，大吼一聲，把超同達在驚馬之上栽下來，十根肋骨摔斷七根。孩子隨風長，第二天便長得像八歲孩子那樣大，看見媽媽餓得起不來，便開始為母尋食，公然把超同達的神毛牛牽一

---

❷❼ 甘肅人民出版社，1981年3月第1版。

頭來殺了吃，表示了和妖魔般的人勢不兩立。並且公然跟叔叔們提出繼承父親家產的權利，使他們不得不分給他一座高草山，一道小木橋，一塊生長人參的地。且說這窮孩子便把守起這道小木橋來，有三個姑娘要過橋，他不准，其中三姑娘叫珠毛，看這男兒儀表非凡，便決定選窮小子做丈夫，他才放她們過去。但珠毛回家後遭到母親痛斥了說已把她定給〝大食財寶王〞，珠毛堅決地回答：〝不選大食財寶王，選上了台貝達朗窮孩子。富貴貧賤我不管，珠毛得了個好女婿。〞珠毛便把窮小子帶到自己房裡成了親。成親十五天，天兵天將顯神威，變化成千軍萬馬，這窮孩子也突然大顯神通，搖身一變，變成一個面色紫紅，儀表堂堂的天神相貌，騎著駿馬，挽著寶弓，號稱〝雄獅大王格薩爾〞，格薩爾便娶獨具慧眼的珠毛姑娘為正宮娘娘。接著他便下令向妖魔鬼怪進攻：

> 妃子珠毛你聽著，　　　你快去開開倉庫門的鎖鑰。
> 拿出我那勝利白額好頭盔，　　拿出我那世界披風好戰袍。
> 把上邊的灰抖呀抖三下，　　再抖一下就把妖魔魂抖掉。
> 拿出我那朱砂降魔劍，　　拿出我那水晶白把刀。
> 抽刀出鞘亮呀亮三下，　　再亮一下就把妖魔魂嚇掉。
> 拿出我那大鵬展翅好箭袋，　　拿出我那紅鳥七兄弟好神箭，
> 把箭頭磨呀磨三下，　　再磨一下就把妖魔魂嚇掉。

但是格薩爾王受到珠毛阻礙。珠毛以格薩爾王不能離開新婚妻子、不能離開父母為由反對他北征，但格薩爾堅持大義，〝若不降伏長臂魔，藏地定要遭禍災。〞〝我遠行不是私情是公事〞。格薩爾王先後戰勝了長臂妖魔的親妹子、魔狗、三頭人妖、五頭妖精，最後

殺死了老魔王，從虎口裡救出了被老魔掠走的妃子梅薩。

　　正當格薩爾王離別故鄉遠征北方之際，在和格薩爾治理的嶺國接界的地方，有個霍爾國，有三個霍爾王，其中黃帳王勢力最大，他乘格薩爾未回的機會，突然出師嶺國，兵臨城下，主要目的是來搶奪最美的王妃珠毛姑娘。當時正是格薩爾王遠在北方，珠毛姑娘便勇敢智慧的組織了這次著名的〝霍嶺大戰〞。在這次大戰的描寫裡，突出了反侵略的愛國主義主題思想，例如描寫三個英雄誓死保衛國土的情景，在陣前大罵霍爾王：〝該死的老霍爾，你問什麼我都告訴你。嶺國雄獅大王格薩爾，他當大王乃是現在事。他正在家等你們，專等老霍爾來送死。他要把黃霍爾狗嘴塞滿灰，他要把害人的霍爾全殺死。〞他們表示：〝我們叔侄三個人，衛國保民來守邊。若是臨陣來逃走，還不如戰死沙場心安然。〞它又描寫超同達的叛變投敵無恥的嘴臉，超同達被敵人抓住，〝用繩子綁上，牽到軍營裡，拳打腳踢，打得超同死去活來，連聲號叫，苦苦哀求饒命：饒我一條命吧！我願意給你們效勞。〞於是這個叛徒便做了敵人的嚮導，領著凶惡地霍爾人，從小道繞過阿塞塞山口，打進了嶺國。正像英雄甲擦協尕爾臨死前唱的：〝你看插箭的敖包右角上，無數英雄血流淌。你再看插箭敖包的左角上，無數勇士血流淌。再看堆滿羽毛箭的地方，死的老百姓像海洋。血肉身體雖然死，千秋萬代美名揚。〞這是奴隸社會戰爭慘狀現實的寫照。敵人攻進嶺國，便抓住妃子珠毛，逼她和霍爾王成婚配，珠毛數次用各種方法給格薩爾王傳消息，但他遠在北方，被梅薩妃子美色所迷，遲遲不回，三年都未歸，結果珠毛被抓到霍爾國，做了黃帳王的愛妃。等珠毛被抓走後，他才回來。所謂〝霍嶺大戰〞，實際是眾多英雄保衛國土反對侵略的大戰，此時英雄格薩爾王卻沉溺於酒色之中。霍

爾國與嶺國大戰是在沒有格薩爾王情況下發生，結果以嶺國戰敗為
結局。八大英雄全戰死，黎民百姓遭塗炭。最後，史詩描寫格薩爾
王終於從北方打回來，一路勢如破竹，勢不可擋，消滅了叛徒和入
侵者，並且打入霍爾國的都城，格薩爾王大顯神通，使三個霍爾王
都病倒在床上，以後又活捉黃帳王，把黃霍爾王的頭砍了下來，把
他的皮剝了下來，把五肝六臟全部挖了出來。用他的心祭嶺神，用
他的血祭外鬼。當他救出珠毛妃子時，珠毛妃子也給黃霍爾王生了
一個孩子了，珠毛要求把這孩子帶回，格薩爾王反對，他用大義教
育珠毛。〝黃霍爾王是殺人的主犯，殺了我哥哥甲擦協尕爾，殺光
了嶺國的男人，搶光了嶺國的女人，嶺地中央成了血海，嶺國各地
荒草叢生，人煙斷絕，真使人痛恨萬分。敵人是我們的眼中釘、肉
中刺。他的孩子如果領回去，嶺國人不是都要笑我們、罵我們嗎？
你的臉不也是不光彩嗎？〞對敵人的恨、對親人和孩子的愛、對故
土的眷念，這種種矛盾都交織在這孩子身上，最後珠毛哭著把手中
孩子放下，跟格薩爾王一起走，走到前面，格薩爾王假說回去取馬
鞭，回來到庫房裡，一刀砍死了孩子，轉身回去，追上了珠毛。最
後，格薩爾王未殺霍爾國的降將梅乳孜，著令他率霍爾國投降，並
賜他為霍爾國王。霍爾國的人們，歡天喜地，大擺筵席，唱歌跳
舞，大事慶祝。梅乳孜回國後，黎民百姓十分感激格薩爾大王的義
氣，全國臣民未再叛嶺國。嶺國人和霍爾人，從此相親相敬，互助
往來。

《格薩爾王傳》全部故事情節證明，這部規模巨大的史詩，是
西藏奴隸制的典型寫照。第一、格薩爾王的理想便是做一個奴隸
主。正像天神對他唱的〝你是黑人的君長，你要坐殿登基來統治。

你要降伏四方四種魔，命他們永遠做奴隸。你要壓制強梁的人，叫他們永遠把頭低。你要扶助弱小的人，讓他們揚眉又吐氣。〞要求有一個賢良奴隸主的理想，是奴隸們在苦難深淵中一種幻想的反映，於是奴隸們用心中充沛的熱情來塑造這一個理想化了的奴隸制度下的君主，並把他美化成是上天不可動搖意志的體現者。第二，霍嶺大戰實際是奴隸主之間的野蠻殺戮。自然，對比來看，霍爾人是入侵者，是造成悲慘地千萬人頭落地的主要罪犯。他們的刑罰和殺人方式，還帶有明顯奴隸制的野蠻性：(1)〝活著挖心，祭奠甲擦〞，這是挖心的刑罰；(2)〝他的肉我曾吃幾塊，他的血我曾喝幾口〞，這是奴隸制時吃人肉喝人血野蠻風俗反映；(3)格薩爾王〝把超同背上的皮割下來一條〞，然後放他去牧馬，這是奴隸制割皮刑罰的反映；(4)霍爾人到了嶺國：〝殺光了嶺國的男人，搶光了嶺國的女人〞，殺男人並搶女人為戰勝者之妻，是奴隸制特殊歷史情況的反映。許多事實都說明了它是奴隸制控制下現實的反映。第三，這部史詩中也體現了在奴隸制中所孕育的封建性的因素，因而表明有封建農奴制的特徵。黃霍爾王把珠毛妃子搶去，不純是像一般奴隸主那樣把女奴作為享樂工具，而是要珠毛懷孕，為他傳宗接代，子承父襲的思想是明顯封建性反映。另外，格薩爾王最後不殺梅乳孜，封他為霍爾國王，並把嶺國姑娘梅多通孜他給作妻子，並派嶺國大臣送他們回國，這是明顯中古時代漢唐王朝和親政策在西藏民間流傳的反映，也帶有明顯封建性。從以上三個方面，我們不難看出這部巨型史詩所表現的西藏農奴制現實的背景。《格薩爾王傳》並不是產生於一個時代，有的說產生在公元六、七世紀，有的則說是產生在十七世紀初，但從現在存在的作品看，它是從六世紀到十七世紀,漫長歷史生活磨練出來的一部史詩,內容不斷在民間藝人口中加添著,因而打上了奴隸社會上中下各階段生活的烙印。

《江格爾》是流傳在我國蒙古族的一部偉大的史詩。通常所見是世傳的十三章本❷,後又搜集到兩章,成為十五章本❷,現在據說又發掘到二十八章本。《江格爾》是蒙古族幼年時代的作品,在流傳中未經文人加工,始終保持民間説唱文學本色。它每一章有一個中心人物,説一段完整的故事。但每一章都由江格爾、洪古爾和阿拉譚策吉等人物串起,每章之間雖相互有獨立性,但又都是一個統一的整體。而每一章又都是以酒宴開始和結束,首尾都是呼應的。在描寫人物、駿馬、戎裝、武器和戰爭場面時,已形成一套雷同的重複的程式化的描寫,這是民間文學深化感情、渲染氣氛傳統藝術手法,也符合廣大聽眾欣賞習慣,可惜在漢譯本當中,認為它重複,竟將重複處刪去,便顯得有失真容與不夠完整,其實儘可不必刪節而應保持全史詩原來的面貌,這麼一刪反而缺胳膊少腿顯得不完整了。

《江格爾》開首為序詩,概括全史詩中心思想,敍述江格爾身世和他的理想國寶木巴創建過程,寶木巴是天堂吉祥之地:

> 江格爾的寶木巴地方,　　是幸福的人間天堂。

❷ 此部史詩見《江格爾》,內蒙古人民出版社,1958年版。
❷ 此十五章本見《江格爾》(蒙古族民間史詩)(色道爾吉譯),人民文學出版社,1983年版。色道爾吉在《中國少數民族文學》一書中説:"最近幾年,新疆人民出版社的巴達瑪等從新疆衛拉特蒙古族中間又搜集到二十多部(章)《江格爾》。這些新篇章,不僅篇幅長,內容新穎,而且情節離奇,語言生動。"

那裡的人們永保青春，　　永遠像二十五歲的青年，

不會衰老，不會死亡。

江格爾的樂土，　　四季如春，

沒有炙人的酷暑，　　沒有刻骨的嚴寒，

清風颯颯吟唱，　　寶雨紛紛下降，

百花爛熳，百草芬芳㉚。

序詩也歌頌了江格爾及其6,012名勇士有計謀與膽量。

第一章　江格爾和阿拉譚策吉的戰鬥。

西魯蓋的光榮的兒子，

摔交手蒙根·西克錫力克，

活捉了五歲的江格爾。

摔交手，仔細端詳小英雄，

看出他有高貴的命運。

如果把他留在人世，

他將成爲世界的主人，

主宰陽光下的生靈。

㉚ 引自《江格爾》（色道爾吉譯本），人民文學出版社，1983年版，4頁。以
　下引詩均同此書。

蒙根·西克錫力克，
要鋤掉小江格爾。
他五歲的兒子——
洪古爾撲倒在江格爾身上，
不許父親傷害小江格爾。

西克錫力克無法，想出〝借刀殺人〞之計，派江格爾去給老英雄阿
拉譚策吉趕馬。江格爾六歲去趕馬，一聲嘶吼如晴天霹靂，八萬匹
馬全被他趕走，阿拉譚策吉已預見七歲的江格爾定能降服自己，不
如現在一箭結束他的性命，便遙隔三條河向他瞄射，一箭射穿江格
爾前胸。但通人性的馬——阿蘭扎爾，卻馱江格爾回到西克錫力克
的門前，西克錫力克正要出門狩獵，就吩咐夫人姍丹將他剁成肉泥
去餵雞狗，便跨馬飛走。但洪古爾又撲在江格爾身上，請求母親用
靈藥給他治好箭傷。洪古爾兩次救了江格爾，他倆結為最親密兄
弟。江格爾進入七歲年齡。西克錫力克出獵不歸，江格爾和洪古爾
去找，發現西克錫力克已成為阿拉譚策吉的俘虜。阿拉譚策吉發現
七歲江格爾和洪古爾結為一體，自己已不是他們的對手，便自願投
降，做了江格爾的右手頭名勇士，也釋放了西克錫力克，而西克錫
力克終於把國家交給江格爾治理。

第六章　雄獅洪古爾的婚禮

勇士們團團坐了七圈，
舉行芳醇美酒的盛宴。

席間，洪古爾向江格爾
傾吐自己的心願：
〝博克多，榮耀的諾顏，
我年過十八，沒有結親，
請賜我一位美貌的夫人。〞

江格爾便親自到札木巴拉可汗那裡求婚，為洪古爾聘娶絕世無雙的
參丹格日勒為妻。札木巴拉可汗要洪古爾單身匹馬來拜見。當洪古
爾跨上鐵青馬來到札木巴拉可汗的宮殿時，看到參丹格日勒和大力
士圖赫布斯手拿髀骨拜了天地，洪古爾在鐵青馬的鼓勵下決心向情
敵挑戰，結果洪古爾打敗了圖赫布斯，馱著圖赫布斯的屍體來到參
丹格日勒家。參丹格日勒見了洪古爾，便合掌向天祈禱、詛咒洪古
爾。洪古爾盛怒之下又砍死了參丹格日勒。之後，洪古爾又懊悔自
己的魯莽。歸途中，果然如參丹格日勒所詛咒的那樣，洪古爾飛馳
了三個月後，和鐵青馬一起昏倒在荒野上。這時飛來三隻天鵝。

三隻天鵝在空中盤旋：
〝啊，這是什麼地方？
勇士和駿馬躺在這裡，
奄奄一息，
讓我們救活勇士和他的坐騎！〞
天鵝從空中落到荒野，
給勇士和坐騎的嘴裡，
不知放了什麼妙物，

　　然後向藍天飛去
　　過了片刻，
　　人和馬突然有了知覺，
　　勇士和坐騎一同甦醒，
　　洪古爾跨上鐵青馬又向前飛奔。

三個月以後，又有大海擋住了去路。正在走投無路的時候，突然遇
到芳草、甘泉和鱒魚。

　　洪古爾跑上前去，
　　舉槍刺中魚腹。
　　洪古爾正想挑出鱒魚，
　　卻被鱒魚拽入海裡。

　　鐵青馬急忙跑來，
　　將八十八尺長尾巴甩到海裡，
　　洪古爾則摸到它的長尾，
　　鐵青馬在岸上高喊：
　　〝我要把你
　　連槍帶魚一齊拉上岸！〞

　　鐵青馬蹬住兩條後腿，
　　躍起兩隻前腿，
　　全力把主人和魚拉上海岸。

> 洪古爾吃飽了鮮美的烤魚，
> 搭起蓬帳安睡。
> 洪古爾舒展四肢，
> 沉睡了四十九日夜。

人和馬又得救了，洪古爾又跨馬飛奔，來到一座青銅宮殿旁。他讓鐵青馬變做禿尾小青馬，自己變做十一、二歲的癩頭乞兒，體弱衣破，騎著禿尾小青馬，向宮殿緩緩走去，宮殿不敢進，只好躺在奴隸的牛糞堆上。

> 一個老人趕著車兒來拉牛糞，
> 他驚奇地喊道：
> 〝這兒怎麼躺著一個小孩兒和小馬？〞
> 孩子身上發出燻人的臭氣，
> 老人只好趕著空車回家。

> 老人回到自己的破氈包，
> 迎面走出黝黑的老太婆：
> 〝老頭子，你拉的牛糞呢？〞
> 老漢慌張地說：
> 〝一匹小青馬和一個小孩兒，
> 躺在牛糞上，又臭又髒，
> 我不敢靠近，只好回轉。〞

老太婆對老頭兒高聲叫喊：

〝從古到今，人最寶貴！

雖然不是你的骨肉，

也是蒼天的恩賜，

為什麼你不接受？

趕快把孩子領回！〞

就這樣，他們又被一對沒有孩子的老夫婦收養。原來這裡是查干兆拉可汗的宮殿，可汗的女兒哈林吉臘愛上了洪古爾，是她化為天鵝，又變出芳草、清泉、鱒魚，拯救了洪古爾的生命。這時，適逢江格爾為找洪古爾來到查干兆拉可汗的國土。江格爾和勇士們與洪古爾相逢，遂為洪古爾聘娶了哈林吉臘，並一同返回寶木巴故鄉。

以上我們敍述了《江格爾》史詩的序詩，第一章和第六章的故事梗概，以觀全貌。為了觀其真形，援引了部分詩行。《江格爾》史詩可謂是蒙古民族幼年期的童話詩，詩裡充滿了幻想，洪古爾可以變為小孩兒，健壯的鐵青馬可以變為一匹小青馬，公主可變為天鵝，馬可以說人話。巨人庫恩伯之魁梧可以獨占52人的位置；一張巨大寶弓需要五百名大力士給它上弦；這些幻想思維還保持著古老的風貌。《江格爾》史詩描寫的基本上是戰爭的歷史。不僅上引的第一、六章是講打仗的，其餘十三章全是講打仗，正如第二章薩納拉歸順江格爾，江格爾所說：〝如果他說要廝殺／你就填平他的阿布輝海／把他的奴隸全部趕來／不要給他留下一條母狗／不要給他留下一個孤兒！〞這莫不打上了奴隸社會的烙印，保留著蒙古族早期的面目。《江格爾》史詩也表現了蒙古族早期的風俗，例如搶婚，參丹格日勒不愛洪古爾而愛大力士圖赫布斯，並且與他拜了天地，洪古爾仍然要去搶參丹格日勒，結果產生殺掉兩人的悲劇。江格爾也是，他為了得到愛妻阿蓋·莎布塔臘，殺死她的情人大力士包魯漢查干，將她搶來。這種搶婚表現了風俗的古老性質。《江格爾》史詩也表現著它產生的地域性。愛馬、讚馬、將馬神化，與蒙古族生於草原之地域有血緣關係。威武的馬貫穿了《江格爾》十五個戰爭故事之始終，這史詩中的馬都是有人性、會說話、解救主人苦難的靈物，例如第五章薩布爾出走和又返回寶木巴，江格爾突然受到敵人襲擊，做了俘虜，薩布爾的綠臉栗色馬聽到了江格爾呼救的聲音，叫醒酣睡的薩布爾，星夜馳回，解救了江格爾，史詩中的馬都是這類靈馬。總之，龐大史詩《江格爾》故事變化多端，情節萬千，波瀾壯闊，天馬行空，色彩斑斕壯麗，氣勢蒼茫溟濛和悲壯豪邁，各章都有獨立性，但又渾然一體。《江格爾》是中國史詩寶藏中一顆璀璨的明珠。它大約在明代前後已被外國人所注意，故在1804年起，就陸續有了德、俄、日等文的譯本，這叫牆內開花牆外香，直到1910年才以漢文出版了卡爾瑪克藝人奧布萊·額勒的十章本。

第四節　古　歌

在我國的長篇民歌中，還有一類長篇古歌，有人稱為〝創世史詩〞，但是它與史詩在內容上並不一樣。史詩主要反映的是英雄的事蹟，塑造的是英雄的形象，講說的是奴隸制時代人與人之間爭戰的生活現實，但是古歌不是這樣，古歌並不是講說奴隸制時代人與人之間的爭戰，而講説的是原始社會人與自然之間的搏鬥，它講説人類怎樣開天闢地的故事，並不突出塑造英雄形象，而是單純的敍事並帶有濃鬱的抒情性。它的規模一般來説只有幾千行，個別 (像《梅葛》) 也有上萬行的。這一類長篇古歌中著名的是：彝族支系阿細人《阿細的先基》、納西族的《創世紀》、彝族的《梅葛》、苗族《古歌》、拉祜族的《牡帕密帕》、畬族的《匏王歌》、瑤族的《妹洛陀》 (又稱"羅陀的故事"、"洛駝羅謝") 等等。古歌是我國長篇民歌中特殊種類的作品，與史詩和敍事詩都不一樣。

《梅葛》是彝族的一部民間古歌，廣泛流傳在雲南省楚雄彝族自治州姚安、大姚等縣的彝族人民中。"梅葛"是彝語譯音，它是一種調子的名稱。全詩分為"創世"、"造物"、"婚事和戀歌"、"喪葬"四個部分。在"創世"的"開天闢地"和"人類起源"兩章裡，它主要表現了彝族人民遠古時代的世界觀，對各種事物的認識，具有很高的想像力：

"遠古的時候沒有天，遠古的時候沒有地。要造天啦！要造地啦！哪個來造天？哪個來造地？格滋天神要造天，他放下九個金果，變成九個兒子。九個兒子中，五個來造天。格滋天神要造地，他放下七個銀果，變成七個姑娘。七個姑娘中，四個來造地。造天的兒子有啦！造地的姑娘有啦！造天的兒子沒有衣裳穿，拿雲彩做衣裳；造地的姑娘沒有衣裳穿，拿青苔做衣裳。"

很明顯，《梅葛》敍事而不塑造人物形象，敍情又帶有敍事的性質，這是彝族古歌的特點。也是一般古歌的特點。

它也表現了彝族人民生產和生活變化的過程。如："沒有火，天上老龍想辦法，三串小火鐮，一打兩頭著，從此人類有了火。什麼都有了，日子好過了。〞這是人類鑽石取火的藝術反映，反映了生產上和生活上最初探索的成就。

它也反映了彝族人民與各族人民在經濟上、文化上的密切聯繫。如：〝戳開第一道，出來是漢族，漢族是老大，住在壩子裡，盤田種莊稼，讀書學寫字，聰明本事大。戳開第二道，出來是傣族，傣族辦法好，種出白棉花。〞分別表揚了漢族、傣族、傈傈族、苗族、藏族、白族、回族等族人民在經濟與文化上的貢獻。

《創世紀》是納西族的古歌，反映納西族人民開天闢地、創世立業的生活情景的。共分為開天闢地、洪水翻天、天上烽火、遷徙人間，總共四章，它反映了納西族人民在社會發展最初階段的生活鬥爭圖景，表達了納西族人民在童年時代對於宇宙萬物、人類社會的種種解釋和看法。

《阿細的先基》是彝族支系阿細人的古歌，流傳在雲南彌勒縣一帶的阿細人民口頭上。〝先基〞是阿細語〝sei ji〞的音譯，意譯的意思是〝歌〞，因此1954年光未然的譯本名為《阿細人的歌》，這個譯名比現在這個譯名要準確而明白些。這部古歌分為〝最古的時候〞和〝男女說合成一家〞兩大部分，另外加上〝引子〞和〝尾聲〞兩部分。〝最古的時候〞部分，包括天地萬物的來源，各種自然現象的成因，人類的早期生活及其經受的歷史苦難、風俗習慣。它的大部分內容是反映原始社會人們的生活狀況，以及人們對自然現象的解釋和想像。與史詩那種人與人的對抗形成鮮明的對照，

《阿細的先基》古歌則是人和自然的矛盾貫串全詩，它反映出人類試圖認識自然和征服自然的進取精神和頑強不屈的鬥爭意志。

《牡帕密帕》也是拉祜族的一部著名的古歌❸。拉祜族是雲南邊疆一個具有悠久歷史的少數民族，〝拉祜〞的含義就是燒烤虎肉的一種特殊的方法，他們以能獵取凶猛的老虎而引以自豪，並以命名來作為本民族英勇的象徵，《牡帕密帕》便反映了拉祜族英勇的民族性。這部古歌除了歌頭與歌尾以外，還包括三個主要部分：(1)造天造地，(2)造物造人，(3)生活下去。而以第三部分最為豐富，包括扎笛娜笛結婚、第一代人、取火、打獵、分配、蓋房、造農具、種穀子、種棉花、鵪鶉跳舞等十個方面，全面反映了人與自然鬥爭的創造精神。

這部創世古歌敘述的神話，其中的厄莎天神，和我國兩千年前出現的女媧神，極為相近，都是偉大的女神。也與我國其他民族神話開天闢地傳說具有廣泛的一致性。第一，女媧神看見天地不分，乃〝斷鼇足以立四極〞（《淮南子·覽冥訓》）斬斷了大龜的足來代替天柱，樹立在大地的四方，才把天空撐持起來；拉祜族《牡帕密帕》中厄莎神造天地也有相似的描寫，它說厄莎神〝做了四棵柱子，金柱子、銀柱子、銅柱子、鐵柱子〞，把天空撐持了起來，從此天地分開了，兩者在天的四角立天柱的觀念是同樣的。這種觀念在先秦時代就已經十分流行了，在屈原的《天問》中就提到〝八柱何當？東南何虧？〞這同女媧斷龜足作四根柱子而使天傾東南觀念是同樣的，舊題漢代東方朔撰、晉代張華注《神異經》也記載到這種觀念，它說：〝崑崙之山，有銅柱焉，其高入天，所謂天柱也。〞在

❸ 見《牡帕密帕》，雲南人民出版社，1979年版。

現代所收集到的長篇古歌中，這種觀念更是累見不鮮了。布依族古歌中便有：〝這時有個布傑公（布依族祖先之一），力氣蓋過眾仙神：腳腿可作撐天柱，天上地下任他行；巴掌像棵大榕樹，手粗能把天地分。〞❸這是用腳腿作撐天柱的。納西族古歌《創世紀》中又是另一種說法：〝神的九兄弟啊，不會開天不灰心，學成開天的工匠，又去把天開。東邊豎起白螺柱，南邊豎起碧玉柱，西邊豎起墨珠柱，北邊豎起黃金柱，中央豎起一根撐天大鐵柱。〞❸這是用五根柱子撐天的。彝族支系阿細人的古歌《阿細的先基》卻說得和《牡帕密帕》幾乎同樣：〝天上的阿底紳，拿了四根金柱子，拿了四根銀柱子，拿了四根銅柱子，拿了四根鐵柱子。東邊豎銅柱，南邊豎金柱，西邊豎鐵柱，北邊豎銀柱。用柱子去抵天，把天抵得高高的。〞❸這也是用金銀銅鐵作柱撐天的。彝族的古歌《梅葛》中的說法又是別具一格：〝格滋天神說：`山上有老虎，世間的東西要算虎最猛。引老虎去！哄老虎去！用虎的脊梁骨撐天心，用虎的腳桿骨撐四邊。′〞〝猛虎殺死了，大家來分虎。四根大骨莫要分，四根大骨作撐天的柱子；肩膀莫要分，肩膀作東南西北方向。把天撐起來了，天也穩實了。〞這是用虎的脊梁骨和虎的腳桿骨來撐天的。苗族的古歌《造撐天柱》卻說，在開天闢地以後，曾用蒿枝撐，泡木樹撐天，〝天常常會垮，地常常會動〞，後來有博和雄等四個公公到東方去搬運金銀回來，打造了十二根金銀柱，才把天空撐好了。由此可見，拉祜族的厄莎天神〝撐天說〞，是和我國古

---

❸　見《布依族古歌敍事歌選、賽胡細妹造人煙》18頁，貴州人民出版社，1982年版。

❸　《創世紀》5—6頁，雲南人民出版社，1978年版。

❸　見《中國民間長詩選》第二集，11頁，上海文藝出版社，1980年版。

代神話觀念相一致的，不僅與女媧神〝撐天說〞相同，也和布依族、納西族、彝族、苗族的〝撐天說〞有廣泛的一致性。最古老的撐天說自然是隸屬於女媧神話系統的，現代搜集到的各兄弟民族古歌中的撐天說，包括上面舉列的，都是女媧神話在後世深遠的影響，也可以說女媧是中華古國各族人民共同偉大的始祖神。〝撐天說〞還見於其他民族有：土家族〝地上有個鰲魚一長背撐住了天〞㉟；傣族的英叭神揑成四塊西拉石，變成四棵定天柱，〝把天地穩穩地固定〞㊱；白族說盤古〝用四座大山做頂天柱，四個鰲魚做支地柱，穩住了天地〞㊲；瑤族《密洛陀》民間傳說云：密洛陀〝用師傅的兩隻手和兩隻腳做四條柱，頂著天的四個角，用師傅的身體做大柱撐著中間，天地就造成了。〞㊳均係女媧傳說衍化。第二，在兄妹結婚這一個方面，女媧神話與《牡帕密帕》描述的扎笛娜笛兄妹結婚是完全一致。唐·李冗《獨異志》卷下云：〝昔宇宙初開之時，有女媧兄妹二人在崑崙山，而天下未有人民，議以為夫妻，又自羞恥。兄即與其妹上崑崙山，咒曰：`天若遣我二人為夫妻而煙悉合，若不使，煙散。′於是煙即合。其妹即來就兄，乃結草為扇，以障其面。今時人取婦執扇，像其事也。〞㊴《牡帕密帕》中厄莎神也是促使兄妹結合的：

厄莎告訴扎笛、娜笛，　　要他們同住一起，

像太陽月亮配成對，　　像花木雀鳥形影不離。

㉟　《中國少數民族神話學術討論論集》下冊，彭勃《略論土家族神話故事》，1984年，111頁。
㊱　祐巴勐《論傣族詩歌》14頁，中國民間文學出版社，1981年版。
㊲　見《雲南少數民族文學資料》第一集，1980年，228—229頁。
㊳　見《瑤族民間故事選》上海文藝，1980年版，15頁。
㊴　見《獨異志》卷下，中華書局，1983年6月第1版，79頁。

扎笛、娜笛回答厄莎： 〝我們同由一處來，
只能成爲兄妹， 不能成爲夫妻。〞

扎笛跑到月亮裡躲， 娜笛跑到太陽裡藏。
厄莎做了兩劑迷藥， 包裝在蜂兒身上。
蜂兒繞太陽一轉， 蜂兒繞月亮一轉。
扎笛聞到迷藥回到地上， 娜笛聞到迷藥回到扎笛身旁。

厄莎給響篾放上相思藥， 厄莎給蘆笙放上相思藥；
扎笛吹蘆笙就想到妹妹， 娜笛彈響篾就想到哥哥。

扎笛娜笛當著厄莎害羞， 他們背地生活在一起；
他們成了夫妻， 從此他倆不再分離。

女媧兄妹結婚，與厄莎促使扎笛娜笛兄妹結婚有異曲同工之妙！它
們共同反映的是原始社會早期血緣群婚制的現實情景，關於女媧兄
妹結婚的故事在我國西南地區苗、瑤、壯、布衣等族民間神話傳說
中廣泛流傳，與拉祜族的這種傳聞也有顯然的聯繫性。第三，從總
的形象上來看，也相同。在古歌中，厄莎本人不僅是一個創造萬物
的組織者，而且是一個嘔心瀝血、日夜不眠，勞碌奔波、剜肉抽
筋，在所不惜的身體力行的勞動者。而女媧也創造了天地、人類、
音樂、蘆笙，偉大的女神女媧在宇宙大變動之時，天地崩裂之中，
她拯救了人類，運用神力與大自然災害作鬥爭，她辛辛苦苦，做了
許多工作，終於把災禍平息了，使沉淪在痛苦深淵中的人類得以甦

生，她也是一個嘔心瀝血、日夜操勞、勞碌奔波的普通勞動者。從上述三方面可以清楚的看見，拉祜族古歌所反映出來的厄莎神話，與女禍神話有著十分密切的關係，説明拉祜族與漢族有極為深遠的文化交往，厄莎神話只能認為是在女媧神話影響下產生的。

總之，民間古歌從總的方面來看，是歌頌人們征服大自然的偉大氣魄，歌頌人們用勞動來創造世界的無窮智慧和巨大力量，也是歌頌人們開天闢地，艱苦創業堅強的意志和無畏的精神，用古歌這一藝術形式，來表現人民用勞動創造了世界和歷史的偉大真理。

第十二章　民間戲劇

第一節　什麼是民間戲劇？

民間戲劇是一門有説白、有歌唱、有舞蹈、有曲調、有打鬥，用來表演一定故事情節，敍述人物遭遇底綜合性的民間文學種類。

我國民間戲劇的形成首先與民間風俗有千絲萬縷的聯繫。從我國遠古時候説，那時民俗，與古人智識未開、篤信萬物有靈、也篤信古代神話有關。這樣，民間戲劇的產生，便蒙上了一層神話傳説的外衣，我們只要揭開了這一層外衣，便能看見民間戲劇的藝術形式。先秦，距離現今2,500年之前，那時民間愛好一種體育活動，便是互相角力摔跤，逐漸形成一個盛行的體育風俗。角抵戲便從中產生了。梁任昉《述異記》説：〝軒轅之初立也，有蚩尤氏兄弟七十二人，銅頭鐵額，食鐵石，軒轅誅之於涿鹿之野。蚩尤能作雲霧。涿鹿今在冀州。有蚩尤神，俗云人身牛蹄，四目六手，今冀州人掘地得骷髏如銅鐵者，即蚩尤之骨也。今有蚩尤齒，長二寸，堅不可碎。秦漢間説，蚩尤氏耳鬢如劍戟，頭有角，與軒轅鬥，以角觝人，人不能問。今冀州有樂名《蚩尤戲》，其民兩兩三三，頭戴牛角而相觝。漢造角觝戲，蓋其遺制也。

太原村落間祭蚩尤神不用牛頭。今冀州有蚩尤川，即涿鹿之野。漢武時，太原有蚩尤神畫見，龜足蛇首，首疫其俗遂為立祠。〞（《述異記》卷上，漢魏叢書本）

　　上面描寫的蚩尤戲中蚩尤頭上的角，和耳朵兩旁長的鬢髮豎立起來好像劍戟，並不是生來便長出來的，而是一種民間戲劇藝術的裝扮，化裝成頭上頂牛角，耳髮如劍戟，演員在場上三三兩兩地抵觸鬥爭，這既是我國民間體育競技的一種形式，也是我國最初的一種民間戲劇的形式——蚩尤戲，又叫角抵戲。同時，從《述異記》中還可看見，角抵戲（蚩尤戲）最初表演的內容故事，便是黃帝與蚩尤銅頭鐵額81兄弟鬥爭的故事。我國戲劇起源於古代民間體育競技風俗，還可以從以下三方面來看。

　　第一，就〝戲劇〞這兩個字的構造來看。它倆都是從〝虎〞偏旁——〝虍〞，〝虐〞，〝戲〞字從〝戈〞，〝劇〞字從〝刀〞（刂），所以，遠古民間的戲，既和〝虎〞有關，又和兵器（戈，刀）有關。《說文》解釋古〝戲〞字說：〝三軍之偏也。一曰，兵也。從戈，虍聲〞，正是古〝戲〞字的一半〝虍〞，〝戲〞從〝虍〞聲，〝虍〞，《說文》說是一種古陶器，云〝從豆，虍聲，虍，虎文也。〞《說文》又解釋古〝劇〞字：〝虐，相刊不解也，從豕虍，豕虎之鬥不捨也。一曰，虎兩足舉。〞所謂〝虎兩足舉〞，就是披著虎皮兩足站著來摔跤和用兵器打鬥，當然這種打鬥，是打戰時爭鬥角逐的模仿和表演，並不是真的，不然決不會〝虎兩足舉〞了。因此，從〝戲劇〞二字原義看，民間戲劇也是來由於角抵戲中的披著虎皮打鬥，與民間體育的角力活動有密切關係。

　　第二，就我國民間戲劇第一個劇目《東海黃公》來看，它與〝戲劇〞二字本義所解釋的披著虎皮，拿著兵器爭鬥的內容也相合，也與民間體育角力相一致。東漢科學家和文學家張衡（公元78—139）在其規模巨大的《西京賦》中說到這個劇目：〝東海黃公，赤刀粵祝，冀厭白虎，卒不能救。挾邪作蠱，於是不售。〞 (見《文選》卷二) 意思是說：〝東海黃公，手執刀，嘴裡唸著南方人的符咒，想來降伏老虎，他想用這種歪門邪道的符咒來伏虎，自然是行不通的，結果誰也不能救他，而丟了性命〞。這是劇目的內容。

東晉時候江蘇句容人葛洪 (公元284—364) 托名漢·劉歆寫的《西京雜記》也寫道：〝余所知有鞠道龍，善為幻術，向余説古時事：有東海人黃公，少時為術，能制蛇御虎，佩赤金刀，以絳繒束髮，立興雲霧，坐成山河。及衰老，氣力羸憊，飲酒過度，不能復行其術。秦末，有白虎見於東海，黃公乃以赤刀往厭 (伏) 之，術既不行，遂為虎所殺。三輔人俗用以為戲，漢帝亦取以為角抵之戲焉。〞 (卷三) 這裡得明白地説到了漢代角抵戲演的就是東海黃公故事，不過故事已有明顯變化，黃公此時由於年老體弱，又飲酒過度而被老虎吃掉了。不過，不管《西京賦》或《西京雜記》上所説，東海黃公民間劇目內容都是有進步性的，也都與民間體育有關。

戰國到秦漢時期，社會上出現了講神仙求方術的方士 (也就是道士)，他們以搞〝長生不老藥〞或〝點石成金術〞或〝人修煉成仙〞等方術騙取了封建統治者的信任，秦始皇迷信〝入海求仙〞的徐福，漢文帝則迷信〝望氣取鼎〞的新垣平，漢武帝則大為迷信〝祠灶〞的李少君等，三國時曹操則迷信善於〝辟谷〞的左慈。而民間戲劇《東海黃公》，則與統治者唱反調，《西京賦》中記的黃公故事揭露了方士搞假符咒騙人，用符咒伏虎送了命，《西京雜記》中記的黃公故事，則揭露了方士的所謂〝長生不老〞也是騙人的，方士也一樣會年老而被猛虎吃掉。總之，從內容可見，民間戲劇產生時便以它那積極地具有反抗性的故事情節，批判了現實生活當中的反動、錯誤的東西。

漢代民間戲劇之角抵戲是在廣場上演給百姓看的，《西京賦》上便說：〝臨迴 (jiǒng, 窘) 望之廣場，程角觝之妙戲。〞就是明證。這種角抵戲有武打的場面，《西京賦》李善注曰：〝善曰：《漢書》曰，武帝作角觝戲。《文穎》曰：〝秦名此樂為角觝，兩兩相當角力，技藝射御，故名角觝也。〞〞可見民間戲劇產生時曾經吸收了民間體育中摔跤的競技技術，發展成表演藝術，先在民間(廣場)表演，後被皇帝培植到宮廷，成為宮廷角抵戲。

第三，從漢末醫學家華陀創造的《五禽戲》民間體育鍛練方法看，〝戲〞字也與模仿虎的動作有關，與〝戲〞字的本義披虎皮有關。它是以模仿虎、鹿、熊、猿、鳥的動作和姿態進行的肢體活動，而將虎戲放在五禽戲之首，像老虎之蓄勢欲撲。

總之，不管從〝戲劇〞兩字本義看，從《東海黃公》演的內容看，從〝五禽戲〞中〝虎戲〞來看，民間戲劇都和〝虎〞與〝角力〞有密切關係，這是我國民間戲劇產生時明顯的特點，當然，它是一種綜合性的藝術，不僅揉合了民間體育，也揉合了民間歌謠、民間舞蹈、民間故事，才能使表演的獸類活動和與獸類打鬥的動作維妙維肖，才能使它的演出內容生動感人。角抵戲的前身是漢代民間的〝百戲〞，這種〝百戲〞又叫做〝散樂〞，是漢代各種雜技、歌舞、武術、戲曲等的總稱，很像現在的雜耍一類的文娛節目，民間戲劇便是在這種〝百戲〞基礎上，適合了民俗的要求而發展成功。民間戲劇的產生和發展不僅在古代與民俗有密切關係，就是在近代的各地方戲的形成，也是如此，如我國民間盛行過春節，河北省武安、邯鄲等地民間愛好踩高蹺、跳秧歌，以後便發展成河北民間戲劇之一種〝武安落子〞。又如湖南苗、侗、瑤等族集住區，有一種巫神跳舞戴假面的民俗，以後便發展成〝師公臉殼戲〞即師道戲。再如，江蘇南通民間有一種風俗，每逢四月八日要請巫師在迎神賽會時跳舞說唱，該地把巫師叫做僮子，以後便形成為〝僮子戲〞。可見，不論古今，民間戲劇的形成均與民俗有重要而密切不可分的關係。

其次，民間戲劇的形成也與民間說唱有千絲萬縷的關係。例如道情，是我國唐代產生的著名的民間說唱種類，在現代我國民間，有的省還是抒情道情形式（如江蘇道情），有的省已發展到敍事道情形式（如義烏道情、金華道情），再有的省則發展到民間道情戲的形式了，如晉北道情、晉西道情、陝北道情、河南道情，而商洛道情（陝西商洛）、關中道情（陝西乾縣、禮泉、興平、武功、盧縣一帶）、安康道情（陝西安康）、隴東道情，則已從普通道情發展成皮影戲了。由民間說唱發展成民間戲劇，決不止道情一種，東北二人轉是吸收了北方的蓮花落而形成的；廣西的壯劇是吸收當地板凳說唱而形成的；評戲是吸收了蓮花落和〝蹦蹦舞〞而形成的，侗戲吸收了說唱〝嘎錦〞、〝擺古〞而形成等等，從說唱的第三人稱代敍很便當就形成第三者的藝術表演而成為民間戲劇。

再次，民間戲劇的形成，也與民間歌謠有千絲萬縷的關係，各種形式的民間歌謠都是民間戲劇形成的因素。就山歌而言，江蘇海門山歌形成了〝海門山歌劇〞；陝西〝桄桄戲〞吸收了當地山歌；漢調二黃由陝南山歌形成；遊春戲吸收了福建北部農村的山歌；甬劇則吸收了寧波農村的田頭山歌；梅縣山歌劇主要曲調則是客家原腔山歌等等。就勞動號子而言，紫陽民歌劇是陝西〝喊號子〞和小

調的結合體；泗州戲（柳琴戲）吸收了蘇北海州的號子；江蘇丹劇則
是在曲藝〝嘟嗞〞的基礎吸收了當地勞動號子因素而成等等。就民
間小調而言，也有許多民間戲種吸收它的因素，安徽廬劇（倒七戲）
即以當地民歌小調為基礎；海城喇叭戲則是遼寧民間小調和東北秧
歌藝術形式的融合；河北的哈哈腔戲則是從滄州、涿縣一帶民間秧
歌形成；另外從採茶戲這一類劇種來看，不論是江西各種採茶戲，
還是粵北採茶戲、廣西採茶戲，均在民間小調《採茶歌》基礎上形
成的。所以民間戲劇與中國民歌的各種藝術形式（山歌、號子、小調）
都有密切的聯繫。

並且，民間戲劇與民間舞蹈也是緊密結合著的。特別從秧歌戲
系統、花燈戲系統（湖北恩施燈戲、貴州花燈戲、雲南花燈戲）、花鼓戲系統
（湖北天沔花鼓戲、皖南花鼓戲、湖南岳陽花鼓戲、山東荏平花鼓戲、廣東樂昌花鼓戲），
這三大系統均是在民間歌舞中吸取了藝術特點而形成各劇種。少數
民族中的各種民間戲劇也是如此，藏劇、傣劇、苗劇、雲南壯劇、
雲南文山的壯族沙劇，民間歌舞的成份都很大。

總而言之，民間戲劇的形成因素是複雜的，它與民間風俗、民
間說唱、民間歌謠、民間舞蹈都有密切的關係，而且民間戲劇往往
又表演民間神話、傳說、童話、動物故事等等，說的是諺語、謎
語、歇後語等，實際上，典型的民間戲劇是中國民間文學各類形式
在舞台上的藝術復活，是不知名的人民的藝術才華在戲劇領域開闢
的新天地。

第二節　民間戲劇的思想內容和藝術特點

我國民間戲劇的思想內容是豐富多彩的，藝術形式是生動活潑

的。就其思想內容來說，表現民間的生活及其風俗是它明顯的特徵。黃梅戲《夫妻看燈》❶便是反映民間元宵節放花燈的生活風俗的，歌頌歡樂與吉祥，給人以幸福生活的追求，組成它積極而健康的思想內容，例如王小六與王妻對唱的＂三盞燈，三星高照；燈四盞，四季如意；五盞燈、五穀豐登；燈六盞，六六大順；七盞燈，七巧團圓；燈八盞，八仙過海；九盞燈，九龍盤珠；燈十盞，十全十美滿堂紅。＂把民間讚揚喜慶的吉祥巧話加以套說，很好的體現了積極的主題思想。再如：錫劇《閣老遊春》反映民間遊春生活及風俗；呂劇《鬧房》反映了民間鬧新房的婚俗等等，民間戲劇表現民間生活及其風俗是它內容明顯的特點。另外，反映勞動，歌頌人民對勞動的熱愛，對勞動品德的肯定，對各類勞動的讚頌，也是它內容中的一個重要方面。黃梅戲《點大麥》便是表現種麥勞動的，王小六唱的：＂我家有畝地，落在山漥裡，趕著天晴呀嗬嘿大麥要種齊，我從地裡回家轉哪，找我老婆種麥去唷，拿取麥種快下地唷。＂反映出我國一家一戶小農經濟種麥的特徵，夫妻雙雙下地：＂夫妻雙雙出家門，南山漥地把麥種，等到來年收成到，有吃有穿樂盈盈。＂也反映了獨家獨戶勞動的歡快。泗州戲《拾棉花》是反映全家拾棉花勞動的。睦劇《牧牛》則是反映放牛勞動的，＂青青草兒嫩又鮮，小榮割草在河邊；鮮嫩青草餵牛牯，牛牯吃飽了好犁田。＂唱詞中表現了放牛歡樂，具有牧歌風味。河北梆子《小放牛》、黃梅戲《打豬草》都是從正面來歌唱勞動人民熱愛勞動的品德的。同時，民間戲劇也以反映農村青年的愛情生活為它的重要內容，自然，在表現愛情時，反映了勞動人民的愛情觀，貫穿了對農

❶ 見《黃梅戲傳統劇目選集》（1961年）。

村中封建禮教的反抗，歌頌婚姻的自主。在民間有關愛情的小戲中，反映了勞動人民樸素的愛情觀，例如泗州戲《走娘家》，張三和王桂花走娘家，王桂花坐在大車上〝打量我的個少當家〞，說他〝肩膀寬寬力氣大，長長的個子四尺八，俺丈夫風裡雨裡都不怕，莊稼行裡數上他。為人配個好女婿，去趟娘家誰不誇！〞而張三讚美他的妻則是〝我的妻屋裡屋外忙不停，下地織布又紡紗。我張三娶個好老婆，她愛我來我愛她。〞反映了勞動人民審美觀，是以一個人的勞動好為標準的。婺劇《僧尼會》描寫小和尚和小尼姑談戀愛，最終是都取下僧帽脱掉袈裟，頭上蓄起青絲髮，〝男有心，女有心，不怕山高水又深；尼姑和尚結成親，從此不念觀世音。〞從此〝男耕女織，地久天長〞的生活。反宗教的禁慾主義，推崇男女自由戀愛和結合，是《僧尼會》內容的重點。黃梅戲《送綾羅》也是表現男女在戀愛過程中贈物定情認親的細膩感情的。歌頌寡婦再嫁，鰥夫再娶，是民間愛情小戲中的重點內容，在這類小戲中《王大娘補缸》（湖北花鼓戲）、《雙推磨》（錫劇）頗為著名，寡婦王大娘衝破〝寡婦門前是非多〞的傳統觀念，在生活中結識了補缸人古老二，而古老二恰巧又是鰥夫，兩人一見傾心，有情人終成眷屬。愛情戲在民間戲劇中最為多種多樣，錫劇《庵堂相會》表現金秀英反抗封建家長賴婚和嫌貧愛富，淮劇《藍橋會》表現了賈玉珍和韋郎保忠貞的愛情，賈玉珍被壞人賣給藍家，嫁給十三歲的小孩，與情郎韋郎保在兵荒中分離，結果韋郎為等玉珍在藍橋下淹死，戲中貫穿了對吃人舊社會的控訴。民間愛情小戲，有些還以表現少女主動追求男性為其特色，如祁太秧歌《打酸棗》、川劇《秋江》，均描寫女子主動表白愛情，歌唱對封建禮教、家族法規的蔑視和叛逆。

最後一方面還有，抨擊和諷刺封建貴族階層也是民間戲劇的重要內容，用藝術形式反映了民間矛盾和鬥爭，反抗統治者壓迫者，剖析財主壞人的醜惡嘴臉。像福建高甲戲《一文錢》，以財主林色借人一文錢也要利息三分，諷刺了財主放高利貸的罪惡，又以縣太爺譚財一文錢也要貪污，諷刺了官府統治者貪贓枉法的本質。柳腔戲《尋工夫》❷通過貧農劉喜給女財主劉氏家當僱工的具體事例，揭露了財主階層剝削貪婪的本質。女財主劉氏僱劉喜勞動前，講明吃的是上等飯菜，〝早晨是單餅捲雞蛋，還有三月滷的香椿芽。〞午飯是〝頭籮的白麵蒸餑餑，鱗刀魚煎上那黃嘎渣〞，晚飯是〝小壺裡溫上四兩酒，剁上牛肉包 `箍雜´ (山東方言：餃子)〞，可是等僱工勞動完以後，給僱工吃的都是〝三成穀子二成沙〞，餃子裡是〝楦了一包臭豆渣〞，劉喜是〝三頓沒吃一口飯〞，回土地廟數工錢還發現〝三百個大錢少了仨〞，諷刺財主出爾反爾騙人品質入木三分。楚劇《葛麻》❸歌頌的是僱工葛麻聯合窮書生張大洪，智勝財主馬鐸，馬鐸當年貧窮時將女兒金蓮許給大洪，做了暴發戶又要賴婚，並高利盤剝窮人，葛麻和大洪一起反對，使財主最後賠了女兒又折錢，並表現了農民對幸福婚姻的追求。盧劇《打麵缸》、《小艾送飯》等，都從不同角度歌頌了對殘暴者壓迫者的反抗和鬥爭。

　　民間戲劇的藝術特點也是十分鮮明的。首先是〝小〞的特點，即故事小，情節單純，〝一粒沙子見世界，一顆水珠見大海〞，通過一件小事，一個簡單的故事，來具體表現事情的本質。因此也有人把〝民間戲劇〞稱為〝民間小戲〞，大戲屬於戲劇史研究的範

❷　見《中國地方戲曲集成》（山東省卷下），1960年。
❸　見《中國地方戲曲集成》（湖北省卷），1958年。

圍。一場小戲三、四十分鐘就演完了，但餘味無窮。短小精悍，結構緊湊。由於小，演出就比較方便，可以在廣場、田頭、草地上演出，供勞動人民就地欣賞，因此，一般對布景和道具的要求並不嚴格。

其二是〝少〞的特點。即人物少，一般只有兩人，至多三、四人，一個小戲通常只刻劃一、兩個人物，但這個人物都具有一定代表性，是一類人物的典型概括，如盧劇《打麵缸》刻劃一個荒淫無恥的壞蛋；盧劇《小艾送飯》則刻劃一個貪贓作弊的獄吏；湖南花鼓戲《劉海砍樵》則刻劃了一個溫柔多情的狐狸精；柳腔《尋工夫》則刻劃了一個吝嗇地主婆；福建高甲戲《桃花搭渡》則刻劃了一個詼諧善良的渡伯（艄公）；江西採茶戲《補皮鞋》則刻劃了一個機智風趣的皮匠；湖北花鼓戲《王大娘補缸》則刻劃了一個蔑視封建禮教的風流寡婦……等等，這些各具典型性的人物，或則男女搭配（如東北二人轉《小兩口回門》）、或則好壞搭配（如《尋工夫》）、或則老少搭配（如《秋江》）、或則夫妻搭配（如《夫妻看燈》）……等等，這樣一搭配便矛盾叢生，妙趣橫生了，因此戲雖小，但卻以刻劃典型性人物為主，造型化了的人物，使人們看了以後久久不能忘記。

民間戲劇的語言樸素簡練，對話機智詼諧。大量採用民間諺語、民間歇後語、口語俗字入戲，因此使它的語言也極富生活氣息，和農村風味。如川劇《秋江》中艄翁盤問陳妙常的一段：

艄翁：你與那位相公有親嗎？

妙常：無親。

艄翁：有故？

妙常：無故。

　　艄翁：非親非故你趕他做甚？

　　妙常：我與他是朋…… (羞狀)

　　艄翁：船蓬？

　　妙常：不是。

　　艄翁：風蓬？

　　妙常：不是啊！

　　艄翁：啊，你看見天要下雨，叫老漢帶頂斗蓬嗎？

　　妙常：啊呀，他與我是朋友啊！

　　艄翁：哦！才是一位多情的姑姑。

　　語言風趣，一句簡練到只有兩三字，不用什麼形容詞，便把妙常多情的性格刻劃出來了。有時為了使對話機智詼諧而採用民間歇後語，如皖南花鼓戲《站花牆》中丫環和小姐一段對話，當時王小姐叫丫環同去看情人：〝王：你可願同去？環：我好有一比。王：比從何來？環：老貓剁了前爪。王：怎講！環：扒（ㄅ）不得啦！〞歇後語經這樣戲劇化便有良好藝術效果。民間戲劇的唱詞多有民歌風味，甚至於直接採取調歌的藝術手法，把普通的十二月調或盤歌，採入劇情中，而增加農村泥土的氣息，如陝西耍壇便有直接採用十二月小調者 (見《民間文藝選輯》第九集，1955年文化生活版。)

　　總而言之，民間戲劇也是我國民間文學中寶貴的精神財富，它反映了勞動人民的生活、風俗、思想和心理，它創造了多種來源於生活的栩栩如生的人物形象，它是各種民間藝術光彩的結晶品，它在我國豐富的民間文學中是一條洶湧澎湃的巨流，具有深廣的內容和多種的藝術價值，是值得我們去研究的。

第三節 民間戲劇六十餘種劇種簡介

據1962年之統計，我國共有劇種460多個，眾多的劇種都是根據起源的地區、流行的範圍、藝術的特色和民族之區分，用此四項不同標準來定的。從理論上來說，這460多個劇種應當都是起源於民間戲劇的，但是，由於戲劇藝術的高度發展，許多劇種已完全脫離了初期民間的狀態，所以什麼劇種現在仍是民間戲劇就很難說了。我們說的民間戲劇，是指現仍流行民間的小戲而言，故僅就本章提到的六十多種民間戲劇之劇目有重點的作一簡介，俾觀中國民間戲劇豐富多彩的內容與形式。現以本章前兩節出現的劇種先後為序，加以介紹。

1.武安落子。這是流行於河北武安、涉縣、磁縣、邯鄲、永年、沙河及河南安陽等地的民間戲劇。從踩高蹺小演唱發展成戲劇。清代嘉慶時已見業餘演出，舞台動作仍有民間秧歌成分，人物以小生、小旦、小丑為主，唱腔有慢板、流水、娃子板、悲腔、哭迷子、數落子、扣板、曳板等，用小鑼、大鑼、板胡、板鼓伴奏，經常演出劇目有《小過年》、《端花》、《借髢髢》、《賣布》等。流傳到山西上黨的形成〝上黨落子〞，流傳到河北邯鄲的又形成專門的〝落腔〞，流傳到涉縣又形成〝大落子〞，都與武安落子有密切關係。

2.師道戲。流行於湘西和沅澧流域的漢、苗、侗、瑤各族中的民間戲劇，用各民族語言演唱，由巫師〝還儺願〞發展而來，故曰師道戲。湘南巫師演出戴面具，又稱〝師公臉殼戲〞。《孟姜女》為其傳流劇目，故沅澧流域又稱〝姜女兒戲〞。也有稱〝儺堂戲〞、〝儺願戲〞。清乾隆已有演出，早期民間戲目有《搬先鋒》、《搬開山》、《搬鍾馗》。湘西流行《打求財》、《童兒採香》等生活氣息濃郁。

3.僮子戲。又稱〝通劇〞，流行於江蘇南通縣。原為當地巫師（俗稱〝僮子〞）在迎神賽會時的說唱與舞蹈。清乾隆時揚州曾經組織〝僮子會〞，對這種民間說唱舞蹈加以研究，後來吸收了徽戲與花鼓戲的特點，於民國年間發展成戲劇。傳統劇目有《陳英賣水》、《秦香蓮》等。

4.晉北道情。流行於山西北部。神池、五寨地區的叫〝神池道情〞，左雲、右玉地區的叫〝左雲道情〞。伴奏以漁鼓、簡板為主，劇目有《湘子傳》、《李翠蓮》等。

5.晉西道情。流行於山西西部。臨縣的稱〝臨縣道情〞，離石的稱〝離石道情〞。劇目有《三渡林英》、《韓公走雪山》等。

6.陝北道情。流行於陝西榆林、延安。神木、府谷一帶的稱〝北路道情〞，清澗、子州一帶的稱〝南路道情〞。子長、橫山一帶的稱〝西路道情〞，榆林、黃河沿岸的稱〝東路道情〞，曲調據傳為清咸豐年間結合陝北說書與陝北民歌而形成。劇目有《高老莊》、《走南陽》、《賣油郎》等。

7.河南道情。又稱〝墜子嗡〞。流行於河南東南部，據傳在民國初形成戲劇，結合漁鼓、墜子、秧歌、花鼓等曲調組成戲曲，劇目有《金簪記》、《玉環記》、《脂粉計》等。

8.商洛道情。皮影戲。流行於陝西的商縣、山陽、洛南、鎮安、商南、豫鄂邊界。於明末崇禎年間起源。吸收了陝西民歌，關中碗碗腔、安康皮影道情形成。劇目豐富，多達兩百，有《藥王卷》、《洞賓戲白牡丹》、《八仙過海》等。

9.關中道情。 皮影戲。流行於陝西乾縣、禮泉、興平、武功、周至、盧縣。東路調流行於黃河兩岸，西路調流行於陝北和內蒙。劇目頗豐，有二百餘。有《張良歸山》、《藍關雪》等。

10.安康道情。 皮影戲。流行於陝西白河、漢中、巴山、川北、西安、渭河以北。據傳明末由商洛傳入。唱腔主要是碗碗腔。劇目有四、五百個之多，大都採用秦腔、漢調二黃、漢調恍恍之劇目。

11.二人轉。 流行於東北三省和內蒙，有兩百年之歷史。由二人表演，一旦一丑，或一男一女，手拿扇子、手絹，唱說做舞，劇目在三百個以上，如《藍橋》、《西廂》、《包公賠情》等。

12.壯劇。 流行於廣西壯族自治區西部。清同治光緒已有流行。北路壯劇是在民間說唱〝板登戲〞基礎上發展而成；南路壯劇是在民間說唱〝雙簧戲〞基礎上發展而成。北路劇目《卜牙》、《文龍與肖尼》，南路劇目《解白》、《寶葫蘆》等著名。

13.評劇。 流行於北京、天津、內蒙、華北、東北。由河北灤縣的對口蓮花落在清末民初吸收了京劇、河北梆子、皮影、大鼓等藝術而形成，由於又吸收了〝蹦蹦〞音樂，故又稱〝蹦蹦戲〞。原在農村演出，民初流傳至唐山受礦工歡迎，又被稱為〝唐山落子〞，在東北又被稱為〝奉天落子〞。劇目有《花為媒》、《桃花庵》、《楊三姐告狀》等。胡沙著《評劇簡史》有系統論述。

14.侗戲。 流行於貴州、廣西、湖南侗族地區。由侗族民間說唱〝嘎錦〞（侗語，為敘事歌）和〝擺古〞，在清代嘉慶道光年間開始形成。同治年間沿都柳江傳入廣西。演出頗有特色：⑴演員在台上來回走〝∞〞形。⑵不用布景，舞台上只放凳桌之類。⑶臉譜只有黑白二色，女角男扮。劇目有《珠郎娘美》、《山伯英台》等。

15.海門山歌劇。流行於江蘇海門。形成歷史較短，五十年代中由山歌形成，故其曲調分為山歌調、對花調兩類。有聯曲體、板腔體。劇目大多移植。

16.桄桄戲。又稱〝漢調桄桄〞、〝漢調秦腔〞。流行於陝西漢中、安康。明代晚期秦腔已流行到漢中，清乾隆時洋縣秦腔戲藝人結合了當地方言民謠小調形成了桄桄戲唱腔，民初已有四十多個戲班。由於歷史長，相傳劇目有七百多個，有些來自口頭創作，是純粹民間文學，如五十年代由老藝人口頭抄錄過《帝王珠》、《水灌晉陽》等二百多本。

17.漢調二黃。流行於陝西安康、漢中、商洛、西安，甚至四川、甘肅、湖北、湖南。由陝南的漢江流域的山歌、牧歌、民謠發展而形成。因原來用雙笛伴奏，而笛以竹作〝簧〞，所以叫〝二黃〞，由於它流傳廣泛，對川劇、徽劇，甚至京劇都有影響，劇目豐富，已發掘整理出本戲420個，折子戲517個，題材多取自三國封神列國志和民間傳說，有《文姬辨琴》、《胡笳十八拍》、《戰蚩尤》、《嚐百草》等。

18.遊春戲。流行於福建北部建甌、松溪、政和、建陽等地之農村中，因多在初春演出故曰遊春戲。曲調以山歌小調為主，據說已流傳了二百多年。都為短小風趣之小戲如《鬧花燈》、《十勸夫》、《下南京》、《賣酒》。

19.甬劇。流行於浙江寧波和上海，起源在寧波的農村中以唱田頭山歌為主，清光緒間已有戲班，俗稱〝串客〞，民國七、八年以後經過結合四明文戲等劇種發展為甬劇。四明為寧波府別稱。

20.梅縣山歌劇。流行於廣東梅縣與惠陽。用客家方言演唱。五十年代在客家山歌基礎上形成的新劇種。唱腔吸收了佛曲、廣東漢劇、木偶戲的曲調。劇目有《彩虹》、《挽水西流》等。

21.紫陽民歌劇。流行於陝西紫陽。歷史較短，形成於五十年代末，所用曲調都來自民歌，如《四季相思》、《學生調》、《遍地紅》。演出時有伴唱，尾聲有時也唱山歌喊號子。劇目均現代劇。

22.泗州戲。流行於安徽淮北。原與流行於山東南部的柳琴戲，和江蘇北部的淮海戲，曾統稱〝拉魂腔〞。拉魂腔南路流傳到安徽形成本劇。劇目有《拾棉花》、《走娘家》等。

23.丹戲。流行於江蘇丹陽。初名為〝啷噹劇〞，啷噹是流行於丹陽、金壇、丹徒的民間說唱，用〝啷噹調〞以單口、對口、群口演唱故事《果報錄》、《珍珠塔》、《殺狗勸夫》等。丹劇在此基礎上吸收小調和號子形成，增加伴奏樂器，劇目多現代劇。

24.廬戲。又稱〝倒七戲〞。流行於安徽淮河以南和長江兩岸。此劇由大別山民歌、江淮歌舞為基礎，吸收了端公戲、嗨子戲、門歌等而形成。劇目有二百多，以《借羅衣》、《討學錢》、《打蘆花》、《休丁香》等著名。

25.海城喇叭戲。流行於遼寧海城。由於以嗩吶伴奏，當地俗稱嗩吶為喇叭，故稱此名。山西雁門關以外之民間小戲〝要孩兒〞，清乾隆時傳入海城牛莊，稱為〝柳腔喇叭戲〞。清道光後，融合了牛莊的秧歌和小調《打棗調》、《娃子調》、《文咳咳》，還有二人轉唱腔而形成。劇目有《王婆罵雞》等生活小戲。

26.**哈哈腔。**又稱〝喝喝腔〞、〝合兒腔〞。〝柳子調〞、〝拉拉調〞。流行於山東西部和河北東部的為〝東路哈哈腔〞，流行於河北保定的為〝西路哈哈腔〞。由民間秧歌及受梆子劇種影響形成，清末民初一度進入北京、天津。劇目有《小過年》、《拴娃娃》、《李香蓮賣畫》等。

27.**贛東採茶戲。**流行於江西上饒、弋陽、貴溪。據傳在明代末年，由武夷山下鉛山的採茶歌，結合燈彩和民間小調，在清初形成。在其樂調中，又吸收了湖北黃梅戲之曲調。男角擅長扇子，女角擅長手帕。節目有《三姐妹看燈》、《磨鏡》、《三矮子放牛》、《補碗》等。

28.**南昌採茶戲。**清道光時，由江西南昌花燈和十二月採茶調演變為燈戲，於清末形成。流行於南昌、新建、安義。曲調均民間小調《茶燈調》、《攀筍調》、《秧麥調》。劇目為民間故事題材的《南瓜記》、《鳴冤記》、《辜家記》、《花轎記》，合稱〝南昌四大記〞。

29.**武寧採茶戲。**流行於武寧、修水、銅鼓、靖安、永修。由江西北部武寧一帶〝採茶調〞，於清道光時形成並發展。劇目有《失印記》、《褡袍記》、《文武魁》、《雙戰魁》等。

30.**高安採茶戲。**流行於江西宜春。源於江西高安民間燈彩，並受有贛南、浙江民間小調影響，五四時期僅用絲弦伴奏，不用打擊樂，稱〝高安絲弦戲〞。劇目有《孫成打酒》、《劍袍記》。又有〝瑞河戲〞是其別稱。

31.**撫州採茶戲。**流行於江西臨川、崇仁、宜黃、樂安。清康熙時由民間歌舞、民間小曲形成，清末又增加了二胡、笛子、嗩吶伴奏。劇目有《三伢仔放牛》、《盤廣貨》、《檢春茹》等。

32.吉安採茶戲。流行於江西崗山。清乾隆時由宜黃傳入永豐，又從宜黃戲、吉安戲吸收了音樂與劇目。唱腔分半班、三角班、南北詞、小調四類。有生活小戲《補背褡》等

33.寧都採茶戲。流行於江西東南部。清乾隆時永豐縣三角班流到寧都形成。曾受到祁劇❹影響。以表演民間生活為主，如《十轉來》、《張三當布》、《長工碓米》等。

34.贛南採茶戲。流行於江西南部、廣東北部。據傳在明末由贛南安遠縣九龍山的採茶燈發展形成。僅有二旦一丑，又稱〝三腳班〞。以表演民間生活為主，以喜劇、鬧劇著名，劇目有《九龍山摘茶》等。

35.粵北採茶戲。流行於廣東韶關、梅縣、湛江。贛南、湖南採茶戲流入粵北，同當地民間文藝結合而形成。劇目三百多個，有《九龍茶燈》、《補皮鞋》、《賣雜貨》、《裝畫眉》。

36.廣西採茶戲。流行於廣西玉林、欽州。由贛南經廣東傳入桂南。最初只有三角，一男二女。多屬喜劇、鬧劇。劇目有《一支花》、《倒亂鴛鴦》等。

37.恩施燈戲。流行於湖北恩施。節日演出。只有生旦丑三腳色。以表演農民生活為主，有《雪山放羊》等。

38.貴州花燈戲。流行於貴州獨山、遵義、畢節、銅仁。由民間歌舞花燈發展而成，音樂也採用花燈調。表現也採用花燈身段，多用扇帕。劇目有《劉三妹》、《七妹蛇郎》、《蘇公妹桃郎》。

39.雲南花燈戲。流行於雲南全省。清乾隆時漸漸由民間歌舞

❹ 即〝祁陽戲〞，流行於湖北邵陽、零陵、衡陽、彬川、黔陽。

花燈發展成戲曲。來自民間歌舞劇目，故事性不強，是對歌性質。昆明、玉溪、姚安等花燈戲都是支流。劇目有《蟒蛇記》等。

40.天沔花鼓戲。流行於湖北江漢平原。在天門、沔陽農村形成已有一百多年，由高蹺漁鼓三棒鼓等民間說唱歌舞發展而來，活動於農村，劇目多為民間生活小戲，有《站花牆》等。

41.皖南花鼓戲。流行於安徽宣城、廣德、寧國、郎溪。原由湖北花鼓、河南燈曲隨移民傳入，結合了本地民歌、徽劇影響而形成。已有百年歷史，多反映農民生活，如《打瓜園》、《假報喜》、《當茶園》等。

42.岳陽花鼓戲。流行於湖南岳陽、臨湖。湖北東北又稱此戲為〝提琴戲〞。形成於十九世紀初，包括鑼腔與琴腔。鑼腔配合花鼓、龍燈、魚燈等民舞而唱，不用弦樂伴奏，劇目有《五痴》、《五展》、《鬧五更》等。琴腔以導板、緊板等為主，胡琴伴奏，劇目有《牛郎織女》、《補背褡》、《甘氏二嫂》等。

43.荏平花鼓戲。又稱〝花鼓蕩戲〞。流行於山東荏平。由民間歌舞花鼓裡孕育而成的民間小戲。

44.樂昌花鼓戲。流行於廣東北部。清初由於湖南花鼓戲傳入樂昌一帶，結合當地的山歌、小調、漁鼓而形成，故曲調由民間小調構成，劇目有《打鳥》、《秋蓮砍柴》、《小換包》。

45.藏劇。流行於西藏藏族中。在元明之際，由佛教高僧唐東杰波將民間跳神用來表演佛教故事與民間傳說，形成戲劇雛形。至明末清初戲劇與跳神分開而成獨立之藝術。有戴假面具與化妝不同的演法。劇目有《文成公主》、《諾桑王子》。

46.傣劇。流行於雲南盈江、潞西、保山、騰衝的景頗族與傣族中。在清嘉慶道光間，由傣族的民歌與〝雙白馬〞等民間歌舞發展形成，至民初又受京劇、滇劇影響而發展成劇團。表演舞蹈性甚強，曲調吸收漢族的瑞麗山歌、孔雀歌、芒市城子山歌等。劇目多取材傣族民間傳說，如《千瓣蓮花》、《紅蓮寶》、《阿暖海東》、《娥并與桑洛》等。

47.**苗劇**。又稱〝苗歌劇〞。歷史較短，五十年代在湖南西部花壇縣，以苗族民歌與巫師音樂為主形成。流行於當地苗族中。劇目主要取材苗族民間傳說，如《龍宮三姐》、《神箭手》、《帶血的百鳥圖》等。

48.**雲南壯劇**。流行於雲南文山壯族中。源於土族（壯族支系）之戲劇，故曾又稱〝土劇〞。在清嘉慶時，壯族民間歌舞結合漢族地方戲曲形成。漢壯語同用，道白以漢語為主，用壯語唱〝哎咿呀〞、〝哎的奴〞、〝乖嗨咧〞。壯語唱詞基本五字句，漢語唱詞為七、十字句。劇目多取自《東周列國志》、《三國演義》，有《螺螄姑娘》著名。

49.**壯族沙劇**。流行於雲南的廣南壯族中。在清咸豐時，壯族支系沙族民間歌舞結合漢族戲曲形成。都用壯語，說白偶而用漢語。劇目有《依智高》、《李元慶春碓》、《瞎子鬧店》。

50.**黃梅戲**。流行於安徽、江西、湖北。在清道光時，由湖北黃梅的採茶歌，結合了青陽腔和徽劇之藝術形成。曾在安慶地區長期流行。《天仙配》、《女駙馬》、《牛郎織女》、《夫妻觀燈》、《打豬草》劇目廣泛流行。

51.**錫劇**。流行於江蘇南部和上海市。清末由常州無錫〝東鄉小調〞結合灘簧曲藝、採茶燈舞蹈形成。俗稱〝常錫文戲〞。劇目

《庵堂相會》、《雙推磨》、《秋香送茶》等。

52.**呂劇**。流行於山東、江蘇、安徽、河南部分地區。在清末由民間說唱琴書結合柳子戲形成。劇目有《王定保借當》、《小姑賢》、《李二嫂改嫁》等。

53.**睦劇**。流行於浙江淳安、常山、開化。因淳安歸屬睦州、故云〝睦劇〞。清末，由江西安徽傳入的採茶戲結合民間歌舞〝竹馬班〞相結合而逐步形成。因演出班社名〝三腳班〞故又稱〝三腳戲〞。劇目有民間歌舞小戲《南山種麥》、《補缸》、《賣布》、《拜年》、《偷筍》、《補背褡》、《王婆罵雞》，大戲折子戲有《安安送米》、《藍橋會》、《馬房逼女》等。

54.**河北梆子**。又稱〝京梆子〞、〝直隸梆子〞。流行於河北、遼寧、吉林、黑龍江、內蒙、山東。在清乾隆年間，由河北秦腔和山西梆子結合形成。音調高亢，善於表現悲壯感情。劇目豐富，五百餘齣。尤以《蝴蝶杯》、《金水橋》、《辛安驛》、《杜十娘》著名。清末民初盛極一時，馳譽全國。

55.**婺劇**。流行於浙江金華、麗水。俗稱〝金華戲〞。明代以後昌曲被認作婺劇的正宗，它結合了亂彈、徽戲、灘簧等形成。故其聲腔有高腔、昆曲、亂彈、徽戲、灘簧、時調六種。劇目有《槐蔭記》、《合珠記》、《白兔記》等。

56.**淮劇**。又稱〝江淮戲〞。流行於江蘇、上海、安徽部分地區。清光緒時，由江蘇鹽城、阜寧一帶民間曲調〝門談詞〞結合香火戲（祭神時演）與徽劇藝術形成，後又吸收了本地〝老淮調〞和揚州民間樂曲。劇目有《三女搶板》、《女審》、《探寒窯》等。

57.**川劇**。流行於四川、雲貴地區。清乾隆時，由外省傳入的

昆腔、高腔、胡琴、彈戲和四川燈戲五種藝術結合形成。劇目有
《青袍記》、《紅袍記》、《綠袍記》、《白袍記》、《黃袍記》
等〝五袍〞，還有《碰天柱》、《水晶柱》、《炮烙柱》、《五行
柱》等〝四柱〞，還有〝江湖十八本〞等。

58.祁太秧歌。 又稱〝晉中秧歌〞。流行於山西中部和陝北。
在清代中葉，祁縣、太谷的民歌小調，結合民間歌舞，形成演唱生
活小戲的秧歌班。最初在廣場演，後發展到舞台演。一般逢年過節
演出，劇目有《賣燒土》、《繡花燈》等。

59.高甲戲。 又稱〝九角戲〞。流行於福建晉江、龍溪、廈
門。清乾隆時，當地的宋江戲，結合梨園戲形成〝合興戲〞，民國
年間又結合京劇形成現在的高甲戲。丑腳吸取傀儡戲之藝術，曲調
又吸取〝南音〞的特點。

60.柳腔。 流行於山東青島、膠縣、即墨、平度。清光緒庚子
年前後由當地民間茂腔戲結合民間曲藝〝四股弦〞之影響發展形
成。

61.楚劇。 又稱〝黃孝花鼓〞、〝西路花鼓〞流行於湖北。清
光緒時，黃陂、孝感一帶的竹馬、高蹺等民間歌舞結合鄂東的〝哦
呵腔〞形成。有幫腔，原無鑼鼓伴奏。光緒庚子年後進入武漢，又
受到漢劇、京劇影響，漸有絲弦伴奏。劇目有《葛麻》、《百日
緣》、《潑粥》等。

第十三章　民間説唱

第一節　什麼是民間説唱？

　　民間説唱是韻散相兼有唱有説的敍事性的民間文學的類別。唐代民間所創製的民間故事賦、民間變文、民間話本、民間詞文、講經文是中國民間説唱文學的開山祖。這在敦煌民間文學中有著鮮明的體現。以上五類民間説唱的樣式，是中國民間説唱早期的形態。民間故事賦、民間變文、講經文都是有説有唱的，而民間話本則只説不唱，民間詞文則只唱不説，但它們都遵循著説唱基本模式用來敍事。

　　民間説唱文學經過敦煌民間説唱最初發展以後，迎來了它的繁榮與昌盛。在宋代有它特別豐富的發展，其形態有寶卷、諸宮調、陶真、涯詞、鼓子詞、覆賺等。元代又衍化新形式詞話、馭説、貨郎兒、道情等，再至明清而有彈詞、鼓詞、子弟書等等。但是它們可説都是敦煌民間説唱的嫡系苗裔。從唐代至現代，中國民間説唱均融合説唱與演唱為一體，有些民間説唱，如道情、詞話、諸宮調等，進一步發展成戲劇，更加顯出民間説唱具有旺盛的生命力。因為它有娛樂民眾的實際作用，而為民眾生活中不可缺少，因此它能不斷得到補充與發展。

　　從唐代至今，民間説唱類別儘管名稱多變與複雜，但它們或説或唱的總體制卻是一致的。就音樂角度而言，它們又可分為兩種體式，即樂調體式與講念體式。

　　所謂〝樂調體式〞即在説唱當中，加入曲牌，配上當時流行的音樂曲子，整個故事中的韻文是由樂曲唱出來的。例如北宋趙令畤作鼓子詞《元微之崔鶯鶯商調蝶戀花》，內容講的是張生與鶯鶯的愛情故事，雖然演唱時用鼓來伴奏，但是全篇由十二支《蝶戀花》曲子組成，其中夾雜有一些散文性的説白，而韻文部分始終一曲反覆，這種樂調體式便顯得有些單調❶。屬於樂調體式的作品還有宋金元時期的諸宮調，現在流傳下來的諸宮調董西廂，其調子多達188個短套。元代的説唱貨郎兒，應當也屬於這一體式。明代的敍事蓮花落，敍事道情也採用曲牌；清代的《聊齋俚曲》也採用牌子曲，均屬於此類。

　　所謂〝講念體式〞，即在説唱當中，不加入曲牌，其韻文不配上流行歌曲，只配上一些簡單的樂器講講念念。據陸游《小舟游近村·捨舟步歸》詩云：〝斜陽古柳趙家莊，負鼓盲翁正作場。身後是非誰管得，滿村聽説蔡中郎。〞可見在南宋時期已有這種講念式的鼓詞了。宋人話本也屬於這一體式，蘇軾《志林》卷一云：〝王彭嘗云：塗巷小兒薄劣，其家所厭苦，輒與錢令聽古話。至説三國者，聞劉玄德敗，顰蹙有出涕者；聞曹操敗，即喜唱快。〞可見這種講念式的説話藝術，在宋代也很吸引人。明清寶卷、鼓詞、彈詞多半採用講念式。清代南京和杭州流行的《陶真》、北京的《子弟書》、山東的《快書》等。

　　屬於講念式的説唱，還有1967年在上海市嘉定出土的十六種明代民間詞話刻本：

---

　　❶ 見《侯鯖錄》（卷五）。

1.新編全相説唱足本花關索出身傳。

2.新編全相説唱足本花關索認父傳。

3.新編全相説唱足本花關索下西川傳。

4.新編全相説唱足本花關索貶雲南傳。

5.新編説唱全相石郎駙馬傳。

6.新刊全相唐薛仁貴跨海征遼故事。

7.新刊全相説唱包待制出身傳。

8.新刊全相説唱包龍圖陳州糶米記。

9.新刊全相説唱足本仁宗認母傳。

10.新編説唱包龍圖公案斷歪烏盆傳。

11.新刊説唱包龍圖斷曹國舅公案傳。

12.新刊全相説唱張文貴傳。

13.新編説唱包龍圖斷白虎精傳。

14.全相説唱師官受妻劉都賽上元十五夜看燈傳。

15.新刊全相鶯哥孝義傳。

16.新刊全相説唱開宗義富貴孝義傳❷。

這批刻本標明是從明代中葉成化七年到十四年（1471—1478）北京永順堂刊印。它使我們認清了元明民間詞話的真面目。這是中國民間説唱文學一次重要的發現。

第二節　古代民間説唱

中國民間説唱自唐代產生以來，至宋代已十分興盛，民間説唱

---

❷　見趙景深《談明成化刊本説唱詞話》，載《文物》1972年，第11期。

類別也較多，元明清各代都陸續有新的民間說唱出現。現在只能按朝代，將諸多民間說唱，按名稱之不同作如下大致的勾勒。

宋代民間說唱種類比較多，計有：

1.唱　賺。宋代民間說唱。它起源於北宋而盛行於南宋。王國維《宋元戲曲考》認為北宋初的〝傳踏〞（即轉踏）至北宋末演變成了纏令、纏達，他說：〝纏達之音，與傳踏同，其為一物無疑也。〞纏令的說唱詞已經亡失，現只能在金代的董西廂中，還有《醉落魄纏令》、《點絳唇纏令》等名稱。故纏令纏達均為唱賺早期形態。吳自牧《夢梁錄》卷二十云：〝唱賺在京師時，只有纏令、纏達。有引子、尾聲為纏令。引子後只有兩腔迎互循環，間有纏達。紹興年間，有張五牛大夫，因聽動鼓板中有《太平令》或賺鼓板，即今拍板大節抑揚處是也，遂撰為`賺´。〞可見唱賺包括纏令、纏達，並且演唱時以鼓板、拍板伴奏。賺詞唱起來複雜，變化也多，聽起來就不單調，《夢梁錄》又說〝凡唱賺最難，兼慢曲、曲破、大曲、嘌唱、耍令、番曲、叫聲，接諸家腔譜也。〞看來唱賺韻味無窮，獲得群眾愛好。賺詞民間說唱作品，據王國維所考，認為存有元陳元靚《群書類要·事林廣記》戊集卷二所收的南宋時人寫的《詠蹴踘》之一套《圓裡圓賺》，它的結構為集合九首曲調為一套曲，前有引子，後有尾聲，中間有《賺》為名之曲調。詠唱一事，一韻到底，內容主要是抒情。

覆賺，是唱賺的另一種，內容主要是敘事的。《夢梁錄》卷二十云：〝又有覆賺，其中變花前月下之情及鐵騎之類。〞《都城紀勝》亦云：〝今又有覆賺，又且變花前月下之情及鐵騎之類。〞意思是說，覆賺者，以男女愛情及戰爭故事為題材。可惜這類宋代民間說唱沒有作品留下。

2.小　說。這種說唱特點是，當時是唱小説並有音樂伴奏。
《夢梁錄》卷二十云：〞且小説名〝銀字兒〝，如煙粉、靈怪、傳
奇、公案樸刀桿棒及發蹤參之事。〞為什麼小説又稱〝銀字兒〝
呢？銀字兒是管樂器的名稱，另有人認為銀字兒因演出前先吹銀字
管樂吸引觀眾而得名，或者是歌唱時用銀字管樂伴奏而得名。當時
小説既然是韻散結合體式，像《清平山堂話本》卷三的《刎頸鴛鴦
會》用《商調醋葫蘆》小令十首及《南鄉子》一首來歌唱，《京本
通俗小説》的《西山一窟鬼》用《念奴嬌》《謁金門》等詞十五
首，等等，説明當時小説是可以唱的。還有〝奉勞歌伴，再和前
聲〝之説，説明當時小説講唱時有音樂伴奏。小説當然有許多種
類，以上《夢梁錄》列出四種，羅燁《醉翁談錄》卷一〝小説開
闢〝甚至列舉出了107種。現在我們在明刊本《清平山堂話本》及
《喻世明言》、《警世通言》、《醒世恆言》中還看見收有不少宋
元小説。小説主要種類有：

(1)煙　粉。《醉翁談錄》記述的煙粉類小説有《推車鬼》等十
六種，《燕子樓》即《警世通言》第十卷中的《錢舍人題詩燕子
樓》；《錢塘佳夢》即《錢塘夢》。所謂〝煙粉〝，指的是煙花粉黛
的愛情故事。

(2)靈　怪。《醉翁談錄》也記有《楊元子》等十六種。《紅蜘
蛛》即《醒世恒言》第三十一卷中的《鄭節使立功神臂弓》。靈怪，
指的是神怪鬼異的故事。

(3)公　案。《醉翁談錄》卷一列出此類，《都城紀勝》認為
〝説公案皆是博刀趕棒及發跡變泰之事。〞

現在所見當時的話本，由於經過整理和修改，已經看不出歌唱與伴奏之特點。另外，詩話❸是小說變異形態，故不單列。

3.**鼓子詞**。這種宋代民間說唱藝術，是以同一詞調重複演唱多遍，並夾以說白，敘事寫景，說唱時並以鼓為節拍來伴奏。《詩解脞語》還認為有管弦樂的伴奏，聲律比詞寬泛自由。這種配樂的鼓子詞以北宋趙令畤《商調蝶戀花鼓子詞》表現最典型，他在《自序》中說：〝句句言情，篇篇見意。奉勞歌伴，先定格調，後聽舞詞。〞原本是民間的鼓子詞，北宋傳入官府士大夫階層，成為貴族筵宴時所演唱的小型樂曲。直至現在，民間鼓子詞雖散失，但仍留下了文人之作品。北宋歐陽修留有《十二月鼓子詞漁家傲》(十二首)(見《全宋詞》)，趙令畤《商調鼓子詞西廂傳奇》，呂渭老《聖求詞》有《聖節鼓子詞點絳唇》二首，南宋侯寘《嬾窟詞》有《金陵府會鼓子詞新荷葉》一首。鼓子詞也是韻散相兼，只不過篇幅比變文小。

鼓子詞延續到明清時，就被稱為鼓詞或鼓兒詞了。徐珂《清稗類鈔》云：〝唱鼓詞者，小鼓一具，配以三弦，二人唱書，謂之鼓兒詞，亦有僅一人者，京津有之，大家婦女，無事輒召之使唱，以遣岑寂。〞也有稱〝大鼓〞者，如《清稗類鈔》有《大鼓詩》云：〝五音齊奏帶笙簧，大鼓說書最擅場，野調無腔偏入妙，皆因子弟異尋常。〞在清代的北京，大鼓一度傳入妓院，《都門瑣記》云：〝大鼓書，北妓所奏，以架支鼓，鼓小而匾，兩面皆可擊，妓依門立，左手拍板，右擊鼓，師以三弦葉於門外，有《昭君出塞》、《南陽關》、《繞口令》等曲，其音繁碎急促，有一氣至一二十句者，似說似唱，莫知為何調。〞明清以來，我們所能見的最古老的

---

❸ 實例如《大唐三藏取經詩話》。

鼓詞，也就是賈鳧西的《歷代史略鼓詞》了，由於署名〝闕里木皮散客著〞，又稱〝木皮散客鼓詞〞，簡稱〝木皮詞〞。正如關師德棟指出：〝今天我們所能見到的最早題名作﹁鼓詞﹂的說唱文學傳本，同時也是我們今天所知道的古代思想藝術成就較高的鼓詞作品，那就只能首推賈鳧西的《木皮詞》。它是文人創作和當時民間文藝相結合的傑出成果〞❹並且又強調指出：〝由於從現實、歷史和民間文藝中汲取了豐富的營養，因此才使他的作品具有強大的生命力，成為現今仍在盛傳不衰的山東大鼓乃至京韻大鼓等的老祖宗。〞❺從宋代至清代，鼓詞所留下來的雖只有文人之作品，但它們都是從民間文藝中汲取豐富營養才具有強大生命力的。清代人已認為它來自民間，〝蓋木皮先生，以前代逸民，憤結於中，隱姓埋名，一鼓一板，遨遊城市衢巷間，信口成文。〞❻而且它流入民間，經過口耳相傳，和許多人的修訂、加工，甚至篡改，使《木皮鼓詞》具有了民間文學性質。這最早的鼓詞都是韻散相兼的作品，不像清代以後的大鼓詞那樣全部是韻文作品，這是早晚期鼓詞最不同的地方。《木皮詞》中引用了大量的山東諺語、俗話、歇後語、方言，是使《木皮詞》獲得民間愛好的重要原因之一。清末民初，大鼓已風行南北。二十年代鄭覲文《中國音樂史》記云：〝京音以大三弦坐彈伴唱，唱者側立，右手打小鼓，左手拍小牘以為節，故又名﹁大鼓﹂，北方頗盛行。其語句亦七字體，四句為一轉，等於南方之開篇。女子則專唱開篇，男子則唱列傳，名大鼓書，同南方之文書，今滬上亦頗風行。北方商女，相率南來者不絕。聲調以悲

---

❹、❺　見關德棟、周中明校注《賈鳧西木皮詞校注》〝前言〞，第17頁，齊魯書社，1982年版。
❻　見《乾隆二年統九騷人再序》按。此按係同治年寫。

壯勝，先緩後急，逐步加緊，大有慷慨激昂之慨。蓋燕趙間土風使然，歷史相傳，原非虛語，與吳調之專以文雅二字見長者，完全不同。〞（大同樂會排印本）民國以來鼓詞又深入民間矣。

4.轉　踏。又稱傳踏，是北宋時的一種韻散相兼的民間說唱文學。正如《中國俗文學史》指出：〝尚有所謂‵轉踏′者，也是敘事歌曲的一流，其性質正和鼓子詞不殊。不過其散文部分卻又轉變而成為‵詩句′了。〞這種民間轉踏說唱文學，至今仍留下了民間無名文藝家的作品，曾慥《樂府雅詞》卷上收入民間文藝家的《調笑集句》。其結構是，開頭是〝致語〞，是散文式的：〝蓋聞行樂須及良辰，鍾情正在吾輩，飛觴降白，目斷五台之暮雲，綴玉聯珠，韻勝池塘之春草。集古人之妙句，助今日之余歡。〞末尾是〝放隊〞，以一七絕詩作結：〝玉爐夜起沉香煙，喚起佳人舞繡筵。去似朝雲無處覓，遊童陌上拾花鈿。〞轉踏也許是配合舞蹈而唱，故有〝喚起佳人舞繡筵〞之語，說明是民間筵會時邊舞邊唱。中間轉踏詞一共八章（也有十二章的，如鄭彥能的《調笑轉踏》，同見《樂府雅詞》，致語和放隊間就是十二章）。每章各詠一位美女之事：㈠巫山，㈡桃源，㈢洛浦，㈣明妃，㈤班女，㈥文君，㈦吳孃，㈧琵琶。所詠之事性質相同。每章詠事時又分為兩段，前一段是七律，似是唸出來的，後一段是詞（長短句），似是唱出來的。例如第四章《明妃》，前面是一七律詩之朗誦：

> 明妃初出漢宮時，青春繡服正相宜。
> 無端又被東風誤，故著尋常淡薄衣。
> 上馬即知無返日，寒山一帶傷心碧。

人生憔悴生理難，好在遹城莫相憶。

後面便是一首長短句之詞，用以歌唱：

相憶無消息，日斷遙天雲自白。
寒山一帶傷心碧，風土蕭疏胡國。
長安不見胡雲隔，縱使君來爭得。

　　總之，這種說唱特點是：民間文藝家由於文化水準低，便採擷文人名句連綴成篇，故一開始便聲明〝集古人之妙句〞，此為民間文學反過來依靠文人文學而存在之實例，實為民間文學史所罕見。集中《九張機》二篇則是轉踏抒情作品，亦為民間無名文藝家所撰。

　　5.講　史。又稱〝講史書〞、〝說史書〞、〝演史〞等。它是宋代產生的不可忽視的民間說唱文學。據《東京夢華錄》所載，北宋時汴梁（河南開封）瓦舍中，便有〝說三分〞著名民間藝人霍四究，即說講三國故事，現存的《三國志平話》，大略便是它的底本改編者。又有說〝五代史〞著名民間藝人尹常賣，說講五代故事，元代話本《五代史平話》便也是據它的底本再創造出來的。講史之風俗至南宋尤盛，《夢粱錄》卷二十云：〝講史書者，謂講說《通鑑》、漢唐歷代書史文傳，興廢爭戰之事，有戴書生、周進士、張小娘子、宋小娘子、邱機山、徐宣教；又有王六大夫、元系御前供話，為募士請給講，諸史俱通，於咸淳年間，敷演《復華篇》及中興名將傳，聽者紛紛，蓋講得字真不俗，記問淵源甚廣耳。〞《都城紀勝》亦云：〝講史書，講說前代書史文傳、興廢爭戰之事。〞《武林舊事》卷六記有〝演史〞人名單23人。都說明南宋講史也是民間說唱文學中獨立的門類。講史到了元代改稱為〝平話〞，元代民間說唱藝人將宋代已傳來的講史，分別改編成以上提到的《平話》，還有《大宋宣和遺事》等，多用近淺的文言文來敍述，我國小說史上最早的長篇作品便是孕育在宋元民間說唱文學中的講史類的作品中。講史是後代評書、評話嫡系祖宗。

6.**叫果子**。又稱〝叫聲〞、〝吟叫〞等。也是宋代民間說唱文學。《東京夢華錄》卷五〝京瓦伎藝〞記載北宋京城〝文八娘叫果子〞叫出了名。什麼是〝叫果子〞呢？即模仿各種叫賣的市聲，編以詞章來加以演唱，故它是市民創造的一種民間文藝。宋高承《事物紀原》卷九云：〝嘉祐末，仁宗上仙，自帝即位，至是殆五十年。天下稔於豐樂，不意邦國凶變之事，而英宗諒陰不言，能昭其功，然四海方過密，故市井初有叫果子之戲。其本蓋自至和嘉祐之間叫〝紫蘇丸〞，洎樂工杜人經〝十叫子〞始也。京師凡賣一物，必有聲韻，其吟哦俱不同，故市人探其聲調，閑以詞章，以為戲樂也。今盛行於世，又謂之吟叫也。〞只可惜高承指出的叫果子的〝詞章〞沒有留存下來。只留下《紫蘇丸》、《十叫子》之名稱，但在《九宮大成南北詞宮譜》中記載的南北曲曲牌裡仍有〔紫蘇丸〕、〔叫聲〕等，仍留下了這種民間說唱文學曾經流傳的明確的痕跡。關於如何〝叫果子〞的唱法，《都城紀勝》〝瓦舍眾伎〞中有專門描述，它說：〝嘌唱，謂上鼓面唱令曲小詞，驅駕虛聲，縱弄宮調，與叫果子、唱耍曲兒為一體，本只街市，今宅院往往有之。叫聲，自京師起撰，因市井諸色歌吟賣物之聲，採合宮調而成也。若加以嘌唱為引子，次用四句就入者，謂之下影帶。無影帶者，名散叫。若不上鼓面，只敲盞者，謂之打拍。〞這裡描述的叫果子唱法已頗為具體。⑴藝術化了的叫賣聲，與嘌唱的令曲小詞相結合，配上宮商加以演唱。⑵配上鼓的叫果子，為嘌唱；不配鼓光敲碗盞伴奏的叫打拍；叫果子只唱四句，不配鼓不敲盞就稱散叫。可見叫果子實際如現在的〝磨剪子鏾菜刀〞叫聲配上幾句文學小詞樣式的說唱作品。南宋臨安市民專門愛聽叫賣聲，以致周密《武林舊事》卷三〝社會〞云，當時專門成立了〝吟叫〞藝人的團體叫〝律華社〞，專門來研究叫賣聲的藝術化問題，實為中國民間文藝罕見的現象。《武林舊事》卷六還記有吟叫藝人六人的姓名，可見民間〝叫果子〞文藝有不小的影響。

以上六種說唱在宋代頗有影響，並記載有具體之作品。但宋代民間說唱也有以下兩種，只見有簡單記載而不見其作品，只能存而不論了。

1.崖詞，又寫作涯詞。《西湖老人繁勝錄》記臨安瓦市伎藝云：〝唱涯詞只引子弟〞，但未具體描寫。《都城紀勝》也只是說：〝凡傀儡敷演：煙粉、靈怪故事、鐵騎、公案之類。其話本或如雜劇，或如崖詞。〞《夢粱錄》卷二十也只是說：〝凡傀儡敷衍……或如崖詞。〞只介紹了這種說唱之名，未見作品。只有期待未來考古學的發現了。

2.談經，又稱說經。與說譯經、說參請是一類的，只見簡單記載，《夢粱錄》卷二十云：〝談經者，謂演說佛書。說參請者，謂賓主參懺悟道等事，有寶庵、管庵、喜然和尚等。又有說譯經者，戴忻庵。〞《武林舊事》卷六記載了〝說經譯經〞十七個人之名單。《西湖老人繁勝錄》也只記載了幾個説經人名稱。《都城紀勝》也只一提，都未論及有説唱作品留下。

總之，宋代民間説唱有以上九種，後二種有名無實。道情從唐代傳下，經宋元明清不斷；寶卷雖產生於宋，但大盛於元明清，都不是宋代所專有故未列入，應有專論。

元代民間説唱有以下三種比較有名。

1.説唱貨郎兒。這種元代的民間説唱，雖未見作品傳下，但在元代民間無名文藝家寫的《風雨像生貨郎旦雜劇》（簡稱"貨郎旦"）中，卻有詳細介紹❼。另外在《水滸傳》、《金瓶梅》中都有確實記載。説明它曾流行於元明之際。宋代有"叫果子"説唱，已如上述，與元代説唱貨郎兒並無傳承關係，《武林舊事》卷二"舞隊"中提到的"貨郎"，也只是節日裡"喬經紀人，如賣蜂糖餅，小八塊風子，賣字本，虔婆賣旗兒之類，以資一笑者"，説明《武》書"貨郎"並不是指説唱而只是喬裝貨郎以博一笑而已。看來在宋代還未見有説唱貨郎兒產生，元雜劇《風雨像生貨郎旦》等書卻寫到説唱貨郎兒了，概括來説，它們寫元明兩代説唱貨郎兒的特點：

第一，通常由貧窮村夫俗女所唱，有些還是寡婦。如《貨郎旦》第四折云："（小末云）你這裡有甚麼樂人耍笑的。喚幾個來服侍我，我多有賞賜與他。（驛子云）我這裡無樂人，只有姊妹兩個，會説唱貨郎兒，喚將來服侍大人。（小末云）便是唱貨郎兒的也罷，與我喚將來。"這裡説"姊妹兩個"來"説唱貨郎兒"。三姑去唱以前自我介紹説："我本是窮鄉寡婦，沒甚的艷色嬌姿，又不會賣風流弄粉調脂，又不會按宮商品竹彈絲，無過是趕幾處沸騰騰熱鬧

---

❼　見〔明〕臧晉叔編《元曲選》（第四册），中華書局，1979年第三版，1639—1655頁。

場兒，搖幾下桑琅琅蛇皮鼓兒……〞，這裡説窮鄉寡婦來説唱貨郎兒。可見唱者都是下層民眾了。

　　説唱者不僅有姊妹寡婦，也有老頭子帶義女等。像《貨郎旦》第二折説的：〝老漢姓張，是張撇古，憑説唱貨郎兒為生。〞他收留張三姑並對他説：〝既然你無處去，我又無兒無女，你肯與我做個義女兒，我養活你。〞三姑表示〝我情願跟隨老的去。〞從此便是一老帶一女説唱貨郎兒了。

　　第二，説唱者都是被貴人富人叫到自己居處去，為富貴階層消愁解悶取樂兒。以上引的《貨郎旦》第四折那官人便是將説唱者叫進屋裡去〝樂人耍笑〞、〝服侍大人〞的，《金瓶梅詞話》第八十八回，描述武松殺了王婆和潘金蓮以後：〝春梅聽見婦人死了，整哭了兩三日，茶飯都不吃，慌了守備，使人們叫了調百戲的貨郎兒進去，要與他觀看，只是不喜歡。〞❽看來元明時説唱貨郎兒被叫進府去演唱，也有順帶表演雜技的，為富人消愁解愁。

　　第三，表演時説唱者必須裝扮貨郎樣，腰插一把串鼓，一手串鼓，一手打板。《水滸傳》第七十四回有繪聲繪色的描寫：〝眾人看燕青時，打扮得村村樸樸，將一身花繡把衲襖包得不見，扮做山東貨郎，腰裡插著一把串鼓兒，挑一條高肩雜貨擔子，諸人看了都笑。宋江道：‘你既然裝做貨郎擔兒，你且唱個山東貨郎轉調歌與我眾人聽。’燕青一手拈串鼓，一手打板，唱出貨郎太平歌，與山東人不差分毫來去，眾人又笑。〞❾這裡寫出了表演時的情景。

　　第四，説唱的內容以現當代的題材與故事為主，用信口腔，配

---

❽　見《金瓶梅詞話》（據明萬曆丁巳本），人民文學出版社，1985年版，1316頁。
❾　見《水滸全傳》，上海人民出版社，1975年版，908—909頁。

合蛇皮鼓説唱。《貨郎旦》第四折説：〝張撇古（民間說唱藝人）那老的，為俺這一家兒這一樁事，編成二十四回説唱。〞可見説唱貨郎兒的內容以唱當時人間悲歡離合故事為主，由於它有關當時人命運，故頗得當時人之愛好。唱詞還對其內容形式均作了描述：〝搖幾下桑琅琅蛇皮鼓兒，唱幾句韻悠悠信口腔兒，一詩一詞，都是些人間新近稀奇事，扭捏來無詮次，倒也會動的人心諧的耳，都一般喜笑孜孜。〞《貨郎旦》第四折的《轉調貨郎兒》九支曲加《煞尾》唱詞，都是韻文，加上穿插的散文説白，敍述了一個完整的家人失散與團聚的故事，應被看作是説唱貨郎兒傳下的唯一的作品，也未嘗不可。

第五，説唱者當時地位低，被人瞧不起，但他們收入還是較好的，可以養家活口，穿著也整潔。《貨郎旦》第三折有一段對話：〝（李彥和云）你如今做甚麼活計，穿的衣服，這等新鮮，全然不像個沒飯吃的，你可對我説。（副旦云）我唱貨郎兒為生。（李彥和做惱科云）兀的不氣殺我也，我是什麼人家，我是有名的財主，誰不知道李彥和名兒，你如今唱貨郎兒，可不辱沒殺我也。（做跌倒了）（副旦扶起科云）休煩惱，我便辱沒殺死，哥哥，你如今做甚麼買賣？（李彥和云）我與人家看牛哩，不比你這唱貨郎的生涯這等下賤。〞由這段話可見，當時人認為貨郎兒唱者比看牛的農民還〝下賤〞，但是他們收入尚好，所以衣服新鮮，〝全然不像個沒飯吃的〞，甚至像三姑對李彥和説的〝哥哥，你肯跟我回河南府去，憑著我説唱貨郎兒，我也養的你到老。〞可見經濟收入還是較好的。

總之，説唱貨郎兒是元明之際流行農村的民間説唱。它從模擬民間流動小商販的叫賣聲，而演變為一種説唱形式，據《元典章》

五十七卷〝禁弄蛇蟲唱貨郎兒〞條記載，元大都（北京）曾以〝充塞街市，男女相混〞為由而加以禁止。

2.詞　話。這種民間説唱，在元初就已盛行，元完顏納丹等編纂《通制條格》二十七卷〝搬詞〞云：〝至元十一年（1274）十一月中書省大司農司呈，河南河北道巡行勸農官申，順天路東鹿縣鎮頭店聚約百人，搬唱詞話。社長田秀等約量斷罪外，本司看詳，除係籍正式樂人外，其餘農民、市戶、良家子弟，若有不務正業，習學散樂，搬唱詞話，並行禁約，都省准呈。〞從元初禁止民間詞話來看，當時主要是農民市民參加觀看此種説唱，證明為人民大眾所喜愛。《元史》卷一百〇五〝刑法志〞五十三〝刑法〞四亦云：〝諸民間子弟，不務生業，輒於城市坊鎮，演唱詞話，教習雜戲，聚眾淫謔，並禁治之。〞也説明民間之愛好。

元雜劇中偶有提及這種民間説唱。關漢卿《趙盼兒風月救風塵》第三折提及：〝那唱詞話的有兩句留文：咱也曾武陵溪畔曾相識，今日伴推不認人。〞此兩句也見於其他元明雜劇。説明詞話影響到雜劇。今日見到的最古老的詞話，便是在前面已指出的1967年在上海嘉定出土的十六種民間詞話刻本。為什麼這十六種説唱全是〝詞話〞？正如曾永義先生指出的：〝十六種中，石郎駙馬傳、歪烏盆傳、張文貴傳、鶯哥孝義傳等四種扉頁，均自稱〝詞話〞，其他十二種的體制亦與之相同，所以它們同屬〝詞話〞無疑。〞❿這些出土文獻為我們提供了此種民間説唱的真實的研究資料，也説明詞話在明代有廣泛發展，以至有了眾多作品保存，並在許多古文獻

❿　見曾永義著《説俗文學、明成化説唱詞話十六種》，台北聯經出版事業公司，1980年版，69頁。

中，如都穆《都公談纂》卷上、袁于令《雙鶯傳》雜劇第四折、楊
慎《歷代史略十段錦詞話》、錢希言《桐薪》卷三、《徐文長佚
稿》卷四《呂布宅詩序》等等明人著作中都論述到詞話，故詞話作
品的出現決非偶然孤立之現象。另外，詞話到明代也有稱作〝說唱
詞話〞的，如明成化本《石郎駙馬傳》、《包龍圖斷歪烏盆傳》等，
都標明為〝說唱詞話〞。研究元代詞話尚有兩個疑點值得研究，⑴
元雜劇中有〝詞云〞、〝詩云〞、〝訴詞云〞等，此〝詞〞是否就
是指〝詞話〞，尚有問題。⑵歷史上是否真有所謂《水滸傳詞
話》，也尚有問題。由於沒有確實資料證明，現有一切轉彎抹角的
推論都是沒有意義的。

　　3.蓮花落。又稱〝蓮花樂〞、〝落子〞。這種民間說唱在宋代
已產生，如《續傳燈錄》卷二十三〝俞道婆〞云：〝一日，聞丐者
唱《蓮花樂》云：ˋ不因柳毅傳書信，何因得到洞庭湖。ˊ〞可見
宋代蓮花樂已是七言韻文式，多為乞丐所唱。南宋釋普濟《五燈會
元》亦有提及，但總的來看宋代蓮花樂剛產生，還不流行。至元代
就十分流行了，元雜劇中有記載：

　　⑴元張國賓《相國寺公孫合汗衫雜劇》第一折云：〝兀的那一
座高樓，必是一家好人家。沒奈何我唱個蓮花落，討些兒飯吃咱。
（做唱科）一年春盡一年春，哩哩蓮花，你看地轉天轉我倒也。〞

　　⑵元秦簡夫《東堂老勸破家子弟雜劇》第一折云：〝這的是你
自作下窮漢家私暴，只思量倚檀槽聽唱一曲桂枝香，你少不的撒搖
槌學打幾句蓮花落。〞

　　⑶元石君寶《李亞仙花酒曲江池雜劇》第四折云：〝鄭元和風
流學士，李亞仙絕代嬋娟，曲池前偶逢情賞，杏園後益顯心堅。早

遂了跳龍門桂枝高折，空餘下蓮花落樂府流傳。"

(4)元關漢卿《杜蘂娘智賞金線池雜劇》第一折云："(正旦唱)道俺有三生福分，正行著雙雙好運。(卜兒云)好運好運，卑田院裡趕趁，你要嫁韓輔臣這一千年不長進的，看你打蓮花落也。(正旦唱)他怎肯教了，`一年春盡又是一年春´。〔下〕"

(5)元末高明《琵琶記》第十七齣《義全》云："(淨)激得老夫情發，只得唱個陶真。(丑)呀！陶真怎的唱？(淨)呀！到被你聽見了。也罷，我唱你打和。(丑)使得。(淨)孝順還生孝順子。(丑)打打咍蓮花落。(淨)忤逆還生忤逆兒。(丑)打打咍蓮花落。(淨)不信但看簷前水。(丑)打打咍蓮花落。(淨)點點滴滴不差移！(丑)打打咍蓮花落。"

由上可見元代蓮花落普及而成熟，結構為七言韻文加上和聲"哩哩蓮花"或"打打咍蓮花落"，而是且每句必有和聲。還有"撇搖槌"的伴奏。"撇"者擊，乃夾竹片也；"搖"者，即搖之以為節也；"槌"者，即槌鼓也。連陶真這種民間說唱居然也借用蓮花落的結構，說明蓮花落在當時已十分流行。《合汗衫》、《金線池》中"一年春盡一年春"恐都是《四季蓮花落》之唱詞。

到明代，從明雜劇《曲江池》、明傳奇《繡襦記》看來，都有《四季蓮花落》流傳。明天然痴叟著《石點頭》第六卷"乞丐婦重配鴛儔"，描寫了一個有才華的乞丐婦，"覓了一付鼓板，沿門叫唱蓮花落，出口成章，三棒鼓隨心換樣。"⓫明代民間蓮花落有以下特點：

第一、即時創作，隨口成章。這一點書中有詳細描繪，說周大

⓫ 《石點頭》，上海古籍出版社，151頁，1985年版。

姐唱蓮花落，都是〝隨口唱道〞、〝隨口換出腔〞、〝隨口換出
一調〞。唱完以後，便〝蹴地而坐，收卻鼓板，閉目無言。〞而且
〝眾人喝采道：`好個聰明叫化丫頭，六言歌化作許多套數，胥老
人是精遲貨了。'一時間也有投下銅錢的，也有解開銀包，拈一塊
零碎銀子丟下的，也有監飯遞與他的，也有取一甌茶與他潤喉
的。〞從總畫面看，這種即興創作通常是唱者才華之流露，並往往
取得極大成功。

第二，唱詞句式自由化，字數不固定，依情感而發。《石點
頭》引述的《蓮花落》歌詞一共五段，段段句式都不一樣：

㈠我的爹，我的娘，爹娘養我要風光。命裡無緣弗帶得，苦惱
　子，沿街求討好淒涼。孝順，沒思量。
　我個公，我個婆，做別人新婦無奈何。上子小船身一旺，立
　勿定，落湯雞子浴風波。尊敬，也無多。

㈡我勸人家左右聽，東鄰西舍草爭論，賊發火起虧渠救，加添
　水火弗救人。

㈢生下兒來又有孫。呀，熱鬧門庭！呀，熱鬧門庭！賢愚貴
　賤，門與庭，庭與門，兩相分。呀，熱鬧門庭！
　貴賤賢愚無定準。呀，熱鬧門庭！呀，熱鬧門庭！還須你
　去，門與庭，教成人。呀，熱鬧門庭。

㈣大小個生涯沒雖弗子個同，只弗要朝朝困到日頭紅。有個沒
　弗來顧你個無個苦，阿呀，各人自己巴個鑊底熱烘烘。

㈤本分須教本分，爲非切莫爲非。倘然一著有差池，禍患從此
　做起。大則鉗錘到頸，小則竹木敲皮。爹生娘養要思之，從

此回嗔作喜。

這首明代民間蓮花落，總結了人一生中福禍生死無定準，應謹慎生活，切莫為非作歹，小有差池便大禍臨頭的思想。句式不同，是由於頻繁換調造成，使句式相當自由化。

明代蓮花落為女子唱，也傳到清代。據《清稗類鈔》云：〝京師天津之唱蓮花落者，謂之唱落子，猶之南方之花鼓戲也，其人大率為妙齡女子，登場度曲，於妓女外別樹一幟者也，聚族而居者曰〝落子班〞。〞《同治都門紀略》有一《蓮花落詩》描述清代唱法：〝輕敲竹板弄歌喉，腔急還將氣暗偷。黃報遍黏稱特聘，如何子弟也包頭？〞另《北平的乞丐生活》卻描繪了民國初唱蓮花落情景：〝蓮花落：丐伴兩人，身上各穿花衣，面塗脂粉，頭戴花帽，手執一支竹竿，每節挖幾個眼孔，每眼孔內貫著好多制錢，把五色的綢線緊紮著。乞討時開始表演，手舞足蹈，旋轉跳舞，如同發瘋一樣。口裡還唱著歌訣，也有缺少花衣而以便服充數的。〞看來蓮花落從元代以來，一直綿延不斷。

以上三種說唱在元代也是頗有影響的，記載的資料也較多，但元代民間說唱也有以下兩種，也只見有簡單記載而不見具體作品，亦存而不論：

1.馭　說。這種說唱只見元王惲《秋澗先生大全文集》卷七十六《鷓鴣引贈馭說高秀英詞》云：〝短短羅衫淡淡妝，拂開紅袖便當場。掩翻歌扇珠成串，吹落談霏玉有香。由漢魏，到隋唐，誰教若輩管興亡。百年都是逢場戲，拍板門鎚未易當。〞這種說唱只能根據此條資料推論。

2.琵琶詞。這種説唱只見《元典章》五十七卷提及：〝在都唱琵琶詞、貨郎兒等，聚集人眾，充塞街市，男女相混……依上禁行。〞只能由此推論為沿街就地之説唱。

總之，元代民間説唱有以上五種，後兩種亦有名無實。

明清民間説唱有以下三種比較有名：

1.陶　真。提起陶真（淘真）那是在南宋已經產生了，南宋之《西湖老人繁勝錄》云：〝唱涯詞只引子弟，聽陶真盡是村人。〞是農民喜愛的民間説唱。元末高則誠《琵琶記》提到的陶真，實際是蓮花落。故宋元時陶真剛產生，流行不廣，不見作品與其他記載。大量流行則是在明代。

在明代，陶真似用來敍事的。明郎瑛《七修類稿》卷二十二云：〝閭閻陶真之本之起，亦曰：`太祖太宗真宗帝，四祖仁宗有道君。´國初瞿存齋過汴之詩有：`陌頭盲女無愁恨，能撥琵琶説趙家´，皆指宋也。〞唱詞為七字句。明周楫《西湖二集》卷十七《劉伯溫荐賢平浙》云：〝那陶真的本子上道：`太平之時嫌官小，雜亂之時怕出征。´〞唱詞也是七字句的。田汝成《西湖遊覽志餘》卷二十云：〝杭州男女瞽者，多學琵琶，唱古今小説、平話，以覓衣食，謂之陶真。大抵説宋時事，蓋汴京遺俗也。〞

至清代江南仍流行陶真。在杭州流行的陶真，如李調元《童山詩集》卷三十八《弄譜百詠》十三云：〝曾向錢塘聽琵琶，陶真一曲日初斜。白頭瞽女臨安在，猶解逢人唱趙家。〞又云陶真稱為〝聞書調〞。在清代，南京也流行陶真。據清捧花生《畫舫餘談》記載的南京夫子廟云：〝起泮宮（即夫子廟）前至棘院（貢院）止，值晴明、百戲具陳……三棒鼓，十不閑、投狹、相聲、鼻吹、口歌、

陶真、撮弄丸，可以娛際聽者，翹首伸頸，圍如堵牆。〞陶真唱本
今已不存。

　　2.彈　詞。這種民間說唱，據臧晉叔 (懋循)《負苞堂文集》卷
三載稱：〝或云楊廉夫 (楊維楨) 避難吳中時〝曾作《四遊記彈
詞》，它包括了四種彈詞：《俠遊》、《仙遊》、《冥遊》、《夢
遊》，論其時間是在元末，但作品已失。至明代中葉形成而廣為流
傳。明正德嘉靖間，楊慎採用彈詞形式寫成了《二十一史彈詞》。
明代又把彈詞稱為〝彈唱說詞〞，如明盛于斯《休庵影語·淚史自
序》云：〝我往往見街上有彈唱說詞的，說到古今傷心事體，那些
聽說人，一個個閣淚汪汪。〞清代則將彈詞又稱為〝南詞〞了，如
清代蘇州彈詞藝人馬如飛整理的彈詞開篇集稱為《南詞小引》。又
如清代道光年間曾達千等民間藝人以寧波方言說唱彈詞，稱為〝四
明南詞〞。

　　明代中葉彈詞形成之初，往往名稱極不統一。徐渭的《徐文長
佚稿》卷四《呂布宅詩序》云：〝(呂布與貂蟬故事) 始村瞎子極俚小
說，本《三國志》，與今《水滸傳》一轍，為彈唱詞話耳。〞這裡
將彈詞又稱為〝彈唱詞話〞。但是，王驥德《新校注古本西廂記·
凡倒》又說：〝諸本益以，絡絲娘，一尾，語既鄙俚，復入他韻。
又竊後意提醒為之，似捯彈說詞家所謂〝且聽下回分解〞等語。〞
這裡則又把彈詞稱為〝捯彈說詞〞了。凡此種種均為彈詞形成之
初，名稱尚不固定所致。

　　彈詞風行的時間是在嘉靖萬曆，嘉靖成書的田汝成《西湖遊覽
志餘》就已提及〝(八月) 其時優人百戲：擊毬、關撲、魚鼓、彈
詞、聲音鼎沸。〞萬曆年間繼續流行，沈德符《萬曆野獲編》卷十

八〝冤獄〞云：〝其魁名朱國臣者，初亦宰夫也，畜二瞽妓，教以彈詞，博金錢，夜則侍酒。〞

　　明代沒有民間彈詞留下，只有兩本書上著錄的明代文人的擬作。一為《蘇州府志》卷五十三藝文志著錄的梁辰魚《江東廿一史彈詞一卷》，二為汪日楨《南潯鎮志》卷三十著錄的陳忱《讀廿一史彈詞》，均已散失。

　　彈詞是明清民間說唱文學中重要的品種。它的重要是因為擁有眾多的作品，乞今所見，這些民間文學作品主要是清代留下來的，大約從十八世紀初至二十世紀初，盛行兩百年。張三異的《明史彈詞注》就是清雍正五年 (1727) 刊本、十九世紀和二十世紀的作品最多。收集目錄鄭振鐸最早，有《西諦所藏彈詞目錄》，收117種❷，繼而凌景埏有《彈詞目錄》，收181種❸，胡士瑩有《彈詞寶卷書目》，收270種❹，關師德棟有《胡氏編著彈詞目訂補》，成稿於1960年。譚正璧、譚尋編《彈詞敍錄》，介紹了兩百種，譚正璧先生在《彈詞敍錄》〝例言〞中認為〝明清以來彈詞作品總數，考諸各家書目所載，以及圖書館和私家藏書，估計至少可有四百種。〞當然，清代彈詞占有幾乎百分之一百。

　　清代彈詞體式是以七字句為主，並且上面加有三言襯字，如咸豐七年刊行的《筆生花》第二十二回：〝老父既產我英才，為什麼，不作男兒作女孩。這一向，費盡辛勤成事業，又誰知，依然富貴棄塵埃。枉枉的，才高北斗成何用，枉枉的，位列三台被所排。〞《二十一史彈詞》全是十字句。

---

❷　1927年《小說月報》十七卷號外《中國文學研究》（上冊）載。
❸　載於《東吳學報》三卷三期（1935年7月）。
❹　胡士瑩編《彈詞寶卷書目》，上海古籍出版社，1984年6月版。增訂本。

也有是純粹七言句式者，如《再生緣》第九卷：〝五月之中一卷收，因多他事便遲留。停毫一月工夫廢，又值隨親作遠遊。〞七字句多半用於自敍。也有完全用於敍事，如《繡香囊》：〝大宋中宗永和年，孝宣皇帝坐金鑾。九省華夷歸一統，八方寧靜四海安。〞《安邦志彈詞》全是七字句。七字句化為兩句三言句式的用法，在彈詞中較少見。

3.木魚歌。包括南音或龍舟兩種，是流行於中國南方廣州語區的一種民間說唱文學，這種說唱，明末清初已見流行。鄺露（1604—1650）《婆猴戲韻學宮體詩》云：〝琵琶彈木魚，錦瑟傳香蟻。〞王士偵（1634—1711）《南海集·廣州竹枝》云：〝潮來濠畔接江波，魚藻門邊淨綺羅。兩岸畫欄紅照水，蜑船爭唱木魚歌。〞屈大均（1630—1696）《廣東新語·粵歌》云：〝粵俗好歌……其歌之長調者，如唐人《連昌宮詞》、《琵琶行》等，至數百言、千言，以三弦合之，每空中弦以起止，蓋大簇謂也，名曰〝摸魚歌〞。或婦女歲時聚會，則使瞽師唱之。〞吳淇（1615—1675）《粵風·沐浴歌》云：〝沐浴，東粵之歌名也。潯在粵西，土曠人稀，流寓於茲者粵東人尤多，故亦習為此歌。〞由此可見木魚歌，又稱摸魚歌、沐浴歌，明末清代流行於廣州地區和東粵是確定不移的。

木魚歌，一般分為兩種。長篇的稱為〝南音〞，短篇的稱為〝龍舟〞。譚正璧、譚尋編著的《木魚歌、潮州歌敍錄》⑮，對於〝南音〞，敍錄了《二荷花史》、《二度梅》等154種，觀其內容大都自彈詞、鼓詞、寶卷、通俗小說改編。對於〝龍舟〞，敍錄了《十二時辰》、《十思起解心》等126種，觀其內容大都受有清代

⑮ 書目文獻社出版，1982年版。

北方子弟書之影響。

以上三種説唱明代即已流傳，並在清代又加以發展，影響頗大。明代也有一些不大著名的民間説唱曾流行：

1.打　談。 明劉元卿《賢奕編》卷二記載説：＂沈屯子偕友入市，聽打談者説楊文廣圍困柳州城中，內乏糧餉，外阻援兵，蹙然蹙嘆不已。＂在明代民間無名藝人《陶淵明東籬賞菊》雜劇第二折：＂（淨云）老先兒，我也不曾讀書，我則聽的那打談的説：武王立天下，尋訪著孟津老姜，人所皆知，老先兒知也不知哩？＂由上可見，打談這種説唱，多半説唱歷史傳説故事。又據《金瓶梅詞話》十五回云：＂又有那站高坡打談的，詞曲楊恭，到看這扇響鈸游腳僧，演説三藏。＂⓰看來打談既是説的又是有唱詞的。總的看打談流行不廣，記載很少，詳情未知。

2.門　詞。 這種民間説唱見於《金瓶梅詞話》第二十一回記載。説應伯爵等兩人邀請西門慶到李家歡聚，＂叫了兩個妓女彈唱＂，應伯爵問桂姐道：＂剛才若他（指西門慶）撅了不來，休説你哭瞎了眼，唱門詞兒……＂桂姐罵道：＂怪應花子，汗邪了你，我不好罵出來的，可可兒的我唱門詞兒來。＂門詞肯定是彈唱的作品。而且從葉憲祖《鶯鎞記》傳奇第十五齣所説：＂（貼）去唱門詞去罷，做甚麼詩！（中淨）門詞正是女眷極喜的……＂可見門詞是民間婦女愛好的説唱。門詞也許又稱為＂門事＂。《酉陽雜俎》趙琦美序云：＂（吳中慶市闤處）書攤子，所鬻者悉小説、門事、唱本之類。所謂門事，皆閨中兒女子之所唱説也＂⓱。從＂女子之所唱

⓰　《金瓶梅詞話》第十五回，173頁，人民文學出版社，1985年版。
⓱　《酉陽雜俎》，中華書局，1981年版，293頁。

説〞特徵看來，與前兩條資料所述一致。但門詞並未廣泛流行，無作品留下，記載很少，詳情亦未知。

第三節　道情論

道情是中國民間説唱的一個重要類別，是一種由單人或多人演唱的韻散作品。顧名思義，道情應當是道士唱的曲詞，但是，這一種古老的民間説唱，到了本世紀四十年代末，在江浙皖南一帶唱它的多是乞人，是靠它賣錢糊口的，也有一類貧窮的道士化緣時唱它。所以，道情發展到後來，不一定是道士唱它了。道情在演唱時候最重要的特徵，是用兩件東西。一是抱在左腕上，用右手拍著的〞漁鼓〞，它又叫〞道情筒子〞、〞漁鼓筒〞等，是一根三尺多長，四寸左右直徑的竹筒做成，底部蒙一塊羊皮（或魚皮、或豬小肚膜）做鼓面。二是左手拿著的〞簡板〞，一般是檀木（或竹片）做成的一對薄片，長約二尺半，寬約寸餘，上下夾擊發出聲響，來與漁鼓筒的拍擊聲相配合，用這兩種東西作為樂器伴奏。

四十年代末，在中國大陸，雲游化緣的道士，頭戴道帽、手拿〞漁鼓〞與〞簡板〞走村上門唱道情。你給他錢時，道士就叫你把錢直接放在他的漁鼓裡，你若丟在地上，這道士決不會用手去拿錢，而是用簡板把錢夾進漁鼓的口裡去，據說這是為了表示道士自身是〞清流〞和他人品的崇高，爾等聽他唱道情者不過是〞濁流〞之輩，所以不屑去用自己清潔之手去碰那污穢的金錢，更用不著和爾等俗子凡夫一般見識，道士隨即一揮衣袖揚長而去。這是從前道士唱道情的一種特徵。

但在我們看來，道士唱道情和乞人唱道情，實質一樣，都是乞討賣唱，心境自然是極為悲涼的。說也奇怪，痛苦的唱道情的人，從那長竹筒漁鼓裡敲擊出來的樂聲，也是深沉而蒼涼的，而它的內容，不管是抒情的還是敍事的，則都是訴說著心裡的痛苦，因此這種悲痛的樂聲極好的配合了道情的內容，形成了痛苦的人，痛苦的樂器聲，與痛苦的道情內容三者的統一，這也是道情藝術表現的特徵，它唱的內容與人們的心靈息息相通，有吸引力。

　　道情是我國一種古老的民間說唱文學。它最初起源於唐代。《全唐文》卷三百九十六，收有唐代崔令欽《教坊記序》一篇，其中說："我國家元元之允，未聞頌德，高宗乃命樂工白明達，造道曲、道調。"這"道曲"、"道調"便是道情最早的稱呼，最早道家典雅的音樂是用以服務於宮廷，並為大唐王朝歌功頌德。又據唐代段安節《樂府雜錄》云："道調子，懿皇后命樂工敬約，吹觱篥，初弄道調，上謂`是曲誤拍之′，敬約乃隨拍撰成曲子。"這又說明，不僅皇帝，連皇后也愛聽道調。早期道情 (道調) 並不是敍說苦情的，本來是用來宣揚道士那飛仙的迷人的幻夢一類的東西。《唐會要》卷三十三提到的，例如"林鍾宮，時號道調、道曲。垂拱樂，萬國歡，九仙步虛，飛仙，景雲……"，再如，"上雲曲，自然真仙曲……有道曲，道調曲"等等，這些道情早期稱謂的道調道曲，唱的是道仙飛天，或道仙返歸自然。段常《續仙傳》記藍采和拍板唱的《踏踏歌》等募化的道曲，也是道情的早期形態。到了宋代，據《宣政雜錄》記載，道情已到了創製漁鼓的階段了。

　　元代道情已相當成熟。馬致遠的雜劇《岳陽樓》，便穿插了道士呂洞賓在民間說唱道情的情景，這時的道情之形式是十字句的，例如，下面便是呂洞賓唱的道情：

> 披蓑衣，戴箬笠，怕尋道伴，
> 將筒子，挾愚鼓，閒看中原。
> 打一回，歇一回，清人耳目，
> 念一回，唱一回，潤俺喉咽。
> 穿茶房，入酒肆，牢拴意馬，
> 踐紅塵，登紫陽，繫住心猿。

元代把〝簡板〞稱作〝筒子〞，把〝漁鼓〞叫〝愚鼓〞，演唱道情的場所是在茶樓酒肆之間，唱道情之前先唱一段上面這樣的道情引子，然後開始以十字句唱道情：

> 跨彩鸞，先飛到，西天西裡，
> 駕青牛，後走到，東海東邊。
> 靈芝草，長生草，二三萬歲，
> 娑羅樹，扶桑樹，八九千年。
> 白玉樓，黃金殿，煙霞靄靄，
> 紫微宮，青霄閣，環珮翩翩。

可以想見，這些道士在民間酒肆裡唱道情都是一派道貌岸然的樣子，他深深懂得人民都要過富裕的不愁衣食住行的和平生活，你看他把道家生活描繪得多美，行有〝彩鸞〞、〝青牛〞代步，吃有〝靈芝草、長生草〞，可以活上八九千年；住的是〝白玉樓、黃金殿〞。這些自然是道家純粹的浪漫主義幻想，實際他窮得連飯也吃不飽，路也走不動，不得已挨門串戶唱道情求食。他宣傳道家理想主義的目的，是〝勸賢者，勸愚者，早歸大道〞，顯然，這是騙人的性質。最後還以一段七絕結尾：

> 船到江心牢把舵，箭安弦上慢張弓。
> 今生不與人方便，念盡彌陀總是空。

這是說，你聽後一定要給他錢，今生如果不給他方便，你再信他的道也是空的，什麼也得不到，這頗有些強討惡索的味道。令人想起從前那些唱道情的道士也是如此，他唱後你不給錢，他便催要，你堅持不給錢他會罵人，倘若你給少了，他還會把錢丟在地上揚長而去，給多滿足了他的要求，他便用簡板將錢夾入漁鼓，決不讓錢沾污他〝聖潔〞的手指。可見，馬致遠《岳陽樓》中描述的元代道士唱道情的情況，已和現代民間道情沒有什麼區別了。另外，元代范子安的雜劇《竹葉舟》也寫到元代道士唱道情的情景，如第四折，寫道士列御寇〝執愚鼓、簡板上〞，說〝我等無事，暫到長街市上，唱些道情曲兒，也好警醒世人咱。〞范子安是將道情改寫到雜劇曲調中去唱的，已經不具備道情在民間的原始形式。例如，〔元和令〕〝我吃的是千家飯，化半瓢，我穿的是百納衣，化一套，似這等粗衣澹飯且淹消，任天公饒不饒，我則待竹籬茅舍枕著山腰，掩柴扉靜悄悄，嘆人生空擾擾。〞這實際是戲劇家在〝詩意〞地描繪唱道情的道士之窮困潦倒的生活，並不是真正的道情本身，只有上面引的《岳陽樓》裡的道情，才是這一形式在元代真實的反映。

如果說元以前的道情只是在抒情的話，那麼，明代的道情卻從道教窠臼裡脫穎出來，轉變到由俗人來演唱敍事道情了，這就給道情帶來了寬闊的文學領域，因敍事道情就可以更多地反映生活，擴大道情所容納的內容。

第一，《金瓶梅詞話》第六十四回，記述了兩個唱道情的搗刺小子唱《韓子公雪擁藍關》和《李白好貪杯》，原文云：〝子弟鼓板響動，遞上關目揭帖。兩位內相看了一回，揀了一段《劉智遠紅袍記》。唱了還未幾折，心下不耐煩，一面叫上唱道情去，〞唱個道情兒耍耍倒好。〞於是打起漁鼓，兩個並肩朝上，高聲唱一套《韓文公雪擁藍關》故事下去。〞❶〝因叫唱道情的上來吩咐：〝你唱個《李白好貪杯》的故事。〞那人立在席前，打動漁鼓，又唱了一回。〞❶可見明代道情是敍事的，要唱便唱一套。並非一人獨唱，而是〝兩個並肩〞而唱。並且為貴族瞧不起，所以兩個敍事道情唱完，應伯爵說：〝內臣斜局的營生，他只喜《藍關記》，搗刺小子胡歌野調，那裡曉得大關目，悲歡離合。〞富人把道情看作〝野調〞，是下里巴人而非陽春白雪，唱者已不是道士而是凡人了。

第二，李翊《戒菴老人漫筆》❷卷五云：〝道家所唱有道情，僧家所唱有拋頌，詞說如《西遊記》、《藍關記》，實匹休耳。〞李翊記述的《西遊記》、《藍關記》，似俱為道情，也顯然是敍事道情。以上兩條中提到的〝藍關記〞都與清黃文暘《曲海目》(見《揚州畫舫錄》卷五) 著錄的無名氏《藍關道曲》一種說法一致。可見明代民間道情已轉變到敍事道情，內容有變化，擺脫了道教。

明代的文人道情雖然仍然採取抒情方式，但是也仍然擺脫了道

❶、❶　《金瓶梅詞話》，人民文學出版社，1985年版，883—884頁。
❷　見《常州先哲遺書》本，《續說郛》本。

教，因而它能夠在民間流傳。歸玄恭是明朝末年的人，他眼見亡國的慘痛，心裡極為痛苦，於是寫出一套道情《萬古愁》，也稱為《擊築餘音》（見《歸玄恭遺著》）。他在這《萬古愁》道情裡，從盤古一直罵到伏羲、神農、黃帝、堯舜禹、湯文武、周公、孔子等等，如〝混沌元包，卻被那老盤皇無端羅唣。〞又如〝更可恨那惹禍招非的老軒轅……留下把萬古殺人刀〞，還有〝笑笑笑，笑那成天平地老唐堯，怎不把自己丹朱兒教導〞，他用喜笑怒罵，諷刺挖苦的辦法來表白他反抗的心聲，因此他的道情傳之於後世。另外，明亡以後，《桃花扇》裡的蘇昆生，據說確有其人，是河南固始人，他流落江湖，手持漁鼓到處唱道情求乞，這些道情都是他寄寓亡國之痛的作品，贏得固始人民的好評，為紀念他的愛國心，民間便唱起他編的道情，一直到五十年代初，中國大陸民眾還有人會唱蘇昆生的道情。文人道情化為民間作品在民間口頭流傳，這是道情歷史演變的一個重要特點，主要是因為它的內容已從道教的飛仙束縛中掙脫出來，在特定的歷史情況下，與人民反抗封建壓迫者的思想相吻合。自然，這並不意味著文人道情都是好的，或都被人們所接受。

以上例證說明，從明代開始，不論是敘事道情還是抒情道情，都突破了道教思想的限制，是其共同的特點。另外一點，民間道情向敘事道情方向發展，而文人道情卻仍舊是在抒情的舊框框之內，民間道情與文人道情分道揚鑣，這種傾向逐漸顯現出來。

在清代，文人道情最有名的是鄭板橋與徐回溪的道情，都是抒情道情。鄭板橋的道情，風格清新，語言通俗，境界優美，描繪的山水動人，寫出的形象逼真，顯然是受民間歌謠熏陶過的道情。因此流傳廣泛，在民間也時而有道士在唱它。他寫那老漁翁，真是詩情畫意，民歌風味十足：〝老漁翁，一釣竿，靠山崖，傍水灣；扁舟來往無牽絆。沙鷗點點輕波遠，荻港蕭蕭白晝寒，高歌一曲斜陽晚。一霎時波搖金影，驀抬頭月上東山。〞㉑這是一幅極好的中國古典山水畫，也就是詩中有畫。他寫那廟中頭陀，也顯得優雅古樸，民族風味濃郁：〝老頭陀，古廟中，自燒香，自打鐘；兔葵燕麥閒齋供。山門破落無關鎖，斜日蒼黃有亂松，秋星閃爍頹垣縫。黑漆漆蒲團打坐，夜燒茶爐火通紅。〞古廟僧人的典型藝術畫面，引人入勝。鄭板橋的抒情道情所以贏得民間的喜愛，一是它表現出了古代山水畫的藝術境界，二是它採用了民間口語入道情，如寫老樵夫，〝老樵夫，自吹柴，捆青松，夾綠槐；茫茫野草秋山外。〞如寫乞丐，〝盡風流，小乞兒，數蓮花，唱竹枝；千門打鼓沿街市。〞如寫老道，〝水田衣，老道人，背葫蘆，戴袱巾；棕鞋布襪相廝稱。〞如寫書生，〝老書生，白屋中，說黃虞，道古風；許多後輩高科中。〞簡直和民間口語沒有區別，直白樸素，寫各種人栩栩如生，比唐代元白體更進一步，不識字的老頭老奶奶都聽得懂。我在1981年夏到江蘇省興化縣鄭板橋的家鄉去講民間文學課，課後帶著學員們採風，發現當地農村老人還會唱鄭板橋的道情，它廣泛地流傳在他家鄉民間，因為它有陶冶人們熱愛祖國大自然和熱愛鄉土的作用。廣東省博物館所藏鄭板橋《道情》手稿，還另有〝開場白〞和〝結尾〞兩段，與《鄭板橋集》所收《道情十首》刻本不同，應當引起研究者注意。

㉑　見《鄭板橋集·道情十首》，上海古籍出版社出版，1979年版，150頁，下同。

　　徐回溪的道情卻差得太遠了，已經沒有一點點民間道情的清新氣味，他現存的三十八篇道情，分作〝贈序〞、〝壽序〞、〝題跋〞、〝傳記〞、〝祭文〞、〝雜論〞等等，用〝道情體〞作了文學各種體裁的嘗試，但是由於內容的空虛，思想的灰色，儘管使用了道情形式，也談不上超越鄭板橋的道情。例如《弔何小山先生》：〝今日裡，鴉叫枯楊，月照空樑，只有半部校殘書攤在塵筵上。如此淒涼，任你曠達襟懷，也不禁淚灑千行！況我半世相隨，一朝永訣，落落狂去，向誰人更覺知音賞？思量，只得譜一首商調道情詞，代做招魂榜。望先生來格來臨，嗚呼尚饗！〞也許是他想模仿一種〝商調道情詞〞，但和鄭板橋採用的民間道情體式顯然不同，更接近散文化。內容與民間的思想與生活毫無聯繫，故流傳不了。他還企圖創造一種〝道情體〞，在《壽沈井南》一篇序裡說：〝自廣道情之體，一切詩文，悉以道情代之，然構此頗不易，必情境音調，處處動人，方有道氣。〞他企圖抹刹一切詩文形式甚至內容的特點，在形式上，用〝道情體〞統一一切，在內容上，用〝道氣〞統一一切，這雖是一次大膽的創造，但真是異想天開。這種〝創造〞，在當時卻頗得一些士大夫的喝彩，都要他來寫那道情體的壽文、祭文、勸世文等等，然而思想內容無積極意義，決定了清代文人道情走向消亡的末路，試驗也煙消雲散，那鄭板橋擬民間道情所留下的一點石子落水蕩出的波影，也只給人們留下了最後一點記憶的微漪！

　　與以上文人的抒情道情相對照，敘事道情在民間由於得到了廣大勞動民眾的承認與愛好，流入了中國民間文學的汪洋大海，便獲得了它強烈的生命力。明末清初以來，民間敘事道情得到了廣泛的發展。

1.內蒙道情。 流行在今內蒙古自治區烏蘭察布盟一帶。原來稱為〝道歌〞。一人自擊漁鼓簡板演唱。常用曲調為〝十字調〞、〝浪淘沙〞等。也有配以弦樂和增加由四塊竹板（四塊瓦）擊節樂器伴奏者，傳統曲目多神仙傳說故事。

2.浙江道情。 流行在今浙江省的東部和南部，又衍化為各種地方道情品種，其中著名者有以下三種：

(1)義烏道情。流行於義烏、東陽，曲調高昂，緊湊，多說唱民間傳說故事。

(2)金華道情。流行於金華、蘭溪、衢縣。因多唱當地新聞軼事，當地民眾俗稱〝唱新聞〞。短篇的叫〝湯頭〞，像敦煌押座文那樣，多半在正本前加唱。長篇的叫〝正本〞韻散相兼，分回演唱故事。

(3)溫州道情，俗稱〝溫州蓮花〞。對口坐唱，一人擊漁鼓簡板，另一人打蓮花板。一人領唱、和聲（哩哩哩啦臘梅花）。主要韻文，七字句。以《高機與吳三春》敘事道情為著名。

3.江西道情。 是各省流行道情說唱最豐富的省份，幾乎遍及江西各地，融合了當地民謠而成，也衍化為各個地方道情品種，其中著名的有以下五種：

(1)波陽漁鼓。又有兩個分派。一為流行於波陽山區和都昌，漁鼓簡板外加小鈸。二為流行於波陽平原和樂平、萬年。前者叫三下響派，後者叫二下響派。傳統曲目有《珍珠塔》、《趕子圖》、《紅梅記》等長篇，和《攀筍》、《余老四拜年》等。

(2)湖口漁鼓。流行於湖口、鄱陽湖。有說有唱。有一人唱和聯唱。以唱為主,並有幫唱。基本七字句式。傳統曲目有據民間傳說的《大姑》、《繡鞋山》、《鞋山塔》等。

(3)**南昌道情**。流行於南昌、新建。基本七字句式,一人演唱,擊漁鼓簡板,另外加小鈸,形成〝三響〞式。傳統曲目有《辜家記》、《南瓜記》、《賢德記》等。乾隆間形成。

(4)**寧都道情**。流行於寧都、廣昌、石城、瑞金。又稱〝活文〞、〝鼓文〞、〝鼓子曲〞。相傳形成於明末清初。有一人唱,數人唱,除漁鼓簡板外,又有二胡、三弦、琵琶伴奏。傳統曲目有《鑾刀記》、《煙刀記》等。

(5)**吉安道情**。流行於吉安、吉水、永豐、峽江。有說有唱。傳統曲目有《烏金記》、《梁祝》、《毛朋記》等。

總之,江西省道情很豐富。除以上五種外,還有寧閃漁鼓、撫州漁鼓、上饒漁鼓也著名。歷史悠久,據傳在明代已流行。

4.山東漁鼓。流行於濟寧、泰安、荷澤、膠東。相傳在明代中葉已在山東流行。有說有唱,以唱為主,七字句式,主要有漁鼓、簡板伴奏,前期流行兩坡羊漁鼓、梅花漁鼓,後期流行寒腔漁鼓。傳統曲目有《雙拜年》、《鬧江州》、《呂蒙正趕齋》、《草船借箭》等短篇,也有長篇敍事。

5.湖北道情。流行於武漢、鄂中、鄂東、鄂南。唱曲有各種情趣的曲牌。自擊漁鼓簡板,並有三弦和高胡伴奏。傳統曲目有《韓湘子上壽》、《武松趕會》等。

湖北漁鼓。與前者不同。流行於沔陽、天門、潛江、武漢、宜昌、沙市。清末演變形成,是湖北道情前身。原稱沔陽漁鼓。一人或二人站唱,自擊漁鼓簡板,以掌擊拍。唱腔以吸收沔陽民歌為主。曲目有迷《路記》、《大刀風雲》等。

6.湖南漁鼓。據傳此省漁鼓清初已流行，有衡陽漁鼓、常德漁鼓、邵陽漁鼓、湘西漁鼓等分支。各派樂器僅用漁鼓、簡板，但唱法不同。湘南、湘中坐唱，湘北則站唱。説唱結合，以唱為主，基本七字句。傳統曲目以中長篇故事為主，如《三度梅》、《七俠五義》、《天寶圖》等。

7.陝南漁鼓。流行於漢中、安康、商洛。相傳明代從四川傳入吸收了當地民俗、民歌，〝土二黃〞衍化形成。自擊漁鼓簡板自唱。曲調分宮調、羽調兩種。傳統曲目多為民間故事《占花魁》、《度林英》、《夜深沉》等，四十年代末已湮沒，七十年代末又恢復。

8.青海道情。流行於青海東部。在農村特別流行。漁鼓為主要樂器，又伴以三弦、四胡、笛子、碰鈴、梆子，形成多人伴奏。曲調有陰腔、陽腔、三下果等。

綜上所述，民間道情在內容上的共同特點是以敍事道情為主，因而有深厚的生活基礎，鮮明的人物形象，廣闊的藝術表現的空間；它們在形式上的共同特點是以唱為主，以說為輔，雜以伴奏，多半已加入各種曲調，也有只説不唱的，形式自如，靈活多變，深得人民喜愛，故在全國各地都有流傳。

我國民間道情的分枝——河南道情，是民間文學中的一朵奇葩。河南墜子裡由於採用了道情中的漁鼓和簡板作為樂器，而獲得了它那悲哀凄涼的感人性，這還是只就道情的器樂來説的。真正有價值的河南道情生活在廣大的農村中。往往一個人，一只道情筒子，一對檀木簡板，便自打自唱，有聲有色，感人至深了。在四十

年代末，河南道情在河南農村可以説正經歷它的黃金時代。那時河
南大財主的田莊裡，大都有吊橋、堡壘、寨牆，門口還有惡狗，由
於他們瞧不起許多唱道情的説書人，這些道情藝人也休想去為土豪
劣紳們演唱，這樣反倒好，道情的內容得到了深刻的改造。據楊纖
如《道情書》記載，當時河南道情統稱為〝唱道情書〞，唱者定居
在小鎮或農村裡，專門供農民叫去演唱，時間多半在夜晚，聽眾以
老年人、婦女、小孩最多，唱詞有師傅傳授，內容豐富，有的能唱
到一年多而不重複的，這些可説是漢族特大型的長篇民間敍事詩。
內容種類頗多。第一類，是反抗滿清統治的。如《史可法》、《揚
州十日》、《嘉定城》、《哭金陵》、《打辮子》等。第二類，是
歌頌反封建禮教鬥爭的。如《秦雪梅弔孝》、《梁山伯與祝英
台》、《孔雀東南飛》、《薛鳳英上吊》等。第三類，是敍述歷史
故事的，如《説唐》、《説岳》、《王莽趕劉秀》等。第四類，是
只唱一個或兩、三個晚上的精彩短、中篇道情書，都是一些反映從
前（近代或古代）婦女受迫害受污辱內容的道情，還有些描寫財主加官
吏欺壓良民的事件，描寫惡婆虐待兒媳——特別是童養媳的受殘酷
迫害和惡者遭受報應，描寫財主虐待丫頭，等等這類唱詞最為農民
喜愛。特別是農村婦女們，當唱道情書的盲人在夜晚唱《薛鳳英上
吊時》，唱到她對人生失望將要上吊時，一面哭訴，一面受著吊死
鬼的誘惑時，除了面部有生動表情外，他手上的漁鼓拍出了悲痛蒼
涼的有如落淚的〝拍達拍達〞的聲音，這時夜闌人靜，婦女們迫促
呼吸，無不隨聲落淚。唱到吊死鬼出現時，先是一陣寂靜，接著拍
出又沉重又淒楚的漁鼓聲，會使人毛骨悚然，好像吊死鬼就在身
後。河南道情之所以在農村中廣泛發展，是同它有純正的積極的思

想內容和強烈的藝術魅力是分不開的；還説明，道情在本質上一旦經過了勞動民眾的改造，即使它是古代社會道教的產物，也獲得了強大的生命力，民間道情並不曾像文人道情那樣變成幽靈而散盡。

我國民間道情的另一分枝——四川竹琴同樣是這樣。據載，清初時，四川已有〝漁鼓筒〞（即〝竹琴〞之前稱）出現，演唱者多為道人，往來於街道巷里間，邊走邊唱，有〝二十四孝〞等節目，作為〝勸世〞的説教。至光緒年間，始有俗人在演唱，並在〝劍板〞（即簡板）上掛有碰鈴，由街道進入酒茶館，坐著演唱，改名〝道情〞。唱的多是戲文，有《列國志》及《三國演義》上的故事，如《百里認妻》、《伍員渡蘆》、《借東風》、《華容道》等節目。民國初年，演唱的人去掉簡板上的碰鈴，因所用魚鼓筒多係竹子做成，故又易名〝竹琴〞。四川梁山曾組織過〝竹琴大會〞，參加的有千餘人。（見胡度《四川竹琴簡介》）很顯然，四川道情之所以能避免夭亡，也是它從道士手中滑脱出來，到了有才華的民間俗人的手中，適應了人民的需要，改唱民間歡迎的戲文故事，而獲得了廣泛發展。四川竹琴的演出，一般常見的也仍然是由一個人單獨演唱，詞中的角色，按照生旦淨末丑各類加以規定，各類人物的嘴臉、性格、思想及感情，都由演唱者一人從改變唱腔和聲調來表達，演唱人如果沒有較高的藝術造詣和優美的歌喉，是不能勝任的。另外，四川竹琴也有五人同台演唱的，較少見。四川竹琴保存的節目十分豐富，據不完全的調查，至少有370多段節目，其中取自三國演義故事的段子最多，其他如《孝琵琶》、《繡襦記》、《紅袍記》、《鍘美案》、《白蛇傳》、《梁紅玉》、《花木蘭》、《杜十娘》、《玉蜻蜓》、《清風亭》、《三元妃》、《三孝記》、《青

袍記》、《古玉杯》、《回龍傳》……等等，它們都保存有全部故
事的節目，是一宗可貴的四川民間道情之寶庫。重慶市文化局曾於
1954年12月編印《四川竹琴》（第一集），收入十七個完整的四川道
情底本。

總之，在我國民間文學百花園中，道情是古老的民間說唱之
花，是值得我們很好研究的。在以往，有些研究者認為它是封建社
會宗教產物，沒有什麼積極情操，認為道情的終將沒落，是不可避
免的，因而對它持否定態度。另方面，有些研究者認為它不是勞動
民眾作品，一律劃入俗文學，民間文學書不研究。這種結論，現在
看來未必正確。現在，不論抒情道情和敍事道情，都未能展開深入
研究，如果我們將民間道情認真的搜集整理一番，定能發現道情的
重要價值。

第四節　寶卷論

寶卷是民間說唱的一大類別。它因形式生動活潑，內容豐富多
彩，語言通俗易懂而得到人民的喜愛；宋、元、明、清至民國，直
至現在的中國長江以北（江蘇靖江）、塞外酒泉地區，仍流傳著，經
歷十個世紀的民間廣泛演播，說明它有強烈的藝術生命力。

寶卷是如何產生的呢？宋時有〝瓦子〞這樣的名稱，所謂〝瓦
子〞就是宋代的大城市裡娛樂場所集中的地方。有表演雜劇、雜技
的地方，也有賣藥、估衣、飲食等店舖，更有民間曲藝演出的場
所。〝瓦子〞又叫〝瓦舍〞、〝瓦肆〞，孟元老《東京夢華錄》卷
二記載過北宋時瓦子之情況：〝東去則徐家瓠羹店，街南桑家瓦
子，近北則中瓦，次里瓦，其中大小勾欄五十餘座，內中瓦子蓮花

棚、牡丹棚，里瓦子夜叉棚、象棚最大，可容數千人，自丁先現，
王團子，張七聖輩，後來可有人於此作場。瓦中多有貨藥、賣卦、
喝故衣，探搏飲食，剃剪紙，畫令曲之類。終日居此，不覺抵
暮。〞南宋耐得翁《都城紀勝》云：〝瓦者，野合易散之意也。〞
周密《武林舊事》、吳自牧《夢梁錄》皆詳細記載過宋時瓦子情
況。

　　宋初，當敦煌民間變文被明令所消滅時，供佛的廟宇和街頭，
再不能講唱變文，但民間喜愛變文這種文體，於是在瓦子裡便有人
模擬著變文類的說唱文學，而有諸宮調、小說、講史等等民間說唱
文學出現。過了一些日子，禁令較鬆了，和尚們也不甘示弱，雖然
廟宇裡不能講，和尚們便到瓦子裡來講唱，而有說經、談經、說譯
經、說參請等出現，如《武林舊事》卷六記載的說經譯經藝人中便
有長嘯和尚等人，再如《武林舊事》卷六還記載的童道、李道、俞
道等這些出家人名字，他們唱〝彈唱因緣〞，這些〝因緣〞自然是
緣唐代敦煌的伯2187《四獸因緣》、斯3491《頻婆娑羅王后宮綵女
功德意供養塔生天因緣變》等等，這種民間因緣文體而來，寶卷和
變文中的〝因緣〞文體也是同樣的，正是這些〝因緣〞、〝說經〞
的別名，實際便是敦煌民間變文的派生文體，也就是唐代民間〝轉
變〞的嫡系子孫。

　　寶卷是什麼樣的作品呢？寶卷有一個明顯的特點，便是在說唱
時首先要舉行儀式，也就是燒香和唱偈。這首先反映在它的藝術結
構裡。明代嘉靖二十二年 (1543) 德妃張氏同五公主捨資刊刻的全演
佛教《藥師本願經》的《藥師本願功德寶卷》，燒香時便要唱《舉
香讚》：

舉起藥師法界，來臨諸佛菩薩，顯金身五眼六通，接引衆生諸佛滿乾坤。

藥師佛菩薩摩訶薩 (大衆同和三舉)。

佛面猶如摩尼寶，瑠璃照徹水晶宮，

清淨無爲玄妙法，三世諸佛盡同行。

南無盡虛空遍法界過現未來法佛僧三寶。

這種燒香儀式自然是宗教儀式，籠罩著迷信色彩。燒完香就要唱偈，偈指偈陀，梵文為Gatha，又稱為＂頌＂，詞為《開經偈》：

無上甚微深妙法，百千萬劫難遭遇。

我今有緣得授持，願解如來真實意。

十六世紀流行的《藥師本願功德寶卷》，依然保留有寶卷早期明顯的演唱特徵：燒香和唱偈。自然，這種特徵在後期有些民間故事寶卷中已經消逝不見，但一般寶卷之首，仍有這種迷信色彩很濃的設壇燒香唱＂讚＂之舉，如清末民初的《衆喜粗言寶卷》，卷一之前云：＂先以持齋淨壇設台擺案焚香開卷，不可添增花言，宜讀俗語，衆聽者要分男女左右，願者靜聽，不願者坐遠旁念佛，如閒人不願者，早出不得講笑雜行葷穢入壇，又有閒看者，務要素口淨身。＂可見唱說寶卷前有嚴格的規則，先設壇燒香，後唱＂讚＂，《衆喜寶卷》的＂讚＂為：一柱心香，酬報諸思，天地日月與君親，四民共和敬，大地遐齡一統萬季清。……＂

　　唱完讚偈，便進入正文，通常是講故事來教育聽眾，採用散文與韻文結合的體式，韻文則形式多樣，有的是三三四的十字句，有的是七言或五言句式。寶卷的韻散結合的體式，儘管源於唐代民間轉變和敦煌民間變文，但已有了變異，與轉變和變文體式不同處，便在於它的韻文已配上了民間的曲子來唱了，其中的曲子有與教坊曲和敦煌曲子詞中用的曲牌完全一致者。《佛説貞烈賢孝孟姜女長城寶卷》中有浪濤沙，與伯3128、斯2607敦煌寫本的曲牌一樣。《銷釋印空實際寶卷》中有浪濤沙、後庭花等，也見於教坊曲；像《銷釋真空寶卷》中的五更梧葉兒，五更黃鶯兒，以及《佛説貞烈賢孝孟姜女長城寶卷》中的哭五更，其曲子顯然來自敦煌民間小調《嘆五更》、《太子五更轉》(見《敦煌零拾》與《敦煌掇瑣》)，不難發現，民間寶卷不僅是敦煌民間變文和唐代民間〝轉變〞的嫡系子孫，而且也是敦煌民間曲子和小調的嫡系子孫。

　　當然，寶卷中運用的曲子多半是宋代民間流傳的曲子，少數還保留著唐代民間曲子，而寶卷中所運用的句式和語言，則是地道的宋、元、明、清至民國各代民間的俗諺發白之語，寶卷描寫的人物與風俗，為人民所熟悉者，一貫為禁止它流傳的那些官府統治者所鄙視。黃育楩在道光年間任河北清河鉅鹿二縣令和任滄州州牧，他為皇帝效勞，必欲剿滅寶卷，銷毀眾多寶卷後，寫了《破邪詳辯》，歷數寶卷的〝邪惡〞，從他的罵聲中可見，寶卷的曲子、句式、語言、人物等和民間戲劇 (崑腔、梆子腔)、民間説唱 (鼓子詞)、民間小調 (哭五更) 等等有千絲萬縷的聯繫，我們完全可以説，寶卷是在敦煌民間變文和敦煌曲子的基礎上，融合了宋以後各代民間文學的影響而脱胎出來的一種新的特殊的民間説唱文體。

　　寶卷這一特殊的民間文學品種，它流傳的第一個階段是在宋代。如上所述，當變文在宋代被禁止流傳以後，供佛的寺廟再不能說話變文故事，挨到禁令較寬鬆時，和尚們或信佛說唱人便出現在瓦子遊藝場中，進行說經談話，這時便有佛教寶卷的出現。《夢梁錄》卷二十云："談經者，謂演說佛書。"《武林舊事》云："說經諢經，長嘯和尚以下十七人"，便是和尚們講說佛教寶卷的實例。因此，在宋代最初產生的寶卷應當就是佛教類型的寶卷。

　　宋代的寶卷，我們現在所能見到的是《香山寶卷》，它是迄今所見的寶卷中最早的一本，根據鄭振鐸《佛曲敍錄》和《中國俗文學史》之論斷，寶卷應當出現於宋代，《香山寶卷》相傳為宋普明禪師於崇寧二年 (1103) 中秋節在武林上天竺受神之感示而作，它敍述了一個觀音菩薩的故事。宋代的《香山寶卷》雖然宣揚了佛法無邊的唯心說教，但是玉皇大帝、太白金星這些中國的神仙故事中的人物加入佛教故事，便造成了佛教寶卷的民族化傾向，這是寶卷在第一階段宋代出現時的特點。鄭振鐸提出的寶卷最早出現在宋代的論點是有價值的，現在又發現了一本宋代寶卷，馬西沙《最早一部寶卷的研究》提出，他發現了一部公元1212年的寶卷，相當於宋代嘉定五年，名為《佛說楊氏鬼繡紅羅化仙哥寶卷》，簡稱《紅羅寶卷》，在它目錄後明確刻有"依旨修纂，頒行天下，崇慶元年 (即嘉定五年，1212年) 歲決壬申長至日"字樣❷。這一寶卷正是《金瓶梅詞話》第八十二回寫到的宋時唱的《紅羅寶卷》，說明這部現實主義小說描寫宋代生活事出有據。從書中寫到的"聽王姑子宣卷去了"、"大姐後邊聽宣卷去了"、"上房內聽宣卷"❸等例，似

---

　　❷　見《世界宗教研究》1986年1期。
　　❸　《金瓶梅詞話》第八十二回，人民文學出版社，1985年版，1247—1250頁。

能説明宋代已有〝宣卷〞之説，遂後衍為寶卷的別稱。《紅羅寶卷》敍述了一個張員外與其子仙哥由落難到團圓的世俗故事，雖為佛教貫穿其情節，但也有明顯的民族化傾向。

寶卷流傳的第二階段，是元代到明末的幾百年間。鄭振鐸先生在《中國俗文學史》中認定元代也有寶卷，看來此説也是不易被否定的。例如他介紹的元末明初《目連救母出離地獄升天寶卷》(即《目連寶卷》)末題云：〝勅旨，宣光三年谷旦造，弟子脱脱氏施舍。〞宣光為北元愛猷識理達臘年號，相當於明洪武五年 (1372)，故認為《目連寶卷》起始於元代是有根據的。脱脱氏似為蒙古人名，説明元代寶卷也受到蒙古人民的愛好。胡士瑩《彈詞寶卷書目》認為此寶卷為〝元末明初金碧抄本，已殘，有圖，以金碧二色繪成。今坊間流傳《目連寶卷》，與此本全異。〞 (102頁)。由此可見，演宗教故事為第二階段寶卷一個重要內容，屬於這類故事寶卷的，還有《二郎寶卷》(為明嘉靖三十四年 (1555) 刊本)，《藥師本願功德寶卷》(為明嘉靖二十二年 (1543) 德妃張氏同五公主捨資刊刻)……等等。

另外，元明寶卷中也有一類是宣講民間宗教教義的帶有濃鬱民間文學內容的作品。例如《銷釋印空實際寶卷》(元抄本，馬隅卿藏)；《銷釋真空寶卷》(元抄本、北京圖書館藏)；《混元教弘陽中華寶經》，一名《弘陽嘆世經》二卷，明萬曆年間刊梵篋本；《混元門元沌教弘陽經》，一名《弘陽苦功悟道經》二卷，明萬曆間刊梵篋本，……等等。由於農民鬥爭的風起雲湧，寶卷遂為白蓮教等秘密會社所掌握，用為多種民間宗教來宣傳教義。當時教門很多，紅陽教 (即混元教)、收源教、圓頓教、還源教、無為教、黃天教、大乘

教、龍天教、南無教、淨空教、離卦教等等。其中許多教都是白蓮
教支脈，白蓮教群眾多，影響最大，以上教門都有他們自己的寶
卷。

這些寶卷雖常被用來做為組織民眾反抗封建壓迫的工具，但它
們的迷信成份很濃，反映了農民鬥爭的局限性。民間五花八門的教
門寶卷，從元明一直延續到清末，始終不是以正統宗教被尊崇，即
使在明代曾被皇妃太監尊信，但也未能改變它總的卑下地位，而一
貫被作為異教而受排斥，它們的經卷——寶卷，也一貫受壓制，被
人瞧不起。雖然后妃太監曾出資刊刻，但他們是統治者的奴才，統
治階層並不把寶卷放在眼裡。民眾受官府壓迫，由於時代局限，無
法認識苦難的根源和掙斷身上的鎖鏈，他們將精神寄托於宗教，企
圖在水深火熱中得到安慰，民間宗教雖是對現實苦難的抗議，但它
終究是精神的鴉片。

必須指出，明代中葉以後，有些民間宗教得到發展，並不是由
於它打入宮廷，后妃太監信奉的結果，而是由於農民鬥爭的高漲，
王朝勢力進一步衰弱的結果。第二階段寶卷內容特點，對統治者和
壓迫者來說，多少具有反抗性，有些寶卷把鬥爭矛頭指向一切壓迫
人的官吏和違害人民生命之人，自然使統治者感到害怕而增加仇
恨。例如還源教的《開心結果寶卷》，在〝拈花度眾生品〞中警告
官吏：

富貴官員側耳聽，貪花戀酒罪隨身。

趁早醒悟拜明人，忽然閻君思來尋。

積下黃金難買身，幼子嬌妻那當承。

民眾把歌謠寫進寶卷，教訓統治者。再如《明證地獄寶卷》也對他們提出警告，〝黑暗地獄品〞有：〝他在陽間不行善事，明瞞暗騙，陷害好人，因此打在黑暗地獄。〞這是詛咒貪官和一切壓迫者。

民間宗教寶卷是一種特殊樣式的民俗文學作品。它的內容中充滿了民俗和民間文學，雜揉民俗文學與民間宗教理論於一體，以致擾人眼目，使人認為它和文學無關。但民間文學研究應從實際出發，不能只照搬文學定義，以致束縛手足，不能開拓研究。這類寶卷中充滿了民謠、民諺、神話、仙話、鬼話、笑話、童話、傳說……等等，絕不能説和民間文學無關。應當納入民俗文學中作統盤研究。自然也不應當忽視它有高度的文化價值，它之所以越來越引人入勝的根本原因即在於此。

第三個階段，清代和民國年間，特別是清代中葉到清末，在我國江南地區，寶卷又以另一種新的面貌崛起，這就是鄭振鐸先生在《佛曲敍錄》裡說的那些民間傳說故事一類的寶卷。這一類寶卷在上海、蘇州、常州、杭州、鎮江、會稽等地半公開或秘密流傳，有的是刻本，或石印本，更多的是抄本。為什麼多抄本？因為這一類故事寶卷雖然看不出它與民間秘密宗教有直接關係，但其思想內容對統治者都具有反抗性，有的還帶些〝勸化〞的色彩，有的簡直是完全在説反叛故事，離開了寶卷的勸善的本旨很遠。由於故事帶有反抗性，清朝統治者如臨大敵，申令禁止。《破邪詳辯》中便宣布《孟姜女寶卷》等為大逆不道，《西王母寶卷》、《藥王寶卷》等故事寶卷俱被查禁，《江蘇省例藩政》同治七年 (1868) 則繼續查禁

《白蛇傳》等故事寶卷。這一階段寶卷和前兩階段寶卷有很大不同，輸進了清一色的具有反抗性的民間傳說故事或民間戲劇內容，諸如梁山伯與祝英台、牛郎織女、十五貫、白兔記、白蛇傳、琵琶記、竇娥冤、珍珠塔、李翠蓮、董永、孟姜女、包公等等。可以理解，元末至清末，各種民間宗教參加農民大起義俱都失敗了，但人民反叛的心意並未泯滅，他們又借民間傳說故事來寄托自己反抗的精神，所以故事寶卷大增，自然，內容中時代的局限、迷信的色彩在所難免。

第三階段寶卷也可分為佛教寶卷和非佛教寶卷兩大類。佛教寶卷中，一類是勸世經文，這類多流傳明清之間，宣傳因果報應，它們往往被稱為經，如《嘆世無為寶卷》❷又稱《嘆世無為經》，這些都是以通俗、淺近、易懂的講唱文來談經說教的。有的寶卷，光宣講空洞的經文，不講故事，雖無什麼意思，但內容中夾雜有不少短的傳說民謠，還是不可忽視的。也有的寶卷，根本不談經，僅是勸世修善的，如《立願寶卷》❷，講自己有十四個大願望，孝順父母、勿溺女嬰、勿吃犬牛等。另一類是敍述佛教故事的寶卷，這是民間文學精華部分，也最為民間所歡迎，如《目連救母寶卷》，說得和變文目連救母一樣有聲有色。奇妙的《魚籃觀音寶卷》❷，是講觀音菩薩嫁人的故事。故事說，金沙灘住戶，作惡多端，上帝欲滅絕之，觀音菩薩不忍心，乃下凡來救度他們這些人。觀音變作一個妙齡女郎到村裡賣魚，轟動了全村，惡人頭子馬

❷ 凡一卷，清初刊本。
❷ 清同治甲戌（1874）浙湖最樂齋刊本。又見光緒丁酉（1897）翼化堂石印本。
❷ 一名《魚籃觀音二次臨凡度金沙灘勸世修行》，1919年翼化堂刊本。

二郎就被她迷住了，一定要娶她為妻。觀音説：有誓在先，凡欲娶她為妻的人必須念熟《蓮經》，吃素行善，於是馬二郎和許多少年們都被美女感化，放下屠刀，聲聲念佛。於是她便委身於馬二郎，同他結婚。結婚當天晚上，她借腹痛而死去，村中受了她的感化，竟然成為善地。整個故事曲折多變，與其説是勸人唸經，不如説是揶揄佛教，帶點嘲弄宗教的味道。與此同類的故事還有《鎖骨菩薩》❷，主要是寫觀音菩薩竟然化身為妓女以普度窮苦人，嘲弄宗教味道更濃，雖未見寶卷，但可以參考以上故事研究。

　　在非佛教寶卷中，神道的故事不少。由寫菩薩擴充到寫道士，由寫佛教變為寫道教，毫不為奇，因為中國唐宋以後，佛道曾合流過，如哪個佛寺裡不供起中國民間的財神爺、土地爺？甚至紅臉關公，也進了佛寺，成了〝至聖伽藍〞——護法神。於是寫三國志裡關公的故事，便有了關公的寶卷，叫《銷釋萬靈護國了意至聖伽藍寶卷》❷，裡面大講桃園三結義，勇鬥曹操，刻劃關公的聖賢忠直，勇猛直神，和佛教一點關係也沒有，變成純粹有關關公的民間傳説。

　　《藥王救苦忠孝寶卷》❷是歌頌隋唐間著名的醫生孫思邈的，思想內容是健康可取的。他精於醫道，治好過幾千個人，著《千金要方》，人民懷念他，就把他尊為〝藥王菩薩〞。這個寶卷是敍述他將家財捨盡，而上高山盡採百草為藥，一天他見牧羊頑童，正在鞭打一條白蛇，他便救了這條白蛇。誰知這白蛇竟是東海龍王的太子，後來報答他，給他珍珠，他不要；給他黃金，他不

㉗　見明代佘翹《鎖骨菩薩雜劇》。
㉘　二卷，清初刊梵筴本。
㉙　二卷二十四品，清初刊本。

要；給他珍肴百味，與天齊壽，他也不要；龍王問他究竟要什麼？
他說：第一，與母親生活在一起；第二，捨棄行醫便無以為生，要
以行醫為生命；第三，採百草救人。龍王感於他崇高的精神，於是
便給他一本《海上仙方》，從此孫思邈成了神醫。這個寶卷刻劃了
一個古代民間醫生的光輝形象。

　　最有趣味的一個寶卷是《土地寶卷》❸，把白髮蒼蒼的土地
公公作為一個與玉皇大帝鬥法的英雄，這是從來不曾有過的一個反
上作亂的傳說。這裡寫的是天與地的鬥爭，大地化身為土地神，大
鬧天空，與諸神諸佛鬥法。他屢次戰敗天兵天將，成為齊天大聖孫
悟空以來最頑強的〝天〞的敵人。這寶卷敍述土地公公與孫悟空
鬥，鬥敗了他，顯然是受了《西遊記》的影響而來，但風格獨異。
第一，作者描寫那頑皮無賴的小老頭兒土地，與他如何制服天兵天
將，以及兩方交鋒的情況，完全超出了一般的鬥法和戰爭的佈局以
外，其中充滿幽默感和趣味性。第二，《土地寶卷》所使用的語
言，完全是白話文，不像《西遊記》的語言是半文不白的，因而此
寶卷更為通俗易看，更易傳播。第三，結尾更妙。敍述土地神顯盡
了神威，玉帝無法制伏他，便去請佛祖，佛祖到了，像他收伏齊天
大聖一般，也以無邊的法力，制伏了土地。土地被擄到靈山，給投
入爐火中焚斃，但土地公公的肉體雖死了，他的靈魂卻是永生的，
無往而不在的。佛祖便不得不加以妥協，遣使者遍遊天下，使窮鄉
僻壤，大家小戶，無不建立土地祠與土地神位祭祀他。這就是土地
神位的來歷。這個寶卷顯然是一個先集體流傳於口頭而後被整理出
來的典型的民間故事寶卷，無作者名，思想內容進步健康，是寶卷

---

❸　一名為《先天元始土地寶卷》，二卷二十四品。明清間刊梵筴本。

中的上乘佳作。

在非佛教寶卷中，民間故事一類，占有很大成分。有的已經離開寶卷的勸善本旨很遠，完全在給民眾消愁解累說故事聽。今天較易見到的寶卷有：《珍珠塔寶卷》(與傳統戲情節一樣) ㉛；《梁山伯寶卷》(其中祝英台女扮男裝，爲其嫂嫂諷刺，又新加一個反面人物) ㉜；《趙氏賢孝寶卷》(寫蔡伯喈、趙五娘事) ㉝；《金鎖寶卷》(寫竇娥冤的故事，臨刑被赦，終於和父親及丈夫團圓) ㉞；《白蛇寶卷》(寫白蛇與許仙) ㉟；《還金鐲寶卷》(寫書生王御事) ㊱；《後梁山伯祝英台還魂團圓記》(這是一個荒唐的故事，寫梁山伯祝英台死後還魂，梁山伯成爲帶兵的將官，後來功成名就，山伯被封爲國王，並在英台外，又復娶了兩個美女，故又名《三美圖寶卷》) ㊲《花枷良願龍圖寶卷》(講包公斷獄事) ㊳；《何文秀寶卷》(一如明傳奇《玉釵記》的內容) ㊴。

綜上所述，寶卷的產生，已知它確是始於宋代而大盛於明清和民初，中間已流傳了八百年之久。這一民間文學文體的藝術成就，與敦煌民間變文有異曲同工之妙，而在民間廣泛傳播。縱觀三個階段寶卷的全貌，其內容主要傾向應當肯定。寶卷是真正在中國民間文學的土壤裡紮根開花，它把芳香永遠留在人民的心中。

第五節　諸宮調論

〝諸宮調〞是北宋年間產生，金元時代繼續流行的民間說唱文

㉛ 有清光緒庚寅（1890）杭州景文齋刊本；惜陰書局石印本。
㉜ 文景書局石印本。
㉝ 一名《琵琶記寶卷》，宣統二年（1910）杭州聚元堂刊本；惜陰書局石印本。
㉞ 清光緒庚子（1900）常州孔湧興重刊本。
㉟ 一名《魁星寶卷》，1916年文益書局石印本；惜陰書局石印本。
㊱ 一名《魁星寶卷》。有1916年文益書局石印本；惜陰書局石印本。
㊲ 上海槐蔭山房石印本。
㊳ 一名《龍圖寶卷》，清光緒間西湖慧空經房刊本；文益書局石印本。
㊴ 一名《恩冤寶卷》。戲文有《何文秀玉釵記》。有文益書局石印本；惜陰書局石印本。

學主要文體之一，和道情、寶卷一樣重要。因為用琵琶等樂器伴奏，所以又叫〝搊（chōu，抽）彈詞〞，它可以說是唐宋說唱文學總匯性質的文體，因為它規模大、篇幅長，幾萬字的敘事詩結構。它之所以重要，因為它是元雜劇產生的基本條件，近代不少戲曲也是從這類民間說唱文學發展而來的，民間說唱文學與我國古代戲曲有血緣關係。

諸宮調的興起。諸宮調首先是在北宋京城的瓦肆伎藝遊樂場中興起的。宋孟元老《東京夢華錄》云：〝崇觀以來（1102—1110），在京瓦肆伎藝……孔三傳，耍秀才諸宮調〞（卷五京瓦支藝）❹ 王灼《碧雞漫志》卷二有同樣記錄：〝熙豐、元祐間（1068—1094），兗州人張山人以詼諧獨步京師，時出一兩解。澤州孔三傳者，首創諸宮調，古傳，士大夫皆能誦之。〞❹ 毫無問題，民間藝人孔三傳等人創造了諸宮調。諸宮調的性質也有明確說法。耐得翁《都城紀勝·瓦舍眾伎》云：〝諸宮調本京師孔三傳編撰傳奇靈怪，入曲說唱。〞吳自牧《夢梁錄》卷二十妓樂云：〝說唱諸宮調，昔汴京有孔三傳編成傳奇靈怪，入曲說唱，今杭城有女流熊保保及後輩女童皆效此，說唱亦精，於上鼓板無二也。〞可見諸宮調是說唱文學，而且配曲（入曲）。至於孔三傳，生平已失傳，只知他是澤州人，即山西今縣。故北宋諸宮調的產生似即在今山西今縣及河南汴京（開封）一帶，似從農村逐漸的由走江湖的藝人帶入京城瓦肆間的。《碧雞漫志》說它是〝古傳〞，足見它不是突然在京師興起的，而有其從農

❹ 見《東京夢華錄注》（鄧之誠注本）中華書局，1982年版。
❹ 見《中國古典戲曲論著集成》㊀115頁，中國戲劇出版社，1980年版。

村傳入城市的過程。創造諸宮調似決非孔三傳一人，〝孔三傳〞是一個民間藝人的綽號。《劉知遠諸宮調》卷一云：〝翁翁姓李，排房最大，為多知古事，善書算陰陽，時人美呼三傳。〞故孔三傳實際就是一個〝多知古事，善書算陰陽〞的民間講唱藝人的美稱，由此可推知，《東京夢華錄》與孔三傳並提的〝耍秀才〞，也是一個民間講唱藝人的美稱。秀才是有知識有一定文化水平之人，多知古事算陰陽的人，與此同樣，故兩個綽號並提，似為諸宮調是孔三傳、耍秀才等這一類藝人共同創造的。同時，從《夢梁錄》記錄可見，北宋諸宮調在創始階段顯然只是男性藝人，如孔三傳、耍秀才等人在演唱，到了南宋則不僅是男性藝人在唱，也有〝女流熊保保及後輩女童皆效此〞，即演唱人擴大了，有男有女，有老有少。周密《武林舊事》〝諸宮調傳奇〞列出的藝人，就有〝高郎婦、黃淑卿、王雙蓮、袁太道。〞（卷六諸色伎藝人）前三者都是〝女流〞，王雙蓮還兼演〝雜劇〞。《西湖老人繁盛錄》也有〝說唱諸宮調：高郎婦、黃淑卿〞的記載，皆為女藝人；另外，洪邁的《夷堅志》乙集卷六〝合生詩詞〞亦云：〝予守會稽，有歌諸宮調女子洪惠英，正唱詞次，忽停鼓白曰：`惠英有述懷小曲，願容舉似。´〞都說明到了南宋，唱諸宮調者，已轉為主要是女性演唱。

　　1.元夏伯和《青樓集》云：〝（趙真真、楊玉娥）善唱諸宮調，楊立齋見其謳張五牛，商正叔所編雙漸小卿怨，因作鷓鴣天、哨遍、耍孩兒、煞以詠之。〞

　　2.元楊朝英《太平樂府》卷九云：〝張五牛、商正叔編雙漸小卿，趙真卿善歌，立齋見楊玉娥唱其曲，因作鷓鴣天以及哨遍以詠之。〞

説明男性老藝人 (如張五牛、商正叔等) 已經專門在整理古傳的諸宮調，而給青年女演員去演唱。馮師沅君認為：雙漸小卿諸宮調的作者是張五牛，改者是商正叔，而張五牛是個瓦舍伎藝人，又〝特較一般説唱者多一分文學天才〞❷，商正叔應當也是這樣的。

諸宮調自北宋流行以來，直到元代仍然流行。施耐庵在元末寫成的《水滸全傳》五十一回曾描寫女藝人白秀英表演諸宮調的情景：

> 賺得那人山人海價看。鑼聲響處，她參拜四方，拈起鑼棒，如撒豆般點動，拍下一聲界方，念了四句七言詩，便説道：今日秀英招牌上明寫著這場話本，是一段風流蘊藉的格範，喚做《豫章城雙漸趕蘇卿》。説了，開話又唱，唱了又説，合棚價眾人喝彩不絕。但見，腔依古調，音出天然，高低緊慢按宮商，輕重疾徐依格範。笛吹紫竹篇篇錦，板拍紅牙字字新。❸

這上面寫到，唱的時候叫〝説唱諸般品調〞，這似為〝説唱諸宮調〞俗稱，而諸宮調的底本叫做〝話本〞，大約也如敦煌民間變文一樣，看的畫叫〝變相〞，而變相的底本就叫做〝變文〞。張協戲文前面引的一段《張葉狀元諸宮調》中的一例，可以用來支持我們這種説法：〝似憑説唱諸宮調，何如把此話文敷演。〞這裡仍説北宋年代唱時叫諸宮調，而底本叫〝話文〞，與《水滸全傳》五十一回説〝話本〞一致。上面説了這麼複雜的説唱程序，這麼細緻的藝術手段，是民間藝人們出色的創造，因而它在民間很為流行，並受到熱烈的歡迎，〝賺得那人山人海價看〞，鄭振鐸先生《中

---

❷ 見《馮沅君古典文學論文集》：《〈雙漸小卿諸宮調〉的作者與改者》一文，山東人民出版社，1980年版，156—164頁。
❸ 據《水滸全傳》，上海人民出版社版，1975年版，640頁縮寫。

國俗文學史》中提到它：〝在宋金元三代民間有極大勢力，有專門班子到各地演唱，講唱時間有時連續到半月至三兩月。〞

　　諸宮調的類別。諸宮調流行了三百多年，但作品留下來的很少，目錄倒留下來不少，知道它的題材是很廣泛的，一般可分為兩類。第一類是講史的，民間傳說類。例如元代石君寶的雜劇《諸宮調風月紫雲亭》第一折，劇中描寫了一個以說唱為生〝向諸宮調裡尋爭競〞的民間藝人韓楚蘭，她和她母親唱的諸宮調有〝我唱的是三國志先饒十大曲，俺娘便五代史續添八陽經。〞**㊹**〝我唱的那七國裡龐涓也沒這短命，則是個八怪洞裡愛錢精。〞**㊺** 可見元代有講史的三國志諸宮調、五代史諸宮調、七國志諸宮調等。第二類是講戲文的，民間故事類。例如，董西廂的〝太嶵司春〞套中就有〝（太平賺）比前覽樂府不中聽，在諸宮調裡卻著數，一個個綺旎風流濟楚，不比其餘。（柘枝令）也不是崔韜逢雌虎，也不是鄭子遇妖狐，也不是井底引銀瓶，也不是雙女奪夫，也不是離魂倩女，也不是謁漿崔護，也不是雙漸豫章城，也不是柳毅傳書。〞從上述這段內容裡，我們至少可以知道，在董西廂於金朝流行的當時，還流行著另外八章講戲文故事的諸宮調，它們是：⑴崔韜逢雌虎，⑵鄭子遇妖狐，⑶井底引銀瓶，⑷雙女奪夫，⑸倩女離魂，⑹崔護謁漿，⑺雙漸豫章城，⑻柳毅傳書。可惜的是這些諸宮調只存目，無內容。

㊹、㊺　見隋樹森編《元曲選外編》第二冊，中華書局，1959年版，345頁、347頁。

諸宮調文體實況。張協戲文前面引的一段《張葉狀元諸宮調》，是現存唯一的宋代諸宮調的珍品。雖然僅存五組曲文，但從中可見諸宮調文體的實況，及其一般特徵。南京大學中文系錢南揚教授早年首先在《張協戲文中的兩樁重要材料》❹論文中，從賓白、開場語、張協的籍貫、書籍之著錄四方面，論證了它是宋人的作品，這一說法已為學術界所公認。這五組曲文原卷見《永樂大典》13991卷13—19頁。茲抄錄如下再作分析，以見全貌。

暫息諠譁，略停笑語，試看別樣門庭，教坊格範，緋綠可同聲，醉酣詞源譚砌，聽談論四座皆驚，渾不比乍生後學，謾目逞虛名，狀元張葉傳前回曾演，汝輩搬成，這番書會，要奪魁名，占斷東甌盛事，諸宮調唱出來，因廝鑼響，賢門雅靜，仔細說教聽。

(唱)(鳳時春)張葉詩書遍歷，困故鄉功名未遂，欲占春闈登科舉，暫別爹娘，獨自離鄉里。

(白)看的世上萬般俱下品，思量惟有讀書高，若論張葉，家住西川成都府，無誰不識此人，無誰不敬重此人，真箇此人朝經暮文，晝覽夜習，口不絕泠，手不停披，正是煉藥爐中無宿火，讀書窗下有殘燈。忽一日堂前啟覆爹媽；〝今年大比之年，你兒欲待上朝應舉，覓些盤費之資，前路支用。〞爹娘不聽這句話，萬事俱休，才聽此一句話，托地兩行淚下，孩兒道：〝十載學成文武藝，今貨與帝王家，欲改換門閭，報答雙親，何須淚下。〞

---

❹ 此文載於1931年《武大文哲季刊》二卷一期。

(唱)(小重山)前時一夢斷人腸，教我暗思量，平日不曾爲宦旅，憂患怎生當。

(白)孩兒覆爹媽：〝自古道一更思，二更想，三更是夢，大凡性情不拘，夢幻非實，大底死生由命，富貴在天，何苦憂慮。〞爹娘見兒苦苦要去，不免與它數兩黃金以作盤纏，再三叮囑孩兒道：〝未晚先投宿，雞鳴始過關。逢橋須下馬，有渡莫爭先。〞孩兒領爹娘慈旨，目即離去。

(唱)(浪淘沙)迤逞離鄉關，回首望家，白雲直下，把淚偷彈，極目荒郊無旅店，只聽得流水潺潺。

(白)話休絮煩，那一日正行之次，自覺心裡兒悶，在家春不知耕，秋不知收，真箇嬌嬭嬭也，每日詩書爲伴侶，筆硯作生涯，在路平地尚可，那堪煩著一座高山，名做五磯山，怎見得山高：巍巍侵碧漢，望望入青天。鴻鵠飛不過，猿狖怕板緣。稜稜層層，奈人行鳥道；齁齁鼿鼿，爲藤柱須尖。人皆平地上，我獨出雲登。雖然未赴瑤池宴，也教人道散神仙。野猿啼子，遠聞咽咽嗚嗚；落葉辭柯，近覩得撲撲簌簌；前無旅店，後無人家。

(唱)(犯思圜)刮地朔風柳絮飄，山高無旅店，景蕭條，躑跧何處過今宵，思量只憑地路迢遙。

(白)道猶未了，只見秋風漸漸，蘆葉飄飄，野鳥驚呼，山猿爭叫，只見一個猛獸：金睛閃爍，猶如兩顆銅鈴；錦體斑斕，好若半圓霞綺；一副牙如排利刃，十八瓜密布鋼鈎，跳出林浪之中，直奔草徑之上，唬得張葉三魂不附體，七魄漸離身，仆然倒地，霎時間只聽得鞋履響，腳步鳴，張葉抬頭一看，不是猛獸，是個人，如何打扮，虎皮磕腦虎皮袍，兩眼光輝志氣豪，使留下金珠饒你命，你還不肯不相饒。末介。

　　(唱)　(遶池游)　張葉拜啟，今是讀書輩，往長安擬欲應舉，些少裹足，路途裡欲得支費，望周全不須劫去。

　　(白)　強人不管它說，怒從心上起，惡向膽邊生。左手揢住張葉頭稍，右手扯住一把光霍霍、冷搜搜鼠尾樣刀，番過刀背去張葉左肋上臂，右肋上打，打得它大痛無聲，奪去查果金珠，那時張葉性分如何？慈鴉共喜鵲同枝，吉凶事全然未保。

　　以上一段引子加五組唱白俱全的民間說唱作品，是唯一留下來的宋代諸宮調原形。錢南揚先生注意到這五組曲子的宮調與董西廂不同，在北曲中都沒有，也無尾聲，而將它定名為〝南諸宮調〞❹。從上面宋代諸宮調原本來看這種文體實況，就十分明白了。

　　可以肯定，它所採用的曲子，像《鳳時春》、《小重山》、《浪淘沙》、《犯思圓》、《遶池游》，是當時民間的里巷歌謠，就像現在的五更調、十二月小調、四季調一樣。而且使用曲調的特點都是單遍獨用，這是為了擴大人民喜聞樂見的程度。隻隻曲子都很短小，便於記憶，正是民間曲調的特點。用韻也有特點，四聲通押，與中原音韻分的十九部相合。它的韻文已經揚棄了敦煌民間變文那種五言七言的規則，而從宋代以來民間流行的駢體加上長短句的曲調，採取了悅耳動聽的新聲。創作諸宮調的民間藝人們，顯然都是優秀的民間歌手，熟悉里巷民謠，瞭如指掌，才能將不同的歌曲，一一加以改造利用，使之融成一片。他們〝集合同一宮調的曲調若干支，組合成一個歌唱的單位，有引有尾 (但也有無尾聲的)，

　　❹ 見《張協戲文中的兩樁重要材料》。

那便是所謂套數。〞❸從董西廂到劉知遠諸宮調可見，民間藝人們使用了複雜的民間曲調，他們把唐教坊曲，和宋以來盛行的民間曲子，任意使用、混合、改編，勇敢的接受前人的音樂遺產，為中國民間文學史之首見。

再從它的散文部分來看，它運用了通俗易懂流暢的口語，和敦煌民間變文那種駢偶文已經有所不同，比變文口語化程度較高，如上面引的原文中，就有許多諺語。如：

> 一更思、二更想、三更夢。
> 死生有命，富貴在天。
> 未晚先投宿，雞鳴始過關。
> 春不知耕，秋不知收。
> 三魂不附體，七魄漸離身。逢橋須下馬，有渡莫爭先。
> 怒從心上起，惡向膽邊生。
> 大痛無聲。

這樣一來便使它的散文也雅俗共賞了。再一點，在它的說白中又加入了一些五言詩句，如〝巍巍侵碧漢，望望入青天，鴻鵠飛不過，猿猱怕板緣。〞促使其語句生動活潑，形成了說、唱、吟三結合的特點，也充分發揮了它的文體美，可以見到諸宮調已是變文創製的韻散結合文體的十分成熟的形態了。

它的敘事體，以及它的宏大的規模，說白中具有人物性格化的因素，就具備了我國戲劇的特點，它並使用了鼓板，甚至鑼、弦樂

❸ 《中國俗文學史》下冊，95頁，點為原有，作家出版社，1954年版。

等樂器,它確實創造了我國民族戲劇的基本條件,是元雜劇產生的土壤。

懸念技巧的運用。在諸宮調的藝術結構中,採用懸念技巧十分突出。例如在上面引到的張葉遇強盜,搶光了錢財的情節結構便是如此。民間文藝家們在情節轉換的緊要關頭,往往用驚人的構思來加強戲劇性,引人入勝,表現了他們卓越的藝術才華。董西廂中也有這種懸念藝術結構,如張生見了鶯鶯,求愛心切,便欲立即隨鶯鶯入門,但卻被一個人從後面抓住,作品描寫道:〝凜凜地身材七尺五,一隻手把秀才捽住,吃搭搭地拖將柳陰裡去。真所謂貪趁眼前人,不防身後患。掀住張生的,是誰?是誰?〞顯然,這種懸念結構,是引起聽眾興趣的需要,避免了單調無味,平鋪直敍的弊病。元明清的章回小說往往採用這種懸念結構而分回,用〝欲知後事如何,且聽下回分解〞交待,就這點而言,諸宮調也開闢了章回小說的先河。

什麼是宮調?〝宮調〞是由隋唐時用於飲宴的樂部——燕樂定下來的我國古代音樂調名的總稱,類似於現代樂曲中A調、B調之稱。由現存的諸宮調可見,它不僅用一種宮調中許多不同的曲牌組成短套,而且用許多不同宮調、短套連接起來,組成幾萬字的長篇敍事體式,雜以說白,說唱長故事。隋唐燕樂有廿八個宮調,到宋金元說唱諸宮調中只用了十六個宮調。

諸宮調只剩下金代的董解元《西廂記諸宮調》、無名氏《劉知遠諸宮調》(殘本)、元代的王伯成《天寶遺事諸宮調》(殘本)共三本。

《劉知遠諸宮調》所敍述的故事情節，與南戲《劉智遠白兔記》(元人作品)大致相同，它們都是取材於民間傳説。故事説劉知遠家貧，外出投軍，妻李三娘在娘家備受兄嫂折磨，生下一子托人送交劉知遠處撫養。十餘年後劉知遠發跡，做到了九州安撫使，便微服私訪，改裝為窮漢模樣，回來與妻相見。這時兄嫂四人見劉知遠仍窮，便打上門來，被劉知遠手下人扣住。結果夫妻、母子共慶團圓。在元代，有劉唐卿雜劇《李二娘麻地捧印》敍此故事，宋人舊編元人增益的《新編五代史平話》也敍述這一故事。明人改本有《六十種曲》的《白兔記》，1967年又在上海嘉定出土了明成化刊本《新編劉知遠還鄉白兔記》。這個題材形成了明初四大傳奇〝荊劉殺拜〞之一。我們所以承認它是民間説唱文學，因為它實際是一首韻散合璧的規模超群的民間長篇敍事詩，而且是特大號的音樂伴奏的民間長篇敍事詩。

董解元《西廂記諸宮調》，我們也所以承認它是民間説唱文學，因為董西廂是在民間傳説的張生鶯鶯故事基礎上產生的。董解元對民間傳説中的張生鶯鶯故事作了較好的整理工作，至此，張生鶯鶯故事便發展完整了。它的豐富的內容和曲折的情節已要求有適合它的大型形式——諸宮調來反映，已不是《商調蝶戀花詞》、《蝶戀花鼓子詞》那樣小型的段落了。

《董西廂》是寫封建社會裡一對愛侶爭取自由婚姻的故事。其中封建勢力與反封建勢力的鬥爭一直是尖銳存在著，張生對鶯鶯一見鍾情，漸漸愛得那麼深沈、真摯和痴迷。但鶯鶯〝家道蕭然〞、〝閨門有法〞的封建家庭，與他們追求自由婚姻產生了矛盾。開始紅娘已告訴張生：〝夫人治家嚴肅，朝野知名。夫人幼女鶯鶯，數日前,夜乘月色潛出,夫人竊知,令妾召歸,失子母之情,立鶯庭下責曰:爾為女子,容艷不常,更夜出庭,月色如畫,使小僧遊客得見其面,豈不自恥。鶯鶯泣謝曰:今當改過自新,不必娘自苦苦。然夫人怒色,鶯不敢正視,況姨你敢亂出入耶。"這種情況要想得到鶯鶯的愛情簡直是夢想。但張生仍然不顧一切追求,衝破一切封建禮教的清規戒律,想盡辦法與她接近,向她求愛,鶯鶯又在張生熾熱愛情影響下,便愛上他,在紅娘幫助下,他們打破了封建禮教的統治。

董西廂刻劃了機智勇敢紅娘的形象。鶯鶯愛上張生這是不得了的大事,老夫人發現後給他們自由愛情重大打擊,但紅娘出來承擔了一切責任。紅娘是深知封建勢力維護者老夫人的假面具的,老夫人要治紅娘,主要是打擊張生和鶯鶯,她就揭穿老夫人的假面目,利用〝家醜不可外揚"心理,指出她要維持治家之道,只有成全張生和鶯鶯,不然她便全抖落出去。老夫人不得不說:〝賢哉,紅娘之論",使他二人〝有情人終成眷屬"。她不是普通丫頭,是任勞任怨、真誠熱心、大公無私形象。

崔張的故事,發端於唐代元稹的小說《會真記》(又名〝鶯鶯傳"),總共不到兩千字,後來趙德麟《商調蝶戀花鼓子詞》",不到十頁,情節完全沿襲《會真記》。但是董解元的《西廂記諸宮調》卻把《會真記》放大到一部巨型的民間說唱文學作品,實際上填補了我國文學史上很少有偉大敘事詩的空白,《西廂記諸宮調》是一部內容完整規模宏大的敘事詩。

《董西廂》完全改變了《會真記》始亂終棄的結局,拼棄了以前《會真記》把張生拋棄鶯鶯說成是〝善於補過"的錯誤觀點,根據民間傳説創造了大團圓的結局，使故事趨於完整，反映了人民美好的願望，根本否定了《會真記》。

《董西廂》增添了不少新的人物形象，法聰形象刻劃得很好，他是一個大膽勇猛，見義勇為的人，支持崔張的愛情，他雖是一個和尚，但他所説所做卻不是和尚。在孫飛虎兵圍普救寺時，大家都束手待死，只他有手提戒刀三尺，衝了出去，一人廝殺，勇敢過人，法聰使作品增加了生動緊張場面，這是民間大膽創造的完美武俠式形象。

《董西廂》已突出文人所寫的《鶯鶯傳》的框子，走向反封建禮教的正確道路，這表現了民間流傳的鶯鶯故事的強大生命力，是崔張為自由婚姻而鬥爭的民間故事發展的里程碑，並且最終作為王實甫《西廂記》的藍本。

長篇博大的宋金元民間説唱文學的代表——諸宮調，有宏大的體制，和豐富的曲調，孕育了燦爛的元雜劇藝術之花。鄭振鐸認為：＂元雜劇是承受了宋金諸宮調的全般的體裁的，不僅在支支節節的幾點而已；只除了元雜劇是邁開足步在舞台上搬演，而諸宮調卻是坐（或立）而彈唱的一點的不同。我們簡直的可以説，如果沒有宋金的諸宮調，世間便也不會出現著元雜劇的一種特殊的文體的。＂（見《中國俗文學史》）這是一點也不錯的。

第六節　子弟書論

清代民間説唱文學中最為著名的是子弟書。又稱為清音子弟書、子弟段、絃子書。子弟書，學術界一般都認為它是鼓詞的一個支流，如鄭振鐸先生説：＂＂子弟書＇的組織，和鼓詞很相同……

是從鼓詞蛻變出來的〞❽清代曼殊震鈞在《天咫偶聞》一書中就說過：〝舊日鼓詞有所謂子弟書者。〞它是我國滿族和漢族民間文學合併產生的一個民間曲藝品種，它與鼓詞互相影響，有些曲目彼此一樣。但無論從內容上或是形式上，它看來都是一個獨立的民間説唱品種，不能與鼓詞混為一談。

　　子弟書從清代乾隆年間起❺，一直到清朝末年，曾流行於北京地區、瀋陽和東北各地，盛行了150多年。子弟書衰落以後，由於它的曲本思想性與藝術性都較好，有許多曲本被東北二人轉，或者北方各種大鼓、墜子等等曲種所採用，有些曲本甚至現在還在各種曲壇傳唱。

　　子弟書跟變文、寶卷、諸宮調等民間説唱一樣，都產生於民間，清代曼殊震鈞在《天咫偶聞》一書中還説過，子弟書〝始創於八旗子弟〞，即它與其他民間説唱不同者，是始創於滿族，所謂〝八旗〞是個種族的稱呼，清代百姓對編入八旗的人稱為〝旗人〞，如：〝高升到了茶館裡，看見一個旗人進來泡茶。〞❺這裡〝旗人〞是指滿族人，所以〝旗〞不是階級的稱呼，〝八旗子弟〞不是指滿族貴族子弟，而是泛指滿族子弟。顯然，子弟書始創於八旗子弟便是始創於滿族民間。它的創興，實受了薩滿祭歌《單鼓詞》（又名《太平歌》）較大的影響而產生的。薩滿的祭歌用滿語演唱，現在還留下七十餘首之多。另外，它也是受了滿族民歌較大的影響，在滿族民歌中，短篇抒情民歌和長篇敍事民歌都有，在短篇

---

❽　《中國俗文學史》，401—402頁，作家出版社，1954年版。
❺　顧琳《書詞緒論》嘉慶二年(1797)李鏞序有〝辛亥〔乾隆五十六年(1791)夏……得所謂子弟書者。〕〞
❺　吳趼人《二十年目睹之怪現狀》第六回。

抒情民歌中，句式自由化，和子弟書句式的自由化很相近，如《十二月歌》，原文兩百句左右，其中〝一月〞原文是：

> 正月裡是新年，丈夫出征去掃邊關。花燈兒無心點，收拾弓和箭，忙得不得閒。猛聽得街前鼓樂聲喧，與兒夫辦行囊哪有工夫看？衣服做幾件，袍子褂子多多絮棉，眼兒淚汪汪，手裡縫針線，離愁萬萬千！平地起風波，拆散了好姻緣。與兒夫今朝別，未知何日見？

從詞句風格上看，與子弟書一致。此外，在東北黑龍江滿族中有一種民間説唱〝達穆特里〞，是故事詩體形式，實際是滿族古老的民間説唱文學。有一篇《莉坤珠逃婚記》便是描寫一對滿族青年男女追求愛情自由，反對舊禮教的故事。〝達穆特里〞的説唱故事，為子弟書的演唱故事也準備了條件，因此，滿族子弟書的創造，並不是偶然的。它與滿族民歌、薩滿祭歌、〝達穆特里〞民間説唱均有一定淵源關係。十六世紀時滿族民間説唱和民歌活動已經頗為盛行，所以乾隆時代終於出現了子弟書這種民間説唱。

子弟書由於始創於滿族民眾之中，因此最初似全用滿語演唱，稍後有〝滿漢兼〞唱詞出現，這是一種一行中前面寫滿語，後面寫漢語的民間説唱作品，最後，由於滿族人全用漢語了，和漢族人也加入了子弟書的創作行列，才出現了完全使用漢字的子弟書。因此，從現存的四百多種子弟書中，可以看出一個過程，即：全用滿語——滿漢兼（前行寫漢字，後行再用滿文翻譯一次）——全用漢文。由此可見，子弟書是滿漢民間文學合苞開出的一朵鮮花，説明了滿漢的民間文化傳統具有統一性。

　　子弟書最早流傳的唱本都是手抄本，自乾隆年間起，北京就有專門出售抄本的百本堂，因為是張姓開設此店，故又叫〝百本張〞，他還在北京隆福寺、護國寺等一些廟寺前增設了零售攤，另外，還有別野堂、聚卷堂等出售子弟書抄本，到了清末，甚至在北京胡同裡各個饅頭店都代售起子弟書的唱本來，以致使子弟書這種民間說唱文學，在北方民間的普及面很廣，影響也很大。據楊慶五《大鼓書話》說，清代在書場裡說唱子弟書，場內過千人，〝滿堂中萬籟寂寞鴉雀無聞〞、〝令諸公一句一誇，一句一讚，眾心同悅，眾口同音〞，藝術效果頗好，達到了〝驚動公卿誇絕調，流傳市井效眉顰〞的境地。

　　子弟書的作品甚多，最早是道光年間的奕賡編成了子弟書的《集錦書目》，著錄了近兩百種子弟書。遂後有北京的〝百本堂〞肆主在同治至光緒年間，著錄了一種達293種的《子弟書目錄》。再後，到光緒至宣統年間，〝別埜堂〞所編的也叫做《子弟書目錄》也著錄了160種。當然，這些只是其中一小部分。1954年，傅惜華先生編著的《子弟書總目》，列出書目有四百多種，一千數百多部，是我國民間說唱中一宗珍貴的民族文化遺產。

　　子弟書作者，無名氏占大多數，有姓名的民間藝人為少數是其特點。乾隆年間有名者為羅松窗，由於是民間下層藝人，生平事蹟都不詳，他的名作有《大瘦腰肢》、《鵲橋》（即《七夕密誓》）、《出塞》、《上任》、《藏舟》、《百花亭》、《翠屏山》、《莊氏降香》、《尋夢》等。以他為代表的子弟書作品，稱為〝西調〞，西調是寫愛情故事的。

　　嘉道年間有名者為韓小窗，由於是民間下層藝人，生平事蹟也不詳。他的名作有《托孤》、《千錘祿》、《寧武關》、《周西坡》、《長板坡》、《齊陳相罵》、《賣刀試刀》等。以他為代表的子弟書作品，稱為〝東調〞。東調則為慷慨激昂的作品。但他也寫西調的作品，如《得鈔傲妻》、《賈寶玉問病》、《黛玉悲秋》、《露淚緣》等等。西調東調的分類是鄭振鐸《中國俗文學史》的説法，但由韓小窗看，兩類都有，可見此種分類待商榷。必須強調指出，子弟書作者絕大多數是無名氏，即使有少數作品能考知作者，但其生平事蹟也都湮沒無聞。即使有個別人，像韓小窗，知道他一些情況，但也是間接的，如奕賡在子弟書《逛護國寺》提到：〝論編書的開山大法師，還數小窗得三昧。〞眾説紛紜，莫衷一是。有説他是瀋陽人，或開原人，有説他是嘉慶道光時人，又有人説他是道光至光緒間人；有的説他寫了五百種❷，又有的説他只寫了七、八十種❸，使人無法做結論。這些例子都説明，子弟書作者當時的地位是低下的，以致文人都不屑為他們作傳，絕大多數作者為無名氏，子弟書現存四百多種作品中，知道作者名氏的只有二十多人，只此一點就能説明它來自民間，是地道的民間説唱。

　　子弟書説唱文體的體例，有以下三個要點。第一，有唱無説，在作品中占絕大多數。唱詞雖以七字句或十字句為主，但是又不拘泥於七字句或十字句，多加襯字，較靈活自如。

　　1.以十字句為主者：

　　　楊貴妃梨花樹下香魂消。

---

❷　見楊慶五《大鼓書話》。
❸　見王鐵夫《二人轉研究》。

陳元禮帶領著軍卒才保駕行。

嘆君主萬種淒涼千般寂寞，

一心似醉，雨淚如傾。

愁漠漠殘月曉星初領略，

路迢迢涉水登山那慣經，

好容易盼到行宮歇歇倦體，

偏遇著冷雨淒風助慘情。㉞

　　以上基本是三三四句式，但又加了襯字而不整齊，講究節拍，有散文化傾向，但又有韻律。

　　2.以七字句為主者：

軍民逃竄各紛紛，

振地哭聲遠近聞，

四壁狼煙天慘淡，

一城怒氣日昏沉。

零淚斷腸的周總鎮，

冰肝鐵膽的太夫人，

老家將渾身亂抖來回的跑，

不住的報說流寇督兵打四門。㉟

㉞ 子弟書《憶真妃》，會文山房藏板，癸亥（1863），長夏新鎸，曲演《長恨歌》。

㉟ 寧武關子弟書，嘉慶節文萃堂刊本。

從以上實例可見，子弟書的句式並不固定和呆板，也並不對仗工整，是韻文而又並不整齊，它的音樂性充分説明了它曾是藝人們演唱的底本，而並不光是供文人閱讀的案頭文學。

第二，散中帶韻，又形成説唱的特殊體式。看來是散文化的，但又有格律味道，它在書寫排行的時候，是把散文敍述按詩句來排的，例如：

> 名芳説：" 。我這
> 裡讀書，非演　戲。"
> 店主説：" 別嗎，你山
> 嚷怪叫的陣後磨槍，
> 這半天，甩
> 腿搖頭，越　嚷越痛，
> 想必在
> 本店之　中，充在行。
> 我且問你，有些個
> 典故你可知道？
> 名芳説：" 願恭承
> 指教，請道其詳。"
> 店主説：" 素富貴
> 怎麼就行乎富　貴？
> 想當初，孟
> 子如何見　秦始皇？
> 有朋自遠方
> 來，下在邦君　飯店，
> 替抄書，把七爺的
> 細淨紙，賺了十張。

前四張，後
六張，而糊　之之也，

怎麼講？這就完了，你的本
事，這就收了你的文章。〞❺❻

這是自三三四句式演化出來的散文化。

第三，分回敘事。例如，清代老聚堂鈔本無名氏《春香鬧學》
是一回；百本張鈔本無名氏《驚變埋玉》是二回。百本張鈔本漁村
《脂胭傳》是三回；清代精鈔本無名氏《鳳儀亭》是四回。清代精
鈔本無名氏《羅刹鬼國》是五回；清代精鈔本無名氏《羅成托夢》
是六回；文盛書房梓行的韓小窗《露淚緣》，是十三回的長篇。如
此分回法，多半是受明清章回小說的影響。

子弟書的內容。關師德棟與周中明編《子弟書叢鈔》(上下)❺❼，
披露的作品最多，共有一百餘篇。日本波多野太郎編《子弟書集》
❺❽收入53篇。胡文彬編《紅樓夢子弟書》❺❾收入27篇。《子弟書
叢鈔》雖收入篇目較多，但多有選錄，資料不完整。直至如今，子
弟書全書有江蘇古籍出版社出版《車王府子弟書》，可據此展開全面
深入的研究。

子弟書對統治者及暴君的殘酷和罪惡本質，作了深入的刻劃與
揭露。韓小窗《草詔敲牙》寫明代永樂皇帝纂奪帝位後施暴政，忠
臣方令孺拒降，皇帝命令敲掉他的牙齒。

奉命之人齊動手，

---

❺❻ 見無名氏《連升三級》二回。清別埜堂抄本。演王名芳中舉故事。
❺❼ 此書上海古籍出版社，1984年出版。
❺❽ 見《橫濱市立大學紀要》（人文科學第6篇、中國文學第6號）（昭和50
年）。
❺❾ 春風文藝出版社，1983年版。

把孝孺，按倒丹墀左右扶。

響叮噹，錘振銀牙刀剔玉齒，

忠臣血，染滿了身邊新孝服。

兩班中，烏紗展翅簪纓晃，

衆降臣，慘目驚魂把骨嚇酥。

好忠良，一挺身軀橫鐵骨，

閉雙睛，心似寒冰照玉壺。

面如白紙眼如燈，

一團鬚髮亂蓬蓬。

鬼哭金殿牙拋玉，

日冷瑤階血濺紅。

只剩下似斷還連的殘氣脈，

可憐是衰顏病骨的老書生。

慘禍更繼續下去，〝十族共滅，禍及師生〞、〝斬首八百七十三口〞，真是慘絕人寰！又如虬髯白眉子《調精忠》寫岳飛抗金故事，則揭露了昏君奸相賣國投降的罪惡。蕉窗的《遣晴雯》則揭露了王夫人對晴雯的恣意誣陷，終於逼死人命的罪惡。無名氏《羅成托夢》則寫奸王逼死忠臣的罪惡。子弟書通過各種故事，不同角度揭露了統治者的本質。以上例證説明，子弟書反映下層民眾的思想而與上層統治者思想有對立的傾向。

同情女性、歌頌女性，在子弟書中也有鮮明的體現。無名氏的滿漢合璧《尋夫曲》重點是歌頌孟姜女〝正氣〞的，〝獨有范杞良的妻兒孟姜女，是一團乾坤正氣，造化的蛾眉。〞無名氏《合鉢》

歌頌了白娘子捨命救許仙，〝我為你，費盡心機同患難，我為你，
招災惹禍討人嫌。我為你，破死忘生求丹藥，我為你，受怕就驚性
命連。〞較好的表現了她的忠誠愛情。無名氏《祭塔》則通過白娘
子兒子的口哭訴女性遭受的迫害：〝我的親娘，你遭了天譴受奇
冤〞，〝恨不能拘五丁力士將塔推倒〞，並表達解救女性苦難的願
望。無名氏《痴訴》描寫了落難少女蕭惜芬歷盡的艱辛和苦難。無
名氏《盜令牌》則歌頌了俠女趙翠兒搭救被陷害的舒德溥。無名氏
《祭姬》寫戚繼光悼念烈女雪艷，〝戚總鎮，痛念佳人亡身報主，
在西山買一坯香土，把艷骨埋藏。〞由上可見，子弟書中滿腔熱誠
的歌頌了苦難中的中國婦女，因而它獲得了下層民眾理所當然的共
鳴與響應。

　　傾慕英雄，歌頌英雄，也是子弟書描寫的一個重點。無名氏
《東吳招親》歌頌了〝磊落胸襟懷武略，飄然氣宇帶儒風〞的諸葛
亮，他設了錦囊妙計，使周瑜用東吳招親賺取荊州的計謀失敗，
〝賠了夫人又折兵〞。無名氏《單刀會》則是歌頌關羽是智勇雙全
的英雄，他單刀赴會，粉碎了魯肅企圖奪取荊州的陰謀。除了歌頌
三國英雄外，子弟書還歌頌了梁山泊的英雄，無名氏《坐樓殺惜》
寫英雄宋江投奔梁山經過。無名氏《醉打山門》則是描寫〝削髮披
緇空棄世，參禪拜懺總虛花〞的魯智深，如何掙脫了佛教思想的束
縛；〝不過是些口頭禪欺人耳目，有誰見黃金鋪地，波羅開花？〞
於是怒砸山門，反下山去，參加了梁山泊農民暴動。羅松窗寫的二
十四回長篇子弟書《翠屏山》，歌頌了楊雄的〝為人義氣〞，也歌頌
了石秀是個〝路見不平的俠烈男〞，把個無賴張保，〝拳起腳飛閃
電般〞，患難中兩人互相幫助，楊雄與石秀結為兄弟，終於成為梁

山起義的英雄。由上可見，子弟書中所歌頌的英雄，都是漢民族心中傳統的英雄，至清代後半期，滿族民眾的心理已和漢族民眾心理息息相通，融為一體了。

子弟書不僅表現了滿漢心理的融合，而且表現了民俗的一致性。特別有趣的是無名氏寫的滿漢兼《螃蟹段兒》，內容是寫一對屯居的滿族青年和漢族妻子來到城市，竟不知螃蟹怎麼吃法？也不知螃蟹是什麼東西，寫得很風趣：

　　這跌婆叫了聲：〝親親妹子你來的巧，

　　認一認這可是什麼東西？

　　圓古倫的身子圓又扁，

　　無有腦袋，又無尾巴。

　　你看這啐吐沫的猴兒真古怪，

　　又不知叫什麼？〞

　　他二姨鍋裡一看是螃蟹，

　　不由的觀看笑了個乏。

又描寫鄰居二姨教他們吃螃蟹，也寫得很精彩：

　　二姨兒説：〝這個東西名字叫螃蟹！

　　另有個絕妙的吃手兒好方法。〞

　　説著，説著，拿了一個去了臍子，

　　蓋子掀了，去了草牙；

　　兩手一掰遞過去，

　　叫了聲：〝姐夫姐姐嚐嚐牠！〞

跌婆夫妻接在手，
將黃兒到口，把嘴一哑。
吃的笑盈盈心中樂，
吃的喜悦笑哈哈。
叫了聲：〝親丈夫再去買，
千萬的莫惜錢。〞
有滋有味吃了個淨，
彼此笑個不了，才散了。

　　在這種笑聲裡有嚴肅的意義，它較好的表現了漢族的食俗自然的與滿族之融合；人物刻劃得活靈活現，生動細緻，是子弟書中罕見的佳作。

　　再如無名氏《永福寺》描寫的清明上墳的歲時風俗，也是漢民族傳統的風俗：

吳月娘打點祭禮將墳上，
請了那大舅、妗子一同行。
妗子、月娘齊上轎，
孟玉樓抱著孝哥兒緊隨從。
雇了匹驢兒給吳大舅，
玳安兒，押著食盒共酒瓶，
小玉兒，如意兒俱在後，
男婦八人出了縣城。
離北門不上三五里，

　　來到了西門新造的大墳塋。

　　上墳前的風俗寫得十分細緻，女人乘轎，男人騎驢，帶著兒女，押著食盒，確是漢民族風俗無疑！讀完子弟書令人有這樣的感受：感到它們大都是在漢民族風俗背景上來刻劃各式各樣的故事的。子弟書雖然是滿族民間說唱，但是它體現的都是中國廣大民眾的傳統思想和傳統風俗，說它是〝鬥雞走狗者〞的說唱❻，或說它是〝貴族的〞說唱❻，都是錯誤的判斷，為子弟書恢復名譽，仍是民間文學研究者的任務。

---

❻　見鄭振鐸《中國俗文學史》402頁。
❻　見葉德均《宋元明講唱文學》67頁。

第十四章　民間曲藝

　　中國民間説唱文學從敦煌民間説唱，延續到後來的道情、寶卷、諸宮調、子弟書等等，再發展到現代民間曲藝，猶如多條小河，匯合成了廣闊的海，它的內容和形式是更加豐富多彩了。據統計，現代民間曲藝的曲種，已經擴充到260多種。這是一個龐大的民間説唱系統，遍及全國城鄉各個地方。現代民間曲藝簡而言之，它可以分為以下四大類。

第一節　評話評書類

　　以散文敍述為主。例如揚州評話、天津評書、四川評書等。其特徵是以講説形式敍述故事，不唱。

　　評話評書，在我們南方叫做評話，而在北方卻稱為評書。這種光説不唱的形式，雖然來源於我國先秦，墨子書中便有説話的記載，漢代的説書俑在當代的出土，也證明了這一點，而以散文敍述的話本為最初的範本者當推敦煌民間話本了，如《葉淨能話》、《韓擒虎話》、《唐太宗入冥記》、《秋胡》等。宋元以來的《清平山堂話本》、《京本通俗小説》等，便是現代評話評書類的先聲。明代在經濟繁榮的基礎上，説書的藝術達到了成熟的階段，在這個基礎上才出現了我國優秀的古典章回小説《水滸傳》、《三國演義》、《西遊記》、《封神演義》等等，它們最大的特徵便是具有説書的本色。明末清初有一位著名的民間説書藝人柳敬亭，吳偉

業《梅村家藏稿》一書中還為他作過傳，張岱《陶庵夢憶·柳敬亭
説書》亦有記述。王士禎《分甘餘話》也記過他在南京〝説評
話〞、〝所至逢迎恐後〞。他擅長説《水滸》、《隋唐》，聲名之
大，連名人黃宗羲也寫了《柳敬亭傳》，説他的表演〝使人聞之，
或如刀劍鐵騎，颯然浮空；或如風號雨泣，鳥悲獸駭〞，極為生
動。清代的評話評書講述三國、水滸、西遊、岳飛等更為盛行。

　　揚州評話，也有人稱〝揚州評詞〞，它在當地是家喻戶曉的。
雖起源於揚州，但在蘇北、南京、鎮江、上海都流行，據説就是柳
敬亭在揚州説評話後流傳的，乾隆時已大為盛行。説書者只有一
人，以扇子、手帕為道具，伴以驚堂木。清李斗《揚州畫舫錄》載
稱，當時説評話以吳天緒、徐廣如、王德山、浦天玉、鄒必顯等著
名。現代揚州評話以王少堂為代表，他在説書上造詣很深，如他的
《武松》、《宋江》、《石秀》、《盧俊義》，俗稱武十回、宋十
回、石十回、盧十回，可以説幾年時間，是巨大的民間長篇小説的
形式。揚州評話的特點是(1)以揚州方言敍述。例如《武松》，描寫
老虎出洞，以揚州方言寫來更覺生動：

　　武松正睡得舒服，有件東西出來了，什麼東西？吃人無厭的老
　　虎！老虎住在哪塊？住在崗南頭沒人到的山㞎子裡，那裡有間
　　把房子大這麼大的一個穴洞，洞口一轉枯草圍住。尊障已經出
　　洞了，前爪撐著，後腳盤著，虎頭昂著，望著天空這輪明月，
　　〝嗎啊──〞一聲虎嘯，〝嘩──〞同時就是一陣狂風，只聽
　　野樹亂吼。先前也沒得狂風，何以這一刻有了狂風啊？有人
　　説：〝雲從龍，風從虎〞，這句話我看也不見得。大約老虎看見

來了狂風，它就喊了，它就借風的威力，以助它的這一種威氣。所以每每地人聽見虎喊，就有了風啦！一聲虎嘯之後，前爪一懸，後足一蹬：〝嘟——兒，嘟——兒，〞躥到數丈之外平整地方落下。〝趴噠、趴噠〞，一搖二擺，直接走起官步來了。它慢慢踱到崗西路旁廟，朝枯草中一坐，等白大吃了。〞 ❶

以上這一段，〝哪塊？〞、〝間把房子這麼大〞、〝每每地〞、〝白大〞等等都是揚州土話，寫來愈覺鄉土味濃郁。

(2)描寫細緻。其所以會這樣，在於它的描寫經常是心理描寫結合動作描寫，便顯出細緻無比。例如寫武松看見老虎竄到他面前那一剎那：

〝嗎啊——〞老虎望著英雄張牙舞爪。武二爺望著它點點頭。要死！這是我呀，膽小的不要被你嚇煞了嗎？嗯！是屬害哩！我今日來者找的即是你，你來得正好，我正要跟你鬥哩！我如打不過你，就請你弄一頓；我如把你辦掉了，就代來往的千萬人除害！英雄把頭巾往上抹了一抹，把腰帶收緊，又打了個結，帶頭兒朝左右一塞，前後衣角塞緊；又把靴子蹬了一蹬，袖子捲了一捲，挺著腰桿，手指頭指著老虎：〝呔！孽障休走！〞叭，叭，叭，叭，蹦縱躥跳，迎著老虎，準備來一場惡鬥。（《武松》）

以上一段，便是前半段是心理描寫，從〝英雄把頭巾往上抹了

---

❶ 引自《武松》，1959年江蘇版。王少堂口述，揚州評話研究小組整理。

一抹〞轉入動作描寫，使描寫深入細緻。

(3)細節豐富。例如描寫虎威，便從描寫虎的長嘯的聲音入手，從聲音豐富的細節描寫來烘托出虎威：

> 老虎望著天空一聲喊：〝嗎啊——〞這股氣就鑽到天空，雀子飛得興興的，揮到老虎的氣味，周身就軟了，兩個大翅不能扇動，一軟，就由上頭掉下來。撲噠！這麼高掉下來，雖不死也差不多了。老虎不慌不忙，慢慢踱到面前，一口氣，噠——！吸到了嘴，嘴一抿，毛衣退出來，皮肉就下了它的肚子。嗯！就是一個雀子，也還能夠當個早茶吃了玩玩。

老虎的嘯聲把雀子嚇得從天上掉下來，但這細節還未寫完，還有兔子：〝老虎只要一聲喊：`嗎啊——′這一股氣就衝了去，兔子揮到老虎這一股氣味就不得動了。老虎不慌不忙，漸來漸近，不怕離著二三尺遠，一口氣一吸，噠，到嘴了。到了嘴，嘴一抿，完全就下肚了，直接當了中飯。〞兔子寫完還未完，還要寫吃猴子，吃魚蝦，這麼豐富的細節都是由〝嗎啊——〞這聲虎嘯貫穿起來的。

評書流行於北京、天津、河北、遼寧、吉林、黑龍江等地，據說也是柳敬亭至北京所傳（《舊都文物略》），《江湖叢談》則云為北京民間藝人王鴻興跟柳敬亭學藝所傳。天津評書最為著名，以陳士和為代表，在蒲松齡431個聊齋故事中，選出其中的50個故事，發展成六百萬字的洋洋大觀的說書本子，《王者》、《畫皮》、《夢狼》、《考弊司》、《席方平》等最為人愛聽。說書人一般有這樣兩個特點，第一是説書世家，代代相傳。説書作品都是歷代民間藝人嘔心瀝血集體創造的成果。第二是説書人往往要付出畢生的精力，從青年到老年都在説書，在不斷的藝術實踐中來磨礪自己的成果。從集體性來看，評話評書確是民間文學作品。

四川評書流行於四川、雲南、貴州等省，它是以四川方言敍述的。主要有兩大流派，一為清棚，講時細語輕言，娓娓而談，尚清淡，重文采，以王秉誠説的《紅樓夢》、《鏡花緣》最著名。二為擂棚，講時繪聲繪影、表情豐富、尚動作、重渲染，以胡雨琴、張國棟説的《東漢演義》、《説唐》、《説岳》、《三國演義》、《水滸傳》等最著名。五十年代後則時興講現代題材的短篇評書。

第二節　大鼓彈詞類

以韻文唱詞為主，加上音樂伴奏。例如：北方的叫大鼓（別稱〝鼓書〞），南方的叫彈詞。它們有的是説中有唱，有的是唱中有説，很靈活。這一類又叫鼓曲詞，都是配樂演唱的，細分起來種類特別的多，琴書類也屬於此類。故此類共三類：

一、大鼓類。使用鼓和三弦。句法常是三三四、三四三、七字。一般為一人自擊鼓板演唱，也有一至數人以三弦伴奏，都為站唱。大鼓緣古代鼓子詞、鼓詞而來，清初形成於山東，故山東大鼓甚著名，以後逐漸流行於全國。就表演來説稱大鼓，而單純就民間説唱作品而言，其書面的大鼓底本就稱為〝鼓詞〞。另外，大鼓等曲種在演唱正式節目以前常常加唱小段以定場，內容與正式的節目無關，這種鼓詞又稱〝書帽〞，俗稱〝鼓詞小段〞。要求寫得風趣

有吸引力。以下引《掏老鴰》(鼓詞小段) 供欣賞，俾觀鼓詞之全貌
焉：

> 有個老頭五十八，吃罷了午飯到南窪，
> 這老頭年紀雖老身體可著實的壯，
> 你看他爬到柳樹上掏老鴰。
> 掏了一個又一個，爲的是拿回家去哄娃娃。
> 老頭越掏越高興，真湊巧從村裡走出來兩枝花，
> 身量都長得高灑灑，看樣子年紀也不過十七八，
> 頭上的青絲如墨染，上邊罩著青綾帕，
> 細細的腰兒寬肩膀，走道如同風兒刮。
> 大姑娘滿心的話兒難出口，特意領妹妹來摘棉花，
> 看看四下無人走，姐妹倆坐到樹底下，
> 大姐說：〝我今年整整二十歲，妹妹你今年也夠十八，
> 可恨爹娘太無情理，大睜著兩眼裝傻瓜！
> 常言說，男大當娶女大當嫁，爲什麼不給咱尋婆家？〞
> 二姐說：〝姐姐不要太急躁，咱的媽不是個糊塗媽，
> 早有意給咱尋個好女婿，挑一戶忠厚老實好人家。
> 過門去待個三年或兩載，生一個結結實實的胖娃娃，
> 懷中抱個小寶貝，人家見了誰不誇？！〞
> 大姐一聽消了氣，立刻心裡開了花：
> 〝那我就生個胖小小，妹妹你生個女娃娃；
> 我家男來你家女，咱姐妹正好做個兒女親家。
> 你閨女雖說朝我把婆婆叫，

老實説，在姨娘面前不想家。〞

二姐説：〝孩子們也要生兒女，長大了好幫咱摘棉花；

摘了棉花織成布，不缺穿也不缺錢花。

這就是籽能生花花能結籽，長了一茬又一茬，

有了青枝和綠葉，到時候一定開紅花。〞

姐妹們越説越有趣，柳樹上可把個老頭活笑煞，

老漢活了五十八，沒見過沒出閣的姑娘做親家，

她們一面説來一面笑，不大會就過成孫男帶女一大家！

這老漢笑著笑著鬆了手，啪喳喳一下子掉到樹底下！

姐妹倆立刻嚇出了一頭汗，想不到樹上有人掏老鴰，

臉上臊得像塊紅布，拔腿就要去摘棉花。

老頭説：〝別吃驚來別害臊，咱們都是老鄰家，

你們説的都是長遠話，何必那樣羞答答，

從古來一輩傳一輩，誰家的女兒不生娃？

只可惜，不知道幫摘棉花的娃娃在何處，

我真想送給他們兩個小老鴰！〞❷

以上鼓詞小段是五十年代採集到的，表現了現實生活的趣味。説明中國大陸流行媒妁婚和近親結合的姨表婚。內容且不説它，就鼓詞形式而言，它早已跳出七字或十字的老框框，有更大程度的散文性，即在押韻的基礎上，擴大鼓點的自由度，形成變格句式，這是當代民間大鼓詞的一般寫作規律。

---

❷ 見中國曲藝研究會主編，王尊三整理《書帽選集‧掏老鴰》，作家出版社，1957年版。

　　大鼓已流行全國，茲簡介以下十二種以觀全貌：

　　1.木板大鼓。流行河北農村，清同治年間傳入京津，當時自擊木板與鼓演唱，入城後，加入三弦伴奏。著名藝人有胡十、宋五、霍明亮等。演唱者帶保定、滄州口音故又名〝怯大鼓〞。以自擊木板為特徵。

　　2.西河大鼓。又名〝西河調〞、〝河間大鼓〞，先由河北農村流行到山東、河南以及東北與西北部分地區。區別西河大鼓的特徵是在它的唱腔音樂上。清道光年間，民間藝人馬三峰等人在木板大鼓基礎上，結合了彈詞、民歌等曲調，加入小販叫賣聲，再以大三弦和鐵板來伴奏，形成了西河大鼓特有的唱腔音樂。唱法為一人站唱，自拍鼓、板；說唱並重，唱詞為七字句與十字句；基本曲調為頭板、二板、三板。曲目有《藍橋會》、《小姑賢》、《楊家將》、《呼家將》等。

　　3.樂亭大鼓。又名鐵片大鼓。先由河北樂亭流傳於河北東部(唐山)直至東北地區。起初以當地民歌為唱調，光緒年間民間藝人溫榮創製鐵板，改作鼓弦，定立板式，規範演唱。因鐵板以鏟翅磨製而成鐵片狀，形成了樂亭大鼓演唱特徵。長篇曲目以《回杯記》、《楊家將》、《呼家將》為著名。

　　4.京韻大鼓。又稱〝京音大鼓〞。流行於河北、東北、華北各地。民國年間劉寶全、白雲鵬等由於吸取京劇發音吐字方法和民間曲調而創製了新腔為此種大鼓之特徵。曲目有些採自子弟書，故又以只唱不說為特徵。一人演唱，自擊鼓板，另有三弦、四胡、琵琶伴奏，曲目有《長坂坡》、《大西廂》、《黛玉焚稿》等。

　　5.梅花大鼓。又稱〝梅花調〞、〝清口大鼓〞。清末起源在北

京、華北各地流行。一人自擊鼓板演唱，並有兩三人以三弦、琵琶
等伴奏。曲詞以古雅，腔調以悠長為特徵。曲目有《黛玉悲秋》、
《寶玉探病》、《王二姐思夫》等。

　　6.京東大鼓。由於起源於北京東部通縣、三河、香河一帶而被
定名為京東大鼓。又流行於天津的武清、寶坻、薊縣、寧河等地。
唱腔以結合當地民間小調《地頭調》和地方方言音調為特徵。只唱
不説。唱者左手擊銅板，右手擊鼓為演唱特徵。另有兩三人以打
琴、三弦伴奏。曲目有《楊家將》、《薛剛反唐》等。

　　7.東北大鼓。又稱〝遼寧大鼓〞、《奉天大鼓》（瀋陽舊稱奉
天）。流行東北各地。起源説法不一，有説起於東北農村，有説由
河北傳入結合當地風俗形成。一人自擊鐵板演唱外加三弦四胡伴
奏，曲目有《曹家將》、《十粒金丹》等。

　　8.山東大鼓。又稱〝梨花大鼓〞、〝犁鏵大鼓〞。起源於山東
農村，清末傳入濟南等城市。最初樂器以兩塊農具犁鏵的鐵片擊拍
形成特徵，故被稱為〝犁鏵大鼓〞，諧音又變為〝梨花大鼓〞。現
已改為兩塊鐵片或銅片一人自擊演唱，或兩人對唱，並有兩三人以
三弦四胡伴奏。曲目有《黑驢段》、《拴娃娃》、《王二姐思夫》
等。

　　9.膠東大鼓。西河大鼓傳入山東膠東地區以後，再與本地民歌
等曲調結合而產生了膠東大鼓。包括膠東地區的〝福山大鼓〞、
〝蓬萊大鼓〞等在內。一人演出，自擊板鼓。二人相對演出時，則
一人彈三弦，一人擊板鼓演唱，還有三、四人演出的。唱法並受京
劇影響，傳統曲目多用西河大鼓曲本。

　　10.湖北大鼓。流行於武漢、黃陂、孝感、淯水等地，原名叫

〝打鼓説書〞。起源於清代道光末年，北方鼓書藝人丁鐵板到武漢等地演出而形成，過去都為一人自擊板鼓演唱，現在已有伴奏。説唱並重。曲目多取材於歷史故事。

11.長沙大鼓。歷史較短，五十年代中期由長沙説書藝人結合湖南民間喪歌、常德漁鼓、湘劇調、北方太平歌詞曲調發展而成。演員自擊板鼓，並有伴奏。曲目均為短篇。

12.安徽大鼓。流行於安徽省長江沿岸城市。清代中葉由山東傳至泗州（今安徽泗縣）以後逐漸形成。一人演唱，自擊板鼓。説唱並重。唱腔均吸收了安徽民歌和戲曲音樂，曲目有《包公案》、《封神榜》、《水滸》、《楊家將》等。

二、彈詞類。現代彈詞是從古代彈詞繼承發展而來，其特徵主要是用三弦、琵琶伴奏，主要流行於我國東南部，主要為蘇州彈詞。用蘇州方言説唱的彈詞，流行於江蘇南部、上海、浙江等地。清乾隆時已流行。當時著名彈詞演員倡導成立了光裕社，是專門的彈詞行會。以後又出現了許多著名的民間彈詞藝人，如嘉慶道光年間四大名家：陳遇乾、毛葛佩、俞秀山、陸瑞廷。咸豐同治年間的馬如飛，趙湘舟、王石泉。彈詞作品韻散結合，紋事為主，以〝説噱彈唱〞為藝術手段，〝説〞即説表，所謂説表是以第三者之口吻來紋事並模擬人物之説白，包括故事介紹，演者之評論。〝噱〞即噱頭，添加笑料與趣味。〝彈〞指樂器之伴奏，〝唱〞指唱詞與唱腔。彈詞曲調與樂器伴奏在現代有很大發展，形成了許多流派的唱調，樂器雖以三弦、琵琶為主，但又增加了二胡等。蘇州彈詞中著名的是《白蛇傳》、《珍珠塔》、《玉蜻蜓》、《三笑》、《描金鳳》、《再生緣》等，都是民間藝人集體之作。《珍珠塔》的故事是寫書生方卿窮困潦倒之際，向其姑母求援，但遭到姑母的羞辱。方卿的表姐陳翠娥慧眼識真金，對他深表同情，並贈珍珠塔與他私定終身，後來方卿果然中了狀元，便化裝成乞丐，抱漁鼓、唱道情，批判其姑母的嫌貧愛富，最後與其表姐成婚。在清代，馬如飛就是唱《珍珠塔》出名的。彈詞中還有一篇《再生緣》也很著名，故事是敍述另一個女中豪傑孟麗君，她反叛皇帝給她指定的婚姻，女扮男裝逃走，後來竟中了狀元，還當上了宰相，比她的父兄官還要大，這個彈詞在反對重男輕女方面還是有一定積極意義的。《珍珠塔》和《孟麗君》故事在江南都十分流行，先後都被改編成各種戲劇。

現代彈詞有所謂〝彈詞開篇〞值得一題。〝彈詞開篇〞和〝大鼓書帽〞一樣，都是在正式節目演出前加演的短篇說唱，如敦煌民間說唱中的押座文差不多，本來目的是用來鎮定場內的，但是，現在的彈詞開篇，特別是蘇州彈詞已經用作為獨立的節目和單獨短篇唱詞的專場演出了，而且還演化出來對口唱、群口唱、小組聯唱、對白開篇等多種形式。彈詞開篇一般採用七言與五言短小敍事體式，下面這篇《新木蘭辭》（彈詞開篇）表現得相當典型：

> 唧唧機聲日夜忙，木蘭是頻頻嘆息愁緒長。驚聞可汗點兵卒，又見兵書十數行，卷卷都有爹名字，老父何堪征戰場。木蘭無兄長，阿爺無大兒，自恨釵環是女郎。東市長鞭西市馬，願將那裙衫脫去換戎裝。登山涉水長途去，代父從軍意氣揚。朝聽濺濺黃河急，夜渡茫茫黑水長。鼙鼓隆隆山岳震，朔風獵獵旌

旗張。風馳電檔制強虜，躍馬橫槍戰大荒。關山萬里如飛渡，
鐵衣染血映寒光。轉戰十年才奏捷，歸來天子坐明堂，策勳十
二載，賞賜百千錫，木蘭不願尚書郎，願借明駝千里足，送兒
早早返故鄉。爹娘聞女來，出廓相扶將；姊姊聞妹來，當戶理
紅妝；小弟聞姐來，歡呼舞欲狂，磨刀霍霍向豬羊，一家喜氣
上面龐。開我東閣門，坐我西閣牀，脫我戰時袍，著我舊時
裳。當窗理雲鬢，對鏡貼花黃，含笑出門尋伙伴，伙伴見她皆
驚惶。同行一十有餘載，不知將軍是女郎，誰説女兒不剛
強。❸

　　這篇彈詞開篇改編的是我國古代北朝著名的民間敍事詩《木蘭
辭》，共總350字，內容卻相當充實。一般彈詞開篇總要求這樣短
小精悍。彈詞著名者還有：

　　1.揚州彈詞。用揚州方言説唱的，江蘇揚州地區流行，遠在清
乾隆時已有名了，一人説唱，三弦伴奏，當時叫〝弦詞〞，後來兩
人對唱。説表為主，彈唱為輔，便稱為〝彈詞〞。傳統曲目與蘇州
彈詞大致一樣。

　　2.長沙彈詞。用長沙方言説唱的，長沙、湘潭、株洲地區流
行。清乾隆以後自江蘇傳去，由於又結合了只説不唱的〝講評〞的
特點，又稱為〝長沙講評〞。民國年間改為一人自彈月琴坐唱，
〝坐篷〞（固定演出地）演出。五十年代後又改為以唱為主。曲目有
《寶釧記》、《三國》等著名。

　　3.南音。南音實際應歸於彈詞類。它流行於珠江三角洲，實應

----

❸　夏史改編，原載《曲藝》1961：3。

稱〝廣東彈詞〞。因為：其一，彈詞是以用三弦琵琶伴奏為特徵，南音除用三弦琵琶伴奏外，又加了揚琴、椰胡、洞簫等。其二，廣東南音是由揚州彈詞衍變形成的。用廣州方言（粵語）說唱，有的以唱為主，有的說唱結合。唱腔以悠長，婉轉為特徵。曲目以《客途秋恨》著名。但福建南曲也有稱為〝南音〞者，也以三弦琵琶伴奏，又加了洞簫、二弦、拍板，還是有彈詞特徵，實應稱〝福建彈詞〞，流行卻很廣，不僅閩南方言區流行，而且台灣、馬來群島都流行。用閩南方言說唱，伴奏特盛，還加上嗩吶、木魚、銅鈴、扁鼓、響盞等等，熱鬧非凡。南曲的音樂是十分豐富和複雜的。

　　三、琴書類。以用揚琴來伴奏為特徵，兼用三弦、二胡、箏、墜胡等。形式有一人立唱，二人對唱，多人坐唱，或表演唱，但多半不化裝。韻散結合，唱中有說，以唱為主。唱詞多採用七字句，有些琴書也廣泛採用民間流行的小調來做為它們的曲牌，以增加群眾的喜好。著名的琴書有：

　　1.北京琴書。又叫〝單琴大鼓〞、〝揚琴大鼓〞。流行於北京與河北地區。據傳在抗日戰爭時期—1940年，通縣民間大鼓藝人翟清山以揚琴代替三弦伴奏演唱，後漸成為琴書新曲種。一人演唱，唱句為前半句數說後半句拖腔。曲目採用鼓詞之短篇，《藍橋會》、《拾棉花》著名。

　　2.山東琴書。清乾隆中葉已形成，起源於菏澤農村，以民間小曲聯唱，故名《小曲子》，後農村民間藝人進城說書，被叫做《山東洋琴》、《改良洋琴》、《文明琴書》。以唱為主，說次之，一至六人演唱，以敲打揚琴者為說唱核心，其他人扮不同角色並自奏

不同樂器來説唱 (有墜琴、胡琴、簡板、碟子、三弦等)。曲目《拳打鎮關西》、《梁祝下山》著名。

3.徐州琴書。又稱〝蘇北揚琴〞，從山東與安徽傳來。多在農村閒暇之時和廟會之時演唱，曲調多採用本地民間小調，曲目有長篇《包公案》、《揚家將》著名。

4.安徽琴書。又稱〝淮北琴書〞、〝泗州琴書〞。流行於合肥、淮河與溝河兩岸。由山東先傳入泗縣與鳳陽歌等民歌結合而形成。伴奏除揚琴外，又加入墜胡、三弦、琵琶、檀板。曲目有《説唐》、《反唐》等長篇。

5.四川揚琴。流行於川東、川南、川西。清乾隆時形成。演唱形式：有坐唱，不化裝，像戲曲清唱，穿插第三人稱説白敍述故事；有主角站唱而配角坐唱。但都是自打琴自唱，另有鼓板、懷鼓、京胡、二胡等樂器供自奏。傳統曲目有數百個，多採取民間傳説而成。

6.雲南揚琴。流行於昆明、騰衝、鶴慶、蒙自、昭通，起源於清同治道光年間，與川貴、蘇魯琴書均有關。各地揚琴均有小別，故當地又分昆明揚琴、騰衝揚琴等。數人分角色坐唱，自奏自唱。以明清小曲、當地民歌小調為曲調。除揚琴外，還採用三弦、月琴、琵琶、笛子等。曲目《三擊掌》、《獨占花魁》、《陳姑趕潘》、《崔氏逼休》著名。

7.翼城琴書。流行於山西翼城。由清乾嘉時從當地民歌小曲基礎上發展而成。多人演唱，伴奏揚琴、四胡、三弦、板胡等，高潮時加入八角鼓。曲目有《王定保借當》、《打戀船》等，均為短篇，現流傳下來的共七十多篇。

8.常德絲弦。流傳於湖南常德地區。以唱為主，間有說白。曲調有三種：牌子絲弦、板子絲弦、絲弦雜調。表演形式也有三種：單口、對口、多口，有坐唱、站唱、走唱、聯唱。曲目有《趙五娘》、《秦雪梅》、《昭君出塞》、《雙下山》、《金蓮調叔》等。

第三節　快板快書類

就快板快書而言，此類共同的藝術特徵，一是用兩片竹板，或一串五塊小竹板來伴奏打拍，二是沒有曲譜，只念不唱。快板流行於我國各地，有單口快板、對口快板、群口快板三種形態，群口快板伴奏以鑼鼓和打擊樂，即稱之為〝鑼鼓快板〞了。快板形式靈活，可以用來敘事、說理、抒情，得到民眾喜愛。

快板快書類和鼓書彈詞類一樣，很講究韻律，共有十三韻，用十三個字來記憶：〝東西南北坐，俏佳人妞懼出房來。〞這十三個字代表十三轍：中東、一七、言前、灰堆、梭坡、遙條、發花、人辰、尤求、也斜、姑蘇、江洋、懷來。

快板，一般來說長的叫〝數來寶〞，短的叫〝順口溜〞。快板，最初產生於清代，先是藝人在廟會、集市、街頭空地撂地演唱。快板相聲都經過這一階段而進入戲棚的。屬於快板快書類的民間說唱著名的種類有：

1.山東快書。用山東的方言土語來說唱。因為說唱梁山泊英雄武松故事名聲大振，因此山東快書又俗稱為〝武老二〞。山東快書從《水滸》原著中提煉出武松的形象再加以創造發展而成，它以粗獷山東農民的語言，將武松形象塑造得栩栩如生。它這樣刻劃武松形象：〝哪兒來的大個子，好像廟裡的大金剛，站著好像一座塔，坐下好像一堵牆。〞還有：〝只見他身高丈二，膀子炸開有力量，腦袋瓜子賽柳斗，兩眼一瞪像鈴鐺。巴掌一伸簸箕大，手指頭撥撥楞楞的棒鍾長。〞它還這樣刻劃武松的聲音：〝這一聲喊不要緊，好傢伙，震得房子直搖晃，刷刷啦啦直掉土，窗戶紙破了好幾張，酒缸震的嗡嗡響，忽悠忽悠直碰牆。〞❹把武松高大雄偉的形象，寫得很逼真，它們運用的語言，都是山東農民群眾熟悉的生活用語，藝術效果很好，難怪民間便用〝武老二〞的美稱來代表山東快書。山東快書起源於臨清、濟寧、袞州一帶，然後流傳到西北、華北、東北各地。據傳形成於清代道光咸豐年間，先使用兩塊瓦片擊拍，後改為竹板或銅板、鋼片等，都取站唱之形式。

2.陝西快書。流行於陝西省，從當地戲曲〝數板〞（數羅漢）結合山東快書而形成。一人自擊竹板和四頁瓦，自打自說。現已有數人說唱，一韻到底。曲目均為短篇。

3.金錢板。流行於川貴。一人演唱，數板為主。配合強烈的動作表演，全篇一韻到底。演出人左手抓兩塊竹板，右手執一塊、邊打邊說，右手這塊竹板上嵌有古代銅錢一串金屬圈，所以叫金錢板，擅長說民間傳說故事，曲目有《武松打店》、《三英戰呂布》、《小菜打仗》等。

快板快書類的民間說唱頗講究藝術性，其藝術性要點有三：第一，講究〝扣子〞。〝扣子〞相當於懸念，即設懸念將聽眾扣住，扣人心弦。第二，講究〝包袱〞。〝包袱〞本意是增加笑料，實際

❹ 見《山東快書武松傳》，高元鈞等口述，馬立元等整理，作家出版社，1957年版。

是增加幽默、詼諧與趣味，演員唱到使人發笑或極感興趣處，叫抖〝包袱〞，起引笑聲和嘩然，叫〝包袱〞響了。第三，講究〝插白〞，即在演唱中插入問話，強調語，以增加〝扣子〞與〝包袱〞的藝術魅力。這三個藝術要點是整體性的，即總是結合在一起運用的。例如民間傳統的山東快書《魯達除霸》，魯達聽到唱曲的姑娘不幸的遭遇，便要為她報仇，而那唱曲的姑娘敍說家鄉那一段，便是扣子與插白等結合在一起來表現的 （問話的是魯達，敍説的是那姑娘）：

(唱)　〝問俺的家來家又遠，〞

(白)　〝家住哪裡？〞

(唱)　〝俺家住在南直隸。〞

(白)　〝哪一府？〞

(唱)　〝家住在直隸大名府，〞

(白)　〝城裡城外？〞

(唱)　〝城北八里金家集。〞

(白)　〝你姓什麼？〞

(唱)　〝老爹爹姓金他叫金好善，

　　　　俺姥娘門上本姓于。

　　　　俺的娘沒生多兒並多女，

　　　　就生下奴家我自己。〞

(白)　〝爲什麼來到此地？〞

(唱)　〝俺們那裡年荒哩，

　　　　逃荒來到你們山西……〞

以上一句插白便設一個〝扣子〞，不斷的提問便一點點抖包袱，逐步的將她家鄉的情況說出來，使人一層層聽明白。魯達找惡霸鎮關西為姑娘報仇，便叫肉鋪伙計向鄭老虎報事，並竭立挑刺找岔兒打架，肉鋪伙計不敢直說。他與鄭老虎的曲折多端的對話，集中表現了〝扣子〞、〝包袱〞、〝插白〞結合的特點：

(唱)　〝外邊來了個黑大個子來買肉，〞

(夾白)〝什麼？〞

　　　〝外邊來了個黑大個兒，買肉。〞

　　　〝你們是幹什麼的？〞

　　　〝我們是照應買賣的呀。〞

　　　〝照應買賣的，來個黑大個兒買肉，你賣給他呀！問我幹什麼？〞

(唱)　〝不，黑大個兒跟你有親戚。〞

(白)　〝什麼親戚？〞

(唱)　〝你要問你倆什麼親眷？他言說頭……〞

(夾白)〝回來！俺親眷的頭怎麼啦？〞

　　　〝不是，這個話不好說，說出來怕你老人家生氣。〞

　　　〝混帳！俺親戚來了我生什麼氣呀？〞

　　　〝你要不生氣我就說啦？〞

　　　〝快說呀！怎麼那麼囉嗦！〞

(唱)　〝你要問你倆什麼親眷，

　　　他言說頭兩天娶的你二姨。〞

這一段從一開始便設〝扣子〞將聽眾吸引住，然後插入問話抖〝包袱〞（增加詼諧）。這是快書藝術性三要素結合的範例。由此可見，快書這種從民間來的文學作品，獲得民眾的喜好，並得到廣泛發展，來自於它的藝術魅力。快板快書類原來只是韻誦，配以拍板銅片，無伴唱伴奏，它來源於民謠徒歌，徒歌便是沒有樂器伴奏的光念（像順口溜）或光唱（像四句頭山歌）的歌謠。〝徒歌謂之謠。〞❺據《晉書·樂志下》載：〝《子夜》、《將風雛》諸曲，始皆徒歌，既而被之管弦。〞快板書便像長的順口溜一樣。

第四節　相聲滑稽類

就相聲滑稽類而言，它顯然起源於我國古代笑話，《啟顏錄》中便敍述過隋唐間說話藝人候白的笑話藝術；唐代李商隱《驕兒》詩中云：〝或調張飛胡，或笑鄧艾吃〞，便是記載當時藝人模擬張飛魯莽和鄧艾結巴的聲勢的。在民間說唱文學中，這一類獨樹一幟，與眾不同，它是一種綜合性的說唱和戲曲表演相結合的藝術。相聲藝術要求具備〝說、學、逗、唱〞四種要素。所謂〝說〞是指猜字謎、繞口令、報人名、菜名、戲曲名、地名等等一切地理、歷史、生活的知識性而言的。所謂〝學〞，是指學鳥獸叫、學車船叫、學老小啼、學蚊蠅哼、學大自然雨雷風暴的呼嘯、學各人方言土語、學大家音容笑貌等等一切。所謂〝逗〞，即逗人笑，就是製造笑料，說相聲的人，俗稱〝笑星〞，是給人們帶來笑聲的人；對口相聲是一個說、一個捧，說的叫〝逗哏〞，捧的就叫〝奉哏〞，一捧一逗，笑料便出來了；〝捧〞還要講究瞪、諞〔(pian)詩耀〕、踹

❺《爾雅·釋樂》。

（激發）、賣；〝逗〞也要講究頓、遲、急、錯，做到引笑恰如其份，發笑掌握火候，〝逗〞是相聲藝術四要素中主要的一個要素。所謂〝唱〞，是唱俗曲、小調、戲曲、流行歌曲、外國名曲，一切中外古典音樂之樂曲，在唱中發揮笑的藝術。總而言之，相聲總是環繞著它欲說的主題思想來進行〝說、學、逗、唱〞的，並據此進行其藝術構思。它以說笑話為主，內容詼諧幽默，不配絲弦鼓板，既諷刺凶惡殘暴的壞人，也諷刺好人內部的缺點、逗趣。

從相聲的來由看，它起源於咸豐、同治年間的北京城，故它是用純粹北京話來說講的，現早已流行全國，是民眾最為喜愛的笑的藝術。清翟灝《通俗編》云：〝今有相聲伎，以一人作十餘人捷辨，而音不少雜。〞最初的相聲似就是從戲劇中的相聲伎分化出來的。這種戲就是清初北京的〝象聲戲〞又叫〝隔壁戲〞。徐珂《清稗類鈔》〝戲劇〞云：〝順治時，京師有象聲之戲音，其人以尺木來，隔屏聽之，一音乍發，眾響漸臻，時方開市，則廛主啟門，估人評物，街巷談議，牙儈喧呦，至墟散而息。……自一聲兩聲以及千百聲，喧叿雜沓，四座神搖。忽聞尺木柏案，空堂寂如，展屏視之，一人一幾而已。〞據《清稗類鈔》載，清宣統三年在上海還演出了這種以口技表演為主的隔壁戲，藝人來自天津、濟南、袞州、揚州、杭州共十六人。它從清初一直流傳到清末，民國年間已被相聲代替。此戲俗稱〝帳子戲〞，隔屏表演叫〝暗春〞，撤屏表演叫〝明春〞，〝明春〞就是相聲之源頭。五十年代初，杭州還有隔壁戲，現已衰亡。還須指出，就在同治年間相聲創立之初，當時北京藝人黃輔臣又創立了〝雙黃〞這一曲藝品種，一般演出兩人。黃某人做動作，另一人模仿學他的音容，一真黃一假黃，俗稱雙黃。表演時，真黃在前面做滑稽動作，假黃躲在後面説滑稽詞，兩人配合，引人發笑，相聲也有受雙黃啟發與影響產生之一面。屬於相聲滑稽類的民間説唱還有：

1.四川相書。又稱〝四川口技〞、〝四川隔壁戲〞。演員藏在帳幔中表演，用四川方言説引人發笑的故事，如《寫對殺豬》、《逗街》、《騙總爺》等都是精彩的節目。經常與四川揚琴、京都堂彩雜技一道演出。

2.滑稽大鼓。京韻大鼓之分枝，但它實際是相聲與大鼓的結合。民國初已流行，鼓詞內容都是講説滑稽可笑的故事和諷刺幽默的故事，並配合各種滑稽動作的表演，曲目有《蔣幹盜書》、《蒙正教學》等。

3.獨腳戲，又稱〝上海滑稽〞。1920年以後吸收小熱昏❻、隔壁戲、相聲之特點而產生於上海，王無能、江笑笑、劉春山諸藝人均出名。雖説〝獨脱戲〞，但不僅一人演，也有二、三人演。內容以説各種笑話、模仿各地民間方言、學各地民間戲劇唱腔和民間小調而著名，曲目有《七十二家房客》、《十三家頭叉麻將》、《調查戶口》等。

像大鼓開場前有書帽一樣，相聲在正式表演節目之前，也有〝開場白〞，叫〝相聲墊話〞，這是相聲小段，一個簡短的小節目，吸引觀眾注意，用以定場。以下引《蛤蟆鼓兒》（相聲墊話）供欣賞，俾觀相聲之全貌：

❻ 小熱昏：民間説唱種類之一。清末民初流行於上海、杭州，當時藝人杜寶林用〝説朝服〞形式，説唱笑話和時事新聞，諷刺黑暗社會。用小鑼、三巧板伴奏，並有曲調。現仍有流行稱〝小鑼書〞。

甲：我有一件事不明白，想要跟您打聽，您要知道，可告訴我。

乙：好！您說吧，只要我知道，我一定告訴您。

甲：昨天我上北海玩兒去啦，在水邊兒上看見一個怪物。

乙：怪物？什麼樣？

甲：這麼大（手勢），四條腿兒，白肚皮兒，花脊梁背兒，金眼圈兒，大嘴岔兒，一叫喚呱兒呱兒的。您說那是什麼東西？

乙：嗐！那不是怪物，那叫蛤蟆。

甲：蛤蟆？它叫出來的聲音怎麼那麼大哪？

乙：因爲它嘴大脖子粗，叫出聲音就大。不光是蛤蟆，萬物都是一理，只要嘴大脖子粗，叫出聲音就大。

甲：噢！萬物都是一理，只要嘴大脖子粗，叫出聲音就大？我們家裡的那個字紙簍子，嘴巴大，脖子也粗，它怎麼不叫喚哪？

乙：字紙簍子有叫的嗎？字紙簍子那是竹子編的，不光不叫，連響都不響。

甲：竹子編的不響？那和尚吹的那笙，也是竹子編的，怎麼響哪？

乙：你沒看見那上邊兒有窟窿嗎？有窟窿就響。

甲：噢！有窟窿就響？煤鋪那篩子那麼些窟窿，我吹了半天也不響哪？

乙：有吹篩子的嗎？篩子是圓的扁的，圓的扁的不響。

甲：噢！圓的扁的不響？戲台上打的那鑼，也是圓的扁的，怎麼響哪？

乙：鑼不是有臍兒嗎？有臍兒的就響。

甲：噢！有臍兒的就響？我們家那鐵鍋，還麼大的臍兒，打了
　　半天也不響哪？

乙：鍋不是鐵的嗎？鐵的不響。

甲：噢！鐵的不響？廟裡掛的那鐘，也是鐵的，一打怎麼響
　　哪？

乙：鐘不是掛著的嗎？鐵的掛起來就響。

甲：我們家那秤砣掛了三年啦，一回也沒響過呀？

乙：秤砣不是死膛兒的嗎？死膛兒的不響。

甲：炸彈也是死膛兒的，怎麼響哪？

乙：炸彈不是有藥嗎？有藥就響。

甲：藥鋪怎麼不響哪？

乙：藥不是入口的嗎？入口的不響。

甲：泡泡糖怎麼響哪？

乙：泡泡糖不是有膠性嗎？有膠性的就能響。

甲：膠皮鞋怎麼不響哪？

乙：膠皮鞋不是挨著地嗎？膠皮挨著地的不響。

甲：自行車輪胎放炮怎麼響哪？

乙：走！❼

中國相聲一般有兩種類型，一種類型叫〝一頭沉〞，甲敍述，逗，
乙起輔助作用。一種類型叫〝子母哏〞，是兩人互相爭辯，在爭辯
中組織包袱，所以又稱爲〝爭辯型〞。以上這一篇相聲小段就屬於

---

❼　引自孫玉奎口述《蛤蟆鼓兒》，載於《相聲塾話選集》，中國曲藝研究會主
　　編，作家出版社，1958年版。

爭辯型的。它表現了相聲最突出的引人發笑的特點，這種對口相聲，甲乙二人的關係是：甲為〝逗哏〞、乙為〝捧哏〞（即笑料）。

第十五章　民間謎語

第一節　什麼是民間謎語？

謎語是一種遊戲式樣的短小韻文或隻言片語，它是豐富多彩的民間文學園地裡一朵別緻的花兒，一種特殊的民間文學體裁。說它表現了人民的智慧和語言的天才，那是一點不錯的。謎語——民間文學創作的一種，它是在茶餘飯後、工作之暇，用於鍛練機智和培養想像的能力，對某些現象或事物特點作出的形象描寫和簡短寓意的敍述，是一種文學趣味語言，它也是人民群眾在娛樂中很好積累文化知識的手段。謎語既然是對現象和事物特點作出的概括，而特點正是區別不同現象和事物的標誌，那麼猜謎的過程便是從現象和事物特點到現象和事物本身思考的過程。猜謎者一定要首先對客觀存在的現象和事物仔細觀察、體會、比較、選擇以後，具有一定生活經驗和知識，知曉一定謎語的規律和猜謎的技能，才能順利猜出各種謎語。

這裡不妨先說一個謎語中的謎語新聞，然後再來談謎語的特殊性質，更能有利於了解。在從前有年春節，有個地方的報紙在報屁股上刊登了十條燈謎徵射，助大家節日雅興，後面有一條聲明，說十天內請將謎底交編輯部，全部猜中者，獎美麗牌香煙三聽、禮帽一頂、外加呢制服一套，正月十五元宵節上燈時在報社門口揭曉領獎。這下子可掀起了這個城市的猜謎熱，謎迷的奔走相告，紛紛搶先將謎底送報社，元宵節這天，華燈未上，報社門口早已萬頭鑽動，當天報紙也搶售一空，路上擠得水泄不通，時間到了，報社裡出來兩個編輯揭曉謎底，並且宣布中獎者名單，有一百人之多，大家都在瞇花眼笑的等著領獎了。好，等了一會，只見有個工人捧著〝獎品〞出來了：一只木盤上放著一只美麗牌香煙空聽子、一頂禮帽、一套呢制服，有個編輯出來說話：〝根據報上說明，領獎辦法是：全部猜中者，香煙三聽——就是將香煙筒在耳邊〝噹噹噹〞聽三下，禮帽一頂——就是將禮帽在頭上頂一頂拿走，呢制服一套——就是把它在你身上套一套，再脫下。〞聽後，謎迷們大叫上當，人群中罵聲、笑聲、口哨聲混亂一團。這個編輯招手讓大家靜下來，說：〝我們不過是想增加節日歡樂氣氛，不這樣，大家會對燈謎這麼關注嗎？笑得這樣開心嗎？當真要發這麼多獎品，我們報社會破產的。實際上我們這次一共出了十一個謎語，領獎說明本身就是一個謎，是包括十條小謎中的大謎，你們光把十條小謎猜中了，但是唯獨這條大謎沒有猜中，這是謎中謎（安徽生收集整理的《謎中謎》）。

聽了這條謎語中的謎語以後，大家一定會說〝謎語確能增加歡樂氣氛，引起轟動〞，也一定會說〝謎語真能迷惑人，我都給搞胡塗了〞，但謎語的特質究竟有哪些？這是我們在下面便要回答的問題，總括起來可以分為以下幾點：

歸根結底，謎語是一種有娛樂作用的遊戲語言。遊戲的方式形成謎語的第一特質：娛樂性。謎語若不是供人遊戲的，便沒有了謎語。謎語鍛練人的機智，培養人的思考能力，是在遊戲中完成的，它必須編得有趣，才能吸引人，決不是板著冰冷面孔的說教。以往

有一種看法，認為謎語便不應該是遊戲的，把〝燈謎〞劃出民間謎
語範圍之外，責怪它那〝文字遊戲〞的應該肯定的本質，從而否定
民間謎語的娛樂性，這種看法是錯誤的。例如有人認為：〝(文人謎
語)可以說是一些文人慣弄的文字遊戲〞❶，〝(文人字謎)往往成為
一種無聊的文字遊戲〞❷這實際不僅完全否定了文人謎語，而且也
從根本上否定了謎語特殊的遊戲的本質，現在我們應該去除這種誤
解，恢復它的娛樂性特徵。

　　謎語還有迷惑人的作用，這樣就形成它的第二特質：隱祕性。
《說文》說：〝謎，隱語也，從言迷。〞所謂〝從言迷〞，便是迷
惑人。《文心雕龍・諧隱》說：〝謎也者，迴互其辭，使昏迷
也。〞特別強調了使人昏迷的隱祕性特質，這是說曲折繞著彎子講
話，即所謂〝迴互其辭〞；給人增加猜射的困難，使人摸不著頭
腦。但《諧隱》馬上又指出〝辭欲隱而顯〞，這便揭示了謎語隱秘
性的另一方面，即謎語既用隱蔽的語言說話而來迷惑人，但終必還
是要人猜中它，目的是鍛練人的思考和機智，所以它用既隱蔽又微
顯的方式，去啟示人認識謎底，也就是對事物不作直接的描述，而
是轉彎子用暗示方式表現，提供猜射的線索和依據，使人思考後猜
中。

　　謎語也是培養人們文化科學知識的手段之一，因此它第三特質
便是知識性。今日謎語已廣泛涉及到人類生活基本知識各個領域，
字謎增加了漢字知識，藥謎使人知道中草藥名稱，名謎使人記住小
說中的人物，通過物謎，溫習了世界萬物與人的聯繫。這種特質使

---

❶　鶴岩《談談〝謎語〞》，載《文藝學習》1955年10期，第40頁。
❷　鍾敬文主編《民間文學概論》，第332頁。上海文藝出版社，1980年版。

謎語無疑是一種特殊形式的生活辭典，它培養著人們的智慧，啟迪著人們的聰明才智，它是少年兒童知識的搖籃，它增加了人們的文化，開擴了人們的眼界，是人民知識啟蒙必需的教科書。

　　謎語和文學有千絲萬縷的聯繫，這樣，它的第四特質便是文學性。有的物謎便是很好的詠物詩：〝身穿綠衣裳，肚裡水汪汪，生的兒子多，個個黑臉龐〞（西瓜），寫得既形象又風趣。有的也是短小的抒情詩，〝身穿大皮襖，野草吃個飽，過了嚴冬日，獻出一身毛〞（綿羊），這實際是人們對綿羊喜歡的歌唱。即使那些一句〝燈謎〞，也和文學分不開，如〝朱閣枕黃粱〞（猜一文學作品），謎底：紅樓夢。因此文學性的特質使它理所當然劃入民間文學的範圍內。

　　謎語的構成具有著與其他民間文學形式不同的樣式。它是由三部分構成的，一是謎面，二是謎目，三是謎底。例如：

謎面	謎目	謎底
1.兩隻翅膀一顆牙， 不會飛來只會爬， 從來好管不平事， 口吐朵朵白雲花。	〔猜一工具〕	**鉋子**
2.一	〔猜一句成語〕	接二連三
3.一尺一	〔猜一字〕	寺

謎面是謎語的核心，是對所描寫的事物特點的藝術表現提出問題。謎目是指示猜射的目的範圍、猜字、猜動、植物、猜物品、猜書名

人名，或是猜自然現象等等，由它指出。謎底是對謎面提出的問題所作的解答。謎面和謎底之間，由謎目將事物的範圍特徵加以暗示。任何謎語都主要是由這三部分組成的。

謎面，不僅僅是〝喻體〞，因為有些謎面全是抽象寫意，如〝小時吃得用不得，大時用得吃不得〞（猜一植物），謎底：竹子。謎面並不是形象比喻，而是寫意義，因此談不上把謎面稱做什麼〝喻體〞，有些〝燈謎〞的謎面只有一個字，連〝喻〞的影子也沒有，所以不能稱謎面為〝喻體〞。同樣，把謎底稱做〝本體〞，也不準確，因為，謎面是繞著彎子說出來的本體，謎目是提示性說出來的本體，謎底則是直接說出來的本體，所以只把謎底說成〝本體〞也是不科學的，謎底，只能稱為問題的答案。

第二節　謎史簡述

謎語由於雅俗共賞，自古以來很受人民歡迎，淵遠流長。漢代以來，就不斷有隱語謎書專集出現，但是並未見有專著論述。在我國著名的古典小說中，如《紅樓夢》、《鏡花緣》、《三國演義》、《水滸》、《二十年目睹之怪現狀》等書中，經常見到它。我們要是追溯它的產生和形成，以及它的發展，卻有著一段古老而漫長的歷史。1928年顧頡剛先生曾在錢南揚先生《謎史》序中說：〝似乎謎事創始於春秋而大盛於兩宋，其實這全因覓得到的材料的關係，春秋以前的材料找不到了〞，確實，中國謎史發源應在更早的時間。

謎語發源的時間是相當早的，據現有資料推斷，它在我國原始社會末期——堯舜時代已經產生了。堯，是我國上古傳說中父系氏族社會後期部落聯盟領袖，當時流傳著一首《康衢謠》，〝康衢〞，大路的意思。〝立我蒸民，莫匪爾極，不識不知，順帝之則〞，《古詩源》注：〝列子：帝治天下五十年，不知天下治與不治與？億兆願戴己與，乃微服遊於康衢，聞兒童謠云〞，其實這是一首歌謠式的謎語，人民以隱喻的方式，由孩子口中唱出人民對政治的見解，誰能微服私訪出這些隱語謠，體察人民心聲，順應人民要求，就能立天下。到了舜時，相傳舜將禪位於夏禹，於是和臣僚在一起唱歌，《卿云歌》：〝卿云爛兮，糺（同糾）縵縵兮，日月光華，且復且兮。〞（注云：旦復旦隱寓禪代之旨），所謂〝隱寓禪代之旨〞就是謎底。卿云即慶云、彩云，古以為祥瑞之氣，以為它隱喻了夏禹的禪位。古謎便是在這個〝隱〞字上做文章，因《說文》本來就說：〝謎，隱語也〞。從堯舜兩代古傳說看，堯時還是自下而上的，是人民出謎給他們的帝王猜，而舜時則是自上而下了，帝王出隱語給他的臣民猜，知曉他的政治意圖。但其共同點在上古謎語之初，第一特徵是謎語和政治活動相結合，第二特徵是謠謎相結合。這便具備了我國謎語產生的特色了。俄國謎語最初卻是這樣：〝隨著宗教信仰的發展，謎語被應用於魔法和宗教儀式中〞（見《蘇聯大百科全書，謎語條》，譯文載《民間文學》1957年20號，50頁），但我國謎語產生，顯然與宗教無關，而和政治權利轉移有關。我國謎語萌芽產生以後，它的歷史發展可分為五階段：

　　第一階段是廋辭階段。時期最早見於春秋時代，公元前六百年左右，它這時只叫廋辭不叫別的。它的主要作用正如《文心雕龍·諧隱》說的：〝遁辭以隱意，譎譬以指事也。〞仍是帶政治性的，用於處理國事或外交活動，流傳於朝臣內部統治階級之間。《國語・晉語五》記載了一件魯宣公十七年（公元前592年）有關廋辭的故事：〝范文子莫退朝，武子曰：`何莫也´，對曰：`有秦客廋辭於朝，大夫莫之能對也，吾知三焉。´武子怒曰：`大夫非不能也，讓父兄也，爾童子何知，而三掩人於朝……´擊之以杖，折委笄〞。這故事是說晉國正卿范武子非常謙遜的事。有天他兒子范文子退朝退得很遲，回到家裡，范武子便問他為何退朝這樣遲，他兒子洋洋得意説：〝秦國有客人來朝上説廋辭，大夫們不能對答，我倒解答了三條廋辭〞，范武子聽後大怒，怪他兒子不謙遜，用栒杖揍了他一頓，把髮簪都打斷了。這條有關廋辭的資料，只是記了故事，廋辭本身並未記下，但它是最早明確標為〝廋辭〞的記載。春秋時還有兩則與廋辭有關的故事，一是《左傳・宣公十二年》（公元前597年）〝麥鞠河魚〞的故事：

> 冬，楚子伐蕭。……申公巫臣曰，`師人多寒！´王巡三軍，拊而勉之。三軍之士，皆如挾纊，遂傅於蕭。還無社與司馬卯言，號申叔展，叔展曰：`有麥鞠乎´，曰：`無´，`有山鞠窮乎´，曰：`無´，`河魚腹疾，奈何´？曰：`目於眢井而拯之，若為茅絰，哭井則已´！明日，蕭潰。申叔視其井，則茅絰存焉，號而出之。〞

這故事是説，宣公十二年（公元前597年），楚強而蕭弱，楚王興師伐蕭，楚國大夫申叔展與蕭國大夫還（音旋）無社友善，便以廋辭暗示他藏於眢井（音yuān，鴛）泥水中。先是申叔展用兩件禦寒藥來

問他，一是麥鞠（酒菜），一是山鞠窮（山芎藭），還無社不解，因而
如實答：〝無〞，後來申叔展進一步用廋辭告訴他，說他已出現了
〝河魚腹疾〞，這就是說，他的國家已出現了河魚那樣的〝腹
疾〞，久浸水中肚皮發脹，影射著〝擴張〞之意，蕭國大夫立刻解
出了他的謎，而要求申叔展拯救他，他先是躲在枯井中，蕭國亡
後，申叔展把他從枯井中叫出來，救起了他。這條廋辭記載比《國
語·晉語》上的記載還要早五年。

　　另一是《左傳·哀公十三年》（公元前482年）有一則〝呼庚呼
癸〞的故事：〝吳申叔儀乞糧於公孫有山氏，曰：〝佩玉繠兮，余
無所繫之，旨酒一盛兮，余與褐之父睨之〞。對曰：〝梁則無矣，
麤即有之，若登首山以呼曰〝庚癸乎〞則諾〞。〞

　　這是一則公元前482年吳國大夫申叔儀向魯國大夫公孫有山氏
乞借糧食的故事。申叔儀與公孫有山友善，他先說吳國衣食不好的
情景，然後向有餘糧的魯國借糧，公孫有山用廋辭來回答他的問
題，他說要細糧沒有了，要粗糧卻有，你如果登上首山，叫一聲
〝庚癸〞它便會應諾你。何謂〝庚癸〞？晉杜預注解說：〝軍中不
得出糧，故為私隱。庚，西方，主穀。癸，北方，主水〞，意思大
概是說，這些糧食在軍中不便給你，在西北邊的河邊有穀子。這是
又一則廋辭記載，時間比〝麥鞠河魚〞晚115年。總之，春秋時期
謎語尚處於廋辭階段，這是《國語·晉語五》明確交待的。這時
《左傳》裡的兩條記載，晉代杜預注為〝隱語〞，那是以後世人
（三世紀）的對謎語的看法，註解了春秋的〝廋辭〞，未必可靠。廋
辭與隱語雖說是一回事，但是我們要是將它們出現時代的先後加以
細緻的區分的話，應該把春秋時期的謎語稱為〝廋辭〞，而不能稱

為〝隱語〞，因為嚴格説來，春秋時只出現了廋辭這個詞，〝隱語〞這個詞是後來才出現的。

第二階段是隱語階段。正式在史籍中提出〝隱語〞這一名詞的，並不是公元三世紀晉代的杜預，而是公元前135年生至公元前93年死去的司馬遷，他在《史記·滑稽列傳》中記載了一件淳于髡説隱語的故事：

淳于髡者，齊之贅婿也。長不滿七尺。滑稽多辯，數使諸侯，未嘗屈辱。齊威王之時喜隱，好爲淫樂長夜之飲，沈湎不治，委政卿大夫。百官荒亂，諸侯並侵，國且危亡，在於旦暮。左右莫敢諫。淳于髡説之以隱曰：〝國中有大鳥，止王之庭，三年不蜚又不鳴，王知此鳥何也？〞王曰：〝此鳥不飛則已，一飛衝天；不鳴則已，一鳴驚人。〞於是乃朝諸縣令長七十二人，賞一人，誅一人，奮兵而出。諸侯震驚，皆還齊侵地。威行三十六年。語在《田完世家》中。

這故事是説戰國時期，齊威王通夜喝酒，不管政治，外國都來侵犯，形勢十分危急。這時候淳于髡用隱語進諫，把齊威王比做大鳥，問這鳥為什麼三年不飛又不鳴。這就逼得齊威王不能不回答，由於他不甘心於不飛不鳴，就説要：一飛衝天，一鳴驚人。這樣，齊威王就振作起來，刷新了政治，諸侯震驚，紛紛把侵犯齊國的地奉還，使齊國轉危為安，隱語在當時政治上產生過何等巨大的作用。這是漢代人司馬遷所記載的他前一、兩代戰國時期的隱語故事。可見，當時謎語，已發展到〝隱語〞階段了。戰國時期是從周元王元年（公元前476年）戰國七雄歷史的開端到公元前221年，秦滅六國為止。而齊威王喜隱的故事，是公元前375年的事情，正好是在戰國時期。這條〝隱語〞，符合《文心雕龍》上提的〝隱語〞的既隱且諧的要求，如果無〝諧〞，淳于髡的進諫也無法成功。

另外，在東漢時期劉向的《新序·雜事第二》中，也記載了一個齊宣王聽隱語故事，時期大約是在公元前336年，和齊威王喜隱故事相距不過四十年，而且也是在戰國時期，故事説，齊國有一個醜女人，叫〝無鹽女〞，三十歲還嫁不出去，一天她要去見齊宣王，宣王問她到底有什麼奇能，她説：〝〝竊嘗喜隱′，王曰：〝隱固寡人之所願也，試一行之。′……（無鹽女）不以隱對，但揚目銜齒，舉手拊肘曰：〝殆哉殆哉′如此者四。宣王曰：〝願遂聞命′〞❸，她用手勢動作打的隱語，應作這樣的解釋，她説，揚目者，是視烽火之變，即齊國外有強仇；銜齒者是懲拒諫之口，即拒諫而使賢者伏匿；舉手者是揮讒佞之臣，即是説內有奸偽、邪偽立朝需除之；拊肘者是拆游宴之台，也即是説，禁止酒樂流面，俳優縱橫。這四殆就是如此緊緊相扣，使宣王納諫。這條隱語也是符合既隱且諧的要求的。總之，到了戰國時期，謎語已經發展到〝隱語〞階段，而隱語的特徵有的已採用了以手勢打啞謎的辦法，比廋辭進了一步。

第三階段是射覆階段。漢代史籍中出現了〝射覆〞這一名詞。生卒於公元32—92年的東漢史學家班固，在《漢書·東方朔傳》中，記載了東方朔猜到射覆謎而受到皇帝賞賜錦帛的故事，故事説：

❸ 見漢魏叢書本。

上嘗使諸數家射覆，置守宮盆下射之，皆不能中。朔自讚曰：
"臣嘗受易，請射之。"乃別著布卦而對曰，"臣以爲龍，又
無角；謂之蛇，又有足，跂跂脈脈善緣壁。是非守宮即蜥
蜴。"上曰："善。"賜帛十匹。覆使射他，連中，輒賜
帛。"

從顏師古注說的"於覆器之下而置諸物，令暗射之，故云射
覆"來看，這種漢代興起的猜物遊戲，先將物品隱藏起來，叫人說
出特徵來猜度，它實際是一種擺設實物的啞謎，說明謎語已從戰國
時期用手勢打啞謎的隱語階段，又發展了一步，過渡到更為形象化
的擺設實物打啞謎的射覆階段了。從滑稽善辯的西漢文學家東方朔
對他所射之物的實物與答案兩方面來看，射覆已經具備了謎語完整
的內容和形式了，他描述的語句："龍又無角，蛇又有足，跂跂脈
脈善緣壁"，實際就是謎面，他說的蜥蜴（壁虎），實際就是謎底，
由此可見，謎語發展到射覆階段，已是將要完全成熟的階段了。

後來射覆發展成另一個分枝，從皇官射覆一直發展到民間的酒
令。從漢代到魏晉南北朝仍然盛行射覆這種實物啞謎。南朝宋·劉
敬叔《異苑》云："館陶令諸葛原，字景春，遷新興太守，管輅往
餞之，賓客並會，原自取燕卵、蜂窠、蜘蛛著器中，使射覆，卦
成，輅曰：'第一物，含氣須變，依乎宇堂，雄雌以形，翅翼舒
張，此燕卵也。第二物，家室倒懸，門戶眾多，藏精蓄毒，得秋乃
蟻，此蜂窠也。第三物，觳觫長足，吐絲成羅，尋網求食，利在昏
夜，此蜘蛛也。'舉坐驚喜。"《漢書》、《異苑》都說猜這種實

物啞謎式的射覆，不僅要説出謎底，更要馬上編出謎面，以表現猜射者驚人的才華，這是漢代射覆謎最主要的特徵。《異苑》這條資料還説明，漢代在宮廷中流行的射覆，到六朝時期已下降到由小官太守們去猜射了。到了唐代，《太平廣記》248引《啟顏錄》説：〝隋侯白，州舉秀才，至京，機辯捷，時莫之比……素又謂白曰：〝僕為君作一謎，君射之，不得遲，便須罰酒。〞素曰：〝頭長一分，眉長一寸，未到日中，已打兩頓。〞白應聲曰：〝此是道人。〞〞唐代，把猜謎語仍説成〝射〞謎，這〝射〞，即從〝射覆〞一詞演化而來，這時則又下降了一步，已是秀才們的活動。到了清代，俞敦培《酒令叢鈔·古今》記載的射覆説：〝今酒座所謂射覆，又名射雕覆者，法以上一字為雕，下一字為覆，設注意〝酒〞字，則言〝春〞字、〝漿〞字使人射之，蓋言春酒，酒漿也，射者言某字，彼此會意。〞則完全是民間的酒令活動了，這時它已改變了原有那種實物啞謎的方式，而僅虛有其名了，酒令只是射覆謎發展的分枝。漢代的射覆謎，畢竟是謎語趨向於成熟的形態。

　　第四階段是正式發展到謎語的階段。曾經有人以為：〝謎〞字最初與人相見，就在唐代的《白史》上〝試作一謎，當思解之〞（見王雲五先生主編的《謎語研究》），這個説法並不正確，其實〝謎〞字最初與人相見，是在五世紀的南北朝時期而不是在十世紀的唐代。南朝宋著名文學家鮑照（公元414—466年）在他的著作《鮑參軍集》中，就收集了明確題為《字謎三首》的井字、龜字、土字三首謎詩。(1)井字：〝二形一體，四支八頭，五八一八，飛泉仰流〞

（注：〝五八〞是四十，〝井〞是四個〝十〞，四支八頭）。⑵龜字：〝頭如刀，尾如勾，中央橫廣，四角六抽，右面負兩刃，左邊雙屬牛〞。⑶土字：〝乾之一九，只立無偶，坤之二六，宛然雙宿〞。以上三首字謎是我國最早的明確標為字謎的謎語，它有謎面、謎目、謎底，已是謎語這一體材完全成熟的形態。在謎語這一形態完全成熟的情況下，幾乎和鮑照生於同一時期而略後的南朝梁著名文學理論批評家劉勰（公元465—532）才在他的《文心雕龍·諧隱篇》裡作出〝自魏代以來，頗非俳優而君子嘲隱，化為謎語〞這樣明確的結論，〝謎語〞這兩個字才固定成一個完整概念的詞。從實踐上和理論上謎語在我國南北朝時期已經完全確立了。

此外，在唐代出現的有關南北朝的史籍中，有些明確標為謎語的資料，可以說明作為謎語在南北朝時期已經完全確立的旁證。

一、《北史·咸陽王禧傳》（唐·李廷壽撰）：

禧與李伯尚謀反事露，將士所在追禧，禧自洪池東南去，左右從禧者，唯兼防閣尹龍武，禧憂迫謂曰：〝試作一謎，當思解之，以釋毒悶。〞龍武欷憶舊謎云：〝眠則同眠，起則同起，貪如豺狼，贓不入己。〞禧因解之曰：此是眼也。〞而龍武謂之是箸（注：即筷子）。

二、《太平廣記》247引《啟顏錄·石動筒》：

北齊高祖嘗宴近臣爲樂，高祖曰：〝我與汝等作謎，可共射之，卒律葛答。〞諸人皆射不得，或云，是簇子箭，高祖曰：

〝非也。〞石動筩云：〝臣已射得。〞高祖曰：〝是何物？〞
動筩對曰：〝是煎餅。〞高祖笑曰：〝動筩射著是也。〞高祖
又曰：〝汝等諸人，爲我作一謎，我爲汝射之。〞諸人未作，
動筩爲謎，復云：〝卒律葛答。〞高祖射不得，問曰：〝此是
何物？〞答曰：〝是煎餅。〞高祖曰：〝我始作之，因何更
作？〞動筩曰：〝承大家熱鐺子頭，更作一個。〞高祖大笑。

上述資料説明南北朝謎語已經從純粹的政治性轉變爲純粹的消
愁解悶的娛樂性的，已經具備了謎語的最主要的一個特徵了。

第五階段是謎語推廣到全社會全民的繁榮昌盛階段。隋唐各
朝，謎語更爲流行，唐朝的謎語多到已經可以分類了。物謎，(1)動
物類：如唐朱揆《諧噱錄》載〝一跳八尺，再跳丈六，從春至冬，
裸袒相逐〞（蝦蟆）。(2)日用品類：如唐·于淑《聞奇錄》載〝近來
好裹束，各自競尖新，秤無二三兩，因何號一斤〞（手巾）。(3)食物
類：如唐·于淑《聞奇錄》載〝此物不難知，一雄兼一雌，請將打
破看，方明混沌時〞（雞蛋兩個）。字謎，如唐·鄭處誨《明皇雜
錄》載〝丑雖有足，甲不全身，見君無口，知伊少人〞（尹）。人名
謎，如唐·張鷟《朝野僉載五》：〝裴炎爲中書令，時徐敬業欲
反，令駱賓王畫計，取裴炎同起事，賓王足踏壁，靜思食頃，乃爲
謠曰：`一片火，兩片火，緋衣小兒當殿坐´。教炎莊上小兒誦之，
並都下童子皆唱。〞駱賓王寫的這只謎謠，便是人名謎，〝裴炎〞。
又如，宋·錢希白《南部新書丁》記了一件唐末黃巢遺事：〝黃巢
令皮日休作讖辭，云：`欲知聖人姓，田八二十一；欲知聖人名，

果頭三屈律＇。巢大怒，蓋巢頭醜，掠鬢不盡，疑三屈律之言，是
其譏也，遂及禍。〞皮日休寫的也是人名謎：〝黃巢〞。唐朝謎語
故事更多了，茲摘引以下幾條為例：

1.唐‧馮翊《桂苑叢談》說：

太保令狐相淘出鎮淮海日，支使班蒙與從事俱遊大明寺之西
廊，忽睹前壁題云：〝一人堂堂，兩曜垂光，井深尺一，點去
冰旁。二人同行，不欠一邊，三梁四柱烈火然，添卻雙鈎兩日
全。〞諸賓至而顧之，皆莫能辯，獨班支使曰：〝一人非大字
乎？二曜者，日月，非明字乎？尺一者，寸土，非寺字乎？點
去冰旁，水字也。二人相連，天字也。不欠一邊，下字也。三
梁四柱烈火然，無字也。添卻雙鈎兩日全，比字也。以此觀
之，得非大明寺水，天下無比八字乎？〞眾皆恍然曰：〝黃絹
之奇智，亦何異哉！〞嗟嘆彌日，詢之老僧，曰：〝頃年有
客獨遊，題之而去，不言姓氏。〞

2.唐‧馮翊《桂苑叢談》又說：

乾符末，有客寓止廣陵開元寺，因會友，偶云，頃年在京，權
寄青龍寺日，見有客嘗訪寺僧，廟賓署屬主者，悤遽不暇留
連。翌日復至，又遇要他朝客，不得展敬，別時又來，亦阻他
事，客怒色，取筆題門而去。詞曰：〝龕龍東去海，時日隱西
斜，敬文今不在，碎石入流沙。〞僧眾皆不能詳，獨有一沙彌
能解之。眾問其由，則曰：〝龕龍去矣，乃合字也。時日隱

西，寺字也。敬文不在，苟字也。碎石入沙，卒字也。此不遜
之言，辱吾曹矣！〞僧人大悟，追前人，杳無蹤由。

3.唐·李公佐《謝小娥傳》云：

小娥，姓謝氏，豫章人，嫁歷陽俠士段居貞，父蓄巨產，隱名
商賈間，常與段婿同舟貨，往來江河，時小娥年十四矣，父與
夫俱爲盜所殺，小娥夢父謂曰：〝殺我者，車中猴，門中
草。〞，又數日，復夢其夫謂曰：〝殺我者，禾中走，一日
夫。〞李公佐爲解之曰：〝殺汝父是申蘭，殺汝夫是申春。且
車中猴，車字去上下各一劃，是申字。又申屬猴，故曰車中
猴，草下有門，門中有柬，乃「蘭」字也。又禾中走，是穿田
過，亦是申字也。一日夫者，夫上更一劃，下有日，是春字
也。〞後果復父夫之仇，得雪冤恥。

　　唐朝謎語故事多文字謎，説明謎語多半在文人中間流傳，尚未
完全推廣到民間去。
　　到了兩宋，謎語才推廣到民間去，在全社會上中下各個階層中
間，廣泛流傳。自從謎語發展到具有了它娛樂性特徵以後，它的遊
戲性能便很顯著了，這樣，謎語只有在人們衣食溫飽得到一定解決
時，才談得上進行這項文化娛樂活動。到了宋太祖趙匡胤在公元
960年建立了北宋王朝以後，人民重新在戰亂中安定下來，得到休
養生息，生產力得以重新發展，市面恢復了繁榮，於是北宋王朝在
乾德年間下詔説：〝上元張燈，舊止三夜，今朝廷無事，區宇又

安，方當年穀之豐登，宜縱市民之行樂，其令開封府更放十七、十八兩夜燈＂（宋·王栐《燕翼貽謀錄》），朝廷如此讚許人民過元宵節，放縱市民之行樂，並著令十七、十八開放兩夜彩燈，於是元宵節燈會盛況空前，猜謎活動也就應運而生。宋·孟元老《東京夢華錄·卷六·元宵》載：＂正月十五日元宵，大內前自歲前冬至後，開封府絞（結），縛山棚立木正對宣德樓，遊人已集御街，兩廊下奇術異能，歌舞百戲，鱗鱗相切，樂聲嘈雜十餘里。……地謎，奇巧百端，日新耳目＂。後來，又興起了＂商謎＂，顧名思義，＂商謎＂也就是把猜謎變做商品買賣❹，宋·吳自牧《夢粱錄》云：＂商謎者，先用鼓兒賀之＂，並配上樂曲，猜中有獎。到南宋偏安以後，商謎更傳入瓦肆，出現了專門說商謎的藝人，《東京夢華錄·卷五·京瓦伎藝》載：＂崇觀以來（按即宋徽宗趙佶時的崇寧、大觀年間，約公元1102—1110年間），在京瓦肆伎藝，有……毛詳，霍百醜商謎＂。宋·周密《武林舊事·卷六·諸色伎藝人》更專門記載了說＂商謎＂的十三位有名的藝人。宋·灌圃耐得翁《都城紀勝·瓦舍眾伎》記錄了謎語發展到＂商謎＂以後，體制的多變及猜法的繁多：＂商謎，舊用鼓板吹《賀聖朝》，聚人猜：詩謎、字謎、戾謎、社謎，本是隱語。有道謎、正猜、下套、貼套、走智、橫下、問因、調爽。＂前四項即體制已變為多種，謎面歌謠化，字謎大發展，猜謎加入雜劇中演戲，謎社興起，專門研討謎藝；後八項即猜法多變。據《武林舊事·卷二·燈品》說，以後盛行我國民間的＂燈謎＂，就是在南宋產生的：＂又有以絹燈剪寫詩詞，時寓譏笑，及畫人物，藏頭

---

❹　後來傳入文人中，＂商謎＂的＂商＂變做＂商量＂的＂商＂了。如《東坡問答錄》載：東坡與佛印禪師猜畫謎，便說：＂可商此謎＂，佛印與東坡謎猜也說：＂與你商此一個謎＂。

隱語，及舊京諢語，戲弄行人。"燈謎便是這樣產生的。由上可
見，謎語發展到宋代，已是全社會全民的活動了，宋謎中，更有一
些著名文學家如蘇東坡、王安石、黃庭堅等人的詩謎，許多文人猜
謎故事在流傳，宋代謎，多到可以集成一本書。

　　到了明朝，全民猜謎之風更盛，"燈謎"更加發展，更加民族
化與傳統化。明·劉侗《帝京景物略》說："正月八日至十八日，
集東華門外，日燈市，有以詩隱物幌於寺觀壁者，曰`商燈´，立
想而漫射之，無靈蠢。"另外，明·田汝成《西湖遊覽志·餘卷二
十·熙朝樂事》說："正月十五日為上元節，前後張燈五夜……好
事者，或為藏頭詩句，任人商揣，謂之猜燈。"明·王鏊《姑蘇
志》說："上元燈市，藏謎者曰：`彈壁燈´。"明·張岱《陶庵
夢憶》說："於十字街搭木棚，掛大燈一，俗曰`呆燈´，畫四
書，千家詩故事，或寫燈謎，環立而猜射之。"這些資料均說明到
了明代"燈謎"是更為普遍了，正如《江震記》說的："好事者，
或為藏頭詩句，任人商揣，謂之`燈謎´，亦曰`彈壁´。"明朝
燈會的流行，燈謎大為興盛，於是便產生了中國謎語的高級形態：
謎格。謎格可以肯定是在明朝產生的，這是謎語發展到明代具有的
最明顯的特徵，《四庫全書總目》一百三十說："廣社，明·張雲
龍撰，乃因陶邦彥所作燈謎而廣之，前載作謎諸格。"《七修類
稿》說："又得《不全謎社便覽》一冊，謎家姓氏，書名，字母，
門類，所宜不宜之格，諸凡備矣。"燈謎有了謎格，更加智慧化，
也更加艱深難猜，好像老虎一樣難射，遂又稱燈謎為"文虎"、
"燈虎"。謎格的出現，標誌著中國謎語的特殊性，是世界上任何
國家的謎語都不可能和中國謎格謎語的技巧性相比擬的，從世界謎

語的研究觀來看，中國的謎格謎語是高級謎藝獨特的創造。這種民
族化了的謎格謎語，形成了一種專門謎藝的學問。

　　清朝以來，謎語更是五花八門，人人喜愛，老小能猜，既有在
民間與世俗中流傳的，也有在宮廷與貴族中流行的，勞動人民、城
市平民、老人們、孩子們、文人學士、宮廷貴族，各自有自己的謎
語，大家都用謎語來娛樂助興、消除疲勞、提高智慧、鍛練思考，
謎語成了所有中國人都在參加的活動了。但不管是宮廷貴族或村野
里巷，中國謎語都形成了它那獨特的典雅與優美的形態，貼在彩色
的花燈上供人猜射，中國人如此看重謎語，恐怕在世界各國民間文
學中是極為罕見的。著名的曹雪芹《紅樓夢》中，對宮廷猜謎的情
況和一般貴族人家猜謎的情況都有著真實的描述，它對清朝宮廷猜
謎活動是這樣記述的：

> 　　忽然人報娘娘差人送出一個燈謎來，命他們大家去猜，猜後每
> 人也作個送進去。四人聽說，忙出來至賈母上房，只見一個小
> 太監，拿了一盞四角平頭白紗燈，專為燈謎而製。小太監又下
> 諭道：〝眾小姐猜著，不要說出來，每人只暗暗的寫了，一齊
> 封送進去，候娘娘自驗是否。〞……太監去了，至晚出來……
> 又將頒賜之物，送與猜著之人：每人一個宮製詩筒，一柄茶筅
> （刷洗茶具的器具）。（第二十二回）

它對賈氏這樣貴族人家猜謎活動是這樣記述的：

> 賈母見元春這般有興，自己一發喜樂，便命速作一架小巧精緻

圍屏燈來，設於堂屋，合他姊妹們各自暗暗的做了，寫出來，
黏在屏上，然後預備下香茶細果，以及各色玩物，爲猜著之
賀。〞（第二十二回）❺

　　從宋代的《武林舊事·卷二·燈品》記述的猜燈謎的情況，到
明代萬曆年間的《錢塘縣志》說的：〝元宵張燈五夜，十五夜最
盛，自官巷口至眾安橋，計里餘，懸賣各色花燈，謂之｀燈
市´，……或黏藏頭詩於燈上，揣知者揭去。〞可知把謎語貼在燈
上猜，宋元明清各代都已司空見慣了，而《紅樓夢》表現出來的格
外顯得優雅與充滿中國傳統猜謎的特色，我認爲，《紅樓夢》中寫
的貴族人家的猜謎情況，與民間節日的猜謎情況不會有太大的差
別，如果有差別，只是在彩燈的好壞以及獎品的優劣上，其基本形
態應該是同樣的。因此《紅樓夢》中的猜謎活動，無異是清代謎史
真實的反映。

　　自清朝到民國以來，物謎與燈謎這兩大中國民間謎語的系統，
在人民當中流傳並行不悖。就物謎方面來看，宋明以來一些藝術性
卓越的謎語，仍爲婦人孺子，口耳相傳，具有它的生命力。⑴生物
類，如：〝長腳小兒郎，吹簫入洞房，愛喫紅花酒，拍手命喪亡〞
（蚊子）。⑵人體類，如〝大的兩段，小的三段，大大小小，二十八
段〞（手指）。3.用品類，如〝八寸長，十二節，兩頭冷，中央熱〞
（日曆）。就字謎方面來看，如〝一字四十八個頭，內中有水水不
流〞（井），又如〝啞字沒有口，惡心沒有心，中有十字路，四面
不能行〞（亞）。再如〝落花人獨立，微雨燕雙飛〞（倆）等等優秀

──────────
❺　詳見《〈紅樓夢〉中的謎語》（高國藩），載於《紅樓夢學刊》1984：1。

的字謎仍在人民中流傳。就燈謎方面來看，清代李汝珍的著名小說
《鏡花緣》第八十回，總結有廣陵十二格之說，而顧祿《清嘉錄》
考有燈謎二十四格。到了民國年間，謎格多到五百多個，它沒有人
來過問，自生自滅。從五四以來一直到八十年代的現在，民間文學
界對帶謎格的謎語一直是採取〝不承認主義〞，但是，不管別人承
認不承認，帶有謎格的中國謎語，卻不脛而走，不翼而飛，仍然具
有著它那強烈的生命力，在中國城市的人民中傳播著，這是一個奇
怪的民間文學現象。有些顯赫一時歌頌極左思潮的〝民歌〞，卻被
人民忘記了，誰也不去傳它；但是，一直不被民間文學界承認的謎
格謎語，在人民中卻一直死不了也滅不掉，儘管一再被人罵為是
〝民間謎語的對立物〞、〝文人慣弄的無聊遊戲〞、〝雕琢僵枯的
死東西〞、〝晦暗艱深，牽強造作〞等等，這些偏見根本沒有被人
民接受，在一片罵聲裡，帶有謎格的燈謎卻在中國人民中間廣泛的
傳播著。

　　全國在五十年代以後，各地設立了文化宮，謎語在節日遊園活
動中更是每次必有。不管是物謎、字謎，或帶有謎格的謎，都一齊
貼在花燈上供人猜射，這時，〝燈謎〞這一概念已包含了中國民間
謎語的絕大部分，只除了大型的故事謎、歌謎、啞謎等由於字數
多，一般不能上燈，其餘都可上燈成為〝燈謎〞。更重要的是，隨
著我國勞動人民逐步知識化的過程，高級形式的謎格謎語在全國各
個城市中流行著，〝謎社〞，在全國相繼建立；1979年5月，全國
民間謎社在無錫市召開了部分省市文化宮、俱樂部會議，提出了舉
行全國各城市燈謎會猜的倡議，目的在於交流經驗，切磋謎藝，探
討謎語的發展等問題，這個倡議，得到了很多地區的同意和支持，

經商定，決定在1979年10月1日，在江蘇省南京市舉行，八月，南京市工人文化宮發出邀請，結果有長春、上海、蘇州、南通、廈門、瀋陽、溫州、漳州等八城市的文化宮（館）燈謎組派代表參加。這次中國謎史上空前的盛會——〝中國九城市燈謎會猜會議〞，終於在9月30日開幕了。會議總共53名代表，最大的謎手68歲，最小的謎手為18歲，還有女代表。會議主要有兩個內容：(1)燈謎如何為人民服務，為現代化服務的問題。(2)探討謎藝，重點是謎格謎語，並進行九城市燈謎會猜活動。會議開了四天，會後還出版了《謎苑》專集以資紀念，有三天，組織了三千條燈謎，對南京市人民群眾開放，我也有幸參觀了這豐富多彩、琳琅滿目的燈謎，更看到謎格謎語這個一向被罵為〝無聊文字遊戲〞的醜媳婦，居然躍登為〝貴婦人〞的寶座，還有謎格介紹哩！專門的燈謎工作者把它做為寶貝供上人民的謎壇！令人驚訝的是，我沒有看見民間文學工作者來參加盛會，民間文學研究部門也毫無表示，想必燈謎這個醜媳婦仍然難以見公婆！因為一直沒有誰把它納入民間文學的研究，仍然是〝不承認主義〞，可是人民卻不管這一套，我看見，從下午到晚上，有的謎友，攜帶乾糧，寸步不離在猜謎；有的全家出動，攜老扶幼，有白髮老人，有紅巾稚子，帶著《新華字典》、《成語字典》來猜謎，有工人有農民，有的是當兵的，也有大、中學生，中國民間謎語的各個種類得到了廣泛傳播，謎格的謎語也更多為人們承認和掌握。燈謎這朵小花在中國民間文學土地上鮮艷的開放著。

　　總之，猜謎語這項健康、有益的活動，在我國有著極為廣泛的群眾基礎，不論古今，不問南北，不分老幼、窮富，都有愛好者，它不以人們主觀意志為轉移，像謎格謎語，幾百年來儘管不被人承認，它仍然活在人民中。一部謎史，包含了人民多少次微笑和眼淚。

第三節　謎語的分類

現在我國民間謎語的儲藏量異常的豐富，體材多種多樣，可以概括為以下六大類。

第一類，物謎。上海叫〝謎謎子〞，有人稱〝兒童謎語〞，有的書上稱它是〝民間謎語〞，後一種叫法不正確，因為它只是我國謎語的一部分，並不能代表民間謎語全體。物謎的謎面往往採用民謠體，押韻而富於節奏感，詼諧而又富於形象性，像歌謠又像詠物詩，很利於口頭傳播，它通常是四句式，我國謎語大部分，也是極有價值的部分，就是這類謎語。物謎有這樣六部分，(1)動物謎。從飛禽走獸到小昆蟲都有謎語。用風趣的語言描寫他們的形象：〝大將軍披頭散髮，二將軍黃袍花甲，三將軍肥頭胖腦，四將軍瘦瘦刮刮〞（獅虎熊狼）；形象的刻劃牠們的生活習性：〝頭有毛栗大，尾巴象鋼叉，睡覺在泥裡，離地一丈八〞（燕子）；讚頌牠們給人類帶來的好處：〝身體半球形，背上七顆星，棉花喜愛它，捕蟲最著名〞（七星瓢蟲）。(2)植物謎。從糧食作物、蔬菜、果樹直到小草都有謎語。人們用謎語來表達對農作物的熱愛；〝一個小孩生得怪，頭上戴頂紅纓帽，衣裳穿了七八件，全身都是珍珠寶〞（玉米）；用植物對人類的貢獻，來象徵對有意義人生的追求：〝隨著春風夏雨,一生追求光明,捧著金花大盤,果實獻給人民"(向日葵);因此植物類謎語並不是人生的點綴,而是把它化為遊戲形式的對人生的激勵。(3)自然謎。日月星辰、電閃雷鳴、風雨冰雪、湖海溫泉、大地沙漠都有謎語。人們運用自然謎表達心中美好的願望:"銀光閃閃白茫茫,牛郎織女隔江望,江中沒船也沒水,喜鵲搭橋在江上"(銀河)。人們也運用謎語形式來讚美"四化"帶給大自然新的變遷:"往日隨風亂飛流,駱駝當作一小舟,海市蜃樓非神話,`四化´叫它綠油油"(沙漠),因此自然類謎語並不是宣揚作自然的奴隸,而是歌詠作大自然的主人。(4)用品謎。包括生活用品、生產用品、武器裝備、科技發明等。人們用它來表達對生活、對生產、對集體的熱愛:"小小零件人人誇,哪裡需要哪安家,一個心眼為集體,多種機器都有它"(螺絲釘)。武器謎更是明顯的貫穿著愛國主義的思想內容:"鐵將軍,氣昂昂,奔赴前線保國防,身強力壯威力大,吼聲如雷脖頸長"(大砲),人們創造了世界萬物,就用它來反映對世界萬物的感情。(5)事謎。這部分謎不是很多,但能列成一小類。人們用它來讚美自己的勞動:"露水飄飄,姊妹排排,黃帶綑腰"(紫秧);也用它來回憶過去官府壓迫的痛苦歲月:"黑船裝白米,送進衙門裡,衙門八字開,空船轉回來"(吃瓜子)。還有描寫家庭生活的,婦女受苦的等等。(6)人體謎,用它來描寫人體的五官、四肢、心臟、頭髮、牙齒、鬍子等各部分。用生動而形象的比喻描寫它們的特徵。如:"一座山,七個洞"(頭),"十個人,分乘兩隻船"(雙腳),"五個人,五塊瓦,不蓋屋頂,專蓋頭顱"(指甲)。總之,物謎的文學價值、思想意義最大。數量也很多,但不是謎語的全部。

　　第二類，燈謎。古代稱為〝燈虎〞、〝文虎〞，用老虎難以射中來形容燈謎的難猜。節日裡貼在花燈上供人猜射，具有我國人民傳統優雅的民族形式。燈謎有七部分，⑴文字謎。用字異常精練，通常幾個字就寫明了謎面。二字謎：〝破竹〞（个）。三字謎：〝十二點〞（斗）。四字謎：〝消滅蚊蟲〞（文）。五字謎：〝加倍才算多〞（夕）。六字謎〝加一點有四邊〞（方）。七字謎：〝空山之中一畝田〞（画）。八字謎：〝千里之行始於足下〞（踵）。九字謎：〝前前後後都放在心上〞（總，簡化字：总）。也有一句式，兩句式，三句式，四句式。⑵成語謎。謎面也是幾個字的形式。一字謎：〝亞〞（有口難言）。二字謎：〝巨木〞（水到渠成）。三字謎：〝太陽灶〞（熱火朝天）。〝舉重比賽〞（斤斤計較）。百分式謎，〝1/100〞（百里挑一）。數字式謎，〝3.4〞（不三不四）。成語謎也有多字式，多句式。⑶人名謎。包括著名小說上的人名：〝戰鬥不緊張〞（《水滸》人名一）（武松）。也有古代作家名：〝油煎豆腐〞（李白）。也有現代作家名：〝攻與守的武器〞（茅盾）。也有古代和現代畫家、科學家、電影演員等等人名。⑷文藝謎。包括猜國產故事片名：〝養蜂工作〞（甜蜜的事業）。猜香港片名：〝忽見陌頭楊柳色〞（春）。猜外國片名：〝同是天涯淪落人〞（流浪者）。猜話劇名：〝狂飆曲〞（大風歌）。猜京劇名：〝丁字街〞（三岔口）。以上是影劇部分。還有中外小說各部分，猜唐詩名句部分，猜古詩人詩詞名句部分。⑸科技謎。包括猜數學名詞：〝醫生提筆〞（開方）。猜物理名詞：〝哥倆上天平〞（比重）。猜化學名詞，〝恢復本來面目〞（還原）。猜中藥名，〝異國〞（生地）。猜天文名詞：〝牛郎織女〞（雙星）。(6)地名謎。包括猜中國城市名：〝船出長江口〞（上海）。猜各省地名：如江蘇省，〝航空信〞（高郵）。猜外國名：如歐洲國名，〝紅麵〞（丹參）。燈謎在增加人們文化科學知識上有一定的作用。它的數量越來越多，大有壓倒物謎的趨向。

第三類，射覆謎。它原來是我國漢代一種猜物啞謎，幾經曲折，現在已變了樣子。現在的射覆卻是寫出一個詞匯的謎面，中間空下若干個格子，並且要求在空格處填上規定範圍的詞匯，以便前後互相連接成兩個相應的詞匯。每一條射覆所用的詞匯最好大致相近。(1)地名射覆。東□□海。謎面東海為我國沿海名，要求當中填入兩個字為台灣地名，並使前兩字為江蘇省地名，後兩字為北京名勝。（東〔台北〕海）。(2)科技射覆。電□□學。謎面電學是物理名詞，要求中間兩個空格填入醫學名詞，使前兩字、後兩字都是物理名詞，（電〔視力〕學）。(3)人名射覆。李□□廣。謎面李廣為中國古代人名。要求在中間空格填入我國著名電影演員名，並使前兩字為一唐代大作家名，後兩字為一隋代人名。（李〔白楊〕廣）。(4)文藝射覆。紅□□□霞。謎面《紅霞》為我國當代文學中歌劇名，要求在空格中填入三字是亞洲一海名，並使前兩字和後兩字均為國產故事片名。（紅〔日本海〕霞）。從以上四類現在的射覆謎看來，它雖是一種較簡單的文字遊戲，它的創作和猜射也比燈謎、物謎簡單得多，但做為一種民間流傳的群眾創造的謎語種類，它同樣能培養人們的思維能力，並有利於增長科學文化知識。

第四類，啞謎。顧名思義，啞謎活動是不以文字寫謎面，也不以口語述謎面，而用繪畫或擺手工藝品實物的方式表示謎面，用文字標出謎目，供人猜射。形式生動活潑，既能練繪畫，又能使手工藝品有用。現舉幾例：⑴謎面：用泥巴雕一對山羊頭頂頭；謎目：猜一數學名詞；謎底：對頂角。⑵謎面：畫一只雙鈴馬蹄鐘，長針指3，短針指2，鈴正響著；謎目：猜四字成語三句；謎底：一見鍾情，三長兩短，一鳴驚人。從古代起，猜啞謎便很流行，現在民間還流傳有蘇東坡猜啞謎的故事。有一次，蘇東坡去靈隱寺看佛印禪師，要給他猜啞謎，問他要了紙筆，畫了個和尚，左手執扇，右手捧經，要他猜一篇文章序中兩句話。禪師想了一會就猜出來了，說：〝莫不是《關雎序》中兩句話：〞風以動之教以化之〝麼？〞東坡點頭表示讚賞。佛印禪師猜出啞謎後也不肯罷休，他取出一串錢，當面數出250文，托在手中，要蘇東坡猜這個啞謎，蘇東坡只眉頭一皺，說：〝猜書名麼？〞禪師點頭，東坡一笑，說：〝是《千字文》吧！〞禪師心中著實佩服，原來，宋代每個銅錢上都有〝宋元通寶〞四字，二百五十文正好一千個字，猜作《千字文》正扣謎面（據徐清祥搜集《東坡猜謎》）。這則故事裡說的畫和尚和拿銅錢猜謎，都是屬於啞謎。啞謎的出現，和我國繪畫藝術和手工藝品都結合起來，開闢了我國謎語內容新的廣闊的空間，也是一種鍛練機智的好謎語形式。

　　第五類，故事謎。故事謎的來源相當久遠了。國外，希臘神話中就有了記載，據說有一個有翼的斯芬克斯，她有美女的頭，獅子的身子，她蹲在一座懸岩上，詢問忒拜人民以智慧女神繆斯所教給她的各種隱謎，如果過路人不能猜中，她就將他撕碎和吞食，後來，來了個俄狄浦斯，他爬上斯芬克斯所蹲踞的懸岩，自願解答隱謎。如果他猜中了，就可以當忒拜城的國王，如果猜不中，就被斯芬克斯吃掉，因此，危險與登上王位兩者都在向他挑戰。斯芬克斯就出了一個謎：〝在早晨用四隻腳走路，當午兩隻腳走路，晚間三隻腳走路。〞俄狄浦斯馬上解答了謎底：〝這是人呀！在生命的早晨，人是軟弱無力的孩子，他用兩腳兩手爬行。在生命的當午，他成為壯年，用兩腳走路。到了晚年，臨到生命的遲暮，柱著枴杖，作為第三隻腳。〞這是正確的解答。妖怪斯芬克斯因失敗而羞愧，氣極而自殺，從懸岩上跳下摔死了。青年俄狄浦斯便當上了國王。（參見《希臘的神話和傳說》，楚圖南譯，人民文學出版社，1977年版，220—221頁）這是一個著名的謎語故事。在我國壯族韋其麟根據民間故事再創作的《百鳥衣》長詩中，也寫了個故事謎，講土司迫害古卡和依娌，土司提出謎語難題要古卡和依娌解答，依娌一一解答了這三個謎，用智慧戰勝了愚蠢的土司。看來，故事謎這一形式，最初是附屬於神話傳說中，後來又附屬於民間童話中產生，後來才獨立發展為民間謎語的一個種類——故事謎。現在，民間也流傳有一些故事謎。⑴姜曉軍搜集整理的《女婿借衣》的故事謎，説一個窮女婿跟鄰居王二嫂借衣服穿去岳父家拜年，説定在大年初一用，但王二嫂説：〝可是正月沒有初一啊！〞問窮女婿是怎麽明白王二嫂的意思的？謎底：肯。〝肯〞字〝月〞上的〝止〞字確是沒有〝一〞。⑵嘉輝搜集整理的《梁山伯問路》的故事謎，説山伯去祝家莊訪英台，走到三岔路口，不知往哪裡走，便去問一個老人，老人聽而不答，只是走到大石頭背後，露出頭看他，梁山伯便恍然大悟了。謎底：向〝右〞走。因為石字出頭為〝右〞字。⑶武龍搜集整理的《和尚賣畫》的故事謎。説有個和尚賣畫，畫上是一條黑毛狗，聲明這個畫謎誰猜出便贈送此畫，後來有個人猜到了，拿著畫便走，連問三聲不答，和尚笑説：〝猜中了〞。謎底：黑狗即黑犬，合為〝默〞字。像這種故事謎，既有故事的趣味性又有謎語的智慧性。故事謎是民間謎語中不被人注意的種類。

　　第六類：歌謠謎。歌謠謎往往穿插在民間敍事詩或者民間歌劇中表現，例如壯族民間敍事詩《劉三姐》中《對歌》，便是表現劉三姐用謎語戰勝了三個迂腐的秀才。再如在我國地方戲劇、評劇、川劇、滇劇的《三難新郎》，就寫了宋代女詩人蘇小妹出了詩謎難倒了詩人秦少游，十分有趣。在貴州省的布依族中流傳著一種〝謎歌〞，這是盤歌中的一種，就是這種〝歌謠謎〞的表現形式，下面我們引一小段來看。

　　問：哪樣開花一平平？哪樣開花好愛人？
　　　　哪樣開花成雙對？哪樣開花打單身？
　　　　哪樣開花紅了臉？哪樣開花黑了心？
　　　　哪樣開花口對口？哪樣開花心合心？
　　答：韭菜開花一平平，牡丹開花好愛人。
　　　　豇豆開花成雙對，茄子開花打單身。
　　　　豌豆開花紅了臉，蠶豆開花黑了心。
　　　　穀子開花口對口，小米開花心合心。
　　問：哪樣吃草不吃根？哪樣睡起不翻身？
　　　　哪樣肚子有牙齒？哪樣肚子有眼睛？
　　　　哪樣生在柴山上？哪樣生在刺棵林？

　　　　哪樣有腳無路走？哪樣無腳下北京？

　　答：鐮刀吃草不吃根，石頭睡起不翻身。

　　　　磨盤肚子有牙齒，燈籠肚裡有眼睛。

　　　　猴子生在柴山上，螞蟻生在刺棵林。

　　　　板凳有腳無路走，扁擔無腳下北京。

　　問：哪樣穿青又穿白？哪樣青走一錠墨？

　　　　哪樣有腳無路走？哪樣無腳下白色？

　　答：喜鵲穿青又穿白，老鴉穿青一錠墨。

　　　　板凳有腳無路走，扁擔無腳下白色。

像這種〝謎歌〞，內容涉及到當地的動物、植物、農作物、蔬菜、飛鳥、生產工具、生活用品等等，作用不僅在於歌唱娛樂，也和其他種類謎語一樣，啟發智慧，增長知識。

　　總之，上述六大類，才是我國民間謎語的全貌，那種把〝物謎〞這一類概括為民間謎語的全體，而把〝燈謎〞等類謎語排斥在〝民間謎語〞這一概念之外的說法和做法，對於我們研究和推廣民間謎語來說是非常片面而有害的，也是與實際情況不符的。自然，在內容方面，第一類和第三類，無異是我國民間謎語的核心部分，同樣值得我們去作重點研究。

　　物謎與燈謎相比較，有兩個不同點：第一，物謎較簡單易猜，燈謎較複雜難猜，這樣，從對象上來說，物謎適於兒童猜，因為它具有啟蒙性，而燈謎適於成年人猜，因為它具有技巧性。第二，物謎偏重於文學性，而燈謎卻偏重於知識性，物謎是形象思維構成的，而燈謎則是邏輯思維構成的，燈謎的謎語在表現邏輯思想方面顯得特別突出，因為謎格是理智的產物。這樣，從對象上來説，搞文的人便喜歡物謎，而搞理、工科的人則喜歡燈謎，因為搞文的人能從物謎中得到更多的形象藝術的享受，而搞理、工科的人則能從燈謎中動更多的腦筋，費更多的思索。由此可見，物謎與燈謎各有千秋，它們的價值應該是同等的，我們不應該厚此薄彼。

第四節　謎語的進步性

從整體看，謎語有豐富的思想內容。謎語雖説是供人們遊樂和消遣的，但是卻不能説它不具備一定的思想傾向和時代的進步的特色。在它的思想內容中，既有精華部分，也有糟粕部分，自然，精華是絕大部分，糟粕僅是個別的現象，我們只要稍加注意便可剔除了。在四句式以上的謎語中，思想傾向往往表現得格外明顯些。

首先，有些謎語是有時代性的。舊時代產生的謎語，不可能不打下深深的時代的印記，新時代產生的謎語，也不可能不具備新時代的內容。像現在所用的家庭電器，什麼彩色電視呀，全自動洗衣機呀，吸塵器呀，電冰箱呀，錄相機呀等等，現在都有謎語了，中國大陸在八十年代才推廣這些電器，因此這些謎語也就具有八十年代的時代特點，同現實生活聯繫得相當緊密，有相當強的時間性。有些謎語的時代性，同現實生活聯繫得並不緊密，時間的伸縮性比較大些，但是它終必還是有時代性的，如明代出現過一首〝水車〞謎：〝頭兒一齊顛，臀兒一齊捐，腳兒一齊搬，弄得那槽兒中水，放成一個潭〞❻這種事謎也是有時代性的，但它的時間伸

---

❻　引自明·馮夢龍《黃山謎》。此外，現代謎語中也有〝水車〞謎，如：〝六十六個人，手拉手灌酒〞。

縮性比上一首謎大得多，就因為踏水車這件事，這種人工抽水的活兒，從明代一直延續到二十世紀六十年代的中國，這種生產工具當時是先進的，現在落後了，只有在最近幾年，我國農田電力排灌能力加強了，在生產先進地區，踏水車這種落後現象才消失了，這首謎顯然已成為過去時代的回憶了。但在生產落後地區，還不能這麼說。寫生產工具的謎語，由於當時是猜射先進工具，往往有時代性，〝水車〞是這樣，別的生產工具也這樣，例如：

1.一隻坐家虎，
　吃著白飯團，
　拉的黃豆屎。　　　　　　　　謎底：手搖軋棉機。

2.四四方方，好像炮響，
　千千萬萬，滾進裡來。　　　　謎底：打米的撻斗。

3.跨過一匹山，
　死一千漢官，
　一片白骨翻。　　　　　　　　謎底：碓舂穀子。

4.一個大水牛，
　有三籮骨頭；
　一個兔子，
　有三籮腸子，
　一個麻雀有九十斤重。　　　　謎底：人工織布機。

像上述若干世紀以前的先進生產工具，現在都已是進博物館的老古董了，離開了那時代，再叫現在的人們去猜它們，便很難猜出，也沒有實際猜射的意義了。可見，那些有時代性的謎語，凡屬時間性強的和有時間伸縮性的，在流傳過程中，由於失去了現實意義，都會自然消亡一部分，自然，被人們採集到的，也還具有史料研究價值。但是，有些有時代性的謎語，由於它閃耀著進步思想的火花，鼓舞人們追求光明，與黑暗的勢力做鬥爭，便具有永恆的思想價值。如〞在娘家青枝綠葉，到婆家面黃飢瘦，不提起倒也罷了，一提起淚灑山河〞（竹船篙），這首謎語便是借一撐船工具控訴了舊時禮教對婦女的迫害，雖然是落後的工具，但具有強烈的反封建時代精神和思想意義。再如〞容納千山萬水，胸懷五洲四海，藏下中外名城，渾身絢麗多彩〞（地圖），這首謎，表現了一個人具有寬廣的胸懷，教育人們樹立起人生理想，也具有強烈的時代性和思想意義。三如〞默默守夜孤影單，眼淚汪汪流不斷，挨到更深主人睡，氣絕身亡淚已乾〞（蠟燭），這又是對悲苦勞工不幸的命運生動而真實的寫照，充滿對勞動民眾痛苦生活的同情，也都帶有鮮明的時代性和人道特色。特別是〞燈謎〞，例如：謎面〞吸塵器〞，謎目〞打字一〞，謎底〞盍〞。把剛使用的家庭電器，也寫進謎語，便有時代特點。再例如中國對外開放以後，掀起了學英語的熱潮，於是用英語製作的燈謎出現了，既有時代性，又具有趣味性，看這條謎：謎面〞島〞；謎目〞打英語字母一〞；謎底為〞t〞。為什麼？英語的水字為Water，t這個字母正好處於Water的中央，即水中央，而且字形上也高出於其它字母，這樣和〞島〞的概念便十分貼切了，此謎也頗具謎味。這是英文謎較好的一條。因此，燈謎不僅有傳播文化知識的作用，也和物謎一樣，它也有時代性和良好教育作用，由於它有進步內容可永遠流傳。無論物謎和燈謎，它的時代性都應肯定。它的良好教育作用也都應肯定。

　　謎語的進步性是它的主要價值。也就是説，進步性使謎語不朽。有些謎語是以人民為主體，寫出了人民決定一切的大無畏的氣概，而具有不朽的進步性，像明代馮夢龍《黃山謎》中有一首〝四〞字謎：

　　　三王是我兒，五帝是我弟，欲罷而不能，因非而得罪❼

何等英雄氣概！非常鮮明地反映了人民群眾對最高皇帝統治者的輕蔑與反抗。還有些現代謎語與它相似，如：

　　　上山悉悉索索，下山攪亂江河，文武百官捉不到我，皇帝老子無奈我何。　　　　　　　　　　　　　　　　　　　（風）

像這樣的以人民為主體的具有大無畏精神的謎語，與其説它具有鮮明的時代和思想特色，不如準確的指出它們具有進步性，我看更合乎實際些。

　　中國謎語中有許多謎語具有熱愛勞動、推崇勞動的傾向，這也是進步性內容之一。如：

　　　院壩的情姐織布，　　地方上的姑娘織布，
　　　織布在姐家的院角，　　織布在姑娘家的屋角。　　（蜘蛛）

---

❼　引自《黃山謎》（此書爲謎語和山歌之合集），墨憨齋主人（馮夢龍）著，中央書店，1935年。

一屋兩頭坐，一家開染，一家推磨。　　　　　　　　（**墨斗**）

三十二個老頭，做事一起動手，切肉不用菜刀，春米不用石臼。　　　　　　　　　　　　　　　　　　　（**牙齒**）

像上邊這些謎語，有些猜與勞動無關的謎，如蜘蛛、牙齒，但也寫出了熱愛勞動的內容。有些謎涉及家畜家禽，如：〝一個扁豬籠，裡面裝有五隻豬兒〞（鞋），〝身穿白綾袍，頭戴黃紗帽，走路慢騰騰，游泳像船搖〞（鵝），看來和勞動無關，但表現了人民對牠們的親昵態度，實際上惜物和愛護家畜家禽，也反映的是崇尚勞動傾向，也是有進步性的。

人民通過謎語來描寫動物、植物、大自然、創造發明等等，歌唱生活、和平、歌唱世界萬物，以主人翁的態度，這些也是進步性的內容之一。如〝一心嚮往光明，高大從不自誇，越是充實豐滿，越是把頭低下〞（向日葵），這是通過猜向日葵，體現出謙遜實幹的精神。又如〝看它不像樣，賣它不值錢，請客吃飯，要它在前〞（抹桌布），猜一塊抹布，體現出一種勤儉的精神。猜世界萬物，便產生一種促人向上的力量，進步性便體現在這種力量上。從這種力量上，表達了人民的感情、願望和智慧。即使是那些文字謎、書名謎、人名謎、地名謎、科技詞語謎，都是反映這種促人向上的精神力量的，健康的內容具有的進步性的特質，使謎語永遠活在人民心中和口中，猜謎活動便像永開的鮮花，再也不會凋零。

當然，謎語還是有落後性的。這我們也不應該忽視，像下列的一些謎語，色情的傾向，是並不利於人民的身心健康的：

一對女裙釵，睡倒等郎來，伸手去摸到，兩胯就張開，輕輕入進去，滋味就出來。

（筷子送菜進嘴）

本來寫這種吃菜的事謎，是完全允許的，但是，一旦和人的性的行為聯繫起來，便顯得庸俗和低級趣味了。這種事根本不能入謎，反而敗壞了謎語的情操。

再如，下面這兩則字謎，也有這種落後性：

一個女子不害羞，同著男子睡一頭，女子不動手，男子用腳勾。 **（好）**

又如，

春雨綿綿，妻獨宿。 **（一）**

這種褻狎而又頹廢的感情流露，足以對人民大眾，特別是青少年產生不良的影響。

總之，在我們展開這項活動的時候，要注意取其精華而去其糟粕，既要注意剔除事過境遷的謎語，也要去掉色情和錯誤內容的謎語。

第五節　物謎的藝術特徵

物謎的思想性是最為突出的，它也具有一些藝術上的特徵，這使它具有迷人的魅力，使人喜讀愛猜而廣為流傳。它具有以下兩方面的藝術特徵：

第一，謎面與謎底的聯繫性。物謎對自然界和社會界種種現象與物品之特點進行具體描寫，在它的謎面謎底之間，能找出它們中間共有的聯繫方式，找到謎面與謎底之間的暗示和啟發，這形成它藝術表現的很突出的一個特徵。

1.形象上的一致性。例如：兩隻手，八隻腳，有眼睛，無腦殼（螃蟹）；一個人高又高，背娃娃在半腰（玉米）。以上謎面和謎底之間形狀上差不多，給人猜謎以啟示。螃蟹確是有八隻腳兩隻夾子，玉米確是有長在桿子半腰的特點，只要熟悉生活知識，運用思考能力，從形象上著眼就能猜到。

2.顏色上的一致性。這類物謎著眼於物品外表的色澤，對物謎的謎底進行暗示。例如：紅缽缽，裝紅飯，又好吃，又好看（石榴）；紅公雞、綠尾巴，大頭紮在地底下，（蘿蔔）；紅板壁，白粉牆，裡頭住個紅姑娘，（嘴唇、牙齒、舌頭）；黃金布，包銀條，中間彎彎兩頭翹（香蕉）；從顏色上能找出共同點的，大都是植物類謎語；有些謎語則是顏色上和形狀上兩者結合的共同特徵，可破謎。如：外面包黃布，裡面包白布，打開白布看，都是好木梳。（柚子）這首謎語就是顏色與形象兩個特徵結合的產物。

3.聲音的一致性。例如：無腳會得走，說話不用口，發出命令來，人人都遵守 (鐘)；學嘴學樣，你說我講，你說得輕，我講得響，(話筒)；粗喉嚨，大嘴巴，脖子長長沒頭髮，只聽轟隆一聲響，敵人陣地開了花 (大砲)。上述各例，都在響聲中找到特徵，鐘的響聲發出的信號，使人人遵守時間；只有打電話，才會形成〝你說得輕，我講得響〞的狀態；這些都已從聲音的作用和特點上找出規律的。而〝大砲〞謎，則是形象與聲音兩個特徵結合的產物。

4.功能的一致性。有許多謎語是以物品、動植物是否對人類有功能來衡量，因此找出功能一致性便能猜破謎語。如：身體圓長兩頭光，專吃泥土地裡鑽，帶給農民來翻土，它對莊稼多貢獻 (蚯蚓)；森林有位好醫生，專治樹木蛀心病，嘴巴就是手術刀，防治病害有本領 (啄木鳥)；生根不落地，長葉不開花，城鄉有人吃，田地不種它 (豆芽)。像這些謎語就是專門描寫動、植物的功能的，從功能上來尋求答案是最為敏捷的途徑。

5.動態上的特徵。許多描寫自然現象、動植物的謎語，大都勾勒動態上的特徵。例如：忽然不見忽然有，像龍像虎又像羊，太陽出來它不怕，大風一吹就逃走 (雲)；千條線，萬條線，落在水裡看不見 (雨)；草上結的金銀果，太陽一出它就躲 (露)；風吹皺面皮，火燒就生氣，利刀切不斷，斧砍無痕跡 (水)。這些自然現象的謎語，都是勾勒動態而引起人的推理和聯想，就能破謎的。許多家禽謎語也是勾勒動態特徵的，如：頭上戴帽子，身穿白袍子，走路搖架子，說話伸脖子 (鵝)；有個懶傢伙，光吃不做工，別看牠無用，全身都是寶 (豬)。

6.性質上的特徵。有一類屬於抽象名詞的謎語，如時間、影子、日期等等，就需要從性質上去找出特徵，例如：棗大棗大，一

間屋子裝不下 (燭光) ；拳打不眯，腳踢不理，一百個大力士也抬不起 (影子) ；看不到，摸不到，溜走了，捉不到 (時間) 。這一類謎語的特徵是完全採用否定句，被描繪成完全不可克服的困難，凡是具有這種性質的便可從抽象名詞類考慮破謎。

以上六個方面是僅從物謎這一範疇，它們的謎面與謎底之間提出的共同特徵，在實際上還不是這麼簡單，有許多謎語是各種特徵交叉在一起，為了避免人們一眼看穿或一語道破，儘量構思得玄妙些，彎子繞得曲折些，非得叫你動腦筋仔細推敲與分析問題不可。

第二，謎面的比喻性。這也是物謎重要的藝術特徵。比喻性使物謎具備了文學的形象化功能，比喻是多方面的，通常見到的有：

1.比喻人。所謂〝擬人化〞的特徵。如：〝夏家姑娘，夜晚乘涼，身帶燈籠，一暗一亮〞 (螢火蟲) ；〝一個黑姑娘，披件紗衣裳，住在大樹上，熱天把歌唱〞 (蟬) ；〝一個黑大漢，頭插兩把扇，每走一步路，都要搧幾搧〞 (黑豬)

2.比喻植物。如：〝韭菜種在紅塍壩，根兒朝上葉朝下，顏色有黑也有白，天天澆水不開花〞 (鬍子) ；〝高高山上一蓬麻，月月割了月月發，一年四季割不完，割下一茬又一茬〞 (頭髮) 。

3.比喻動物。如：〝小黑牛，不用拴，兩個角兒往裡彎，能馱東西能馱人，肚皮擦地跑得歡〞 (自行車) ；〝形狀像耗子，生活像猴子，爬在樹枝上，忙著摘果子〞 (松鼠) 。

4.比喻日用品。如：〝小紅碗，盛白飯，埋在泥裡不得爛〞 (打一植物) (荸薺) ；〝黃袋袋，包珍珠，秋天一到滿田鋪〞 (稻) ；

5.比喻兄弟、姐妹親人。如：〝大哥生就麻子臉，二哥生上一隻眼，三哥渾身盡窟窿，四哥經常被刀砍〃 (打四物)（擦子、油漏子、油漏勺、砧板）；〃大哥把燈照，二哥把鼓敲，三哥撼大樹，四哥用水澆〃 (閃、雷、風、雨)；〃兄弟七十三，排隊去上班，剛從橋上過，又往水裡鑽〃 (水車)；〃大姐樹上叫，二姐嚇一跳，三姐拿刀砍，四姐點燈照〃 (蟬、螞蚱、螳螂、螢火蟲)；〃大嫂胖頭胖腦，滿身白毛；二嫂扁頭扁腦，凸肚凸腰；三嫂圓頭圓腦，黑紋綠袍；四嫂紅頭紅腦，頭戴綠帽〃 (冬瓜、南瓜、西瓜、北瓜)。

謎語的比喻性充分體現了以此物比彼物的特點，比喻是無盡的，世界有萬物，也有數不清的比喻。謎語的比喻性也隨著時代的變化而變化，廿世紀來中國大陸在前進，生活變化很大，科學技術成果不斷湧現，新的形象的比喻便時時在增加。相反，過去的那種舊的比喻，如〃香爐〃、〃轎子〃等等，也逐漸消失。物謎謎底情況也與此同樣❽。

第六節　字謎的構成法

講到字謎，特別是那些〃燈謎〃，有些人持反對態度，這種說法值得提出商榷，有些人認為：〃民間字謎與文人字謎迥然不同。過去，人民一般被剝奪了學習文化的權利，字謎數量很少。民間字謎選取熟悉的事物作比，語言淺顯生動，謎底多為筆畫簡單的漢字。文人字謎除少數顯豁清新者外，大都謎面艱澀，往往成為一種無聊的文字遊戲。〃（見鍾敬文主編《民間文學概論》第332頁，上海文藝出版社，

❽ 此節參閱：1.《民間謎語全集》，朱雨尊編，世界書局，1932年版。2.《河南謎語》，白啟明編，中山大學語言歷史研究所，1929年刊印。3.《廣州謎語》，劉萬章編，中山大學語言歷史研究所，1928年刊印。4.《兒童謎語》，王老九編，陝西人民出版社，1956年版。

1980年版）這種把字謎人為的又分成〝民間字謎〞與〝文人字謎〞的做法，大可不必，因為事實上字謎根本分不出哪些是民間的，哪些是文人的；按照上面的説法，把一切淺顯生動的歸為〝民間〞，把一切深艱難懂的歸為〝文人〞，這實際上是把人民群眾認為是愚蠢的低能兒，編不出什麼深刻艱難的字謎，只能編出些〝淺顯〞易猜的字謎，因此這種説法是不科學的。可見把字謎分為民間與文人兩種，這種做法是有極大的弊病的，也是站不住腳的。應當把淺顯與深奧字謎，全看成是人民群眾智慧的反映。應當強調指出，字謎本來就是通過文娛遊戲活動的形式來培養和測驗人民智慧的表現，硬要否定字謎〝文字遊戲〞的性質，真是掩耳盜鈴；字謎同其他種類謎語完全一樣，都是在茶餘飯後、節假工休之日，供給人們從事正當的健康的文娛活動之用；對於主持這項活動的人，固然應當注意選擇一些有益於人們身心健康的好謎語，而剔出那些色情和能產生壞的副作用的謎語，參加這項活動的人，誰也不會板著面孔在字謎裡尋找思想政治教育，這樣做是捨本求末的。

　　字謎的創作是人民群眾智慧的反映。它是根據漢字的形音義的特點，利用了筆畫與字體的加減、離合、啟示、比擬、寫義等等諸多方法製成的，對它的方法進行剖析，便能看出字謎製成的規律，便能使我們找出解答字謎的基本辦法。字謎的構成方法大概能分為以下幾種：

　　第一，擬人化。即謎面以擬人化的手法，使謎底的字形象化和人格化。如〝一個人，他姓王，兜裡裝著兩塊糖〞（金）；又如〝二小二小，頭上長草〞（蒜）；再如〝一人生得醜，一耳八張口〃（积）；四如〃一人一寸高，竹在頭上搖〃（箬）。通過擬人化來交待筆劃，句句生動形象。

第二，擬物化。同擬人化相同，謎面以擬物化的手法，把謎底的字比成動物，如〃牛之頭，兕之尾，猜不著，別多嘴〃（先）；又如〃我家有隻狗，時時跟人走〃，此字要猜著，等到黃梅後（伏）；有的則把字比擬成植物，如〃田上長出一棵苗，旁邊有水經常澆，生產生活離不了，看你猜著猜不著〃（油）；又如〃海邊無水，種樹一棵，開花沒葉，會結酸果〃（梅）；有的則把字比擬成其他物品，如〃一張弓兒彎又彎，中間兩箭插並排，一人不知想幹啥，站在旁邊眼發呆〃（佛）；〃十尺一根木，雖小用處大，年邁老殘者，人人需要它〃（杖）。總之，通過擬物化來交待字形，體現筆劃的寫作特點，把死的字寫成活的東西，便於人們猜射。

第三，減字化。交待出一個字，又減去了一個字，便顯出了謎底。大半用於字義的轉換。如：斧頭猜一字，〃斧〃字的頭是〃父〃字、〃斧頭〃便不能作為一個名詞的意義來理解。又如：如出一口，意為〃如〃字除掉一個〃口〃，是〃女〃，〃如出一口〃不能作為一個整體來理解。又如：滅火，意為〃滅字滅掉一個〃火〃字，為〃一〃，〃滅火〃不能作為動賓詞來理解。減字化的特點便是轉換字義，或標點，使謎底隱蔽在謎面中，當你一旦轉換了字義，把應當減掉的字減掉，謎底便顯露在我們的面前了。

第四，加字化。與減字化相對，還有個加字化。由兩（三）個字湊合起來變為一個字，體現出謎底的字，如〝十二點〞，即〝十加上兩點〞，為〝斗〞字。又如〝一加一不是二〞，意為〝一〞字用〝十〞字加上一個〝一〞，為〝王〞字。再如〝好語長留〞，意為〝好語〞是〝言〞旁，〝長留〞是〝永〞意，〝言〞加〝永〞為〝詠〞字。加字化的特點是謎底加上的字在謎面中作了交待，但改換了字義，只作出暗示，要猜謎的人機智的思索。

第五，明示化。字謎中有一類採取直接白描手法，解答謎底於某字之中，謎底暴露在外，易於猜射，只要稍動腦筋便能猜到，如〝其中〞，〝其〞字中間是〝二〞字；又如〝一邊一點〞，是〝卜〞字；三如〝一撇〞，是簡化的〝厂〞字；四如〝天沒有地有，我沒有他有〞，是〝也〞字。字謎中這種明示化的現象十分普遍、淺顯易懂，能幫助人熟練漢字的形音義，提高人們對漢字分析的能力。

第六，拆字化，也稱為〝離合〞化，此法古已有之。這種字謎的特點是，拆開兩字或幾個字，各取其一部分，組成一個字，形成謎底。如，〝溪水流往鴻江去〞猜一字，取〝溪〞的〝奚〞半邊，和〝鴻〞的〝鳥〞半邊，組成〝鷄〞，猜這個謎要具有識繁體字的能力。又如〝一邊大，一邊小；一邊跑，一邊跳；一邊路旁吃青草，一邊偷偷把人咬〞（騷）。〝馬〞與〝蚤〞字合成〝騷〞字。這種離合化，首先向你表示了謎底的各個組成部分，因此只要稍動腦筋，便能猜到。

　　第七，故事化。這個類型的字謎多在四句式的字謎裡，用四句歌謠形式，唱出一個故事，風格多半詼諧、幽默、輕鬆，以引起人們的興趣。如〝打上兩拳，再踢一腳，若罵橫人，去找母親〞，把筆劃隱喻在故事化的情節裡，〝兩拳〞代表〝丷〞兩點，〝一腳〞代表〝√〞。〝橫人〞代表〝𠂉〞。〝找母〞即是〝母〞。可見，故事化的字謎是將字謎的筆劃加以故事化表現出來，一句寫出一部分筆劃，然後拼湊起來成為一個完整的字，即〝海〞字。再如〝鶯鶯紅娘去上香，香頭插在案几上，遠看好像張秀才，近看卻是一和尚〞，這個字謎，是頭兩句即已完全把字的筆劃交待完畢，後兩句打比方，既啟發又擾亂猜者的思路，〝上香〞就是〝香〞字的上半邊〝禾〞，〝案几〞即〝几〞字，拼起來是個〝禿〞字，和尚是光頭，所以說〝近看卻是一和尚〞。一般常見到兩句寫出謎底，兩句是為了啟發或擾亂猜謎者的。例如〝一字真奇怪，寫出九點來，細看只三筆，看你怎麼猜。〞（九）這條字謎，一、四句與謎底無太大關係，關鍵在於二、三兩句。故事化字謎特點便是或四句或兩句甚至只用一句把筆劃隱喻在故事裡體現出來。

　　第八，寫義法。寫義法字謎的特點是：不交待筆劃怎麼寫，只著重在字義性質的特徵上加以描述，使人們從概括的意義中去猜射。如〝不上不小，不前不後，不進不退，不左不右〞，寫出了〝中〞字的性質。又如〝奇怪奇怪真奇怪，出個謎語給你猜，一家至少有一個，全國一共才幾百〞，這四句話並沒有交待任何具體筆劃，但卻在後兩句勾勒出了〝姓〞字意義的特徵，能使猜射者找到謎底。

　　第九，筆劃具體化。有一些字謎對筆劃進行具體的一筆一劃的描繪，只要按照筆劃去寫，稍加思索便能猜中。如：一點一橫短，兩點一橫長，你若猜不著，請你站一旁（立）。這條謎三、四句是〝湊趣〞，一、二句進行筆劃具體描繪，十分明朗化。再如：一點一橫長，口字在中堂，大口張著嘴，小口裡面藏（高）。四句都對〝高〞字筆劃進行交待。筆劃具體化的謎，多半是四句式的字謎。這一類的字謎還有一些公式化的語句，如〝一點一橫長，一撇到南洋〞，是〝广〞，又如〝一點一橫長，二口在下方〞，是〝言〞旁，抓住這些偏旁特徵，便能有助於破謎。

　　第十，集中比喻法。這種方法的字謎特點是：依據字形，比喻成各種各樣的事物形狀和生活現象集中加以描繪，如〝三山倒掛；兩月相連；一家六口，兩口不全。〞猜一字，〝三山倒掛〞，形狀是〝用〞，實際是〝用〞字。〝兩月相連〞，形狀是〝用〞也是〝用〞字。〝一家六口，兩口不全〞，是指一個字六個口，有兩個〝口〞字不全，也是〝用〞字。用山、月、六口的形狀，集中來比喻一個字。這類字謎，只要有一句比喻被識破，便能舉一反三，迎刃而解了。這類字謎，許多是利用漢字偏旁集中比喻一個字，如〝有草花將放，有水可品茗，有腳走得快，有火打敵人〞猜一字，所謂有〝草〞，是〝艸〞字頭。〝水〞是〝氵〞。有〝腳〞是〝足〞旁。有〝火〞是〝火〞旁。集中比喻一個〝包〞字，〝有草花將放〞是〝苞〞，含苞欲放，〝有水可品茗〞，是〝泡〞茶的〝泡〞，有腳走得快是〝跑〞，〝有火打敵人〞是〝炮〞，大炮打敵人。集中比喻法便是將某些漢字的整體或偏旁從各個角度加以形象比喻。

上述十種字謎的構成方法，大略概括了字謎猜射的規律。自然，字謎是千變萬化的，構成方法經常是綜合性的，即在上述十種方法中，兩、三種方法構成一字，是常見的現象，就不再一一舉例了。俗話說：〝熟能生巧〞，只要經常接觸字謎，便能找到這些規律。

第七節　謎格謎語──中國謎語的精華

什麼是謎格？謎格就是謎語的變格──謎語特殊構成的規律，那是一種把謎底加以變化以後再來吻合謎面題意的一種特殊猜謎法。燈謎的謎格都要註在謎條上。謎格謎語就好比在謎底上動了手術一樣，使整個謎語發生了各種各樣規律性的異化；根據各種不同的謎格，形成了謎底各種方式的變動，或諧音、或增刪、或移位、或隱蔽，或離合，或對仗等等，使謎底在文與義兩方面，都緊扣謎面，而理解謎底需要把全部字句都重新再組織和安排一次，產生一個新義來與謎面相吻合，形成謎藝空前的複雜與多變。謎格是中國人民智慧的結晶品，謎格謎語是中國謎語的高級形態，是中國謎語裡難懂難猜的部分，也是中國謎語的精華內容之一。謎格謎語是中國謎語中獨特的民族形式，也是中國謎語區別於外國謎語獨特的創造，它在中國謎語裡的地位應當充分肯定，它的重要性和必要性也應當充分認識，應當肯定謎格增添了謎語的光彩，應該對它作出高度評價。

謎格謎語是怎樣構成的呢？普通謎語的構成分為謎面、謎目、謎底三個部分，但是謎格謎語的構成卻不是三個部分而是五個部分，這樣，謎格謎語比普通謎語要複雜得多。如：

謎　面	謎　格	謎　目	謎底	副謎底
孟德口是心非	（蜓尾格）	猜三國人名一	曹丕	曹不一

　　這是怎麼一回事？原來，謎格的〝格〞字是〝變格〞之意，各個謎格規定了各自不同的固定形式，用了謎格以後的謎語謎面，它的含義已經不是像普通謎語那樣直接扣合謎底，必須按照格法的規定來加以調整，而間接扣合謎底，這樣，用格以後的謎語，一般便有兩個謎底，我們可以把它稱做正謎底和副謎底，正謎底體現謎目的要求，副謎底則扣合謎面的意思，正謎底不能表達謎面，副謎底才能體現謎面。

　　那麼，什麼是〝格法〞呢？謎格謎語的〝格法〞，就是謎格的具體要求和規定。謎語的每一個格，都有它自己特殊的一套規定，離開了它的特殊規定，這就叫〝離格〞，離格以後再怎樣冥思苦想也猜不著這條謎格謎語。

　　試看上條〝蜓尾格〞。蜓尾格的格法是這樣：要求將正謎底的最末一個字分上下兩個字來讀。普通謎語的謎底是直接扣合謎面的，但是謎格謎語由於有格法的具體規定，這樣它的謎底便和謎面沒有直接的關係，不是直接的扣合謎面，只有副謎底才和謎面直接發生關係。而謎底只有解答謎目對它提出的要求。見下圖：

　　普通謎語：　謎面—→謎目—→謎底。

謎格謎語：　謎面——→謎格——→謎目——→謎底。
　　　　　　　　↑　　　　　└─────────→副謎底

　　從上圖可以看出，在謎格謎語裡，謎面、謎格、副謎底這三者是它內容的核心部分，而謎目和謎底這後二者，是在前三者已經組成基礎上的派生物。例如：蜓尾格的格法要求正謎底最後一個字，要上下分開而組成正謎底，這樣，副謎底的尾字便像蜓尾一樣分開了來，得出了一個與謎面毫不相干的正謎底，用格使答案先顯現於副謎底上，主要是副謎底與謎面貼切對應。猜時先報正謎底，然後再把副謎底報出，加以解釋，這就是謎格謎語獨特的地方。這樣，謎格在中國的謎語領域出現以後，對於謎語服務於人類日益發展的智力的要求，以及謎語本身發展變化都起了非常大的作用，使謎語的構成更加嚴密化，更具有多變性，也更加豐富了。所以我們在前面已說過，謎格便是一種謎底需要經過變化以後才能夠吻合謎面題意的一種特殊猜射法。應當肯定，謎格謎語也是我國廣大人民群眾喜聞樂見的謎語形式，也是我國民間文學園地裡一朵芳香的花兒。20世紀80年代以後，民間文學園地百花盛開，謎語中帶謎格的謎語，在我國四面八方，在工廠、農村，在工人俱樂部，在農村文化站，每當節日裡都有千萬個人在猜射和賞玩，群芳爭研，不斷豐富著人民群眾的文化娛樂生活。謎格謎語吸引了大量的參加者，大家急迫的感到要掌握這方面的基本知識和技能，使大家能多少掌握一些謎格的格法，便於展開群眾性的有益於身心健康的促進智慧發展的謎語活動，為此，我特地介紹了謎格謎語的定義、構成與格法。
　　謎格在明代產生，那時揚州人馬蒼山有《廣陵十八格》問世，後來竟推廣到全國，融合於民間謎語中去，而湮沒了作者的名稱。後來《日用寶庫》記載有二十四個謎格。到了清朝，民間和集市，人們標新立異，競相炫耀，謎格之多，五花八門，竟有五百之多，儘管中間有許多重複者，內容同而名稱不同，這是由於謎格謎語發展到民間以後，沒有人去做統一整理工作。謎格愈來愈多，並不是壞事，正說明它得到了人民的喜愛，並且，謎格愈多，就說明謎路愈寬廣，如果沒有這麼許多謎格，那謎格便索然無味了，做起來，也沒有這樣容易了。

　　如前所說，對於謎格謎語評價問題，有一種奇怪現象，這樣一種從明代起就在全中國流行的民間謎語新形式——謎格謎語，竟然在二十世紀直至今都被民間文學界所否定，不承認它包括在民間文學範疇之內。我們可以舉出下列幾則實例看到這一點。

1.現在所謂的〝謎〞，有兩種分化：一種是民間謎語，……還有一種，則是一般舊文人們所嗜好的詩文謎，亦即上面所謂的〝虎〞或〝燈虎〞。蓋因此項謎文（對謎文說）多係書貼於燈彩上任人猜射的，故得此名。但是這種文人們的詩文謎，晦暗艱深，並且構造上常犯牽強造作的毛病，要不是熟諳經典或素精此道的人，便不容易僥倖猜中。所以這一種謎文，早已自失了藝術上的價值，完全是一種雕琢僵枯的死東西。不過一般舊文人們的痼習難改，致他們得以苟延其殘喘罷了。（摘自王雲五主編的《謎語研究》）

2.明清以來，盛行了的〝燈虎〞，可以說是一些文人慣弄的文字遊戲，它的格式有什麼〝解鈴〞、〝繫鈴〞、〝會意〞、

〝拆字〞、〝捲簾〞、〝脫帽〞、〝雙勾〞、〝拆腰〞、〝錦屏〞、〝集錦〞等五花八門，〝謎語〞的活活潑潑生命已被〝造作〞的形式，和酸溜溜的〝典故〞所篡奪，這些早已變成非民間的東西了。（摘自鶴岩《談談〝謎語〞》，《文藝學習》1955年10期，第40頁）

3.所謂燈謎，就是把謎面寫在燈龍的紙罩上，懸掛在遊人衆多的場合，任人猜測，比量知識才能；其中，多爲字謎，在字謎的謎面上，往往注明〝××格〞，以便啟發猜者的思路，比如〝捲簾格〞——是猜完後要倒轉來讀；〝飛白卷〞——是猜到的字與謎底諧音；〝繫鈴、解鈴格〞，——是變字的平仄四聲。此外，還有所謂〝蝦鬚〞、〝拆字〞、〝會意〞、〝鴛鴦〞、〝徐妃〞等二十多格，不過這種愈弄愈玄的〝格〞，逐漸流爲文人學士們的文字遊戲而已。（摘自李岳南《論謎語和兒童謎語詩》，《兒童文學研究》1962年12月號）

從上面引的三則文章可見，通通把謎格謎語否定了，根本不承認它是民間謎語，把它叫做文人謎語，並且是民間謎語的〝對立物〞。以上三種看法是歷來我國民間文學界的代表性看法。這種看法是不是正確呢？只要看一下如今在節日裡人民群衆的猜謎盛會中所列舉出的謎格謎語的條目，就會想到上面所舉的這些完全否定的結論是何等荒謬，何等偏激了！特別在物質生活水準不斷提高的今天，隨著社會文化水準在廣大民衆中間逐步提高過程中，這些所謂〝艱深難懂〞的謎格謎語，和其它謎語形式一樣，逐漸有了被人們認識和解破的可能。所謂〝燈謎〞，既包括一字至一句式的非謎格謎語，也包括謎格謎語，現在單獨把物謎算作〝民間謎語〞全部的說法，早已被民間謎語活動的實際情況所否定。我們所以把謎格謎語劃入民間謎語範疇之內來研究，是因為它一直在人民中流行，而且不僅在國內，就是在國外，在凡是有〝華人〞集居的地點，就有燈謎和謎格謎語流行，因此我們必須面對事實，對不承認的狀況加以糾正，並且謎格謎語在集體性、匿名性、流傳性上，都完全符合民間文學的基本特徵。

第八節　介紹六十餘種謎格謎語的格法

一則好的謎格謎語，它像一面鏡子，能反映出你的思維，想像以及分析等各方面的能力，而謎格的格法，它曲徑通幽，在〝山窮水盡疑無路〞之際，給予你〝柳暗花明又一村〞的喜悅，增加你的知識和記憶，賦予你一種特有的美的享受。猜謎的過程便是〝漸入佳境〞的過程，而謎格的格法能把你導入佳境。現在我們在全國流行的謎格中，選出以下幾十種較易推廣的格法，分為若干類，列法並舉例於後，便於檢閱：

第一類：增減類。

1.*加冠格*。又叫戴帽格、正冠格，正謎底應當兩句相連，上句用最後一個字，下句全用。

例如：廐焚〔加冠格〕（四書二）正謎底：事之以犬馬。不得免焉。副謎底：馬不得免焉。

又如：雨天氣壓低〔加冠格〕（猜毛主席詩詞一）正謎底：欲與天公試比高，須晴日。副謎底：高須晴日。

2.**納履格**。正好與加冠格相反，上句全用，下句就用前面一個字，好比穿鞋一樣。

例如：他歸期約在九月九〔納履格〕（猜雨句唐詩）正謎底：待到重陽日，還來就菊花。副謎底：待到重陽日還。

3.**折柳格**。古時人有在送別時折柳相贈的風俗，採摘柳條枝梢送人，用格即折去正謎底上半部的小部分，正謎底需在五個字以上，就好像〝折柳梢贈行人〞。

如：晉帝行酒淚涔涔〔折柳格〕（猜七句唐詩一句）正謎底：江洲司馬青衫濕。副謎：司馬青衫濕。

注：晉懷帝，姓司馬，被劉聰抓去，令他穿著青衫行酒。

4.**解帶格**。又稱束腰格，正謎底要求是三、五、七字的奇數句，棄其中央一字。

如：以告孟子〔解帶格〕（猜《聊齋》篇目一）。白於（王）大男。

又如：好頭好尾〔解帶格〕（中藥名一），　女（貞）子。

5.**剪髮格**。如剪去頭髮一樣，去掉正謎底第一個字的上半部分。如：幸脫虎口〔剪髮格〕（猜《聊齋》篇目一）正謎底：董生。副謎底：重生。

6.**折巾格**。用郭林宗典故。郭林宗出門遇雨，頭巾被淋偏於一邊，當時人反覺其美而效法之。用格將正謎底第一字刪去一半（去左邊，或去右邊）。

如：長安一片月〔折巾格〕（猜古文一句）正謎底：蟒首蛾眉。副謎底：秦首蛾眉。注：長安，秦地，蛾眉，扣月。

7.**雙履格**。又稱折履格，謎面含義，把正謎底的最後一個字，只讀左邊或右邊偏旁，為一雙鞋子失掉一隻。

如：但使龍城飛將在〔隻履格〕（猜南京一地名）正謎底：莫愁湖。副謎底：莫愁胡。注：謎面是唐朝王昌齡《出塞》″但使龍城飛將在，不教胡馬度陰山″的前一句，漢朝李廣驍勇善戰，被稱為　″飛將軍″，胡人怕他。

8.脫靴格。正謎底需三個字以上，謎面含義，把謎底的最後一個字去掉讀。

如：釗〔腳靴格〕（猜工業名詞一）正謎底：合金刀頭。副謎式：合金刀。

又如：春秋筆〔脫靴格〕（猜《水滸》人物綽號一）正謎底：聖手書生。副謎底：聖手書。注：孔子撰春秋，古稱孔子是聖人。

9.遺珠格。正謎底需四個字以上，凡屬正謎底除首、中、末三字用格者，好像一串珠子失其一顆，要把正謎底的字句去掉任何一個字讀。

如：立志躬耕〔遺珠格〕（魯迅詩句一）正謎底：余懷范愛農。副謎底：余懷愛農。

10.神龍格。出自″神龍見頭不見尾″典故，用格是去掉正謎底後面小半部分，正謎底須五個字以上。

如：在辛亥革命中爭當黃興式的勇士〔神龍格〕（猜柳亞子一句詩），正謎底：捐軀為國為英雄。副謎底：捐軀為國。

11.藏珠格。又稱嵌腰格，謎底也是兩句，兩個詞匯、詞組或者文句，然後中間應加一個字為連結，要注明是何字，使上下連貫一氣，構成為與謎面對稱的副謎底。中間一個字如珠子一樣藏起來，又如將珠子嵌在腰上。

如：眼底留情早解語〔藏珠格〕（曲牌名二）正謎底：秋波媚，勝如花。副謎底：秋波媚處勝如花，嵌入為″處″字。

又如：桃花盡日隨水流〔嵌腰格〕（曲牌名二）正謎底：武陵春，滿江紅。副謎底：武陵春色滿江紅，嵌入〝色〝字。）

12.折屐格。謝安喜聞侄謝玄打敗符堅，過門檻時，屐齒折掉還不知覺（事見《資治通鑒》）。正謎底最後一字是上下兩部分組成，折去下半部。

如：布穀催耕〔折屐格〕（三字經一）正謎底：宜早思。副謎底：宜早田。

如：梅須遜雪〔折屐格〕（古文一）正謎底：而不及泉。副謎底：而不及白）。

13.脱帽格。又稱落帽格、升冠格。正謎底要求在三個字以上，第一字需去掉，如同脱帽。

例如：燈謎猜不著〔脱帽格〕（成語一）正謎底：騎虎難下。副謎底：虎難下。

又如：魯智深綽號〔脱帽格〕（猜《聊齋》篇目一）正謎底：紫花和尚。副謎底：花和尚。

14.折翼格。又稱〝折翅格〝、〝折格〝，用格是在正謎底裡去掉中間一字，或左、右偏旁，或把謎底的當中的一個字只讀一半，謎底需三、五、七奇數。

如：我醉欲眠君且去〔折翼格〕（《聊齋》篇目一）正謎底：李伯言。副謎底：李白言。注：謎面為李白詩。

如：默讀〔折翼格〕（科學名詞）。正謎底：心理學。副謎底：心裡學。

15.摘頂格。又稱〝摘遍格〝，摘去正謎底每一個字的上部，如摘遍茶葉尖。

如：一年最熟的時候〔摘頂格〕（猜一中藥名）正謎底：茯苓　副謎底：伏令。

第二類，離合類。把正謎底裡的某一個字，或上下、或左右，拆開來讀。

1.斷錦格。又叫分中格，正謎底是三、五、七字奇數句，最中一字似錦中斷，分成上、下兩個字來讀。

如：赤地千里〔斷錦格〕（古文一句）正謎底：毋雷同。副謎底：毋雨舊同。

2.蝦鬚格。又叫分首格，正謎底第一個字由左右兩部分組成，分成兩個字來讀，狀如蝦鬚，從頭分開。

如：看小說〔蝦鬚格〕（猜《聊齋》目錄一）正謎底：瞳人語。副謎底：目童人語。

又如：佛經〔蝦鬚格〕（猜一《紅樓夢》人名）謎底：侍書。副謎底：寺人書。

3.蜓尾格。又叫蟄蟲格、分尾格，正謎底最後一個字拆開分上下兩個字來讀。

如：孟德口是心非〔蜓尾格〕（三國人名一）正謎底：曹丕。副謎底：曹不一。

又如：八〔蜓尾格〕（水滸人名一）正謎底：李忠。副謎底：李中心。（意即：＂李＂字中心是＂八＂字）。

4.燕尾格。正謎底取最後一個字拆開分左右兩個字讀，狀如燕子尾巴分開，但不一定順序。

如：久旱〔燕尾格〕（猜湖南一地名）正謎底：長沙。副謎底：長少水。

5.摩頂格。謎面含意，把謎底的字，上部去掉讀。

如：觀斗〔摩頂格〕 (猜一植物名) 正謎底：苜蓿。副謎底：目宿。注：副謎底的〝目〞，作動詞〝看〞解，宿，〝星宿〞叫〝斗〞。

6.放踵格。謎面含意，把謎底的字，下部去掉讀。

如：來自寧波〔放踵格〕 (詞一) 謎底：從惠，副謎底：慫甬。注，寧波，又叫甬。

7.碎錦格。謎面含意，把謎底的字結構拆開來讀。

如：無產階級先鋒隊〔碎錦格〕 (星座名) 正謎底：天箭。副謎底：工人個個前。

8.展翅格。謎面含意，把謎底中央一個字左右分開，當做兩個字來讀。

如：長河水位益高〔展翅格〕 (三國人名一) 正謎底：黃漢升。副謎底：黃水又升。

9.徐妃格。又名齊飛格，取古代徐妃半面妝之意。謎底去其相同的邊旁。去其上頭的稱為〝摩頂〞，去其下部的稱為〝放踵〞。

如：瓟〔齊飛格〕 (動物名一) 謎底：狐狸 (即瓜裡之意)。

又如：田徑競賽奪錦標〔徐妃格〕 (常用詞二字) 謎底：崢嶸 (即爭取榮譽之意)。

又如：千絲萬縷〔徐妃格〕 (打常用詞)。謎底：哆嗦 (即多索之意)。

總之是去其相同的偏旁，便是它本來的意思。

10.合縱格。謎底第一字第二字，合併成一個字。

如：相見再說〔合縱格〕 (猜一句成語) 正謎底：人云亦云。副謎底：會 (会) 亦云。

11.**連橫格**。謎底最後兩個字,合併成一個字。

如:嘴上說悲哀〔連橫格〕 (猜一句成語) 正謎底:口是心非。副謎底:口是悲。

12.**並蒂格**。謎底要求兩句,用每句的第一個字,組成副謎底。

如:握〔並蒂格〕 (猜兩句成語) 正謎底:拳不離手,曲不離口,副謎底:拳曲。

13.**疊履格**。謎底要求兩句,用每句的最後一個字,組成副謎底。

如:小偷分贓不均,彼此大打出手,〔疊履格〕 (猜兩句成語) 正謎底:鷸蚌相爭,漁翁得利。副謎底:爭利。

14.**挖心格**。謎底限三字以上奇數,將中間一字排除扣合謎面,宛如挖去中心之意。

如:赤絲〔挖心格〕 (科學名詞一) 正謎底:紅外線。副謎底:紅線。

15.**龜頭格**。又叫墊巾格、蠅頭格,把正謎底第一個字上下兩半,分開來讀,如龜頭伸長。

如:無第三人知道〔龜頭格〕 (俗語一) 正謎底:天曉得。副謎底:二人曉得。

又如:每晚休息〔龜頭格〕 (毛主席詞一) 正謎底:多少事。副謎底:夕夕少事。

16.**半面格**。謎底含意,是把謎底的字,去掉偏旁讀。

如:精巧工藝品齊聲讚〔半面格〕 (江蘇一地名) 正謎底:鎮江。副謎底:真工 (即:真工夫之意。)

17.**除邊格**。謎底二字以上，同偏旁詞或成語等捤去全部相同偏旁扣合謎面。

如：二木〔除邊格〕 (名詞一) 正謎底：淋漓。副謎底：林离。

又如：利己者所思〔除邊格〕 (猜古代人名一) 正謎底：嫦娥。副謎底：常我。

18.**投影格**。謎底中有一個字重複讀成兩個字。

如：昔日親友半凋零〔投影格〕 (唐詩一句) 正謎底：多病故人疏。副謎底：多病故，故人疏。

第三類，移位類。把正謎底的字眼，有規律地上下移動，變換詞序，使副謎底與謎面對應。

1.**雙勾格**。正謎底需在四個字以上，並要成雙數，謎面含意，把正謎底的字數中分為二，把下半部移到上半部讀，如一二三四讀成三四一二。

如：九寸〔雙勾格〕 (猜成語一) 正謎底：尋根究底。副謎底：究底尋根。("究"字底為"九"、"尋"字根是"寸")。

又如：展覽會歡迎來賓〔雙勾格〕 (猜新名詞一) 正謎底：客觀要求。副謎底：要求客觀。注：即要求客人來參觀。

2.**掉尾格**。又稱"調尾格"，謎面含意，把正謎底的最後兩個字調換顛倒過來倒讀。

如：慈母望子歸〔掉尾格〕 (猜西廂記一句) 正謎底：倚定門兒待。副謎底：倚定門待兒。

又如：疑是地上霜〔掉尾格〕 (猜農業用語一) 正謎底：光照、白土。副謎底：光照、土白。

3.睡鴨格。又叫調頭格，把正底的第一個字與第二個字互相對換來讀，好像鴨睡時把頭插在翅膀下，它的正謎底需在三個字以上。

如：丘〔睡鴨格〕（猜岳陽樓記一句）正謎底：山岳潛形。副謎底：岳山潛形。注：〝丘〞字是〝岳〞〝〞字在〝山〞潛去以後的形狀。

4.下樓格。與登樓格相反，把正謎底的第一個字放在最後一個字讀。正謎底也需要在三個字以上。

如：一盞電燈照兩家〔下樓格〕（猜植物學名詞一）正謎底：光合作用。副謎底：合作用光。

又如：沒有〔下樓格〕（猜俗語一）正謎底：無所謂。副謎底：所謂無。

5.登樓格。又叫上樓格，謎面含意，把正謎底最後一個字放在第一個字上讀；正謎底需在三個字以上，狀若拾級登樓。

如：代父從軍〔登樓格〕（猜國樂名一）正謎底：木蘭花。副謎底：花木蘭。

又如：問君何所之〔登樓格〕（猜交通名詞一）正謎底：方向盤。副謎底：盤方向（即盤問方向之意）。

6.調字格。謎底以四字為定，凡不屬上樓、下樓、雙勾、睡鴨、掉尾諸格，又需要任意對調移動正謎底的字，就屬於此格，又稱連環格。

如：臨清流而賦詩〔調字格〕（猜詞牌名一）正謎底：水調歌頭。副謎底：水頭歌調。

7.蕉心格。謎底字要求偶數，並把謎底當中兩個字倒讀。

如：日〔蕉心格〕（紅樓夢人名二）正謎底：王成，來旺。副謎底：王來成旺（意為〝日〞來個〝王〞便成〝旺〞）。

8.**鞦韆格**。又稱轉珠格，顛倒轉換，如轉圓珠。謎底限定兩字，一上一下又像盪鞦韆，所以又叫鞦韆格，顛倒後扣合謎面。

如：祖國土地〔鞦韆格〕（電影演員名一）謎底：田華（即中華田地之意）。

又如：音調走樣〔鞦韆格〕（打常用詞）謎底：歪曲（即曲歪之意）。

又如：體溫計〔鞦韆格〕（猜物理名詞一）；謎底：熱量（即量熱之意）。

對謎底要將前後字顛倒過來理解。

9.**捲簾格**。把三個字以上的謎底倒過來扣合。因為倒讀必須順口，所以字數越多，謎味便越足，好像珠簾倒捲起來一樣，所以叫捲簾格。

如：優秀倉庫管理員〔捲簾格〕（猜一物理名詞）；謎底：高能物理（意即管理物資能力高）。

又如：乾冰〔捲簾格〕（工種一）謎底：冷作工（意即：工作冷）。

又如：跳級上大學〔捲簾格〕（宋、漢代人名二）謎底：畢昇、班超（意即：升跳一級畢業，超班畢業）。

又如：島〔捲簾格〕（打世界地名）謎底：地中海（意即海中地）。

總之是猜完後，對謎底要倒過來讀。

10.**轆轤格**。謎底需在四字以上，一、二對調，三、四也對調。

如：寧願投奔梁山〔轆轤格〕（電影名二）正謎底：上甘嶺橋。副謎底：甘上橋嶺。

如：默許〔轆轤格〕（數學名稱一）正謎底：中心對稱。副謎底：心中稱對。

11.回文格。謎底需要先順讀，再倒讀。

如：射謎能手射燈謎〔回文格〕（打一渾語）謎底：打虎將；讀成：打虎將將虎打。

12.帷燈格。謎底中一定要包括一個謎格在內，同時副謎底需要一、二倒讀，三、四倒讀，才能扣合謎面。

如：鬧鐘不響〔帷燈格〕（運動器材二）正謎底：鞦韆（簡化字：秋千）啞鈴。副謎底：千秋鈴啞。

13.金鎖格。也稱紅豆格。謎底一定要點斷，留最後一字，來扣合謎面。

如：爸爸的工資〔金鎖格〕（成語一）正謎底：釜底抽薪。副謎底：釜底抽，薪。

第四類，諧音類。謎底全部或部分諧音。

1.燕領格。謎底第二個字是同音別字，取燕頸有白圈之意，又稱〝玉頸格〞。

例如：手拿謎語費疑猜〔燕領格〕（猜一成語）正謎底：執迷不悟。副謎底：執謎不悟。

又如：冠蓋滿京華〔燕領格〕（射紅樓夢兩個人名）正謎底：王成、多官。副謎底：王城多官。

2.夾雪格。此格謎底要求在四個字以上，不屬於首、中、末諧音的句子，不論哪個字諧音，均屬於此格。

例如：只能公開商量〔夾雪格〕（猜一句成語）正謎底：不可思

議。副謎底：不可私議（即不可私下裡議論）。

又如：豁然開朗〔夾雪格〕（猜紅樓夢人二），正謎底：霍啟，詹光。副謎底：霍啟瞻光。

3.**粉底格**。謎底的最末一字與實際的意思是諧音的，運用漢字同音異字的特點。

如：萬物齊眠〔粉底格〕（猜一中藥名）謎底：全蝎（全歇）。

又如：寬溪淺水長〔粉底格〕（猜一中藥名）謎底：薄荷（薄河，意即：淺淺的河）。

總之，謎底末字是諧音的。

4.**梨花格**。又叫梅花格，其特點是謎底全部是諧音的，就好像開放了滿樹梨花。

如：不生第二胎〔梨花格〕（猜一中藥名）謎底：杜仲（獨種）。

5.**玉帶格**。又叫素心格、素腰格，謎底中間一字諧音，同音別字，謎底需要三、五、七奇數句。

如：長夏斜倚竹枕臥〔玉帶格〕（射一食物名）謎底為：涼拌麵（意：涼了半面）。

又如：茶食店師傅〔玉帶格〕（猜一軍事用語）正謎底：製高點。副謎底：製糕點。

6.**白頭格**。也叫雪帽格、素冠格。謎底至少在兩個字以上，所謂〝白頭〞，即謎底首字須諧音，似人頭是白頭一樣，或稱頂雪帽素冠。

如：廢物〔白頭格〕（猜一《水滸》人名）謎底：吳用（無用）。

第五類，對仗類。像寫對聯，謎面出上闕，猜者根據格法要求，對出下闕。

1.**求鳳格**。像對聯一樣，名詞、動詞、形容詞等相對，並在謎底之後附有〝比、齊、對、逢、遇、連、配、相會〞等成雙配偶的詞，所以叫求鳳格。

如：鬥敵〔求鳳格〕（電影片名一）謎底：戰友重逢（戰對鬥，敵對友，再加一對成雙的詞〝重逢〞）。又如：紫蘇花〔求鳳格〕（打城市名）謎底：烏魯木齊（紫對烏〔同是顏色〕、蘇對魯〔同是省名簡稱〕、花對木〔同是植物花卉〕，再加一個含配偶之意的〝齊〞字）。

總之像對聯一樣，各詞相對。

2.**流水格**。有人稱為〝求對格〞，即謎面寫出對聯的上闋，謎底對出對聯的下闋，雙方（面與底）的字數都需要均等，對仗而工整，這一般用於猜射名人的絕句，起著溫故而知新，或配合觸景而生情的作用。

如：舉頭望明月〔流水格〕（猜李白一句詩）謎底：低頭思故鄉。

又如：雪消門外千山綠〔流水格〕（猜歐陽修一句詩）謎底：花發江邊二月晴。

又如：花有清香月有陰〔流水格〕（猜蘇東坡《春宵》第一句詩）謎底：春宵一刻值千金。

3.**錦屏格**。又稱遙對格、楹聯格，即對稱。謎面的字義和謎底的字義遙對，平仄調韻，對仗工整。

如：紅花曲〔遙對格〕（猜一曲調名）謎底：紫竹調（紫對紅，竹對花，調對曲）。

又如，侍弈〔遙對格〕（猜《紅樓夢》一人名）謎底：司棋（司對侍，棋對弈）。

4.**鴛鴦格**。要求謎底和謎面，對仗工整，而且在謎底的開頭，要冠上一個附加字，使謎底比謎面多一個字，而且，附加的這個字含義不能是單，而是雙，如用配、匹、合、用、齊等等字。與遙對格不同，遙對格謎底謎語不加字。與求鳳格也不同，求鳳格是在謎底後加字。

如：紅岩〔鴛鴦格〕(猜一畫家名) 正謎底：齊白石。副謎底：白石

5.露春格。典出〝滿園春色關不住，一枝紅杏出牆來〞詩句，所以説是〝露春〞，這個格要求謎底只限一個字與謎底相同。

如：上下一心〔露春格〕(猜一句成語) 謎底：舉國一致。

第六類，隱蔽類。

1.隱目格。此格不標謎目，只是在謎面以後標出格名〝隱目〞二字，謎目是隱藏在謎面的開頭。猜時要連目帶底一起讀出來，並加以注解。

如：上海馬生翅〔隱目格〕謎底：猜一香煙名，飛馬。注：〝上海〞是香煙名，所以謎目是猜一香煙名。

2.驪珠格。謎條上不注明謎目，只標謎格〝驪珠〞二字，也不同於寫謎目於謎面開頭的隱目格，而是由猜謎者自行推想。格名出自〝探驪得珠〞的典故，〝驪珠〞是黑龍頷下的珠，猶如猜者下海自採。驪珠格要求，猜射者應當首先猜出謎目，再猜出謎底，謎底數以扣完謎面為止。

如：翁仲無語對夕陽〔驪珠〕謎底：〝謎目〞是猜石頭記兩人名。〝謎底〞是云光、小紅。注解：翁仲爲古代皇帝陵墓前的石人像，別解爲石頭記（紅樓夢）人名：云光，別解爲〝說話光了〞，扣〝無語〞；小紅，殘陽之意，扣〝夕

陽″。

　　3.亥豕格。典出成語〝魯魚亥豕″，因為〝魯″和〝魚″，
〝亥″和〝豕″的篆文字形相似，容易在抄寫時把〝魚″寫成
〝魯″，〝亥″寫成〝豕″；晉·葛洪《抱朴子·遐覽》：〝諺
曰：書三寫，魚成魯，虛成虎。″《呂氏春秋·察傳》也記載，有
人把〝晉師己亥涉河″，錯說成是〝晉師三豕涉河″。後來就用
〝魯魚亥豕″表示書籍在傳抄、刊印過程中的文字錯誤。而在燈謎
中，是把字形相似的字，表示成〝亥豕″。正謎底故意用全句或
一、二個相似形的字頂替，而把原字隱蔽起來。

　　如：梁上君子〔亥豕格〕（古文一）正謎底：登高作賦。副謎
底：登高作賊。

　　如：一字千金〔亥豕格〕（聊齋篇目一）正謎底：狐嫁女。副謎
底：孤嫁女。

　　如：重巒迭峰〔亥豕格〕（昆蟲名一）正謎底：蜜蜂。副謎底：
密峰。

附　錄：
明清謎語書籍目錄
明　代
1.《唐謎酒令》一卷
　　明·胡震亨輯
　　《唐音癸籤》辛籤之一
2.《六語·隱語》二卷
　　明·郭子章編
　　《四庫全書總目》一百四十四
3.《燈謎》
　　明·德涓撰
4.《燈謎》
　　明·陶邦彥撰
5.《精選新刻雅謎奇觀》
　　明·張雲龍撰
　　武林大成齊梓行
6.《精輯時興雅謎》二卷
　　明·雲間陳眉公輯
　　遼西青藜閣梓
7.《新奇燈謎》一卷
　　明·無名氏編
　　明季坊刻（吳德堂）本

清　代

1.《古今謎雋》

　　　清·無名氏編

　　　　貯香主人小慧集卷六之一種

2.《燈謎》一卷

　　　清·毛際可撰

　　　　清·李集鶴《徵前錄》，檀几叢書餘集

3.《八詠樓新編燈謎》

　　　　清·光緒十一年（公元1885年）正音書室刻本

4.《廋詞》一卷

　　　清·黃周星撰

　　　　清·沈懋德收入《昭代叢書》別集

　　　　道光世楷堂刻本

5.《字觸》二卷

　　　清·周工亮編

　　　　清·伍崇曜刻入《粵雅堂叢書》

6.《新刻江湖切要》二卷（附無名氏《縮腳韻語》一卷）

　　　清·卓亭子編

　　　　清光緒十年，吟杏山館刻本

7.《消悶集》一卷（其中消悶一集，專載謎語）

　　　清·錢德蒼編

　　　　嘉慶元年，振賢堂刊本

8.《燈謎》一卷

　　　清·湯誥撰

嘉慶經綸堂刻本

9.《雅謎》一卷

清·咄咄夫編

坊刻本

10.《夢閣謎語》二卷

清·王均撰

手錄二卷

11.《十五家妙契同岑集謎選》四卷 （一名《春燈新謎》）

清·酉山主人撰

光緒二年坊刻本

12.《燈謎新編》一卷

清·無名氏編

光緒五年刻本

13.《醉月隱語》

清·松道人童葉庚撰

收《睫巢鏡影》十一種之四

武其任有容堂刊本，光緒十六年

14.《西窗翦燭談》

清·西窗主人撰

道光十六年壽春孫氏刻本

16.《廋辭偶存》一卷

清·張文虎編

覆瓿集·舒藝室雜存

17.《王荷隱語》二卷（附《群珠集》二卷）

　　清·費源撰

　　道光十一年聽月樓刊本

18.《餘生虎口虎》四卷

　　清·葛甡撰（號虎口餘生）

　　光緒六年刊本

19.《隱謎之諺》

　　清·范寅編

　　光緒四年刻本

結語：在以上所列二十六種以外，尚有《中國叢書綜錄》（第二冊）
　　子部藝術類（946—947頁）收入的謎語書二十二種可資參
　　考。

第十六章　民間諺語

第一節　什麼是民間諺語？

什麼叫做諺語？我國自古以來就有著一種固定的說法，例如《禮記‧大學》釋文說：〝諺，俗語也。〞《漢書‧五行志顏注》說：〝諺，俗所傳言也。〞《國語‧越語》韋注說：〝諺，俗之善謠也。〞《左傳》隱公十一年釋文說：〝諺，俗言也。〞總而言之都脫離不了一個〝俗〞字，這個〝俗〞字是通俗的俗，所謂通俗也就是流傳在人民大眾口頭上的〝俗話〞，因此，古時有的書上說：〝俚語曰諺〞（《尚書‧無逸》某氏傳），這種俚語便是極為通俗的口語，也帶有方言性，《五代史‧王彥章傳》說：〝彥章武人，不知書，常為俚語〞，這便說明諺語中與方言不可分。這種俗話，古人認為是直接發諸內心的話，如《文心雕龍‧書記篇》就說：〝諺，直言也。〞直接發諸內心的語言，自然也是真實的傳達人民心聲的俗話。古人對於諺語所作出的這些理論的概括，都是有道理的，自古來都產生了深遠影響，我們根據這種說法，結合諺語實例，是不難了解諺語的定義的。可以這樣說，我們經常在人們的談話中發現一些為大家所共同談的〝俗話〞，例如：〝三個臭皮匠，合成諸葛亮〞，〝少小不努力，老大徒傷悲〞等等，這些俗話裡包含有一定科學的道理、人生的經驗、生活的知識，它幫助我們理解世界萬物、人類社會、做人的意義，這些俗話，我們便稱它為諺語。因此，諺語在民間文學的百花叢中，它是一朵朵科學的小花、智慧的繁星，它飛揚在人民心靈的天空，開放在集體的土壤上。

從廣義的分類來說，四個字一句的成語，有些是應當包括在諺語的範圍裡的。因為自古以來，有的成語本來就是四字諺，例如〝過目成誦〞、〝一目十行〞這兩句四字諺，它本出於《紅樓夢》第二十三回：〝黛玉笑道：`你説你會過目成誦，難道我就不能一目十行了？´〞這兩句四字諺，也就是成語。有的成語的構成，實際是將八字諺分開一半運用，例如《史記·滑稽列傳》：〝此鳥不飛則已，一飛衝天；不鳴則已，一鳴驚人。〞〝一鳴驚人〞這句成語，便是取其八字諺〝不鳴則已，一鳴驚人〞的後半而成，像這樣的成語，原本便是諺語的化身。所以，許多成語，實際就是諺語，兩者間是很難區分清楚的。

我國古代曾經謠諺不分，實際上民謠和諺語是有明顯區別的，第一，民謠是供人們唱的，有四句、八句、更多句，而諺語則是供人們説的，往往只一、二句。這是從它們表達方式上看出的不同。第二，民謠是感情的產物，反映人民對客觀世界的愛憎。如秦漢民謠裡，〝公卿牧守，都是戴帽狗〞，和《秦世謠》：〝秦始皇，何彊梁，開吾戶，據吾床，飲吾酒，唾吾漿，殄吾飯，以為糧，張吾弓，射東牆，前至沙丘當滅亡〞，表現了人民對封建壓迫者強烈的憎恨。諺語卻不同，諺語是理智的產物，反映人民對客觀世界所取得的經驗教訓，以及理智的評價，如〝天下烏鴉一般黑〞，這就是對所有壞蛋形象的總結，客觀的評價。又如〝種瓜得瓜，種豆得豆〞，這就是總結人生的體驗，取得的教訓。這是從謠與諺思想內容上看出的不同。所以從形式與內容兩方面都表示了兩者的不同。

不過，古時謠諺不分又有一定道理，因為兩者也有某些聯繫，特別那些四句以下的短小韻文，似謠又非謠，似諺又非諺，很難劃分清楚，如《古詩源》中的〝行不履正，無懷僥倖〞（《書服》），〝輔人無苟，扶人無咎〞（《書杖》），既有哲理意味，又有詠嘆特色，似謠又似諺，我們也要承認兩者有一定的共性。

　　不是隨便一句話便能流傳為諺語的，諺語有它特殊的重要之點，以區別於其他民間文學體材。

　　第一，社會性。民間諺語是全社會的產品，它是在人們口頭上產生積極的作用，對社會產生直接影響，不像情歌那樣，多半對年輕人直接的產生那種迷人的藝術力量，對老年人作用則次之，真正的諺語必須是在人民中廣泛傳播的，不是只活在一部分人或幾群人的口頭上；有許多的諺語，往往是世代流傳，家喻戶曉，深入人心。例如：一日之計在於晨，一年之計在於春；若要功夫深，鐵杵磨成針；新三年，舊三年，縫縫補補又三年。像這些通俗的諺語，幾乎是人人會背誦，老人小孩都會說，在流傳的過程中，經過了千百年無數人的口頭藝術加工、修改、潤色，才成了現在這種俗話，成為社會共同的精神財富。

　　第二，哲理性。魯迅曾說過：〝方言土語裡，很有些意味深長的話，我們那裡叫‵煉話′，用起來是很有意思的，恰如文言的用古典，聽者也覺得趣味津津。〞（《且介亭雜文·門外文談》）魯迅所指出的〝意味深長的話〞，便是指民間諺語的哲理性的特點。高爾基則把它說成是〝一種特別富於教訓性的〞俗語和俚語（見《我怎樣學習寫作》）這是諺語最本質特點。諺語，它常常包含了人們總結出的一個正確的思想，給我們以人生的啟示，使我們讀了以後受到教育和鼓舞，受到啟發和開導。例如，讀了〝積少成多，滴水成河〞，〝聚沙成塔，滴水成海〞，便使我們想到節約的可貴；聽到〝若要人不知，除非己莫為〞，〝身正不怕影子斜，腳正不怕鞋子歪〞，便受到做人一定要誠實的教育。說到〝千里長堤，潰於蟻穴〞，〝螞蟻洞雖小，能潰千里堤〞，〝小病不治成大病，漏眼不塞大堤崩〞，便想到要改正自己身上每一個小缺點，如果小錯不改，就會發展成大錯。諺語的這種哲理性概括了生活的真理、人間的美，指引我們趨向真、善、美的人生。它是最好的社會經驗的總結。

第三，知識性。諺語，又是人們在自然鬥爭中的知識或經驗的總結，這特別明顯的表現在農諺、氣象諺、醫藥諺中，例如：春東風，雨祖宗（氣象諺）；鋤頭底下有雨（農諺）；病來如山倒，病去如抽絲（醫藥諺），這些諺語都是人們在勞動實踐、工作實踐中總結出來的科學知識和道理，讀了它，使我們能增長與自然與病魔作鬥爭的經驗，增長我們的才幹，擴大我們的眼界。

第四，階層性。民間諺語不是一個人意志的反映，而是一個階層或幾個階層共同意志的反映，因此，魯迅先生曾經說過：〝諺語固然像一時代一國民的意志的結晶，但其實，卻不過是一部分人們的意志。……某一種人，一定只有這某一種人的思想和眼光，不能越出他本階級之外。〞例如：人不為己，天誅地滅，這句諺語表現了部分自私的人唯利是圖的人生觀；又如：人心齊，泰山移；眾人拾柴火焰高；一根竹竿容易彎，三根麻紗難扯斷。這些諺語則表現了勞動民眾所認識的團結的意義，因此在我們利用諺語時，必須首先要鑒別諺語的階層性，分清是非，不能不分青紅皂白句句諺語都成為我們效法的榜樣或前進的指針，那樣做是不對的。我們應當取其精華，去其糟粕。

大凡民間諺語都要包括以上四個特點。第一個特點表明了諺語是人民口頭文學，它是集體的無名氏的作品，即使個別是文人所作，但它一經流傳，便忘記了他的姓名，參加了民間文學的行列。第二、三個特點，概括了諺語的思想內容，它們是社會經驗、自然知識以及時代風尚的科學總結。第四個特點，表明我們在使用時應當用合適思想標準加以鑒別與區分，不能採用無批判接受的態度。

第二節　民間諺語的分類

我國諺語非常豐富，浩如煙海，宋代周守忠編有《古今諺》，明代楊升庵編有《古今語》和《古今風謠》，清代杜文瀾編有《古謠諺》一百卷，1926年中華書局又出版了史襄哉編的《中華諺海》，收入一萬多條民間諺語，包括仍活在口頭上的諺語，數量之多，無法估計，但也有人估計有四萬條 (見朱介凡《論中國諺語的搜集》)❶可以說是民間文學中一個大寶庫。如果要過細的分類，那是不易的，單就科學類諺語而言，它就有氣象學、物理學、植物學、動物學、工藝學、農業學、生理學、醫學、中草藥……等等，思想內容極為複雜。因此，在講民間文學的書中，只能對它內容做大致的鈎勒，了解它大概的輪廓，並在一些重點問題上進行探討。民間諺語

---

❶ 載《新中華月刊》六卷八期。

我們大致可以概括為三大類：

　　第一類，社會經驗類。從古代起，在人們交往過程中，積累了豐富的社會經驗、生活體會，這類諺語很能發人深省。它教育人勤勞節儉的過日子，〝人勤地不懶，大囤小囤滿〞，或者說：〝人勤春來早，一勤生早巧〞；它把勤儉做了形象比喻：〝勤是搖錢樹，儉是聚寶盆〞，它更批評好吃懶做：〝越吃越饞，越睡越懶〞，〝懶漢坐著睡，吃飯想人餵〞。它又教育人要有理想和志氣，如〝海闊憑魚躍，天空任鳥飛〞，〝不怕人窮，就怕志短〞；它批評鼠目寸光：〝井蛙見天小，夏蟲不知冰〞。它又教育人勇敢、堅毅，如〝明知山有虎，偏向虎山行〞，〝不入虎穴，焉得虎子〞，〝任憑風浪起，穩坐釣魚船〞；鼓勵人不要怕失敗，〝失敗是成功之母〞；批評膽小鬼，〝一朝被蛇咬，十年怕草繩〞。它又教育人要團結互助，如〝眾人一條心，黃土變成金〞，〝一根線容易斷，萬根線能拉船〞；它對不團結現象，幽默的加以諷刺：〝一個和尚挑水吃，兩個和尚抬水吃，三個和尚沒得水吃〞，它號召人們〝有福同享，有難同當〞。它又教育人為人處事要謙虛謹慎，如〝天不言自過，地不語自厚〞，〝山外有山，天外有天〞，〝強中還有強中手，莫在人前跨海口〞；它批評愛吹牛的人，〝烏鴉高歌，自得其樂〞，〝滿瓶不響，半瓶叮噹〞，〝滿招損，謙受益〞。它又教育人要重視友誼，對愛情忠貞，如〝歲寒知松柏，患難見真情〞，〝路遙知馬力，日久見人心〞，〝朋友千個好，冤家一個多〞；珍惜愛情，如〝萬兩黃金容易得，知心一個也難求〞。它又教育人愛惜光陰，勤奮學習，如〝一寸光陰，一寸金，寸金難買寸光陰〞，

〝少壯不努力，老大徒傷悲〞，又如：〝業精於勤毀於惰，行成於思毀於殆〞，〝學如逆水行舟不進則退，心似行轅跑馬易放難收〞。社會經驗類的諺語，儘管道理很簡單、淺顯，但卻樸實無華，人們從中吸取有益的經驗，以利於正確的對待勞動、工作、學習、生活、友情、愛戀等等。

　　第二類，自然知識類。人們從這類諺語中傳播生產鬥爭的經驗和知識，與社會經驗類的諺語迥然不同。它包括許多氣象諺語，如：〝春東風，雨祖宗〞，〝蛤蟆大叫，大雨就到〞，〝天黃有雨，人黃有病〞，〝不怕初一下，就怕初二陰，初三下雨月半晴〞。我國的農諺也很豐富，這一類諺語專門總結農業生產知識，其中的門類也是很多的。(1)關於肥料的有：〝莊稼一枝花，全靠肥當家〞，〝油多菜香，肥多苗壯〞，〝人是鐵，飯是鋼，地裡缺肥莊稼荒〞。(2)關於農田水利也有很多，如：〝天晴不開溝，下雨沒處流〞，〝修塘築壩，天旱不怕〞，〝只靠雙手不靠天，修好水利萬年甜〞。(3)關於種子也有許多諺語，如：〝種子年年選，產量節節高〞，〝好種出好苗，好樹結好桃〞，〝秧好一半穀〞。(4)關於消滅病蟲害的諺語也有許多，如：〝除蟲沒有巧，只要動手早〞，〝要想來年蟲害少，冬天割去田邊草〞，〝苗要好，除蟲早〞。(5)關於鋤草的好處也有許多諺語，如：〝種地不鋤草，種子白丟了〞，〝苗多欺草，草多欺苗〞，〝夏季少鋤一窩草，秋季半天鋤不了〞，〝春鋤泥，夏鋤皮〞。(6)關於植樹造林的諺語，如：〝植樹造林，富國裕民〞，〝前人種樹後人涼，前人栽花後人香〞，〝山光光，年荒荒〞，〝綠了荒山頭，乾溝清水流〞。(7)關於節氣的諺語也是很多的，如：〝芒種不撒秧，秋來吃穀糠〞，〝驚蟄冷，牛馬好打滾；驚蟄熱，烤火過火月〞，〝穀雨前，好種棉〞，〝芒種打田不生水，夏至栽秧小一腿〞。(8)關於飼養家畜的諺語，如：〝小豬要遊，大豬要囚〞，〝豬吃百樣草，看你找不找〞，〝母豬好，好一窩，公豬好，好一坡〞，〝牛要放，豬要脹〞，〝七十二行，不如養豬放羊〞，〝養兔沒巧，地乾不餵露水草〞。我國是一個農業人口占大部分的國家，民以食為天，農業生產極為重要，自古以來，農諺便在民間諺語中占有絕大部分，是農業知識取之不盡的寶藏❷。

第三類，新諺語。從五四以來，新諺語是在不斷的產生著，它的內容有著和我們這日新月異的歲月一樣，使人感到新穎、明朗、鼓舞人心。新思想湧入了新諺語是它顯著的特點，像有關青年人理想的：〝青春的價值要由事業的天平來衡量〞，〝人有了偉大的目標，就會把工作當休息〞，〝海闊憑魚躍，天高任鳥飛〞，〝鳥貴有翼，人貴有志〞，〝精誠所至，金石為開〞。又像有關青年人愛情的：〝人之相愛，貴在知心〞，〝鮮花要用水澆灌，愛情要靠互珍愛〞，〝強扭的瓜不甜〞，〝衣冠整潔看外形，心靈純潔看品行〞。以上諺語摘自《中外諺語選》❸，由於中外文化的交流，以上諺語很難分出是中國的還是外國的。中國推行計劃生育，也有許多諺語流傳，如：〝生育有計劃，利國又利家〞，〝一兒一女兩枝花，多兒多女累死媽〞。現在，中國十二億人口有吃又有穿，講究

❷ 參見《中國農諺》，費潔心編，中華書局，1948年版；《天氣諺語》，朱炳海編著，開明書店，1952年版。
❸ 上海人民出版社，1980年版。

衛生健康的諺語風靡一時，如：〝有病早醫，無病早防〞，〝衛生搞得好，疾病不纏繞〞，〝不乾不淨，吃了生病〞，〝練出一身汗，小病不用看〞，〝冬練三九，夏練三伏〞，〝健康是人生第一財富〞。從新諺語中，我們能夠總結出諸多新的風俗習慣，以及新的道德面貌，可以為建立新的民俗學提供可靠的資料。同時，新諺語都從不同角度反映了時代沸騰的生活，歌頌了美好的事物，揚棄了陳腐的觀念，鞭笞了醜惡的思想。新諺語中有些是吸收格言、警言而成，吸收格言的如：〝寧為玉碎，不為瓦全。〞等等，它是從書面格言轉為新諺語。格言也有出自口頭的，如〝團結力量大，山搖也不怕〞。都轉為新諺語，這一類也很多。

　　總之，中國諺語的內容是極為豐富多彩的，並且仍在不斷的產生著。諺語自然是社會意識形態之一，用高爾基的話來說：〝最偉大的智慧是在語言的樸素中，諺語和歌曲總是簡短的，然而在它們裡面卻包含著可以寫出整部書的思想和感情。〞（見高爾基《材料和研究》卷一，1934年。譯文轉引自克拉耶夫斯基著，連樹聲譯《蘇聯口頭文學概論》68頁）確是這樣，諺語用它那一句一句獨立的但又是具有完整意思的語言，廣泛反映了人們對於客觀世界的認識和經驗，對於自然界，對於勞動工作本身，對於人群與人群之間的社會關係，對於社會上所有涉及政治、道德、倫理、法律等等領域，都總結了人們的思想認識。屬於社會類諺語自然有階層性，但總是真善美多於假惡醜。

第三節　中國古諺在歷史流傳中的特點

　　中國民間諺語的源頭很古，但是，在它歷史流傳的過程裡，我們也是應當而且能夠，總結出一些特點來的。我認為，應當從我國最古的書論起。《周易》古經這一部筮書，寫於西周初年，是我國最古的一部書，大約公元前十一世紀便成書了，而且書中所反映的歷史，肯定更早於公元前十一世紀的若干世紀，我們可以推斷它是公元前二十世紀到十世紀時的作品，其中便包含有許多當時的諺語，成為我們中華古國的萬古不朽的文化遺產。

它中間有許多總結社會經驗的古諺，不能不説，對於現在人們也有著借鑒與教育作用。自然，它是包裹在迷信的外殼裡，因為它是一部卜筮的書，但是，它中間的許多條目，有些是利用當時的諺語寫成，只要我們剝開它迷信的外殼，即能顯示出它那古諺的真實面目了。

1.恆卦多講恆心的好處。〝不恆其德，或承之羞〞，(恆，九三) 這是教育人做事要有恆心的諺語。意思説，沒有恆心這樣的德行，應當承認這是羞恥的。孔子就曾引用這句諺語來教育他的學生，做學問要有恆心。如《論語·子路》云：〝子曰：南人有言曰：`人而無恆，不可以作巫醫。′善夫！`不恆其德，或承之羞。′〞

2.謙卦多講謙虛的好處。《周易》採用古諺，從各個角度來説明謙虛帶來的益處。

(1)〝謙謙男子，用涉丈川〞(謙初六)。〝謙謙〞，謙虛的加重，猶言極為謙虛的意思，是説，極為謙虛的人，他能夠逢凶化吉，轉危為安，即使遇到茫茫大江，他也能涉過去。

(2)〝鳴謙，貞吉〞(謙六二)。鳴，名的通假也；名者，名譽之謂也。是説，有了名譽再加上謙遜，這才是真正大吉大利的事情，這表明當時人們對謙遜高度的評價。

(3)〝勞謙，君子有終，吉〞，（謙九三）。勞者，功勞也。是說，有了功勞，又有了謙遜，君子才有善終。這條古諺則有明顯階層性，《周易》中的君子，是指貴族和士，往往是奴隸主階級的代表或附庸。

(4)〝無不利撝謙〞（謙六四）。注云：〝指撝皆謙，不違則也。〞後來因而把舉止謙遜說為〝撝謙〞，如蒲松齡《聊齋志異・綦鬼》說：〝公擅之，乃坐，亦殊撝謙〞，就把言行的謙遜說作〝撝謙〞。這條古諺是說，一個人的舉止言行謙遜，是無往而不利的。

3.兌卦多講和悅可親的好處。《易兌》云：〝兌，說（悅）也。〞故云，兌為和悅可親，這是古諺所表揚的做人平易近人的美德，因此，《周易》說：

(1)〝和兌吉〞（兌初九）。是說對人和悅可親是大吉大利。

(2)〝孚兌吉〞（兌初二）。孚者，誠實的意思。是說待人誠實而又和悅可親是大吉大利。

(3)〝兌亨利貞〞（兌）。亨者，通達順利的意思，是說，和悅可親使人通達順利。

我們在研究《周易》中的古諺時，應當重視它反映出來的歷史的局限，例如：〝君子豹變，小人革面，征凶，居貞吉。〞（革上六），顯而易見，〝君子豹變，小人革面〞是當時奴隸主階層的諺語。君子自然是奴隸主，小人自然是奴隸，君子像凶惡的金錢豹那樣變化了，小人便馬上改變了他們的表面行為而唯唯諾諾。他們根據這條古諺，得出這樣一個結論：〝征凶，居貞吉〞，即是說，由於小人們表面順從，而心懷不滿，要是你出外去打戰，保管他們會

作起亂來，你要是繼續在家裡壓制他們，反倒會平安無事了。這樣
的古諺，自然是為奴隸主階層服務的，對於奴隸們是不足取的。再
例如〝君子終日乾乾，夕惕若，厲無咎〞（乾九三）。這條古諺的
〝君子〞，也仍然是指貴族和士，也是有階層性的。聞一多在《古
典新義上‧周易義證類纂》一文中認為，乾乾應當讀為〝悁悁〞，
憂念貌，〝若〞字斷句，〝厲〞字屬下。根據聞先生的斷句，可以
理解這條古諺的意思。自然，乾乾，未必是憂念貌，《易傳》最初
對這個爻辭所作出的解釋：〝君子以自強不息〞（乾第一），依我看
來，是比聞先生的解釋更為貼切得多，應當把〝乾乾〞作為〝自強
不息〞解。這樣這條古諺的意思便是：君子終日自強不息的工作，
夜裡又是警惕若此，對己嚴厲是沒有害處的。這是一條教人慎獨而
兢兢業業的的古諺，是旨在教育那些對統治階層的追隨者們應當如
何對待他們，才能爬上君子的高位。因此，我們對《周易》也應作
研究分析，不能一概都奉為民間文學的珍寶。只有對那些沒有階層
性的古諺，才能夠予以肯定，例如：〝無平不陂，無往不復，艱貞
無咎。〞（泰九三）這條諺語是說，沒有平坦中沒有坎坷的，沒有往
來中沒有反復的，只要克服艱難，不要灰心，總會否極泰來。這樣
的古諺，拿到今天來使用，也是無可非議的。

　　總之，通觀《周易》古語中的諺語，這些都是我國四千年以前
的諺語，少數具有顯明的統治階層的思想傾向，多數則代表了當時
新興階層和下層的進步思想和健康力量，因此，它能為歷代人民所
運用，而來推動歷史不斷的發展，至今，那些為做人美德的諺語，
像自強不息、做事有恆、待人謙遜、平易近人等等，仍能給我們以
積極的影響。由於諺語概括了歷史上進步的力量而得以長久流傳下

去，這是古代諺語在歷史流傳中的第一個顯著的特點。

　　不僅《周易》古經中是如此，《周易大傳》也是這樣。《周易大傳》簡稱《易傳》，這是第一部注解《周易》的書，一般認為，它是產生在戰國時代（公元前五世紀左右），儘管《周易》是奴隸制時代的產兒，而《周易大傳》則是封建制時代的產兒，在《易傳》的內容中，有一些明顯的以封建制時代的精神和思想，來解釋奴隸制時代的事物，有所矛盾，但是，不可否認，《易傳》中有時運用了當時民間的語言，來對易經進行解釋，以後則成為我國古代的諺語，這一個事實，是不可以否認的，倒成了《易傳》的特色。例如：

1. 自強不息（乾·第一）。
2. 慎言語，節飯食（頤·第二十七）。
3. 遠小人，不惡而嚴（遯·第三十三）。
4. 言有物，行有恆（家人·第三十七）。
5. 反身修德（蹇·第三十九）。
6. 見善則遷，見過則改（益·第四十二）。
7. 順乎天而應乎人（兌·第五十八）。
8. 思患而豫防之（既濟·第六十三）。

像以上這些古諺，也仍然不能不認為是代表了當時的進步思想和健康力量，而能為歷代人民所運用，而至今仍然能為我們昌明社會所運用。正如高亨師指出：〝易傳雖是筮書的注解，然而超出筮書的範疇，進入哲學書的領域。作者雖然不是一人，而其世界觀並無矛

盾。各種互相補充，構成獨具特色的思想體系。其主要特色是含有
古樸的辯證法因素，較為突出，先秦諸子均不能與之相比。因而易
傳是先秦時代相當重要的思想史料。"❹故易傳中古諺的思想價值
就特別突出。

　　《左傳》中的諺語，同樣說明了這樣一個問題。《左傳》是我
國最早的一部歷史書，相傳是春秋末期魯國史官左丘明所編著，內
容記述了公元前722年至公元前454年的春秋時期268年間的重要史
實，它中間夾雜著的諺語，也是代表了人類進步的思想，和健康的
力量，因而這些諺語能夠永遠鼓舞人民前進，從中汲取積極的因
素。例如："輔車相依，唇亡齒寒"（魯僖公二年），在當時便是一句
反侵略的八字諺，這句諺語在二次大戰的抗日戰爭時期得到廣泛運
用。再如：

　　民生在勤，勤則不匱。（魯宣公十二年）

　　安定國家，必大焉先。（魯襄公三十年）

　　不侮鰥寡，不畏強御。（魯定公四年）

　　多行不義必自斃。（隱公元年）

這些諺語所總結出的人生的經驗，都是足以成為人們正確行為的典
範，而被永遠印入歷代人民的腦海中。

　　我國古代諺語在歷史流傳中還有一個特點，那便是它夾雜在我
國春秋戰國時代，各個偉大的哲學家的著作中，而得以廣泛的流
行。春秋戰國，那是一個諺語如海的時代，先秦諸子以其驚人的才

❹　見高亨著《周易大傳今注》，齊魯書社，1979年版，第二頁。

華，幾乎是出口之語便成諺，他們口述的諺語對我們中華民族傳統的進步思想意識、積極思想因素，有著深遠的影響。《老子道德經》，司馬遷認為老子就是春秋楚國人老聃（丹dān）（姓李，名耳），其中便有很好的古諺，如：

> 禍兮福之所倚，福兮禍之所伏。（五十八章）
> 千里之行，始於足下。（六十四章）
> 禍莫大於輕敵，輕敵幾喪吾寶。（六十九章）
> 民不畏死（七十四章）。
> 弱之勝強，柔之勝剛（七十八章）。

這些古諺教育和鼓舞了我們中華民族反抗侵略、不畏強暴、轉敗為勝、化凶為吉，起了莫大的作用，因而成為我國諺語中的珍寶。不僅《老子》這樣，《四書》也是如此，下面我們便摘引出一些來看看。

《大學》中的古諺：
> 靜而後能安，安而後能慮，慮而後能得。
> 物有本末，事有終始。
> 君子必慎其獨。
> 十目所視，十手所指。
> 心不在焉，視而不見。
> 人莫知其子之惡，莫知其苗之碩。

《中庸》中的古諺：

言顧行，行顧言。

如行遠，必自邇。（必從近處走起）

如登高，必自卑。（必從低處登起）

國家將興，必有禎祥；國家將亡，必有妖孽。

動乎四體，禍福將至。

君子慎其獨。

《論語》中的古諺：

四體不勤，五穀不分。（論語·微子）

食不厭精，膾不厭細。（論語·鄉黨）

言必信，行必果。（論語·子路）

色惡不食，臭惡不食。（論語·鄉黨）

四海之內皆兄弟也。（論語·顏淵）

一言而興邦，一言而喪邦。（論語·子路）

夫人不言，言必有中。（論語·先進）

《孟子》中的古諺：

是非之心，人皆有之。（孟子·告子上）

五十非帛不煖，七十非肉不飽。（孟子·盡心上）。

登泰山而小天下。（孟子·盡心上）

飢者甘食，渴者甘飲（飢者無論吃什麼都覺好吃，渴者無論飲什麼都覺得
好喝）。（孟子·盡心上）

以其昏昏，使人昭昭（拿自己昏暗道理，也要叫別人去明白他的所謂〝道

理〃）。（孟子·盡心下）

　　揠苗助長。（孟子·公孫丑上）

　　禦人（敵）**於國門之外。**（孟子·萬章下）

上述古諺都已經成為中華民族共同的文化遺產，而為各個階層在各
個特定的時間所運用，仁者見仁，智者見智，各取所需，各用所
長。中國的古諺表明，它有著普遍的教育意義，而且它也包含有深
刻的哲理性。從上述例證表明，從流傳性上說，古格言只要它流傳
於民間和後世，它也能成為諺語，即是說，諺並非不能包括格言。
雖然，諺語導發於口語，格言常著於文字，但只要它們一同流傳於
後世，它們便殊途而同歸，都入於現代諺語的寶庫。格言在流傳中
也會加以變化的，例如：〝溫故而知新〞，出於《論語·為政》，
如果不管它的流傳性，也不能算它為諺語而認定它為格言，但它流
傳到今天，變為：〝溫故而知新，察今而知昨〞，它便變為地道的
諺語了。只要是好格言，總會在人民口頭上磨練著、變化著。〝禦
人於國門之外〞，可以變為〝禦敵於國門之外〞，諺語與格言完全
一樣，它有指導人們行動的作用，往往被人們奉為金科玉律，成為
自己做人行事的依據。我們可以說，諺語包括流傳中的格言。

　　中國古諺語在歷史流傳中還有一個特點，是它同寓言或歷史故
事有關係，它往往是古代寓言的或歷史故事精練的縮寫。寓言化為
諺語，例如：鷸蚌相爭，漁翁得利。是出自《戰國策·燕策二》裡
的寓言。又如：守株待兔。是出自《韓非子·五蠹篇》裡的寓言。
又如：刻舟求劍。是出自《呂氏春秋·察今》裡的寓言。它往往用
幾個字便概括了這個寓言的全部內容，並且也突出了它的主題思

想。歷史故事化為諺語,例如:〝塞翁失馬,安知非福〞,這兩句諺語是出自《淮南子·人間訓》的一段故事的概括。原來的故事大意是說,邊塞上有人失了馬,走出國境,到了胡地;人們都來安慰這個人,而這個人的父親卻說:〝怎麼就能斷定這不是好運氣呢?〞幾個月後,由於老馬識途,這匹馬果然帶著胡人的一匹駿馬回家來了。〝塞翁失馬,安知非福〞這兩句話,以後就成了比喻有些事情看來是壞事,在一定條件下可以變成好事的諺語。從上述兩方面來看,有些諺語既是寓言的化身,也可以是歷史故事的化身。

古代諺語在歷史流傳過程中,第四個特點是,它甚至加入了我國古代詩人的某些千古佳句,這也是並不奇怪的。因為古代文學家的許多句子,具有高度的對事物的概括力,為人民所接受,便在人們口頭上永遠的流傳。例如我們在《中外諺語選》裡讀到了這樣的諺語:〝野火燒不盡,春風吹又生〞 (見該書第59頁,上海人民出版社,1980年2月版);這本是白居易的名句,化為諺語,在人們口中流傳。再如我們在光文、德根、魁元編的《智慧的花朵》諺語選輯裡,讀到這樣的諺語:〝老驥伏櫪,志在千里〞 (見該書第80頁,廣西人民出版社,1978年11月版);這本是曹操的詩《步出夏門行·龜雖壽》裡的名句,也化為諺語,在人民群眾中廣泛流傳了。

第四節 諺語的藝術特徵

就諺語的藝術性來說,它有如下幾個方面。

第一,語言的整齊性。我們對於鬆散的語句不易記憶和背誦,而對於有韻律的整齊的語句就易於背誦和流傳了。現以四言二句式的諺語為例,例如:〝謀事在人,成事在天〞,〝與人方便,自己

方便〃，〃三天打魚，兩天曬網〃，〃人急造反，狗急跳牆〃，
〃不經一事，不長一智〃等等，這種整齊的語言排列，前一句和後
一句均有許多變化，為了便於記憶和上口，前一句和後一句都有不
同方式的重複和對稱。⑴第一字重複，如〃嫁雞隨雞，嫁狗隨
狗〃，〃不經一事，不長一智〃。⑵第二字重複，如〃水來伸手，
飯來張口〃，〃人急造反，狗急跳牆〃。⑶第三字重複，如〃當著
矮人，別說矮話〃，〃謀事在人，成事在天〃。⑷第四字重複，如
〃與人方便，自己方便〃。這四種重複又都是交錯縱橫的，第一字
和第三字重複，如，不經一事，不長一智〃。第二字和第三字重
複，如〃謀事在人，成事在天〃。第三字和第四字重複，如〃與人
方便，自己方便〃。

語言的整齊性還表現在不同方式的對稱上，⑴單對稱，像〃花
開兩朵，各表一枝〃，兩朵對一枝。⑵雙對稱，像〃三天打魚，兩
天曬網〃，三天對兩天，打魚對曬網，屬於雙對稱的諺語特別多。
⑶前後句，如〃一龍九種，種種各別〃，〃兔死狐悲，物傷其
類〃。

總之，正由於語言的整齊性而使民間諺語具有千差萬別的和錯
綜複雜的重複和對稱的方式，易於記憶和便於流傳；另外，語言的
整齊性在聽覺上給人以快感，在視覺上給人以美感，這就給民間諺
語的流傳增加了條件。

第二，形式的多變性。由於民間文學紮根於人民生活的土壤
中，民間諺語所概括的生活面就很深廣，所採用的形式就很多變。
如果就其形式分類，可以分為：

1.四字諺：樂極生悲。指桑罵槐。

2.五字諺：貪多嚼不爛。貴人多忘事。

3.六字諺：聽見風就是雨。眼不見心不煩。

4.七字諺：知人知面不知心。不是冤家不聚頭。

5.八字諺：癩蛤蟆想吃天鵝肉。多一事不如少一事。

6.九字諺：瘦死的駱駝比馬還大。沒家賊引不出外鬼來。

7.十字諺：病來如山倒，病去如抽絲。

       天下無難事，只怕有心人。

8.十二字諺：天有不測風雲，人有旦夕禍福。

         只許州官放火，不許百姓點燈。

9.十四字諺：閻王留你三更死，誰敢留人到五更。

         萬兩黃金容易得，知心一個也難求。

上列諺語都是按字句多少做的形式上的分類，它們都以簡短精練、易記上口為準則。語句雖然簡短，但是寓意都很深長。在四字二句、五字二句、六字二句、七字二句這樣兩句式的諺語中，看起來似乎是兩句，但是，在民間口頭應用這些諺語時，有時可以根據情況除去後句，只用其中的一句，例如十字諺中可以只用五個字變為五字諺：〝天下無難事〞、〝病來如山倒〞、〝留得青山在〞等等。

第三，和諧的音樂性。由於民間諺語具有出色的和諧的音韻，因而就形成了諺語的音樂性，雖然民間諺語的區別於民間歌謠者在於諺語不能配樂詠唱而歌謠可以配樂詠唱，但是諺語的音樂性，它的韻律，在口述中比歌謠的詠唱更能深入進入人們的記憶裡。這種音樂性體現了語言的美，表現在下列幾個方面：

1.句尾押韻：鬥雞走狗，賞花閱柳。

　　　　　大事化小，小事化了。

2.句首押韻：病來如山倒，病去如抽絲。

　　　　　三天打魚，兩天曬網。

3.雙疊音：金子還是金子換。得饒人處且饒人。

　　　　一人作罪一人當。一時比不得一時。

4.顛倒句：成人不自在，自在不成人。

　　　　真人不露相，露相不真人。

由於民間諺語具有和諧的音韻，讀之能使人琅琅上口，易於記住，加深印象，得以傳播。雖然它不像唱歌那樣，但是卻近似於詠歎，《國語·越語·韋注》云：〝諺，俗之善謠也。〞所謂〝俗之善謠〞，就是指的是民間諺語和諧的音韻，易於為人們詠歎。另外，民間諺語的音韻往往是平仄相對的，實際上，諺語的平仄相對是貫穿在上述四種和諧的音韻表現方式裡，組成它的音樂性。

第四，豐富的形象性。民間諺語是人民形象思維的突出反映，豐富的形象性是民間諺語藝術性非常重要的一個方面。民間諺語在長期的口頭流傳過程中，經過千百萬人在生活實踐中不斷的琢磨、推敲和練句，已經塑造成功許許多多藝術的形象。自然，有些抽象的格言和警句化為流傳的諺語，並不具備形象性，但那是諺語中的少數，大多數民間諺語都具有豐富的形象性。

民間諺語中塑造的藝術形象，多種多樣。

1.癩蛤蟆想吃天鵝肉。——這是壞人的形象。

2.牛不喝水強按頭。——這是被壓迫者的形象。

3.王婆賣瓜，自賣自誇。——這是吹牛者的形象。

4.打腫臉充胖子。——這是浮誇者的形象。

5.秀才不怕衣衫破，就怕肚裡沒有貨。——這是勤奮的形象。

6.一寸光陰一寸金，寸金難買寸光陰。——這是時間的形象化。

7.人心齊，泰山移。——這是團結的形象化。

諺語的形象性充分體現了詼諧、諷刺、一針見血的藝術風格。應當指出，民間諺語豐富的形象性，是通過以下六種藝術手法來表現的。

一、比　喻。比者，以彼物比此物也。諺語中的比喻和詩歌中的比喻有所不同，諺語字句短小精悍，一針見血，往往是一、兩句便完成了。例如這樣三條諺語：〝癩蛤蟆想吃天鵝肉〞，〝狗嘴裡吐不出象牙〞，〝天下老鴉一般黑〞，把生活中反面形象比喻成〝癩蛤蟆〞、〝狗〞、〝老鴉〞；用〝想吃天鵝肉〞來強調癩蛤蟆異想天開，用〝嘴裡吐不出象牙〞來強調狗嘴的骯髒，用〝一般黑〞來強調天下壞人均一樣，用這些來加深比喻的深度與廣度。再如〝偷來的鑼鼓打不得〞，表現了惡人的醜行，比喻得具體而形象。再如〝牛不喝水強按頭〞，則是抨擊惡人殘害好人，用〝牛〞

比喻受迫害者，用〝不喝水強按頭〞來強調好人受害，加深人們對牛這個忠厚形象的同情。比喻是諺語中最常見的藝術手法。

二、對　偶。把字數一樣、結構一樣、內容相關的句子對稱的排列起來，叫做對偶。許多民間諺語是用正反兩種類型的對偶來把豐富的形象性體現出來的。

正對偶是以兩種相類似的事物相聯繫。如〝單絲不成絲，獨樹不成林〞。又如〝茶來伸手，飯來張口〞。

反對偶是以兩種相反的事物相聯繫。如〝明是一盆火，暗是一把刀〞，〝只許州官放火，不許百姓點燈〞。

三、排　比。結構相同而重複出現，句子不一定整齊的諺語，我們稱之為排比。可稱為大同小異對比的諺語。如〝知人知面不知心〞。又如〝誰愛當面捧，誰就在背後罵〞。又如〝水不流要臭，槍不擦要銹，人不學要落後〞。特別是新諺語，許多都採用排比句，以增加鼓動人的力量。

四、矛　盾。有一些從生活中矛盾的事物創作出來的警世的諺語，它們從矛盾雙方，引出奇妙的聯想，總結出具有哲學意味的格言，例如：

月滿則虧，水滿則溢。──滿與虧（溢）相矛盾。

樂極生悲。──樂與悲相矛盾。

生米做成熟飯。──生米與熟飯相矛盾。

老鴰窩裡出鳳凰。──老鴰與鳳凰相矛盾。

這種諺語把矛盾雙方都明確擺出來，往往用實物來把矛盾形象化，使矛盾的意思更加突出、鮮明。

五、相　對。這是一種把兩種事物加以相對，然後得出結論，加以褒貶的諺語。這種諺語的結構公式是：〝××不如××〞，發人深省，促人思索。例如：

新婚不如遠別。

多一事不如少一事。

一動不如一靜。

聞名不如見面。

表壯不如裡壯。

求人不如求己。

這一種諺語表現手法的特點是，通過對比，把前面一事物否定而把後面一事物肯定。反映出人們重實際的觀點，把悲與樂、好與壞、美與醜、新與舊加以對照後做出結論。

六、反　襯。這一類諺語是用描述其他的人和事物來反襯出人們所要著力表現的人和事物，這種表現手法稱之為反襯。例如：

山高遮不住太陽。	表現信心
巧媳婦做不出沒米的飯來。	表現諒解
便宜不過當家。	表現貪婪
三人抬不過〝理〞字。	表現信念
井水不犯河水。	表現原則
胖子不是一口吃的。	表現爭取

這一類諺語所表現的中心思想都是從別的事物反襯出來的，都是用一種曲折而巧妙的構思，表現出民間諺語的無名作者的驚人的才華

和智慧。

以上六個方面的藝術表現手法，把民間諺語中豐富的形象性非常鮮明地反映出來了。總結以上論述，可見語言的整齊性、形式的多變性、和諧的音樂性、豐富的形象性，是民間諺語藝術性的四大要點。從民間諺語的個體來看，在藝術性方面，固然並不是完完全全都具備了諺語的這四個藝術要點，有時或許只具備了其中一、兩點要素而構成了諺語，但是從民間諺語的整體的美學觀點來看，包含的這四個藝術要點是具備的。民間諺語本來是口耳相傳的民間文學中最短小簡單的作品，因為它的語言的整齊性，就易於上口；又因為它的形式的多變性，就易於為人們靈活自如的接受，利於流傳；再因為它的和諧的音樂性，就易於人們在記憶中保存它；最後，因為它的豐富的形象性，就易於為人民所喜聞樂見。有了這幾層原因，就使民間諺語得以廣泛的流傳和為人們所普遍的接受。

總之，我國傳統諺語十分豐富，由於長年累月在人民口頭上增補、取捨和錘練著，成為了我國民間文學大海中珍貴的寶石，每一顆寶石都閃耀著智慧的光芒，而新的諺語由於和人們的勞動生活和管理農業生產技術指示結合了起來，因而更具有了特殊的實踐性。例如：號召積肥，就有〝莊稼一枝花，全靠肥當家〞的諺語出現了；號召冬耕深翻，又有〝冬耕深一寸，秋收萬擔穀〞的諺語流行。對啟發農民的生產自覺性起著積極的作用。諺語簡短尖銳，具有哲理性，對比明確，說明力強，教育意義大，因而它在人們的說話中，著文中被引為根據，廣泛運用到民歌、故事、傳說、小說、戲劇等藝術形式裡，只要一個人會說話，他就一定要講諺語，不講諺語的人是沒有的。因此，可以毫不誇張的說，諺語在民間文學中是與人民關係最為密切而不可分的了❺。

❺ 並請參見《民間諺語全集》，朱雨尊編，世界書局，1935年版；《中國諺語資料》（上、中、下），蘭州藝術學院文學系五年級民間文學小組編，上海文藝出版社，1961年版。

第十七章　民間歇後語

第一節　什麼是歇後語？

　　什麼是歇後語？歇後語是人民群眾中流行的一種詼諧、形象而具有文學性的藝術語言。可以把它看成是人民語言中一種表現智慧的俏皮話。它像諺語一樣，活在人民的口頭上，我們如果學會了一些這些話的語言，不單單是說的話，就是拿來作文章，也可以增加生動活潑，並且還可以吸取很多人民群眾生活的經驗。

　　一般的歇後語都是由這樣兩部分構成的，前半部分是打一個比方，是一種假托語，作用只在於提示或解說後語的，後半部分便是這個比方的解釋，才是目的語。例如：

　　茶壺裡煮餃子——肚裡有數，嘴上倒不出。

　　牆頭上的草——隨風倒。

　　孟姜女拉著劉海——有哭有笑。

　　小蔥拌豆腐——一清二楚。

　　擀麵杖吹火——一竅不通。

　　狗拿耗子——多管閑事。

　　泥菩薩過江——自身難保。

從上面的例證可見，前面的假托語是人民從生活實踐中廣收博採各種各樣事態物狀來加以描摩的一種形象的比喻，這樣，歇後語便是具有文學性的，所以我們可以說，歇後語是一種有特殊比喻的民間文學語言。歇後語經過這一番比喻以後，就更能使語意生動活潑，富於形象性，把後半部分抽象的意思說得更具體。

在運用歇後語時往往有一個重要的特點，就是在說話的時候，通常可以只是將前半截的比方說出來，而把後半截的解釋省去，而讓聽話的人自己去體會說話的意思，這樣，歇後語便有一個含蓄性，這種含蓄性的作用在於：(1)增加了語言感情的濃度，如只說〝千里送鵝毛〞，便表達了〝禮輕人意重〞的意思，聽來倍覺親切。(2)增加了語言幽默的成分。如形容一人慳吝，你直接指出往往效果不好，如果只用半句歇後語，〝你真是一隻鐵公雞呀〞，便能體現出〝一毛不拔〞的詼諧。由於歇後語具有這種只說前半不說後半的語言特點，所以被叫成〝歇後語〞、〝歇語〞、〝藏詞〞。

歇後語的前後兩部分有時用成語或諺語構成。例如：

拿著雞蛋碰石頭——以卵擊石。
針尖對麥芒——針鋒相對。
橫挑鼻子豎挑眼——評頭論足。
一口吃成大胖子——急於求成。
二一添作五——平分秋色。

上述歇後語的前後兩部分結合得並不嚴密，是人們在運用諺語或成語時，把意思相近的諺語和成語湊在一起，組成歇後語，而且是一種臨時性的組合，又能隨時隨地分開來使用。

　　歇後語與各類文學體材有著比較密切的關係。第一，關係最為
密切的是明清以來古典小說中著名的典型形象。《西遊記》中的豬
八戒和孫猴子，這兩個可笑又可愛的形象，促使人民群眾從各種不
同的角度創作出了關於他倆的歇後語，都著重從典型性格出發，在
歇後語中摹擬著。

1.關於孫猴子的，例如：

　　孫悟空的金箍棒──能大能小。

　　孫悟空鬧天宮──打上前去。

　　孫猴子坐天下──毛手毛腳。

　　孫猴子穿汗衫──半截不像人。

　　孫猴子打觔斗──十萬八千里。

2.關於豬八戒的，例如：

　　豬八戒吃人參果──第一遭。

　　豬八戒吃胰子──有點內秀。

　　豬八戒咬牙──恨猴兒。

　　豬八戒照鏡子──裡外不是人。

　　豬八戒看唱本──混充識字的。

　　豬八戒戴花──自覺自美。

　　豬八戒進湯鍋──活要命。

　　豬八戒敗了陣──倒打一耙。

《三國演義》中的典型形象，在歇後語裡也有很大影響力。

1.關於張飛的：

張飛吃秤鉈——鐵了心了。

張飛拿耗子——大眼兒瞪小眼兒。

張飛擺屠案——凶神惡煞。

2.關於劉備的：

劉備的江山——哭出來的。

劉備的舅子——孫權（生全）。

劉備夫人——糜氏（沒事）。

3.關於關公的：

關雲長放屁——不知臉紅。

關雲長不殺張文遠——念起舊情。

關老爺賣馬——同倉不肯畫押。

從有關三國西遊的歇後語中，可見古典作家塑造人物形象的巨大成就。這些歇後語多半依據人物的性格特徵而發。張飛是個暴燥性子，自然是個凶惡像，豬八戒是個自相矛盾的性子，自然是個滑稽可笑的形象。從關於《紅樓夢》人物的歇後語看，劉佬佬是個鄉下人，進城開眼界是個最突出的事情，於是便有〝劉佬佬進大觀園——看得出神〞的歇後語；賈寶玉有反封建禮教的禁慾主義的傾向，他做夢就是一件體現他的傾向的事情，於是便有〝賈寶玉遊魂——誤入迷津〞的歇後語。這樣看來，詼諧滑稽和可笑，不能完全概括歇後語的本質，歇後語也有嚴肅的一面，它不僅在輕鬆的場合中運用，它也會在莊重的場合中起作用，例如毛主席就在《反對黨八股》內運用了〝懶婆娘的裹腳，又長又臭〞、〝老鼠過街，人人喊打〞的歇後語來反對黨八股。顯而易見，絕不能用文字遊戲來概括歇後語的本質。

　　第二，歇後語與歷史與傳說往往也有永久性的特殊關係。例如司馬遷《史記・項羽本紀》中有這樣一句：〝說者曰：`富言楚人沐猴而冠耳，果然。′項王聞之，烹說者。〞這裡的沐猴，就是獼猴，冠，即戴帽子，做動賓短語用，這顯然是嘲笑項羽成不了大事，只不過像是戴著帽子的猴子罷了，項羽一氣之下把說的人在鍋裡煮死了。這段歷史記載，便是〝猴子戴帽子——裝人樣〞這條歇後語的來歷。再如〝長老種芝麻——未見得〞的歇後語，據明代顧元慶《夷白齋詩話》注云，當時南方有一種鄉風，種芝麻時夫婦兩手同種，芝麻便會倍收，長老是個和尚，若獨種必無可得之理，根據明代這個風俗傳說，便出現了這條歇後語。傳說故事化為歇後語的例子是累見不鮮的，來自孟姜女傳說的歇後語便有：〝孟姜女的男人——填了陷了〞，〝孟姜女拉劉海——哭的哭，笑的笑〞；來自魯班傳說的歇後語便有：〝魯班門前弄大斧——不識高低〞；來自伍子胥傳說的歇後語便有：〝伍子胥過昭關——一宿頭髮都白了〞，例子是很多的，所以我們說，歇後語與歷史和傳說故事往往密切不可分。

　　第三，歇後語與古文學作品中所謂〝藏詞〞也有特殊的關係。當然，〝藏詞〞，一般有兩種，一種是〝藏頭語〞，如《論語・為政》云：〝三十而立，四十而不惑。〞現有人只說〝而立〞、〝不惑〞就知是指三十歲、四十歲，這就叫藏頭語。藏頭語當然不會和歇後語有關係。但另一種〝縮腳語〞卻有特殊的關係了。試見以下排比出的各例，故〝有謂之縮腳者，即古之歇後語〞❶：

1.《後漢書·吳弼傳》云：〝陛下隆于友于，不忍恩絕。〞

2.三國曹植《求通親親表》云：〝今之否隔，友于同憂，而臣獨唱者，何也。〞〝友于〞二字實際是〝縮腳語〞，《書經·君陳》中有〝惟孝友于兄弟〞，曹植引用時省去〝兄弟〞二字。

3.晉陶淵明《庚子歲五月從都還阻風》詩云：〝一欣侍溫顏，再喜見友于。〞，陶淵明引用時也是省去〝兄弟〞。

4.隋侯白《啟顏錄》說故事云：〝唐封抱一任櫟陽尉。有客過之，既短，又患眼及鼻塞。抱一用千字文語作嘲之，詩曰：面作天地玄，鼻有雁門紫，既無左達承，何勞罔談彼。又一人患眼側及翳，一人患齇鼻；俱以千字文作詩相詠。齇鼻人先詠側眼人云：眼能日月盈，為有陳根委，患眼人續云：不別似蘭斯，都由雁門紫。〞《千字文》由南朝梁周興嗣編，至隋代大為流行，家喻戶曉，故句中藏字，當時人一聽便明白：

天地玄——黃，　　雁門紫——塞，

左達承——明，　　罔談彼——短，

日月盈——是，　　陳根尾——盈，

似蘭斯——馨，

5.元雜劇《包待制陳州糶米》第三折：〝我騎上那驢子，忽然叫了一聲，丟了我個撅子，把我直跌下來，傷了我這楊柳細，好不疼哩！〞這裡〝楊柳細〞實際也是縮腳語，藏去了〝腰〞字。

---

❶　清胡式鈺《竇存》（卷四）。

6.《金瓶梅詞話》第二十三回：〝只聽老婆問西門慶説：你家第五個秋胡戲：你娶他來家多少時了？〞這裡〝秋胡戲〞實際藏去了〝妻〞。

7.明西周生《醒世姻緣傳》第三回云：〝珍哥説道：不消去查，是你的秋胡戲，從頭裡就號啕痛了。〞這裡〝秋胡戲〞為〝妻〞，〝號啕痛〞為〝哭〞。

8.明馮夢龍編《古今譚概·巧言》云：〝一士人家貧，與友上壽，無從得酒，乃持水一瓶稱觴曰：`君子之交淡如。′友應聲曰：`醉翁之意不在。′〞士人與友的對話，實際是〝君子之交淡如〞——水；〝醉翁之意不在〞——酒。

9.《民俗周刊》第84期《關於歇後語與歌謠的研究》認為歇後語中有一類〝截尾語〞，為：〝一兩工〞——錢，〝下馬威〞——風，〝青天白〞——日，〝壽比南〞——山❷。

由上可見，藏詞中的縮腳語，或曰截尾語與歇後語有密切關係。這種縮腳語在三國產生時原本帶有嚴肅意味；至晉仍如此，到隋代以後卻帶有同歇後語一樣的詼諧意味了。可能歇後語的產生受縮腳語之影響。〝友于兄弟〞用於藏詞，因為它是當時的成語；後世的〝秋胡戲妻〞，〝天地玄黃〞等，卻不能認為是成語，只是約定成俗的套語而已。

總之，與各類文學之關係密切者為散文、詩歌、筆記小説、元曲、明清小説，並影響到歇後語的內容與形式。

---

❷ 見廣州中山大學語言歷史學研究所，1929年。

第二節　歇後語的來歷

歇後語的來歷有一個頗大的特點，即先出現詞體，而後才見人定名。歇後語作為一種特殊的語言形式，在先秦便已出現了。《戰國策·楚策四》云：〝亡羊而補牢——未為遲也。〞這是最早見的歇後語，勞動民眾就是這樣用〝亡羊補牢〞總結了他們牧羊防失的經驗，故最早歇後語之產生，應與生產有關而具有嚴肅之意義。

這種語言形式直到唐代就被人定名為〝歇後體〞了。《舊唐書·鄭綮列傳》中說：〝綮本善詩，語多誹諧〞，因而〝世共號鄭五歇後體〞。這是極有價值的理論名詞之概括，而歇後語從其整體模式來說，已在唐代成熟而有發展，這最明顯表現在民俗裡已大量在發展，連大詩人杜甫、韓愈都不能免掉這種〝縮腳語〞也就是〝歇後語〞之俗。正如《藝苑詩話》〝用語歇後〞所說：〝昔人文章中，多以〝兄弟〞為〝友于〞；以〝日月〞為〝居諸〞；以〝黎民〞為〝周餘〞；以〝子孫〞為〝貽厥〞；以〝新婚〞為〝燕爾〞；類皆不成文理。雖杜子美、韓退之亦有此病，豈非徇俗之過耶？子美云：〝山島山花吾友于〞。又云：〝友于皆挺拔〞，退之云：〝豈謂貽厥無基址〞，又云：〝為爾惜居諸〞。……吳氏《漫錄》謂：洪駒父云：此歇後語也。韓杜未能去俗何耶？《南史》：〝劉湛友于素篤〞。《北史》：〝李謐事見篤友于之情〞，故淵明詩：〝一欣侍溫顏，再喜見友于〞。子美蓋有所本爾。〞❸宋人吳曾的《能改齋漫錄》已認為縮腳語即歇後語，這說明在唐代甚至宋代，縮腳語都加入歇後語一道在發展的。當然，唐代也有正式的喻

---

❸　引郭紹虞校輯《宋詩話輯佚》（卷下）。

解式的歇後語在發展，而它正是主流，唐代李義山《雜纂》便搜集了許多歇後語，茲引如下：

必不來：醉客逃席，客作偷物去，追王侯家人。

不相稱：病醫人，瘦人相撲，屠家念經。

怕人知：賊贓，匿人子女，透稅。

惡不久：夫婦爭小事，贓濫官打罵公人。

不快意：鈍刀切物，破帆使風，樹陰遮景致。

殺風景：花架下養雞鴨，遊春重載，看花淚下。

須貧：家有懶婦，早臥晚起，多作淫巧。

必富：勤求儉用，家養六畜，耕作不失財。

《雜纂》的〝歇後語〞按現代的整理法就應是：

醉客逃席——必不來。

屠家念經——不相稱。

透（偷）稅——怕人知。

鈍刀切物——不快意……

這些歇後語有許多涉及唐人的民俗，如相撲、種花、春遊觀花，也有許多涉及唐人民俗觀；如：夫婦爭吵、家有懶婦、勤求儉用、家養六畜。這說明唐代歇後語是與民俗交織在一起發展的。

宋王銍（君玉）《雜纂續》一卷中也搜集整理歇後語，整理法承唐代：

自做得（自做自受）：木匠帶枷，鐵匠被鎖。

可惜：玉器失手，新鞋袴蹴踘，書畫被鼠齧。

沒用處：舊曆、禿筆、隔年桃符、折針。

又愛又怕：小兒放紙砲，狗喫熱油，小兒看雜劇。

難理會：啞子作手勢，杜撰草書，醉漢寐語。

輒不得：問暑月行人借扇，就雨中人借傘，

　　　　廚子處借刀，問惠腳人借拄杖。

不識好惡：岸上看人溺水，失火處說好看。……

宋蘇子瞻《雜纂二續》搜集整理歇後語則如下見：

不快活：步行著窄鞋，暑月對生客。

未足信：媒人誇好兒女，敵國講和，賣物人索價說咒。

改不得：生來劣相，偷食貓兒。

說不得：啞子做夢，賊被狗咬。

忘不得：受恩處，得意文字，少年記誦書。

留不得：春雪，潮水，順風下水船。……

（以上均見《說郛》弓七十六）

唐宋時《雜纂》引人注目，其道德感給人以深刻的啟迪。從〝雜纂〞內容條文來看，屬於現實的民俗的條文居多，大多數帶有教育哲理之格言性，像〝瘦人相撲──不相稱〞，指示瘦人不必參加相撲競賽；〝家有懶婦──必貧〞，教育為妻者必須勤勞；〝花架下養雞鴨──殺（煞）風景〞，教育人保護環境衛生；〝失火處說好看——不識好惡，〞批判不道德行為等等。這種格言性的〝歇後語〞，恐怕是唐宋時歇後語的最顯著特點，儘管唐宋人未明言他們的《雜纂》語是〝歇後語〞。但可見唐宋時的歇後語注重教育性，而不像近現代的歇後語注重幽默性，以至被著名小說家茅盾斥責為〝歇後語不過是語言遊戲〞。茅盾其所以有此誤解，乃是他不夠了解歇後語古今延綿的深邃內容和它對我國文化的深刻影響所致。唐代歇後語受了民間格言警句影響而產生，敦煌寫本伯二七二七《雜抄》中有〝世上略有十種箚室之事〞、〝無去就〞、〝不達時宜〞、〝無所知〞、〝不自思度〞、〝六痴〞、〝八頑〞等，與李義山《雜纂》中收集的歇後語〝失去就〞、〝不達時〞、〝強會〞語句頗多相同，如果就此說明敦煌《雜抄》中民間格言警句是《雜纂》中同樣歇後語之源，我看是頗為合適的。《雜纂》中歇後語似是受它影響而形成的，當時還未把它稱為歇後語，遂後便與〝亡羊補牢〞式的歇後語合流了。在宋代，夾有歇後語的書籍見《五燈會元》、《朱子語錄》等。如《五燈會元》卷二十便有〝抱橋柱洗澡——放手不得〞，〝掛羊頭賣狗肉——扯的假幌子〞。又如《朱子語類輯略》卷八便有〝三十年做老娘——倒繃了孩兒〞，宋朱弁《曲洧舊聞》卷七便有〝侏儒觀戲——人笑亦笑〞。到現代則已演變為〝矮子看戲——見人道好，他也道好〞。可見在宋代歇後語已逐步流傳，連嚴肅的佛教徒、宋明理學大師朱老夫子都對它肯定，並加以運用。

元代歇後語之特點，是將它運用在散曲、戲劇當中。《朝野新聲太平樂府》卷九收錄了金末元初杜善夫《喻情》散曲，其中有大量歇後語，特別是諧音歇後語已發展到異常完善的地步，例如：

相撲漢賣藥──乾陪了擂。(擂為淚的諧音)

唐三藏立墓銘──空費了碑。(碑為悲的諧音)

泥揑的山──不信是石。(石為實的諧音)

綿帶子拴腿──無繩繫。(繩繫為〞聲息〞的諧音)

大蟲窩裡蒿草──無人刈。(人刈為〞仁義〞的諧音)

可見諧音歇後語元代已成熟並在散曲中發揮作用。同時元雜劇中有大量歇後語運用:

《金鳳釵》第三折:濕肉伴乾柴──官棒難捱。

《來生債》第三折:大缸裡打翻了油──沿路兒拾芝麻。

《李逵負荊》第四折:甕中捉鱉──手到拿來。

《後庭花》第四折:啞子做夢──說不的。

《看錢奴》第三折:驢糞毬兒──外面光。

在元雜劇中歇後語已經很普遍被使用了。

　　明代歇後語的特點,則是將它運用在白話小說當中。試看《金瓶梅詞話》第六十回一段話:〞那潘金蓮見孩子沒了,李瓶兒死了生兒,每日抖擻精神,百般的稱快,指著丫頭罵道:`賊淫婦!我只說你日頭常晌午,卻怎的今日也有錯了的時節?你斑鳩跌了彈也,嘴答穀了❹!春凳折了靠背兒,沒有倚了!王婆子賣了磨,推不的了!老鴇子死了粉頭,沒指望了!卻怎的也和我一般?′〞❺

---

❹　元曲《趙盼兒風月救風塵》第二折:〞一個個嘴盧都似跌了彈的斑鳩。〞形容垂頭喪氣。

❺　《金瓶梅詞話》(下),人民文學出版社,1985年版,804頁。

潘金蓮罵人時，竟一連説出四條歇後語來。歇後語在其他明代長篇章回白話小説中也很多。

1.《醒世姻緣》：

大軸子裏小軸子——畫〔話〕裡有畫〔話〕。（第九回）

大風裡吊了下巴——嘴也趕不上的。（第五十一回）

打牙肚裡咽——乾吃啞巴虧。（第八十回）

張天師忘了咒——符也不靈了。（第五十二回）

2.《新刻三寶太監西洋記通俗演義》：

陳摶❻的徒弟——好睡。（第十七回）

八仙過海——各顯神通。（第十八回）

鮑老❼送燈台——一去永不來。（第七十一回）

倒澆蠟燭——由（油）不得了。（第三十二回）

隔山取火——討不得了。（第三十二回）

3.《西遊記》：

尖擔擔柴——兩頭脱。（第五十七回）

大海裡翻了豆腐船——湯裡來水裡去。（第六十一回）

糟鼻子不吃酒——枉擔其名。（第三十九回）

磨磚砌的喉嚨——著實又光又滑。（第四十七回）

---

❻　陳摶，事蹟載於《宋史·列傳二一六》。又見宋魏泰《東軒筆錄》（卷一）。

❼　鮑老，古劇腳色名。見《王國維戲劇論文集·古劇腳色考》。

另外明人著述《墨娥小錄》第十四卷中稱歇後語為〝中原市語〞，收入眾多明代歇後語：〝糖蜜棗子——透透地〞，〝王婆染皂——直到夜〞〝王婆燒香——一道煙兒〞，〝王婆婆賣糍——熱處極多〞，〝錫鑶鉤子——難掛〞，〝烏馬兒匾食——難賣弄〞，〝蚊蟲遭扇打——只為嘴傷人〞……等等。看來明人認為歇後語在市民中產生。

清代歇後語之興盛，到了各代無以倫比之地步。專門收入的書有《越諺》、《滬諺》。明代有黃允交輯《雜纂三續》，清代又有韋光黻輯《新續》，顧鐵卿輯《廣雜纂》。輯錄專書還有杜文瀾所撰《古謠諺》，曾廷枚《古諺閑譚》。還有錫紱的《諺有全譜》、徐珂《清稗類鈔》、翟灝《通俗編》等等。又有清代通俗小說中的歇後語，《紅樓夢》為首，都大量引用了歇後語。

由上觀之，歇後語真是淵遠而流長，豐富而多彩，是中國民間文學中有深厚學問的種類。

第三節　歇後語的分類

歇後語的分類，一般以諧音類、喻事類、喻物類、故事類此四類為常見[8]；也有人以歇後語第一個漢字的漢語拼音順序排列，這是以首字為分類[9]；也有人只分兩類：喻意歇後語、諧音歇後語[10]。如此分類，都是為了便於實際檢用為目的。看來歇後語的分類並不是一個複雜的問題，學術界的意見比較一致。

歇後語是以前半部分的比喻為它的主要特徵的，因此，我們分

---

[8]　參見孫治平、王士均編《歇後語四千條》，上海文藝出版社，1982年版。
[9]　參見《歇後語小詞典》，陝西人民出版社，1982年版。
[10]　參見王勤《諺語歇後語概論》，湖南人民出版社，1981年版。

類便應該根據它的比喻的性質來分類。

第一類，動物歇後語。這類以比喻各種各樣飛禽走獸與活著的
生物之歇後語為主，略舉幾例，像：

老虎帶佛珠——假充善人。

老鼠進風箱——兩頭受氣。

老鴉啄柿子——挑軟的吃。

老鷹捉小雞——一個憂來一個喜。

狗掀門簾——全靠一張嘴。

兔子尾子——長不了。

屎殼螂搬家——滾蛋。

蚊子咬菩薩——認錯了人。

烏龜笑王八——彼此彼此。

黃鼠狼給雞拜年——沒存好心。

第二類，植物歇後語。這類以比喻各種各樣樹木、莊稼，無生
物的歇後語為主，略舉幾例，像：

白菜種在牆頭上——難栽。

黃瓜炒肉絲——一樣色。

菜瓜打驢——兩下去啦。

荷花底下著火——藕然（偶然）。

高粱撒在麥子地——雜種。

柳樹上開花——沒結果。

柳樹出身──沒立場。

樹林放風箏──繞住了。

苦黃瓜──醬 (將) 上啦。

花椒樹底下種老玉米──又麻又瞎。

第三類：人物歇後語。 包括：老少男女、神、仙、鬼、魔、怪等等，具有比喻一切人的意味的歇後語，略舉數例，如：

判官的肚腹──鬼心鬼腸。

老和尚撞鐘──過一天是一天。

孫二娘開飯店──進不得。

城隍老爺戴孝──白袍 (跑)。

張天師叫門──拿鬼。

啞巴吃黃連──有苦說不出。

壽星老兒栽跟斗──肉頭到地了。

巫師跟鬼打架──病人作難。

孔夫子搬家──盡是書 (輸)。

門神打灶神──自打自。

第四類，用品歇後語。 包括比喻人所用東西的歇後語。略舉數例，如：

算盤珠子──撥一個動一個。

碾子磨——石對石（實對實）。

鞋底抹油——溜了。

帽子裡藏蟬——頭鳴（名）。

幹麵杖吹火——一竅不通。

棺材裡伸手——死要錢。　　　糞桶破了底——只剩臭架子。

紙糊的燈籠——心裡明。

秤鉈掉在雞窩裡——搗蛋。

破風箏——抖不起來啦。

第五類，地名歇後語。這類歇後語有濃厚地方性：

宜興茶壺——只賣一張嘴。

宜興山裡來個夜壺——好隻嘴。

房山縣的城牆——不開眼。

護國寺西口兒——狗市（勢）。

東岳廟的房子——十隔（失格）。

黃河裡的水——難清（請）。

金鑾殿上打滾——總算值得。

京東大草原——連軸兒轉。

西城的布庫——瘦文（受聞）。

東岳廟走城隍——橫順都闖鬼。

歇後語大致可以分為以上五大類，由於數量很多，難以統計，在每
一大類中，也可細分。地名歇後語由於有地方性，不熟習地名和地

方掌故，往往不易理解。當然，如果將古代歇後語也一齊納入分類，勢必還能加入：(1)藏頭類：如花甲、古稀等；(2)縮腳類：如〝東倒西（歪）〞、〝張燈結（彩）〞等；(3)寓教類：即不含幽默性而只具教育性的唐代歇後語。

另外，諧音類中似仍能分為：(1)音同類：如〝臘月裡的蘿蔔——凍（動）了心〞，〝紙糊的琵琶——彈（談）不得〞。(2)音近類：如〝咬不爛的茄子——不嫩（論）〞，〝兩手進染缸——左也藍（難）來右也藍（難）。〞

第四節　歇後語的藝術表現手法

就歇後語的藝術表現手法而言，它是頗為多姿多態的。其題材的來源，不僅限於生活現實，而在於書本知識之總匯。主要分為以下幾項。

第一，誇　張。即比喻部分是用誇張的不可能的事來揭示事物的本質。例如：

> 肚臍眼說話——腰（妖）言。
> 肚臍眼兒點燈——心照不宣。
> 放屁脫褲子——白幹。
> 高射砲打蚊子——大材小用。
> 癩蛤蟆想吃天鵝肉——心高妄想。
> 三人兩根鬍子——稀少。

　　第二，擬　人。即比喻部分具有擬人的思想感情和事情，而具有趣味性。例如：

　　癩蛤蟆戴眼鏡──假充大老官。

　　蚊子打哈欠──好大的口氣。

　　黃鼠狼弔孝──裝啥蒜。

　　花椒木雕孫猴兒──麻木不人 (仁) 。

　　烏鴉笑豬黑──不知自醜。

　　第三，擬　神。即比喻部分採取神的題材。例如：

　　二郎爺放屁──神氣。

　　狗咬呂洞賓──不識好人心。

　　觀音菩薩不愛財──滿身都是金 (勁) 。

　　鬼神曬太陽──影無蹤。

　　家神打灶神──自弄自。

　　第四，對　比。即比喻部分採取兩個對立矛盾的事物或行為，或比喻部分、解答部分互相對比。例如：

　　冰窖裡著火──該著。

　　扁擔上插花針──小心。

　　鼻頭上掛肉──要吃吃勿到。

　　紅蘿蔔——白操心。
　　半夜雞叫——不知分曉。

　　第五，借　代。即比喻部分如比喻的是人則用物來替代，或將
人物稱呼簡化作為代表。例如：

　　瓷公雞——一毛不拔。（瓷公雞代替吝嗇鬼）

　　豁牙子啃西瓜——淨是道兒（豁牙子代門齒脫落的人）

　　瞌睡碰著枕頭——求之不得。（瞌睡代打瞌睡的人）。

　　矮子裡拔將軍——將就材料。（矮子代矮個子的人）

　　阿哥屁——薦溜兒（不徑而走）。（阿哥（滿語）代皇太子⑪）

　　夫子的徒弟——賢〔閒〕人。（夫子代孔夫子）

　　第六，白　描。即比喻部分採取描寫手法來加以敘述：

　　脖子圍裹腳——臭一圈子。

　　抱著娃娃進當鋪——當了人了。

　　半空中點燈——高明。

　　豆腐掉在灰窩裡——吹不的打不的。

　　第七，假　設。即比喻部分採取事實上不存在的假設法構成。
例如：

　　——————————————————————————
　　⑪　見《清稗類鈔》。

孟姜女挽著劉海兒——哭的拉笑的。

眉毛上打鞦韆——懸（玄）而又懸（玄）。

貓舔虎鼻樑——找死。

竹籃子打水——一場空。

第八，拆　字。即比喻部分採取拆字法形成。例如：

心字頭上一把刀——忍吧！

王字頭上少一橫——有點土。

自在大上加一點——臭氣。

王奶奶和玉奶奶——差一點兒。

總之，歇後語表現手法多種多樣，而每一種表現手法均有聯繫性。如借代，它也可能採取白描、誇張，它也可能採取假設等等。但是，歇後語藝術表現手法的豐富多彩則是肯定的。

第五節　歇後語的社會意義

歇後語是民間一種極有價值的文學語言，從以上敍述中可見，它歷來受到了大文學家的關注。羅常培先生曾經在《怎樣學習大眾的語言》一文中⑫，引用著名作家老舍的話說：〝大眾口中有多少俏皮話、歇後語、成語呀，這都是寶貝。〞老舍說得很好，歇後語確應視為人們口中的寶貝。應該承認歇後語是民間文學語言，並不能說它就是語言的遊戲，更不能說它只是表現〝庸俗趣味〞的語言，否則不會有那樣多的從古至今的作家，把它們從民間口頭上採

⑫　見《語文學習》1952年第9期。

集來大用特用。自然，歇後語有它粗俗的地方，例如〝脫褲子放屁——白幹〞等等，在某些嚴肅場合不能亂用，可是，一旦作家們把粗俗的歇後語，甚至略帶色情的歇後語運用到某個特定的典型人物身上，借以塑造真實的人物形象，便是極具社會意義了。因此，不管它是文雅的也好，粗俗的也好，都是有實際使用價值的。不應該再像1954年下半年那樣，由某些人帶頭對歇後語提出譴責，妄圖禁止使用，這種過時情況絕不應該再出現。

民間歇後語是有實際社會意義的，總的來說有以下四點：

第一，歇後語具有積極的修辭意義。正如羅常培先生指出的：〝歇後語的前半截，差不多都是生動活潑的，它能把後半截抽象的意思說的很具體，從這裡我們可以發現語言的靈活有趣，例如`茶壺裡煮餃子——肚裡有，嘴上倒不出´……〞（《怎樣學習大眾的語言》）即是說，歇後語可以使語言活潑與優美；富於生活情趣、敘事、抒情、刻劃人物，都能使語言通俗易懂；在某些特定場合使用，它又能使語言寓意深切，意味深長，耐人尋味；又能使人運用歇後語來表達諷刺、譏嘲的感情，使語言增加力度。由此可見，歇後語的社會的修辭意義是不可抹殺的。

第二，歇後語題材的範圍很廣泛，主題的內容也很豐富，人民大眾通過種種歇後語來總結對於自然、社會、風俗等等的體驗和看法，既表現出來比較全面的人與人之間社會關係的真面目，也反映出來人民大眾的愛憎感情和判斷能力，通過特殊比喻的形式反映了生活的真實。

第三，歇後語又運用人民大眾熟悉的形象和事物，來證明抽象理論的正確性，這表現了人民大眾重實際的實事求是的精神，它也

· 第十七章　民間歇後語 ·

表現了人民對醜惡事物的一種不妥協的鬥爭精神。歇後語的基本傾向就是批判的和諷刺的，它是人民大眾從實際的生活實踐與生產鬥爭中獲得的知識與智慧的反映。

　　第四，歇後語主要是勞動民眾的口傳文學作品，大家共同使用著修改著舊有的歇後語，淘汰僵化的過時的歇後語，創作著新的實用的歇後語，而新的歇後語不斷的產生，它也從來都是活躍在勞動民眾口頭上的，許多老農說起歇後語熟練異常，就像知識分子引經據典一樣，他們把歇後語作為生活的警言，作為對客觀事物評價的一種工具，一種促使人進步的力量，他們用它來批評自私自利的行為，挖苦人們的愚笨、嘲笑自作聰明、掩耳盜鈴等等。它們取之於群眾之中，又回到群眾之中去，歇後語具有明顯的社會意義。

第十八章　民間對聯

第一節　什麼是民間對聯？

　　民間對聯是我國民間文學中具有民族特色的一種民間語言藝術形式。民間俗稱為〝對子〞，文人又稱它為〝楹聯〞、〝楹帖〞。民間對聯是一種有很強針對性的民間語言藝術。它以其巧妙、優美而雅致的藝術語言，來配合人民在生活中表達自己的喜怒哀樂。這種實用性特徵表現在喜慶，就有婚聯，例如民間辦婚事便愛在新房門上貼一對對聯：〝當門花並蒂，迎戶樹交柯〞。或者：〝琴瑟永諧千歲樂，芝蘭同介百年春〞。人民在憤怒時也會用對聯進行反抗。1894年，中日甲午戰爭，日本鬼子侵占了大連是11月2日，正是慈禧太后六十大壽，人民憤怒的在北京牆頭寫了一付對聯：〝萬壽無疆，普天同慶；三軍敗績，割地求和。〞以此表現對腐敗王朝在國難當頭時還大搞祝壽活動的憤怒。清末，蘇昆名丑楊三在演《白蛇傳》時，諷刺了李鴻章的賣國行為，後來他被李鴻章害死，觀眾十分憤怒，人民寫了這樣一付對聯：〝楊三已死無蘇醜，李二先生是漢奸。〞李鴻章排行老二，這付對聯矛頭對準賣國賊。人民在悲哀時，也用對聯來寄托哀思，輓聯就是用來哀悼死者的，例如悼念烈士，就有這樣的對聯：〝忠魂不泯熱血一腔化春雨，大義凜然壯志千秋泣鬼神。〞人民在快樂時，也用對聯來表現心中的歡欣，春節你到農村去，家家戶戶門上都有對聯，這家是：〝勞動門第春常在,勤儉人家慶有餘。〞那家是:〝山青水秀風光好,人壽年豐喜事多。〞真是處處對聯支支歌,唱不盡今日好生活。對聯的實用性是很明顯的,用對聯來表現心中的思想感情,這是我國民族傳統的表現形式。

民間對聯又是一種有很強職業性的民間語言藝術,它以其千種萬種不同的題材,來配合人民表達對自己的職業的自豪感。例如:幼兒園有這樣的對聯:〝兒童樂園無限好,祖國花朵別樣紅〞;儲蓄所有這樣的對聯:〝儲蓄不嫌存錢少,節省經常積累多〞;百貨商店有這種對聯:〝商店向陽連千戶,櫃台春暖送萬家〞;飯店有這種對聯:〝樂滋滋獻口福,笑盈盈迎顧客〞;影劇院有這種對聯:〝銀幕五光十色激揚文字,舞台萬紫千紅鼓舞人民〞;醫院有這種對聯:〝中西交流取長補短顯身手,新舊互學救死扶傷展神通〞;車站碼頭又有這種對聯:〝穿山越嶺交通無阻,乘風破浪行駛安全〞。總之,只要我們到各城鄉去,在任何職業的門口,都會看見這種各行各業的對聯,對聯的職業性特徵緊緊包容著它的流傳地域廣泛的程度。

民間對聯又是一種有很強教育性的民間語言藝術,它在我國城鄉各處,時時教育著人民,用傳統的高尚情操來熏陶男女老少,用鮮明的思想感情來控制千家萬戶,具有明確的進步性和激勵性,是人民手中的靈活的輿論工具,〝體健身強宏開壽域,孫賢子孝歡度晚年〞這付壽聯,便體現著我國民間敬老的優良民風;〝海枯石爛同心永結,地闊天高比翼齊飛〞這付婚聯,便表達著我國青年愛情忠貞的情操美。民間對聯的教育性最突出的表現在它最講究文明優美。思想美是民間對聯的主要傾向,因為對聯的主要作用是用來表現人們高雅的心境的，因此它能體現出人民靈魂深處的美。

　　民間對聯也有很強的時間性，在橫亙千古的歷史長河中，它轉瞬即逝，因為它是往往配合著民間風俗儀式進行的。婚聯一般在舉行婚禮時貼出；壽聯是在祝壽時貼出；商店開張，貼出對聯才放鞭砲；春節來臨，貼了對聯才來過年；悼念烈士，是在悼念烈士舉行儀式前掛在花圈上。總之是，民間對聯的時間性特徵是和民俗儀式結合在一起的。我國民間每當過春節便大貼春聯，個別時間不管是元宵節（上元節）、清明節、端午節、七巧節、中秋節、上巳節、中元節❶，民間對聯之花也有圍繞著我國民間節日怒放的情況，特別是在古代，文人雅士節日飲酒對對子的民間傳說到處都有，現代也累見不鮮，如七巧節去訪上輩，就有贈這種對聯的：〝屈指三秋天上又逢七夕，齊眉百歲人間應有雙星〞又如，中秋節便有對聯：〝節屆中秋月圓人壽，籌增上算桂馥蘭馨。〞圍繞節日作對聯，也是時間性特徵之表現。喬遷之喜一般也有作對聯的傳統。

　　民間對聯的特徵，便是它的針對性、職業性、教育性和時間性。它也充分具備著中國民間文學匿名性、集體性和流傳性。它是我國極為普遍的一種民間文學類別，這個類別中國文學史不談它，理所當然，應當將它包括在我國民間文學中來論述，在我國廣大城鄉，從沒有在春聯上寫上作者姓名的風俗習慣，它從這個地方的門上轉到那個地方的門上，不斷的修改文字、轉變句子，完全是集體無名者的傑作，它是我國民間高度文明傳統的體現。

---

❶　每年農曆二月初三為〝上巳節〞，〝巳〞音〝si〞，寺〞。農曆七月十五為〝中元節〞。

第二節 對聯簡史略述

現在民間春節時還能看到這樣的對聯："爆竹一聲除舊，桃符萬戶更新。"談對聯的起源還必需從這付對聯中的"桃符"談起。什麼是桃符呢？桃符就是桃木板做的牌子，懸掛在門的左右兩邊，也可以插在門口兩旁的地上，而牌子上面畫著兩個驅鬼的大神，一個叫做"神荼"（shēn甚，shū書），一個叫做"鬱壘"（lù，路）。

梁宗懍《荊楚歲時記》云："造桃板著戶，謂之仙木。"注："《典術》云：桃者，五行之精，厭伏邪氣，制百鬼也。"

《荊楚歲時記》又云："貼畫雞戶上，懸葦索于其上，插桃符其旁，百鬼畏之。"

《說郛》卷十引馬鑒《續事始》云："《玉燭寶典》曰：`元日造桃板著戶，謂之仙木，……´即今謂之桃符也。其上或書神荼、鬱壘之字。"（《玉燭寶典》係隋代杜台卿著）（見涵芬樓百卷本）

梁章鉅《楹聯叢話》卷一云："嘗聞紀文達師言，楹帖始於桃符。"❷又《玄中記》云："今人正朝（年初一）作兩桃人立門旁，以雄雞毛置索中，蓋遺像也。"這些資料都說明桃木板又叫"仙木"，畫上神荼鬱壘，百鬼畏之，以後對聯便寫在板上。神荼鬱壘這兩個神是黃帝神話中的兩個大神，有這麼一段神話：

> 滄海之中，有度朔之山，上有大桃木，其屈蟠三千里，其枝間東北曰鬼門，萬鬼所出入也。上有二神人，一曰神荼，一曰鬱

---

❷ 見清梁章鉅等撰《楹聯叢話》，白化文、李如鸞點校，中華書局，1987年版。

壘，主閱領萬鬼。惡害之鬼，執以葦索，而以食虎。於是黃帝
乃作禮，以時驅之。立大桃人，門戶畫神荼、鬱壘與虎，懸葦
索以禦凶魅。 （王充《論衡·訂鬼篇》引古本《山海經》）

此神話今本《山海經》不載，而見於東漢王充《論衡》中，可見掛
桃符驅鬼的民間風俗從漢代至今已有兩千多年了，直至現代仍有此
風俗，據婁子匡編著的《新年風俗志》載說安徽省壽春地區：〝正
月一日雞剛在啼叫，人們都就要起床，梳頭洗面以後，焚香拜天
地、家堂，燃放爆竹，在自家門前，插那桃符在門的邊旁，這就是
驅除惡鬼的俗行。〞 （53頁，1935年商務版）這一種強烈的風俗潮流到唐
代以後又生出一個旁枝就是對聯。上面《楹聯叢話》引紀昀（文達）
〝楹帖始於桃符〞之說，是引自《蜀檮杌》寫的傳聞，此書是宋代
張唐英著，記的是五代後蜀主孟昶在桃木上寫對聯一事，《宋史·
蜀世家》也有所記，說孟昶〝蜀未歸宋之前，一年歲除日，昶令學
士辛寅遜題桃符版於寢門，以其詞非工，自命筆云：〝新年納餘
慶，嘉節號長春。〞〞❸這樣便首開了在桃符上寫對聯的新風。王
安石在北宋年間便這麼寫了：〝千門萬戶曈曈 (luán，圓) 日，總把
新桃換舊符。〞這詩裡〝桃〞、〝符〞，通指桃符，也就是對聯，
由此可見，桃符風俗到五代至宋 （十世紀初至十一世紀初）派生出寫對聯
的風俗，而畫桃符的風俗仍繼續流行，當然，宋代的對聯題在桃符
上並不會普遍就形成了，那時的桃符板長兩、三尺，闊四、五寸，
是一塊薄板，上面寫吉祥的話又畫神荼、鬱壘神像或寫它倆的名
字，也有畫〝狻猊〞的 (suān，酸，ni，倪)，〝狻猊〞有的叫獅子，如
《穆天子傳》卷一郭璞注：〝狻猊，師 (獅) 子。〞，而《爾雅·

❸ 《楹聯叢話》卷一，中華版，第九頁。

釋獸》云：〝貘麤……食虎豹。〞，比老虎更厲害，是百獸之王。
宋代這種在桃符上畫二神和獸王的風俗，應當說是仍起源於漢。
《荊楚歲時記》上便說：〝歲旦，繪二神披甲持鉞，貼於戶之左
右，左神荼，右鬱壘，謂之門神。〞宗懍寫《荊楚歲時記》去漢代
未遠，其風俗的形成與漢一脈相傳，而與對聯形成後的發展相並
行。

提起漢代的桃符，那時還叫〝桃梗〞，東漢許慎注《淮南子》
說漢代桃梗是長約七、八寸，闊約一寸左右的桃木條，而這〝桃
梗〞，則是起源於更古的先秦寓言故事！《戰國策·齊策三》記了
一個〝土偶與桃梗〞的寓言式的談話：

有土偶人與桃梗相與語。桃梗謂土偶人曰：〝子，西岸之土
也，挺子以為人，至歲八月，降雨下，淄水至，則汝殘矣。〞土偶
曰：〝不然，吾西岸之土也；土則覆西岸耳。今子東國之桃梗也，
刻削子以為人。降雨下，淄水至，流子而去，則子漂漂者將何如
耳！〞

《戰國策》記述的是公元前五世紀的事，桃梗起源於此時還沒
有體現避邪意，但〝梗〞取其音而有〝更新〞意，因此也同神荼、
鬱壘神話孕育了二神與虎避鬼驅邪風俗一樣，桃梗寓言也孕育了桃
符更新的風俗。

當然，光有先秦神荼、鬱壘神話與桃梗寓言形成的桃符驅鬼風
俗，還不足以說明對聯在民間會必然形成，因為對聯是一種既是口
耳又是手書相傳的特殊的藝術語言，它的形成還得有藝術語言條

件，這就是古代民間對句、諺語和民間對對子的風氣，也促成了對
聯的產生。

　　第一，對　句。先秦民間歌謠和民間散文中便多有對句之風。
例如，《詩經》中的對句便很多，〝左手執籥，右手秉翟。〞
（《邶風·簡兮》）〝北風其涼，雨雪其雰。〞（《邶風·北風》）〝如切如
磋，如琢如磨。〞（《衛風·淇奧》）〝女日雞鳴，士日昧旦。〞（《鄭
風·女日雞鳴》）。再如《易經》中的對句也不少，〝眇能視，跛能
履〞（卷一），〝君子豹變，小人革面〞（卷四），《易傳》中對句就
更多了，而且對句都較長，〝天道虧盈而益謙。地道變盈而流謙。
鬼神害盈而福謙。人道惡盈而好謙。〞（卷二·彖）〝天地交而萬物
通也；上下交而其志同也〞（卷一·彖）《詩經》產生於西周初自不
待言，《易經》也是西周初年的作品，《易傳》是《易經》最古的
注解，產生於戰國，而且不是出自一人之手，《周易》不管是它的
經或傳，都具有明顯的民間文學價值，而這種對句之風，顯然來自
民間歌謠與民間散文。

　　第二，諺　語。最古的諺語見之於書面記載的是《易經》，是
同對句一道產生的。例如〝無平不陂，無往不復〞（泰·九三）便是
典型的對句又是諺語。這條諺語意為：〝沒有平坦中沒有坎坷，沒
有往來中沒有反復〞具有格言性的教育意義。再如，上面舉列的
〝君子豹變，小人革面〞（革·上六），也是典型的對句又是諺語，
這條是奴隸主的諺語，君子自然是奴隸主，小人自然是奴隸，君子
像豹那樣狡變了，小人應當立即改變他們的表面行為而唯唯諾諾，
這種諺語對句在先秦大量存在，造成了漢代的對仗工整的駢體賦的

產生，也給對聯的產生準備了語言藝術化的條件。到了唐代，諺語
對句在民間更是大量流行了，敦煌石室遺書中的《太公家教》便是
出現在唐代的一部民間諺語對句集大成的諺語集。有些《太公家
教》中的民間諺語，簡直就是後世的民間對聯，例如：

勤耕之人必豐穀食，勤學之人必居官職。
食必先讓，勞必先當。
鄰有災難必須救之，見人鬥打即須諫之。
積財千萬不如明解一經，良田千頃不如薄藝隨軀。❹

由此可見，到了唐代，諺語對句在民間已是十分普及了，這樣它便
造成了文人也運用俗諺來對句了，例如陳師道的《後山詩話》云：
〝某守與客行林下，曰：柏花十字裂，願客對。其倅晚食菱，方得
對云：菱角兩頭尖。皆俗諺全語也。〞很顯然，運用諺語或者俗詞
的對句，便造成了對聯的產生。所以直到現在農村裡還有把諺語用
來作春聯的習慣，例如民諺〝人勤三春早，地肥五穀豐〞，就被寫
成春聯貼在門上。還有〝生產勤為本，建設儉在先〞，〝條條江河
歸大海，朵朵葵花向太陽〞等等，都是既當諺語，又作對聯。可
見，五代至宋時對聯的出現，顯然也來自古代的諺語。

　　第三，巧　對。《後山詩話》上敍述的巧對之風，明顯從〝俗
諺全語〞而肇其端倪，後世民間私塾先生教學生，將巧對列入必修
課了，還有這樣一個關於巧對的民間笑話。

❹　詳見高國藩《敦煌寫本〈太公家教〉校錄》，載《敦煌學輯刊》（蘭州大
　學）第五輯，1984年6月刊行。

東家供先生飲饌甚薄，每飯只用蘿蔔一味。先生怨而不言。一日，東家請先生便酌，欲考學生功課。先生預屬曰：〝令尊席前若要你對對，你看我的筷子夾何物，即以何物對之。〞學生唯唯。次日，設席，請先生上坐，學生側坐。……東家説：〝我出兩字對與學生對，曰：`核桃。´〞學生望著先生，先生拿筷子夾蘿蔔，學生對曰：〝蘿蔔。〞東家説：〝不佳。〞又曰：〝綢緞。〞先生又用筷子夾蘿蔔，學生對曰：〝蘿蔔。〞東家曰：〝綢緞如何對蘿蔔？〞先生曰：〝蘿是絲羅之羅，蔔乃布匹之布，有何不可？〞東家抬頭一看，見隔壁東岳廟，又曰：〝鼓鐘。〞先生又用筷子夾蘿蔔？學生又對蘿蔔。東家説：〝這更對不上了。〞先生説：〝蘿乃鑼鼓之鑼，蔔乃鐃鈸之鈸，有何不可。〞東家説：〝勉強之至。〞又出二字曰：〝岳飛。〞先生又夾蘿蔔，學生仍對蘿蔔，……東家怒曰：〝先生因何總以蘿蔔令學生對？〞先生亦怒曰：〝你天天叫我吃蘿蔔，好容易請客，又叫我吃蘿蔔，我眼睛看的也是蘿蔔，肚內裝的也是蘿蔔，你因何倒叫我不教令郎對蘿蔔？〞

（《嘻談初錄》卷上，清・小石道人纂輯）

這雖然是一個民間笑話，但可見古代把對對作為考核學生求學質量的標準，可見古代是何等注重對對，這種風氣，也必然影響到對聯的產生。

綜上所説，對聯的產生，是和我國民間文學關係密切，先秦的神話、寓言、古諺都同它有千絲萬縷的對聯，在民間風俗和藝術語

言兩個方面,為它的產生準備了條件。要説是階段的話,可分為三個階段:

1.先秦時代是對聯的神話、寓言,諺語萌芽的階段,它們分別在民間廣泛的流傳。

2.漢代至唐代,有關對聯的神話、寓言衍變成民間迷信風俗,而諺語的口語化衍變成接近對聯的諺語對句（如《太公家教》）,避邪吉祥風俗的因素與對句藝術語言的因素相結合,促使對聯的逐漸形成。

3.五代至宋,風俗與語言的結合,產生了對聯。對聯由於是用文字寫的,自然首先是封建貴族階層文人寫成的,但當對聯變成一種風俗而加以流傳時,它便又回到廣大農村的勞動人民之手。對聯的起源和發展,便經歷了:民間──文人──再民間,這樣一個起伏的過程。民間文學中講的對聯,顯然將文人的對聯包括在民間對聯之內不能分割。

第三節　民間對聯的藝術特徵

我們説,民間對聯的語言是藝術化的,從總的方面説來,它是美的體現,給人們以藝術的享受。對聯由於在民間的盛行而造成了一種浩大的民間風氣,造成歷代著名作家、書法家也紛紛來創作它,在各地到處寫它,因此使寫對聯風氣更盛,真是從上到下,由南到北,自農村到宮廷,在全體中國人中流行,雅俗共賞。全民愛好它,是與它的藝術特點為人們喜愛而密切相關的。藝術特徵在於:

　　第一，形象的藝術意境。對聯有著出新獨特地藝術構思，將優美的意境展現在人們面前，使你神往和陶醉。例如〝黃鶯鳴翠柳，紫燕剪春風〞，短短十字，便將春天優美的意境描畫了出來；〝門對青山羊兔群群嬉碧毯，窗含綠水鴨鵝隊隊戲銀波〞，刻劃了農村副業興旺的美景；〝乘風揚帆漁歌騰海，歸舟破浪錦鱗滿倉〞，寫出了海上漁場的詩樣的意境；〝清脆歌聲有如百鳥枝頭叫，天真笑臉好似梅花萬點紅〞，寫出了可愛的孩子們令人動心的美景。很顯然，這些形象的藝術意境它們的表現方法是不同的，概括來說，一般有兩種，一種是現實主義的表現方法，在兩句中概括現實生活，運用實際生活中的素材，來勾勒一幅幅真實的美景，上面四付對聯便是如此。另一種是浪漫主義的表現方法，通過一幅幅幻想的意境，來體現人們美的心靈。如〝人學愚公萬仞山何難移去，世多伯樂千里馬不斷湧來〞，這是以神話為素材來創造優美的形象的心情；〝扶桑此日騎鯨去，華表何年化鶴來〞，這也是以神話為素材，創造了死者優美的去處，成為一付悼聯；〝海枯石爛同心永結，地闊天高比翼齊飛〞，運用想像性強的成語來創造優美的心境，這種對聯也是浪漫主義性質的。〝天半朱霞瞻氣象，雲中白鶴見精神〞，以浪漫想像空中的雲霞為素材來創造意境，也體現了美。總之，不管以哪種表現方法，對聯的主要藝術特徵便是創造一種形象的意境來感染人們。

　　第二，多樣的藝術手法。對聯的藝術手法是絢麗多姿的，像各種花，萬紫千紅，像各種樹，千姿百態，使人有眼花繚亂之感。對多樣的藝術手法應當從對聯的結構來考察。

1.對　比。這種藝術手法是最常見的，它的結構是在兩句中分別提出兩個對等的事物加以對比。在五十年代、六十年代新舊社會對比已經成了對聯的洋八股，乏味而無新意，近幾年民間對聯對比手法已經出新，採取多種象徵性的對比法，例如：

> 桃紅映人面，水綠織春光——桃紅與水綠對比。
> 昨夜春風才入戶，今朝楊柳半垂堤——昨夜與今朝對比。
> 高天冬去蘇萬物，大地春回放百花——冬與春對比。
> 花承朝露千枝發，鶯感春風百囀鳴——花與鶯對比。
> 臘梅吐芳迎紅日，綠柳展枝舞春風——梅與柳對比。

2.比　喻。前句是一個形象性的比喻，後句是一個思想性的興托，因此前句形象而後句抽象，例如：

> 大地迎春綠，人心向黨紅。
> 花沐春雨艷，福依黨恩生。

這種寫法，一般在後句中強調教育作用。還有一種比喻，前句是形象性的比喻，後句也是形象性的興托。例如，〝一嶺桃花紅錦繡，萬盞銀燈引玉人〞，這是婚聯，前句的比喻是為後句烘托優美的意境，兩句都形象。

3.警　句。還有十分多的民間對聯，套用、改寫、模仿民間諺語，儘量將對聯寫成警句式，人們讀了這些民間諺語般的對聯，它起著格言作用，成為人們的座右銘和口頭禪，而發揮極大的美的教育作用。例如：

> 人勤物阜，國泰民安。
> 常問天下事，勤讀革命書。
> 生產勤爲本，建設儉爲先。
> 勤乃搖錢樹，儉是聚寶盆。
> 穀乃國之寶，民以食爲天。
> 居安思危省躬克己，實事求是學問行知。
> 一粥一飯當思來之不易，寸薪寸木恆念物力維艱。

4.反　襯。即前邊一句採用否定的肯定，後邊一句採用肯定的肯定，在反襯中強調主題思想。例如：

> 儲蓄不嫌存錢少，節省經常積累多。
> 百問不煩百拿不厭，笑容常在笑口常開。
> 病災不染清潔地，福壽常臨健康家。

也有不同於上述結構而相反，即第二句採用否定的肯定，如：

> 棧曲有雲皆獻瑞，房幽無地不生香。
> 練身體練意志打出好風格，勝不驕敗不餒賽出新水平。

上面四種藝術手法是較常見的，實際上手法之多是較難一一都列舉出的。

　　第三，通俗的文學語言。民間對聯還有一大藝術特點便是它語言的通俗，不像文人對聯那樣多採用古文古字，故作高雅，通俗表現在：它大都採用俗言俚諺入聯，一看就懂，也易於上口，例如：〝春回大地，福滿人間〞，〝東風迎新歲，瑞雪兆豐年〞，〝冬去山明水秀，春來鳥語花香〞。而且民間對聯的語言比較短小精練，大都採用四字聯、五字聯、六字聯，七字聯、八字聯就比較少見了。

　　民間對聯的文學語言，也要求有形象性，不管是詠物言志還是描景抒情，都要求用形象概括思想，用生活實際的語言來體現主題，一句話，要求有藝術性，應當排除十年浩劫時期以純粹標語口號代替民間對聯的不良傾向，近幾年的農村春聯，已有了明顯變化，標語口號逐漸少了，民間風俗的對聯多了，這是大好事。

　　第四，和諧的音樂韻律。民間對聯的韻律也要求有音樂性。文字整齊，對仗工整，如〝處處春光好，家家氣象新〞，〝雪映豐收果，梅傳喜慶年〞，這種整齊的排列，既便於朗讀，又便於記憶。它也要講究平仄協調，音韻和諧，例如通常是上一聯的句末字為仄聲，而下一聯的句末字則是平聲。古代漢語有平、上、去、入四聲，所謂〝平〞，指的是平聲，所謂〝仄〞，就是不平之意，指的是上去入，〝盛業千秋歌萬代，改革光輝照中華〞，〝代〞為仄聲，〝華〞為平聲。〝祖國共天地同壽，江山與日月爭輝〞，〝壽〞為仄聲，〝輝〞為平聲。自然，在民間對聯中，也可不受這種平仄尾韻的約束。有的剛相反，只要對仗工整，語言形象，意蘊深刻，也可以是很好的春聯，隨著對聯的更加普及和大眾化，也必然向押大致的韻的方向發展。

民間對聯頗為講究平仄之格律，已經是約定成俗的。一般分為兩種，平起式與仄起式，下面試以四、五、七字聯各舉一例。

1.四字聯：

平起式——

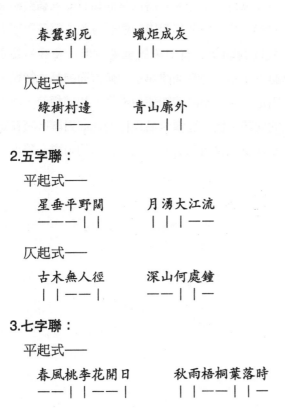

春蠶到死　　蠟炬成灰
——｜｜　　｜｜——

仄起式——

綠樹村邊　　青山廓外
｜｜——　　——｜｜

2.五字聯：

平起式——

星垂平野闊　　月湧大江流
———｜｜　　｜｜｜——

仄起式——

古木無人徑　　深山何處鐘
｜｜——｜　　——｜｜—

3.七字聯：

平起式——

春風桃李花開日　　秋雨梧桐葉落時
——｜｜——｜　　｜｜——｜｜—

仄起式——

秋草獨尋人去後　　　寒林空見日斜時
｜｜－－－｜｜　　　－－｜｜｜－－

　　民間寫對聯通常講究以上之平仄模式，一成不變。每副對聯，平起或仄起，主要看上聯第一個音頓（第一、二兩字）。如不合平仄，便不算合格。另外上下聯之用詞，還需講究詞性相對，如以上綠樹對青山，星對月，春風對秋雨等等。清代李漁輯有《笠翁對韻》，總結了古代相對的詞，清代民間寫對聯時便翻檢此《笠翁對韻》。

　　綜上所説，民間對聯便具有形象的藝術意境、多樣的藝術手法、通俗的文學語言、和諧的音樂韻律這四個方面的藝術特點，另又頗為講究平仄固定模式，不許隨隨便便亂寫。我們相信，隨著我國的經濟與文化的向前發展，這種無名氏作的民間對聯必將在我國遼闊的農村和城鎮廣泛的傳播和發展，人民大眾的對聯必將得到人民大眾的喜愛。

第十九章　民間文學的搜集、記錄與整理

　　民間文學的採風是一項理論與實踐相聯繫的活動，它主要的目的是使初學我國民間文學的同學們了解和掌握現在存在於人民群眾中的民間文學作品搜集、記錄與整理的方法和技能。一個合格的民間文學工作者，他除了必須全面熟悉和了解民間文學作品的概況以外，還需要體會民間的風俗習慣和心理活動，並且到民間去採風，掌握一定速記、照相和錄音的技能。他應當善於和樂於親近人民群眾，尊敬人民群眾，得到他們的信任，從而直接聽到人民群眾生動的講述民間文學作品，深化在理論上學到的民間文學知識，所以要求大家對採風活動給予足夠的重視，認真對待。

第一節　歷史的簡述

　　我國搜集整理民間文學有悠久的歷史，遠在公元前的周代就有專門的採詩官下去搜集民歌——《詩經》，那時是詞曲一起搜集上來的，然後交給管音樂的太師，太師們把民歌都按照音律加以歸類整理，這就是《漢書·食貨志》上說的：〝獻之太師，比其音律。〞再配上樂器，然後演唱出來，這就是《詩經》又被稱為〝樂歌〞的原因。當時周太師手頭掌握的樂歌，自然不止《詩經》的305篇，實際上305篇是當時精選出來的樂工們常用的樂歌。從孔子

在《論語‧泰伯》中的幾句言談中，我們可以看出《詩經》搜集整理出來以後演唱樂章的盛況，他説："師摯之始，關雎之亂，洋洋乎，盈耳哉！"意思是説："魯國樂師摯在開始做樂官時，把詩經中的關雎篇定為樂章的末章，這樂章洋洋美盛，簡直是充滿了我的耳中哩。"由此可見，先秦春秋時對民歌的搜集、整理和推廣是何等的重視。在漢代，是由"稗官"來搜集整理民間文學的。《漢書、藝文志》説："小説家者流，蓋出於稗官。街談巷語，道聽途説者之所造也。"注："稗官，小官"。當時稗官搜集整理民間文學，自然是為皇帝了解民情服務的，所以《漢書‧藝文志》顏師古注説："王者欲知閭巷風俗，故立稗官，使稱悦之。"所以漢代對民間文學的搜集整理也是很重視的。在唐代，是由"風俗使"來搜集民間文學的，根據敦煌石室藏書《沙州志殘卷》記載："唐載初元年（公元689年）4月，風俗使於百姓間採得前件歌謠，具狀上訖。"這就是敦煌著名的古歌謠，和《詩經》一樣是四言體，唐載初元年是武則天當朝，這些敦煌古歌也剛好歌頌聖母神皇，因而敦煌古歌以其歌頌我國女皇這一特點而著稱於世。在明代，民間文學愛好者來搜集整理民間文學作品，填補了這一時期的空白，馮夢龍、凌濛初編著的"三言二拍"，特別是在"三言"中，許多是民間傳説故事。那時雖然古典詩詞戲曲已經定型化了，但民歌由於得到人民愛好而有了進一步發展，這從馮夢龍搜集整理的兩部明代的民歌《童痴一弄‧掛枝兒》和《童痴二弄‧山歌》可以證明。他在《敍山歌》中説："書契以來，代有歌謠。太史所陳，並襴風雅，尚矣。自楚騷唐律，爭妍競暢，而民間性情之響，遂不得列於詩壇，於是別之曰《山歌》，言田夫野豎矢口寄興之所為，薦紳學士家不道也。"他認為先秦搜集整理民間文學還是大有成就的,"代有歌謠",後來由於"楚騷唐律"的重大文學成就,壓倒了民間文學,於是"民間性情之響,遂不得列於詩壇",這自然是一個重要原因,但是也不能否認,漢唐以來,由於貴族及其文人們歷史偏見,輕視了民間文學,不再認真去搜集整理民間文學也有很大關係。現代民間文學搜集整理工作的重新被提起是在"五四"運動前後,1918年北京大學成立了"歌謠徵集處"劉半農、沈尹默、錢玄同、周作人等先生還發出"北京大學徵集全國近世歌謠簡章",提出忠實記錄:"歌辭文俗,一仍其真,不可加以潤飾,俗語不可改為官話",還要求注釋,這種搜集整理的方法是科學的,後來就出版了《歌謠周刊》。當時《京報》、《晨報》都注意發表民間文學作品。1927年中山大學語言歷史研究所又成立了"民俗學會",出版了《民間文藝》和《民俗》刊物;還有"民俗叢書",專門發表民間文學作品。在三十年代,由於魯迅《門外文談》等一系列民間文學文章的發表,朱自清的《中國歌謠》、鄭振鐸的《中國俗文學史》,茅盾的《中國神話研究ABC》、《神話雜論》等民間文學專著的出版,將中國民間文學理論研究,提到了一個新的水準和新階段。從五四運動到四十年代末,民間故事的搜集整理也受到特別重視,我國早期的民俗民間文學學者,如顧頡剛、周作人、趙景深等在民主和科學的正確思想指導之下,對中國民間故事的搜集整理和研究做了大量倡導性的工作,姑勿論當時零星發表在期刊上的資料,僅就編輯出版的故事集和論著,像《祝英台故事集》、《孟姜女故事研究集》等等便有幾十種。1931年至1933年,由陶茂康、鍾敬文、婁子匡主編的《民間》中刊載了許多當時搜集整理的民間文學作品，以民間故事居多。1950年，中國成立了民間文藝研究會，創辦《民間文學集刊》，開始徵集民間文學資料。接著在1955年又創辦了影響深遠的《民間文學》月刊，至今已發表了幾千萬字的民間文學資料。除去那些少數的組織專人寫的〝新民歌〞、〝新故事〞之假造的〝民間文學〞作品不算以外，這個刊物始終堅持採集中國民間傳統的故事、歌謠、諺語、謎語等等，保存了大量的民間文學資料，引起了國內外研究者之重視。自五十年代以來，中國大陸還出版了一系列民間文學書籍，《中國民間故事選》(賈芝、孫劍冰編)、《信天遊選》(嚴辰編)、《爬山歌選》(韓燕如編)、《中國諺語大辭典》等等，總計也在千部以上。民間文學資料之多，足夠人鑽研一輩子的。

第二節　細心的搜集

民間文學作品的搜集與整理，是一項細緻的寫作與研究工作，是民間文學研究重要的工作之一。搜集與整理應當同時進行，一鼓作氣將它寫成成品，目的還不僅僅在於保存，而是在於搶救現存的民間文學遺產，因此要求爭取時間，快速的捕風，快速的整理出成果。因為民間文學具有口傳性的特徵，活在人民的口頭上，只能時而聽到它的聲音，但是卻摸不到也看不見，只有我們把它搜集下來，整理出來，才能為我們所運用，但是知道本地古老的故事和民歌的，又都是老年人了，五十年代起第一代成長起來的中年人，已不怎麼了解了，因此必須儘快的把老年人口頭活著的民間文學作品搜集、整理到書面上來，而且應當抓緊，快速進行。

在我們搜集整理過程中，一方面，要尊重民間文學作品的客觀歷史原樣，對它採取歷史唯物主義態度，暫時不要對它下精華或糟粕的結論。另方面，不能用現在的政治標準和道德標準來苛求古人，任意的將它修改來服務於現實的政治鬥爭。在搜集整理工作中，真實性應當成為整個工作環節的基礎。

民間文學的搜集工作存在著態度和方法兩方面的問題。在態度方面，每一個進行搜集工作的同仁都應當尊重人民群眾和人民的口傳文學；應當具有深入實際，聯繫群眾的作風；也應當具有虛心學習，隨時求教，不恥下問的態度；也應當具有不怕困難，善始善終，快速敏捷的精神。有這樣的態度才能夠使搜集工作順利的展開並取得成績。因此搜集工作將檢驗我們如何來對待人民群眾和人民口頭創作這兩個方面的問題。

在方法方面，我們可以採取靈活機動，小型多樣的辦法。對於民間傳說和故事，可以用拉家常的方法，以故事引故事的方法，無拘無束的交談，避免〝審問式〞不恰當的做法；如果口述者不怯生，或經過準備以後，進行錄音。對於民歌，可以用〝以歌引歌〞的方法，直接錄音。對於謎語、諺語、歇後語、笑話等的搜集，可以用開聯歡會的方法。不一定非要採取同農民同吃、同住、同勞動的老辦法，有時這樣做，表面上看起來似乎在生活上打成一片了，但實際上口述的老人存有戒心，不肯把〝迷信〞故事告訴你。只要我們盛情邀請和接待被搜集的人民群眾，事前講明這是給民間文學寶庫添磚加瓦，而絕不是〝引蛇出洞〞整人，或像林彪、〝四人幫〞那樣，〝狐狸狡猾，我們比狐狸更狡猾〞那樣套〝口供〞害人，事先打消大家的顧慮，清除一九五七年所謂〝反右〞和〝十年浩劫〞時期的惡劣影響，清除極左思想和做法的影響，清除得乾乾淨淨，我們才能夠在安靜、歡喜、和諧、幸福的氣氛中，順利的進行民間文學的搜集工作。

記得在我們的孩提時代，最初受到民間文學的陶冶，便是在那夏日的夜晚，在滿天晶亮的星星之下，祖父、祖母、八叔、十二叔、老頭兒老奶奶們，有的吸著水煙，有的搖著巴蕉扇，在寧靜與快慰的時間，這些卓越的無名的民間文藝家們，便開始了他們的講故事唱小曲的民間文學活動，這給我們幼小的心靈流下了永遠不會消逝的印象與記憶，因此現在的搜集工作必須儘可能安排好這種搜集的環境與氣氛，這是最重要的一點。

民間文學的搜集工作，本來就是一項茶餘飯後快樂交談的結果，它的主要特徵便是無拘無束、自由自在，民間文藝家們只有在這種歡樂幸福的環境中，他的話匣子才能大大的打開，進入他們美妙的幻想創造的時刻。搜集的時間即他講述的時間，也正是民間文藝家們再創造的重要時期，我們搜集工作者的本領，便是在於安排出這時的相適應的環境、氣氛、心境，來促成這種再創造工作的順利完成。總之，搜集工作應當在符合安寧歡樂、自由自在的特點方式下進行。

搜集要求小心而認真。(1)你不知道的應該搜集，你已經聽說過的也應該搜集，而且已經有書面文字記載的也應搜集；(2)正面的進步的要搜集，反面的落後甚至色情的也要搜集；(3)過去的傳統的要搜集，近代以來甚至現在新創作的也要搜集；(4)歌功頌德的東西要搜集，暴露醜惡的東西也要搜集。總之是，要把這一地區各種式樣的口頭文學作品全部搜集到，還要把同一母體的各種異文的變化情況全部搞清楚，還要把一部較長的故事，或多種故事的群體，它因年代久遠而散失不全，或以片斷之形式在民間流傳，通通都要把它搜集起來，儘可能的弄一份最全面最完整的第一手材料，以利於民間文學研究工作的進行，在這個基礎上出專集，把民間文學各種有價值的作品公諸於世。我們要用嚴肅的科學的態度，忠實於原作的準則，來記錄下原始的材料，為整理本提供可靠的依據。

由於種種複雜的社會原因，民間文學作品也像我國古典文學遺產一樣，有歷史的思想的局限性。所以它的內容裡既有民主性的精華，也有淫靡性的糟粕，用簡單肯定或簡單否定的態度來對待它都是不對的，搜集時不要忙著給它的性質下結論或作分析，這是以後研究整理的事情，處理不要過快和簡單化。

搜集工作還應當特別注意以往被忽略了的民間文學中的書面作品，像寶卷、民間唱本、鈔本、油印小報等等。大量的民間對聯的抄本，也在我們搜集的範圍以內。因為民間文學並不單純是勞動人民的口頭創作，還包括廣大人民群眾中的一切無名氏的口頭與書面的創作，所以要擴大我們搜集的範圍，和尚、尼姑說的民間故事，道士唱的〝道情〞，還有民間的迷信儀式說聞，民間小調中的所謂〝葷〞歌等等，都要小心的搜集。民間文學理論範圍的寬窄，直接關係到它的實踐——民間文學的搜集工作，如果我們堅持蘇聯那一套〝勞動人民口頭文學創作觀〞，便必然要排斥和尚、尼姑、道士的作品，和大量所謂〝小市民〞的口頭的和書面的作品，我認為不應當這麼削足適履。

搜集工作還應當注意抓住重點。例如，1981年11月南京大學中文系78級民間文學採風隊在浦口區，當時他們搜集的重點，便是民間童話，結果他們集中採集到許多好的江蘇民間童話。事先與地方上的搞實際工作的先生取得聯繫，找準了民間故事手和民間歌手，摸索一下重要的民間文學作品的線索，然後再區分輕重緩急，選擇挖掘的重點，這比那種摸不著頭腦的、漫無邊際的瞎摸好得多。這樣我們在搜集前，一定要做大量的尋找故事手和歌手的工作，排出他們的名單。當摸清了線索以後，商量一個臨時搜集的計劃，便於工作的進行。在進行採集時應當按照以上的辦法和態度認真工作，爭取取得很好的成果。

第三節　真實的記錄

　　搜集民間文學作品必須建立在真實記錄的基礎之上。真實記錄的資料，才是民間文學研究工作的第一手材料和根本的依據。這是因為：(1)民間文學是社會的面貌和歷史的概況的反映。不同時期可以採集到不同的異文，如果不真實的記錄，採集稿便會不能反映出當時真實的歷史情況，而所反映的社會面貌便會失真。記錄不忠實，便給整理時隨心所欲的亂改提供了條件，導致將民間文學作品時代背景搞錯的惡果。(2)民間文學又是地理特點、環境形勢的反映。在不同地點可以採集到根據當地地方特徵形成的不同的異文，如果記錄時不能夠忠實反映出這種地勢環境的特點，便易造成記錄稿的一般化傾向，便整理不出有地方特點的真實民間文學作品。(3)民間文學又是當時民間風俗習慣的反映。如果不忠實記錄，忽略了民俗的細節描寫，或忽略了特殊民俗的區別，都不能正確地反映當地民俗的真實情況，這樣也會導致民間文學作品的失真。(4)民間文學又是民間心理的反映。由於各個民間文藝家心態和才華有別，因而各個人對同一母題的作品，都會有不同的說法和表現，他們的思

想感情、人生觀、生活經歷、性格特點都會不同程度地滲透到民間
文學的故事與人物中去，因此我們不能忽視各個民間文藝家之間不
同的心理的流露，真實的記錄下他們突出的風格和個性、個人的特
點、語言的特點等。⑸真實記錄也是科學研究的需要。我國有些少
數民族，像達斡爾、黎、侗、瑤等族，都沒有本民族的文字，他們
的文化多半靠口耳相傳並加以保留。現在我們將各族民間文學真實
地記錄下來，便為歷史、民族、人類、語言、民俗等學科提供了寶
貴的原始資料而為科學研究所必需。以上五點，便是我們何以要強
調真實記錄的理由，它為搜集整理工作所必須。

　　怎樣才能真實的記錄呢？基本要求是：真實記錄下每一個講故
事人的每一句話，每一個歌手的每句歌譜和歌詞，不加入自己的任
何補充和刪改。對於民歌，可以組織演唱會，對於故事可以組織故
事會，創造環境，組織優秀的節目，使民間文藝家興高彩烈的歌唱
和講述，但不要採取經過搜集者修改後再演唱的辦法，這樣做便是
弄虛作假了。在我們真實記錄的時候，一方面要真實的原原本本的
記下原作的思想內容，另方面也要尊重原作，真實的記錄下它的形
式。關鍵要求應該真實的記錄下它的語言，原話怎麼說就怎麼記。
所以，熟悉當地語言，在群眾語言方面下一番苦功，是相當重要
的。對於方言的障礙應當掃除。在記錄時，往往是記錄速度趕不上
講唱的速度，而我們則需要真實的記下全部講唱的語句，如果做不
到，應採用錄音或幾個人一起記，不過，只要勤於鍛練速寫，就一
定能提高速度，最後做到忠實準確，不改不漏，講什麼，記什麼。
這是真實記錄的最高標準。

　　我們並不否定只聽不記，最後憑記憶寫出來的做法。現在一般

通行的做法就是如此。民間文學口傳的特性，說明了以往的民間文學作品，在人民沒有享受讀書權利的時代，主要或者說是唯一的是靠用記憶來保有民間文學作品的，如果我們完全否認用記憶記錄民間文學作品的做法，就無異是否定了民間文學口傳性在記憶中保存民間文學作品的實際存在，這種看法無異是唯心的。因此搜集民間文學作品，可以採取先聽後記，忙時聽閒時追記的一般做法。我們只是承認，並不推廣。要說標準的話，這種先聽後記的做法，是個最低的標準。

因為記憶的可靠性只是相對的，而只有一字一句忠實記錄下來，才是絕對可靠的。對於民間說唱類的唱詞和曲調，光靠聽一次是記不住的，不得不採用錄音的辦法，然後根據錄音一句一句記。對於長詩也必須隨聽隨記，一句不漏才行，不然便不可能記得全。對於故事類來說，憑記憶就更不成，光記住了大概情節，漏掉了語言和形象，便降低了民間文學的價值。因此我們仍然強調真實的記錄，提倡逐字逐句的真實記錄。

第四節　慎重的整理

民間文學作品搜集記錄到以後，就需要整理了。首先要明確整理、改編、再創作三者本質的區別。

所謂〝整理〞，應當明瞭只能是嚴格按照記錄稿上原有的樣式完整反映給讀者，在原有內容、情節、結構、語言上規整梳理，不容許加添人物、捏造情節、改成自己的語言風格，增入本人創作成分。取其精華去其糟粕問題，只能在原記錄稿基礎上增刪，不能改變主題思想，更不能改變體材，原來是民間故事，而將它變成民間敍事詩，完全是另起爐灶來寫作，總之是不能杜撰。

所謂〝改編〞，就是〝改舊〞，將民間文學作品整個加以改寫，它用原記錄稿，依照自己的意思做隨心所欲的編排，在〝改舊〞中改變了主題思想、人物形象、情節結構、語言風格，長的可以編成短的，短的可以改成長的。運用民間文學舊有的軀殼，加入新添的假造性的內容，用來適應當前某種需要，改得真真假假、假假真真難以分辨。

所謂〝再創作〞，就是〝編新〞，更是不同，它是為了作者一個創作目的服務，預先就有一個主題思想的框框，它運用聽到的故事，記錄的題材、人物、情節，改寫成戲劇、電影、長詩等等，將原有的民間文學作品的內容與形式，大大地發展，完全改變了舊有的原貌。不可否認，根據民間文學作品，確實能寫出很好的文藝作品，例如韋其麟的敍事詩《百鳥衣》、白樺的電影劇本《孔雀公主》等，改編和再創作都不屬於民間文學範疇，而屬於通俗文藝創作，與民間文學的整理工作是兩碼事。

整理民歌和民間語言可以原句照錄，只要加以科學地與合理地分類，並且在異文和方言處加以注釋，或者加上前言後語說明搜集情況。複雜地是整理傳說故事，從口頭到書面總要經過一個適當加工過程，但是加工也應有個範圍：(1)對方言俗話、專門用語、罵人語等，需要注釋者一律應加以注釋。(2)去除記錄稿中不必要的囉嗦話，知識性錯誤，以及不合邏輯處，以增添原材料的藝術光彩。(3)用當地的土語潤飾全文，改正語法錯誤，理清情節發展的合理性，更好地再現原始記錄稿的完美面貌。簡言之，只限於編輯式的加工刪改和潤飾，不是全面改寫。另外，去除部分最好加上附注説明。

整理過程是這樣：第一，仔細研究記錄稿。明確哪些是這個故事最基本、最光彩的內容，哪些是它的灰塵與糟粕，明確你所搜集到的這個故事的主題風格、基本結構、時代特徵、風俗習慣、語言特點。第二，確定整理方法。方法有：⑴直接採用記錄稿，凡記錄稿質量高，只改錯別字，常識性錯誤，語法修辭錯誤，文字稍加潤飾，抄寫即成。⑵點題。有的故事手講故事，情節、人物、語言都很生動，唯一缺點是沒有主題或主題不明確，因此在我們整理時前面原始記錄稿可以完全不動，只要順理成章，畫龍點睛，最後加上幾筆就能突出它的思想性，這非得加上不可，也要用當地的口語。⑶綜合採用記錄稿，凡一個類型母題故事，同時有幾個人去收集，而幾種記錄稿有不同優缺點，就可以只用一種較完善的記錄稿為藍本，參照其餘各本寫成。不同説法應加注解或作説明，對綜合各稿也應説明，用來反映綜合稿的真實程度。⑷刪除糟粕。這種方法用於那些精華和糟粕同時存在的記錄稿。我們既反對任意增減民間文學作品，也反對把民間文學神秘化，看成十全十美，這是一種迂腐的保守觀點。實際上由於時代的局限性，農民階層本身的缺點，以及單純表現性愛影響的存在，某些記錄稿中必然存在糟粕部分，我們應動手術割掉它的〝瘤〞，在文字上稍加嵌合，仍會是有教育意義的作品，適於青少年閱讀，適於公開發表。

我們提倡兩種版本，一是經過整理的公開出版本，一是不需整理的科學研究資料本，對於這種資料本，我堅決主張〝一字不動〞論，〝一字不動〞論並不能一概反對，不能把〝一字不動論〞和〝反對整理論〞等同起來，就真實保存民間文學來説，〝一字不動論〞是完全正確的。1958年時對〝一字不動〞論的批判，顯然是極左思潮對民間文學工作的干擾，現在我們應清除這種極左的影響。

　　整理民間傳説故事有幾個需要注意之點。第一，不要合併人物和情節。在人物上，兩姊妹就是兩姊妹，三兄弟就是三兄弟，不能私自增加或減少人物。在情節上，故事連綴型的三次情節重複就是三次，不能改為一次或兩次，不能隨意刪繁就簡合併整理。第二，對於多種主題的民間傳説，如鄭板橋傳説、魯班傳説，每一個主題都應單獨整理成篇。同一種傳説有好幾種講法，就都應該讓它們獨立存在，有幾種講法就整理成幾篇。如只有一種説法可取，其他説法不可取，應加注説明之。第三，整理要使用當地人民群衆的語言，不能使用知識分子語言、諺語、歇後語、成語，在整理中要適當運用，不能不用，但也不能堆疊，給人以生硬雕琢之感。

　　整理者必須有對民間文學事業嚴肅認真的態度，對整理加工有個明確的概念、清楚的認識，堅持真實性的準則，不能半假半真，油裏面加水。自然，如何更好整理民間文學作品的問題，是目前還在討論的問題，有人主張阿·托爾斯泰式，他的《俄羅斯民間故事》是改寫成分多些，有人又主張格林童話式，格林兄弟也是改寫德國民間故事，但我覺得他們二人整理故事之所以成功，仍在於在本質上堅持了民間故事的真實性和藝術性，他們改寫的故事就是民間故事的樣子，因此使人愛讀。

　　結語。中國民間文學這門學科，是屬於社會科學這一個大類的。顧名思義，民間文學是來自民間的，它與人民的實際生活是結合得相當緊密的。以往提到農村去，到基層去，到工廠去，與工農打成一片，那是帶著所謂〝改造〞知識分子思想的目的，但是，現在我們還是要提倡到農村去、到民間去，與勞動人民和廣大群眾打成一片，這是這門學科的基本要求，不管是法國人、英國人、美國人或日本人，在進行民俗或民間文學研究時，都會提倡這個科學方法：到民間去，向人民群眾作真實的社會調查，獲得第一手資料，經過實踐，民間文學采風會給予你更豐富的生活知識。

後　記

　　《中國民間文學》一書終於完成了，歷時十二載。這是我從事民間文學教學與研究的結集。本書各章節均在教學中完成。除了給大學生講課，也給外國留學生講過課，有美國、法國、英國、德國、加拿大、日本、韓國、朝鮮、澳大利亞、瑞士、丹麥、芬蘭、紐西蘭、比利時等國留學生選修過這門課。80年、81年，我曾經應邀到省內外去講過民間文學課程，我先後為江蘇省民間文學工作者協會舉辦的淮安、興化、蘇州三個培訓班上過課；1982年先後去南昌為江西省民研會民間文學講習班和去徐州為江蘇省文化幹部學校，對全省各市縣文化館長與站長講過課。這一系列校內外的教研活動，還有這十餘年帶學生到全國各地進行採風，使我得以從實際出發，全面的思考了中國民間文學中的各項問題，並且系統的提出我的看法。

　　本書曾作為教材，由南京大學出刊內部鉛印本，教材雖經留學生帶到世界各地，但是始終沒有正式出版。今年初，經龔鵬程教授之審稿，徵得同意，由台北學生書局出版，於是又經過進一步修改與重定完成全書。

　　在本書即將出版之際，我仍要向曾經幫助和鼓勵過我的親友們致謝。龔鵬程教授在百忙中審閱了書稿，並提出寶貴的修改意見，已據此作了修正，在此表示衷心之感謝。中國俗文學學會會長關德棟教授，十餘年來一直給我鼓勵與支持，在此也表示衷心之感謝。

還要感謝我的妻子鄭彩彩，我家從四十年代，二姐遷居加拿大，三姐遷居澳洲，大姐三哥遷居美國、香港，國內只有我侍奉老母，為支持我的事業與寫作本書，和我的不斷外出講學與下鄉採風，只有她來侍奉老母，直到老母九十四高齡無疾而辭世，本書許多章節由她首閱並提出感想，謝謝她成為催成本書之動力。

　　為了不使本書篇幅過長，茲將重要的古代民間文學部分，分別寫入了《敦煌民間文學》（聯經出版事業股份有限公司出版）和《敦煌曲子詞欣賞》及其《續集》（南京大學出版社出版）三書中。由於我才疏學淺，書中錯誤和不當之處，望能得到大家的批評指教。

高國藩　　1990年10月20日

於南京大學

國家圖書館出版品預行編目資料

中國民間文學

高國藩著.— 初版.— 臺北市：臺灣學生，1995[民 84]

ISBN 957-15-0691-5(精裝)
ISBN 957-15-0692-3(平裝)

1. 中國民間文學

858   84009694

中國民間文學(全一冊)

著　作　者：高　　　　國　　　　藩
出　版　者：臺　灣　學　生　書　局
發　行　人：孫　　　　善　　　　治
發　行　所：臺　灣　學　生　書　局
　　　　　　臺 北 市 和 平 東 路 一 段 一 九 八 號
　　　　　　郵 政 劃 撥 帳 號 0 0 0 2 4 6 6 8 號
　　　　　　電　話：(0 2) 2 3 6 3 4 1 5 6
　　　　　　傳　真：(0 2) 2 3 6 3 6 3 3 4
本書局登
記證字號　：行政院新聞局局版北市業字第玖捌壹號
印　刷　所：宏　輝　彩　色　印　刷　公　司
　　　　　　中 和 市 永 和 路 三 六 三 巷 四 二 號
　　　　　　電　話：(0 2) 2 2 2 6 8 8 5 3

定價：精裝新臺幣六四○元
　　　平裝新臺幣五六○元

西 元 一 九 九 五 年 九 月 初 版
西 元 一 九 九 九 年 九 月 二 刷

臺灣**學生書局**出版

中國文學研究叢刊